翻刻掌篇集
ホリデー・ロマンス他

チャールズ・ディケンズ作

田辺洋子訳

凡例

本訳書『翻刻掌篇集／ホリデー・ロマンス他』は *The Uncommercial Traveller and Reprinted Pieces* (London: Oxford UP, 1958) を原典とする。*The Uncommercial Traveller* は『逍遥の旅人』（溪水社、二〇一三）として既訳。

訳注は Michael Slater and John Drew, eds. *Dickens' Journalism*, vols. II, III (London : Dent, 1998) の頭注等を参照。本文中にアステリスク＊で示し、巻末にまとめるが、比較的短いものは割注とする。

「作品解題」作成に際しては『ディケンズ・ジャーナリズム』第二、三巻、及び *Master Humphrey's Clock and Other Stories*（Everyman Dickens,1997）の序説等を参照。

挿絵はジョージ・クルクシャンク（「街灯点灯夫の物語」）、ハブロー・ブラウン（『日曜三題』）、ジョン・ギルバート（「ホリデー・ロマンス」）等による。

目次

翻刻掌篇集

目　次

翻刻掌篇集

第一章　長き航海

風が吹き荒び、霙か雨が仄暗い窓にパラパラと吹きつけている折しも、炉端に腰を下ろし、航海や旅行の書物の中でこれまで読んで来た逸話を思い起こすのが何より好きだ。かようの書物は物心ついた時から心を捉えて已まず、我ながらついぞ世界一周旅行に出たためしもなければ、ついぞ難破したり、氷山に閉ざされたり、鉞（まさかり）で殺されたり、人食い土人に食われたりする羽目にもならなかったとは不思議でならぬ。

一年のこの時節ともなれば、勢い空想が次から次へと脳裏を過る。大晦（おおつごもり）の黄昏時に赤々とした炉端に腰を掛けていると、いつしか旅の様々な出来事が地球の東西南北、至る所から周囲に立ち現われる。連中、何ら秩序も連続も守らず、ただ勝手気ままに姿を見せては消え――「影さながら訪れ、然に立ち去る（『マクベス』Ⅳ、1）」。コロンブスは、海上にて寄る辺無くも嫌気の差した乗組員共々、船の船尾楼甲板の高みから渺茫たる大海原を見はるかし、新世界の輝ける星たる最初の覚束無い明かりの明滅が「何者か漁師の帆掛けの松明よろしく波と共に浮き沈みする（ワシントン・アーヴィング『クリストファー・コロンブスの生涯と航海』（一八五〇））」のを目の当たりにする。ブルース*はアビッシニアにて身の毛もよだつような恐怖に取り囲まれたなり、檻に閉じ込められ、くだんの悍しき光景は数年後、我が家で床に就いてなおハッと彼の目を覚まさずばおかぬ。フランクリン*は、不幸な陸路の旅の果てまで来ると――願はくは終（つい）の旅であったならば！――雄々しき仲間と共に飢え死にしかけている。痩せこけた人影はそれぞれ起き上がる力もなきまま惨めな寝台の上に横たわり、誰しも遅々たる日々を祈りと、祖国に残した愛しき者の思い出と、食事の愉しみに纏わる会話の内に紛らし、最後のネタは同様に、夢においても絶えず現前する。旅に疲れたアフリカ旅行者は皆、悲しき孤独の内に、この世にまたとないほどさもしき、へべれけの、血腥き、人売り暴君にまたしても我が身を委ね、マンゴ・パーク*は木の下で気を失い、とある女に助けられ、かくて如何に己（おの）が善きサマリア人（『ルカ』一〇：三〇－三七）は必ずや女性の姿にて広き世界中、自分の下（もと）を訪うて来たことか感謝の念と共に思い起こす。

小生の心眼が岩だらけの海岸の足跡を見極められる壁の影は、かようの物語のかの前途洋々ならざる語り手、国会青書*を典拠とする恐るべき旅行記を思い起こさす。とある囚人が主人公で、この男は囚人流刑地から他の囚人達と共に脱走する*。そこは島で、彼らはボートを略奪し、本土に辿り着く。彼らの道筋はゴツゴツの、切り立った海岸に沿い、最終的に逃げ果す望みは一縷もない。何故なら、脱獄囚の行く手を阻むべくより容易な針路によって派遣された兵士の部隊が必ずや彼らより遥か以前に彼方の目的地に到着し、たとい道中、恐怖に見舞われてなお生き存えようと、彼らを逮捕すること必定だから。飢餓が、誰しも予見していたに違いない如く、脱走して早々に彼らを包囲する。一行の中には息絶え、食われる者もいれば、仲間に殺され、食われる者もいる。この、とある恐るべき奴は腹一杯食い、体力を保ち、生き延び、とうとう再逮捕されて連れ戻される。男の掻い潜った語るに耐えぬ体験が然に途轍もないものだから、男は然るべく絞首刑に処せられる代わり、元の繋鎖囚人苦役に戻る。程なく男は別の囚人を唆し、再びボートを略奪し、またもや脱走する――必然的に元の一縷の望みもなき方角へ。というのも外（ほか）の方角へ行きようがないから。男はほどなく行く手を阻まれ、海岸で追手の一団に真っ向から立ちはだかられる。男は独りきりである。前回の脱走で己（おの）が恐るべき食い物の「味」をシメた。新たな相棒を唆したのもわざわざ殺し、その肉を食うために外ならぬ。目の粗い囚人服の片側の一つならざるポケットには相棒の死体の端くれが突っ込まれ、男はガツガツ食らいついていた。反対側のポケットには（島を離れる際に盗んでいた）塩漬けの豚肉が、手つかずのまま、突っ込まれている。何せ一向食い気を催さなかったから。男は連れ戻され、絞首刑に処せられる。が小生は壁の上か炉火の中にくだんの海岸を目にする度、必ずや男が――孤独な食人鬼よ――大海原の男宛哮り狂っているのを後目に、ブラブラ歩き回りながら貪り食っている様を思い描こう。

ブライ船長*は（任意の権限が委ねられるにかほどに相応しからざる男もまたいなかったろうが）、正しくこの折しも士官の一人、フレッチャー・クリスチャンの命（めい）によりて「バウンティ号」の船端越しに打ちやられ、無蓋のボートで大海原を独り漂うがままにされる。またもやパッと小生の炉火が輝けば、今は亡きフレッチャーと土着民の母親との間に生まれた息子、齢（よはい）二十五のサーズデー・オクトウバ・クリスチャンが、ピトケアン島沖で一時止められた英国軍艦「ブリテン号」にヒラリと飛び移り、*食前には素朴な祈りを正しい英語で捧げ、船上の愛らしい小動物が「犬」と呼ばれるのを知っている。何故なら子供の時分、遥か彼方の喪われし祖国のことを話す内、パンノキの木蔭で白髪頭になった父親やその他の叛徒から、そんな見知らぬ生き物の話を聞いたことがあったから。

見よ、外航東インド交易船「ホールスウェル号」がとある一月の夜、パーベック島、シーコーム付近の岩礁へ向けて狂ったように突っかかっている！＊ 船長の二人の愛娘の外、五人の御婦人が乗船している。船は幾時間もにわたって波に翻弄され、船倉には七フィート浸水し、大檣は吹き飛ばされている。小生にとって幼い少年時代以来、馴染みのある難破の描写は、交易船が破滅へと疾駆している片や、声に出して読まれてでもいるかのようだ。＊

「一月六日金曜日未明、およそ二時、船は依然、波に揉まれ、岸の間際まで押し流されていたが、ヘンリー・メリトン二等航海士は再度、船長の目下いる高級船員室へと下りて行った。またもや両者の間で額が寄せ合わされ、ピアス船長は二人の愛娘の安全を気づかい、二等航海士に何とか二人を救う手立てはないかと懸命にたずねた。二等航海士が二人を救うことはまず叶うまいが、唯一、夜が明けるのを待てば望みはあるかもしれぬと沈痛な面持ちで答えるや、船長は黙した悲痛な叫びを発しながら空へ両手を突き上げた。

「この由々しき折しも、船が激しい衝撃もろとも擱坐したために、高級船員室で立っていた者の頭は上方の甲板にぶち当たり、船のあちこちから一斉に恐怖の金切り声が上がった。

「嵐の大半の間任務において極めて不注意にして無気力だった海員の多くが今や甲板にどっと押し寄せた。彼らの援助が有益だったやもしれぬ間は、如何に航海士達が力を尽くそうと彼らをそこに留めておくこと能はなかったにもかかわらず。海員は実の所、水揚げ器の操作や他の肝要な労働を航海士や兵士に委ねたままハンモックでノラクラ時を過ごし、専ら後者が尋常ならざる奮闘を重ねていた。我が身の危険を感じ、くだんの海員達はこの刹那、気も狂れんばかりに叫び声を上げながら、天と罹災者同士にかの、仮に彼ら自身、折好く力を尽くしていたならば或いは得られていたやもしれぬ助けを求めた。

「船は岩礁にぶち当たり続け、ほどなく船底に穴が空くと、舷側を岸に向けて転覆した。船が擱坐するや、幾多の者は船がすぐ様バラバラに砕けるのではないかと危み、船尾旗竿に攀じ登った。

「メリトン二等航海士は、この期に及び、これら不幸な者達に与え得る限り最善の忠言を与え、全員、岩礁に最も低く乗り上げている船端まで移り、一人ずつ、岸へ逃れるという、いずれ訪れるやもしれぬ機に乗ずよう命じた。

「かくて力の能う限り、絶望に打ち拉がれた乗組員の安全のための措置を講じ果すと、二等航海士はこの時までには全乗客と航海士の大半の集まっている船尾楼円形船室（ラウンド・ハウス）に戻った。航海士達はひたすら不幸な御婦人方を慰めようと努め、比類なき高潔の下（もと）、自らの危機感を顧みることなく、麗しくにこやかな不運の道連れを労り続けた。

「この慈愛に満ちた慰めの行為に、メリトン二等航海士は今や加わるに、船は夜明けまで持ち堪え、さらば全員助かろうと皆を励ました。ピアス船長は若き殿方の一人が大きな恐怖の叫び声を上げ、船がバラバラになりかけていると度々喚き散らすのに気づくと、殿方にどうか静かにするよう、たとい船がバラバラに砕けようと、御自身はバラバラに砕けぬまま無事生き延びられようからと陽気に諭した。

「この痛ましき大惨事の光景を正確に伝えるにはまずもって大惨事の出来した場所を審らかにせねばなるまい。『ホールスウェル号』は岸辺のとある箇所で岩礁に乗り上げたが、絶壁がそこにては遙か高みにまでそそり立ち、基（もとい）からほとんど垂直に切り立っている。ただし、この格別な箇所にて断崖の最下部は深さ十から十二ヤード、幅は大型船の長さに匹敵しようかという洞穴に穿たれている。洞穴の両側はほぼ垂直なため、接近するのは極めて困難であり、底には一面、鋭くゴツゴツとした岩が転がっている。岩は恐らく何らかの地殻変動によって洞穴の天井から落ちて来たものと思われる。

「船は全長がこの洞穴のほとんど端から端までにわたる形で、舷側を洞穴の入口にまともに押し当てて乗り上げた。が坐礁した際、周囲が余りに暗かったせいで船上の不幸な人々には自分達が如何ほど大きな危険に晒され、かようの状況が如何ほど恐るべきものかしかとは見極められなかった。

「既に船尾楼円形船室（ラウンド・ハウス）に集まっている仲間に加え、彼らは黒人女性三人と、兵士の妻二人を入れてやっていた。五人は、内一人の夫と共に入室を許されていたが、片や明かりを手にすべく荒々しく押し入ろうとしていた海員達はロジャーズ三等航海士とブリマー五等航海士によって締め出されていた。そこなる人数は、故に、今や約五十名に増えていた。ピアス船長は椅子、と言おうか吊り床（コット）、と言おうかともかく何か家具に腰掛け、両脇に座らせた娘を代わる代わる愛おしそうに抱き寄せていた。憂はしき仲間のその他は甲板に座り、甲板にはあちこち楽器や、家財その他の残骸が散っていた。

「ここでもまたメリトン二等航海士は蠟燭を数本短く切り、船尾楼円形船室（ラウンド・ハウス）のここかしこに立て、見つけ得る限りのガラス製角灯に火を灯すと、腰を下ろした。夜明けが近づくのを待ち、さらば危難の道連れが脱出するのに手を貸すべく。が哀れ、御婦人方が喉の渇きを覚え、疲れ切っているらしいと見て取るや、オレンジの籠を持ち込み、内幾人（いくたり）かに果汁を少々口に含んで元気を出すよう勧めた。この時点で、御婦人方は皆かなり落ち着いていたが、マンセル嬢だけは船尾楼円形船室（ラウンド・ハウス）の床の上でヒステリーの発作を起こしていた。

「だが、メリトン二等航海士は仲間の下（もと）へ戻るや、船の様子が一変しているのに気づいた。舷側は明らかに崩れかけ、甲板は一見、迫り上がり、外（ほか）にも船がさして長らくは持ち堪えられない明らかな徴候が見て取れた。よって、見張りに立つべく船首へ向かおうとした矢先、船が早、中央で真っ二つに分かれ、前部は位置を変えた結果、沖の方へ生半ならず突き出しているのを目の当たりにした。一瞬先は闇たろう、かようの危機に瀕し、彼は目下の機に乗じ、乗組員や兵士の右に倣おうとホゾを固めた。というのも彼らは今や大挙、船を見捨て、その質（たち）も形状も定かならぬまま、岸へひた向かっていたからだ。

「急場の措置の就中、船尾旗竿が取り外され、船の舷側と岩礁との間に渡そうと試みられていた。が岩礁に届かぬ内にバラバラに折れたため、首尾好く行かなかった。しかしながら、とある船員が船尾楼円形船室（ラウンド・ハウス）の天窓から甲板へ差し出していた角灯の明かりで、メリトン二等航海士には円材が一本、舷側から岩礁に渡っているらしいのが見て取れ、この円材を伝って脱出を試みようと意を決した。

「よって、円材の上に腹這いになると、彼は前方へ躙り進んだ。しかしながら程なく、円材が岩礁までは全く届いていないのに気づき、円材の端まで来ると、滑り落ち、落下の際に激しい打ち身を負い、両脚で踏ん張り切れぬ内にうねり波にさらわれた。今や必死で体を支えようと抜き手を切ったが、とうとう戻り波によって洞穴の後部へ打ちつけられた。ここにて岩の小さな突起にしがみついたが、手が余りに悴んでいたため今にも突起を離しそうになった。がその矢先、既に足場を得ていたとある海員が手を伸ばし、彼が岩の上で辛うじて体勢を立て直せるまで支えてくれた。そこから彼は遙か高みの、砕け波の届かぬ岩棚まで攀じ登った。

「ロジャーズ三等航海士はメリトン二等航海士が船を見捨ててからもなお二十分近く船長や、不幸な御婦人や、彼らの仲間と留まっていた。メリトン二等航海士が船尾楼円形船室（ラウンド・ハウス）から出て行って程なく、船長はメリトンはどうしたのかとたずね、ロジャーズ三等航海士は彼は如何様な措置が講ぜられるか確かめるべく甲板に出たと答えた。この後（ご）、巨浪が船の上で砕けるや、御婦人方は叫び声を上げた。『おお、かわいそうなメリトン！　きっと溺れてしまったはずよ！　もしもわたし達と一緒にいたなら無事だったでしょうに！』御婦人方は皆、わけてもメアリ・ピアス嬢は、二等航海士が波にさらわれたに違いないと大いに心を痛めた。

「巨浪は今や船の前部で砕け、大檣(たいしょう)にまで達した。ピアス船長はロジャーズ三等航海士に頷いてみせ、二人はランプを手に取ると、共々船尾展望台へ向かい、そこにてしばらく岩礁を眺めていたと思うと、ピアス船長はロジャーズ三等航海士に娘達を救う可能性は残っていると思うか否かたずねた。すると三等航海士は、恐らく一縷の望みもなかろうと答えた。というのも彼らにはただ切り立った岩の黒々とした面(おもて)しか目に入らず、逃れた者達を期せずして匿うこととなった洞穴は見えていなかったからだ。二人はそこで船尾楼円形船室(ラウンド・ハウス)に引き返し、ロジャーズ三等航海士はランプを掛け直し、ピアス船長は娘二人の間に腰を下ろした。

「巨浪が次から次へと押し寄せ続けている片や、マクマナス海軍小尉候補生と乗客のシュッツ氏はロジャーズ三等航海士に無事、逃れるためにはどうすれば好いかたずねた。航海士は『では私に付いて来たまえ』と答え、三人は船尾展望台へと向かい、そこから船尾楼甲板の上手後方展望台へと移った。そこにいる間(かん)、途轍もない荒波が船上で砕け、船尾楼円形船室(ラウンド・ハウス)が崩れ落ちた。ロジャーズ三等航海士には御婦人方がさながら波に呑まれてでもいるかのように折々甲高い叫び声を上げるのが聞こえたが、他の折には大海原の怒濤が彼女達の声を揉み消した。

「ブリマー五等航海士が彼の後について船尾楼甲板まで出て来た。そこに二人はおよそ五分ほど留まっていたが、いきなり激浪が砕けたために諸共鶏籠にしがみついた。下方の幾(いく)人(たり)かにとっては致命的と判明したこの同じ波は、彼と相方を岩礁へとさらい、その上に二人は激しく打ちつけられ、ひどい打ち身を負った。

「ここなる岩の上には男が二十七人いたが、今や引き潮で、彼らは潮が差せば皆流し去られるに違いないと確信していたので、内多くの者は戻り波の届かぬ洞穴の奥か脇へ逃れようとした。ロジャーズ三等航海士とブリマー五等航海士を除き、せいぜい六名しか成功しなかったが。

「ロジャーズ三等航海士は、この位置に辿り着くと、今にも力が尽きかけていたため、もしやもうものの二、三分でも渾身の力を振り絞らねばならなかったら、その下(もと)に息絶えていたに違いない。彼は今や少なくとも間に二十人ほど男がいるせいで、メリトン二等航海士に近寄ることすら叶はなかった。男達の誰しも身動ぎ一つしようものなら綷切れていたろうから。

「彼らには相当数の乗組員や、海員や、兵士や、下級航海士が自分達自身と同じ状況にあるのが分かった。幾多の者は、下方の岩礁に辿り着いてはいたものの、ここまで登る内に力尽きていたが。彼らには依然として船の一部が見て取れ、己(おの)が佗しき状況にあってなおくだんの端くれが夜明けまでそのままでいてくれればとの思いで自らを慰めた。というのも彼ら自身の苦難の直中にありながら、船上の女性の難儀を思えばこの上もなく苛酷な苦悶に苛まれずにはいられず、巨浪が砕ける度、その胸は女性の安否への恐怖で締めつけられたからだ。

「が、哀しいかな、彼らの危惧は可惜ほどなく的中した！　ロジャーズ三等航海士が岩礁に辿り着いて二、三分経つか経たぬか、耳許で長らく震え、就中、女性の悲嘆が痛ましくも聞き分けられていた皆の絶叫が恐るべき大惨事を告げた。と思いきや、人声は悉く揉み消され、哮り狂う風と、荒々しく砕け散る怒濤の音を措いて何一つ聞こえなくなった。難破船は海神(わたつみ)深く葬られ、爾来、その微塵とて目にした者はない。

　難破船に纏わる、小生の知る限り最も美しく感動的な逸話がこの、とある冬の夜の憂はしき物語に続く。帰航東インド交易船「グロヴナ号」はカフラリア海岸で擱坐する。*総勢百三十五名に及ぶ航海士、乗客、乗組員は喜望峰のオランダ人居留地まで、野獣や蛮族の出没する道無き砂漠を徒(かち)で踏み越えることにする。当該寄る辺無き目的を眼前に、彼らは終に二つの部隊に分かれる――二度と再びこの世で会う定めにはなかったが。

　乗客の中に一人、孤独な子供がいた――そこに身内一人いない七歳の小さな少年が。第一行が立ち去りかけると、少年はずっと親切にしてくれていたその内の一人の名を呼ぶ。たかが子供一人泣いたくらいで、かようの極限状態に追い込まれた大人にとっては些細なことだと思われるやもしれぬ。が彼らは身につまされ、少年はすぐ様くだんの分隊の仲間に入れられる。

　その時を境に、少年は崇高にも聖なる預かり物となる。大きな河を渡る際には小さな筏に乗せ、兵士達が泳いで押して行く。深い砂と高い芝草の地では（それ以外の時はいつも辛抱強く歩くから）、彼らは代わる代わる抱く。まだしも食べられそうな腐った魚を見つければ少年と分かち合う。今や少年の格別な馴染みたる無骨な大工が後方でグズグズと遅れているようなら、横になって少年を待つ。たといライオンやトラに、蛮族に、喉の渇きに、腹の餓(かつ)えに、幾多の凄まじき形(なり)なる死に包囲されようと――おお、全人類の父よ、汝の御名

のそのため祝福されんかな！――片時たり少年のことを忘れることはない。船長が疲れ果てて立ち止まると、船長の律儀な艇長は引き返し、傍らに腰を下ろす様が見受けられ、二人のいずれの姿も以降、大いなる審判の日まで二度と目にすることは叶うまい。が、他の者は生き延びるべく歩き続ける限り、少年を連れて行く。大工は空腹の余り口にした毒性の漿果が原因で死に、さらば旅客係が、一行の指揮を引き継ぐ上で、少年の聖なる後見をも引き継ぐ。

　神のみぞ知る、彼が哀れ、少年のために何をすまいか。如何に自らは弱り患いながらも少年を陽気に腕に抱え、如何に自らは餓えに苛まれながらも少年に食べ物を与え、如何にズタズタのジャケットを少年の体に巻いてやり、少年の小さなやつれ果てた顔を、女性さながら優しく自らの日に焼けた胸にそっともたせ、苦痛にあってなお少年を慰め、びっこを引きながら歩く少年に歌を歌ってやることか――自らの焼け爛れた血まみれの足など物ともせず。二、三日仲間と離れ、彼らは砂に墓を掘り、仲良しの桶造りを埋める――これら二人の道連れの、荒野にて二人きり――それから二人共病に倒れ、今や数も疎らな、絶望における惨めな相棒達に一日ほど傍らで待つよう請う時が訪れる。皆は二人の傍らで一日待つ。二日待つ。三日目の朝、彼らは旅を仕切り直す仕度を整える上でたいそう静かに動き回る。というのも少年は火の側で眠り、最期の刻までそっとしておこうと皆で話し合うから。その刻は訪れ、炉火は燃え尽きんとし――少年の命は尽きている。

　少年の律儀な馴染みたる旅客係もその後ほどなく神に召される。悲しみは計り知れず、二、三日はヨロヨロと歩き続けるが、砂漠で倒れ、そのまま息絶える。がその不滅の霊魂において――何人の疑い得ようぞ！――少年と再び相見え、彼の地へと、彼と哀れ、大工は然なる文言もて迎え入れられよう。「汝はこれら我が兄弟の就中幼気な者に其を為せし。故に、其を吾に為せし（『マタイ』二五：四〇）」

　小生はこの、いつぞやは名高かりし難破に関わったほとんど全ての人々が散り散りに散り、行方知れずになった事実と（最後にはほんの一握りの者しか生還しなかったから）――幾歳も後になって喜望峰の英国将校の間で折々引き合いに出されることになる、遙か奥地の蛮族の小屋の外で幼子を抱いたなりすすり泣いている所を見かけられた白人女性こそ、難破船から救出された行方不明の御婦人方の思い出と密かに連想され、度々探し求められながらもついぞ見つからなかった女性その人ではないかとの伝説を思い起こすにつけ、別の手合いの旅に纏わる思いが胸中彷彿とする。

不意に祖国から呼び戻され、果てなき距離を旅してなお二度と祖国の土を踏む運命にはなかった旅人に纏わる思いが。この不幸な旅人の如何に深き悲しみに、苦き苦悶に、寄る辺無き自責に、最早為損じたことを為直し、手つかずのままのことに手をつけること能はぬ絶望に、駆られようか。

　というのもこれまで等閑にして来た幾多の幾多のことがあったからだ。祖国に住まい、それらに囲まれている際にはちっぽけながら、遙か遠ざかってみればかけがえのない幾多のことが。ありがたみの分からなかった幾多の幾多の祝福が——未だ赦しを与えていない幾多の些細な侮辱が——生半にしか報いていない愛が——ほとんど歯牙にもかけなかった友情が——あったからだ。口にしていても好かったろう百万もの優しき言葉が——投げていても好かったろう百万もの優しき眼差しが——その点において真に偉大で善良であったやも知れぬ無数の取るに足らぬ容易い行ないが——あったからだ。おお、償いを為すに一日（と旅人は声を上げよう）、わずか一日生き存えられるものなら！　然れど日輪はかの幸せな一日にはついぞ輝かず、己が遙かな囚われの身より旅人はついぞ解き放たれなかった。

　何故この旅人の運命が、大晦に、つい今しがたまで胸中、目眩く彷彿としていた他の旅人の物語の上に暗澹と垂れ込め、小生に厳粛な影を投じねばならぬ！　小生もいつの日かこの旅人と同じ旅路を歩まねばならぬというのか？　蓋し。果たして何者に言えよう、小生のさらばかようの遅きに失した悔悛に苛まれまいと？　小生のさらば己が流謫より自らの空っぽの居場所と手つかずの仕事を眺めまいと？　小生はその波の歳月たる岸辺に佇んでいる。波は砕けては散るが、波のことなどほとんど意に介さぬやもしれぬ。が波が砕け散る度、大海原はうねり上がり、小生を畢竟、この旅人の航海へと送り出そう。

第二章　無心書簡の差出し人

奴は言はば「耳馴れた言葉（ハウスホールド・ワード）」だ。我々は誰しも奴については某か知っている。奴が年間、連合王国において健全かつ有益な目的から転用する金の総額は窓税*をも相殺しよう。奴は当今の最も恥ずべき詐欺と瞞着の一つに数えられる。その怠惰と虚言において――真の慈悲の流れを穢し、愚かな判事の脳を困窮の粗悪貨幣と我々が常に我々の間に有す真の通貨とを識別する能力の欠如にて混乱さすことによって、然るべく援助に値する人々に及ぼす計り知れぬ危害において――奴は彼（か）の地へ流される極悪人の四分の三の連中よりノーフォーク島*につきづきしい。如何なる理性的な体制の下（もと）であれ、奴は遙か以前に彼（か）の地へ流されていたろう。

　小生、当該論考の筆者は、しばらく前から無心書簡の受取り人として白羽の矢を立てられている。この十四年間というもの*、我が家は一般郵便物に対す如何なる主要郵便支局にも劣らず小まめにかようの通信を受け取って来た。さらば、無心書簡の差出し人の何たるか幾許かは知っているのではあるまいか。男は一日二十四時間何時（なんどき）であれ小生の戸口を包囲し、召使いと組み打ち、外出するにせよ帰宅するにせよ、小生を待ち伏せ、市内から田舎へ出かける小生の跡をつけ、未だ二、三時間しか滞在していない鄙の旅籠に姿を見せ、海の向こうにいる際には遙か彼方から一筆認めて来る。男は病に倒れ、死亡し、埋葬される。またもや息を吹き返すが、またもやこの泡沫（うたかた）の世を去る。奴は自らの息子と、自らの母親と、自らの赤子と、白痴の弟と、伯父と、伯母と、年老いた祖父と、称して来た。インドへ渡るべく大外套をせびり、終生我が身を立てさすべく一ポンドせびり、中国の岸辺に辿り着くべく長靴を一足せびり、政府の下（もと）なる終身雇用にありつくべく帽子をせびる。しょっちゅう、自活するにかっきり七と六ペンス欠いて来た。リヴァプールに然に恰好のクチが――ありつくにものの七と六ペンスこっきり欠けている、商社の大いなる信用と信頼のポストが――見つかったからには、小生は男が現在ただ今くだんの羽振りのいい町の町長の御身分に収まっていないのが不思議でならぬ。

　男がその贄となって来た自然現象たるや極めて瞠目的な手合いのそれである。男には子供が二人いるが、二人はついぞ成長したためしも、ついぞ夜分何か寝具を掛けたためしもなく、空しく食べ物を求めることにて男を絶えず狂気に駆り立て、ついぞ熱病と麻疹から回復したためしも（それ故恐らく男は殺菌剤代わりに紫煙もて手紙を燻蒸しているのであろうが）、ついぞ十四年の長きにわたる年々歳々いささかの変化を蒙ったためしもない。こと男の女房に関せば、くだんの苦労続きの女が一体何に耐えて来たか、は神のみぞ知る。女房は同上年の長きにわたり妊娠しているが、未だかつてお産の床に就いたためしがない。女房に対する男の献身は倦むことを知らぬ。男はついぞ我が身を慮ったためしがなく、自分ならば死ねていたろう——と言おうか詰まる所、いっそ一思いに死にたいものだ——が妻の姿を目の当たりにすらば、無心書簡を認めるのが男として、夫として、父としてのキリスト教的本務ではなかろうか？（奴はいつも当該質問の答えを伺いに夜分お邪魔したいとせっつく。）

　男はまたとないほど奇しき不運に翻弄されて来た。男が兄から受けたような仕打ちを受ければ、他の如何なる者の胸であれ、張り裂けていたろう。兄は男と共に事業に乗り出し、金を持ち去った。兄は男を巨額の保証人に仕立て、くだんの大金を払わせた。兄は仮に男が日曜日に手紙を書くことに同意していたならば、年俸大枚数百ポンドの職を見繕っていたろう。兄は男の宗教的信条と相容れぬ主義主張を掲げ、男は（故に）断じて兄に面倒を見てもらう訳には行かなかった。家主は人間らしい感情を微塵も示したためしがない。家主がいつくだんの差押え令状を突っ込んだか、小生は与り知らぬが、ついぞ取り下げたためしはない。差押え物件評価販売人の手下は差押えている内に白髪になった。連中いつの日か奴を埋葬してやらねばなるまい。

　男は想像し得る限り全ての職業に就いて来た。陸軍に、海軍に、教会に、法曹界に携わり、報道界に、造形芸術に、公共機関に、ありとあらゆる種類と等級の仕事に関わって来た。紳士として手塩にかけられ、オクスフォードとケンブリッジの全学寮に入っていた。書簡でラテン語を引用し（概ね何かちっぽけな英単語の綴りは間違えるが）、シェイクスピアが無心について何と言っているか貴殿の与り知らぬほど蘊蓄を傾けられる。特筆に値することに、困窮の最中にあってなお新聞を読み、己が懇願を体好く締め括るに、当世流行りのネタを、小生のお手のものやもしれぬとばかり、引き合いに出す。

　男の人生は一連の矛盾を呈す。時に男はついぞかようの手紙を認めたためしがない。男は内心忸怩たるものがある。これが初めてであり、最後となろう。何卒返事は御放念頂きたい。さなくば密かに自害しようと諒解されたし。時に（してなお頻繁に）男は事実かようの手紙をわずかながら認めたことがある。さらば男は返信を同封し、それらが男にとってはかけがえのない故、くれぐれも丹念に返送賜るようと但書きを添える。して何か――韻文詩か、手紙か、質屋の合札か、ともかく返信を迫るような代物を――同封したがる。男は封入物その二において言及さる半クラウンを拒んだ――が貴兄にあられてはよもや――「不遜極まりなき運命の寵児」を歯に衣着せずコキ下ろす。

　男は様々な文体で書いて来る。時には意気消沈し、時には全くもっておどけた調子で。意気消沈している際には右下りに書き、文言を繰り返す――ささやかながら心の狼狽の、それとなき論より証拠とばかり。より浮かれている折には、小生相手にやたら気さくに振舞い、正しくのべつ幕なしペチャクチャしゃべる。貴兄は、無論、人間性が如何なるものか御存じのはず――果たして他の何人が、よりしかと？　はむ！　小生いつぞやはささやかながら資産を有せしものを、使い果たして候う――世の幾多の者の御多分に洩れず。今や気がつけば、古馴染みには愛想を尽かされている次第にて――これまた、世の幾多の者の御多分に洩れず。さらば何故一筆筆を執らせて頂いたか？　貴兄に何ら申し立てる筋合いがなければこそ。まずはその点を素直にお認めした上、何卒二ソヴリンほど（貴兄の人間性を御存じの故）お貸し頂きたく。来る六週間後の火曜日の正午までには必ずや返済致すこととし。

　時に、男は小生が奴の正体を見破り、金を受け取る見込みのさらになき旨確信すると、小生宛、貴兄もとうとう自分を厄介払いなされたと一筆書いて寄越す。実は歩兵中隊に志願し、程なく祖国を離れることになっている――が、チーズを一つお恵み頂きたい。軍曹の話では、重さ十二から十五ポンドのシングル・グロスタ・チーズを持って行かねば連隊における昇格に大いに差し障ろうとのこと。八、九シリングあれば調達なされよう。これまでのことがあるだけに金は所望致さぬ。が明朝九時に伺えば、チーズを御用意頂けようか？　して何かベンガルにて謝意を表すに致せることは？

　いつぞや、男は小生に救援物資を願い出る、いささか格別な手紙を書いて来た。奴は褐色紙に包んだ泥の小荷物を鉄道赤帽たる言い抜けの下、あちこちの屋敷に配達し、くだんの役所で配達料を受け取ることにてちょっとした難儀に巻き込まれていた。当該おどけた気紛れの罪を、矯正院にて贖った。釈放されて程なく、してとある日曜の朝、手紙を一通携え（まずは全身埃まみれにしておいてから）小生の所へやって来た。手紙によらば、しばらく正直な生計を立てるべく陶器の荷馬車を曳いて田舎をあちこち回っていたとのことだった。かくてトントン拍子にやっていたものを、昨日（さくじつ）、馬がケント州、チャタム近くでバッタリ絶切れた。お蔭で不如意千万にも自ら轅と轅の間に入り、陶器の荷車をロンドンまで――生半ならず体力を要す延々三〇マイルの道々曳いて来なければならなかった。敢えて再び金を所望する気はないが、もしやロバを一頭表に出しておいて頂けるようなら、朝食前に引き取りに伺わせて頂きたく*！

また別の折、小生の馴染みは（ここにて小生は実体験を審らかにしている訳だが）赤貧洗うが如き文士として名乗りを上げて来た。*自分はさる――事実開館している――劇場に脚本を採用されたが、上演が――事実体調を崩している――主役の不調のために延期された。自分と家族は全き飢餓状態にある。たとい困窮を劇場主に伝えようと、如何様な処遇を受けようか？　はむ！　我々は互いに得心の行くよう、くだんの難儀に片をつけた。しばらくすると、男は何か他の苦境に陥り――確か、妻君のサウスコット夫人*が切羽詰まっているとかで――我々はこの点にも何とか折り合いをつけた。しばらくすると、男は新しい屋敷を借りたが、天水桶がないために真っ逆様に破滅へと向かっていた。小生としては天水桶が何がなし胡散臭いように思われ、くだんの書簡には返答しなかった。が、しばらくすると、我ながらの手抜かりに、宜なるかな、いたく気が咎めた。男は傷心の一筆を認（したた）め、己（おの）が悲哀の愛しき伴侶が昨晩九時、腕の中で息を引き取った由報せて来るとは！

小生は急遽、妻に先立たれし喪主と気の毒な子供達を慰めるべく信頼の置ける遣いの者をやった。が遣いの者が早々に駆けつけすぎたために、芝居は未だとことん演じ切られる仕度が整っていなかった。と言おうか、早い話が馴染みは不在にして、妻君はすこぶるピンシャンして御座った。男は「托鉢協会」によって（後ほど判明したことに非公式に）逮捕され、小生は男に不利な証拠を携えてロンドン首都警察署に出頭した。治安判事は男の教育的素養にいたく感服し、男の書簡の文才に深き感銘を覚え、男ほどの学識に恵まれた人物がかようの所に召喚されるとはといたく嘆き、男の作文の天稟を口を極めて褒めそやし、晴れて男を釈放するありがたき務めを担っていることに心底陶然となった。判決文の中で男が呼ばわれている所の「哀れな奴」のために寄附金が募られ、小生は満場一致にてある種人非人と見なされているとの心地好き感懐を胸に法廷を後にした。翌日、大きな刑務所所長である馴染みがわざわざ小生の所へやって来た。「どうしてまずもってわたしの所へ来ずに」と馴染みは言った。「あの男相手に警察署へ行ったりした？　こっちはあの男と男のペテンなら百も承知。あいつは君に初めて無心の手紙を書いた正にあの折、うちの看守の一人の屋敷に間借りしていたが、ちょうど一ポンド十八ペンスの春先の仔羊と、一束いくらかは知らんが、走りのアスパラガスを食っていたそうではないか！」正しくその同じ日の、正しくその同じ刻限に、我が忿懣遣る方なき御仁は一筆小生宛厳粛な手紙を認（したた）め、「悍しき土牢」にて一夜を過ごした償いに如何なる賠償をしてくれようかと問うて来た。して翌朝、同業者仲間の端くれが、男の言い分を読んでいたものか、小生が再度くだんの警察署に出頭するに大いに二の足を踏もうと得心すらばこそ、頑として小生の玄関口を一ソヴリン以下で立ち去るを潔しとせず、延々十時間の長きにわたり、文字通りその前に「座り込ん」だ。要塞には十分糧食が給されていたので、小生は四つ壁の内に立て籠もり、男は真夜中に鈴（りん）もて途轍もなき警報を上げることにて、包囲を解いた。

　無心書簡の差出し人には間々広範な知己がいる。「紳士録*」の頁は丸ごと男の身元保証人たる手ぐすね引いて待っている。高位貴顕や上流人士がこと廉潔と美徳にかけてかほどの男に出会ったためしはないと折り紙をつけて寄越す。男のことはいつからとはなく知っているが、自ら男のためにすまいことは何一つない。如何でか、男が喉から手が出るほど欲しがっているくだんの一ポンド一〇シリングを与えようとだけはせぬが、恐らくほんのそれしきでは足らず——もっと施してやりたいのは山々なれど、男の謙虚さがそれを許さぬのであろう。男の生業に関し特筆すべきはそれが極めて魅力的な稼業だという点である。男は断じて足を洗おうとせぬばかりか、男に近しい者もそいつにハマり、遅かれ早かれそいつで身を立てる。男は遣い走りを雇う——男か、女か、小僧を。くだんの遣い走りは畢竟、必ずや独立独歩の無心書簡の差出し人になる。息子や娘は親父の稼業の跡を継ぎ、親父が身罷ると無心書簡を認（したた）めにかかる。男は無心書簡を物するキンを病原菌よろしくバラ蒔く。シドニー・スミスがいみじくも「不正直の危険な贅」と呼び*しものは、どうやらこの事例においては他の如何なる事例におけるより魅惑的にして気触れ易いと思しい。

　男は必ずや無心書簡差出し人文通協会に名を列ねている。いざとならばどなたであれ当該事実を確かめられよう。今日、無心書簡の返事に——如何ほど通常の無心書簡とは似て非たろうと——金を恵んでみるが好い。さらば以降二週間というもの、かようの手紙が雨霰と舞い込もう。頑に施しを拒み続けてみよ。さらば無心書簡は天使の訪れさながら間遠に（トマス・キャンベル『希望の愉悦』）なり、やがて協会は何らかの謂れにてダレを見せ、外の何者にせよせっつくくらいなら、まだしも貴殿にせっつく方が増しになるやもしれぬ。無心書簡の差出し人のゴ事情に探りを入れようとて詮ない。奴は時に、前述の場合におけるが如く（それとて入れられた初めての探りではなかったが）、たまたま正体がバレるやもしれぬ。が表向きの悲惨が常に男の生業の端くれにして、真の悲惨はやたらしょっちゅう、春先の仔羊と走りのアスパラガスの合間である。そいつは当然のことながら、男の放蕩癖の不正直な生活のほんの偶発事故にすぎぬ。

　当該天職がめっぽう羽振りが好く、大金が易々せしめられるということは、かようの事例に纏わる警察報道に目を通せば一目瞭然。が商いが手広く行なわれている割に、訴訟はめったに起こらぬ。その謂れは（これぞ男の思惑の端くれであるによって、無心書簡の差出し人ほど重々心得ている者もあるまいが）、人々がまんまと付け込まれていた、と言おうか己が良心を女々しくも全ての美徳の内で最も気高いそれの怠惰にして薄っぺらな代用品でもって満足させていたと大っぴらにするにいたく吝かなことにあろう。当該論説が（一八五〇年四月二十九日）印刷のために執筆されている折しも野放しになり、これまで一度として逮捕されたことのない男がいるが、男は恐らく、この十二か月というもの、この生業でずら未だかつて存じ上げたためしのないほど大胆不敵にして首尾好くペテンの旨い汁を吸って来ているはずだ。この下種のやり口にはどこか途轍もなく浅ましい所がある。男は常日頃からありとあらゆる手合いにして境遇の人々に宛て、極めて高い評判と一点の非の打ち所もなき徳義を具えた人物の名にかけて、目下苦境に喘いでいる旨標榜する手紙を認める——さらばその人物に対し誰しも賞賛と崇敬の念を抱いているだけに、必ずや鷹揚にして快い返答が来るという訳だ。

　さて、生身の人間の実体験の結果こそ如何なる抽象的論考より目下の主題に関す考察を促すに資するやもしれぬと惟み——かつ、ここしばらく如何ほど手広く無心書簡稼業が商われ、如何ほど羽振りを利かす一方たることか身に染みて知らぬでなし——当該小論の筆者は掉尾を飾る二言三言に読者諸兄の注意を喚起したい。筆者の体験は幾多の人々の体験の一典型にすぎぬ。中にはより小規模なものもあれば、遙かに大規模なものもあろう。どうか御随意に筆者がそこより導いた結論の妥当性、或いは非妥当性を判断なされたい。

　長らく、ともかく如何なる場合におけようとかようの援助が有効か否か疑問を抱き、個人的に知る限りともかく何らかの善行が為されたと後ほど思う謂れのいささかなりある場合をわずか一件しか思い起こすこと能はず、筆者は昨秋、如何せん由々しき思案に暮れざるを得なかった。郵便の配達毎に無心書簡が飛び交っているからには以下、火を見るより明らかたろう。怠惰な浮浪者の一団が、貧者の苦しんでいる病気と悲惨を軽減すべく何らかの手を貸したいとの広く遍き願いと、事実困窮に喘いでいる貧者自身との間に割って入っていることは。予防可能な病気や死として貧者に加えられる社会的な悪を矯正すべくささやかながら何かしたいと求めている幾多の人間は、社会に蔓延（はびこ）る百害あって一利なき破落戸に金を費やすことにて、如何ほど他意はないにせよ、くだんの悪弊を助長していることは。想像力は——坦々とこれら破落戸の内一人を牢獄における懲罰の人生へと追い、片やコレラに祟られた裏通りのこれら貧者の内一人か、もしくは今はの際にあって今は亡きドゥルーエ氏*に労られているこれら貧者の内一人の子供の内一人の人生とを引き比べれば——神の御前にせよ人間の眼前にせよさして長らくは上演されること能はぬ陰険な笑劇を打ち眺めていることは。盲（めしい）の目が見え、びっこが歩き、死者が蘇る奇跡の後（のち）に新約聖書において要約されている全ての奇跡の最たるものは、貧者が「福音」を説かれる奇跡であることは。貧者は老齢の尚早にして、或いは青春の腐朽において——というのもかようの青春に花や花盛りは縁もゆかりもないから——幾千人となく、不自然かつ不必要に命を絶たれる一方、「福音」は空ろにしてその気のない声によるのをさておけば断じて説かれることがないことは。これぞ全ての悪弊の内、悪疫が我々にまずもって正すよう警告している大いなる悪弊に外ならぬことは。とある不穏な胸を鎮めるべく無心書簡の差出し人に届けられる如何なる額の受取人指定郵便為替とて最後の審判の日に事実その胸を安らがせたものとして呈せられはすまいことは。

貧者は断じてこの手の手紙は認（したた）めぬ。かほどに連中の習いから程遠いものもまたあるまい。差出し人は白日の下なる盗人（ぬすびと）にして、彼らに力を貸す我々は連中の略奪の片棒担ぎに外ならぬ。連中は公的であれ私的であれ、愉快であれ悲惨であれ、我々の心を動かそう、連中の知る限りありとあらゆる状況を食いものにする。我々の人生の教訓を濫用する。我々の力にして美徳たるべきものを弱さと悪徳の助長へと変える。もって処方するに単純な療法があり、療法は我々の掌中にある。即ち、我々は如何なる感情を犠牲にしようと、かようの訴えには耳を貸さず、くだんの生業を壊滅さす意を決せねばならぬ。

殺人にも様々な段階がある。生命は我々の間で一つならざる手立てにて神聖に守られねばならぬ——単に凶器や、微妙な毒や、残虐な殴打のみならず、予防可能な病気や、歪（ひず）みや、苦痛から聖なるものとして。それこそが我々がこの惨めな瞞着に対して掲げねばならぬ第一義の名分である。身体的生命が尊重されれば、道徳的生命が次に来る。ものの一週間、無心書簡の差出し人の意を満たすまいもので、一年間、二十名の子供が教育されよう。我々の能う限りのものを施し、これまでより多くのものを施そうではないか。我々の能う限りのことを為し、これまでより多くのことを為そうではないか。ただし高邁な意図の下（もと）に施し、為そうではないか。社会のクズに、畢竟そいつら自身のより大いなる堕落を招くに、我々の本務の廃物を授けぬために。

第三章　とある星に纏わる幼子の夢

昔々幼子がいて、幼子はずい分あちこち歩き回り、ずい分色んなことを考えた。幼子には姉がいて、*姉もやはり幼く、弟といつも一緒に遊んでいた。二人はよく日がな一日驚きの目を瞠っていたものだ。花は何て美しいんだろう、空は何て高くて青いんだろう、明るい川は何て深いんだろう、素晴らしいこの世をお造りになった神は何て立派で偉大なんだろうと。

時に、お互い言い合ったものだ。もしも地上の子供が皆死んでしまったら、花や、川や、空は悲しむだろうか？　きっと悲しむとも、と二人は思った。だって、と二人は言った、蕾は花の子供で、山腹を跳ね回りながら下る小さなイタヅラ好きのせせらぎは海の子供で、一晩中空で隠れんぼしているどんなちっぽけな明るいポチだってきっと星の子供のはずで、あいつらみんな遊び友達の姿が――人間の子供の姿が――これきり見えなくなったら悲しいに決まっているから。

一つ、墓地の上の、教会の尖塔の近くに、いつもほかの星より早く空に昇る、キラキラ輝く星があった。星は、と二人は思った、ほかのどの星よりも大きくてきれいだと。二人は毎晩、窓辺で手をつないで立ったなり、星が出て来るのを見守った。どちらが先に見つけても、「ほら、星が見える！」と声を上げた。しょっちゅう二人は同時に声を上げた。星がいつ、どの辺りに昇るかすっかり分かっていたから。という訳で、二人は星と大の仲良しになったものだから、ベッドで横になる前に、いつも星に「お休み」を言おうと、もう一度夜空を見上げ、それからクルリと床に就くために背を向けながら言ったものだ。「神様が星をお守り下さいますよう！」

だが、姉は未だたいそう幼いというのに、おお、たいそう、たいそう幼いというのに、いつしか元気がなくなり、それは弱って来たものだから、最早、日が暮れてから窓辺に立てなくなり、すると幼子は独りきり空を見上げ、星が見えるとクルリと向き直り、ベッドの上の辛抱強い蒼ざめた面に「ほら、星が見える！」と言い、すると面には笑みが浮かび、小さなか細い声が言ったものだ。「神様が弟と星をお守り下さいますよう！」

やがて、可惜程なく！　幼子が独りきり空を見上げなければならない時が訪れた。ベッドの上には如何なる面もなく、墓地には以前そこになかった小さな墓が掘られ、星は、幼子が涙ながらに見上げると、幼子の方へ長い光の筋を投げかけて来た。

さて、星の投げかける光の筋はそれは明るく、地上から天国へそれは輝かしい道を作っているように見えたものだから、幼子は独りぼっちベッドに潜ると、星の夢を見た。ベッドに横たわったまま、一並びの人々が天使によってキラびやかな道伝(づて)連れて昇られる夢を。星は、パッと開くと、幼子に大いなる光の世界を見せ、そこではもっとずっとたくさんのそんな天使が人々を受け入れようと待っていた。

人々を待っているこうした天使は皆、星の中へと運ばれて来る人々に晴れやかな目を向け、中には皆して立っている長い列から外れ、人々の首にすがりつき、優しくキスをし、彼らと一緒に光の並木道を遠ざかる者もいた。が、彼らと一緒になれたというのでそれは幸せそうなものだから、幼子は自分まで嬉しくなり、ベッドに横たわったまま、ポロポロ涙をこぼした。

だが、人々と一緒に行かない天使もたくさんいて、その中には幼子のよく知っている天使が紛れていた。かつてベッドの上に横たわっていた辛抱強い面(おもて)には目映いばかりの後光が射していたが、幼子の心はどんなにたくさんの天使の中からでも姉が見分けられた。

幼子の姉の天使は星の入口辺りでいつまでもグズグズとためらい、人々をそこまで連れて来ていた天使の中の先達にたずねた。

「弟は参りまして？」

すると先達は答えた。「いや」

姉は飽くまで希望に胸膨らませ、顔を背けかけた。すると幼子は両腕を突き出し、声を上げた。「おお、姉さん、ぼくここだよ！　ぼくを連れてって！」すると姉はにこやかな目を弟に凝らし、今は夜だった。そして星の光が部屋の中まで射し込み、幼子が涙ながらに目にしたままに、長い光の筋を幼子の方へ投げかけた。

その刻(とき)を境に、幼子は星を神に召される時が来たら行くことになっている「我が家」と見なし始め、自分は地球だけでなく、星の住人でもあるのだと、何故なら姉の天使が一足先に行っているから、と思うようになった。

やがて幼子には小さな弟の赤ちゃんが生まれたが、まだ口も利けないほど幼い内に、ベッドの上に小さな体を横たえ、息を引き取った。

再び幼子は開け放たれた星と、天使の仲間と、一並びの人々と、にこやかな目をそっくり今のその人々の顔に凝らしている幾列もの天使の夢を見た。

姉の天使は先達にたずねた。

「弟は参りまして？」

すると先達は答えた。「あの子ではないが、別の弟が」

幼子は弟の天使が姉の腕に抱かれているのを目にすると、声を上げた。「おお、姉さん、ぼくここだよ！　ぼくも連れてって！」すると姉はクルリと向き直り、幼子に微笑みかけ、星がキラキラ瞬いていた。

幼子は青年になり、懸命に本を読んでいた。すると昔ながらの召使いがやって来て、言った。

「母上がお亡くなりになりました。愛しい坊っちゃまにいついつまでもお幸せにと！」

再び夜分、青年は星と、以前の仲間皆を目にした。姉の天使は先達にたずねた。

「弟は参りまして？」

すると先達は答えた。「母上は！」

大きな喜びの叫び声が星中から迸った。母親がまたもや二人の我が子に巡り合えたからというので。青年は両腕を突き出し、声を上げた。「おお、母さん、姉さん、弟、僕はここです！　僕も連れて行って下さい！」すると三人は答えた。

「今はまだ」そして星がキラキラ瞬いていた。

青年は大人になり、髪にも白いものが交ざり始めた。悲しみに打ち拉がれ、頬を伝う涙を拭おうともせず、炉端の椅子に座っていた。すると星がまたもやパッと開いた。

姉の天使は先達にたずねた。「弟は参りまして？」

すると先達は答えた。「いや。だが、彼のうら若き娘が」

するとかつて幼子たりし男には、つい最近亡くなったばかりの愛娘が天使たりて、母と姉と弟に囲まれているのが見え、男はつぶやいた。「娘の頭（こうべ）は姉の胸にもたせられ、娘の腕は母の首に回され、娘の足許にはかつての赤ん坊がいる。ならば、神のありがたきかな、娘との訣れにも耐えられよう！」

そして星がキラキラ瞬いていた。

かくて幼子は老人になり、その昔滑（すべ）らかだった面（おもて）には皺が寄り、歩みはゆっくりとして覚束無くなり、背（せな）は曲がった。そしてある晩のこと、ベッドに横たわっていると、子供達がグルリを取り囲み、老人は遙か遙か昔に声を上げたように、声を上げた。

「ほら、星が見える！」

彼らは互いに囁き合った。「神のお迎えが来た」

そして老人は言った。「如何にも。齢（よはい）は衣さながら剥がれ落ち、わたしは幼子たりて星へ昇って行く。そして、おお、主(しゅ)よ、汝(な)の何とありがたきかな、わたくしを待ち受けるあの愛しき者皆を迎えるべく、然ても幾度となく星の扉を開け賜ふたとは！」

　そして星がキラキラ瞬いていた。そして星は今なお男の墓の上で瞬いている。

第四章　我らが祖国の海水浴場

一年のこの時節ともなれば、してわけても大都市ロンドンが常にも増して暑く、騒々しく、埃っぽく、と言おうか撒水（さんすい）車（しゃ）っぽく、人々でごった返し、ありとあらゆる点において狂おしく、煩わしき今年のこの時節ともなれば、静かな海辺は正しく至福の地となる。この懶き*朝（あした）、我々は我々がその律儀な行楽客たる古式床しき海水浴場の白亜の絶壁の突端の日の燦々と降り注ぐ窓辺にて、夢とも現ともつかぬまま、その輪郭をざっと素描したきなまくらなムラッ気を起こす。

土地そのものも感応しているかのようだ。空と、海と、浜と、村は肖像画のモデルよろしく、眼前で微動だにせぬ。目下は死んだような干潮だ。

さざ波は恰も記憶から大海原を真似ようと弱々しく躍起になってでもいるかのように、絶壁の上の熟れ行く小麦の直中にて戯れ、ラディッシュ・シードの収穫の上では蝶の群れがヒラヒラ、風の吹く際にカモメが連中なり、より大きなやり口で忙しなく舞うに劣らず連中なり、小さなやり口で忙しなく舞う。が大海原は寝ぼけ眼のライオンさながら日溜まりの中でシバシバ瞬き（しばたき）ながら微睡み、鏡のように滑（すべ）らかな水面（みなも）は一岸辺でほとんど弧すら描かず――ちっぽけな港の釣り船は一艘残らず泥に乗り上げ――我らが二艘の運炭船は（我らが海水浴場はくだんの量の船舶を狩り出すほどの海運業は営んでいるので）四半マイル以内に一インチの水もなきままぐったり、ノアの大洪水以前種の気の失せかけた魚よろしく横方（よこざま）引っくり返っている。錆だらけの大索と鎖や、ロープと輪っかや、支柱と基礎杭と入り組んだ防波用材の最下部が辺り一面、巨人一家がここにて太古より茶を淹れて来たはいいが、岸辺に茶殻をぶちまけるふしだらな習い性となりしかと見紛うばかりの褐色の敷き藁っぽい縺れた海草と落下した絶壁の欠片に紛れて散らばっている。

実の所、我らが海水浴場はそれ自体歳月の潮に生半ならず高々としてカラッカラに置き去りにされている。なるほどヤツの面目をつぶす気は毛頭ないながら、不承不承認めざるを得ぬことに、木製桟橋の突端にて大海原の然る方位へと先細りになっているこの愛らしき小さな半円の家屋敷の一帯が陽気な場所たりし時は、そいつを見下ろす灯台が夜明けと共に公の舞踏会から三々五々散っている仲間を煌々と照らし出していた時は、今やその古き善き面影を朧に留めているにすぎぬ。我らが海水浴場には今に上流社交「場」と呼ばれる佗しき大広間があり、舞踏会*や音楽会に貸しに出される由諒解されている。のみならず二、三シーズン前には神さびた小柄な老紳士がはるばる訪い、ホテルに滞在し、そこにて遙か昔、当代切っての佳人にして数知れぬ果たし合いの酷き火種として夙に名高かりしピーピィ男爵令嬢と踊ったことがあると宣った。が御老体、それはヨボヨボに老いぼれて皺だらけの所へもって、それは大御脚がギクシャクとリューマチっぽいものだから、御当人の話を鵜呑みにするには我らが海水浴場が常々奮い起こせる以上の想像力を要した。よって、社交「場」の（今の今に至るまで膝丈ブリーチズでめかし込み、くだんの昔語りに目にジンワリ涙を浮かべて太鼓判を捺していた）式部官を措いて誰一人、小さなびっこの御老体の話を、と言おうかとうの昔に幽明境を異にしたピーピィ男爵令嬢の存在すら、鵜呑みにする者はなかった。

　こと目下の我らが海水浴場の上流社交場における慈善舞踏会(ボール)に関せば、赤熱の大砲弾(ボール)の方がまだしもあり得よう。時に心得違いの流離い人たる腹話術師か、神童か、奇術師か、何光年は時代遅れの太陽系儀(オーラリ)を引っ提げたどこぞの男が一晩宿を取り、最後の町の名を罫で掻っ消し、我らが町の名を不埒千万にも書き込んだちらしを配る。がまず間違いなく当該お気の毒な男は一度でコリゴリと思い知らされる。かようの場合、めったなことでは（もしやピーピィ男爵令嬢が外(ほか)のお化け方とプール*でもせぬ限り）お呼びのかからぬ色褪せたビリヤード台は片隅へ押しやられ、長椅子が粛々と前方席、後方席、指定席へと仕立てられ——御逸品、一旦お代を払ってしまえば大同小異——なまくらなロウソクが二、三本——風が許せば——灯され、芸人と疎らな観客は概ね五分と五分の——短い戦(いくさ)を仕舞いまで戦い抜いた挙句、後者がいっとうしょげ返る。幕が下りれば、芸人はすかさず悪態もろとも姿を消し、それきり杳として行方は知れぬ。

　だが我らが上流社交場の就中奇しき様相は、ここにて年々歳々「特選陶器その他」の競りが摩訶不思議なほど律儀にして辛抱強く触れ回られる点である。陶器は何処からやって来て、何処へ行き、何故(なにゆえ)年に一度、誰一人として競り落とそうなど思いも寄らぬというに競りにかけられ、如何でそいつら必ずや同じ陶器にして、いっそ、例えば一八三〇年に、海がつい目と鼻の先にあるからには投げ捨てていたなら安くついていなかったか否か、は永遠の謎である。毎年、貼り紙がお出ましになり、毎年、社交場の式部官はテーブルに据えた小さな説教壇に登り、陶器を競りにかけ、毎年、誰一人として競り落とす者のなく、毎年、競り種はどこぞに仕舞われる。晴れて明くる年、まるで当該一件、どこからどこまで新奇の着想ででもあるかのように再度お出ましになるまで。我々は表向きパリとジュネーブの芸術家の作品ということになっている、薄気味悪い時計の蒐集を朧げながら記憶している——振り子がブラブラ、びっこの大御脚よろしくブラ下がり、蒼白い松葉杖に寄っかかった、大方は気難しげな面付きの。時計にも同じ堂々巡りの手続きが幾年となく踏まれ続けた。が挙句ほんの惚けたばっかりに、どこぞへ失せたと思しい。

　我らが上流社交場には図書室が付属している。中に「回転円盤抽選器（フィール・オブ・フォーチュン）」があるが、錆だらけにして埃まみれで、ビクとも回らぬ。目の動く、大きな人形がこの秋で七年前、一人頭二シリングにて二十五名の仲間の間で富クジにて物にされるべく押っ立てられたが、一覧は未だ十全とは埋まっていない。我々は今や、富クジも晴れて来年には引かれるものとお目出度なソロバンを弾いている。そんな具合に気楽に構えているのは、目下欠けている人員はわずか九名で、もしや二番目の記入者が名を列ねて以来大人になり、嫁いだ折に名を引き下げてでもいなければ、欠けているのはわずか八名のはずだから。通りの先に似たり寄ったりの身の上なる、生半ならぬ積載量のオモチャの船がある。くだんの富クジに名を列ねた少年の内二人は爾来、本物の船でインドへ渡り、一人は銃弾に倒れ、妹の恋人の腕の中で息を引き取り、そいつ伝（づて）臨終の言葉を祖国へ送り届けた。

　これはミネルヴァ文庫*に打ってつけの図書室である。貴殿はもしやその手の読み物を御所望ならば、是非とも我らが海水浴場にお越しになられたい。やたら髪巻き紙っぽい状態にまで成り下がった恋愛物語（ロマンス）の頁にはびっしり鉛筆書きの——時に世辞めいた、時に剽軽な——メモが書き込まれている。これら注釈者の中にはより広範なやり口の注釈者同様、互いの間で売った買ったとやり合う者もある。感傷的な条（くだり）毎に「おうっ!!!」と皮肉っぽく記しているとある若き殿方はその読書歴の終始、別の若き殿方によりて付け狙われるに、後者はその都度「この不遜なあげつらい屋め!」と記している。ジュリア・ミルズ嬢*はくだんの蔵書を一冊残らず読み尽くし、頁の余白に、例えば、「これってほんとに感動的じゃないこと? J・M」とか「何てハラハラするったら! J・M」とか「ここで妖術遣いの恐ろしい呪（まじな）いに金縛りに会ったよう、J・M」といったメモを残している。彼女はまた以下の如く、主人公の描写のお気に入りの特徴に傍点を打ってもいる。「彼の髪は、暗褐色で波打っているが、その崇高な蒼白こそ内なる知性を物語る大理石さながらの額の周りにふんだんにほつれかかっていた」さらば自づと別の主人公の面影が彷彿とし、付け加える。「何てB・Lにそっくりなの！　これがただの偶然ってことあって？　J・M」

貴殿はほとんどいつが我らが海水浴場の大通りか察しがつくまい。が御逸品、いつもロバ曳き二輪によって行き止まりになっていることにて見分けがつこう。当地を訪い、馬具をつけたロバがムシャムシャ、せせこましい公道にデンと横方陣取った手押しからクローバーを食べているのに出会したら必ずや、我らが本町通りに差し掛かっているものと思われたい。我らが警察ならば、制服のみならず、断じてどいつにも――わけても流れ乞食や宿無しには――待ったをかけぬことにて見分けがつくやもしれぬ。我らが特選食品店には傷みの来た選りすぐりの売り種の山がひけらかされ、その直中を幾々夏をも閲したハエが「ウロつき回って*」いる。我々は廃れた印形や、褪せたピン・クッションや、ガタピシのキャンプ用床几や、木端微塵の刃物類や、ミニチュア容器や、発育不全の小さな望遠鏡や、貝殻ならざる化けの皮を被ろうと躍起になっている貝殻製品ならお手のものだ。いじけた踏鍬や、手押しや、手籠といった面々が我らが主立った商い種だが、連中とて如何でか真っ新にだけは見えぬ。と言おうか必ずや、はるばる我らが海水浴場にお越しになる前にどこか他処で売りに出されたはいいが突っぱねられたげな面を下げている。

がそれでいて、我らが海水浴場を罷り間違っても浮気だけはせぬほんの一握りの律儀な連中をさておけば遊山客という遊山客に見限られた空っぽの場所だなどとは思し召す勿れ。どころか、恐らく、もしや当地に八月か九月に来ようものなら、頭を横たえる屋敷一軒見つかるまい。こと値切れる屋敷なり下宿家なり探し出すことにかけては、かほどに望み薄の請負いにはまず乗り出せまい。にもかかわらず、シーズンというシーズンは未だかつてなかったほど商売上がったりのシーズンにして、我らが海水浴場の戸主人口は秋が訪れる毎に破産している所に相見えよう。連中、如何ほどの破産に耐え得るか瞠目的たる点にかけては農夫とどっこいどっこい。我々には高級ホテルが――温水・冷水・シャワーを問わぬとびきりの風呂が――第一級の更衣車が――望み得る限り最高の肉屋と、パン屋と、万屋が――ある。連中はひょっとして皆、博愛精神から生業を営んでいるのやもしれぬ――が、どいつもこいつもクビが回らなくなりかけているのは確かだ。他処者に対して如何ほど親身にして、クビが回らなくなりかけてなお丁重か、は連中の生まれながらの愛嬌の好さを証して余りあろう。百聞は一見に如かず。ほんのパン屋が新参者に付き合って打ってつけの部屋を探してやっている様を御覧じろ。

こと客筋がらみで値を下げているどころか、我々は俗に言うハイカラな遊山地である。時にとびきりの「上流人（ノブ）」が――公爵や公爵夫人ですら――お越しになる。我々はこれまでも思わず見る者の目を瞬（しばた）かさずばおかぬほどキラびやかな馬車がロバ曳き二輪に紛れて燦然とキラめき渡っているのを目の当たりにして来た。この手の供回り付き馬車に付き従っているのはプラシ天と髪粉頭の目も綾な伊達者で、連中、必ずや我らが海水浴場のお粗末な設いに嫌気が差し、（わけても雨降りの）夕暮れ時などりゅうたる見てくれには狭きに過ぐ部屋にてギクシャク、小さな裏窓から脇道を不平タラタラ覗き込んでいる様が見受けられるやもしれぬ。閣下や奥方はそこそこトントン拍子にしてすこぶるつきの上機嫌でやって行く。が、もしも紳士淑女に傅いている豪華絢爛たる珍現象が途方に暮れきっている姿を拝まして頂きたければ、「使用人大部屋（サーヴァンツ・ホール）」の代わりに小さな裏手の茶の間を、夜分身を横たえるに折り畳み式ベッドを、あてがわれた、我らが海水浴場なる目も綾な伊達者を見にお越しになるがいい。連中が一件を如何ほど気に病んでいるか、は思いも寄るまい。

我々には桟橋がある――下手（へた）にいっぱし建築物めこうとせぬだけに、むしろめっぽう画趣に富むことと相成った、風変わりな古びた木造りの桟橋が。ボートが引き揚げられ、ロープが辺り一面、蜷局を巻き、筌（うえ）と、網と、マストと、オールと、円材と、帆と、底荷と、ガタピシの車地が散らばっているせいで、桟橋はこれ一つの迷路かと見紛うばかりだ。この桟橋をあちこち、両手をズッポリ、ポケットに突っ込んだなり、いつ果てるともなくウロつき回るか、桟橋が大海原宛真っ向から突きつけているゴツゴツの防波堤に寄っかかったなり、くだんの深遠な合財入れに突っ込んであちこち引っ提げ回っている望遠鏡越しに辺りを見はるかしているのは、我らが海水浴場の船頭だ。連中を目の当たりにすらば、貴殿はこの世に蓋し、かほどに物臭な船頭はいまいと宣おう。連中は木でこさえられたかのように依怙地でビクともせぬらっぱズボンで年がら年中そこいらをブラつき回る。英仏海峡の回遭業をダシに花を咲かすにせよ、居酒屋でビールのマグ越しに嗄れっぽくくつろぐにせよ、貴殿は連中こそこの世にまたとないほどノロマな男共だと思おう。たとい十シーズンここに滞在しようと、忙しなげな船頭にお目にかかる巡り合わせは万に一つもない。ズッポリ、ポケットに突っ込まれていない際にはさながら左右に生半ならずどデカい鉄の塊をさしたる不都合もなく引っ提げてでもいるかのように締まりのない両手は、如何にも強かそうだ。が船頭はそいつをこれきり使いそうにない。奴はどうやら臺(とう)がノラクラ——ニョッキリ——とはお世辞にも言えぬから——「立つ(ラン)」まで油を売っているかのようだ。奴にあって曲がりなりにも力コブの入っているげな唯一のネタは飛礫(ピッチ)である。奴は手当たり次第のもので——桟橋であろうと、柵であろうと、持ち船であろうと、畤であろうと——飛礫(ピッチ)を打ち、外(ほか)に打つものに事欠けばこちとらの帽子か防水服ですら飛礫(ピッチ)を打つ。が、くれぐれも外っ面に誑かされぬよう。連中、一皮剥けばこの世にまたとないほど恐いもの知らずにして腕達者な船乗りだ。いざ突風が吹き荒れ、嵐に膨れ上がれば、いざついぞ鼓動を打ったためしのないほど屈強な心臓とて竦み上がらさずばおかぬ怒濤が逆巻けば、いざこれら危険な砂洲に浮かぶ灯船が夜間に火矢を打ち揚げれば、いざ哮り狂った轟音を突き、波に揉まれた船の号砲が聞こえれば、そら、連中はやにわに、この世の誰一人敵う者なきほど豪胆にして、勇猛にして、雄々しき心意気を見せよう。揚げ足取りの連中はあいつら大方、値の張る積荷の救助財産で生き存えているだけではないかと後ろ指を差すやもしれぬ。如何にも、然り。して神のみぞ知る、自ら冒す恐るべき危険から稼ぐにはおよそ豪勢ならざる食い扶持ではなかろうか。がくだんの儲け話はさておき、これら荒くれ者に、如何なる時化においてであれ、一体どいつがあの、自分達といい対手ぶらで懐の寂しい——その命など人間の理性の極致ですら各々一文の値にもつけまい——絶体絶命の同胞(はらから)を救うべく救命艇に志願するかたずねてみよ。さらばくだんの舟艇には恰も一千ポンドが風雨に晒された桟橋に数え出されでもしたかのように確実にして陽気に人員が配されよう。故に、して我々にも馴染みのある、哮り狂う大海原がかようの雄々しき奮闘において我が子の目の前で呑み込み、海の藻屑と化した奴らの仲間の思い出故に、我々は我らが海水浴場の船乗りを敬愛して已まず、連中の授けられて然るべき令名をこそ慮る。

　然に幾多の子供が我らが海水浴場に連れて来られるものだから、晴れた日和には大方戸外へ出ている如く、出ていない際には一体どこへ押し込められているものやら不思議でならぬ。村をごっそり狩り出しても到底連中を屋根の下(もと)には匿えそうにないとあって。昼下がりには、上階の窓敷居に塩と砂にまみれた小さなブーツが数知れず干されているのが目に留まろう。朝方の海水浴場ともなれば、小さな湾はありとあらゆる甲高い手合いの金切り声や水飛沫の谺で溢れ返る——やがて、もしや日和がともかく爽快ならば、砂浜には小さな蒼ずんだ斑(ぶち)の大御脚が犇き合う。砂浜は子供達の大いなる溜まり場だ。連中そこに、アリよろしく群がるが、然に忙しなく格別な友達を埋（うづ）めては、お次の潮が跡形もなく崩し去ろう城をアクセクこさえているものだから、その潮騒の調べに合わせた戯れの奇しきかな、何と後年の人生の現実を予示していることか。

　子供達と船頭の何と生まれながらにしてすんなり馴染み合うことか目を留めれば、また奇しきかな。両者は互いに知り合い、何ら他人様のお手を煩わすことなく、気の置けぬ仲となる。貴殿は恐らく、くだんのノロマないかつい野郎が、如何ほど軽いズボンであれほんの上から放るだけでペシャンと息の根を止められようほど小さな小さなチビ助のために小さな船を辛抱強く直してやりながら座っている所に出会そう。さらば滑（すべ）らかな小さな奴と、木目の堅い木から彫り出したかと見紛うばかりのがさつな男との間の――期待にワクワク胸を躍らせながら突き出された華奢な手と、自ら繕う繊条の索具などほとんど感じられまいどデカい親指と人差し指との間の――小さな声と、ぶっきらぼうな嗄れ声との間の――とびきり奇妙奇天烈な対照が見て取れよう。がそれでいて、くだんの睦まじさには妙にしっくり来る所がある。いとも微笑ましきかな、幼子と、ともかく現実味と純粋さなる取り柄を具えた者との間に築かれる信頼関係において必ずや目に留まろう如く。

　我らが海水浴場には沿岸警備隊があり、海岸封鎖にかけても似たり寄ったりの――公的性格が強いだけにより小ぢんまりとした――代物が認められるやもしれぬ。連中、手堅く、頼もしく、健やかな、嗜み深い男達で、貴殿の顔をまともに見据えて何ら憚らず、夜分、大ぶりな予備の防風雨衣を抱えて本務へひた向かう、先入主的好感に満ち満ちた、物静かながら妥協を許さぬ物腰を具えている。手先の器用な連中で――我が家にかけては小ざっぱりとし――庭の手入れにかけては小まめで――離れ小島でも、恐らくは、上さんとトントン拍子にやって行き――ばかりか、ほどなくそいつをワンサと子宝で溢れ返らせよう。

＊

　警備隊の海軍士官はと言えば、屈強にして溌溂とした面構えと、ありとあらゆる手合いの天候を見通す碧（あお）い目をしているとあって、日曜日に例の、英国人の胸中、勇猛果敢にして衒いのない、誠実な国家的任務と切っても切れぬ仲にある、ブルーの上着と、淡黄色の揉み革チョッキと、黒いネッカチーフと、金色の正肩章の明るき綯い交ぜたる出立ちにて教会に入って来るや、我々の心は自づとカッと熱くなる。我々は士官が日曜の状態にあるのを見るのが好きだ。してもしや海軍大臣ならば（実の所、海についてこれきり与り知らぬというくだんの役所に不可欠の資格を有しているだけに）、ヤツに明日にでも船を一艘賜ろうものを。

我々には、ところで、もちろん教会が――石化したどデカい干し草山よろしき醜怪な燧石の社が――ある。我らが首席牧師*は、御当人の誉れたるに時と金、双方において教育のために甚大なる力を尽くし、素晴らしい学校を一校ならず設立したが、堅実で狡猾で健康な御仁である。師は時に近所の農民と些細な悶着を起こすものの、飽くまでまっとうたる百害あって一利なきツボを押さえている。新たな条例の下、師は我らが海水浴場の教会を別の牧師に明け渡した。概ね我々は教会がらみではトントン拍子に行っている。時に、友愛的親和の御時世*や、国家間同士が新たな、より偏見に囚われぬ相互理解に達すということでは（我らがキリスト教精神はそっくりとは首肯しかねるだけに）、いささか業を煮やさぬでもない。が腹のムシはほどなく収まり、さらばすこぶる和気藹々とやって行く。

我らが小さな海水浴場には、のみならず、非国教会派会堂が二つある。およそヨット一艇に対し銃器百二十挺の割にて。が、この所我々を真っ二つに引き裂いている意見の不一致は宗教的なそれではない。軋轢はガスなる新奇のネタがらみで持ち上がった。我らが海水浴場は「ガス賛成か反対か」なる侃々諤々たる論争によりて震撼させられている。何故「ガス反対」か、ついぞ論証されたためしはないが、多数の「ガス反対」派がいる。片面刷りの大判ビラが印刷され、あちこちにベタベタ貼られた――我らが海水浴場にては正しく青天の霹靂たることに。「ガス反対」派は我らが海水浴場の縄張りが提供し得るごくわずかの裏門や欠片もどきの壁に「ガス反対！」とか「ガスをぶっつぶせ！」と言った腹立ちまぎれの鬨の声をチョークで書き殴ってもって善しとした。が「ガス賛成」派はビラを刷って掲げ、そこにて「ガス反対」派を向こうに回し、光あれと言ひければ光ありき（『創世記』一：三）、よって我らが海水浴場に光（とは即ち、ガス光）を有さぬは偉大なる神慮に反すことなりと訴えるという高飛車な手に出た。果たしてかようの雷が功を奏したか否かはいざ知らず、「ガス反対」派は白旗を掲げ、目下のシーズン中、我々のほんの一握りの店には初めて煌々たる明かりが灯されている。「ガス反対」派の内、しかしながら、店を切り盛りしている手合いの連中は依然叛旗を翻すに、獣脂を燃やし続け――ウインドーに正しく絵に画いたような、自縄自縛の不機嫌の図と、商いに意趣を晴らさるべくガスを「断つ」ことにおいて面に意趣を晴らさるべく鼻を「断つ*」ことに纏わる昔ながらの金言の新たな実例をひけらかしてはいる。

既に列挙した以外の人口を、我らが海水浴場は持ち併さぬ。なるほど、杖を突き突き、日溜まりの中を這いずり回るほんの二、三人のくたびれ果てた老いぼれ船頭と、さながら己が正気を――金輪際見つかるまいが――探してでもいるかのように岩礁に紛れて孤独な人生の暇をウロウロ潰している哀れ、惚けた靴造りがいるにはいる。近くの海水浴場の逗留客が時折我々を睨め据えに一頭立てでお越しになっては、こいつら味もすっぽもない連中よとばかり、またもやガラガラ駆け去る。イタリア少年はやって来るし、パンチはやって来るし、操り人形芝居はやって来るし、軽業師はやって来るし、黒人ミンストレルはやって来るし、グリー合唱団は夜分やって来ては我々の窓の下にて（必ずしも旋律的ならず）ハミングしたり喉を震わせたりする。がどいつもこいつもほどなく立ち去り、我々をまた独りきり置き去りにする。いつぞや旅回りのサーカスとワムウェル（ヨークシャー州）の動物園が同時にお越しになった。が御両人、二度と同じ轍を踏むようなドジは踏まず、動物園に至ってはゾウを引っ立てる上であわや我々をこの地の表より葬り去りそうになった――ヤツの隊商と来ては然にどデカく、我らが海水浴場と来ては然に小さいものだから。我々には誰しもに健やかな――体にも心にもありがたい――素晴らしき海がある。詩人の文言が時にその由々しき唇に上せられる。*

して厳かな船は丘の下なる
　安息所へと向かう
が、おお、失せし手の触れは
　黙せし声の音は何処！

砕けよ、砕けよ、砕けよ
　汝の突兀たる巌の袂にて、おお、大海原よ！
然れど締切れし一日の優しき恵みは
　二度と吾には戻らぬ

がそれでいて、必ずしも然とは限るまい。というのも大海原の語りは様々であり、陽気さと、希望と、活きのいい励ましの手立てには事欠かぬから。して小生がここなる窓辺でノラクラ時を過ごし始めて以来、潮は満ち、小舟は泡立つ水面で踊り、運炭船は再び揺蕩い、白波は打ち寄せ、子供らは

　海神の引き波を追い
　波が打ち返せば逃げ戯れる（『嵐』V、1）

目映き帆は滑（すべ）らかに岸を行き過ぎ、遙か彼方の水平線にて輝く。大海原はこの明るき朝（あした）、見渡す限りキラめき、逆巻き、生命と美でうねり上がる。

第五章　我らがフランスの海水浴場

幾歳(いくとせ)もに及ぶ忠義によって、時には前章にて口を極めて褒めそやせし我らが祖国の海水浴場に浮気を働く特権を勝ち得ているだけに、我々はここ二、三シーズンにわたり、とあるフランスの海水浴場と喋々喃々戯れている。* 当該海水浴場を、かつて我々は屠殺施設(アバトゥワール)で始まり、汽船で終わるめっぽう長い通りの町としてしか存じ上げなかった訳だが。というのも町を（大陸横断鉄道以前の日々には）とびきり不快に微睡んでいると呑み込めるほどには且々目を覚ましたなり、必ずや泥の海を後方に、逆巻く怒濤の海を前方に、パリからガラガラ、クーペ型乗合馬車にて突っ切るが運命(さだめ)たりし冬の朝(あした)の夜明けにしか目にせぬのが我らが星の巡り合わせのようだったから。こと後者の怪物に関せば、我々の心眼は今や、いつぞや前述のクーペ型乗合馬車の我らが旅の道連れたりし、アザラシ革の縁無し帽の上から網み目フードを下ろしたとある奇特なフランス人を思い起こす。御仁は血の気の失せた皺だらけの面(つら)を下げたなり、陰険な砕け波の列が「砂洲(バー)」と呼ばる拷問道具の上にて狂ったように戯れているのを心悲しげに見はるかしながら、我々にこれまで船酔いしたことはあるかとたずねた。一石二鳥で御仁に我々がほどなく成り下がろう惨めな代物の心構えをさすと同時に御当人を慰めようとの腹づもりの下(もと)、我々は答えた。「憚りながら当方、船酔い出来るとみれば必ずや船酔いしますな」さらば御仁の、輝かしき手本にこれきり意を強くするどころか返して曰く。「ああ、天よ、ですがわたしは必ずや、船酔いするのが土台叶はぬ時ですら船酔いします」

　フランスの首都と我らがフランスの海水浴場との連絡の手立ては往時以来、ガラリと変わった。が未だ英仏海峡には橋が架からず、そこにては昔ながらののたうち回りと小突き回しが繰り広げられる。正直認めねばならぬが、そこそこ理に適った（故に、稀な）海の日和にでも恵まれぬ限り、イングランドから我らがフランスの海水浴場に威厳をもって到着するは至難の業。一つならざる些細な状況が相俟って、客は面目丸つぶれを絵に画いたような代物と化す。まず第一関門にて、汽船が港に触れるか触れぬか、乗客は一人残らず囚われの身となるに、税関吏の強攻部隊にドヤドヤ乗り込まれた上から陰気臭い土牢へと行進させられる。第二関門にて、当該土牢への道には胸の高さのロープで柵が巡らされ、くだんのロープの外側にはつい先達てまで船酔いに祟られていたものを、今やピンシャン息を吹き返している当地のイギリス人が挙って、我らが這ふ這ふの態の同胞(はらから)の不様な姿を一目拝まして頂かんものと一張羅で押しかけている。「おお、いやはや、こいつの何と加減の悪そうなことよ！」「そら、お次はずぶ濡れの奴がやって来るぞ！」「こっちには血の気の失せ返った奴だ！」「おお、顔が真っ蒼じゃないか、このお次の奴と来ては！」かく言う我々自身にしてからが（生まれながらの矜恃には欠けぬつもりだが）、陣風催いの九月のとある日、当該忌まわしき小径をヨロヨロと縫ったのを今にまざまざと覚えている。というのもその折、両脚がとことん痴れ返っているせいで沸き起こった哄笑と喝采に、捧腹絶倒の喜劇役者よろしくやんややんやと迎えられたからだ。

我々はいよいよ第三関門に差しかかる。ここにて、囚人(めしうど)は陰気臭い土牢に閉じ込められるや、パスポートがらみで取り調べを受けるべく、一度に二、三人が奥の独房へと無理矢理押し込められる。が、通路の入口には軍人が一人、腕を柵代わりに、立ちはだかっている。二様の考えが、くだんの儀式の執り行なわれている片や、ブリテン脳裏に彷彿とする。一つ、独房目指し、さながら御逸品、救命ボートにして土牢は沈没しかけた船ででもあるかのように押し合い圧し合い突き進まねばならぬ。一つ、軍人の腕は国家的侮辱に外ならず、祖国の政府はこれを即刻「お縄」にすべし。ブリテン魂、及び御尊体はこれら気紛れによって熱を帯びるや、朦朧たる答えが問いに返され、途轍もなき所作が演じられる。かくてジョンソンはしぶとくジョンソンこそは洗礼名だと言い張って一歩も譲らず、先祖代々の姓にもってすげ替えるに祖国の「畜生(ダム)！」を連発する。男は、ことほど左様に、旅行鞄の鍵とパスポートの区別がいっかなつかず、後者を求められると頑迷に前者を突き出す。かくて第四関門に、全き痴れ者たりてやって来る。してここにて小さな扉より吠え哮る客引きの荒野へと放り出されるや、晴れて救いの手が差し延べられ、慰めの言葉をかけられるまで、狂おしき目と蓬髪（『クビライカン』(コールリッジ)）の狂人と化す。もしや馴染み一人現われず、救いの手も差し延べられぬとあらば、大方、鉄道乗合馬車へ押し込められ、そのなりパリまで掻っさらわれる。

だが、我らがフランスの海水浴場は、一旦腰を据えてみればすこぶる愉快な場所だ。周囲には変化に富む美しい田野が広がり、町の中には幾多の個性的で心地好い代物がある。なるほど、悪臭や、腐りかけの残飯はもっと少なくても好かろうし、幾多の箇所でもっと水捌けが好くても、ずっと清潔でも、故に遙かに健やかでも、好さそうなものだ。がそれでいて、こいつは明るく、風通しの好い、愉快で、陽気な町であり、もしや馳走の濃やかな芳香が辺りに立ち籠め、ホテルの窓越しに（町には実にその数あまたに上るホテルがあるから）ディナー用に仕度の整えられ、扇型に畳まれたナプキンのお蔭もあって見るからに豪勢げな長ずっこいテーブルの垣間見える、およそ午後五時、しっかり舗装の利いた三本の目抜き通りの内一本を漫ろ歩けば、貴殿はこいつが呑み食いするにすこぶるつきの町と目星をつけてまず差し支えなかろう。

我々には目下の通商街の内にして上なる丘の天辺に、ひんやりとした公の井戸がここかしこ散らばる、古めかしい城壁の町があるが、もしや晴れた日などドーヴァーの白亜の絶壁の割れ目に生える芝草が目に入る代わり、何百マイルもイングランドから離れていたなら、貴殿はとうの昔にくだんの町に愛想も小想も尽き果てていたろう。町は羊よろしく先達の後をゾロゾロ付き従う観光客がペテン師に仕立て上げて来た無辜の場所の大方より絵画的にして画趣に富む。しかつべらしい裏庭のある家屋敷や、風変わりな横丁の街角や、日溜まりの中でひっそり、白々と静まり返った、窓だらけの街路は言うに及ばず、神さびた鐘楼もあり、御逸品、辿り着くにももっと値が張ってさえいれば、この百年というもの、現行であれ過去であれ、ありとあらゆる年鑑や画集に収まっていたろう。が幸いほんの我らがフランスの海水浴場にあるにすぎぬだけに、然てもまんまと難を逃れているものだから、御逸品がらみで無理矢理痙攣（ひきつけ）を起こさせられるまでもなく、いたくさりげないやり口で自づと気に入ってやれよう。とまれ、雅趣にかけての唯一の権威ビルキンズ（紀行作家）が、我々の突き止められる限りにおいてはついぞ我らがフランスの海水浴場に目を留めたためしがないとは我らが人生の晩年の祝福の最たるものではなかろうか。ビルキンズは一度としてそいつを取り上げたためしも、目ぼしいものを何一つ並べ立てたためしも、何一つ測定したためしもなく、必ずや放ったらかして来た。くだんの救済故に、町、のみならず、不滅のビルキンズの御霊に神の御加護のありますよう！

当該高み（ハイ・タウン）の町の四方を成す古壁には木々が頭上で弓形（ゆみなり）に差し交わし、木洩れ日の降り注ぐ魅力的な散歩道があり、ここから眼下の通りが垣間見られるばかりか、他方の町と、川と、丘と海の移ろう光景まで見はるかせる。散歩道がいよよ心地好く、一風変わっているのは、下方の深々とした通りに根の生えた厳めしい屋敷の内数軒がいきなり天辺にてより爽快な代物へと華やぎ、くだんの塁壁にドアや窓や庭すらひけらかしているせいだ。チビ助は、もしやこの手の屋敷の端くれの中庭門から潜り込み、数知れぬ階段を昇り、五階の窓から這いずり出したらば、てっきり我こそはお次のジャックにして、お次の豆の木から魔法の国へ降り立ったものと思い込むやもしれぬ。ここには子供がワンサと溢れ返っている。並木道の木蔭を散歩しながら本に読み耽る女家庭教師（ガヴァネス）や、ベンチで噂話に花を咲かせ合う子守り娘に付き添われたイギリス生まれの子供に、雪白の縁無し帽のにこやかな小間使い（ボン）に付き添われ、自らは――もしや小さな少年ならば――蜜蜂の巣や、裁縫道具籠や、教会の膝布団よろしき麦ワラ帽を被ったフランス生まれの子供にと。三年ほど前、三人の皺だらけの老人がいた――内一人は糸の擦り切れたボタン・ホールにボサボサの赤いリボンを突っ込んでいたが――いつも決まってディナー・タイムの前になると、上述の子供達の直中を仲良く歩いている様が見受けられた。仮に食い気のために散歩しているなら、彼らは無論、年金で暮らしていたに――言はば請け負われていたに――違いない。さなくば金もろくすっぽないクセをして歩き回るほど前後の見境のない真似もなかろうから。三人は腰の曲がった、霞み目の、魯鈍な老人で、靴の踵は拉げ、裾の長い代わり腰の短い上着と、いじけたズボンの出立ちをしているだけに総じてみすぼらしいが、それでいて、上流気取りの面影が即かず離れず付き纏っていた。互いにほとんど口を利かず、もしやそれだけの生気さえ残っていれば政治的に不平タラタラだったやもしれぬと思わす所があった。ある時、我々はたまたま、赤リボンがグチっぽく他の二人相手に誰か、か何か、を「盗人（ぬすっと）」呼ばわりしているのを洩れ聞いたことがある。さらば三人は三人共がグイと、もしや一本でも御座れば歯をギリギリ食いしばっていたろう如く口を引き結んだ。翌冬、赤リボンは褪せたリボンの大いなる仲間に招き入れられ、翌年、残る二人はそこにて相変わらず、輪廻しの輪っかや人形に紛れていた。子供達にとってはお馴染みの謎たりて――恐らく連中の大半の目にはついぞ子供めいていたためしのなく、子供達も金輪際似ても似つけようのない、罪なき生き物たりて。再び冬が訪れ、老人がもう一人身罷り、かくて今年は三人組の最後の老人は歩くのを止め――散歩は今やてんでイタダけぬから――グルリのあちこちで相も変わらず輪っかや人形が飛び跳ねている片や、小さな一つこっきりのベンチに独りぼっち座っていた。

　この町の練兵場では廃れた小さな市（いち）が開かれ、市（いち）はチョロチョロと、せせらぎの要領で古い門口から洩れるや、丘をピシャピシャさざ波を立てながら下（くだ）り、挙句、下方の町のブツブツとつぶやきがちな市（いち）に紛れ、その忙しなき雑踏に呑まれるかのようだ。懶い夏の朝（あした）、当該市（いち）せせらぎを丘の天辺から辿るのはめっぽう心地好い。そいつはまずもって二つ三つの小麦の麻袋でウツラウツラ微睡みがちにしてなまくらに幕を開け、ハッと、びっくり仰天物（もの）のブーツや靴のごった混ぜへと躍り跳ね、ゴーゴー、古縄や、古鉄や、古陶器や、着古しの平服・軍服や、襤褸や、新（さら）の綿製品や、聖（ひじり）の極彩色の版画や、小さな姿見や、果てしなき真田紐なる色取り取りの水路たりて丘を下（くだ）り、いきなり裏道へ潜るや、一時（いっとき）、せせらぎなるもののいつもの伝で、姿を晦ますか束の間、市（いち）の酒場の形（なり）にてほんのキラめくきりである。と思いきや、大きな教会の蔭に再び姿を現わし、勢い、白い縁無し帽の女と青い野良着の男や、家禽や、野菜や、果物や、花や、壺や、鍋や、祈禱用の椅子や、兵士や、田舎のバターや、雨傘その他の日除けや、籠を背負（しょ）ったなりお呼びのかかるのを待っている荷物担ぎの少女や、三角帽の皺くちゃの小さな老人なる明るいごった混ぜたりて逬る。因みに爺さん、グラスでこさえた銅鎧に身を固め、映えある舗装工の把手のもげた突き棒（ランマー）よろしき、旗のハタめく深紅の社（やしろ）を肩に担いだなり、見渡す限り至る所にてチリンチリン、小さな鈴（りん）を鳴らしては冷たい清涼飲料を「おーい、おーい、やあっ！」と甲高い嗄れ声で触れ回り、嗄れ声は如何でか、辺り一面ブンブンと漂う、売った買ったの値切り声や呼び売りを突いて一際冴え冴えと響く。昼下がりにはせせらぎは早、端から端までそっくり干上がる。祈禱用の椅子は教会の中に片づけられ、雨傘は畳まれ、売れ残った商い種は運び去られ、屋台や露店は姿を消し、広場からは塵が掃き清められ、客待ちの辻の貸馬車がそこいらでノラクラ油を売り、田舎道という田舎道で貴殿は（もしや我々同様歩き回れば）必ずや小ざっぱりとして心地好げな装いの百姓女が、とびきり愉快な鞍装具よろしき清潔なミルク桶や、明るいバター小樽や、似たり寄ったりの代物をジャラつかせ、この世にまたとないほど陽気なチビのロバに跨ったなり、家路に着いている所に出会そう。

　我らがフランスの海水浴場にはまた別の、魚に独り占めされた市（いち）もある——と言おうか、港の間際の開けた通りに、木造りの小屋が二、三軒。我らが釣り船は広く遍く名を馳せ、我らが釣り師は、鮮やかな色彩を好み、趣味はどっちつかずではあるものの（ビルキンズ参照）、ついぞお目にかかったためしのないほど風変わりな連中に数えられよう。連中は町そのものの中に独自の漁師街を有すのみならず、近隣の絶壁の上なる独自の漁師村に丸ごと住みついている。教会と礼拝堂は連中独自のものにして、互いに睦み、仲間内で連れ添い、仕来りは独自のそれであり、出立ちは独自のそれにしてこれきり変わらない。チビ助はどいつであれ、ヨチヨチ歩けるようになるが早いか、長ずっこい明るい赤色のナイトキャップをあてがわれ、男衆のどいつであれ、くだんの必要欠くべからざる飾り物なくしては、いっそ頭抜きのまま、沖へ出た方がまだ増しと思し召そう。それから、とびきりどデカい――パタパタ、ハタめき、ともかくもっこりはみ出した――折り返し(トップ)のついたあっぱれ至極なブーツを履き、その上にて御尊体をどこからどう見てもタールまみれの古帆布でこさえたとしか思われぬ所へもって、松脂と塩でそれはガチガチに強張った、それは見事なオーバーオールとペチコート風ズボンでもって包(くる)んでいるものだから、どいつもこいつも独自の歩きっぷりがあり、船や樽や網や索具の間を大きく股を広げた上からゆっさゆさ体を揺らしながら――是一つの見物(みもの)たりて――歩き回る。それから、より若い娘達は、潮に乗って入って来る釣り船の中へ籠を放り、くだんの籠を天使みたように一杯にしてくれるかの愛しの漁師にクビったけのなりお嫁さんになって上げてよとのネコ撫で声の契りもて曳き網の仰(のっ)けの生り物にツバをつけるべく素足で浜辺まで下りて来ているとあって、とびきり明るいマホガニーに未だかつて「自然の女神」によりて刻まれたためしのなきほど美しい脚をひけらかし、ジュノーよろしく歩き回る。娘達の目がまた、それはキラキラと目映いものだから、長い金のイヤリングですら、くだんのキラびやかなお隣さんの傍では正しく形無しだ。して娘達がいざ着飾るとならば、くだんの諸々の美しさやら、溌溂たる器量好しの面(おもて)やら、数知れぬペチコートやら――必ずや小ざっぱりとして小粋にして、断じて長すぎだけはせぬ縞模様のペチコートに、赤いペチコートに、青いペチコートといった――手編みの、赤紫色や、青色や、茶色や、紫色や、ライラック色の――一年(ひととし)食った女達がオランダ生まれっぽい子供の世話をしながら、ありとあらゆる場所にて朝から晩まで編んでは、編んでは、編んでいる――ストッキングやら、これまた手編みにして、キュッと引き締まった御尊体にぴったり馴染んだ、小さな明るい小粋なブルーのジャケットやら、またとないほどありきたりの縁無し帽を被ったり、またとないほどありきたりのハンカチで豊かな髪を束ねるその生まれながらの艶やかさやらで――要するに、して息を切らしながら言わせて頂くに、これら全ての前提条件を勘案すらば、未だかつてついぞ、麦畑であれ、埃っぽい道であれ、清(すが)しき風車の側(そば)であれ、海に迫り出す短く甘美な芝草の空地であれ――何処においてであれ――我らがフランスの海水浴場の若き漁師と若き女漁師が一緒にいてなお、くだんの漁師の腕が判で捺したように、いたく当然の如く、して然に明々白々たる必然をゴマかそうなどという馬鹿げた了見を端(はな)から起こすまでもなく、くだんの女漁師の首か腰に回されていない所に出会したためしがないとは、我々にとってこれきり目を丸くする要のない一件ではある。して家また家が聳やぎ、段庭また段庭が聳やぎ、ここかしこ明るい衣裳がゴツゴツの石の欄干の上で日に干されている連中の上り坂の通りを眺めながら佇めば、支柱に広げて風に当てられている褐色の網越しに見られるせいでくだんの一から十までのすっぽり包まれた心地好い霧が、真の若き漁師という漁師の目には御当人の女神を際立たす愛と美の霧と映っていること、これきり疑うべくもない。

　かてて加えて一言、断っておけば、連中は勤勉で、家庭的で、正直な奴らだ。してビルキンズに命ぜられるがまま平伏し、ナポリ人を崇め奉るのが我々の本務とは百も承知ながら、敢えて我らがフランスの海水浴場の漁師に軍配を挙げさせて頂きたい――わけても未だ十二か月と経たぬ前回ナポリを訪れてからというもの。何せその折我々の目を留めずにいられなかったことに、町中どこからどこまでわずか四様の状況の男しか――宿無し(ラザローニ)と、司祭と、間諜と、兵士しか――いず、そのいずれもが、温情主義の政府が破落戸(ごろつき)以外全ての臣民を追い立て賜ふたとあって、乞食にすぎなかったからだ。

　だが我々は今後、我らがフランスの海水浴場を二夏の間お世話になった我らが家主、町会議員たる一市民ムッシュー・ルワイエル・ドゥヴァッスーから切り離して考えること能うまい。よってこの場を借り、是非ともムッシュー・ルワイエル・ドゥヴァッスーを紹介させて頂きたい。

　ムッシュー自身の姓はただ単にルワイエルだが、連れ添っている所へもって、フランスの彼(か)の地では夫はいつも自分の姓に妻の姓を加えることになっているので、彼は名をルワイエル・ドゥヴァッスーと綴る。聳やかな山腹におよそ二、三〇エーカーの小ぢんまりとしたささやかな地所を持ち、そこに田舎風邸宅(カントリー・ハウス)を二軒建て、家具付きで貸している。二軒共、我らがフランスの海水浴場辺りで然に貸されている屋敷の中では群を抜いて素晴らしい。我々は光栄にも双方に住まわせて頂いたことがあるだけに、然るべく証を立てられる。最初に住んだ屋敷の玄関広間には御逸品をアイルランドのおよそ二層倍に仕立てた、地所の見取り図が飾られ、かくて未だ所有地(プロパティ)に（ムッシュー・ルワイエルはいつも「ラ・プロプリエテ」と呼ぶが）疎い時分、アウステルリッツ橋を探して真っ直ぐぶっ通しで三マイルほど歩いた――御逸品、後ほど窓のすぐ外に見つかりはしたが。敷地のまた別の箇所にある、して見取り図によらば小さな食堂より二リーグほど離れた「老歩哨の館」に至っては、一週間探し回ったが無駄足に終わった。がとうとう、たまたまとある夕べ、表玄関から二、三ヤードしか離れていない（見取り図の中の）森のベンチに腰かけていると、足許に、あろうことか、真っ逆様にでんぐり返った上から緑色に朽ち果てているとの面目丸つぶれの状況なる老歩哨その人が転がっていた――身の丈七フィートにして、折しも担（にな）え銃（つつ）のポーズを決めている、くだんの映えある部隊の端くれ殿の、不幸にも前年の冬に風で吹き飛ばされた、極彩色の彫像たる。容易に察せられようが、ムッシュー・ルワイエルは偉大なナポレオン皇帝の屈強な崇拝者である。ムッシューはムッシュー自身、古兵（ふるつはもの）で――炉造りの上の豪華な金の花瓶を歩兵中隊より賜った仏護衛隊指揮官で――今は亡き映えある将軍への敬意たるや狂おしいばかりである。皇帝の円形浮彫り（メダリオン）に、皇帝の肖像に、皇帝の胸像に、皇帝の似顔絵が地所の至る所、散らばっている。逗留の最初の一か月、我々の悩みのタネは、ナポレオンをひっきりなし突き倒して回ることだった。仄暗い片隅の棚に触れようものなら、皇帝はガタンと倒れ込んだ。あちこちの扉を開ける都度、皇帝はビリビリ、骨の髄まで揺すぶられた。がそれでいてムッシュー・ルワイエルは単なる空中楼閣の、と言おうか御当人ならばスペイン楼閣の、と宣おう、男ではない。彼は格別実際的にして、創意工夫の才に長けた、聡明で、巧妙な目と手の持ち主だ。屋敷はいずれも愉快極まりない。フランス風の優美とイギリス風の快適を全くもって御当人ならではのゴキゲンなやり口で綯い交ぜにしている。屋根の角に趣味のいい小さな寝室を作る類稀な天稟に恵まれている。そいつを、よもや英国人ならば砂漠を耕そうなど思いも寄らぬに劣らず何かの役に立てようなど思いも寄るまいが。我々は我々自身、ムッシュー・ルワイエル建築になる優雅な寝室にて、頭をおよそ煙突掃除夫を生業とせぬ如何なる殿方の頭であれ厨の煙突通風管に突っ込めようとは思えぬほど突っ込んだなり、スヤスヤと心地好く寝て来たものだ。して如何なる奇しき奥まりにムッシュー・ルワイエルの天賦の才が潜り込めようと御逸品、くだんの奥まりにて必ずや小納戸と一並びの木釘をこしらえる。我々の屋敷のいずれにおけようと、お易い御用で偵察連隊丸ごと分のナップサックを片づけ、帽子を引っかけられていたろう。

　その昔、ムッシュー・ルワイエルは町で商いを営んでいた。よって目下、町で商いを営んでいる如何なる商人と取り引きしようと、ものの「ムッシュー・ルワイエル邸寄寓」なる名刺を差し出すだけで、必ずやより明るい面（おもて）がやにわに貴殿宛輝こう。世に、我らがフランスの海水浴場の町民の胸の内なるムッシュー・ルワイェルほど人々の胸の内にて広く遍く好もしがられている男が今しもいようか、未だかつていたろうか、この先いようか？　誰しもムッシューのことを口の端にかけるや、揉み手をしながら声を立てて笑う。ああ、だがそれは傑作なヤツなもので、それは恐いもの知らずのやっこさんなもので、それは気前のいい男なもので、あのムッシュー・ルワイェルと来ては！　蓋し、嘘偽りなき真実たることに。ムッシュー・ルワイェルは生まれついてのズブの殿方である。手づから（とある小さな、しょっちゅう発作を起こす助っ人の手を借りながら）土地を耕し、朝から晩まで汗だくで土を鋤いては返すが――御当人に言わせば「片時も休む間もなく」――塵なり、泥なり、草なり、水なり、お好み次第の何なりに塗(まみ)れさせようと、ムッシュー・ルワイエルの内なる殿方までも塗(まみ)れさすこと能うまい。兵(つはもの)らしい立居振舞い故に実際より背が高く見える、恰幅の好い、ピンと背筋の伸びた、肩幅の広い、日に焼けた男。貴殿の目の前に、さして几帳面に剃刀を当てている訳ではなく、或いはめっぽう土臭いまま、野良着と作業帽姿で立っているムッシュー・ルワイエルの明るい目を覗き込んでみよ、さらばムッシュー・ルワイエルの内に真の慇懃の骨の髄まで染み込んだ、その文言の証文によるおスミ付きなど思い浮かべるだに赤面しよう殿方が見て取れよう。宜なるかな、ムッシュー・ルワイエルが持ち前の活きのいい物腰で、かの、当時は剝き出しの索漠たる丘陵たりし地所に今や一眸の下に収められるこれら幾々百本もの木をそっくり買い求めるべくロンドンに間近いフラム（テムズ北岸ハマースミスの一地区）まで旅をし――三か月ほど滞在し――市場向け菜園経営者と愉快な夕べを過ごし――帰国前の訣れの宴にては市場向け菜園経営者が一斉に腰を上げ、皆して（フラム流儀に鑑み）グラスを打ち合わせ、「ルワイエル、万歳！」と叫んだ逸話を語るのも。

　ムッシュー・ルワイエルには愛嬌好しの妻君がいるが、子供はいない。それもあってか、借家人の子供を教練したり、一緒に駆けっ競をしたり、子供達と一緒に、或いは子供達のために、何であれ気さくなことをやってのけるのに目がない。めっぽう陽気な気っ風で、持て成し心には果てしがない。兵士の宿泊を割り当ててみよ。さらば奴め、雀躍りして喜ぼう。この目下の夏で、ムッシュー・ルワイエルは三十五名の兵士の宿泊を割り当てられて来たが、一人残らずものの二日で肉づきから、顔の色艶から好くなった。騎兵中隊の間では、どいつであれムッシュー・ルワイエルの家に宿泊が割り当てられたら贅沢三昧に暮らせるとの伝説が生まれ、かくて「ムッシュー・ルワイエル・ドゥヴァッスー」宿泊割り当て命令を引き当てた幸運な男はたとい重行軍装備であろうと必ずや空（くう）へ跳ね上がることとなる。ムッシュー・ルワイエルは何であれ、ちらとでも軍務を蔑すやに思われるかもしれぬことを認めるに忍びぬ。我々はいつぞやそれとなく仄めかした。我々としては小遣いと、タバコと、長靴下と、酒と、洗濯と、社交上の愉しみ全般に一日一スーでは兵士がまともな娯楽に耽けるにさして大きな余裕が残るか否か一抹の懸念を覚えざるを得ぬのだがと。失礼をば！　とムッシュー・ルワイエルはいささか気後れせぬでもなく、言った。なるほどそいつは一身上（ひとしんしょう）とは言えませんが――目出度きかな（ア・ラ・ボンヌール）――一頃よりはまだ増しでして！　一体何を、と我々はまた別の折にたずねた。あの、各々一部屋に家族と住まい、各々兵士を一人（又は二人）一日おきに割り当てられる、この辺りの小作人は皆、くだんの兵士にあてがうよう求められているのでしょう？　「全くもって！」とムッシュー・ルワイエルは不承不承、言った。「ベッドと、ムッシュー、調理用の炉と、ロウソクを。して連中、今のその兵士達と夕食を分かち合わねばなりません。自分達だけで食べる訳には行かないもので」――「して如何ほど、その見返りに受け取るのでしょう？」と我々はたずねた。ムッシュー・ルワイエルはいよいよすっくと背を伸ばし、一歩後退り、胸に手をあてがい、自ら、のみならずフランス国民皆に成り代わって口を利いているかのように威厳をもって返した。「ムッシュー、これぞ祖国への奉仕では！」

　ムッシュー・ルワイエルによると、断じて雨は降りそうにない。折しもどしゃ降りの雨が降っていると打ち消すのが土台お手上げならば、明日はきっと晴れるだろうと――雲一つない――抜けるような青空が広がるに決まっているさと言う。地所にては決して暑くない、と彼は言い張る。ことほど左様に、決して寒くもない。花は、と御当人の曰く、ここで大きくなるのが嬉しくて、咲くのさ。今朝はまるで楽園のようだ。エデンの園のようだ。言葉遣いにおいて、ムッシューはいささか気紛れな所がある。夫人が晩禱に出かけて留守の際には、マダム・ルワイエルがらみで、家内は「自らの救済へ出かけた（アレ・ア・ソン・サリュ）よ」とにこやかに語る。タバコが何より好きだが、断じて、御婦人と相対してまで吸い続けようとはせぬ。寸詰まりの黒パイプはすかさず胸ポケットに突っ込まれ、野良着を焦がし、あわや御尊体にまで火をつけそうになる。町議会や典礼の折には黒の正装で姿を見せるが、チョッキの胸幅は厳めしいまでにだだっ広く、シャツ・カラーは途轍もなくどデカい。心優しきムッシュー・ルワイエルよ！　野良着の下（もと）であれチョッキの下（もと）であれ、優しい人々で溢れ返った国で脈打つ最も優しい心の一つを潜めている。彼も彼なり損失には見舞われて来たが、その下（もと）にこそ面目躍如たるものがある。フラム時代、単に夜道を見「失う」のみならず——その折は英国生まれの破落戸が、家まで連れて帰ってやろうとの言い抜けの下（もと）、ありとあらゆる深夜の酒場へ連れて入り、入る先々で彼の掛かりで「アルファナルフ」*を呑んだ挙句、クリーフィーウェイにて——どうやらラトクリフ・ハイウェイのことと思しき——擱坐させたなり打っちゃらかすや、とっとと尻に帆かけたが——それどころではないイタい目にも会って来た。遙か昔、屋敷の内一軒に、一文無しの母子の一家が丸一年、置き去りにされた。ムッシュー・ルワイエルは——およそ我々の、だったらばと願うほど懐が温（ぬく）くはなかったものの——よもや「出て行ってくれ」とは言えなかった。よって一家はしぶとくしぶとく居座り、住まっていたろう引き合う借家人はいっかな住まえず、とうとう一家は何とか海の向こうの祖国へと他人様の情けで、連れ帰られた。ムッシュー・ルワイエルはさらば一家皆にキスをし、「さらば（アデュー）、わたしのかわいそうな子供達！」と言い、モヌケの殻の連中の客間に独り腰を下ろし、「平和の煙管」をくゆらした。——「借家代は、ムッシュー・ルワイエル？」「えっ！　はむ！　借家代！」ムッシュー・ルワイエルはかぶりを振る。「天に坐す我らが神が（ル・ボン・デュー）」とムッシュー・ルワイエルはほどなく答える。「何か報いて下さろうでは」して声を立てて笑うや「平和の煙管」をくゆらす。願はくは、ムッシューのそいつを、この五十年間というもの報われずとも、地所にて長閑にくゆらさんことを！

我らがフランスの海水浴場には公の娯楽があり、さなくばそいつはフランスではなかろう。娯楽はめっぽう人気があり、めっぽう安上がりだ。海水浴は——フランス旅行客は日がな一日水に浸かり、めったなことでは一時（いちどき）に一時間足らずしか水に潜らぬなど思いも寄らぬかのようとあって、最もお気に入りの白昼の娯楽に位置づけられるやもしれぬが——タダも同然。乗合い馬車が、もしやお望みとあらば、貴殿を町の都合の好い場所から海辺へと連れて行き、また連れて帰る。浜には清潔で快適な更衣車と、海浜着と、リンネルと、用具が何もかも揃い、〆て半フラン、即ち五ペンスにしかつかぬ。埠頭には概ねギターが一台居座り、不遜にもポロリンポロリン、大海原の深く嗄れた声音に張り合わんとしているらしい。そこにてはまた必ずやどこぞの小僧か女が調子っぱずれのちっぽけな歌をいじけた声で歌う。何せやたらしょっちゅう聞かされる調べはほんの「狩人（かりうど）」にかの選りすぐりの猟鳥、カモメを仕留めぬようとの繰り言にすぎぬから。海水浴の目的のために、我々には遊歩場(エスプラナード)を備えた会員制施設もあり、そこにて人々は望遠鏡を手にあちこち歩き回り、身銭を切った分だけしこたま退屈を頂戴しているかのようだ。のみならず、当該手強い好敵手の向こうを張って結束した個人の更衣車所有主の組合もある。海水浴業における我らが格別な馴染み、ムッシュー・フェイロース*もその一人だ。何故(なにゆえ)彼がくだんの御芳名を授かるに至りしか、は皆目見当もつかぬ。ムッシュー・ルワイエル・ドゥヴァッスーその人といい対心優しく礼儀正しい御仁で、おまけにめっぽういかつく、実ににこやかな面付きをしている。ムッシュー・フェイロースはそれはその数あまたに上る溺れかけた人々を救い、それ故それはその数あまたに上る勲章をつけているものだから、持ち前のいかつさはそいつらそっくりひけらかせるようとの格別な神の配剤かと思われる。もしや胴回りが並の男の胴回りならば、一時(いちどき)に吊る下げるは土台叶はぬ相談だろうから。ムッシュー・フェイロースがこれら映えある勲章をひけらかすのはほんのめっぽう由々しき折に限られている。外(ほか)の折には御逸品、贈呈の謂れを証す手書きの巻き物共々浜辺の氏の個人の邸宅の赤いソファーの設えられた広間の巨大なガラス・ケースに仕舞われている。そこにては因みに、氏の一族の肖像画や、海水浴生活・私生活双方に登場する御当人の肖像画を初め、撥条仕掛け(ぜんまい)でグラグラ揺れる小舟や、その他装飾的身上も収められている。

それから、我々には広々として陽気な劇場があり——と言おうか、あった。というのも今となっては焼け落ちてしまったから——軽喜歌劇(ボードビル)が必ずやオペラの前座を務め、年がら年中「伯父貴」か「親父」役を演じる、どデカい帽子と房飾りのついた小さな杖の小さな爺さんに至るまで、誰も彼もが(いつもの伝で)今の今までペチャクチャやっていたと思いきや、いきなりとんでもなく長閑な歌を途切れ途切れに歌い出す。と来れば連中、いつ歌い、いつしゃべっているものか——実の所似たり寄ったりもいい所だから——見分けのつかぬ、大英帝国の不馴れな新参者は大いに面食らうこととなる。しかしながら、我々が最も恩義を蒙っている、娯楽の点における賄い方は善行協会で、協会は夏の間中忙しなく立ち回り、徳行の収益を全て貧者に施す。協会の催す最も好もしき祝祭(フェイト)の中には「子供達に捧ぐ」として触れ回られるものもあり、彼らの何と典雅に小さな公共の囲い地を見事な照明の利いた優美な庭園に仕立て上げることか、何と徹頭徹尾、誠心誠意、子供っぽい娯楽を個々人が指揮することか、は実に好もしい。かようの折、我々は一人頭五ペンスで「英国風騎手」によるロバ競馬を初めとする鄙びた競技や、オモチャが当たる富クジや、素晴らしき楽隊の調べに合わせて芝草の上で跳ねる回転木馬や、花火気球や、花火に興じる。のみならず、夏の間中ほとんど毎週のように――今となっては何曜日かなどお構いのう――どこか隣村では（田舎のくだんの地方にては氏神祭（デュカス）と呼ばれる）祝祭（フェイト）があり、そこにて住民は――全くもって住民は――戸外の緑の芝生の上の、それ自体踊ってでもいるかのような――然にグルリでは旗や吹き流しがパタパタ軽やかにハタめいているとあって――小さな楽団の周りでダンスを踊る。してよもや熱帯と北極との間に、ここにて戯れている男衆ほどオーウェン教授*その人にすら全く知られていない然に幾多の関節がお門違いな場所にある、然に途轍もなくタガの外れた大御脚を具えた男性踊り手はおいそれとは見つかるまい。時に、祝祭（フェイト）はとある格別な生業に明け渡され、貴殿は夫人帽子屋と仕立て屋の合同氏神祭（デュカス）なる陽気な若い娘達の直中に、しごくありきたりの安物を良識と典雅な趣味もてコロリと、ありきたりならざる愛らしき小間物へと変える術（すべ）の健やかな叡智を目の当たりにしようが、御逸品、敢えて名差さぬながらもさる島国全体の如何なる階層にとて「垢」を煎じて呑もうと損にはなるまい。これら愉快な光景の就中奇抜な様相は果てしなき「回転木馬（ラウンダバウト）」にして（我々は英語で綴っているからには能う限りの所で英単語を重んずるが）、くだんの絡繰の木製の馬の上ではグルグル、グルグル、ありとあらゆる齢（よはい）の大人が途轍もなく粛々と回転させられ、片や座元の女房はど真ん中にて、一つこっきりの調べしか奏でられぬ手回し風琴の柄をブースカ回している。

我らがフランスの海水浴場の賄い付下宿屋に関せば、その名は多勢（レギオン）なり（『マルコ』五：九）。よって別箇の論考を要しよう。我々としては国家的矜持の感懐なきにしもあらず、くだんの下宿屋には定めてロンドン中の倶楽部が束になってかかっても敵わぬほどワンサと鼻摘み男がアルビオンの岸辺より集うているに違いない。貴殿がおずおず連中の界隈を歩いていると、初老の同国人の正しくネッククロスと帽子にしてからが通りの舗石から声を上げる。「俺達や鼻摘み男だ――近寄るんじゃない！」我々は街角でこれら我らが親愛なる同国人の間におけるほど痴れ返った政治的・社会的討論の端くれを洩れ聞いたためしはない。連中はあり得べからざる何もかもを鵜呑みにするクセをして、真実は何一つ鵜呑みにしようとせぬ。噂を触れ回り、問いを吹っかけ、互いに御叱正賜っては磨きをかけ合う――人間の悟性をオタつかさずばおかぬことに。していつ果てるともなく英国人向け貸本屋に駆け込んでは、くだんの施設の麗しの女主宛（ミストレス）、然に不可解極まりなき自家撞着を諄々と説いて聞かすものだから、女王陛下には是が非とも女主（ミストレス）に打ってつけの年金受給者として御高配賜りたい。

英国人は我らがフランスの海水浴場人口の相当数を占め、幾多のやり口で然るべく口説かれ、重きを置かれている。彼らに対す上辺の口説き言の中にはいい加減風変わりなものもあり、例えば洗濯女は屋敷の表に札を立て、かの興味深き英国の利器「ミングル*」を備えている由触れ回り、かと思えば居酒屋の亭主は「ノゥケムドン*」なる名にし負う英国風遊戯の設いを標榜する。が、我々にとって、そこにての二大国の長きにわたる間断なき融合が互いを気に入り、他方から学び、双方の無知蒙昧の輩の間でいずれ劣らず依然蟠っている馬鹿げた偏見を超越する術（すべ）を教えて来たとは、我らがフランスの海水浴場のわけても好もしき様相ではあるまいか。

我らがフランスの海水浴場にては、無論、太鼓とトランペットの音（ね）が永久（とこしへ）に鳴り響き、旗もまた引く手あまたである。が陽気に認めようではないか、我々は旗なるものをめっぽう愛らしい代物と見なしていると、かようの無垢の快活さの大っぴらな印を心底暖かく迎えていると。街の人々も鄙の人々も働き者の忙しない連中で、素面で、温厚で、気さくで、のん気で、概ね人の気を逸らさぬ物腰に見るべきものがある。よほどのツムジ曲がりでもない限り、娯楽に打ち興じている彼らを目の当たりにしてなお、然にお易い御用で、然に罪なく、然に単純に浮かれ得る気っ風に、一目も二目も置かずにはいられまい。

第六章　ビラ貼り

仮に小生に不倶戴天の敵がいて――などということの、願はくは勿れ！――奴の良心にずっしり重く伸しかかる何かシッポをつかんでいるなら、多分、くだんのシッポを貼り紙に突っ込み、刷り物をどっさり、活きのいいビラ貼りの手に委ねよう。かほどに恐るべき意趣返しもまずあるまい。小生はかくて、男に夜となく昼となく祟ろう。何も町中の人間の目に触れるよう縦二フィートの赤文字で奴の秘密を暴き立てようというのではない。ただ、暗澹と臭わせてやるまでのこと。そいつは奴と、小生と、ビラの間だけの問題だ。例えば、人生の然る折、仇敵はこっそり鍵をクスねていたとしよう。小生はさらば錠前業に元手を注ぎ込み、くだんの生業を宣伝の原則に基づき営むに、貼り紙という貼り紙に、広告という広告に、「秘密の鍵」なる条（くだり）を掲げよう。かくて、仇敵は空家を通りすがれば、己（おの）が良心がジロリと欄干から見下ろし、地下倉庫からひょいと見上げるのに出会そう。たとい散歩道に盲壁を選ぼうと、壁にはベタベタ、咎め立てが貼ってある。たとい乗合い馬車に難を逃れようと、鏡板は男にとってベルシャザルの宮殿（『ダニエル』五：五－六）と化す。よしんば破れかぶれで尻に帆かけるべく船に飛び乗ろうと、致命的な文言はテムズ川に架かる橋という橋の迫持造りの下にこっそり身を潜めている。たとい伏し目がちに通りを歩こうと、黒色絵（ランプブラック）の具の石版刷りで口ほどにもモノを言う、舗道の正しく敷石からすら後込みする。たとい馬車か馬を駆ろうと、行く手にはデンと、各々その上っ面全体から何度も何度も同じ文言を申し立てるどデカい箱馬車が道を塞いでいる。挙句、ちびりちびり蒼ざめ、痩せ細り、終にそっくり食い気に見限られるや、奴は惨めに息絶え、小生は意趣を晴らす。して当該結末をもって祝うに、必ずや三音節になる嗄れた笑いを笑い、これまで「演劇（ドラマ）」との関連で目にする機会のあった――御逸品、因みに、然に生半ならず喧しいとあって、時折「太鼓叩き（ドラマー）」と混同されている節があるが――慊（あきた）る怨恨の大方の手本に鑑み、胸板の上にてギュッと腕を組もう。

といったような思いが脳裏を過ったのは、先日（来る五月のための屋敷探し遠出で、ヨークシャー州イースト・ライディングからロンドンへやって来て間もなく）朽ちかけの糊と朽ちかけの紙のせいで古チーズの状態にまで成り下がった古倉庫を打ち眺めた折のことである。如何に誠心誠意、目を凝らそうとて古倉庫の正面の如何ほどがレンガとモルタルにして、如何ほどが腐りかけの、或いは腐った、漆喰なものか見極めるは土台叶はぬ相談だったろう。然にごってり貼り紙の成れの果てがこびりついているものだから、長き航海の果てなる如何なる船の竜骨とてその半ばもフジツボまみれにはなれまい。壊れた窓の名残という名残は貼り紙で塞がれ、扉という扉には貼り紙が渡され、樋口という樋口は貼り紙で溢れ返っていた。倉庫はグラリと通りへもんどり打っては大変と、突っ支いがあてがわれていたが、そいつ宛押っ立てられた正しく梁にしてからが、木というよりむしろ糊と紙だった。然にひっきりなしビラを貼られては貼り返されているとあって。古貼り紙の寄る辺無き澱が当該難破船にそれはびっしりへばりついているものだから、新たな貼り紙の付け入る隙は最早なく、世のビラ貼り野郎もこいつめ、お先真っ暗とサジを投げていた。がとある進取の気象の男だけは別で、遙か高みの組み煙突に間近い隙間に最後のはったりを高々掲げ、そこにて御逸品、ズタズタの旗よろしくゲンナリ項垂れた上からハタハタ翻っていた。錆だらけの地下倉庫の鉄格子の下では、引っ剥がされたおんぼろ貼り紙の揉みクシャの残骸が落ち葉の拉(ひさ)げかけた山の直中にて朽ち果てていた。ここかしこ、倉庫のぶ厚い外皮が某かボロボロ剥がれ、ずっしり舞い落ちた挙句通りに散っていた。が、それでいて、これら裂け目や割れ目の下方ではなお、そいつら果てしがないかのように幾々層もの腐りかけの貼り紙が見え隠れしていた。小生はふと、倉庫は是一つのネバついた腐朽とビラの山としてでなければ引き倒されることすら能うまいという気がした。こと中へ入ることに関せば――もしや眠れる森の美女と姫の宮廷が然にベタベタ、貼り紙もて封じ込められていたなら、若き王子にも到底そいつはお手上げだったろう。

依然として判読可能な貼り紙とは一枚残らず昵懇の仲にあるだけに、その神出鬼没の質(たち)に思いを馳せつつ、小生はそもそも当該小論を始めるきっかけとなった思索に駆られるに、万が一――例えばムッシュー・ジュリアン*を――裏切り、彼の意趣返しの名を絶えず火文字にて眼前に突きつけられていたなら、何と由々しかろうと惟みた。或いはマダム・タッソー*の心証を害し、似たり寄ったりの意趣を晴らされていたなら。どいつか丸薬、もしくは軟膏がらみで疚しい思いに駆られていようか？　くだんの男にとってホロウェイ教授*の何たる恨み骨髄の怨霊であることよ！　小生はこれまでオイルにおいて罪を犯したことがあるか？　さらばキャバーン*に付け狙われよう。何か誂えにせよ出来合いにせよ、殿方らしい装いがらみで後ろめたい記憶を持っているか？　さらばモーゼ父子商会に跡を追われよう。小生は未だかつて無防備な同胞の頭に殴りかかったためしがあるか？　さらば鬘のために永久(とこしへ)に採寸されるかの頭、*もしくは香膏を用いぬ内は禿げていたが、その後毛むくじゃらになった――とは「かようの羽目になるくらいならいっそオランダ・チーズよろしく禿げていた方がまだ増し」との慈悲深き訓言を地で行くに――くだんのなお悪しき頭は、小生を腑抜けにしよう。小生の心には如何なる登録商品もズタズタに切り裂かぬながら、メチがズキリと刺し――ニコルがチクリと探り針で探る――ヒリついた急所はないか？　小生の内なる如何なる不協和音も「レヴァレンタ・アラビカ」*や「セント・ポール教会墓地一番地」といった謎めいた合言葉に応えてピリピリ震えまいか？　さらば小生の人生を謳歌し、幸せたらんことを。

　などといった趣旨の思いを巡らせながら、つと目を上げてみれば、各々めっぽう小さな馬に曳かれた、超弩級の広告箱荷馬車が三台（小生は折しも王立取引所に間近いコーンヒルに差しかかっていたが）こちらへ向かって来る所であった。騎馬行列が近づくにつれ、小生は如何でこれら三台の御者のぞんざいな立居振舞いと、彼らが市内を引き回している、固より日曜新聞の中身の要約であるからにはとびきり血沸き肉躍る手合いの恐るべき公告との折り合いをつけたものか途方に暮れざるを得なかった。窃盗、火災、殺人、連合王国の破滅――各々別箇の赤熱弾の一斉射撃よろしく、それきり、一行(ひとくだり)にて発砲された――は、思慮の足らぬ庶民へ当てつけられた警告の内最もお手柔らかな類(たぐい)に数えられたろうか。がそれでいて、由々しき馬車を駆っている「運命の女神の僕(しもべ)」と来ては目ぼしいネタに事欠くばっかりに、ぐったり両膝に腕をもたせたなり前のめりに寄っかかっていた。仰(のっ)けの男は、その髪のてっきり真っ直ぐ押っ立っている所を目にしようと思いきや、さも事も無げにボリボリ――ついぞお目にかかったためしのないほど滑(すべ)らかな――頭を掻き、お次の男は口笛を吹き、仕舞いの男は大欠伸をしていた。

　何と三人(みたり)の揃いも揃って無気力極まりないことよと惟みるべくつと足を止めた勢い、小生には「運命の女神」の山車が脇を行き過ぎるにつれ、第二の山車の遊覧馬車御者(チャリオティア)の座っている入口越しにとある人影が床に伸びているのが見えたような気がした。と同時にプンと、煙草の匂いがしたような気も。後者の印象は瞬く間に失せたが、前者の印象はしぶとく残った。果たして当該大の字の人影は都大路で唯一、自らに呈せらる恐怖の余り失神し、その御尊体の専ら慈愛の動機から遊覧馬車御者(チャリオティア)によりて山車の中へ担ぎ込まれたとある敏感な男なものか否か突き止めんとの穿鑿のムシがムラムラと頭をもたげ、小生は行列の後を追った。行列はレドンホール市場へ折れ、居酒屋の前で停まった。御者はそれぞれ馬から下りた。そこでしかと、大の字に伸びた人影が仄見えていた第二の山車から次なる文言が迸るのを耳にした。

「んでパイプも！」

御者が一杯景気づけを引っかけに仲間共々居酒屋の暖簾を潜ったのは一目瞭然だったので、小生は如何せん第二の山車の轅に攀じ登り、入口から中を覗き込まずばおれなくなった。そこで目にしたのは、床の上に敷いたある種筵、と言おうか寝椅子に仰向けに寝そべった、狩猟用の上着の小男だった。つい我知らず「ややっ！」との文言が唇を突いて出たせいで、男はむっくり起き上がり、ズイと小生を睨め渡した。男は、小生の見る所、年の頃五十がらみの、テラついた面と、小ぢんまりした頭と、明るい目と、潤んだ瞬きと、素早い物言いと、気さくな風情の、なかなか男前の小男だった。何がなしやくざな雰囲気が漂ってはいたが。

小男は小生を睨め据え、小生も小男を睨め据えた。がやがて御者が小生に取って代わるに一パイントのビールと、パイプと、小生の理解する所、煙草の所謂「一捻り」を手渡した——酒場の女給の頭から巻き毛ごと失敬した髪巻き紙かと見紛うばかりの代物たる。

「つかぬことをお尋ねするようですが」と小生は御者の御尊体が取っ払われたお蔭でこれ幸いと、またもや入口から顔を覗かせながら言った。「物見高いのは母親譲りなもので——日頃こちらにお住まいでしょうか？」

「こりゃまた傑作じゃあ！」と小男は吸い切ったパイプを坦々と傍らへ置き、つい今しがた持って来られたパイプにタバコを詰めながら返した。

「おうっ、ではこちらにお住まいではないと？」と小生は言った。

小男はドイツ製の火口箱助太刀の下、坦然とパイプに火をつけ、かぶりを振りながら、返した。「こいつはオレの馬車だ。世の中シケて来ると、たまにこいつに揺られて、憂さあ晴らすのさ。こいつら箱荷馬車をこねくり出したなオレだ」男のパイプは今や赤々と燃え、男はビールを一気に呑み干すとプカプカ紫煙をくゆらし、にっこり小生宛微笑んだ。

「それはまた素晴らしい思いつきでは！」と小生は声を上げた。

「そうマズくもねえだろ」と小男は、さすが謙譲の美徳かな、返した。

「差し支えなければ御芳名を記憶の銘板に刻ませて頂きた

いと存じますが？」と小生はたずねた。

「名前なんざどうだって構やしねえ」と小男は返した。「――格別何て名でもねえ――オレは『ビラ貼りの王さん』でよ」

「こ、これはこれは！」と小生は声を上げた。

君主殿のにこりと微笑みながら垂れ込み賜ふに、何か公式の典礼によりて戴冠なり就任なりしたためしはないが、「昔気質派のビラ貼り」の最古参にして最も尊敬されている端くれたるをもってすんなり「ビラ貼りの王」に奉られているとのことであった。ことほど左様に御教示賜るに、「ビラ貼りの市長」も御座り、「市長」の天稟は専らシティーの縄張りの内にて揮われているとも。のみならず、「七面鳥脚」と呼ばる下っ端大立て者についての言及もあった。がこの殿方がさして実権を握っているようには思われなかった。というよりむしろ、当該肩書きは専ら何か独特の歩きっぷりから頂戴し、ほんの名誉称号の類にすぎぬのではあるまいかとの下種の何とやらを働かさざるを得なかった。

「オレの親父は」とビラ貼りの王は続けた。「技師で、教区吏で、一七八〇年にはホウボーンのセント・アンドルー教区*のビラ貼りだった。ロンドンで暴動が起こった時にもビラを貼って回ってた」

「では、さぞや当時から現在までのビラ貼りにかけては何から何まで御存じと！」

「んまあな」というのが返答であった。

「憚りながら」と小生は言った。「小生、ある種収集を生業としているもので――」

「まさか所得税のじゃ？」と陛下はやにわにパイプを唇より引っこ抜きながら素っ頓狂な声を上げた。

「いえ、いえ」と小生は返した。

「水道料のでも？」と陛下は畳みかけた。

「いえ、いえ」と小生は返した。

「ガスのでも？　賦課のでも？　下水のでも？」と陛下は畳みかけた。

「どうやら誤解をしておいでのようです」と小生はなだめすかしがちに返した。「全くその手の収集人ではありません。ただ、事実を集めて回っているだけなもので」

「おいや！　集めてんなあただのネタかい」とビラ貼りの王は上機嫌を取り戻し、いきなり見舞われていた大きな不信の念を追っ立てながら声を上げた。「ってこったらこっちいへえんな！　もしか集めてんのが所得税か窓税だったら、マジで箱荷馬車から押っぽり出す所だったろうが！」

これぞ渡りに船とばかり、小生はギュウと隙間から身を捩（よじ）

くり込ませた。陛下は忝くも、小生に片隅で腰を下ろせるよう小さな三脚床几を手渡しながらたずねた。煙草はやるかい？

「ええ――と言おうか、やろうと思えばやれないことは」と小生は答えた。

「パイプと一捻り！」と陛下はお付の遊覧馬車御者(チャリオティア)に言った。「何も引っかけずにやるかい、それともちびちびやんながらかい？」

純然たる紫煙だけをくゆらすと今にゴホゴホ噎せ返るが落ちなので（実の所、十全たる道徳的勇気を持ち併せていれば、如何なる状況の下(もと)であれ、ともかくパイプをくゆらすか否かは甚だ疑わしい限りだが）、小生は、では、ちびちびやりながらと返し、ビル貼りの君主に何卒、普段の酒をお教え願えぬか、僭越ながら代金は持たせて頂くのでと申し入れた。先方の側(がわ)にていささか濃やかな二の足が踏まれはしたものの、我々はお付の遊覧馬車御者(チャリオティア)の媒(なかだち)を介し、砂糖とレモンで風味を利かせた冷水割りラムを一缶調達した。我々にはタンブラーも一脚あてがわれ、小生にはパイプが手渡された。陛下はさらば、一石二鳥で仕事に精を出しつつ四方山話に花を咲かせようではと宣いながら、山車に出発進行を告げ、我々はゆるゆる、小生の有頂天になったことに、常足(なみあし)にて駆られ始めた。

小生の有頂天になったことに、と上述したが、それは小生が目新しいものに目がなく、半ば空に開け放たれたくだんの隔離された社(やしろ)にてグルリをどよめきに取り囲まれ、雲以外は何一つ目に入らぬまま市内の喧騒の直中をぐらりぐらり縫うというのは未だかつて味わったためしのない感懐だったからだ。時折、常にも増して長らく道を塞ぐことにて車力や御者の胆を気も狂れんばかりに煎り上げる際にはピチリピチリ、社(やしろ)の壁宛鞭がしこたまくれられたが、車内の我々にはビクとも応えず、我らが長閑な隠処の平穏は一切掻き乱されなかった。天を仰げば、まるで王立天文台長になったかのような気分だった。我らが外っ面なる大衆の血を凍てつかさずばおかぬ使命の怖気催いの質(たち)と、くだんの聖域に漲る全き静謐との対照に、小生は陶然となった。というのもそこなる陛下はゆったり左肘を突いて寝そべったなりプカプカ紫煙をくゆらしては、我々の中ほどに依怙贔屓なしで置かれたタンブラーの御当人の側(がわ)からちびりちびり水割りラムを聞こし召していたからだ。小生が雲から目を伏せ、陛下の王たるの目と目が合うに及び、陛下には小生の胸の内まで見て取れたと思しい。

「その内いい頃合いになったら」と陛下はちらと上方を見上げながら宣った。「ベニバナインゲンを仕立てて――四阿もどきに――時にゃ、歌の文句じゃねえが、中で茶でも飲もうか*って気もしててよ」

小生はコクリと相づちを打った。

「して、ここでゆっくりくつろぎながら思いを巡らされると?」と小生はカマをかけた。

「ああ、ビラや――」と小男は言った。「壁や――掲示板をダシにな」

我々は共々、一件の深遠さに思いを馳せつつ、黙りこくった。小生は親愛なるトーマス・フッドの奇抜な空想*を思い起こし、当該君主は唐の国の万里の長城へ赴き、そいつに一面ベタベタ、ビラを貼りたいものだと溜め息を吐いたためしがあるのだろうかと惟みた。

「んだから」と小男はハッと我に返りながら言った。「お宅の集めてんなあただのネタと?」

「ええ、ただの」と小生は言った。

「オレの仕込んでるビラ貼りがらみのネタは」と陛下は鷹揚な物腰で続けた。「こんなもんかよ。親父は技師で、教区吏で、ホウボーンのセント・アンドルー教区のビラ貼りだった時分、女を雇って、代わりにビラを貼って回らしてた。ロンドンで暴動が起こった時も女を雇ってビラを貼って回らしてた。親父は七十五であの世へ行ったが、あっちのウォータールー・ロードの、殺されたイライザ・グリムウッド*の傍に埋められた」

とは、何やら詔(みことのり)めいてはいぬかと、小生は恭しくも黙々と耳を傾けた。陛下はポケットから巻き紙を取り出すと、以下なる御託を明々白々として滔々と並べにかかった。

「『当時の貼り紙は大半が布告や宣言であり、いずれもデマイ判*にすぎず、ビラを貼るには(刷毛は用いなかったため)、「打ち刷毛(ダバー)」と呼ばれる木切れを使用していた。かようの状況は政府発行の富くじが可決されるまで続き、さらば印刷業者はより大きなビラを印刷し、女の代わりに男が雇われ始めた。というのも富くじ管理局はさらば、ビラを貼るべく男をイングランド中に送り出し、一時(いちどき)に六、八か月もの間(かん)出稼ぎにやっていたからだ。彼らはロンドンのビラ貼りからは「渡(ト)り職人(ランバー)」と呼ばれ、当時日当は掛かりを除き一〇シリングであった。彼らは時に、五、六か月ぶっ通しで大都市に配属され、町中の屋敷に富くじビラを貼って回ることもあった。それから、貼り紙用に当今よりなお多くの諷刺漫画風板目木版画が出回り、当時の主な貼り紙印刷業者と言えば、バッヂ・ロゥのエヴァンズ・アンド・ラッフィー商会、現今のサラグッド・アンド・ホワイティング、シティーのグレイスチャーチ・ストリートのガイ・アンド・バルン商会といった面々であった。当時印刷された最大のビラはツー・シート・ダブル・クラウンで、フォー・シート版が印刷され始めると、職人は二人がかりで仕事をしたものである。彼らに週極めの定給はなかったが、労働に対す定価はあり、富くじ週間のロンドンのビラ貼りは各自、抽選日まで一週につき八ないし九ポンドは稼いでいたと伝えられる。同様に、表通りで板紙（ボード）を掲げて回る男も一週につき一ポンド稼いでいた。当時のビラ貼りは何者にも自分達のビラを故意に覆ったり破ったりすることを許さなかった。というのも互いの間に強い仲間意識があり、ビラを引き渡してもらうべく夕暮れ時など足を運ぶ居酒屋で間々食事を共にしていたからだ』」

以上全てを、陛下は雄々しき物腰で開陳するに、小生の眼前に言はばデカデカ、大いなる布告書の形（なり）にて掲げ賜ふた。小生は陛下が今や置いた間（ま）に乗じ、「ツー・シート・ダブル・クラウン」とは如何様なものかと問うた。

「ツー・シート・ダブル・クラウンってな」と国王は返した。「縦三〇、横三十九インチのビラのこった」

「まさか」と小生は我々が折しも大衆宛ひけらかしている巨大な――とは言え、例の朽ち果てたおんぼろ倉庫にベタベタやられているビラの内何枚かに比べれば赤子にすぎぬ――警告に胸中、立ち返るに及び、たずねた。「わずか数年前には最も大きなビラですらそれくらいしかなかったとは？」

「ああ」と国王の返して曰く。「まさかもまさかな」してここにてまたもやすかさず巻き物とクビっぴきになった。

『政府発行の富くじが廃止されて以来、かの友好的感情は失せ、今や互いの敵愾心の結果、嫉妬以外何物も存さぬ。貼り紙会社が一社ならず起業したが、失敗した。某団体が初めて会社を設立したのは十二年前のことだが、昔気質派の名残とその世帯員が結束し、彼らに敵対した。我々はかくてまたもや鳴りを潜めたが、やがてハットン・ガーデンの印刷業者が一軒ならざる屋敷の脇を借り受けることにて会社を設立した。とは言え、大衆の支持を得られず、木製の枠を賃貸用に修繕させた。事業を始めた最後の会社は新警察法令に乗じ、グリゼル・アンド・ピートゥ商会からトラファルガー・スクエアの掲示板を借り受け、チャンサリー・レーンのカーシタ・ストリートにビラ貼り会社を設立し、業務をやりこなすべく新たなビラ貼り職人の内幾人（いくたり）かを雇い、一時（いっとき）我々の仕事の半ばを掌中に収め、実に血気盛んに向こうを張ったがために、我々は間々治安判事の前へ引き立てられ、罰金を課せられたものである。ただし余りに高くつくと判明し、告訴を続けられなくなった。というのも常々我々と悶着を起こさすべくセヴン・ダイアルズからその数あまたに上る破落戸を雇っていたからだ。さる折、昔ながらの職人連中がビラを貼ろうとトラファルガー・スクェアへ行ったが、連中に雇われている見張りに拘引され、我々の誰一人として署で口を利かせてもらえなかった結果、クイーン・スクェアで五ポンドの罰金を課せられた。が連中が立ち去ると、治安判事にお目通り願い、判事は罰金を十五シリングに軽減した。男共が罰金を待っている片や、当該会社は我々がいつも贔屓にしている居酒屋へ繰り出し、我々が戻って来るのを待ち受け、そこにて筆舌に尽くし難き殴り合いが持ち上がった。その後ほどなく、お頭がある日、訪れ、我々と握手を交わし、会社は畳んだと、己自身、我々の裏をかこうとした挙句五百ポンド身銭を切ったと白状した。我々はそこでトラファルガー・スクェアの掲示版を手に入れた。がグリゼル・アンド・ピートゥ商会は料金を払わずしてくだんの掲示板にビラを貼ること罷りならぬと申し立て——我々はくだんの掲示板に〆て二百ポンド以上、のみならずペル・メルのリフォーム・クラブハウス*の掲示板にも同様に料金を支払った』」

陛下は、今やとことん息を切らしていたが、巻き物を（どうやら仕舞いまで読み果したと思しく）脇へ置くと、プカプカ紫煙をくゆらし、グビリと水割りラムを聞こし召した。小生はここぞとばかり、ビラ貼りの至芸と奥義は如何様な部門より成るのかとたずねた。陛下の返して曰く。そいつぁ三つかよ——競り売り人のビラ貼りと、芝屋がらみのビラ貼りと、その他大勢のそいつの。

「連中のビラを貼って回る」と国王陛下は宣った。「競り売り人の赤帽はおおかたそこそこ智恵から品からあって、街だろうと田舎だろうと、たいがい稼ぎは悪くねえ。田舎をベタベタ貼って回って、競り売りの親分から頂戴すんなあ日に九シリング。ってな、一日汗水垂らした分に七シリング、宿賃に一シリング、糊代に一シリングってな。街で貼って回りゃあ、糊コミで一日五シリング」

「街中（まちなか）の仕事は」と小生はカマをかけた。「職人の間で先ほどのような筆舌に尽くし難き悶着が起こるとすれば、さぞや骨が折れるのでは？」

「ああ」と国王陛下は返した。「オレは正直、目の周りが黒アザになるなんざしょっちゅうだ。ビラ貼りでメシ食うからにゃコブシをどうやって使ってやりゃいいかくれえちびったカジってなきゃよ。今のその悶着はと言や、あいつあどっちもどっち情は無用で張り合った挙句のこった。ばかしか一頭立て二輪の男がひっきりなしオレ達を追っかけ回してたからにゃ、奴らあ見張りを朝から晩まで雇ってたはずだ、オレ達にトラファルガー・スクェアの掲示板にビラあ貼らせちゃなんねえってんでよ。オレ達ゃあすこにある朝早く、ビラあ貼って、ついでに横ヤリ入れられるってならあいつらのビラを真っ黒けに塗りつぶしてやろうってんで繰り出した。するってえとマジ横ヤリ入れられて、オレは真っ黒に塗りつぶしてやんなって声をかけた。そいつあもろベッタリやられて――ハンパじゃなし――オレ達ゃクイーン・スクェアにしょっぴかれた。けどあいつらオレからあこれきり罰金を取っ立てられなかった。なんざこっちは先刻ゴ承知」――と明るい笑みを浮かべて――「何せオレはほんの声かけただけなもんで――ほんのお頭やってただけなもんで」

当該君主の何と御機嫌麗しいことよと胸中快哉を叫びながら、小生はこれまで御自身、掲示板を借り受けたことはあるのか否かたずねた。

「ライシアム劇場*の向かいの」と君主は返した。「どデケえのをな。あすこにまんだゴミゴミ家が建て込んでた時分。そいつにゃ三〇ポンドも身銭い切ったが。細切れに貸しに出して、『ビラ貼り広場』って呼んでやってよ。けどこれがさっぱり見合わねえ。ああ！」と陛下はグラスになみなみ注ぎながら物思わしげに溜め息を吐いた。「ビラ貼りにゃあ向こうに回さなきゃなんねえ相手がごまんといる。ビラ貼り条項*が、よりによって選挙の時にオレを雇った議員のだんなのせえで警察法令に突っ込まれた。条項はどこにビラあ貼っていいかなんねえかってことじゃあやたらうるさかったが、だんなはだんなのビラがどこに貼られようとてんでお構いなしだった。そいつらだんなのの限りゃあケッコー毛だらけってなもんでよ！」

国王陛下の陽気な面に世捨て人めいた蔭が垂れ籠めているのが見て取れるような気がし、橋の迫持造りの下にビラを貼るという思いつきは、小生としては大いに感じ入っているのだが、どなたの創意工夫によるものかとたずねた。

「オレの！」と陛下は言った。「初っ端橋の下にビラあ貼ったなこのオレだ！　当たりき、猿真似する奴らあすぐっと出て来たが。――いつ、じゃねえってことがある？　けんどあいつら干潮の時にビラあ貼ったもんで、潮が満ちりゃあきれいに流されちまった。こっちゃそんなことくれえとうにお見通しだったがよ！」国王陛下はカンラカラ腹を抱えた。

「あの、巨大な釣り竿のような道具は何というのでしょう？」

「ありゃジョインツってってな」と陛下は返した。「今じゃ、オレ達ゃ一頃は梯子を使ってたとこで――ってな田舎じゃまんだやってるが――ジョインツを使うのさ。いつだったかマダームが」（とは即ち、ヴェストリス*の謂にて）「リヴァプールで舞台に立ってた時、相方のビラ貼りとオレたあクラレンス・ドックの外っ面の壁で一緒に精出した――オレはジョインツ担いで――あいつあ梯子に登って。ってこったぜ！オレはオレのビラああいつの頭の真上の、梯子ぐるみで何ヤードも上の方へベッタリやった。奴が下の方でアクセク這えつくばってる間に。船溜まりから出たりへえったりしてる奴らあみんな足い止めてゲラゲラ腹あ抱えた！――ジョインツがお出ましになってかれこれ三十年になろうかよ」

「ビラ貼りの中で字の読めない方はいるのでしょうか？」と小生は思い切って吹っかけた。

「中にゃあな」と国王陛下は返した。「けどあいつらにだってビラのどっちが上っ側かくれえ分かってる。頂でえした時のまんま持ってるもんで。んりゃ一めえや二めえはでんぐりげえってるヤツにお目にかかったこたあるが。めったなことじゃねえ」

我々の会話にはこの期に及び、山車行列のせいで、小生に判ぜられる限り、およそ四分の三マイルの長きにわたり道が塞がれたために水が差された。陛下は、しかしながら、そいつが火種の騒動など気にするなと宣いながら坦々とパイプを吹かし、蒼穹をズイと見はるかした。

馬車がまたもやガラガラ動き出すと、小生は陛下にこれまで目にした最も大きな貼り紙はどのくらいあったか教えを乞うた。国王の返して曰く。「三十六シート版かよ」小生の、のみならず、仕込んだことに、ロンドンには〆て百五十名ほどビラ貼りがいるが、陛下の踏む所、並みの職人で日に（シングル・シートで）百枚は下らぬ貼れようとのことだった。また陛下に言わせれば、貼り紙は大きさの点ではずい分増えたが、数の上ではさして増えていないようだった。政府発行富くじが廃止になったせいで、特に田舎で、商売上がったりになったために。くだんの様変わりにかてて加えて、小生は胸中、新聞に広告を出す習いがハバを利かすようになったからではないかとも思った。トラファルガー・スクエアや（小生は陛下がそいつを改良工事と呼ぶ奇妙さに格別目を留めずにいられなかったが）、王立取引所等々のような幾多のロンドンの改良工事が完了した結果、近年ではビラ貼りに打ってつけの場所が減っている。当今、ビラ貼りは格別な手合いのビラに、というよりむしろ地区に、限定されている。ある男はホワイトチャペル一帯へ突撃をかけ、ある男はハウンズディッチや、ショーディッチや、シティー・ロード辺りへ向かい、ある者は（と陛下の宣ふに）サリー岸に御執心にして、また別の奴はウェスト・エンドを縄張りにしようといった具合に。

陛下はいささか刺々しくなくもなく、新参者によって次第にビラ貼り業において繊細さと雅趣が等閑にされ始めていると、放蕩癖のある下卑た手合いのペテン師がほとんど如何なる値であれ仕事を引き受け、挙句、昔気質派にトバッチリがかかり、連中自身の心得違いの雇用主も戸惑う結果になっているとも言った。陛下の思うに、ビラ貼り業は鍔迫り合いのせいでむしろ廃れ、こと臣民にかけては「あいつら多すぎる」とのことだった。それでもなお、景気は一頃より若干持ち直し、それが証拠、今や特定の掲示板は皆の同意の下、特定のビラに取っておかれている。くだんの場所には、しかしながら、常にくだんのビラが貼られていなければならぬ。さなくばそいつら放ったらかされ、外の人手に渡ってしまおうから。男に今週はドゥルアリー・レーンのビラを与えておきながら、来週は与えぬというのはイタダけぬ。ならばどうすれば好い？　恐らく、貴殿のビラ貼りが貴殿自身のビラをひけらかせる貴殿自身の掲示板を押っ立てるに身銭を切るのが目下は唯一、貴殿自身をデカデカやる完璧なやり口だ。がこいつとて、汽船桟橋やその手の外の場所の管理人に週一シリング叩いてやってのけようと思えば、おまけに、劇場や公の展示会の優待入場券のソデの下を使えねばならぬ。さなくば必ずやどいつか外のヤツに出し抜かれようから。陛下は優待入場券への餓えこそ人間の本性の内最もなだめすかし難き欲望の一つと見なしていた。何処であれ、もしや建築か改築が進行中なら、貴殿は大方、某かおごれられれば、現場の親方とすんなり折り合いをつけられよう。が、優待入場券が貴殿には当てにされ、誰よりしこたま振舞える者こそが誰より首尾好く思うツボに嵌められる男である。優待入場券にはもう一つ、次なる遺憾な点があり、職人はそいつらを酒代欲しさに売り、しかも間々劣らず喉の乾きなる弱みに祟られた人間に売る。かくて（と陛下の宣ふに）貴殿の優待入場券が劇場の入口にて「やたらブルブル中風の気がある」ためにおよそ出し物の知的恩恵に与れそうもない連中によって差し出され、貴殿の面目は丸つぶれと相成ろう。最後に、陛下は貼り紙にはいくらちびとしか突っ込むまいとちびとすぎだけはすまい旨御教示賜った。お入り用なのはほんの人目を惹く二、三行の気の利いた喧伝文句にすぎず――そのなり、そいつら放っときな――なら面白いようにウケようじゃ！

以上が、その後ほどなく書き留めたままの、陛下と小生の会話の覚え書きであり、故にうっかり書き替えたり伏せたりはしていないはずだ。国王の物腰はすこぶる気さくで、御当人、何やらかの、ジョージ三世王（第八章注(六六)参照）との会話においてならば認められていたやもしれぬ反復のかすかな気味、と同時にかの、物見高い観察者ならばナポレオン・ボナパルトとの会話において看取するやもしれぬ独善のかすかな底流を敢えて避けているように思われた。

　陛下のために一言断っておかねばなるまいが、会話を打ち切ったのは陛下ではなく小生である。事ここに至りて、小生は著しき視覚的妄想に駆られ、かくて床几の脚はくの字に折れ、山車は猛烈な勢いでクルクル、クルクル回り、小生と陛下の間には濛々たる霧が立ち籠めるやに思われた。こうした感懐にかてて加えて、いたく気分が悪くなった。かようの不快な結果がもたらされたのは恐らく、ビラが箱荷馬車に貼られている糊か――御逸品、少量ながらヒ素を含んでいるやもしれぬ――それとも印刷用インクの――これまた何か劣らず有毒な成分を含んでいるやもしれぬ――せいだと今に察しをつけてはいる。がこの点にかけては定かでない。ただ定かなのは、気分が悪くなったのは煙草のせいでも水割りラムのせいでもないということだ。小生はヨロヨロと、未だかつて他の二箇所でしか――即ち、ドーヴァーの埠頭か、カレーの町の相応の箇所でしか――味わったためしのない心持ちにて馬車から手を貸して降ろしてもらい、人心地つくまで戸口の上り段に腰を下ろしていた。その時には早、山車行列は姿を消していた。爾来、陛下は乗って御座(おは)さぬかと、他の一台ならざる馬車を覗き込んではいるものの、未だ拝眉の栄に浴せずにいる。

第七章　生産。ミーク夫人、男児

わたしの名はミーク*。わたしは実の所、ミーク氏であり、あの息子はわたしとミーク夫人との間の子だ。わたしは『タイムズ』紙でくだんの通知を目にするや、思わずハラリと新聞を落とした。通知を新聞に掲載し、金を払ったのはわたし自身だった、にもかかわらず、余りに神々しく映ったせいで度を失った。が、平静を取り戻すや否や妻のベッドの傍らまで新聞を持って上がった。「マライア・ジェーン」（とは妻のことだが）わたしは言った。「君は今や天下の公人だ」わたし達は我が子の記事を感無量で幾度も読み返し、それからわたしは靴磨きの小僧を販売所までやって新聞を十五部買って来させた。それだけの部数を調達したにもかかわらず、ビタ一文まけてはくれなかったが。

　言うまでもなかろうが、わたし達は子供を待ち望んでいた。実の所、この数か月というもの、そこそこ自信をもって。ミーク夫人の母親は、わたし達と同居しているが、名をビグビィと言い——子供がわたし達の仲間入りをするありとあらゆる手筈を整えていた。

　わたしは我ながら物静かな男だと思いたいし、信じてもいる。ばかりか、物静かな男だと知っているとまで言って差し支えなかろう。根っから臆病で、大きな声を出したためしがなく、背丈はと言えば、子供の時分から小さかった。わたしはマライア・ジェーンのママを心底尊敬している。ママは人並み優れた女性だ。マライア・ジェーンのママには頭が上がらない。わたしに言わせれば、ママなら炉箒一本で孤軍奮闘、町を急襲し、見事攻め落とせるだろう。ママが未だかつて如何なる論点であれ生身の男相手に譲ったのを知らない。ママはどんな毛の生えたような心臓だって竦み上がらせられること請け合いだ。

　がそれでいて——いや、勇み足は禁物。

　わたしがともかくマライア・ジェーンのママの側(がわ)で仕度が着々と整えられていると初めて勘づいたのは、数か月前のとある昼下がりのことだ。いつもより早目に事務所から帰宅し、食堂に入りかけると、扉の蔭に邪魔物があり、お蔭で満足に開けられなかった。そいつは柔らかい類(たぐい)の邪魔物で、ひょいと覗き込んでみれば、女性だった。

　くだんの女性は扉の蔭の隅に立ったなり、シェリー・ワインを聞こし召していた。当該アルコール飲料の果実味豊かな芳香が部屋中に立ち籠めている所からして、女性は早、二杯目を干しつつあったと思しい。大振りな黒いボネットを被り、太り肉の所へもって背も高かった。顔の表情は刺々しく、不服げだった。わたしを目にした途端、口にした文言は以下なるもの。「おうっ、もしかよけりゃあ、とっととあっちい行っとくんな。あたしとビグビィの奥さんたあここにゃ男っ気はからきしお呼びじゃないもんで！」

くだんの女性がプロドギット夫人だった。

わたしはもちろん、早々に退散した。内心かなり傷ついたが、一切口応えはしなかった。何がなし出しゃばった真似をしたような気がしたせいで、ディナーの後見るからに落ち込んでいたからかどうかはいざ知らず、マライア・ジェーンのママはその夜は一先ず引き取ろうかという段に声を潜めながらもきっぱり、してお蔭でたじたじとならずにいられないほどお冠の態にて言った。「ジョージ・ミーク、プロドギット夫人はあなたの奥さんの助産婦でらっしてよ！」

わたしはプロドギット夫人にこれきり悪意は抱いていない。果たして目に涙を浮かべてこれを綴っているというに、マライア・ジェーンの幸福にかほどになくてはならない女性に故意の敵意が抱けるだろうか？　なるほど、責めはプロドギット夫人ではなく「運命の女神」にあったかもしれないが、後者の女性が約しき我が家へ荒廃と蹂躙をもたらしたのは紛れもない事実だ。

わたし達は夫人が初めて姿を見せてからも幸せだったし、時にはすこぶる幸せなこともあった。が客間の扉が開けられ、「プロドギット夫人！」のお成りが告げられると必ずや(して夫人は実に間々お成りが告げられた訳だが)、悲惨がその後に続いた。わたしはプロドギット夫人の視線に耐えられなかった。我ながらおよそお呼びどころではなく、プロドギット夫人の御前では存在する筋合いすらないような気がした。マライア・ジェーンのママとプロドギット夫人との間には恐るべき秘密の諒解が――暗澹たる神秘と結託が――成立し、わたしに避けて然るべき存在として白羽の矢を立てているかのようだった。わたしはまるで何か邪なことをしでかしたかのようだった。ディナーの後でプロドギット夫人がやって来るといつも決まって、わたしは自分の化粧室へ引き取り――そこにて気温は一年の冬時ともなれば、全くもって低かったが――目の前で立ち昇る自分の白々とした息や、長靴掛けを眺めながら座っていたものだ。御逸品、なるほど重宝な家具ではあるものの、わたしに言わせれば、お蔭で気が晴れる代物でだけはなかった。こうした状況の下、如何ほど延々とプロドギット夫人と額が寄せ合われたか、敢えて審らかにするのは差し控えたい。ただこう言えば事足りよう。ああでもないこうでもないと話し合いが続いている間プロドギット夫人は必ずやシェリー・ワインを呑み干し、詰まる所マライア・ジェーンは必ずやソファーの上でぐったりしょぼくれ、わたしが晴れて呼び戻されると、マライア・ジェーンのママは必ずやさもかく言はぬばかりに佗しげながら鬼の首でも捕ったような表情を浮かべて迎えたものである。「さあ、ジョージ・ミーク！　わたくしの娘の、マライア・ジェーンがこんなに弱り果てているのがお見えですわね。で、さぞかしせいせいなさっておいででしょうとも！」

わたしは概してあの、プロドギット夫人が男性当事者への異議を提起した日と、わたし自身、夫人を屋上席に特大級の箱を乗せ、包みと円筒型紙箱と籠は御者の脚の間に挟んだなり、辻の一頭立てにて慎ましやかな我が家へ連れ来た永久に忘れ難き深夜との間に介在する期間については端折ることにしている。プロドギット夫人が（片時たりマライア・ジェーンの御母堂たること忘れ得まいビクビィ夫人現場幇助の下）、わたしの約ましき住まいをそっくり掌中に収めることには何ら異存がない。この胸の奥の奥底では、掌中に収める男性が女性ほど恐るべき存在たれようはずもなく、くだんの女性はプロドギット夫人なりとの思いが蟠っているかもしれない。がわたしは多くを忍ぶべきだろうし、忍べると思うし、事実忍んでいる。虚仮威しと肘鉄砲はわたしの感情を食い物にするが、ほんのそれしき、グチをこぼさずとも耐えられよう。長い目で見れば応えるかもしれない。こちらからあちらへと、力尽きるまで追い立てられるかもしれない。にもかかわらず、家庭内での揉め事は能う限り避けたいものだ。

「自然の女神」の声は、しかしながら、我が幼気な息子、オーガスタス・ジョージに成り代わって声高に叫ぶ。以下、二言三言、内輪の不平を鳴らしたいと思うのは外ならぬ息子のためである。わたしは腹を立てているのではない。わたしは根っから温厚だ――が惨めだ。

果たして何故我が息子、オーガスタス・ジョージがいよいよわたし達の仲間入りをしようという段になると、まるでその見知らぬ幼子は聖なる赤子である代わり、到着するやすかさず拷問にかけられるが定めの罪人よろしく、ピンをどっさりあてがわれねばならないものか御教示賜りたい。して何故大童でくだんのピンを無垢な体中に四方八方、挿されねばならないものか？　何故光と風はオーガスタス・ジョージから毒さながら締め出されねばならないものか？　何故、と問わせて頂こう、我が罪無き幼子はディミティーやキャラコごと、小さな小さなシーツや毛布ごと、それはすっくり竹籠の寝台に押し込められているものだから、わたしにはただ我が子が小さな更衣車のピンクの庇の下の底の底の方で鼻をクンクン（それも当たり前ではないか！）鳴らしているのしか聞こえず、面立ちの内ほんの鼻さえ拝まして頂けないものか。

「万国」のブラシ*がオーガスタス・ジョージをゴシゴシこするために買い溜めされねばならないとは、わたしはフレンチ・ロールの父親になるよう当てにされていたというのか？息子の敏感な膚はくだんの侮り難き小さな利器を時期尚早にして間断なく用いることにて発疹まみれになるよう「自然の女神」によって意図されていたと告げられねばならないというのか？　我が子は鋭いフリルの尖った先でガリガリ卸されねばならないとは、ナツメグだというのか？　このわたしは、息子の柔らかな皮膚と来ては縮らせた上から小さな襞を取られねばならないとは、モスリン少年の父親だというのか？　それとも我が子は洗濯女によって実践される、より濃やかな仕上げの業（わざ）の刻印を、この目で絶えず拝ませて頂いている通り、傷つき易い腕や脚の至る所捺して回られねばならないとは、紙かリンネルで出来ているとでもいうのか？　洗濯糊は息子の魂にまで染み込む。ならば、かほどに泣き喚くのも当然ではないか？

果たしてオーガスタス・ジョージは手足を具えるよう意図されていたものか、それとも生まれついての胴体（トルソー）だというのか？　恐らく手足が御意だったはずだ。通常の習いであるからには。ならば何故（なにゆえ）、哀れ、我が子の手足は枷がかけられ、括り上げられているのか？　わたしはオーガスタス・ジョージ・ミークとジャック・シェパード*との間にはともかく何か類推が働かされ得ると言われねばならないというのか？

折り合いのつく如何なる科学施設においてであれ、ひまし油を分析し、それが味の点においてかの、オーガスタス・ジョージに授けることはマライア・ジェーンの誇りでもあれば務めでもある自然の糧食と如何なる似通いを有しているものかお教え願いたい！　がそれでいて、プロドギット夫人は（ビグビィ夫人現場幇助の下（もと））その誕生の最初の刻限より我が罪無き息子にひまし油を周到に押しつけ続けている。くだんの薬剤がその特効作用においてオーガスタス・ジョージに胃腸障害をもたらすや、プロドギット夫人は（ビグビィ夫人現場幇助の下（もと））自ら巻き起こした嵐を鎮めるべく非常識にして無節操極まりなくもアヘンを処方するとは！　一体如何なる了見なりや？

仮にエジプトのミイラの時代は終わったとすれば、よくもプロドギット夫人は約しき我が家の屋根を葺けようかというほど夥しき量のフラノとリンネルを我が子に用いるべく申し立てられるものだ。わたしは夫人がそれを申し立てるのを訝しんでいるのか？　否！　今朝、未だ一時間と経たぬが、わたしが目の当たりにしたのは次なる悍しき光景だった。あろうことか息子は——オーガスタス・ジョージは——プロドギット夫人の手の中にして、プロドギット夫人の片膝の上にて——着替えをしている所であった。息子は折しも、どちらかと言えば、生まれたままの状態にあった。というのも普段の産着の長さとは途轍もなくちぐはぐする、いたく寸詰まりのシャツを措いて何一つ身に着けていなかったからだ。プロドギット夫人の膝からタラリタラリ床へ垂れているのは細くて長い——数ヤードはあろうかという——巻き布、と言おうか包帯だった。これもて、わたしはこの目でプロドギット夫人が罪無き息子をクルクル、今や知らぬが仏の面を上向きに、今や禿げた後頭部を上向きにひけらかしつつ、引っくり返すことにてぴっちり包み上げ、挙句神業もどきの芸当が成し遂げられるや、ズブリと、独り息子の御尊体に突き刺さること受け合いのピンもて包帯をしかと止め果すのを拝ませて頂いた。当該止血帯の内にて、息子は生存の目下の様相を掻い潜っている。このわたしが、などということを知ってなお微笑んでいられれようか？

ここまでついうっかり昂った物言いをしたかもしれぬが、内心遣る方ないものがある。わたし自身のためにではなく、オーガスタス・ジョージのために。わたしは敢えて口をさしはさむつもりはない。一体何者が口をさしはさんだりしよう？　如何なる出版物が？　如何なる医師が？　如何なる親が？　如何なる人間が？　わたしはプロドギット夫人が（ビグビィ夫人現場幇助の下）マライア・ジェーンの愛情をそっくりわたしから遠ざけ、わたし達の間に踏み越え難い障壁を築いたと不平をこぼしているのではない。全き蚊帳の外へ打っちゃられていると不平をこぼしているのではない。別に取り合ってもらいたいとも思っていない。だが、オーガスタス・ジョージは「自然の女神」の賜り物であり（そうでないとは考えられぬから）、だとすれば「自然の女神」に少しでも敬意を払って扱ってもらいたいものだ。私見では、プロドギット夫人は徹頭徹尾、因襲にして迷信である。医師界は誰しもプロドギット夫人に恐れをなしているのか？　さもなければ、何故夫人を手懐け、灸を据えようとしない？

追伸：マライア・ジェーンのママは一件にかけての自らの博識を鼻にかけ、マライア・ジェーン以外にも七人子供を育てたと言っている。が、どうしてこのわたしに義母は彼らを遙かに立派に育て上げていなかったやもしれないなどと言えよう？　マライア・ジェーン自身、体が丈夫どころではなく、頭痛と神経性消化不良に悩まされている。ばかりか、統計表によれば子供の内五人に一人は一歳未満で死亡し、三人に一人は五歳未満で死亡する。だとすれば、こうした詳細において、我々は全く進歩を遂げられないようではないか！

　追追伸：オーガスタス・ジョージは目下痙攣（ひきつけ）を起こしている。

第八章　まんじりともせず

「伯父は目を半ば閉じ、ナイトキャップをほとんど鼻まで引き下げて横たわっていた。伯父の空想は既に取り留めもなくなり、目下の光景をヴェスヴィアスの噴火口や、フランスのオペラ座や、ローマの大円形劇場や、ロンドンのドリー簡易食堂や、その他旅人の脳にぎっしり詰まったありとあらゆる名立たる場所の一緒くたと混同し始めた。要するに、伯父は折しもぐっすり眠りに落ちかけていた」

かく、かの愉快な作家ワシントン・アーヴィングは『旅行者の物語』（「伯父の冒険」（一八二四））の中で述べている。が、たまたま小生は先達ての晩、目を半ば閉じ、ではなく大きく見開き、ナイトキャップをほとんど鼻まで引き下げて、ではなく（というのも衛生的哲理に則り、固よりナイトキャップを被る習いにはないもので）、髪を枕の上で揉みクシャに振り乱したなり横たわり、およそ折しもぐっすり眠りに落ちかけているどころか、冴え冴えと、しぶとく、執拗に、大きく目を瞠っていた。恐らく、何ら科学的意図も創意もないながら、小生は脳の二元性理論を実地に例証してみせるに、恐らく脳の一部は目を覚ましたまま、微睡んでいるもう一方を見張るべく不寝の番に就いていたに違いない。いずれにせよ、小生の内なる何かは能う限り眠りに就きたがっていた。というに小生の内なる何か外の物がいっかな眠りに就こうとせず、ジョージ三世*ほどにも頑迷であった。

ジョージ三世のことを思い浮かべた勢い——というのも小生は当該小論を、大概の人は時にまんじりともせず夜を過ごし、一件に某か興味を抱いているだけに、小生自身がまんじりともしなかった際の一連の想念に充てるつもりだから——ベンジャミン・フランクリンのことがふと脳裏を過り、かくて眠りに就く術を必然的に伴おう、快適な夢を見る術に纏わるベンジャミン・フランクリンの論考*を思い起こした。さて、小生はしょっちゅうくだんの随想をめっぽう小さな子供の時分に読み、当時読んだものは全て当今読む全てを悉く忘れるに劣らず悉く記憶しているので、以下の如く引用した。

「ベッドから這い出し、枕を叩いて引っくり返し、寝具を少なくとも二十回、しっかり振り広げ、それからベッドを風に当て、ひんやり冷ます。その間は夜着のまま、部屋を歩き回る。冷気が不快に感じられ始めたら、ベッドに戻り、さらばほどなくぐっすり寝入り、貴殿の眠りは甘美にして快適であろう」などということは断じて！　小生はくだんの手続きを一から十まで粛々と踏んだ。してもしやそれまでよりなお皿のように大きく目を瞠れるものなら、それこそが唯一お蔭で落ちて来た棚ボタだったろう。

ナイアガラの滝をさておけば。*　ワシントン・アーヴィングとベンジャミン・フランクリンからの二つの引用のせいでアメリカとの連想が働いたのやもしれぬが、そら、小生はそこに立ち、カナダ滝がこの目と耳の中でゴーゴーと流れ落ち、前回事実、見納めた際に水飛沫にかかっていた正しく虹にしてからが、眼前に美しく立ち現われた。終夜灯も、しかしながら、劣らず煌々と瞬き、眠りはナイアガラよりなお幾千万マイルも遙か彼方にあるように思われたものだから、睡眠がらみで少々智恵を回してやろうとホゾを固めた。して智恵を回し始めるが早いか、我にもあらずドゥルアリー・レーン劇場へと駆けつけ、そこにて名優にして親友が（日中ずっとそいつのことばかり考えていたせいか）マクベスを演じているのを目にし、往時、幾々度となく頓呼するのを耳にしていた如く「日々の生の死（『マクベス』II、2）」宛頓呼するのを耳にした。

だが、要は睡眠だ。何としても睡眠をダシに智恵を回してやらねば。一旦そいつがらみで（これぞ小生のしぶとく食い下がったやり口だけに）智恵を回してやろうとホゾを固めたからには。まずもって睡眠なる一語をしかと繋ぎ留めておかねば。さなくばあっという間に脇道へ逸れてしまおう。と言おうか早、如何でかクレア市場の方へフラフラさ迷い込んでいる始末。睡眠。睡眠なるものの現象の如何ほど多くがありとあらゆる階層に、貧富のありとあらゆる段階に、教育と無知の全ての程度に、共通なものか探りを入れるのは睡眠の平等性を例証するとあって、さぞや興味深かろう。例えば、ヴィクトリア女王陛下が目下のこのありがたき宵、王宮に坐し、片や筋金入りの流れ乞食ウィンキング・チャーリーが女王陛下の牢にぶち込まれているとする。女王陛下は幾千度となくくだんの、小生とて時に転げ落ちる権利を申し立てる同じ塔から落ちて来た。ウィンキング・チャーリーもまた然り。夢裡の女王陛下はあられもない姿で、国会を開会もしくは閉会にするか、接見会を催し、かくて装いが余りに貧相にして不適切極まりないためにドギマギ度を失って来た。小生は卑しい小生なり、ロンドン旅籠の公式晩餐会で議長役を務めるに夜着しか纏っていないからというので筆舌に尽くし難いほど動顛して来た。何せ御逸品、如何ほど我が心優しき馴染みにして持て成し役のベイズ氏が慇懃に説きつけようとて、小生にその場に実にしっくり来る旨得心さすこと能はぬから。ウィンキング・チャーリーは輪をかけて目も当てられぬ状況にて幾度となく審理にかけられて来た。女王陛下は時に図々しくも御自身の眠りを掻き乱す、何がなし目玉に似ていなくもない曖昧模糊たる図柄の、ある種床敷きの丸天井、と言おうか蒼穹にはそこそこお馴染みだ。小生もまた然り。ウィンキング・チャーリーもまた然り。我々三人（みたり）にとって、すれすれ地上を軽やかな大股でかすめ歩くなど、どいつもこいつも我々自身によりて為り変わられている色取り取りの連中と興味津々言葉を交わすなど、連中がこれから何を打ち明ける気か皆目見当もつかぬなど、連中がバラす秘密で腰を抜かしそうなほどびっくり仰天するなど、日常茶飯事。恐らく我々は三人共、人をあやめ、死体を隠した身に覚えがある。こちらは確かに、我々は三人共、必死で叫ぼうとしたのに声が出なかったことが、せっかく芝居を観に行ったのに入れなかったことが、大人になってからのことより幼かりし日々の夢をどっさり見たことが、我々は――そら、やった。話の糸が途切れたではないか。

　してズンズン、小生は登る。ここにて、終夜灯を眼前に横たわったなりズンズン、この世に見出し得る何ら謂れもなきまま、目に清かなる如何なる鎖に曳かれるでもなくズンズン、大サンベルナール峠を登っている！＊　なるほどいつぞやスイスを訪れ、山々の間を漫ろ歩いたことはある。が、何故（なにゆえ）今、そこへ行かねばならず、何故（なにゆえ）他の如何なる山でもなく大サンベルナール峠を登らねばならぬか、はさっぱりだ。小生はここにて冴え冴えと目を覚まして横たわり、五感という五感がそれは研ぎ澄まされているものだから別の折ならば聞こえないはずの遙かな物音まではっきり聞こえていながらも、くだんの旅を、事実同じ夏の日に、同じ幸せな一行と行なったままに行ない――ああ！　内二人は爾来、哀しいかな、幽明境を異にしているが――同じ行路には同じ黒々とした道標（みちしるべ）の木の腕が立ち、ここかしこ同じ吹雪の避難所が散り、天辺では同じ雪が深々と降り、同じ霜白の霧が濛々と立ち籠め、同じやたら底冷えのする修道院では特有の動物園臭がツンと鼻を突き、同じ血統の犬が見る間に死に絶え、同じ手合いの陽気な若造修道士は生憎ペテン師に外ならず、ピアノの設えられた同じ修道院の談話室では皆して炉を囲み、同じ夕食を食べ、小さな独居室にて同じ孤独な夜を明かし、同じ明るく爽やかな朝が訪れ、めっぽう希薄な外気へ飛び出してみれば冷たい水風呂に飛び込むようだとは。だが、そら、こっちへやって来るあれは何だ？　一体全体どうしてこいつがスイスの山頂で小生の心の中へヅカヅカ押し入らねばならぬ！

　そいつは、小生がいつぞや、ちょうど日が暮れたか暮れぬか、田舎の教会に——小生の仰(のっ)けの教会に——間近いせせこましい裏通りのとある扉にチョークでデカデカやられているのを目にした人影だ。当時小生は如何ほど幼気な子供だったやもしれぬか、は定かでないが、人影のお蔭でそれは生きた空もなく怖気を奮い上げたものだから——恐らくは教会墓地との関連で、というのも人影はプカプカ煙草を吹かし、大きな帽子の縁の下にては両の耳が真横に突き出し、それそのものは耳から耳まで裂けた口や、どデカいギョロ目や、それぞれ五本の、ニンジンの束みたような両手がせいぜい悍しくしてやれるほどにしか悍しくなかったから——今に、命からがら家まで駆け戻りながらひっきりなし後ろを振り返り、というにしぶとく追いかけて来るおっかなさを（これまで幾度となくまんじりともせず横たわったなり思い起こして来た如く）思い起こせば、今にゾクリと背筋が寒くなる。とは言え、扉とは別箇にか扉ごとか、は今に判ぜられぬし、恐らくついぞ判ぜられたためしもない。人影は不快な導火線を敷く。よって任意の哲理に則り、何か別クチの奴を思い浮かべるホゾを固めねばならぬ。

　つい先達ての季節の気球乗り。*そいつならこうしてまんじりともせず横たわりながら思いを巡らせてやるに外のどいつにも引けを取らぬくらい打ってつけのネタだろう。とは言え、しっかと繋ぎ止めてやらねばならぬ。というのもこうしている今しもスルスルと遠ざかり、代わりにマニング*が、夫婦仲良く、ホースマンガー・レーン監獄の天辺で縊られているから。くだんの憂はしき光景との関連で、次なる奇しき心の幻想が立ち現われる。即ち、くだんの処刑を目の当たりにし、くだんの二体の骸には後は勝手にダラリと入口の通用門の天辺にぶら下がって頂くこととしたせいで——男の骸は、まるで御当人、スルリと抜け出しでもしたかのようにグンニャリとした緩い上下たりて、片や女の骸は、それは丹念にコルセットで締め上げ、あの手この手で身繕いを整えているものだから、ブーラリブーラリ左右に揺れる間(ま)にもつゆ小ざっぱりとした見てくれの変わるでなき艶やかな肢体たりて——その後数週間というもの、如何ほど振り鉢巻きでかかろうと、くだんの牢獄の外っ面を思い描く度（その折刻まれた恐るべき印象のせいで引っきりなし思い描かざるを得なかったから）必ずや二つの人影が相も変わらず朝の外気の直中で揺れているの図を思い描かずばおれなかった。が終に、ある晩のこと、通りがすっかり人気(ひとけ)なく、ひっそり静まり返っている折に陰鬱な場所をフラリと通りすがり、事実、両の骸がそこにないのを目の当たりに、小生の空想は、言はば、御両人を引きずり下ろし、爾来安らかに眠っているはずの牢の構内に埋(うづ)めるよう言いくるめられ果した。

つい先達ての季節の気球乗り。一つ一つ数え上げようではないか。馬に、牡牛に、パラシュートに、ゴンドラの下に——確か、専ら爪先で——ブラ下がっていた軽業師。全くもって実にけしからん。断固待ったをかけねば。が、この手の似たり寄ったりの危険な見世物がらみでは小生には見世物で憂さを晴らしている大衆のくだんの連中は不当に咎められているように思えてならぬ。彼らの愉しみは困難が克服されることにある。彼らは大いなる信仰の大衆であり、断じて殿方は馬から、御婦人は牡牛から、或いはパラシュートから、落ちまいと、軽業師は爪先でしっかとしがみついているものと、心底信じている。彼らは恐いもの知らずが打ち敗られる所ではなく、凱歌を挙げる所を見に足を運ぶにすぎぬ。男と獣との間の公の闘いに、類似するものは何一つない。何故なら誰一人としてくだんの格別な獣に責任を負える者はいないから——そいつが必ずや同じ獣でない限り。さらば見世物はほんの舞台の出し物にすぎず、そいつを同じ大衆は同じ心持ちにて観に出かけよう——獣の予め男によりて無事抑えを利かされていること信じて疑わず。彼らが椿事や危険をともかく緻密に計る習いにないことは、向こう見ずにも満員の汽船や、ありとあらゆる手合いの安全ならざる乗り物や場所に我が身を晒そうとすることからして容易に推し量られよう。小生としては、人々を頭ごなしに叱り、生来嗜み深く、思いやりのある人々に野蛮な動機を帰す代わり、彼らを教育し、議論的かつ理性的に——というのも連中、貴殿がいざ一件を論じ合う気でかかればめっぽう理性的だから——より思慮深く賢明な結論へと導くに如くはなかろうと思わずにいられぬ。

ん、何だこの悍しき邪魔者は！　ここにて喉を掻っ裂かれた男が、まんじりともせず横たわっている小生の方へ猛然と突っかかって来る！　小生自身の身内の昔語りの追憶が。というのも身内はとある霧深い冬の晩、ロンドンが遙かに小さく、街道が遙かに人気(ひとけ)なかった時分、ハムステッドの我が家へ向かっていると、いきなりかようの人影が墓地に脇を駆け抜け、ほどなく瘋癲院の見張り二人が後を追って来る所に出会したからだ。蓋し、めっぽうイケ好かぬ奴ではないか、まんじりともせず横たわっている小生の脳裏をやぶから棒に過るには。

——つい先達ての季節の気球乗り。何としても気球に戻らねば。一体何故(なにゆえ)血まみれの男が気球から飛び出さねばならぬ？　構うものか。もしや探りを入れれば、あの男、またもや舞い戻ろう。気球だ。この格別な大衆は生来、肉体的困難が克服されるのを眺めることに大いなる喜びを見出す。主として、小生の惟みるに、彼らの大半の人生は単調で現実的であり、のみならず絶え間ない困難との闘いに外ならぬから。がそれ以上に、偶然の傷害の形(なり)をした何であれ、或いは如何なる手合いの病気もしくは不具であれ、彼ら自身の縄張りにおいて然に生半ならず深刻だから。ではこの、小生の一見自家撞着と思われるものを説明してみよう。例に挙げたいのは、クリスマス無言劇。よもや誰一人として、赤子が釜茹でにされるかドスンと上から腰を下ろされるやコロコロお腹の皮を捩らす土間席の若い母親が、舞台の上ならざるかようの椿事を面白おかしがろうとは思うまい。ことほど左様に、いかつい殿方が三階の窓から放っぽり出されるのを目の当たりに「無知なる現在（『マクベス』I、5）」の遙か彼方へと有頂天になる、天井桟敷の人品卑しからざる職人がロンドンか、パリか、ニューヨークの如何なる通りにおいてであれ、かようの光景を目にしていささかなり愉快がろうと下種の勘繰りを働かされることもあるまい。小生には必ずや当該愉悦の謎は人生のしごくありふれた危険や不運の上手(うわて)に束の間出ることに——現実世界で出来すれば心身の苦痛や、涙や、貧困を伴う災禍が何人(なんぴと)にもいささかの危害を加えられることなくめっぽう粗削りな手合いの詩情を通して持ち上がる様を——無言劇における悲嘆の素振りは然にあからさまに滑稽千万なために最早素振りとは呼べぬから——目にすることに、あるように思われる。さながらおどけた茶番劇において小生には我が家にめっぽう傷つき易い赤子のいる母親が、舞台の上のこれきり傷つかぬ赤子をダシに笑い転げる気持ちが解(げ)せる如く、然にクレモーン＊現実において、絶えず作業着で足場から転げ落ち、病院へ運ばれる危険のある石工が、牡牛に跨って、或いは真っ逆様に、雲の直中へと昇って行く——類稀なる技巧と敏捷性で男や男の知人の絶えず晒されているそれらのような不運を克服するのを——固より一件を篤と惟みる手合いでないだけに——しごく当然のことと見なす——スパンコールのキラびやかなヤツに陶然となるのも宜なるかな。

願はくはパリの死体公示所(モルグ)がこの期に及び凄まじきベッドと、上に吊る下がったずぶ濡れの浮腫み上がった衣服と、ポタリポタリ、いつぞやイタリアで目にした熟れすぎの拉げたイチヂクの山そっくりの、片隅に御座るあのもう一方のずぶ濡れの浮腫み上がった代物の上に日がな一日滴っている雫ごと、まんじりともせず横たわっている小生の下(もと)に立ち返らぬことを！　というにこの忌まわしき死体公示所(モルグ)がまたもや、忘れ去られた怪談の行列の筆頭にて蘇るとは。こいつはてんでイタダけぬ。こうしてまんじりともせず横たわったなり、何か外のものを思い浮かべねば。さなくば百発百中の射撃の名手たる大佐をお見逃れだけはしなかったアメリカ合衆国の例の利口な動物よろしく、てんでお先真っ暗（ゴーン・クーン）＊だ。では一体何を考えよう？　この所の残虐極まりなき襲撃＊。すこぶる打ってつけのネタではないか。この所の残虐極まりなき襲撃。

（とは言え、まんじりともせず横たわっているここなる小生の眼前に例の、丑三つ時になると必ずや経帷子の頭巾を被ったなり、とあるガラスの扉から中を覗き込んでいる様の見受けられる、怪談の内一篇にて審らかにされし由々しき亡霊が立ち現われるとあらば――果たして、かようの場合、小生にとってそいつは単なる空想の賜物にすぎぬと哲学的根拠の下（もと）に理解したとてわずかなり慰めとなろうか否か、は因みに、自問せざるを得ぬ問題である。）

　この所の残虐極まりなき襲撃。くだんの犯罪を処罰するに鞭打ちの復活を唱道する適否に小生は大いなる疑問を抱いている。想像を絶す残虐性が犯されて義憤に駆られるのは至極当然にして寛容な衝動だ。が鞭打ち万能薬（パナケイア）は甚だ疑わしい。気の狂れた狼より遙かに小生の蔑している犯罪人にいささかなり敬意や憐憫を抱いているから、というのではなく、鞭打ち刑の時代以来大きな進歩を遂げている全般的な調子と感情を慮って。人々がかようの懲罰に馴染むのは望ましくない。ブライドウェル懲治監から鞭が消え、荷馬車の後部や鞭打ち柱で鞭が揮われなくなると、そいつは瘋癲院や、救貧院や、学校や、家庭からも姿を消し、至る所で残虐な酷使よりまっとうな体制に席を譲り始めた。二、三の獣の懲らしめられようが足らぬやもしれぬというので、如何なる様相においてであれ、然に幾多の様相において社会が未だ晴れてお払い箱にしていないものの息を吹き返さすのは性急にすぎよう。鞭は実に感染（う）り易い代物にして、とある一組の仕切りの中に封じ込めておこうと思えば至難の業だ。罰金による懲罰を完全に撤廃し――なるほど決闘裁判に劣らず時代遅れながら野卑な輩においてはわけてもこの種の犯罪との連想の強い野蛮な方策だが――少なくとも加重暴行に対す刑期を四層倍に延ばし――就中、かようの場合には猫っ可愛がり（ペット・プリズニング）の監禁や、大見得切りや、濃厚なスープと炙り肉を直ちに廃止し、重労働と、健康状態にかかわらず不変にして仮借なきパンと水なる基定食を課そうではないか。さらば暗闇を手探りして拷問台の錆だらけの成れの果てや、焼き鏝や、本街道からの鎖付き絞首人晒し柱や、ニューゲイトの独房で囚人を圧死させていた錘の直中より鞭を引きずり出して来るより遙かにまっとうな手が打てよう。

　ここまでつらつら思いを馳せた所で、余りに長らくまんじりともせず横たわっていたものだから、気がつけば、正しくあの世の連中までも目を覚まし、小生の想念に心寂しげなことこの上なくもどっと雪崩れ込み始めていた。故に、これきりまんじりともせず横たわっているのにサジを投げ、とっと起きて夜半（よは）の散策＊に出かけるホゾを固めた――然にホゾを固めて小生にとってはもっけの幸い。恐らくは遙かに幾多の同病の士にとっても今や効験あらたかたろう如く。

第九章　芸術の亡霊

　ぼくはテンプルのやたら佗しい一続きの貸間に住んでいるチョンガーだ。部屋はのっぽの屋敷より成る、よって水が干上がり、バケツの影も形もないというのでなければいっぱし井戸で通っていよう、方形の中庭に臨む。ぼくが寝起きしているのはタイルとスズメの直中なる屋敷の天辺だ。童歌の小さな男よろしく、独りぼっち暮らし、腹の足しのパンとチーズはそっくり——如何ほどのものでもないから——棚の上に置いている（『親指トム童歌集』（一七四四））。恐らく、言い添えるまでもないだろうが、ぼくは恋愛中で、チャーミングなジュリアの親父さんはぼく達の結婚に反対だ。

　ぼくは以上のささやかな詳細を、紹介状を送り届ける要領で述べている。読者は今やぼくという人間を御存じのからには、恐らくぼくの物語に耳を傾けて下さろう。

　ぼくは生まれながらにして夢見がちな気っ風だが、暇をたっぷり持て余している所へもって——何せ法廷弁護士（バリスター）の資格を取得しているだけに——散々独りぼっち、スズメが囀ったり、パラパラ雨が降りかかったりする音に耳を傾けているせいで、くだんの性癖には拍車がかかっている。ぼくの「天辺（トップ・セット）の間」では冬の晩ともなると、一階の男ならばてっきり凪いでいるものと思い込んでいるはずが、風がビュービュー吠え哮っているのが聞こえる。我らが映えある協会が（どうやらガスという名の新機軸のことは知らぬが仏と思しく）階段の恐怖を冴え冴えと炙り出さすススだらけのランプは、夜分帰宅する段には大概ずっしり心に伸しかかっている闇をいよよ暗くして下さる。

　ぼくは法曹界に属しているが、そいつの端くれではない。そもそもそいつが何を意味するものかしかとは解（げ）しかねている。時に十時から四時まで（そこそこしっくり）ウェストミンスター会館で職務に当たるが、退廷すると、我ながら鬘で逆立ちしているものやら、ブーツでしっかと踏んばっているものやら分からなくなることがある。

　ぼくには何となく（ここだけの話）駄弁と法律がハバを利かせすぎているような——真実という穀物は怒濤逆巻く大海原よろしき籾殻へと打っちゃられているような——気がしてならない。

　こんなことを綴ると、ぼくは何となく不可解な奴だと思われるかもしれない。がそれでいて、これから自らこの目で見、この耳で聞いたとして審らかにするつもりのことを、ぼくは事実、この目で見、この耳で聞いたことに疑いの余地はない。

　まずもって断っておかなければならないが、ぼくは絵画に目がない。ぼく自身画家ではないが、絵画について某か学び、論考も物している。世界で最も著名な絵画は全て目にして来たし、教育と読書がそこそこ多岐にわたっていたお蔭で世の画家が頼みとしよう大方のネタの知識は予め仕込んでいるつもりだ。という訳で例えば、リア王の剣（つるぎ）の鞘の正統の型に関しては覚束無いかもしれないが、たまたまバッタリ鉢合わせになろうものなら、リア王をお見逸れだけはしないだろう。

　ぼくはシーズン毎に現代美術展という現代美術展に足を運び、もちろん王立美術院を崇め奉っている。美術院四十箇条を英国国教会三十九箇条に劣らず遵奉している。いずれの場合においても、一箇条たり増えても欠けてもなるまいこと信じて疑わず。

　ぼくがとある木曜の昼下がり、ウェストミンスターからテンプルまで安汽船で上（のぼ）ってからちょうど三年に――今月でかっきり三年に――なる。軽率にも甲板を歩いていると、空には黒々と叢雲が垂れ籠めていた。すかさず雷が鳴り、稲妻が走り始め、雨がザアザア降って来た。甲板は驟雨で烟（けぶ）っているかのようだったから、ぼくは下に降りたが、そこでもやはり、数えきれないほど大勢の人が烟（けぶ）っていたから、またもや甲板へ戻り、ピー・コートのボタンを喉元までぴっちり留めると、外輪覆いの蔭に立ち、なるたけピンと背筋を伸ばしてせいぜい事に善処した。

　その刹那のことである、ぼくの目下の追憶のネタたる恐るべきヤツを初めて目にしたのは。

　明らかに、ずぶ濡れになる側（そば）から熱で体を乾かそうとの腹づもりの下（もと）、煙筒に寄っかかって立っているのは、ポケットにズッポリ両手を突っ込み、着古しの黒に身を包んだみすぼらしい男であった。男に、ぼくは目が合った忘れ難きその瞬間から、見込まれた。

　果たして以前、どこでこの目と合ったことがあるのか？　男は何者なのか？　何故（なぜ）すぐ様男をウェイクフィールドの牧師*と、アルフレッド大王と、ジル・ブラースと、チャールズ二世と、ヨセフとその兄弟と、妖精女王と、トム・ジョーンズと、ボッカチオのデカメロンと、タマ・シャーンタと、ヴェニスの総督（ドージェ）とアドリア海との祝言と、ロンドン大疫病と結びつけたのか？　何故（なぜ）男が片膝を曲げ、片手を傍らの椅子の背にもたせるや、胸中、男から狂おしくも「一四二号。殿方の肖像」なる文言を連想したのか？　まさかぼくは今にも気が狂れそうだというのではないだろうが？

　ぼくはまたもや男の顔を覗き込み、今や男がウェイクフィールドの牧師一族の端くれたること宣誓供述書にかけて誓えていたろう。男が牧師なのか、モーセなのか、バーチル氏なのか、地主なのか、それともこれら四人の一緒くたなのか、は分からなかった。が思わず、男の喉元をむんずと捕らまえ、何か凄まじきやり口でプリムローズ王家の血を引くからというので食ってかからずにはいられなくなった。男は雨を見上げた。すると――おお、何たることか！――いきなり聖ヨハネに為り変わった。男は荒天に我が身を委ねつつ、腕を組んだ。するとぼくは形振り構わず男にスペクテイター*として話しかけ、一体サー・ロジャー・ド・カヴァリをどうしてしまったのかと問い詰めずにはいられなくなった。

　ひょっとして今にも気が狂れかけているのではないかとの懸念が二層倍にも膨れ上がって舞い戻って来た。その間（ま）も、この恐るべき他処者は、ぼくの悲嘆と曰く言い難く結びついていたが、煙筒の傍に立ったなり体を乾かし、相変わらず、蒸気が濛々と服から立ち昇り、グルリに霧を撒き散らしているとあって、ぼくには前述の、のみならずもう二十人からの連中がそっくり、聖者も俗人も、不気味な媒介越しに見えた。

　ぼくはゴロゴロと雷が鳴ってはピカリと稲妻が走る片や、何としてもこの男、と言おうか悪魔と組み打ち、ヤツを船端越しに突き落としたい恐るべき欲求がそっと忍び寄るのを意識する。がヤツと口を利くべく――如何でか――我と我が身に抑えを利かすと、嵐の合間に甲板を過りながら吹っかけた。

「きさま何者だ？」

男は嗄れっぽく返した。「モデルだ」

「何だと？」とぼくはたずねた。

「モデルだ」と男は答えた。「オレは一時間一ボブ（シリング）で画家のために座ってやっている」（この物語を通し、ぼくは男自身の言葉を綴ろう。何せ脳裏にこびりついて離れないもので。）

　そうバラして頂いて何とほっと胸を撫で下ろしたことか、ならばぼく自身は正気に違いないとの思いが蘇って何と天にも昇るようだったことか、は筆舌に尽くし難い。いっそヤツの首にすがりつく所ではあったろう。もしも舵輪の男に見られているのを意識してでもいなければ。

「だったら君は」とぼくは、それはひたぶる男の手を握り締めたものだから、ヤツの上着の袖口からギュウと雨を絞り出しながら言った。「ぼくがあんなにもしょっちゅう、赤いクッションの背の高い椅子と、脚の歪んだテーブルとの関連で眺めて来た殿方だというのか」

「ああ、そいつだ」と男はむっつり返した。「で、いっそ外の奴になれるものならな」

「そんなこと言うなよ」とぼくは返した。「だっていつもワンサとべっぴんの娘に囲まれてるじゃないか」とは事実。して必ずや（今や思い起こしてみれば）大御脚を目一杯ひけらかしたなり。

「なるほど」と男は言った。「ばかりか花瓶や、仰山なテーブル掛けや、骨董の飾りダンスや、色取り取りの擬い物（ギャモン）と一緒にいる所も」

「色取り取りの何と？」とぼくはたずねた。

「擬い物（ギャモン）と」と男は声を張り上げて繰り返した。「だしきさまもっと気をつけて見ていれば、オレが鎧兜に身を固めている所にもお目にかかっていたやもしれん。チクショー、このオレがプラッツの店からお越しの鎧兜の半分がた着て立ってやらなかったとでも。何週間もぶっ通しで、そのためわざわざ借りて来た金銀食器の半分がたから飲まず食わずでモデルを務めてやらなかったとでも、ストージズや、モーティマージズや、ギャラージズや、ダヴェンポーツィージージーズから」

散々会って来た踏んだり蹴ったりの目に、どうやら、カッカと頭に血を上らせた勢い、男は最後の御芳名の収拾がつかなくなりそうだった。がそいつもとうとうゴロゴロ、雷（いかづち）もろともむっつり消え去った。

「済まないが」とぼくは言った。「君は男前だし、恰幅もいい、なのに――許してくれ――改めて思い返してみると、つい君を――つまり、その、記憶の中で朧げながら――済まん――ある種、おっかない怪物と結びつけてしまっているようだ」

「のも当たり前では」と男は言った。「きさまオレの売りが何か知っているか？」

「いや」とぼくは答えた。

「喉と脚だ」と男は言った。「オレは頭のモデルをしていない時は大概、喉と両脚のモデルをやる。さて、もしもきさま絵画きで、一週間ぶっ通しでオレの喉を手がけることになったとしよう。だったらそこに、ただの喉の代わり、オレを丸ごと目にしたら影も形もないような腫れ物だのコブだのたくさん見えるんじゃないのか？」

「多分」とぼくは相手をズイと眺め渡しながら言った。

「ああ、ごもっともにもな」とモデルは言った。「もう一週間、オレの脚と付き合ってみろ。だったらやっぱり同じことだろう。どうせそいつら二本の古木の幹みたように、挙句、節コブだらけにするのが落ちだ。それからオレの両脚と喉を別の男の胴体にくっつけてみろ。ズブの怪物が一丁上がりという訳だ。で、そんな具合に世の中の連中は王立美術院展覧会が始まると、五月の仰け(のっ)の月曜毎にいつも決まってズブの怪物を頂載するのさ」

「君はなかなかの批評家だな」とぼくはさもシャッポとばかり、言った。

「ってことなら、オレはただめっぽう腹のムシの居所が悪いだけだ」とモデルは業を煮やしに煮やして突っ返した。「まるで大の男が一時間一ボブで、世の中の連中がとうの昔に釘まで一本残らず存じ上げていようとは百も承知の今のそのおどけたおんぼろ家具とかかずらってるだけじゃまだ足りない――っていうかベトついた古帽子とマントを着込んで、背(せな)じゃあヴェスビオが型通りモクモク煙を吹き上げてるわ、中ほどじゃあブドウがたわわに実ってるわで、ナポリ湾でタンバリンを叩いてるだけじゃまだ足りない――っていうか何の筋合いもないというのにただそいつらひけらかしたいばっかりに、仰山な尼っちょに囲まれて不躾千万、脚を蹴り上げてるだけじゃまだ足りない――こいつじゃまだまだ足りない――ってみたいに、オレはおまけにいよいよクチにアブれかけているとは！」

「まさか！」とぼくは言った。

「そのまさかがまさかでな」と怒り心頭のモデルは言った。「だが今に見ておれ」

何と陰気臭くも凄味を利かせて男がくだんの最後の文言をブツブツ口にしたことか、金輪際、記憶から消し去られることはないだろう。ぼくの血は凍てついた。

ぼくは胸中、惟みた。この捨て鉢な物の怪は今にどうしようというのか？　ぼくの胸はウンともスンとも返さなかった。

ぼくは思いきって、とはどういうことかとたずねた。さも小馬鹿にしたように腹を抱えながら、男は次なる由々しき預言を口にした。

「今に見ておれ。で、いいか、そいつはきさまのタタリだ！」

ぼく達は、ぼくがワナワナ、小刻みに手を震わせながら男に無理矢理半クラウンを押しつけ果すと、嵐の中で互いに訣れた。ぼくとしては今に汽船には男の湯烟の立っている人影を川下へと運びながら、何かこの世ならざることが出来したものと踏んでいる。が一件はこれきり新聞沙汰にはならなかった。

二年の月日が流れ、その間(かん)ぼくは何の変哲もない弁護士人生を送っていた。もちろん、決定申請すら受けないまま。くだんの時が経過した頃、たまたまある晩、ちょうどあの、汽船の上で不意を討たれたのとそっくりな雷と稲妻の嵐の直中をテンプルへと帰宅していた――ただし目下の嵐は、真夜中に街中で吹き荒れているとあって、闇と刻限のせいで遙かに凄まじくはあったが。

自分の中庭に折れる際、ぼくは事実、雷が落ちざま石畳を鋤き返すものと観念した。その場のレンガというレンガは、石という石は、雷用に己自身の谺を持ち併せているかのようだった。竪樋はゴボゴボ溢れ返り、雨はザアザア、まるでそいつら屋敷の天辺ならぬ山の天辺ででもあるかのように降りかかって来た。

ぼくの洗濯女のパーキンズの上さんは――当時、水腫症であの世へ行ったばかりの赤帽のパーキンズの女房だが――いつだろうと帰宅した際にはそこでロウソクに火を灯せるよう、ぼくの踊り場の階段灯の下に寝室用のロウソクとマッチを仕度しておいてくれとクギを差されていた。パーキンズの上さんは、けれど、クギというクギを悉く無視したから、ロウソクとマッチがそこにあったためしはない。という訳でこの折、ぼくはロウソクを見つけようと手探りで居間に入り、そいつに火を灯すべく出て来た。

ぼくの奮った怖気たるや如何ばかりだったろう、階段灯の下(もと)、最後に出会して以来ついぞ干上がっていなかったかのようにテラテラと濡れネズミのなり、あの、二年前の嵐の晩に汽船で鉢合わせになった得体の知れぬ物の怪が立っていたとしたら！　男の預言が勢い、脳裏に浮かび、ぼくはクラクラと気を失いそうになった。

「だから言ったろう、今に見ておれと」と男は空ろな声で宣った。「で、やってやったぞ。入っていいか？」

「心得違いのヤツよ、一体何をしでかしたっていうんだ？」とぼくは返した。

「中へ入れてくれたら」というのが男の返答であった。「教えてやる」

男がしでかしたのは殺人か？　で、あんまり思うツボに嵌まったものだから、今度はぼく相手に、またやってのけたくなったというのか？

ぼくは二の足を踏んだ。

「入ってもいいか？」と男はたずねた。

ぼくはコクリと、なけなしの平静を装って頷き、男はぼくの後から貸間に入って来た。そこにて、ぼくには初めて男の面の下っ側が俗に言うベルチャー・ハンカチ*に包まれているのが分かった。男はゆっくり当該包帯を外し、さらば露になったのは黒々とした長い口髭で、そいつは上唇の上でクルリと巻き、口の両隅辺りで捻じれ、ダラリと胸許まで垂れていた。

「こいつは何だ?」とぼくは思わず声を上げた。「今度は何の真似だ?」

「オレは芸術の亡霊だ!」と男は言った。

との文言は、よりによって真夜中の嵐の直中でゆっくり口にされたとあって、正しく身の毛もよだつようだった。生きた空もなく、ぼくは男を黙々と見守った。

「ドイツ流儀*がハバを利かせて」と男は言った。「オレはクチにアブれた。これでいつお呼びがかかっても大丈夫だ」

男は両手で口髭を気持ち尖らせ、腕を組みながら言った。

「これぞ厳めしさ!」

ぼくはゾクリと身震いした。然に厳めしいものだから。

男は口髭を胸許にゆったり垂らし、両手をパーキンズの上さんがぼくの本の間に置き忘れていた絨毯箒の柄にもたせながら言った。

「お次は慈愛」

ぼくは釘づけになった。感情の変化は全て口髭にあった。男は面はお役御免にしても、と言おうか面なしで済ませていても、好かったやもしれぬ。口髭が何もかもやってのけたから。

男はぼくのテーブルの上で仰向けに横たわり、頭のくだんの仕種と共に口髭を顎の所で放り上げた。

「死に神!」と男は言った。

男はぼくのテーブルからヒラリと下り、天上を見上げながら口髭をピンと、気持ち上向きに捻じ上げ、同時に御尊体の前方へ突き出した。

「崇拝、或いは復讐の誓い」と男は言った。

男はぼくの方へ横っ面を向けながら、上唇をもっこり、口髭の上っ側ごと膨れ上がらせた。

「夢見がちなヤツ」と男は言った。

男はひょいと、御逸品、さながら蔦の薮ででもあるかのように口髭から斜に顔を覗かせた。「嫉妬」と男は言った。空で小器用に撚りを利かせ、御教示賜った。浮かれ騒ぎ。指でボサボサにほぐし——さらば「絶望」。ぐんにゃり——さらば貪婪。四方八方へ振り乱した——さらば憤怒。口髭が何もかもやってのけた。

「オレは芸術の亡霊だ」と男は言った。「今では一日に二ボブ。で、もっと伸びればもっと値が上がろう！　髭は口ほどにモノを言う。ほかの奴には手も足も出まい。だから言ったろう、今に見ておれと。で、どうだ、生やしてやったぞ、で、こいつはきさまのタタリだ！」

男は暗がりの中を階下まで転げ落ちたのやもしらぬ。が断じて歩いて下りも駆け下りもしなかった。ぼくは欄干越しに見下ろしたが、雷はさておき、独りぼっちだった。

これ以上、ぼくはぼくの恐るべき運命について付け加える要があるだろうか？　そいつはあれからというもの事実ぼくに祟り続けている。王立美術院の壁からジロリとぼくを睨め据える。大英博物館で（マックリース*がヤツを彼の天分に手懐けでもしない限り）ぼくの魂を震え上がらせる。若き芸術家達を絶望へと誘き寄せる。ぼくはどこへ行こうと、「芸術の亡霊」が、永遠に髪で激情を細工し、口髭で全てを表現しながら、後を付け狙う。預言は全うされ、「贄」には片時たり安らぎがない。

第十章　首都外れ

とある明るい九月の朝、渚に迫り出した絶壁の上の小生の開けっ広げの窓辺の本や書類に囲まれて座っていると、空と海が眼前で美しい一幅の絵さながら額に収まる。美しい一幅の絵さながら――とは言え然なる躍動に満ち、船の帆や汽船の航跡では然なる光が移ろい、遙か沖合では然なる銀色の微光が目眩く瞬き、次から次へと砕けては小生の方へうねり来る、くっきりとした波頭には然なる清しき仕上げが施され――砂利浜へどっと押し寄す巨浪や、農夫の荷馬車が忙しなく立ち回る小麦の刈り束を吹き渡る朝風や、ヒバリの囀りや、遙か彼方で戯れる子供の声には然なる調べが流れているものだから――然なる光景と音の魅力は如何ほど地上のありとあらゆる画廊が束になってかかろうと、ほんのお粗末にしか呈し得まい。

　窓の下方の海のつぶやきと来ては然に夢見がちなものだから、小生はひょっとして、ここに百年もの間滞在しているのやもしれぬ。かと言って、我ながらめっきり老けたから、というのではなく――というのも日々、近隣の小高い丘原や芝草の生い茂る山腹にて、依然如何なる距離であれ無理なく歩き、何物であれヒラリと飛び越え、何処であれ易々登れるから――ただ、大海原の音が小生の思索にとってそれはお馴染みとなり、片や他の諸々の現実はどいつもこいつも乗船し、水平線の彼方にまで漂い去ってしまったやに思われるせいで、小生はどう控え目に見てもとある老いぼれた、小生の名付け母になると言って聞かず、洗礼盤にて――何とゴキゲンな婆さんだことよ！――小生は齢二十一にならぬとうの先に困った羽目に陥ろうと八卦を見て下さった鬼婆から身を守ってやらねばならぬというので岸辺の塔に閉じ込められた、我が父、王様の魔法にかけられし息子に外ならぬからというので。小生はとびきり侘しい状況にある（恐らくは父王の版図たる）首都に、しかもどうやらごく最近まで、滞在していた覚えがある。首都の主立った住人は一人残らず古新聞に姿を変えられ、くだんの形にて自分達の窓の日除けを塵から守り、よりちっぽけな手合いの伝家の家財は髪巻き紙で包み上げていた。独り漫ろ縫った陰鬱な通りから通りにて、屋敷という屋敷はぴっちり閉て切られた上から新聞紙を貼られ、小生の孤独な足音だけがコツコツと、人気ない石畳の上で谺していた。公の騎馬道には馬車一台、馬一頭、見当たらず、血の通った生き物と言えばただ、ほんの一握りの寝ぼけ眼のお巡りが油を売り、ほんの一握りのイタヅラ小僧が鬼の居ぬ間の何とやら、街灯柱に攀じ登っているくらいのものだ。西方の通りは閑散とし、西方の店では閑古鳥が鳴いている。早朝に丁稚が石畳の上にポタリポタリ撒いた水の模様はこれきり人間様の足に掻き消されぬまま残り、庇の隅ではコーチン種の家禽が打ち捨てられた市内に誰一人として（と小生には思われたのだが）餌を与える者がいないばっかりに、げっそり、殺伐と歩き回っている。居酒屋はいつもならばイカした従僕が鬘の御者の傍の豪勢な掛け布越しに大御脚をブラつかせながら馳走に舌鼓を打っているものを、ひっそり静まり返り、お役御免の白鑞の壺は棚の上にて商いにはやたらテラテラ、テラついていた。小生はパンチ人形芝居がパーク・レーンに間近い壁にぐったり、気でも失ったか、寄っかかっている所にお目にかかった。そいつはそっくり打っちゃらかされていたが、打っちゃらかされていようと誰一人気にかける者はなかった。ベルグレイヴ・スクェアでは最後の男*が——馬丁が——ヨレヨレの赤いチョッキ姿で支柱に腰掛けたなり、クチャクチャ藁しべをクチャつきながら、ベト病で朽ち果てている所に出会した。

仮に小生が目下その岸辺にて大海原のブツブツとつぶやいている小さな町の名を覚えているとすれば——小生は今しも、前述の如く、何事にかけても覚束無い限りだが——そいつはパヴィリオンストン*だ。ものの四半世紀前には小さな漁師町で、巷の噂では、小さな密輸町だったこともあるという。何でもオランダ布とブランデーでかなり名を馳せ、くだんの評判と相前後して、街灯点灯夫のそれは生命保険会社にては生憎の命と目されていたそうだ。曰く、仮にさして街灯に火を灯すのに御執心でなければ、男は安穏に暮らせていたろう。が険しくせせこましい通りで灯油ランプを目一杯煌々と灯してやっていたなら、人生早々に絶壁からもんどり打つものと概ね相場は決まっていた。今では、ガスと電気が正しく渚（みぎわ）まで通じ、南東鉄道会社が夜の黙（しじま）に我々宛金切り声を上げる。

だが、かつての小さな漁師・密輸町は依然面影を留め、後者の目的にとっては然に魅力的な場所なものだから、小生は来週にでも晩方、毛帽子とペチコート・ズボンの出立ちで繰り出し、ある種考古学的研鑽とし、空っぽの桶をゴロゴロ転がしてみようかと思っている。足にウオノメのある方は断じてパヴィリオンストンにはお越しにならぬよう。というのも裏道伝（づて）表通りに通ず、凸凹の急な階段があり、くだんの旅人をものの半時間でびっこにして下さろうから。これぞ小生ならばくだんの桶を転がす際、まんまと逃げを決め込もう裏道ではあるが。かくてそいつらの内一本の角をテルモピレー*に見立て、我が勇猛果敢な仲間が針路を変え果すまで沿岸警備隊相手に舶刀もて死守し、そこで初めて暗闇に紛れるや、我が愛しのスーザンの腕に抱かれよう。当該、首折り峠がらみで、小生は朽ちかけた納屋と、干し魚の花輪に彩られた三フィート平方の裏庭のある、一軒ならざる木造りの田舎家を目に留めているが、内一軒に（衛生本局は異を唱えるやもしれぬが）我が愛しのスーザンは住まっている。

　南東鉄道会社はその臨港列車と素晴らしい定期汽船とでパヴィリオンストンをそれは流行らせたものだから、新たなパヴィリオンストンが立ち現われつつある。小生は小生自身、ニュー・パヴィリオンストンの住人だ。我々は目下はいささかモルタル・石灰っぽいが、トントン拍子にやっている。実の所、一時（いっとき）それはトントン拍子にやりすぎたものだから、勇み足を踏み、商店街を建てたはいいが、そいつの商いは十年かそこいらしたら漸うお越しになるやもしれぬ。我々は概して分別臭く地取りされ、少々（今の所決して欠けてはいない）注意と努力を惜しまねば、すこぶる小粋な場所にはなろう。それもそのはず。立地は素晴らしく、空気は甘美にして、野生のタイムの敷き詰められ、数知れぬ野花に彩られた、そよ風の吹き渡る丘や丘原は、散歩好きおスミ付きの下（もと）、一点の非の打ち所もないから。ニュー・パヴィリオンストンにて、我々はガラスよりレンガの方がハバを利かせている小さな窓にいささかヤミつきで、装飾芸術においてゴテゴテ趣向を凝らしすぎてだけはいず、表戸の割れ目越しに不意に海が見はるかせることもある。概して、しかしながら、我々はめっぽう居心地好く、快適で、設いもそこそこ整っている。が内務大臣は（もしやかようの役人が御座れば）いくらとっとと古教区教会の墓地を閉（た）て切っても早すぎることはあるまい。墓地は我々のど真ん中にあり、もしややたらいつまでも放ったらかされていた日には、パヴィリオンストンはとんだトバッチリを食うことになろう。

　パヴィリオンストンの呼び物（ライオン）はグレイト・ホテルだ。十年かそこら前に南東満潮汽船でパリへ向かおうと思えば、いつも真っ暗闇の冬の夜十一時に、風の吹き荒ぶ本線パヴィリオンストン駅の（当時は乗換駅ではなかったから）プラットフォームに降ろされ、構外の猛々しい荒れ野にてお待ちかねの寸詰まりの乗合馬車は貴殿が入口から乗り込む側（そば）から額（ひたい）もて引き上げ、誰一人として貴殿のことを気にかける者のなく、貴殿は天涯孤独の身だった。してガラガラ果てしなき白亜を揺られ、やがて、そっくりとは屋敷になり切らぬまま納屋たるにサジを投げたばかりの風変わりな建物で押っぽり出され、そこにて誰一人として貴殿のお越しを待ち受けている者はなく、たとい晴れてお越しになったとて貴殿をどうすれば好いか存じ上げている者もなく、そこにて貴殿は概ね、たまたまコールド・ビーフに、終にはベッドの中へと、吹き飛ばされるまであちこち吹き回される。して朝五時に、ベッドから吹き起こされ、騒乱の最中（さなか）、揉みクシャの一座と共に侘しき朝食を認（したた）め果すと、汽船にセカセカ乗り込まされ、甲板に惨めったらしく横たわり、いずれフランスが遣り出し越しに貴殿宛、突っかかっては逆巻くのを目の当たりにしていた。

当今、貴殿はパヴィリオンストンまで南東鉄道会社宛信託にて移管された無責任な行為者たりて、のんきで気ままな物腰でやって来ると、高水標にて鉄道客車からお出ましになる。もしや直ちに汽船で海峡を渡るつもりならば、ただ歩いて上船し、船上にて叶うことなら――小生にはお手上げだが――ゴキゲンになりさえすれば好い。もしや我らがグレイト・パヴィリオンストン・ホテルに宿を取るつもりならば、日輪の下（もと）またとないほど活きのいい、その陽気な面（おもて）こそ愉快な歓迎に外ならぬ赤帽が貴殿の荷を担ぎ、箱荷馬車で運び去り、手押しでゴロゴロ転がし、退屈凌ぎの御一興、御逸品相手に運動競技をやってのける。もしや貴殿は公生活のために我らがグレイト・パヴィリオンストン・ホテルに滞在するなら、くだんの旅籠に貴殿自身の倶楽部よろしくスタスタ入って行き、さらば貴殿のために早、新聞閲覧室が、食堂が、喫煙室が、ビリヤード室が、音楽室が、公式朝食が、日に二度の（一方は簡素で、一方は豪勢な）公式正餐が、温・冷水浴、が仕度されていよう。もしや辟易したければ、必ずや仰山な鼻摘み男が手ぐすね引いて待ち受け、わけても土曜から月曜まで（もしやお望みとあらば）とことん辟易させて頂けよう。もしや我らがグレイト・パヴィリオンストン・ホテルにてひっそり蟄居を決め込みたければ、その旨告げ、料金表に目を通し、階を選び、部屋を指定し――さらばそら、貴殿は貴殿の城に日極で、週極で、月極で、年極で、腰を据えたが最後、他の宿泊客のことなどこれきりお構いなしだ。もしや朝食前ともなれば然に判で捺したように部屋の戸口という戸口で生い茂るものだから、小生には何人（なんぴと）たり起きぬ、と言おうかそいつらを取り込まぬかのように思われる木立よろしきブーツや靴の直中を朝未だき漫ろ歩くという、この小生の酔狂に祟られてさえいなければ。それともアルプスを越える所存のからには、我らがグレイト・パヴィリオンストン・ホテルにて貴殿のイタリア語に風を当ててやりたいと？　総支配人に話しかけてみるが好い——必ずや話好きで、堪能で、丁重な。それとも我らがグレイト・パヴィリオンストン・ホテルにて助けたり、焚きつけたり、労ったり、お知恵を授けたりされたいと？　かの心優しき亭主を呼びにやってみるが好い、さらば亭主は貴殿の馴染みたらん。*　万が一貴殿か家族の誰かが我らがグレイト・パヴィリオンストン・ホテルで急に具合が悪くなったことがあるとすれば、貴殿は然にお易い御用では亭主も親身な妻君も忘れられまい。して我らがグレイト・パヴィリオンストン・ホテルで勘定を支払う段には、勘定書きの中に見出す何によっても機嫌を損ねることだけはあるまい。

乗合馬車や駅伝馬車で旅をする時代のすこぶるつきの旅籠というのはあっぱれ至極な場所だ。*　が如何なるかようの旅籠も、どいつもこいつも濡れネズミにして、半分方はとことん船酔いに祟られた四、五百名の乗客を受け入れられはしなかったろう。この点においてこそ、我々は我らがパヴィリオンストン・ホテルにて異彩を放つ。のみならず——来ては去り、縦揺れしては横揺れしては、汽船に乗っては列車で揺られては、セカセカ駆け込んではアタフタ飛び出すどこのどいつが、老舗の旅籠で支払われるべき心付けを計算し得たろう？　我らがパヴィリオンストン・ホテルの語彙に心付けなどという言葉はない。全ては貴殿のために為され、全ての務めは穏当な固定料金にて提供され、価格は全て全客室に掲げられ、よって貴殿は予め、帳簿係に劣らず正確に貴殿の勘定書きを作成出来よう。

仮に貴殿がさして懐をイタめずして様々な国の人相と口髭を学びたがっている画家ならば、当稿を受け取り次第、パヴィリオンストンにお越しになられたい。さらば定めて、地上のありとあらゆる国々が、青々とした剃り跡と無精ヒゲの、散髪とざんばら髪の、ありとあらゆる流儀が、我らが旅籠の隅から隅まで永久（とこしへ）に脈打っているのに気づかれよう。旅の案内人（クーリア）ならば何百人となくお目にかかれる。ピストルの発砲よろしくバシッと閉じる、五フラン硬貨用の革袋ならば幾千となく。ものの一朝の内に、五十年前ならば全ヨーロッパが一週間がかりでも拝ませて頂けなかったほど夥しき手荷物を。列車や、汽船や、船酔いの旅人や、荷物をしげしげ眺めるのが、我らが大いなるパヴィリオン気散じである。我々は他の公の娯楽の点ではさしてゾッとせぬ。なるほど、文学・科学館があるにはあり、労働者養成所があり——願はくはそいつの夏の野原にて幾多のジプシー風祝祭日を催し、やかんにはシュンシュン沸き立たせ、楽隊にはピーヒャラ奏でさせ、人々にはダンスを舞わせ、片や小生の山腹にて、祖国にてはめったにお目にかかれぬ健やかな光景を嬉々として打ち眺めさせ給はんことを！――教会も二、三あり、小生の未だ〆を出せぬほど仰山な礼拝堂もある。が公の娯楽は、我々にあっては稀である。たとい懐の寂しい芝屋の座元が屋根裏（ロフト）にて、メアリー・バックスか「砂丘の殺人」を披露すべく一座もろともお越しになろうと、我々はさして座元に御執心ではない――と言おうか実の所、奴を飢え死にさすが落ちだろう。我々は蠟人形ならばもっとすんなり馴染む。わけてもそいつがビクともするというなら。さらば御逸品、微動だにせぬ時より遙かに第二の戒律*の埒外にあるから。クックのサーカスは（クック氏は小生の馴染みで、必ずや令名を後に残して行くが）、通りすがりにほんの一晩しか我々に割いてくれぬ。旅回りの動物園も我々のことをそれ以上長らく付き合う筋合いはないと思っている。動物園は先達て、ステンド・グラスの窓の嵌まった居住用大型幌付き馬車を引っ連れ、我々に一覗きさせてくれた。ステンド・グラスは何でも、女王陛下が事業主に受け入れて頂く恰好の機を見出すまでウィンザー宮殿にて出来合いのまま仕舞われていた逸品だそうだが。小生は当該お披露目より五項の訝しみを連れ帰った。して爾来訝しみ続けている。果たして野獣は事実くだんのせせこましい監禁所に馴れているのだろうか？　猿は連中の自由な状態にてもくだんのいとも凄まじき芳香を芬々とさせているのだろうか？　動物は拍子と調子に生来耳が利き、それ故どいつもこいつも楽隊が演奏を始めるや、この世も終わりかとばかり吠え哮り出したのだろうか？　キリンは奴の荷車が閉て（た）切られたら首をどうするのだろうか？　ゾウは「一座」皆の前で逆立ちすべく檻から引っ立てられると内心忸怩たるものがあるのだろうか？

　我々はパヴィリオンストンにては高潮港*である。とは実の所、臨港列車への言及において既にそれとなく触れていた如く。干潮時、我々は泥の山にすぎず、そこなる空っぽの水路ではどデカいブーツの二人の男がいつもショベルで掬っては渫っている。かっきり如何なる腹づもりにてか、小生には定かならねど。くだんの折、陸（おか）に乗り上げた釣り船という釣り船は縡切れた海棲怪物よろしく横方（よこざま）でんぐり返り、運炭船やその手の船舶はしょんぼり泥にのめずり込み、汽船はその白い煙突のこれきりモクとも煙を上げず、真っ紅な外輪と来ては金輪際回転しそうもなげな面（つら）を下げ、入口のゴツゴツの石ころの上にへばりついた緑の粘土（ねばつち）と海草は、最早これきり差さぬ定めの今は昔の高潮の記録かと見紛うばかりにして、旗竿揚げ綱はゲンナリ項垂れ、めっぽう小さな木造りの灯台にしてからが太陽にギラリとなまくらに睨め据えられて竦み上がっている。してここにてめっぽう小さな木造りの灯台がらみで一言断っておけば、そいつはいざ夜分灯されるとなると——赤と緑に——然にやたら医者のそれらしく映るものだから、一人ならざる正気の沙汰でなき御亭主が時機尚早の御家庭の不安の際には様々な折々、そいつの周りをグルグル、グルグル、夜間用ベルはどこかと駆け回っている様が見受けられて来た。

だが、潮が差し始めるや否や、パヴィリオンストン港は息を吹き返し始める。潮がやって来ぬ間（ま）に上げ潮の微風（そよかぜ）を気取り、ハタハタ、ゴソゴソ動き出す。小さな浅いさざ波が互いに追いつ追われつしながらそっと忍び寄って来ると、マストの先の風見鶏はハッと目を覚まし、ピリピリ、ソワソワ落ち着かなくなる。潮が差すにつれ、釣り船は浮かれてダンスを舞い、旗竿は明るい真っ紅な旗を掲げ、汽船はモクモク煙を吐き出し、起重機はキーキー軋り、馬と馬車は空（くら）でブラブラ揺れ、乗客は手荷物ごと三々五々姿を見せる。今や、船舶は揺蕩い、ぷっかり、桟橋を一目見ようと、浮かんで来る。今や、石炭を積むべくやって来ていた荷車は積めるだけしこたま積んで行く。今や、汽船はやたらモクモク煙を噴き上げ、時折外輪覆い宛、蒸気性鯨よろしく吹きつける——神経質なのらくら者を大いに慌てふためかすことに。今や、潮が満ち、風も立ち果せば、貴殿はグイと帽子を引っ被っている（もしや御婦人方が御当人の帽子を如何にコルセットの鋼（ステー）もて幅広のツバの上から鼻の下までグイと引き下げることか見たければ、是非ともパヴィリオンストンへお越しを）。今や、港の何もかもがパシャパシャ跳ねては、どっと突っかかっては、ひょいひょい浮き沈みする。今や、臨港下り列車のお越しが電信で伝えられ、貴殿には二百八十七名の来客がお越しの由（如何で分かるかは分からねど）分かる。今や、沖へ出ていた釣り舟は高潮に乗って帰港する。今や、ベルが鳴り、機関車がシュッシュと吐き出しては金切り声を上げ、列車がスルスル構内に入れば、二百八十七名は押し合い圧し合い転（まろ）び出る。今や、海の潮ばかりか、人々の潮や手荷物の潮まで差し——何もかもが一緒くたに転（ころ）んでは、流れては、跳ね回る。今や、散々てんやわんやした挙句、汽船は蒸気を上げながら出港し、我々は皆（埠頭にて）煙筒を吹っ飛ばしかねぬ勢いで汽船が横揺れすれば浮かれ、というに生憎吹っ飛ばさねばガックリ肩を落とす。今や、他の汽船が入港しつつあり、税関は仕度を始め、桟橋人足が集い、大索（だいさく）が用意万端整えられ、ホテル赤帽が箱荷馬車と手押しもろともガラガラ、お次の手荷物相手にお次のオリンピア競技を開始せんものとやって来る。してこれぞ、パヴィリオンストンにては潮の差す度、我々のやらかす手口なり。してもしや貴殿が旅客手荷物の「生(せい)」を生きたいか、そいつが生きられている所にお目にかかりたいか、夜となく昼となくいつ何時であれ、ほとんど何の前触れもなく眠りへと誘(いざな)う甘美な風を吸いたいか、海上か海中で戯れたいか、ケント中をピョンピョン跳ね回りたいか、これら諸々の愉悦をそっくり、或いは幾許かなり味わうべく首都(みやこ)を離れたければ、是非ともパヴィリオンストンへお越しを。

第十一章　季節外れ

たまたま、去る侘しき春時、小生は季節外れの海水浴場にいた。小意地の悪い北東スコールのせいで海の向こうから当地へと吹き飛ばされ、めっぽう忙しなく立ち回ってやろうとホゾを固めて三日間、独りきりグズグズとためらいながら。*

初日、いざ本腰を入れるに、二時間ほど海を眺め、外つ国の義勇軍を居たたまらなくなるまで睨め据えてやった。これら肝要な任務に晴れて片をつけ果すと、自室の二つの窓の内一方の窓辺に腰を下ろした。文学作品執筆の点で何か捨て鉢な手に出るに、百読に値する前代未聞の一章を執筆せんものと眦を決して――くだんの一章と目下の随想は縁もゆかりもないが。

季節外れの海水浴場の特筆すべき性たることに、そこなる何もかもは何としても睨め据えられようとし、睨め据えられねばならぬ。との致命的真実を小生はこれまで気取ってすらいなかった。がいざ筆を執ろうと腰を下ろした途端、そいつにピンと来始めた。小生自身のとびきり幸先好い姿勢を取り、ペンをインクに浸けたか浸けぬか、埠頭の時計が――縁の白い、赤い文字盤のそいつだが――やたら癇に障るやり口でとっとと懐中時計に当たり、如何ほどグリニッヂ標準時からズレているか確かめよとせっついて来た。これから航海に出る気も天体を観測する気もさらにないからには、グリニッヂ標準時はこれきりお呼びでなく、海水浴場時をこそ十分正確な御逸品としてありがたく頂戴していたろう。埠頭時計が、しかしながら、しぶとくせっついて来るものだから、ペンを置き、懐中時計とヤツを引き比べ、半秒がらみでヤキモキ気を揉んでやらねばならなくなった。が、またもやペンを執り、いよいよくだんの類稀なる章を綴りにかかった。さらばいきなり、窓の下の税関カッターが即刻、観艦式を執り行なうよう申し立てて来た。

くだんの状況の下にては如何なる精神的ホゾも、たかが人間サマのそれとあらば、税関カッターをお払い箱にすること能はなかった。というのもトップマストの影が小生の紙の上に落ち、風見鶏が巨匠の真っ白な章の上で戯れていたからだ。よってもう一方の窓辺へ向かわざるを得ず、版画の内なる野営中のナポレオンよろしく椅子に馬乗りになるや、カッターを、くだんの一日、我が章の行く手に立ちはだかって、おお、碇泊しているがまま視察しにかかった。カッターは大量の帆布を運ぶべく艤装されていたが、船体と来ては然にやたら小さいものだから、船上の四人の（三人の男と一人の少年たる）巨人が皆して一緒にゴシゴシ擦っている所を見ていると、船体を丸ごとゴシゴシ擦り消してしまわぬか気が気でなくなった。五番目の巨人は、どうやらこちとらを「下っ端」と見なしていると思しく――事実、腰から下は文字通り――小さな突風っぽい煙筒のそれはすぐ間際で瞑想に耽っているものだから、まるでプカプカ、御逸品を吹かしてでもいるかのようだった。桟橋から小僧が数人じっと目を凝らし、巨人共の注意がそっくり奪われているやに見えると、内一人二人がこっそり、索具からダラリと垂れ下がった綱なる手立てもて、税関カッターの上で宙ぶらりんにゆらゆら、時化の小童妖精よろしくぶら下がっていたものだ。ほどなく、六人目の人足が二つの小さな水樽を持って来ると、その後ほどなく手押しがお越しになり、詰め籠を届けて行った。小生は勢い首を捻ってやらねばならなくなった。カッターはいよいよ巡洋に出ようというのか、ならばどこへ向かい、いつ向かい、何故向かい、何月何日に戻る予定にして、指揮を採るのは何者か？　これら抜き差しならぬ問いに懸命にかかずらっていると、いきなり定期船が、今にも海峡を渡る準備万端整え、なけなしの蒸気を吹き上げながら叫び上げた。「オレを見ろ！」

と来れば、今にも海峡を渡らんとしている定期船を見るのが全き本務となり、船上にはつい今しがた鉄道でやって来たばかりの乗客がアタフタ、大童で乗り込んでいる。乗組員は皆、タールまみれのオーバーオールに身を包んでいた。そいつが何を意味するものか知らぬ奴はいなかったろう――後部船室の扉の蔭にて各々一ダースからの小ぢんまりとした小さな山に積まれた真っ白な盥は言うに及ばず。とある御婦人は、小生が見ていると、早観念のホゾを固めた先見の明ある女性と思しく、陶器の山からさながら軽食チケットを受け取る要領で御自身の盥を選り出すと、くだんの利器を耳許にあてがったなり甲板に身を横たえ、両足をショールで包み、御尊顔を粛々として古式床しき物腰でまた別のショールで包み、くだんの手筈を整え果したが最後、どうやら御当人の自由意志の為せる業、気を失ったと思しい。郵便袋が（おお、願はくは小生自身、連中同様船酔いに祟られずに済むものなら）船上に放り上げられ、さらば定期船は叫び上げるのを止め、引索もて沖へ洩かれ、砂洲の上の白線宛突っかかる。ひょいと潜り、グラリと揺れ、ザブリと舳先越しに波が砕ければ、ムアの暦書も賢者ラファエル*も船上が如何なる状態にあるものか小生が存じ上げぬにつゆ劣らず小生に御教示賜れなかったろう。

　名にし負う章には今やほとんど手がつけられ、そっくり手がつけられていたろう。もしや風さえ立っていなければ。そいつは東からびゅーびゅー吹きつけ、煙突でゴロゴロ唸り、ガタガタ屋敷を揺さぶった。というくらいなら物の数ではない。が、霊感を求めて風の灰色の目を覗き込みながら、小生はかく独りごつべくまたもやペンを置いた、何と海辺の何もかもが風の状態に大いなる関心を寄せている旨声高に宣っていることか。木々は皆一方向へ傾ぎ、港の防壁は風が猛威を揮う箇所でいっとう高々として強固に築かれ、砂利は同方向から浜へ放り上げられ、その数あまたに上る矢は共通の敵の方へ一斉に向けられ、大海原はさながらくだんの光景を目の当たりに怒り狂ってでもいるかのように連中の方へどっと押し寄せている。とならば蓋し、表へ繰り出し、風の中を漫ろ歩かねばならぬような気がして来た。という訳で、その日は一先ず神々しき章にサジを投げた。何としても一吹き食らわねばなるまいと、己自身をまんまと言いくるめながら。

　してなるほど、したたかな奴を食らった、しかも絶壁の天辺の本街道（ハイ・ロード）にて——正しく遙か高み（ハイ・ロード）の道にて。そこにて駅伝馬車に出会してみれば、屋上席の乗客は一人残らず帽子、のみならず御尊体を押さえつけ、羊の群れに追いついてみれば、首の周りの毛は連中、綿毛のフクロウかと見紛うばかりに大きな襞襟に膨れ上がっていた。風は灯台をどデカい呼子よろしくピーピー吹き抜け、水飛沫は濛々たる霞たりて水面（みなも）を追い立てられ、一艘ならざる船は木の葉のように揉まれ、時に光の長い傾斜と割れ目が大海原と蒼穹を結ぶ山の急斜面を築いた。一〇マイルほど歩くと、絶壁のない海辺の町に辿り着き、町は、つい今しがた後にした町同様、季節外れだった。家屋敷の半ばは閉て切られ、残りの半ばは貸しに出され、町は、たとい海底に沈んでいたとて折しも商いに精を出しているに劣らず精を出していたやもしれぬ。事務弁護士を措いて誰一人羽振りを利かせている者はないと思しく、事務員のペンは先生の木造の屋敷の張出し窓にてさらさら走り、くだんの朝（あした）、先生の真鍮門札きり塩気を免れ、ピッカピカに磨き上げられている証拠、塩一粒ついていなかった。海辺では、粗造りの小帆船（ラガー）や車地に紛れて時化に嬲られた船頭があちこち、ある種海棲怪物よろしく連んでは、くだんの代物の風下にてじっと見張りに立っているかと思えば、風宛前のめりに立ったなり、打ち身だらけの小型望遠鏡越しに沖を見はるかしていた。「ベンボウ提督亭」*の談話室の鈴（りん）は季節外れのせいでそれは気が抜けているものだから、小生にはランチのために把手を引こうとチリとも鳴っている音が聞こえず、季節外れの給仕として立ち回っている黒いストッキングと頑丈な靴の若い娘に至っては三度（みたび）チリンチリン鳴らされるまで聞こえなかった。

「ベンボウ提督亭」のチーズは季節外れだったが、手造りのパンは結構イケたし、ビールはすこぶるつきだった。たまさかポカポカ陽気の早春の日に誑かされ、「提督」は談話室の暖炉から燃料をごっそり掻き出し、植木鉢を某か突っ込んでいた——とは「提督」にあっては実に愛嬌好くもお目出度ではあったものの賢明とは言えなかった。部屋は、目下訪うてみれば、途轍もなく底冷えがしたからだ。故に、図々しくも小さな石の廊下越しに「提督」の厨を覗き込み、さらばのっぽの長椅子（セトル）が背（せな）をこちらへ向けたなり「提督」の厨の暖炉の正面へ引き出されているものだから、フラリと、パンとチーズを手に、モグモグ頬張っては辺りをキョロキョロ見回しながらお邪魔させて頂いた。陸人（おかにん）が一人と、船頭が二人、長椅子（セトル）に腰掛け、プカプカ、パイプを吹かし、ぶ厚い陶器のパイント入りマグでビールを呑んでいた——例の、かようの場所にはつきものの、グルリに色取り取りの輪っかが嵌まり、輪っかと輪っかの間にボサボサにほぐれた根っこよろしき代物のあしらわれた御逸品たる。陸人（おかにん）は未だ出来して三晩しか経っていない、さる、英仏海峡における恐るべき沈没に纏わる体験を物語り、そこにて小生の想像力においそれとは忘れ得ぬ調べを呈した。

「ちょうどその時」と男は（生まれながらにしてすげない奴で、ネタと足並み揃えて頭に血が上って来たが）、言った。「夜は明るく穏やかだったが、水面には灰色の霧が立ち籠めていた。二、三マイル先までは広がりそうになかったが。だからちょうどその時、俺は沖で一件の持ち上がった桟橋の際の木造りの土手道を馴染みの一人と行ったり来たりしていた。馴染みは名をクロッカーと言って、あっちの方で万屋をやってる」（グイと、男がパイプの火皿で差した方角から判ずるに、クロッカー殿、水深二十五尋辺りで万屋業を営んでおいでの男人魚だったやもしれぬ。）「俺達はパイプを吹かしながら、土手道を行ったり来たりしては、あれこれ四方山話に花を咲かせていた。グルリには後はほんの二、三人、浜船頭（ホヴラー）が（とは目下の仲間同様、沿岸船乗りを表すケント流の名だが）潮が満ちるのを待って縦帆（ラグ）の辺りでブラついているきりだった、連中のいつもの伝で」（ここにて二人の船頭の内一人が、物思わしげにじっと小生に目を凝らしながらパチリと片目を閉じてみせた。かく言わぬばかりに。一つ、話の仲間に入んな。二つ、奴の仰せの通りでよ。三つ、オレも今のその浜船頭だが。）「いきなり、クロッカーと俺は釘づけになった。というのも辺りはシンと静まり返っているというのに、海の向こうから大きな心悲しいフルートかエオリアン・ハープ*みたいな音が聞こえて来たからだ。俺達には何の音かさっぱりだったが、何と腰を抜かしそうなほどびっくりしたことか、目の前で浜船頭が一人残らず船に飛び乗り、帆を揚げようというのでアタフタ駆けずり回り、とっと沖へ漕ぎ出すとなったら。まるでどいつもこいつも、あっという間に、気が狂れたみたいに！　けどあいつらには分かってたのさ、そいつは沈没しかけた移民船からの絶叫だってな」

　小生は我が季節外れの海水浴場に戻り、粋な流儀で二〇マイルやりこなし果してみれば、名にし負う黒人催眠術師がくだんの夜、そのためわざわざ借り切った「詩神の館」にて至芸を御披露賜るとのことだった。が、美味なディナーに舌鼓を打った後、炉端の安楽椅子でくつろいでいると、早、固めてあった、黒人催眠術師の下に伺候しようとの腹づもりにおいてグラつき、目下いる場所に踏み留まる方が得策ではなかろうかと惟み始めた。実の所、蟄居を決め込むことには男伊達の問題も関わっていた。というのもフランスを独りきり去った訳ではなく、我が映えある不運の友マダム・ローラーンと共に（パリはコンコルド広場の、ロワイヤル通りの角の、本屋台にて各二フランで買い求めた二巻本の形なる）ソンテ・ペラジの監獄からやって来ていた*からだ。晴れてマダム・ローラーンと差しで夕べを過ごすホゾを固め果すと、小生は常の習いで、かの霊的女性の同席、並びに雄々しき精神と人の気を逸らさぬ会話の魅力より大いなる愉悦を賜った。正直な所、マダムにもう幾許か落ち度が――ほんのもう二、三、如何なる類であれ、より情熱的な瑕疵が――あれば、もっとマダムを愛せていたやもしれぬ。が至らぬのは小生であってマダムではないと信じてもって善しとしている。我々はこの折、悲しくも興味津々たる数時間を共に過ごし、マダムは再び小生に如何に大修道院から酷くも釈放され、如何に自由の足が自宅の階段を六段と軽やかに駆け昇らぬ内に再逮捕され、ただギロチンへと旅立つが定めの牢へと引き立てられたか審らかにし賜ふた。

　マダム・ローラーンとは真夜中前に互いに暇を乞い、小生はくだんの比類無き章がらみでの、翌日のための遠大な腹づもり満々にて床に就いた。外つ国からの郵便汽船が夜明けと共に入港するのを耳にし、小生自身は船上にもいなければ、起き上がる筋合いもないと知っているとはすこぶる心地好かった。よって、くだんの章のために大挙、蹶起した。

　二日目の朝、小生はまたもや窓辺に腰を下ろし、章の最初の半行を書き、気に入らぬので掻き消す所まで進渉した。が、いきなり良心の声に苛まれた。おぬし昨日は結局、季節外れの海水浴場をざっと見はるかしてやってもおらず、ただ時速四・五マイルで真っ直ぐそいつから出て行ったきりではないかと。当該不履行の埋め合わせをするいっとうまっとうな手は一刻の猶予もなく、海水浴場を見に行ってやることなりとは火を見るより明らか。という訳で——全き本務の問題とし——もう一日、とびきりの章にサジを投げるやフラリと、両手をポケットに突っ込んだなり、漫ろ出かけて行った。

　観光客にともかく貸しに出される屋敷という屋敷や下宿屋という下宿屋は一軒残らずくだんの朝(あした)、貸しに出されていた。さながら「貸し間アリ」と宣ふビラを雪と降らせてでもいたかのように。かくて胸中惟みることとなった。一体これら貸し間の所有主は季節外れには何をしているのか。如何様に時間を潰し、智恵を絞っているのか。よもや、小生が一分おきに通りすがるメソジスト礼拝堂へ四六時中足を運んでいる訳でもあるまい。何か外の気散じがあるに違いない。果たして連中、互いの部屋を借りている風を装い、面白半分、互いの茶筒を開けているというのか？　それとも己自身のビーフやマトンを薄切れにし、御逸品、どいつか外の奴の身上のような振りをしているというのか？　それとも子供がよくやるように、ささやかな「ごっこ」に興じ、こんな風に言っているというのか？　「わたしは君の貸間を見にやって来ねばならん。君は週二ギニーでは高すぎるかたずねねばならん。するとわたしは明日まで考えさせてくれと言わねばならん。すると君は実は別の、子供のいない夫妻が君自身の条件にめっぽう近い申し出をしているのだが、夫妻にはもう三十分もしたら前向きな返事をしようと約束してあるものだから、ノックが聞こえた際にちょうど貼り紙を下ろしかけていた所だと言わねばならん。するとわたしは部屋を借りねばならん、というのは、ほら」などという取り留めのない思いが次から次へと脳裏を過った。それから、相変わらず壁沿いをしぶとく歩きながら、去年のサーカスのビラのズタズタの成れの果てを打っちゃると、サーカスそのものの催されていた材木置場に間近い裏手の野原に差しかかった。さらば芝生の上には今なおある種僧侶の頭の剃り跡(トンシュア)が名残を留め、お若い御婦人が勇猛果敢な飛翔においてお気に入りの駿馬ほたる(ファイアフライ)に乗ってグルグル、グルグル回った箇所が偲ばれた。またもや町へ折れると、グルリには店また店が立ち並び、そいつら断乎、季節外れの由声高に触れ回っていた。薬屋には如何なる箱入り清涼飲料散薬も、如何なる美肌海浜石鹸や化粧水も、如何なる魅力的な香水もなく、店先に並んでいるのはせいぜい、冬の突風と塩海の吹寄せのせいで炎症を起こしでもしたかのような真っ紅なギョロ目の大瓶きりだった。万屋の激辛ピクルスや、ハーヴィのソースや、ドクター・キッチナーの香味や、アンチョビ・ペーストや、ダンディー・マーマレードや、その他食欲増進の贅沢な助っ人の在庫はそっくり地下のどこぞで冬眠していた。陶器店には何処からにせよ白鑞の影も形もなく、慈善市はそっくりポシャり、鎧戸には当店、聖霊降臨節には再び店を開けるが、店主の消息はそれまでイースト・クリフ、ワイルド・ロッヂにて得られよう旨お触れが出ていた。七フィートから八フィートに垂んとす一並びの小ぢんまりとした小さな木造りの屋敷たる当該海水浴施設にて、小生はこの目で、店主がシャワー浴の床に就いているのを見かけた。こと更衣車に関せば、連中（如何でそんな所まで辿り着いたものか、はとんと与り知らねど）少なくとも一・五マイルは離れたとある丘の天辺に乗り上げていた。貸本屋は、ついぞ大きく開け放たれた所しかお目にかかったためしがなかったものを、ぴっちり閉て切られ、二人のグチっぽい禿頭の御老体は何やら中に密閉されたなり、いつ果てるともなく新聞に読み耽っているかのようだった。かの摩訶不思議な神秘、楽器店は、季節外れであろうとなかろうとどこ吹く風と、（小型竪型ピアノの在庫が増えているのをさておけば）いつもの伝で何食わぬ面を下げていた。それが証拠、相も変わらずとんでもなく捻じくれ上がった、恐らく、数千ポンドは下らぬ値が張ろう、して今に如何なる季節であれ何人たり吹けもしなければ吹きたいとも思うまい金ピカの真鍮管楽器をこれ見よがしなまでにひけらかしていた。ウィンドーにはトライアングルが五箇、カスタネットが六箇、ハープが三台陳列され、ことほど左様に、これまで出版された彩色口絵のポルカというポルカも——やんごとなきポーランド生まれの男女が両肘を腰の所で突っ張ったなり傍観者の方へやって来る本家本元から、「ネズミ捕り屋の娘」*に至るまで——飾られていた。驚くべき店よ、瞠目的謎よ！　その他三軒は季節中に何たる習いにあったにせよ、目下はめっぽう季節外れだった。まず一軒目は、一見マストの先から落下しても衝撃を和らげるよう設計されたかと見紛うばかりの、ネジを巻く、消火栓もどきの場所のついたどデカい古時計が今にズラリと並んでいる船乗り用懐中時計専門店。二軒目は、中古の暴風雨帽と、中古の油布上下と、中古のピー・ジャケットと、対の耳索よろしき把手のついた一つこっきりの中古の水夫服櫃をひけらかした、船乗り衣類店。三軒目は、とうに廃れ切った文学を売りに出している、十年一日が如き本屋。

ここにては、フォースタス博士が依然、肩甲骨よりクネリとコブかオデキよろしきヘビの生えている、鱗っぽい気っ風の緑色の御仁三人(みたり)の監督の下(もと)、赤と黄色まみれの地獄へと堕ちていた。*ここにては、黄金の夢想家とノーウッドの八卦見がダム・ケーキの作り方や、茶碗の中で運勢を占うやり口の説明書き、並びに御当人の同時に大火と、難破と、地震と、骸骨と、教会柱廊と、稲光と、葬儀と、鮮やかなブルーの上着とカナリア色のパンタロンでめかし込んだ青年の夢を一緒くたに見るのも宜なるかなと思わせるほど寝苦しげな姿勢でソファーに横たわっている腰のくびれの高いお若い女性の絵ごと、依然各々六ペンスの正札にて売りに出されていた。ここにては、『リトル・ウォーブラー』*とフェアバーンの『コミック・ソング集』もあった。ここにては、ばかりか、古い俗謡紙に画かれた、昔ながらの類型の混乱のなきにしもあらざる——ウィル・ウォッチ、恐いもの知らずの密輸業者*の挿絵たる、安楽椅子に寄っかかった三角帽の爺さんに、遠見に船の浮かんだ、フープ・スカートの小さな少女に成り代わらるオーダーズ・グレイの修道士*といった——俗謡も並んでいた。どいつもこいつも、小生にとって無限の至福たりし頃とつゆ変わらぬまま！

これら幾多の愉悦を堪能するに然に長らくかまける余り、就寝前にマダム・ローラーンに割くにものの小一時間しかなかった。我々はマダムの尼僧院教育なる主題がらみでお互いそれはすこぶるトントン拍子に行ったものだから、小生は翌朝、偉大なる章のための日が終に訪れたものと得心しきって床を抜けた。

夜の内に、しかしながら、風は死んだように凪ぎ、朝餉の席に着いていると、未だ丘陵地帯(ダウンズ)を歩いていないのを思い起こし、内心忸怩たるものがあった。健脚を誇る小生としたことが、未だ丘陵地帯(ダウンズ)を歩いてやっていないとは！　実の所、然に静かで明るい日和ともなれば、善は急げ。「人の務めの全て（『伝道之書』一二：一三）」の肝心要の端くれとし、故に、章には勝手に——当座——己(おの)が面倒を見さすこととし、丘陵地帯(ダウンズ)へと足を向けた。丘陵地帯(ダウンズ)は緑々(あおあお)として美しく、お蔭で手一杯になった。自由な外気と眺望に片をつけ果すや、谷間(たにあい)へ降り、ホップの世話を（これきり与り知らねど）焼いてやり、劣らず桜桃園がらみでも気を揉んでやらねばならなかった。それから黒づくめの流れ乞食一家にネ掘りハ掘り探りを入れる役を自ら買って出ると（母親が、きっぱり、生身の御当人によりて、つい先週亡くなった由誓いを立てられたせいで）、十八ペンス恵むついでに——やんややんやと歓声を上げられる中——説教臭い御託まで——こちらはさっぱりウケなかったが

――並べてやった。とうとう、比類なき章に戻らぬ内に日もかなり傾き、そこで御逸品、御地同様、季節外れなりとサジを投げ、脇へ打っちゃるホゾを固めた。

夜分、芝屋なるB・ウェジントン夫人の寄附興業に出かけた。夫人は町中に「お忘れなきよう！」とのビラをベタベタ貼っていたもので。胸算用によらば、小生はまずもって四と九ペンスにて末席を汚していたが、夕べの内に半クラウンにまでは熱を帯びていたやもしれぬ。誰の心証を害すものも何一つなかった――リーズ（西ヨークシャーの都市）のベインズ氏をさておけば。B・ウェジントン夫人はグランドピアノに合わせて歌を歌い、B・ウェジントン氏も右に倣い、ばかりか上着をかなぐり捨て、ズボンをたくし上げ、木靴でステップを踏みに踏んだ。B・ウェジントン坊っちゃんは、生後十か月だったが、ボックス席にて震え性の娘に守りをされ、B・ウェジントン夫人の目は一再ならずくだんの方角へさ迷った。AからZまでのウェジントン一家皆に幸（さち）あれかし。何処かにては季節外れならざらんことを！

第十二章　特許を巡る貧しき男の物語

わたしは世に出る書き物に自らペンを執る習いにはない。一体、日に少なくとも十二時間から十四時間は汗水垂らす（時に月曜や、クリスマス時（どき）や、復活祭時（どき）はさておき）どんな労働者がそんな習いにあるというのだろう？　だが、わたしは自らの言い分をはっきり、書き記すよう求められ、よってペンとインクを手にし、精一杯思う所を述べようと思う。至らぬ点は御容赦願うとし。

生まれたのはロンドンの近くだが、年季が切れて以来、ほとんどずっとバーミンガムの作業場（ショップ）で働いている（世の中の連中なら製造所（マニュファクトリ）と呼ぼうものを、わたし達は作業場（ショップ）と呼ぶ）。年季を務め上げたのは生まれ故郷に近いデトフォードで、生業は鍛冶屋だ。名前はジョン。十九の時からずっと「ジョン爺さん」で通っている。頭が薄いせいで。今は五十六だが、今のその十九の時よりさして濃くなっても、薄くなってもいない。

連れ添って、次の四月で三十五年になる。祝言を挙げたのはエイプリル・フールの日だった。勝てば官軍。わたしはあの日、出来た女房を勝ち取って、そいつはわたしにとって生まれてこの方ないほどフールとはほど遠い日だった。

十人ほど子供を授かり、内六人はこの世だ。長男はイタリアの蒸気定期船「メッツォ・ジョルノ」の技師で、途中ジェノヴァと、リボルノと、チヴィータ・ヴェッキアに寄りながら、マルセイユとナポリの間を行ったり来たりしている。元は腕の立つ職人で、細々（こまごま）とした重宝なものをたくさん発明した――一文の得にもならなかったが。もう二人の息子はニュー・サウス・ウェールズのシドニーで達者にやっている――このあいだ便りがあった時はまだチョンガーだったが。息子の一人（ジェイムズ）は放蕩癖がついて兵士になり、インドで撃たれて、六週間というもの肩甲骨にマスケット銃の弾を受けたまま、病院に御厄介になっていた、というのは自分の手で報せてくれたことだが。あいつがいっとう男前だった。娘二人の内一人（メアリ）は何一つ不自由なく暮らしているが、胸に水がたまる。もう一人（シャーロット）は、亭主が見下げ果てたやり口で逃げ出したせいで、今は子供三人と家（うち）で暮らしている。末っ子の、六つになるチビは職工向きだ。

わたしはチャーティスト運動には関わっていないし、関わったためしもない。世の中、あれこれ文句を言う筋合いがどっさりないとは言わないが、そんなやり方で物事が好くなるとも思っていない。もしもそう思っているなら、仲間に加わっていたろう。が、そうは思わないもので、加わってはいない。新聞を読んだり、討論を聞いたり、バーミンガムでは「集会室（パーラー）」と呼んでいるものに顔を覗かせたりはする。チャーティスト運動にかかずらっているいっぱしの男や職人もたくさん知っている。要注意。けど、力尽くは御法度だ。

　こんな風に言っても（というのもこれきり先へ進む前にそう書き記しておかなければ、そもそもの言い分を書き記せないだろうから）、テングだとは思われないだろうが、わたしは若い頃から発明の才に長けていた。いつだったかネジ釘で二〇ポンド稼ぎ、そいつは今、出回っている。この二十年というもの暇を見てはちょくちょく、ある発明品を手がけて仕上げて来た。そっくり仕上がったのは去年のクリスマス・イヴの夜の十時のことだ。とうとう完成して、女房に一目見せてやろうというので呼んで来ると、わたしと女房はただ立ち尽くし、模型（モデル）を前にポロポロ涙をこぼしたものだ。

　馴染みの一人に、名をウィリアム・ブッチャーという、チャーティストかぶれがいる。そこそこお手柔らかな。あいつは演説をぶつのが上手いし、血の気が多い。しょっちゅうあいつが演説をぶつのを聞いて来た。事ある毎に我々労働者の行く手に立ちはだかっているのは、あてがわれる筋合いのこれきりない連中にあてがってやるのにいつの間にやら、数えきれないくらいたくさんのクチが見繕われ、我々はそんな筋合いもないのに今の御大層なクチを賄ってやるのにあれこれ形式に従い、料金を支払わなきゃならないってことだと。「確かに」（とウィリアム・ブッチャーはぶつ。）「世の中の連中はみんなそうしなければならない。だが誰よりこたえるのは労働者だ。というのも労働者には誰より余裕がないからだ。ばかりか、悪の是正と善の促進を望む時に限って、彼らの行く手に邪魔物が突っ込まれてはならないからだ」要注意。わたしはウィリアム・ブッチャーがぶったままの文言を書き記している。W・B、上述の目的のために新たに思う所を述べる。

　さて、わたしの模型（モデル）に再び戻れば。そいつは、だから、ほぼ一年前のクリスマス・イヴの夜十時に完成した。回せる金はそっくり模型（モデル）に注ぎ込んでいた。景気が悪かったり、娘のシャーロットの子供達の具合が悪かったり、その両方が重なった時には、模型（モデル）は何か月もぶっ通しでビクともしないまま突っ立っていた。何度バラバラに解体し、もう一度あれこれ手を加えて作り直したことか。がとうとうあいつは、さっき

から言っているように見事、完成した。

ウィリアム・ブッチャーとわたしは翌日、模型のことで長らく膝を突き合わせた。ウィリアムは実に弁えのある男だが、時に突拍子もなくなることがある。ウィリアムは言った。「あいつをどうする気だ、ジョン?」わたしは答えた。「特許品として売り出す」ウィリアムはたずねた。「どうやって、ジョン?」わたしは答えた。「特許を受けて」ウィリアムは、すると、特許法はベラボウ間違ってると返した。*ウィリアムが言うには。「ジョン、もしも特許を受けない内に発明品を大っぴらにしたら、誰が君の長年の苦労の賜物をふんだくらないとも限らない。君は二進も三進も行かないのさ、ジョン。どいつか特許の法外な経費で予め打って出てくれる奴を見つけ出すことで君自身にめっぽう不利な契約を結ばなきゃならないか、それとも挙句、君自身の発明品が君そっちのけで掻っさらわれるまで、君のためにもっといい契約を結んで、発明品をひけらかそうとする数えきれないほどたくさんの奴らの間で、こっちからあっちへ小突き回されなきゃならないかの二つに一つ」わたしは言った。「ウィリアム・ブッチャー、君は正気か? 時々突拍子もなくなるのは知っているが」ウィリアムは言った。「いや、ジョン、今のは身も蓋もないほんとの話だ」ほんとの話とやらを、あいつはそれからもっと事細かく説明しにかかった。わたしはきっぱりW・Bに言った。だったら自分で特許を申請するよ。

女房の兄の、ウェスト・ブロムウィッチのジョージ・ベリー*は(上さんは気の毒に、酒浸りになって、最後のビタ一文まで使い果たし、バーミンガム監獄に十七回もぶち込まれた挙句、どこからどうみても目出度く神に召されたが)、死ぬ時、妹の、うちの女房にイングランド銀行株で一二八ポンド一〇の遺産を残した。わたしと女房はその金に一切手をつけていなかった。要注意。わたし達は老いぼれて、その内働けなくなるかもしれない。わたし達はとうとう発明品の特許を申請しようと話し合った。そいつに穴を――とは今のその金に――あけることになるかもしれないが、特許を申請しようと。ウィリアム・ブッチャーはわたしのためにロンドンのトーマス・ジョイ宛一筆書いてくれた。T・Jは身の丈六フィート四の大工で、輪投げが達者だ。ロンドンのチェルシーの教会の側に住んでいる。わたしは、戻ったらまた雇ってもらう約束で、作業場から休みをもらった。わたしは腕のいい職人だ。絶対禁酒主義者ではないが酔っ払ったためしがない。クリスマス休暇が終わると、労働者割引列車で上京し、一週間ほどトーマス・ジョイの所に間借りした。あいつは所帯持ちで、一人息子は船乗りになっていた。

　トーマス・ジョイは（手持ちの本から）発明品の特許を申請するにはまずもってヴィクトリア女王への請願書を作成しなければならないと教えてくれた。ウィリアム・ブッチャーもそれらしきことを言い、既に請願書を書いてくれていた。要注意。ウィリアムは筆まめだ。請願書のほかに、大法官庁主事への申告も必要で、それを、わたし達はやはり作成した。散々骨を折った挙句、わたしはテンプル門に間近いチャンサリー・レーンのサザンプトン・ビルディングの主事を訪ね当て、主事の前で申告を行ない、十八ペンス支払った。それから申告書と請願書をホワイトホールの内務省へ持って行くよう言われ、そこに二通を（何とか役所を探し当てた末）内務大臣に署名してもらうために置いて行き、二ポンド二と六ペンス支払った。六日経ってようやく署名が得られ、わたしは書類を法務長官事務室へ提出し、報告書のために預けるよう言われた。そこで仰せに従い、四ポンド四支払った。要注意。誰一人として終始、金に対して礼を言った者はなく、皆不躾だった。

　トーマス・ジョイの部屋は今ではもう一週間、借りられ、内五日は過ぎていた。法務長官は所謂判決理由書（レポート・オブ・コース）を作成し（わたしの発明品は、ウィリアム・ブッチャーが出立前に宣っていた通り、反対は受けなかったから）、わたしはそれを携えて内務省へ送り返された。連中はその写しを――認可証（ウォラント）とかいう――取り、この証書に、七ポンド十三と六ペンス支払った。証書は、署名のため、女王陛下の下（もと）へ送られ、女王陛下は署名の上、送り返して来た。内務大臣が証書に再び署名をした。殿方はわたしが訪ねて行くと、証書をわたしの方へ放り、「さあ、リンカンズ・インの特許局へ持って行きたまえ」と言った。その時には早、トーマス・ジョイの所に間借りして三週間目に入っていた。料金が嵩むせいで、なるべくキチキチ切り詰めながら。どんどん意気は挫けていたが。

　リンカンズ・インの特許局で、連中はわたしの発明品に対する「女王陛下調書の草稿」と「調書内容摘要」を作成し、わたしは代金として五ポンド一〇と六支払った。連中は「証書の浄写を二通――一通は認印局、一通は王璽局宛」取った。代金とし、わたしは一ポンド七と六支払った。加えて印紙税とし、三ポンド。この同じ役所の浄写係は署名のために女王陛下調書を浄写した。わたしは男に一ポンドと一支払った。またもや印紙税を一ポンドと一〇。次に女王陛下調書を再び法務大臣の所まで持って行き、再び署名してもらうことになっていた。調書を提出し、さらに五ポンド支払った。それから調書を受け取ると、再び内務大臣の所へ持って行った。大臣はそれを再び女王陛下の下（もと）へ送り、陛下は再び署名をし、わたしはそのためさらに七ポンド十三シリングと六支払った。既にトーマス・ジョイの所に厄介になって一か月以上経ち、堪忍も懐もほとほと擦り減っていた。

　トーマス・ジョイはそうしたあれやこれやの経緯（いきさつ）をその都度、ウィリアム・ブッチャーに伝えていた。ウィリアム・ブッチャーはブッチャーで、一件をバーミンガムの三箇所の集会室（パーラー）に伝え、一件はそこからほかの全ての集会室（パーラー）にまで広められ、その後小耳に挟んだ所によると、北イングランド中の作業場（ショップ）という作業場（ショップ）にまで行き渡ったということだ。要注意。ウィリアム・ブッチャーは奴の集会室（パーラー）で、これぞ如何にもチャーチスト主義者を生む特許局らしいやり口ではないかと一席ぶった。

　だが、ケリはまだついていなかった。女王陛下調書はストランドのサマセット・ハウスの認印局へ持って行かれることになっていた――そこに印紙省があるもので。認印局の役人は「国璽尚書のための認印証書」を作成し、わたしは役人に四ポンド二支払った。認印証書は特許状係に手渡され、男は浄写し、わたしは男に五ポンド十七シリング八支払い、同時に特許のための印紙税を、一度に大枚三〇ポンド支払った。次に「特許証箱」に九ポンド六ペンス支払った。要注意。トーマス・ジョイならば同上を十八ペンスのお代で作っていたろう。わたしは次に「大法官国璽捧持官たる代理人への料金」とし、二ポンド二支払った。次いで「押印・登記課（ハナパー）*事務官への手数料」とし、七ポンド十三シリング支払った。次いで「押印・登記課（ハナパー）事務代理官への手数料」とし、一〇シリング支払った。次いで大法官に再び一ポンド十一シリング六支払った。最後に、「押印係代理人と、封蠟準備係（チャフ・ワックス）*代理人への手数料」とし、一〇シリング六ペンス支払った。わたしはトーマス・ジョイの所に六週間以上間借りし、発明品のための単独特許は、祖国に対すだけでも九十六ポンド七シリング八ペンスについた。仮に連合王国全体に対し申請していたなら、三〇〇ポンドは下らぬかかっていたろう。

　ところで、教育はわたしの若い時分にはろくすっぽ出回っていなかった。それだけわたしにとっては生憎、と皆さんはおっしゃろう。正しく仰せの通り。ウィリアム・ブッチャーはわたしより二十年下だが百才分は学（がく）がある。もしもウィリアム・ブッチャーが何か発明品の特許を申請する気でかかっていたなら、今のそうした役所であちこち盥回しにされた際、わたしよりもっと賢しらに立ち回っていたかもしれない。わたしほど辛抱強く、かどうかはいざ知らず。要注意。ウィリアムは時に突拍子もなくなるが、赤帽や、遣い走りや、事務員のことを考えてもみよ。

かと言って、わたしは発明品の特許を申請している間(かん)、人生にほとほと嫌気が差した訳ではない。ただこれだけは言わせて頂くが、世の中のためになると思って巧妙な絡繰を発明する上で、何か悪事を働いたような気にさせられるというのは理に適ったことだろうか？　事ある毎にそんな難儀に突き当たるとしたら、どうしてそう感じずにいられるだろう？　特許を申請する発明家という発明家はそう感じずにはいられない。ばかりか経費を見て頂きたい。あれだけの経費を支払わなければ指一本動かせないとは、何とわたしにとって酷いことか、もしもわたしに曲がりなりにも何か取り柄があるとすれば（わたしの発明品は、ありがたいことに、今では世に出回り、トントン拍子に行っているが）何と祖国にとっても酷いことか！　御自身、〆を出して頂きたい。総額九十六ポンド七シリング八ペンス。それ以上でも以下でもない。

ことクチがらみで、ウィリアム・ブッチャー相手にどんな異が唱えられるだろう？　いざ、御覧じろ、内務大臣に、法務長官に、特許局に、浄写係に、大法官に、国璽に、特許係に、大法官国璽捧持官に、押印(ハナ)・登記(パー)課事務官に、押印(ハナ)・登記(パー)課事務代理官に、押印係代理人に、封蠟準備係(チャフ・ワックス)代理人を。イングランド中の誰一人として彼ら皆に手数料を支払わずして輪ゴム一つ、箍鉄(たがてつ)一つ特許を得られないとは。内某かには幾度も幾度も。わたしは都合三十五の手続きを掻い潜った。玉座に坐す女王陛下に始まり、封蠟準備係(チャフ・ワックス)代理人に至るまで。要注意。ところで封蠟準備係(チャフ・ワックス)代理人の面(つら)を拝ませて頂きたいものだ。そいつは男か、それとも一体何なのか？

言い分は、全て言い尽くした。余す所なく書き記した。分かりにくくなければ好いが。筆跡において、というよりむしろ（こちらも一向褒められたものではないが）、その言わんとする所において。ではいよいよトーマス・ジョイで締め括るとしよう。トーマスは別れ際に言った。「ジョン、もしもこの国の掟がそれなりまっとうなら、君は上京して——発明品の正確な説明と製図を登録し——その経費に半クラウンかそこら支払えば——ただそれだけで、特許を得られていたろうに」

わたしもトーマス・ジョイと同感である。のみならず、次なるウィリアム・ブッチャーの発言にも与したい。「押印(ハナ)・登記(パー)課と封蠟準備係(チャフ・ワックス)は根こそぎ片をつけてやらなきゃならん。この国ってのはもういい加減しこたま切刻(チャフ)みから蠟責(ワックス)めから食らっているもので」

第十三章　気高き未開人

　まずもって歯に衣着せず言わせて頂けば、小生は「気高き未開人*」なるものにいささかの信も置いていない。私見では、そいつは途轍もなき邪魔者にして言語道断の迷信に外ならぬ。そいつがラム酒のことを「ファイア・ウォーター*」と、小生のことを「ペイル・フェイス」と呼ぶなら、小生とは端からソリが合わぬものと諒解されたい。奴が小生を何と呼ばおうと構わぬが、小生は奴を未開人と呼び、未開人とはこの地の表より文明によりて拭い去られるに如くはなかろう代物と呼ばせて頂く。ズブの紳士気取りですら（小生、固より文明の最も下卑た形と見なしてはいるものの）吠え哮っては、口笛を吹いては、舌を鳴らしては、地団駄踏んでは、飛び跳ねては、掻っ裂くしか能のない未開人よりまだ増しというもの。小生には大同小異、たといそいつが面のこちらからあちらへ魚のホネを刺し貫こうと、耳朶に木切れを挿そうと、頭に鳥の羽根を押っ立てようと――或いは髪の毛を二枚の板切れに挟んで拉げようと、鼻を顔の幅だけ押っ広げようと、下唇を大きな錘でゾロンと引っ下げようと、歯を真っ黒に染めようと、そいつらを圧し折ろうと、片頬を真っ紅に、もう一方を真っ蒼に塗ったくろうと、体中に刺青を入れようと油を塗ったくろうと、御尊体を脂肪でこすり上げようと、同上にナイフで切目を入れようと。これら人好きのする酔狂のいずれにせよ身を委ねるとならば、そいつは未開人である――残虐で、偽瞞的で、盗人めいた、殺人鬼よろしき――大なり小なり獣脂と、臓モツと、獣じみた習いに気触れた――ホラを吹く如何わしき天賦の才に恵まれた野獣――うぬぼれ屋の、退屈千万な、血腥き、一本調子のペテン師――に外ならぬ。

　がそれでいて、目に留めるだに奇しきかな、如何に中には古き善き時代をダシに花を咲かす要領でそいつをダシに花を咲かそうとする連中がいることか――そいつが是々然々の、そいつの御座さぬことこそ目出度き厄介払いにして、人間性を高め得る如何なる感化であれ正しくその最初の種子を蒔くための不可欠のお膳立てたる土地から姿を消したことを悔やむ連中がいることか――生身のそいつたる証拠を目の前にしてなお、奴は連中の五感が然に非ズと告げているものだと信じるホゾを固めようとする、と言おうか信じ込むよう説きつけられるがままになろうとする連中がいることか。

数年前、キャトリン氏は氏のオジブウェイ族を引っ連れて来た。*キャトリン氏は精力的でひたむきな人物で、ここにては逐一列挙するまでもないほど幾多のインディアンの種族と共に暮らした経験を持ち、彼らに纏わる写実的にして熱烈な書物を著している。自ら率いるインディアンの一行に目の前のテーブルの上にて胡座をかいては唾を吐いたり、連中自身の侘しい物腰に鑑みて惨めったらしいジグを踊らせながら、氏は誠心誠意、文明世界の観客に連中の均整と優美に、完璧な肢体に、無言劇の得も言はれぬ表現に注目するよう訴え、片や氏の文明世界の観客は誠心誠意、仰せに従い、口を極めて褒めそやした。とは言え、単なる動物として見れば、彼らは極めて劣等にして、極めて不様な形(なり)をした惨めな生き物にすぎず、ともかく身振り手振りで如実な劇的表現を行なう能力を具えた男女として見れば、せいぜいイングランドのイタリアン・オペラ・ハウスのコーラスとどっこいどっこいにして、もっと目も当てられなかったろう——などということがあり得るとすれば。

小生の見解はおよそ気高き未開人に纏わる新たなそれどころではない。博物学に関す最も偉大な著者は遙か以前に奴の正体を見破っている。ビュフォンは未開人の何たるかを看破し、何故(なにゆえ)女達に対して蓋し、不機嫌な暴君にして、如何で（神よ、ありがたきかな！）奴の種族が数の上で稀なる結果を招いているか明らかにしてみせた。*奴の道徳的資質の証を得るに、しばし奴自身は脇へ打っちゃり、奴の「忠犬」*に当たってみるがいい。奴はその気高さが仰(のっ)けに森の中にて野生化し、ポープによりて（めっぽう長い射程にて）撃ち落とされてこの方、犬をよりまっとうにして、と言おうか自分に懐かせてやっているか？　それとも人類の友たるくだんの四つ脚は奴の下卑た朱に交われば身を貶めるが必定か？

改めて俎上に上せたいのは気高き未開人の惨めな性(さが)ではなく、やたら感傷的な称賛を込めて奴をダシにメソつき、奴を悼んでいる風を装い、文明の瑕疵と奴の豚じみた生活の質(たち)との間で身勝手な比較を行なおうとする傾向だ。くだんの病める不条理には折々変化があったやもしれぬが、奴自身に何ら変化はない。

ブッシュマン族*のことを思い浮かべてもみよ。ここ数年イングランドであちこち見世物にされている二組の男女を思い浮かべてもみよ。果たして、爛れた獣皮の束に身を包み、沐浴を忌み嫌う、垢まみれの、大股を広げた、悍しき目に荒くれた手をかざし、「クゥーウーウーウーアアアッ！」と（何かとんでもなく侮蔑的なことを意味するボスジェスマン語と思しき）叫び声を上げるくだんの一行の身の毛もよだつ小さなお頭を記憶に留めている人々の大半は、かの気高き未開人に対す情愛濃やかな憧憬を意識しているのか、それとも奴を忌み、疎み、厭い、避けるとは小生にあって独り特異なのか？　小生はことこの主題にかけては何ら憚る所がないだけに、率直に述べさせて頂くが、自ら射留めたどいつか死んだ風を装うに、片手に頭をもたせ、左脚を震わす出し物のかの段階はさておくとしても――くだんの折にはたとい奴を惨殺しようと正当殺人と見なされて然るべきだったろうが――ついぞ、くだんの一行が火鉢のグルリで寝たり、煙草を吹かしたり、唾を吐いたりする所を目の当たりにしてなお、そこにて燻っている木炭に何か異変が起こり、立ち所に気高き他処者方に一人残らず息を詰まらせて頂きたいものだと心底敬虔に願わなかったためしはない。

　目下ロンドンはハイド・パーク・コーナーのセント・ジョージ美術館ではズールー・カフィール族*の一行が展覧されている。これら気高き未開人は極めて好もしいやり口でお披露目に与り、すこぶる美しい適切な書割の設えられた優美な劇場内にて目にされ、似たり寄ったりの解説者皆にとっての正しく鑑たる謙虚さで授けられる実に聡明にして衒いのない講義にて審らかにされる。二目と見られぬほど醜いながら、彼らは前述の先達方より遙かに姿形が美しい。のみならず、鼻に芳気芬々たるどころではないものの、目にはむしろ絵画的に映る。果たして連中がかの、気高き未開人の天稟と端から決めつけられている無言劇的表現に捌け口を見出す際、自らの解釈と想像に委ねられた観客がこれら気高き連中が何をしでかそうとしていると思うやもしれぬか、小生にはおよそ推し量りかねる。というのも御逸品、小生の個人的文明には余りに理知的に過ぎるせいで、小生の悟性にはその凄まじき画一性に（未開生活の全て同様）見るべきもののある、全員による地団駄踏みと、暴れ回りと、哮り狂いを措いて如何なる概念をも伝えてくれぬからだ。が小生自身としては大いに必要としている解説者の助太刀の下――気高き未開人がズールー・カフィールランドにて一体何をしているか見てみよう。

　気高き未開人は奴の上に君臨するに王を定め、王には一言の不平も異議もなきまま生命と四肢を委ね、王の全生涯は顎までどっぷり血の池に浸かったなり過ごされる。が王は、ひっきりなし何者かを殺し続けた挙句、頭に白いものの交じり始めたその刹那、今度は己が身内や馴染みに殺される。気高き未開人の同じ未開人との戦は（奴め、それ以外の何ものにも悦びを見出さぬ訳だが）皆殺しの戦である――ということほど奴がらみで小生はまっとうなことを与り知らねば、奴を目の当たりに己が心にとりて慰めとなることもない。奴は如何なる類や、質や、性の道徳的感情も持ち併さぬ。して奴の「使命」は単に極悪非道と要約しても差し支えなかろう。

　気高き未開人が奴の人生にわずかなりメリハリをつける儀式も無論、似たり寄ったり。もしも妻を娶りたければ、岳父として白羽の矢を立てている殿方の犬小屋もどきの前に、臭気芬々たる男友達の一行を従えて姿を見せ、一行は若き御婦人の御手と引き替えに是々然々頭の牝牛を捧げようと金切り声を上げては、口笛を吹いては、地団駄を踏む。未来の岳父は――やはり臭気芬々たる男友達の一行に取り囲まれたなり――金切り声を上げては、口笛を吹いては、（地べたに腰を下ろしているとあって地団駄は踏めぬので）喚き散らす、未だかつて売りに出された娘の内愛娘ほどよく出来た娘はいないと、よってもう六頭ほど牝牛を寄越せと。未来の娘婿と選りすぐりの助っ人共は返事に、ならばもう三頭ほど牝牛を上乗せしようと、金切り声を上げては、口笛を吹いては、地団駄を踏んでは、喚き散らす。未来の岳父は（仰けから頂戴しすぎの老いぼれ狸爺だけに）四頭で呑み、晴れて手を打つべく腰を上げる。未来の花嫁も含め、一座はどいつもこいつも、さらば、癲癇性の痙攣でも起こしたか、諸共金切り声を上げては、口笛を吹いては、地団駄を踏んでは――誰一人として（その魅力たるや身震いせずして思い浮かべること能はぬ）若き御婦人のことなどてんでお構いなしにて――喚き散らせば、気高き未開人は晴れて祝言を挙げたものと見なされ、馴染みの連中は祝意を表すに奴宛狂ったように突っかかる。

　気高き未開人が少々体調を崩し、くだんの状況を馴染み達に告げると、即座に御当人、妖術に祟られているものと見て取られる。さらばすかさずイムヤンガー、或いは祈禱師と呼ばれる智恵者がアムタルガルティをヌッカーすべく、とは即ち、魔女を嗅ぎ出すべく、呼び立てられる。村落の男性住人が地べたに座ると、白髪まじりの態に扮した智恵者の妖術師が姿を見せ、とびきりおどろおどろしき手合いの踊りを処方し、くだんの治療を施している片や、ひっきりなし歯軋りしては吠え哮る。「やつがれはアムタルガルティをヌッカーする本家本元の癒し人なり。ヤウ、ヤウ、ヤウ！　他のどんな体制とも縁もゆかりもない。ティル、ティル、ティル！　他の全てのアムタルガルティはアムタルガルティの化けの皮を被っているにすぎぬ、ボルー、ボルー！　だがこれなるは正真正銘、生粋のアムタルガルティだ、フーシュ、フーシュ、フーシュ！　そやつの血で、やつがれ、本家本元のイムヤンガーにしてヌッカー師は、ブリゼラム、ブー！　これなるやつがれのクマの鉤爪を洗ってやる。おお、ヤウ、ヤウ、ヤウ！」この間(ま)もひっきりなし智恵者の妖術遣いは注意深き面(おもて)また面(おもて)の直中にどいつか自分に牝牛一頭の借りがあるか、自分の心証を害すようなちっぽけな粗相を働いたか、然なる謂れのさらになきままウラミツラミを抱いているお気の毒な男はいないか選り出している。そやつを、智恵者は必ずやアムタルガルティとしてヌッカーし、男は直ちに殺される。かようの男に事欠けば、通常の習いは一座の就中物静かにして紳士的な奴をヌッカーすることとなり。がヌッカーの手続きの後には必ずやその時その場で屠(ほふ)る儀式が続く。

キャトリン氏が然ても深き関心を寄せ、ラム酒と天然痘による人口の減少に大いに心を痛めている気高き未開人の中には、その悍しき詳細において遙かに凄まじくも胸クソの悪くなりそうながら、これに似ていなくもない習いを有す者もいた。

女達が畑でアクセク精を出しながらトウモロコシに鍬で手入れをし、気高き未開人が木蔭で寝ていると、酋長が時に忝くもお出ましになり、そいつを打ち眺めることにて野良仕事を楽にして下さる。かようの折ともなれば、酋長は御自身の未開の椅子に腰を下ろし、盾持ちが脇に侍る。盾持ちは牛皮の――どデカいムラサキイガイそっくりの形(なり)をした――盾を酋長の頭上に劇場の雇い役者(エキストラ)よろしく由々しくも奇しく（『詩篇』一三九：一四）かざす。されど御大が約しき農耕の営みを打ち眺める内、自らの偉大さを忘れてはならぬというので、賛美者(プレイザ)と呼ばれる、そのためわざわざ抱えられている詩人がいきなり駆け込む。当該文学的御仁は御当人の頭の上からヒョウの頭を被り、トラの尻尾の衣裳を纏い、一見、動物園から後ろ脚にて馳せ参じたげな面(つら)を下げている。してすかさず、酋長を口を極めて褒めそやしにかかり、その間(ま)もひっきりなし突っかかっては掻っ裂き続ける。この獣が大気をイジメ抜き、歯軋りしながらかく宣ふ物腰にはどこかしら狂おしくも逆しまな所がある。「おお、何たる愉快な酋長であられることよ！　おお、何たる芳しき量の血をお流しになることよ！　おお、何と厳かにそいつを舐め尽くされることよ！　おお、何とうっとりするほど酷たらしくあられることよ！　おお、何と敵の肉を掻っ裂き、骨を嚙み砕かれることよ！　おお、何とトラとヒョウとオオカミとクマそっくりであられることよ！　おお、ラウ、ラウ、ラウ、ラウ、ラウ、何と憎めぬ方であられることよ！」――と来ればキリスト友会はスワーツ - コップ地区に緩やかなギャロップにて突撃をかけ、村落民を皆殺しにしたき誘惑に駆られまいか。

戦争の火蓋が気高き未開人の間で切られると――とは毎度

のことながら——酋長は兄弟や友人は皆敵を撲滅すべきとの見解に与しているか否か確かめるべく会議を開く。この折、アムセブーツァ、即ち「出陣の歌」を——他の如何なる歌ともかっきし同じ——御披露賜った後、酋長は一列縦隊を組んだ兄弟や友人相手に檄を飛ばす。当該演説がぶたれている間、さして格別な秩序が保たれている訳ではないが、一件で我ながら頭に血の上ったと思しき殿方という殿方は我らが習いにある如く「謹聴、謹聴！」と叫ぶ代わり、列から飛び出しざま命を躙り消し、頭蓋骨を砕き割り、顔を叩き潰し、目を抉り出し、手脚の骨を圧し折り、図体に次から次へと旋風よろしき狼藉を働く——影も形もなき敵の。一人ならざる殿方は一斉にかくて頭に血を上らすや、弁士には一切お構いなしにて打って打って打ちまくりにかかるものだから、くだんの映えある御仁は何がなしアイルランド下院弁士の御身分に収まる。この手の未開生活の諸相の中にはアイルランド選挙に「属」特有の似通いを有すものがあるだけに、さぞやコルク＊にてはストンと腑に落ちる分、ウケが好かろう。

これら全ての儀式において、気高き未開人は能う限り目一杯己自身についてまくし立てる。その点より我々は（奴を幾許かなり文明の役に立たすべく）以下のことを学べるやもしれぬ。即ち、さながら独善は文明人のひけらかし得る最も鼻持ちならぬ、恥ずべき卑小の一つである如く、然に、くだんの悪徳は蓋し、概念のやり取りとはおよそ相容れぬ。何とならば仮に我々が誰しも己自身について語ればほどなく聴き手は誰一人いなくなり、皆一斉に各々己自身のために金切り声を上げては喚き散らし、かくて社会は目も当てられぬザマを晒すに違いなかろうから。私見によらば、仮に我々が我々自身の内に気高き未開人の名残を某か留めているなら、そいつをとっととお払い箱にするに如くはなかろう。が事実は然に非ざること一目瞭然。妻と持参金の一件に関し、硬貨を牝牛に置き換えれば、我々にはなるほど、ズールー・カフィール族の痕跡は何ら留められていない。独裁君主制の存続は必ずや未開人の一大特質である。日進月歩の世界は悉くそいつの上手に出てもいる。ことほど左様に、パリは文明的な都であり、フランス座は極めて文明的な劇場であり、我々はそこにては金輪際賛美者の噂を耳にすまいし、近年（無論）耳にしたためしもない。否。否。文明世界の詩人にはもっとまっとうな本務がある。ことアムタルガルティをヌッカーすることにかけては、ヨーロッパには如何なる似非アムタルガルティもいなければ、連中をヌッカーする如何なるヨーロッパ天帝もいない。そいつは単なる間諜根性にして、隷属にして、ちゃちな怨恨にして、迷信にして、まやかしの言い抜けにすぎぬ。してこと私的なアムタルガルティに関せば、我々には一八五三年の目下、扉をコツコツと叩く霊媒（スピリツ）がいないだろうか？

筆を執った時同様、筆を擱けば——小生の見解は、仮に我々に何か気高き未開人から学ぶことがあるとすれば、それは何を避けて然るべきかということだ。気高き未開人の美徳は絵空事にして、奴の幸福は妄想にして、奴の気高さは戯言（たわこと）なり。我々はウィリアム・シェイクスピアやアイザック・ニュートンに酷く当たる筋合いがさらにないに劣らず、くだんの惨めな代物に酷く当たる筋合いもない。が奴は未だかつて如何なるこの世の森林にても野放しになったためしのないほど遙かに優れた高邁な力を前にしては跡形もなく消え失せ、奴の場所が最早奴を知らぬ（『詩篇』一〇三：一六）時が訪れれば、この世はそれだけまっとうになろう。

第十四章　一っ飛び

いつの日かドン・ディエゴ・ドゥ――つい御芳名を失念したが――御婦人方には是々フラン、殿方にはさらにもう是々フランの料金なる最新「航空機」の発明家たる――ドン・ディエゴが封蠟（チャフ・ワックス）準備係代理人とその高貴な一味のおスミ付きの下（もと）、女王陛下版図に対す特許権を申請し、晴れて風通しの好い高みに広大な倉庫を構え、ともかく人品卑しからざる全ての人が少なくとも一対、翼を保管し、四方八方へとスイスイ飛び回る様が見受けられるようになった暁には、小生は格安にして独立独歩のやり口にて（世界中を天翔る途中）パリへ一っ飛びしたいものだ。目下、小生のお世話になっているのは南東鉄道会社で、その急行列車に、そら、茹だるように暑い朝八時かっきり、ロンドン橋終着駅の茹だるように暑い屋根の下（もと）、あわやキュウリか、メロンか、パイナップルよろしく「促成」されかねぬ勢いで座っている。* してパイナップルはと言えば、未だかつてとある列車に、当該列車に折しも乗り込んでいると思しきほどその数あまたに上るパイナップルの乗り込んだためしがあったろうか。

ひゅーっ！　温室には辺り一面むっと、パイナップルの匂いが立ち籠めている。フランス市民は男女を問わず、誰も彼もがパイナップルを祖国に持ち帰っている。小生の客車の隅のキュッと引き締まった小さな婀娜娘は（一昨晩、セント・ジェイムズ劇場にてかのあっぱれ至極な奴「ミーッ‐シェル」主催の下（もと）、小生がぞっこんになったフランス女優だが）膝にパイナップルを乗せている。キュッと引き締まった婀娜娘の馴染みにして、相談相手にして、母親にして、謎にして、神のみぞ知る等々の女は、膝にパイナップルを二つ乗せ、座席の下にはパイナップルの包みを突っ込んでいる。後ろに尖ったフードのついた、アルジェリン・ラッパー*に包（くる）まり、或いは暗緑色に染まったアブデル・カダー*で通っていたやもしれぬ、そっくり泥とモールに身を包んだかと見紛うばかりの、紫煙っぽいフランス男は、覆いのついた手籠に一つならざるパイナップルを提げている。黒々としたヴァンダイク鬚*を蓄え、髪をきっちり刈り込んだ――チョッキには広々とした胸板の、上着にはくびれた腰の――のっぽの、しかつべらしい、憂はしげなフランス男は、ことパンタロンがらみでは気難しく、こと女性っぽいブーツがらみでは坦々とし、こと宝石がらみでは値が張り、ことリンネルがらみでは滑(すべ)らかで真っ白い――暗褐色の目と、高い額と、ワシ鼻の――やたら雅やかなパリジャンに為り澄ました魔王(ルシファ)か、メフィストフェレスか、ザミエル*に扮しているかと見紛うばかりだが――パイナップルの緑の端を、小ぢんまりとした旅行鞄(ヴァリース)から覗かせている。

　ひゅーっ！　もしも当該促成用フレームの下(もと)、ここに長らく閉じ込められていた日には、小生の果たしてどうなることやら――巨人に促成されるものやら、何か外の珍現象に芽吹くか花咲くものやら！　キュッと引き締まった婀娜娘は少々暑かろうと何のその――いつも落ち着き払い、いつもキュッと引き締まっている。おお、娘の小さなリボンを、フリルを、エッジを、ショールを、手袋を、髪を、ブレスレットを、ボネットを、身に纏っている何もかもを、見よ！　如何でかように一分の隙もなく仕上げられるものか？　然まで小ざっぱりと映るべく御当人、如何なる手に出ているものか？　身に着けている小間物という小間物の如何で娘にしっくり馴染み、娘の端くれとならざるを得ぬものか？　して謎の女(ミステリ)ですら、女を見よ！　正しく雛型では。謎の女(ミステリ)は、並のロウソク明かり合格点に達してはいるものの、若くもなければ、愛らしくもない。が自らのために然なる奇跡をやってのけているものだから、近い将来身罷れば連中、女のベッドにどことなく女に似ていなくもない老婆が横たわっているのを目の当たりに胆をつぶそう。女はいつぞや、宣なるかな、女優であり、女自身にもお付の謎の女(ミステリ)がいた。ひょっとしてキュッと引き締まった婀娜娘もいずれ年老えば謎の女(ミステリ)になり、舞台の袖でショールを持って待ち、ちょうど謎の女(ミステリ)が折しもやっている如く鉄道客車でマドモアゼルの向かいに座り、阿りがちに微笑んではおしゃべりするのやもしれぬ。およそ信じ難くはあるが！

　イギリス人がもう二人乗り込めば、今や我々の客車は一杯だ。第一のイギリス人は財界に属し――紅ら顔で――実に嗜み深く――恐らくは、株式取引所――必ずや、シティー。第二のイギリス人の五感は忙しなさにそっくり呑み込まれている。盲滅法客車に飛び込み、手荷物がらみで聾よろしく窓から喚き立てる。謂れなく、して気でも狂れたか、大外套の枕の下にて自ら息を詰まらせにかかる。如何なる赤帽からの太鼓判も一切受け入れようとせぬ。いかつく、火照り上がり、額の汗を拭い、然にゼエゼエ息を吐(つ)くことにていよよ火照り上がる。「何らお急ぎになる要は」との泰然自若たる車掌の太鼓判がらみでは眉にツバしてかかるどころの騒ぎではない。何らお急ぎになる要はだと！　しかも十一時間でパリへ一っ飛びしようかというに！
この眠気催いの片隅なる小生にとってはお急ぎになろうとなるまいと一つこと。いつの日かドン・ディエゴが祖国へ翼を届けてくれるまで、小生は南東鉄道会社でもって一っ飛びする。いずれにせよ、上空におけるより、南東鉄道でもって一っ飛びする方が物臭に飛べよう。ここにほんの腰を下ろしたきり、好き放題なまくらに想いを巡らせ、掻っさらわれさえすれば好い。かようになまくらな夏の一っ飛びともなれば、如何ほどなまくらに思いを巡らせようと誰に責めを負うでもない。一っ飛びのお膳立ては南東鉄道によるものであって、小生の知ったことではない。

ベルだ！　とは願ったり叶ったり。かと言って小生は羽搏く要すらない。何ものかが代わりに鼻嵐を吹き上げ、何ものかが代わりに金切り声を上げ、何ものかが他のありとあらゆるものに向かって、そら、どいたどいたと喚き立て――いざ、小生は飛び立つ。

ああ！　たといそいつめ、事実、これら果てなき通りから通りを吹き渡り、当該渺茫たる荒野よろしき煙突また煙突の煙を撒き散らそうと、新鮮な空気は促成用フレームの後では何とも清しい。そら、我々は今や革鞣し屋の住まうバーモンジー（ロンドン中部旧自治区）にいる――と言おうかつい今しがたまでいた。というのもそいつはあっという間に後方へ打っちゃられているから。パッ！　テムズの遙かなる船は失せる。ヒューッ！　ここかしこ旗竿がひょろりと、のっぽの雑草よろしくムラサキソラマメから顔を覗かせ、至る所、公共衛生促進のために夥しき下水渠や溝がこっぽり口を開けている。新のレンガと赤い瓦の小さな通りはどいつもこいつも一斉射撃で吹っ飛ぶ。ビュン！　ゴミ山と、市場向け菜園と、荒れ野。ガラガラッ！　ニュー・クロス駅。ガタン！　そら、クロイドン（南部自治区）を打っちゃれば、ゴーゴー！　トンネルだ。

何故トンネルの中で目を閉じると、まるで急行にて反対方向へ向かっているような気がし始めるものか。小生は今や、明らかにロンドンへ引き返している。キュッと引き締まった婀娜娘が何か忘れ物をして、汽車を逆戻りさせているに違いない。よもや！　長らく真っ暗闇を突っ切っていたと思うと、ちらちら、蒼ざめた気紛れな光線が現われる。小生は依然フォウクストン（第十章注（八三）参照）へひた向かっている。光線はいよよまぶしくなり――絶え間なくなり――白昼のお化けになり――生身の白昼になり――と言おうか、白昼になった――何せトンネルは何マイルも何マイルも遙か後方にして、ここなる小生は刈り入れとケント州のホップにそっくり囲まれたなり、燦々たる空を突っ切っているから。

当該一っ飛びには何がなし夢見がちな愉悦がある。果たしていつ、どこでか、我々が労働者割引列車（パーラメンタリ・トレイン）を、仰山な頭と手が檻から我々を覗き込み、一つならざる帽子の打ち振られている片や、爆破させ、如何でか宇宙へ吹っ飛ばしたのは。財界はそいつはライゲイト（サリー州都市）駅でのことだったと言う。謎の女（ミステリ）にライゲイト駅はロンドンから何マイル離れているか開陳し、それを謎の女（ミステリ）はまたもやキュッと引き締まった婀娜娘に話して聞かす。ケント州のホップと刈り入れの直中をすっ飛んでいる小生にとって、ライゲイトなどという土地もロンドンなどという街もなかったやもしれぬ。小生の知ったことか。

　ズドン！　我々はまた別の駅をぶっ放し、お構いなしで飛び去る。何もかもが飛んでいる。ホップ園は小生の方へ艶やかに向き直り、目眩く飛び去る間（ま）にも整然たるホップの並木道を呈し、たと思いきや、ヒューッとかすめ去る。葦の生い茂る池や、干し草山や、羊や、視覚にも嗅覚にも甘美な満開のシロツメクサや、小麦の刈り束や、桜桃園や、林檎園や、刈り入れ人や、落穂拾いや、生垣や、小さな鋭角の隅へと先細りしている畑や、田舎家や、庭や、ここかしこの教会もまた然り。ズドン、ズドン！　二連-駅！　今や森、今や橋、今や景観、今や切通し、今や——ズドン！　一連-駅——どこぞで真っ白な二つのテントごとクリケットの試合があり、それから空飛ぶ牝牛が四頭、それからカブラ——今や電信線という電信線は目でも覚めたか、クルクル回っては端をぼんやり霞ませ、ゆらゆら上下し、互いの間隔は不規則極まりなくなり、奇妙奇天烈な物腰で縮こまっては広がる。今や我々はダレを見せる。捩（よじ）くれ、軋み、燃え殻に水のぶちまけられる臭いがする——と思いきや、停まる！

　キ印の旅人はここ二、三分というものやたら眈々と目を光らせていたが、大外套をむんずと引っつかみざま、戸口に突っかかり、扉をガタガタ揺すぶり、遙か奥地にて、あり得べからざる蒸気定期船にひたぶる乗り込もうというので声を上げる。「おい！」泰然自若たる車掌が姿を見せる。「タンブリッヂ*へお越しと、お客様？」「タンブリッヂ？　いや。パリだ」「時間はまだ十分ございます、お客様。何らお急ぎになる要は。ここで五分ほど、お客様、おくつろぎになっては」小生は幸い（ものの半秒差でザミエルを出し抜くに）キュッと引き締まった婀娜娘のために水を一杯持って来る。

　一体どこのどいつに思いも寄ったろう、我々は然に猛然と飛んでおきながら、またもやすかさず天翔らねばならぬなど？　軽食堂は満員にして、プラットフォームも満員にして、とある赤帽は如雨露もて悠長に火照った車輪を冷やし、また別の赤帽は劣らず悠長にその他の車輪の面々にどっさりアイス・クリームを装ってやっている。財界と小生は仰(の)けに客車に戻り、そこにて二人きりなものだから、財界は小生にフランス人というのは国民としてはてんで「イタダけぬ」と宣ふ。小生はたずねる。何故(なにゆえ)？　財界は答える。連中の恐怖政治だけでもたくさんだったでは。小生は敢えて吹っかける。恐怖政治に先立つことを何か覚えておいででしょうか？　財界は答える。いや、格別。「何故(なぜ)なら」と小生は返す。「刈り取られる生り物は間々、その種が既に蒔かれているもので」財界は、ほとほとうんざりといった態にて繰り返す。「フランス人というのは革命的で——「年がら年中かずらっておるでは」

　ベルだ。キュッと引き締まった婀娜娘はザミエルに手を貸されて乗り込み（奴の星辰に呪われんことを！）我々にちらと、チャーミングな愛らしい脇‐升席視線を賜り、小生をぞっこん参らせる。謎(ミステリ)の女はスポンジ・ケーキを食べている。パイナップル大気にはかすかにシェリーの気味が入り混じる。キ印の旅人は客車を探しながらも、セカセカ行き過ぎる。慌てふためく余り、ついお見逸れする。どうやら運命の女神に飛行中唯一人、ともかくセカつく謂れがあるだけに、不幸な乗客たるよう白羽の矢を立てられていると思しい。すんでに置き去りにされそうになる。汽車が動き出してから泰然自若たる車掌にむんずと引っ捕らまえられ、ギュウと押し込められる。が依然、近くに船が碇泊しているとの疑念が払拭しきれず、何が何でもそいつはどこかと窓から狂おしく外を覗き込もうとする。

　一っ飛びの仕切り返し。小麦の刈り束、ホップ園、刈り入れ人、落穂拾い、林檎園、桜桃園、一連・二連‐駅、アッシュフォード。*キュッと引き締まった婀娜娘が（ひっきりなし、とびきり愛らしい物腰で謎(ミステリ)の女に話しかけているが）小さな叫び声を上げる。どこか、小さな愛らしい頭の上の方か、小さな明るい眉の後ろからお越しででもあるかのような声を。「おお、どうしましょ、わたしのパイナップルが！　おお、神さま！　どこへ行ってしまったんでしょ！」謎(ミステリ)の女はオロオロ取り乱す。あちこち探し回られる。どこへ行ってしまった訳でもなかった。ザミエルがそいつを見つける。小生は奴を（飛びながらにして）ペルシア人の要領で呪う。*願はくは奴の面(つら)の真っ逆様に引っくり返り、雄ロバ共が伯父貴の墓の上に座らんことを！

　今やより清しき風が吹き渡り、今や見渡す限りの丘原ではカラスが羽根をバタつかせながら飛び交っているが、そいつらほどなく追い越してやる。今や海が見え、今や十時十五分にフォウクストン着。「切符の御用意を、お客様方！」キ印は戸口に駆け寄る。「パリへと、お客様？　何らお急ぎになる要は」

ああ、いささかもなかろう。我々はゆっくり港まで下ろされ、つれないロイヤル・ジョージ・ホテルの前でおよそ十分ほど（汽車ごと）右往左往、斜に揺れる。ロイヤル・ジョージ・ホテルは我々のことなどスピトヘッド*の水面下なる、と言おうかウィンザーの地下なるジョージ王がこれきり歯牙にもかけ賜はぬに劣らず歯牙にもかけぬ。ロイヤル・ジョージの犬はわざわざむっくり起き上がるまでもなく、シバシバ、パチパチ我々宛瞬いては瞬きながら寝そべり、ロイヤル・ジョージの「結婚式御一行」は開けっ広げの窓辺にて（早、至福にもうんざり来ていると思しく）かくてものの十一時間でパリまで一っ飛びしている我々にちらと目をくれようともせぬ。フォウクストンきっての殿方とてことこの一件がらみでは愛想も小想も尽き果てていること一目瞭然。

この間キ印はヤキモキ胆を煎ること夥しい。てっきり全ての者の手は彼に刃向かい（『創世記』一六：一二）、御当人がパリに辿り着くのに待ったをかけようと躍起になっているものと思い込んでいる。慰められるを平に御容赦願い、扉をガタガタ揺すぶり、水平線上に煙を認めるや、これぞ自分のけで行ってしまった船たること「百も承知」である。財界は自分もパリへ向から所だと腹立たしげに説明する。キ印はたとい財界は置いてけぼりを食いたかろうと、自分は願い下げたる由仄めかす。

「待合室で軽食を、紳士淑女の皆様方。パリへは、紳士淑女の皆様方、何らお急ぎになる要は。何らお急ぎになる要は！」

フォウクストン時計で二十分ほど、婀娜娘がサンドイッチを頬ばっている所を、謎の女がそこなる手当たり次第の馳走を、ポーク・パイとソーセージとジャムとグースベリから角砂糖に至るまで、食べている所を、眺める暇がある。この間も終始、手荷物が正しく滝さながら塵埃の飛沫を上げながら埠頭から汽船へと斜に雪崩れ込んでいる。この間も終始、キ印は（何ら筋合いがないというに）ギョロ目を剝いてそいつを見守り、自分の手荷物を見せろと猛々しく訴えている。して御逸品にてとうとう瀑布にケリがつくや、アタフタ腹の足しを掻っ込むべく駆け出す——背から叫ばれ、追いかけられ、小突かれ、連れ戻され、港を離れつつある汽船に真っ逆様のなり押し込められ、海員達に、面目丸つぶれもいい所、受け取って頂く。

麗しき収穫の日よ、雲一つない空よ、長閑な海原よ。発動機のピストン棒は一目明るい日和を（宜なるかな）拝まして頂かんものと然に規則正しく下から突き上がり、天窓の十字の梁に鉄の頭を然に規則正しく今にもぶつけそうに――断じてやらかさぬながら――なっている！　パリ生まれの女優がもう一人、また別の謎（ミステリ）の女に付き添われて乗船している。キュッと引き締まった婀娜娘は女優仲間に挨拶し――おお、謎（ミステリ）の女に挨拶する。小生の謎（ミステリ）の女はほどなくおしゃべりに花を咲かすのを止め――早い話が、昼食に手当たり次第のものを食べたお蔭で気分が悪くなり――船倉へ引っ込む。後に残った謎（ミステリ）の女はさらば女優御両人に微笑みかけ（お二人さん、互いにグサリとやり合おうとてさして憚るまいが）、概して御機嫌麗しい。

　して今や船上のフランス人は皆ムクムク膨れ上がり始める一方、イギリス人は皆縮こまり始める。フランス人は祖国に近づくにつれて不利をかなぐり捨てつつある一方、我々はそいつを身に纏いつつある。ザミエルは同じ男であり、アブデル・カダーも同じ男だ。がそれぞれ我々から――例えば財界や、小生から――失せかけている、曰く言い難き自信を掌中に収めるかのようだ。正しく連中の手に入れるものを、我々は失う。舵取りのグルリの一人ならざる英国「紳士（ジェンツ）」は、祖国にては全ての捩（もじ）りを糧に知的に育まれている代わり、何一つ真実によっては育まれていないだけに、何やら意気地が失せ、ある種寄る辺無くなる。して舵取りが（いささかゲンナリ）如何に「今ではこの道で八年メシを食っているが、未だ古きブラン*の町を目にしたためしがない」か告げると、連中の内一人は、正しく能無しのワラにもすがる思いでか、舵取りに吹っかける。パリではどこが最高級のホテルと思われますかな？

　今や、小生はフランスの地を踏み締め、税関の壁に（長さの割に細きに過ぎる文字にて）デカデカやられたチャーミングな三語「自由」「平等」「友愛」――のみならずくだんのこれ見よがしな頭飾りなくしてはこの国にては公的手合いの何一つ為され得ぬ大振りな三角帽また三角帽――によって迎えられる。ブローニュの半狂乱のホテル人口が我々に飛びかからんものと、遙かな柵の外で吠え哮っては金切り声を上げる。キ印は、御当人ならではの何やらツキに見限られた手立てにて、連中の猛威に明け渡され、ほどなく「客引き（タウター）」の渦中で跪いている様が見受けられ――如何でかパリまで行くものと諒解され――耳を聾さぬばかりのどよめきの直中を二つの三角帽に救い出され、その他大勢共々晴れて税関奴（やっこ）の身の上に収まる。

ここにて、小生は額のグイと迫り出し、みすぼらしい嗅煙草色の上着に身を包んだ、この世ならざるほど狡っ辛い、しゃにむな奴に人生の現役をそっくり委ねる。というのも男は（埠頭から）船が入港せぬ内にその眼で小生を射落としていたからだ。男は手荷物という手荷物が海神（わたつみ）の底なる難破船の積荷よろしくバラ蒔かれた床の上の小生の手荷物に飛びかかり、「ムッシュー見知らぬ旅人」の身上として申し出の上、計量してもらい、劇場の切符売場よろしき鳩房の後ろのさる役人に某か料金を支払い（手筈は概ね半ば軍隊調、半ば演劇風の卸し売り規模にて整えられるが）、どうやら小生は身上をパリに到着し次第見つけることになると思しい——と言おうか男の話では。小生に分かっているのはただ、自分は男にわずかながら手数料を支払い、男に渡された切符をポケットに突っ込み、皆に劣らず呆然自失の態にて、カウンターの上にへたり込んでいるということくらいのものだ。

鉄道駅。「ランチかディナーを、紳士淑女の皆様方。パリまで時間はまだ十分ございます。時間はまだ十分！」大食堂、長々としたカウンター、長々とした幾筋ものダイニング・テーブル、ワインの瓶、肉や炙りドリの皿、小さなパンの塊、スープの深鉢（ベイスン）、ブランデーの小水差し（カラフ）、ケーキ、果物。こうした馳走のお蔭で心地好く息を吹き返すや、小生はまたもや一っ飛びし始める。

小生は（未だ羽搏かぬ内に）ザミエルが、スズメバチのそいつよろしくくびれた腰と、二つの気球よろしくパンパンに膨れ上がったパンタロンの制服姿の役人によりてキュッと引き締まった婀娜娘と女優仲間に紹介されるのを目の当たりにしていた。彼らは皆して、謎（ミステリ）の女御両人に付き添われ、隣の客車に乗り込んだ。して楽しそうに腹を抱えた。小生は客車にて（キ印など物の数ではないから）独りきりで、この世にても独りきりだった。

野原、風車、低地、刈り込み木、風車、野原、要塞、アブヴィル*、兵役、太鼓叩き。果たして祖国は何処にして、最後に祖国にいたのはいつのことか——およそ二年前、とでも言おうか。これら塹壕や砲台の直中へ飛び込んだり出たりし、ガタつく跳ね橋をかすめ去り、淀んだ掘割を見下ろし、小生は脱獄を企む国事犯になる。目下、相棒と共に要塞に幽閉されている。我々の牢は上階だ。これまで煙突を登ろうとしたが、鉄格子が石造りに横方（よこざま）嵌め込まれていた。何か月も苦心惨憺した挙句、火搔き棒で鉄格子を緩め、今では持ち上げられる。自在鉤も作り、敷物と毛布をロープに縒り上げている。我々の腹づもりは、煙突を登り、ロープを天辺に引っかけ、遙か下方の番小屋の屋根まで手繰り手繰り下り、自在鉤を揺すって外し、歩哨が立ち去る機を窺い、またもや自在鉤を引っかけ、掘割の中へ飛び込み、向こう岸まで泳ぎ、森の木蔭に忍び込もう、というもの。終にその刻(とき)が来る——荒れた時化催いの晩だ。我々は煙突を登る。番小屋の屋根の上だ。靄の立ち籠めた掘割を泳いでいる。さらば、見よ！「そこにいるのは誰だ？」(クウィ・ヴ・ラ)ビューグル、警報、ガシャン！今のは何だ？　死に神か？　いや、アミアン*だ。

　さらなる要塞、さらなる兵役と太鼓叩き、さらなるスープの深鉢(ベイスン)、さらなる小さなパンの塊、さらなるワインの瓶、さらなるブランデーの小水差し(カラフ)、さらなる軽食のための時間。何もかも好もしく、何もかも万端整っている。明るい、絵空事めいた、景勝の駅。人々はお待ちかねだ。家屋敷、軍服、顎鬚、口髭、某かの木靴、幾多の小ざっぱりとした女、二、三の老けた面付きの子供。仮に小生の目眩催いの飛行より生ず錯覚でなければ、フランスでは大人と子供がアベコベででもあるかのようだ。概して、少年や少女は小さな爺さん婆さんで、男や女は活きのいい少年と少女だ。

　ビューグル、金切り声、一っ飛びの仕切り直し。財界は小生の客車に入って来ている。軽食のやり口は「悪くない」と宣うが、如何にもフランス流だと思し召す。接客係の手際の好さと丁重さは認める。十進法通貨が精算における迅速と関わりがあるのやもしれず、なるほど理に適い、便利でないとは言わぬ。漠たる異議申し立てとし、しかしながら、言い添える、あいつら革命的な国民で——年がら年中かかずらっておるでは。

　塁壁、運河、大聖堂、川、兵役と太鼓叩き、開けた田野、川、製陶業、クレイル*。またもや十分(じっぷん)。キ印ですら急いでいない。駅、ヴェランダ付の客間。農園主の屋敷よろしき。財界はそいつを窮屈な場所(バンドボックス)と見なす。およそ長持ちしそうにない。中には小さな丸テーブル、内一つに女優同士とお付の謎(ミステリ)の女がこの先一週間宿を取る気でもあるかのようにスズメバチとザミエル共々腰を据えている。

　ほどなく、相変わらず何ら骨を折るまでもなく、小生はまたもや天翔り、天翔りながらも懶く訝しむ。一体南東鉄道は、我々がいつも「ディイリジャンス号」で突っ切っていたあの、恐るべき小さな村という村をどうしてしまったのか？あの、夏の土埃という土埃を、冬の泥濘(ぬかるみ)という泥濘(ぬかるみ)を、小さな木々の侘しい並木道という並木道を、ガタピシの駅車置場という駅車置場を、（日が暮れるとよく光の灯ったロウソクの欠片を手に繰り出しては、馬車の窓から覗き込んでいた）乞食という乞食を、いつも互いに噛みつき合っていた尻尾の長い馬という馬を、ジャック・ブーツのほてっ腹の御者という御者を、よく立ち寄っていたカビ臭いカフェというカフェを？――そこにては酢と油の陽気な瓶や、シャム双生児風の胡椒と塩の並べられた白カビだらけのテーブル・クロスにだけは事欠かなかったが。一体あの、芝草の生い茂る小さな町は、市(いち)のことなどてんで知らぬが仏の素晴らしき小さな市場(いちば)は、誰も切り盛りしていない店は、誰もトボトボ歩かぬ通りは、誰も足を運ばぬ教会は、誰も撞かぬ鐘は、誰も読まぬ多色刷りビラのベタベタ貼られた崩れかけの古屋敷は、どこへ行ってしまったのか？　一体あの、必ずや耐え難いほど暑いか、耐え難いほど寒い、延々たる二十二時間のうんざりするような昼夜にわたる旅は、どこへ行ってしまったのか？　一体あの、小生の骨の疼きは、小生の脚のモゾモゾとした苛つきは、断じて小さな四輪箱馬車(クーペ)の窓を引き下ろさせようとせず、いざ眠りこけるとなると必ずや小生の方へ倒れ込み、必ずや夜っぴてタマネギの鼾をかいていたナイトキャップのフランス人は、どこへ行ってしまったのか？

　とある声が割って入る。「パリです！　到着しました！」

　ひょっとして、小生自身を飛び越してしまったものか。早パリとは到底信じられぬ。まるで魔法か呪(まじな)いにかかったかのようだ。まだ漸う八時になったばかりというに――およそ三十分過ぎ、などというのではなく――駅に付属しているかの、税関の中でもとびきり活きのいい税関で手荷物を調べてもらい、今しもガラガラと貸しの一頭立て二輪(ハクニー・キャブリオレ)で石畳の上を揺られているとは。

　よもや、パリの石畳では？　いや、事実そいつのはずだ。外(ほか)に一体どこにかほどにどっさりのっぽの家々や、かほどにどっさりげっそりやつれ果てた葡萄酒屋や、かほどにどっさりビリヤード台や、かほどにどっさり看板代わりに平たい赤や黄色の木造りの脚をひけらかした長靴下屋や、かほどにどっさり外っ面に薪山の絵を塗ったくり、溝で本物の薪を鋸で挽いている燃料屋や、かほどにどっさり薄汚い街角や、かほどにどっさり嗜み深い御婦人が赤子をあやしている様を物した仄暗い出入口の上なる小型肖像画で溢れ返った場所があるというのか。がそれでいて今朝は――暖かい風呂にでも浸って智恵を絞るとしよう。

　なるほど、並木街路(ブルヴァール)の中国風浴場の中で記憶している小さな部屋そっくりだ。して蒸気越しに眺めてはいるものの、あの、大きな柳枝細工の砂時計じみた格別な温リネン籠には誓いを立ててやれそうだ。果たして祖国を発ったのはいつのことか？　ロンドン橋にて「パリまでの通し切符」の代金を支払い、三つの仕切りに線を引かれた――第一はフォウクストンにて、第二は船上にて、抓み切られ、第三は旅路の果てにて受け取られたが――領収証の保管を措いて全責任から足を洗ったのは？　まるで大昔のことのようだ。計算しても詮なかろう。そこいらをブラつくのが先決。

　通りは人々でごった返し、店や露台には煌々と明かりが灯り、そいつらの飾りつけは艶やかにして色取り取りにして美しく、劇場がここかしこ立ち並び、キラびやかな喫茶店は窓を高々と開け放ち、連中の快活な仲間同士は石畳の上の小さなテーブルで四方山話に花を咲かせ、家々の明かりや光彩は言わば内を外へ引っくり返されているとあって、ほどなくこれは夢ではなく、如何様に辿り着いたにせよ、晴れて、パリにいるものと得心する。かくてフラリと、キラびやかな王宮へと向かい、リヴォリ通りを抜け、ヴァンドーム広場へ足を向ける。版画店のウィンドーを覗いていると、先刻までの旅の道連れ、財界がさも見下げ果てたかのようにせせら笑いながら不意を襲う。「だから言わないことではない！」と、ウィンドーの中のナポレオンと、柱の上のナポレオンを指差しながら言う。「パリ中、一つ考えに凝り固まっておるでは！　偏執狂らめが！」はむ！　だが確かナポレオンのマッチをこの目で見たことがあるのでは？　祖国を発つ際、ハイド・パーク・コーナーに事実銅像が、市内にももう一体、のみならず店々には版画の一、二枚、なかったろうか。

　小生はバリエール・ドゥ・レトワール*へと、周囲の何もかも――活きのいい人込みや、枝を差し交わす木々や、役者はだしの犬や、棒馬や、輝かしいランプの麗しき眺望の――空色と黄金の、ちらちらと明滅するオーケストラにて歌が催され、星の目をした美女が喜捨のための箱を携えてやって来る百一もの囲い地の――現に心地好く眉にツバしてかかれるほどには己が一っ飛びによりて目を眩まされたなり、やって来る。かくて夢か現か、ホテルへ戻り、夢か現か、夕食を認め、夢か現か、床に就き、当今の散文的な日々に『アラビア夜話』を実現してくれたことでは南東鉄道会社に神の加護を乞いつつ、今朝を遙か後方へと打っちゃり、夢の国へとなまくらに羽搏く間にもつぶやく。「パリへ十一時間で行くのに、紳士淑女の皆様方、何らお急ぎになる要は。旅はそれは物の見事にやりこなされるものですから、蓋し、何らお急ぎになる要は！」

第十五章　刑事警察

我々はおよそ旧ロンドン中央警察の敬虔な信者どころではない。* 率直に申して、くだんの名士方には夥しき胡散臭さが付き纏っていたように思う。内多くが実に下卑た気っ風の輩にして、盗人やその手の連中と交わる悪しき習い性となっているのはさておくとしても、彼らはついぞ謎を商い、そいつで一儲けし、目一杯旨い汁を吸う公的機会をみすみす逃したためしがない。のみならず、自らの落ち度を隠蔽しようと汲々になった、当代の三文文士とグルの能なし治安判事にひっきりなしおだて上げられ、ある種迷信にまでなった。たとい予防警察としては全く役立たずにして、刑事警察としてはその機動において極めて杜撰で覚束無かろうと、彼らは幾許かの人間にとっては、今日に至るまで迷信のままである。

一方、現今の警察が設立されて以来組織されている刑事警察隊は然に選りすぐられた上から十分な訓練を受け、然に系統的にして物静かに手続きを踏み、然に職人風の物腰で仕事をこなし、常々然に坦々として着実に公務に携わっているものだから、大衆は実の所、その有益性の十分の一を知るに足るほどもそいつのことを知らぬ。との確信を強く刻み、巡査達自身にも津々たる興味を抱き、我々はスコットランド・ヤード*当局に、もしや職務上の異存がなければ刑事方と少し話をさせて頂きたいと申し入れた。忝くも快諾が得られたため、然る警部補との間で、ロンドンはストランドのウェリントン・ストリートなる我らが事務所における、我々自身と刑事方との社交的会談のための然る夕べが取り決められた。くだんの約束の結果、パーティーが「催され」、その模様を以下、審らかにさせて頂きたい。してくどいようだが、明白な謂れ故に、印刷物の中で触れれば大衆にとって中傷的か、人品卑しからざる個人にとって不快やもしれぬ話題は避けつつも、我々の記述には能う限り正確が期されている。

読者諸兄には何卒『ハウスホールド・ワーズ』事務所の至聖所（サンクタム）を御想像頂きたい。諸兄の空想力に最もしっくり来る何であれ、くだんの厳粛な部屋を最も見事に描き出してくれよう。我々が但書きをつけるのはただ、グラスと葉巻を某か載せた、その中央なる丸テーブルと、くだんの厳めしい調度と壁との間にて優美に囲い込まれた編集主幹用ソファーのみである。

むっとするような夕べの黄昏時、ウェリントン・ストリートの舗石は熱く、ザラっぽく、向かいの劇場の撒水夫と貸馬車御者はカッカと火照り上がった上から業を煮やしに煮やしている。馬車はひっきりなし「妖精の国」へお越しの客を下ろし、開けっ広げの窓からは当座、耳を聾さぬばかりの大きな叫び声やどよめきが折々上がる。

日が沈むか沈まぬか、ウィールド警部補とストーカー警部補のお成りが告げられるが、我々はここにて言及される名のいずれの正書法も請け合うを潔しとせぬ。*ウィールド警部補はストーカー警部補を紹介する。ウィールド警部補は大きな、潤んだ、賢しらげな目と、嗄れっぽい声の、恰幅の好い中年男で、でっぷり肥え太った人差し指でもって会話に力コブを入れる癖がある。というのも御逸品、ひっきりなし目か鼻と仲良く一線に並ぶから。ストーカー警部補は頭のキレる、抜け目ないスコットランド人で——一見、グラスゴーの師範学校出身の、徹頭徹尾焼きを入れられた慧眼の教師に見えなくもない。ウィールド警部補は多分、警部補たること誰しもお見逃れすまい——がストーカー警部補はそいつにだけは見えまい。

歓迎の儀に一通り片がつくと、ウィールド警部補とストーカー警部補は実は数名、巡査部長を連れて来ているのだと宣う。数にして五名の巡査部長が紹介される——ドーントン巡査部長、ウィッチェム巡査部長、ミス巡査部長、フェンドル巡査部長、ストロー巡査部長。これで一名を除き、スコットランド・ヤードの刑事部隊が全員揃ったことになる。彼らは丸テーブルから少し離れた所に、編集主幹ソファーに相対すような形で、（警部補二人を両端に）半円になって座る。各人、一目ですかさず家具調度の在庫目録を作り、編集主幹の押し出しを正確にスケッチする。編集主幹は胸中、惟みる。一座のいずれの殿方にせよ、いざとならば、二十年後ですら何らためろうことなく己をお縄にしてくれようと。

一行は全員、私服である。ドーントン巡査部長は紅ら顔と、日に焼けた高い額の五十男で、軍隊の曹長でメシを食って来たような風情が漂う——或いは「遺書を読む兵士」役でウィルキーのためにモデルを務めていてもよかったやもしれぬ。着実に帰納的過程を踏み、小さな取っかかりから始め、手がかりまた手がかりへとしぶとく追い続け、終にはホシを上げることで有名だ。ウィッチェム巡査部長はよりずんぐりむっくりの手合いで、疱瘡の痕があり、何やら深遠な算術の計算にかかずらっているかのような控え目で物思わしげな所がある。俗に言う紳士風巾着切り（スウェル・モブ）と通じていることで名高い。ミス巡査部長は妙に素朴げな風情の、明るく色艶のいい、ツルリとした御尊顔の男で、押し込み強盗を引っ捕らえる達人だ。フェンドル巡査部長は薄茶色の髪の、上品な物言いの、丁重な人物で、微妙な手合いの個人的調査を遂行することにかけては右に出る者がない。ストローは、おとなしい物腰と鋭敏な感覚の、小さな筋張った巡査部長で、貴殿が割り当てたいと思し召す如何なる当たり障りのなき――下は慈善学校生からの――役所(やくどころ)にてドアをコンとノックし、次から次へと質問を吹っかけてなお、赤子もどきに罪のないツラを下げていよう。彼らは一人残らず、一点の非の打ち所もなき立居振舞いと類稀な知性を具えた、見るからに人品卑しからざる男達で、物腰にノラクラしたりコソついたりする所が微塵もなく、話しかけられると鋭く目を光らせ、素早く察知し、概ね表情に激しい精神的興奮に満ちた生活を常日頃から送っている旨大なり小なり物語る痕跡が留められている。皆、澄んだいい目をしていて、皆、自ら話しかける如何なる相手であれまともに見据えられ、事実、まともに見据える。

我々は葉巻きに火をつけ、グラスを（全くもって、ほどほどにしか用いぬが）回し、会話はまずもって編集主幹の側(がわ)なる紳士風巾着切り(スウェル・モブ)へのそのスジならざる控え目な言及によって幕を開ける。ウィールド警部補はすかさず唇から葉巻きを外し、右手を振りながら言う。「こと紳士風巾着切り(スウェル・モブ)に関せば、ウィッチェム巡査部長にお鉢を回すしかありませんな。それはまた何故(なにゆえ)に？　お答えしましょう。ロンドン広しといえども、ウィッチェム巡査部長ほど紳士風巾着切り(スウェル・モブ)に通じた警官はいないもので」

我らが心は空(そら)に当該虹を目にするや躍り（ワーズワース「虹を目にすらば心は躍る」）、よって我々はウィッチェム巡査部長の方へ向き直る。さらば巡査部長はめっぽう簡潔に、して慎重に言葉を選びながら直ちに本題に入る。片や、仲間の巡査は皆、彼の口にすることに耳を傾け、その効果を具に観察するのに余念がない。ほどなく彼らは機会あらば一人、或いは二人一緒に、割って入り、誰彼となく口を利き始める。がこれら巡査同士は互いに肩を持ったためだけに――断じて異を唱えるためにではなく――口をさしはさみ、かほどに和気藹々たる同士関係もまたあるまい。紳士風巾着切り(スウェル・モブ)から、我々は金庫破り、故買屋、居酒屋、踊り子、こそ泥、「掏摸(ゴノフ)」に繰り出す狡っ辛い若造、その他*「盗人一味(スクール)」といった似たり寄ったりのネタへと移る。こうしたスッパ抜きの間中、目を留めざるを得ぬことに、スコットランド生まれのストーカー警部補は必ずや正確かつ統計的にして、如何なる数字の問題が持ち上がろうと、誰しも示し合わせたように一呼吸置き、警部補の方を見やる。

かくて様々な「至芸」の流派（スクール）のネタを仕込み果すと――当該討議の間（かん）、一行は皆相変わらず一心に耳を傾けている。とは言え向かいの劇場から何か常ならざる物音が聞こえて来ると、ついどなたかはちらと、お隣さんの背（せな）の蔭にてくだんの方角の窓の方へ訝しげに目をやってはいるが――我々は以下の如き点に関す情報をネ掘りハ掘り仕込む。果たしてロンドンでは本当に追い剥ぎなるものが出来するのか、或いは何か不服当事者によりては言及されぬに如くはなき状況が得してくだんの項目の下（もと）に訴えられる窃盗に先行し、かくて事態はその質（たち）がガラリと変わって来るのか？　無論、ほとんど必ずや後者なり。果たして押し込み強盗の場合、召使いが当然の如く疑われる訳だが、嫌疑を受けた潔白が然に一見、有罪めくものだから、腕の立つ警官は如何に見極めをつけるべきか重々心してかからねばならぬと？　もちろん。当初、かようの外見ほどありきたりな、と言おうか当てにならないものもありません。果たして公共の娯楽の場において、盗人が警官に勘が働き、警官が盗人に勘が働くのは――仮に二人共予め互いに見知らぬ者同士だとして――各々が相手の内に、如何ほど化けの皮を被ろうと、折しも進行中のことに対して気も漫ろな一方、気散じなる腹づもりとは相異なる腹づもりを見て取るからか？　如何にも。正しく仰せの通り。果たして連中自身によって牢獄にせよ、懲治監にせよ、何処にせよ、審らかにされたことになっている窃盗犯の体験談を鵜呑みにするのは理に適ったことか、それとも馬鹿げているか？　概してかほどに馬鹿げたこともなかりましょう。ウソをつくのは連中の習いにして商いで、連中――たといそいつに一切興味がなく、況してや特段愛嬌好く振舞いたいと思うまいと――真実をバラすくらいならいっそウソ八百を並べるもので。

こうした話題が尽きると、我々は次第にここ十五から二十年の内に犯された大犯罪の中でも名にし負う、恐るべき大罪をざっと復習（さら）い始める。ほとんどそれら全ての発見と殺人犯の追跡又は逮捕に関わった男達がここに、正しく最後の一件に至るまで、集うている。我らが客（まろうど）の内一人は、ロンドンでつい先達て絞首刑に処せられた女殺人犯が乗船していると想定される移民船を追跡し、乗り込んだ。当人によれば、巡査の用向きは今の今に至るまで知らぬが仏の乗客には報されていなかった。巡査は船長共々、カンテラを手に船倉に下り――辺りは真っ暗闇で、三等船室は全員船酔いで床に就いていたから――事実乗船していたマニング夫人（第八章注（六九）参照）を夫人の手荷物がらみで会話に引き入れ、とうとう夫人は、お易い御用で、頭をもたげ、面（おもて）を明かりの方へ向けた。が、かくてお目当てのホシでないと得心するや、巡査は横付けになっている政府の汽船に再度ひっそり乗船し、くだんの報せを携えてまたもや引き返した。

こうしたネタも底を突くと――とは言えあれこれ話し合うにかなりの時間を要したが――二、三名が椅子から腰を上げ、ウィッチェム巡査部長に耳打ちし、再び腰を下ろす。ウィッチェム巡査部長は気持ち前屈みになると、両手を膝にかけながら、以下の如く控え目に切り出す。

「仲間の巡査部長が、わたしがタリ‐ホウ*・トムソンを捕まえたささやかな逸話をお聞かせしてはどうかと申します。人間、挙げた手柄を自ら語るべきではありませんが、それでもあの折、外に誰もいなかったからには、わたし以外誰もお聞かせ致せる者がいません。という訳で、もしや差し支えなければ、精一杯お話しさせて頂きたいと存じます」

我々はウィッチェム巡査部長に、それは願ったり叶ったりと返し、皆していざ本腰を入れ、興味津々、一言一句聞き洩らすまいと耳を傾ける。

「タリ‐ホウ・トムソンは」とウィッチェム巡査部長はほんの水割りブランデーで唇を湿らせてから、言う。「タリ‐ホウ・トムソンは、札付きの馬盗人にして、馬喰にして、ペテン師でした。トムソンは時折手を組んでいた相方とグルになって、田舎者からいいクチを見つけてやろうとの言い抜けの下――とはよくある手口ですが――大枚巻き上げ、その後ハートフォドシャーくんだりで、馬の――盗んだ馬の――せいで『叫喚追跡』を受けていました。わたしはトムソンを監視しなければならず、まずもって、当然のことながら、居所を突き止めることにしました。さて、トムソンの女房はチェルシーで、小さな娘と一緒に暮らしていました。トムソンはどこか田舎にいると知っていたので、わたしは今のその家を見張りました――わけても午前の郵便配達時刻に――というのもトムソンはまず間違いなく女房に手紙を書いて寄越すだろうと踏んだからです。案の定、ある朝、郵便配達夫がやって来て、トムソンの女房の戸口に手紙を一通届けます。小さな少女が扉を開け、手紙を取り込みます。郵便配達夫というのは必ずしも当てになるとは限りません。郵便局の連中はいつも実に親切ですが。郵便配達夫は力になるかもしれませんし、ならないかもしれません――その時次第で。しかしながら、わたしは道を過り、男が手紙を届け果すと、配達夫に声をかけます。『お早う！　調子はどうだね？』『だんなも調子はいかがで？』と男は返します。『君は今、トムソン夫人の所へ手紙を届けたろう』『はい』『だが、多分、消印がどこかまでは見なかったと？』『はい』と男は返します。『見ませんでした』『さあ』とわたしです。『お互いざっくばらんにやろうではないか。わたしはちょっとした儲け話にカんでいて、トムソンに掛けで金を貸した。が奴に貸した分をパクられたのではたまらん。奴が金を持っているのは確かだし、田舎に身を潜めているのも確かだ。もしもどこの消印だったか教えてくれるようなら恩に着るぞ。君はちょっとした儲け話に手を出してはいるが、約束をホゴにされてはたまらん商人に力を貸してくれるという訳だ』『はむ』と男は返します。『正直、どこの消印かまでは気づきませんでした。自分に分かっているのはただ、手紙の中には金が――多分ソヴリン金貨が一枚――入っていたということくらいのものです』それだけ仕込めば十分でした。というのももちろん、トムソンが女房に金を送ったのなら、女房は恐らくトムソンに折返し受け取った礼を書くだろうと踏んだからです。そこでわたしは配達夫に『ありがとう、助かったよ』と言い、見張りを続けました。午後になって、小さな少女が出て来るのが見えました。もちろんわたしは後を追いました。少女は文房具店に入り、申すまでもなく、わたしはウィンドーから中を覗き込みました。少女は便箋と封筒と、ペンを買いました。わたしは『結構!』とつぶやき――少女が家へ戻るのをまたもや見張り――トムソンの女房がタリ‐ホウに一筆認め、手紙はほどなく投函されることくらい読めていましたから、もちろん、その場を離れませんでした。一時間かそこらすると、小さな少女は手紙を手に、またもや出て来ました。わたしは近づき、一言二言、何だったにせよ、声をかけました。が少女が封を上向きにしていたせいで、宛名が見えませんでした。しかしながら、手紙の裏に俗に言うキスが――封のすぐ際に蠟の雫が――落ちているのに気づきました。そしてまたもや、お分かりでしょう、それだけでわたしには十分でした。わたしは少女が手紙を投函するのを見届け、少女が行ってしまうまで待ち、そこで店に入り、主人に会わせてくれと頼みました。主人が出て来ると、言いました。『さて、わたしは刑事部の巡査だ。たった今わたしの探している男へ宛てた、キスの落ちた手紙が投函されたはずだ。是非ともその手紙の宛先を見せて欲しい』主人は実に礼儀正しい男で――ウィンドーの箱から夥しい手紙を取り出し――表を下向きにしてカウンターの上へ広げ――すると、そら、キスの落ちた正しくあの手紙が紛れていました。宛名はトーマス・ピジョン殿、B――郵便局留め置き、となっています。その晩早速わたしはB――まで(百二十マイルほどありましたが)出かけました。翌朝早々郵便局へ行き、くだんの部門担当の局員に会い、自分が何者か告げました。そして目的はトーマス・ピジョン殿宛の手紙を受け取りに来るはずの人物をこの目で確かめ、後を追うことだと。局員は実に丁重で、こう言いました。『我々に出来ることなら何でもお手伝いさせて頂きます。局の中でお待ち下さい。何者か手紙を受け取りに来たらお報せ致しますので』はむ。わたしはそこで三日間、待ち続け、そろそろ誰も受け取りに来ないのではないかと思い始めました。とうとう局員が耳打ちしました。『ほら！　刑事！　誰かが手紙を受け取りに来ました！』『しばらく引き止めておいてくれ』とわたしは言い、郵便局の外側へ走って回り、そこで一見馬丁風の小僧が馬の頭絡をつかみ——郵便局のウィンドーで手紙を受け取るのを待つ間石畳越しに馬勒を伸ばしているのを——目にしました。わたしは馬の背を軽く叩いてやったり何やかやし始めながら、小僧に言いました。『おや、こいつはジョーンズのだんなの雌馬じゃないか！』『いや。てんで』『いや？』とわたしです。『ジョーンズのだんなの雌馬にそっくりだがな！』『こいつあけど、からきしジョーンズのだんなの雌馬なんかじゃねえ』と小僧です。『「ウォリック紋章亭」のこれこれだんなのだ』と言ったと思うと、小僧は馬に飛び乗り、駆け去ってしまいました——手紙ごと。わたしは辻の一頭立てを拾い、御者席に飛び乗り、それはすかさず後を追ったものですから、ちょうど小僧がもう一方の門から入って来るか来ないか、『ウォリック紋章亭』の厩庭へ、とある門から乗りつけました。そして若い女給の立ち回っている酒場へ入って行き、水割りブランデーを一杯注文しました。小僧は間もなく入って来ると、女給に手紙を渡しました。女給は一言も言わずにちらと、何気なく手紙に目をやり、炉造りの上の鏡の後ろに突き差しました。では、次に打つべき手は？

「わたしは水割りブランデーを飲み（その間もじっと手紙に目を凝らしながら）、頭の中で智恵を絞りましたが、さっぱりいい智恵は浮かびませんでした。旅籠に宿を取ろうとしましたが、この所馬市か何かその手のものが開かれている関係で、満室でした。致し方なくどこか他処の宿に泊まりましたが、二、三日ほどは酒場に入り浸り、手紙は相変わらずそこの、鏡の後ろに突き差さったままでした。とうとうわたし自身がピジョン殿に宛てて手紙を書こうと思い立ちました。だったらどういうことになるか確かめようと。そこで一筆認め、投函しましたが、故意に宛名をトーマス・ピジョンではなくジョン・ピジョンとしました。だったらどういうことになるか確かめようと。明くる朝（どしゃ降りでしたが）わたしは郵便配達夫が通りをこちらへやって来るのに目を留め、『ウォリック紋章亭』に到着する直前に、すかさず酒場へ入って行きました。ほどなく配達夫はわたしの手紙を持って入って来ました。『ここにジョン・ピジョン殿は泊まっておいででしょうか?』『いえ!――けどちょっとお待ち下さいな』と女給は返し、鏡の後ろから手紙を抜き取ります。『いえ』と女給です。『こっちはトーマス。でこの方だってここには泊まってらっしゃいません。どうかわたしの代わりに手紙を出して頂けませんか。だってそりゃザアザア降りなんですもの?』配達夫はお易い御用と返し、女給は手紙を別の封筒に畳んで入れ、宛名を書き、配達夫に渡しました。配達夫は手紙を帽子の中に突っ込み、立ち去りました。

「わたしは難なく今のその手紙の宛先を突き止めました。宛名はトーマス・ピジョン殿、ノーサンプトンシャー、R――郵便局留め置き。そこで直ちにR――へ向けて出発しました。そこの郵便局でもB――で言ったのと同じことを言い、またもや三日間待ちました。が誰一人来ませんでした。が、とうとう馬に跨った別の男がやって来ました。『トーマス・ピジョン殿に何か手紙は?』『どこからおいででしょう?』『R――の近くの「ニュー・イン」から』男は手紙を受け取り、やはり立ち去りました――馬なり駆け足（キャンター）で。

「わたしはR――の近くの『ニュー・イン』について探りを入れ――駅からおよそ二、三マイル離れた、少々馬商いに絡んだ、孤独な手合いの旅籠だと聞くと、早速足を運んでツラを見てみることにしました。旅籠は聞いていた通りの見てくれで、わたしはフラリと、ともかくどんな様子か探ろうと入って行きました。女将は酒場（バー）の中で、わたしは女将と口を利く取っかかりを作るのに、景気はどうかとか、それにしてもよく降るなとか何とか、四方山話に花を咲かせていました。すると開けっ広げの扉越しに男が三人、ある種談話室（パーラー）、と言おうか厨の炉端にかけているのが目に入りました。して内一人は、わたしの持っている人相書きによれば、タリーホゥ・トムソンに違いありません!

「わたしはそちらへ行って連中に紛れて腰を下ろし、何とか調子好くやろうと努めました。三人はめっぽう用心深く――これきり口を利こうとせず――わたしの方を、そして互い同士を、取りつく島もないやり口で睨め据えてばかりいました。わたしは三人を篤と眺め、三人共わたしよりいかついのを見て取り、揃いも揃って醜いツラを下げ――辺りに人気（ひとけ）がなく――鉄道駅は二マイル離れ――そろそろ日も暮れかけている点を考え併すと、先ずは景気づけに一杯水割りブランデーを引っかけるに越したことはなかろうと心得ました。という訳で水割りブランデーを注文し、炉端でちびりちびりやりながら座っていると、トムソンが腰を上げ、出て行きました。

「さて、一件の難儀な点は、わたしには男が事実トムソンかどうか確信が持てないということでした。というのもそれまで一度としてこの目で奴を見たためしがなかったからです。とにかく、確かに奴だという証拠が欠けていました。しかしながら、こうとなっては男の後をつけ、何食わぬ風を装うしかありません。表へ出てみると、奴は中庭で女将と話し込んでいました。後で分かったことですが、奴は何か外の一件でノーサンプトンの巡査に追われ、今のその巡査というのが（このわたし同様）天然痘の痕があると知っていたもので、てっきりわたしこそその巡査だと思い込んだようです。ですからわたしは奴が表で女将と話し込んでいるのを目にすると、奴の肩にポンと――こんな具合に――手をかけて言いました。『タリ－ホウ・トムソン、しらばっくれても無駄だ。ネタは上がっている。わたしはロンドンの警官で、お前を重罪の廉で逮捕する！』『ええい、コンチクショーめが！』とタリ－ホウ・トムソンは毒づきます。

「我々が旅籠へ引き返すと、二人の馴染みは粗暴に振舞い始め、ツラと来てはさすがに物騒でした。『ヤツを離せ。ヤツをどうする気だ？』『ヤツをどうする気かと言えば、今晩、必ずやロンドンへ連れて帰る。きさま達はどう思っているか知らんが、わたしはここに独りきり来ている訳ではない。いらぬ手出しはせずに、せいぜいおとなしくしていることだ。自分の身が可愛いければな。何せきさまら二人共ネタは上がっているもので』わたしは生まれてこの方一度として二人を目にしたためしも耳にしたためしもありませんでしたが、こんな風に虚仮威しにかかると、さすがの連中もいささか弱腰になり、トムソンが出て行く仕度をしている片や、脇へ寄って見ていました。わたしは、しかしながら、心の中でつぶやきます、あれでもこいつら、トムソンを救い出そうと、夜道を追って来ないとも限らん。そこで女将に言いました。『旅籠にはどんな下働きがいる、女将？』『ここには下働きなんて一人もいやしませんよ』と女将はむっつり返します。『だが、馬丁くらいいいよう？』『ええ、馬丁くらいなら』『呼んでもらおうか』ほどなく馬丁が姿を見せると、そいつはボサボサ頭の若造でした。『さあ、よく聞け』とわたしです。『わたしはロンドンの刑事巡査だ。この男の名はトムソン。ちょうど今重罪の廉で逮捕した所だ。これから鉄道駅まで連れて行く。きさまは、女王陛下の御名にかけて、手を貸すんだ。で、いいか、もしも貸さぬというなら、きさまこそ思いも寄らないほどこっぴどい目に会わせてやる！』奴が剝いたほど大きく目を剝く奴には金輪際お目にかかったためしがなかったでしょうな。『さあ、トムソン、おとなしくついて来るんだ！』とわたしは言います。が手錠を取り出すと、トムソンは声を上げます。『いや！　それだけは止してくれ！　そいつは勘弁願うぜ！　だんなにおとなしくついて行こう。けど、それだけは真っ平だ！』『タリ‐ホゥ・トムソン』とわたしは言います。『もしもきさまがわたしに対して男らしく振舞おうというなら、わたしだってきさまに対して男らしく振舞おう。さあ、誓いを立てろ、必ずおとなしくついて来ると。だったら手錠をかけるまでもない』『ああ、おとなしくついて行く』とトムソンは言います。『けどその前にブランデーを一杯引っかけなきゃよ』『わたしも付き合おう』とわたしは言いました。『んじゃついでにもう二杯頼むぜ、女将』と馴染み二人も言います。『んで、ええいクソッ、お巡り、お宅の馬丁にも一口おごっちゃどうだ？』わたしは異存があるどころではなかったので、我々は皆でブランデーを呑み干し、それから馬丁とわたしはタリ‐ホゥ・トムソンを鉄道まで無事連れて行き、わたしはその晩、奴をロンドンへ連れ帰りました。奴はその後証拠不足のために無罪放免となりましたが、どうやらいつもわたしのことをベタ褒めし、この世にあれほどいい男はいないと言ってくれているようです」

　当該逸話が皆の拍手喝采の内に締め括られると、ウィールド警部補が一時しかつべらしげに紫煙をくゆらせていたものを、ひたと持て成し役に目を凝らし、かく宣ふ。

「私が例の、南西鉄道債務証書を捏造した容疑者のファイキーという男に仕掛けた罠も――つい先達てのことですが――まんざらでもありません――のは何故に？　これからお話しさせて頂きましょう。

「私はファイキーと弟が向こうのあちらの方で」とどこであれテムズ川のサリー岸の辺りを暗に仄めかしながら。「工場を経営し、そこで中古の馬車を買い取っているとのネタを仕込みました。という訳で外の手立てで奴を捕まえようと散々無駄ボネを折った挙句、偽名で手紙を出し、処分したい一頭立ての幌付き二輪があるので、その目で一式確かめてもらえるよう明日現物で出向き、一応値を――すこぶる手頃な、と私は念を押しました――つけさせて頂きたいと申し出ました。ズブの掘り出し物たること請け合いの。ストローと私はそこで貸馬車・賃貸し業でメシを食っている馴染みの一人の所へ行き、一日一式、とびきりイカした馬車を――正しく超一級品を！――貸り受けました。そこで我々はもう一人（男自身は署の人間ではありませんが）馴染みと繰り出し、馴染みを馬の面倒を見るよう独り居酒屋の側で馬車に置き去りにすると、二人で少し離れた工場まで歩いて行きました。工場では見るからに腕っぷしの強そうな男が大勢、精を出していました。連中をざっと見渡せば、そこで物は試しに仕掛けてみても所詮無駄なのは一目瞭然。何分数が多すぎました。我々は目当ての男を外でつかまえなくてはなりません。『ファイキー氏は御在宅でしょうか?』『いえ』『間もなくお帰りでしょうか?』『い、いや、そうすぐには』『ああ! 弟御はこちらにお見えでしょうか?』『わたしが弟です』『おお! いやはや、こいつは生憎ですな、こいつは。私は昨日兄上に一筆認め、片をつけたいささやかな一式がある旨申し上げ、わざわざそのためくだんの一式を連れて参った。というに兄上はすぐには帰ってお見えにならぬとは』『ええ、申し訳ありませんが。もう一度御足労願う訳には参らないでしょうか?』『ああ、それは無理かと。ともかく処分致さねば。というのは紛れもなく。先延ばしにする訳には行きません。どこかその辺りにいらっしゃいませんか?』当初、弟はいや、生憎ですが、と返しました、がはっきり分からないので、ちょっと行って見てみようと言い出しました。という訳で、とうとう二階へ上がり、そこにはある種藁置き場がありましたが、ほどなくお目当ての男自身が、シャツ姿のまま下りて来ました。

『はむ』と奴は言います。『何やら差し迫った用向きのようですな』『ええ』と私は返します。『確かに差し迫った用向きで、さぞや掘り出し物と思って頂けましょう――捨て値同然の』『目下の所、さして掘り出し物に色気はありませんが』と奴です。『モノはどこにあります?』『ああ』と私です。『すぐ外に待たせてあります。どうか一目見てやって下さい』奴は一向勘繰る風もなく、我々は表へ出ます。してまずもって何が持ち上がるかと言えば、馬が足並みをひけらかそうと道路伝少々跑を踏んだはいいが、馴染みごと(あいつと来ては馬の扱いとなると赤子同然なもので)駆け出すではありませんか。生まれてこの方あれほど傑作な見物もなかったでしょうな!

「トンヅラにケリがつき、馬車が一式またもやひたと止まると、ファイキーは周りをグルグル、グルグル、目利き顔負けにしかつべらしげに歩いて回ります――かく言う私も。『そら、御主人!』と私です。『これぞすこぶるつきでは!』『なるほど見てくれは悪くありませんな』と奴です。『如何にも』と私です。『して馬がまた!』――というのも奴が馬をしげしげやっているのが分かったからです。『じき八歳です!』と私は前脚をさすってやりながら言います。(おお、いやはや、この世に私ほどウマに疎い人間もいないでしょうが、貸馬車屋の馴染みがヤツのことを八歳だと言っているのを耳にしていたものですから、能う限り賢しらげに言います。『じき八歳です』）『ほう、じき八歳と?』と奴です。『ええ、じき』と私です。『はむ』と奴は言います。『いくらで譲ろうと?』『ああ、引っくるめて後にも先にも二十五ポンド!』『それはまためっぽう安いでは!』と奴はグイと私を睨め据えながら言います。『でしょうとも』と私は返します。『だから掘り出し物と申し上げたかと! さて、これきりスッタモンダかけ合うまでもなく、私はただ売り払いたいだけのこと。してそいつが私の値です。ばかりか、御主人の便宜を図って即金で半額頂き、残りはちょっとした約束手形（スティッフ）でやって頂こうでは』『はむ』と奴はまたもや言います。『それはまためっぽう安いでは』『仰せの通り』と私は返します。『どうです一つ、試しに乗り込み、その上で金を払って頂くというのは。さあ! 物は試しに!』

「いやはや、奴は乗り込み、我々も乗り込み、我々は道をガラガラ駆けます。奴のツラを身元確認のために居酒屋の窓辺に身を潜めさせている鉄道職員の一人に見せようというので。ところが職員は戸惑い、奴なものかどうか見極めがつきません――一体何故（なにゆえ）に? 申し上げましょう――奴め、頬髭を剃っているもので。『こいつはなかなかイキのいい奴で』とファイキーです。『しっかり跑（だく）を踏むし、馬車も走りが軽い』『如何にも仰せの通り』と私です。『で、そろそろ、ファイキー殿、これ以上時間を拝借するまでもなく、とっとと片をつけさせて頂こうでは。実の所、私はウィールド警部補と申し、貴殿は袋のネズミと』『ま、まさか!』と奴です。『いえ、そのまさかがまさかで』『だったら煮て食うなり焼いて食うなり好きにするがいい』とファイキーです。『よくもまんまとハメやがったな!』

「恐らくあれほど物の見事に一杯食わされた男を目になさったためしはないでしょう。『上着くらい着てもいいだろう?』と奴です。『是非とも』『はむ、なら工場まで引き返そうじゃ』『ああ、それは如何なものかと』と私です。『あちらへは先ほど既に足を運んでいるもので。上着なら取りに行かせては』奴は二進も三進も行かないと見て取ると、上着を取りに行かせ、袖を通し、我々はごゆるりと、奴をロンドンまで引っ立てました」

当該逸話が首尾好く締め括られるや、誰からともなく、妙に素朴な風情の、色艶のいい、ツルリとした御尊顔の巡査に「肉屋（ブチャー）の物語」を審らかにするようお呼びがかかった。*

妙に素朴な風情の、色艶のいい、ツルリとした御尊顔の巡査が、無骨な笑みを浮かべ、柔らかな口車めいた物言いでかく、「肉屋（ブチャー）の物語」を審らかにし始めた。

「今からちょうど六年ほど前のことです、スコットランド・ヤードに、シティーの卸し業者の間で大がかりな上質絹（ローン）と絹の強盗が行なわれているとの情報が入りました。一件に探りを入れるよう命令が下され、ストローと、フェンドルと、わたしは、我々三人は、一件を手がけることになりました」

「指示を受けると」と我々はカマをかけた。「一旦席を外し、ある種閣議を開いたという訳ですか？」

ツルリとした御尊顔の巡査はなだめすかしがちに返した。

「いっかにも。仰せの通りです。我々は我々同士の間であぁでもないこうでもないと話し合いました。いざ調査を始めてみると、どうやら商品は故買屋によって法外に安く――正直な手立てで手に入れられていたなら到底つかなかったほどの安値で――売られているようでした。故買屋は取り引きに一枚噛み、実に立派な店を――どこより人品卑しからざる店舗を――内一軒はウェスト・エンドに、もう一軒はウェストミンスターに、構えていました。散々見張ったり探りを入れたりし、互いの間であれこれ知恵を絞った甲斐あって、我々は闇取り引きが仕組まれ、盗品の売買が行なわれているのは聖バーソロミュー病院の際のスミスフィールドに間近い小さな居酒屋だということを突き止めました。そこでは卸し商の赤帽共が――というのが盗人ですが――そのためわざわざ、ほら？　盗品を運び、連中自身と故買屋との間に立つ人間と落ち合う約束を交わしていました。この居酒屋を贔屓にしているのは主にクチにアブれ、職を探している、田舎から来た丁稚上がりの肉屋でした。という訳で、我々はどういう手に出たか――はっ、はっ、はっ！――このわたし自身が肉屋に成り済まし、そこに宿を取ろうということになりました！」

蓋し、この巡査をくだんの役所（やくどころ）に選り出したそいつほど未だかつて観察眼がとある腹づもりに首尾好く狩り出されたためしはなかったろう。森羅万象の内何一つ、男にかほどにしっくり来るものはなかった。口を利く間（ま）にも、男は脂ぎった、寝ぼけ眼の、照れ臭そうな、人のいい、ウスノロの、人を疑うことを知らぬ、いいカモの若僧肉屋に為り変わった。正しく髪の毛にしてからが、頭の上で撫でつける側（そば）から脂肪（スエット）でベトつき、潑溂とした色艶は大量の動物性食品でいよよテラつくかのようだった。

「――という訳でわたしは――はっ、はっ、はっ！」（必ずや知恵の足らぬ若造肉屋の、担がれ易げな忍び笑いを洩らしながら）「という訳でわたしは、お定まりのやり口で化けの皮を被り、小さな着替えの包みをこしらえると、居酒屋へ行き、宿は取れるかとたずねました。連中が『ええ、どうぞ』と返すので、寝室を借り、酒場（タップ）に腰を据えました。その辺りには有象無象の連中が屯し、居酒屋に出入りしていました。仰けの男が、それからまた別の男が、たずねます。『田舎の出かい、兄さん?』『ああ』とわたしは答えます。『ノーサンプトンシャーから出て来たばかりで、ここじゃあ心細いの何の。ってのもロンドンのこたからきし知んねえもんで。こいつあんりゃどデケえ町と?』『マジどデケえな』と連中です。『おお、そんなにどデけえたあ!』とわたしです。『正直、生まれてこの方こんな町は初めてだ。モロ面食らっちまわあな!』——とか何とか、ほら。

「店を贔屓にしている丁稚上がりの肉屋の中に、わたしがクチを探しているのをカギつけた者がいると、連中は言います。『おいや、クチならめっけてやるぜ!』して事実、あっちこっちへ——ニューゲイト市場や、ニューポート市場や、クレアや、カーナビィや、ともかくあちこち——連れて行ってくれます。けれど手当が——はっ、はっ、はっ!——今一つなもので、わたしは、ほら、いっかな折り合えません。店に入り浸っている如何わしい連中の中には当初、わたしにいささか眉にツバしてかかる者もいましたから、わたしはどうやってストローやフェンドルと連絡を取ったものかそれこそ石橋を叩いて渡らなければなりませんでした。時にフラリと外出し、つと足を止め、店のウィンドーを覗き込んでいる風を装い、ちらと辺りを見回してみれば、よく連中のどいつかわたしをつけているのを目にしたものです。ですが、恐らく、連中の思いも寄らないほどその手のことには馴れていたせいで、連中を必要な、と言おうか都合のいいと思われるほど遠くまで——時にはずい分——引きずり回し、そこでいきなりクルリと向き直り、鉢合わせになると、言ったものです。『おいや、こっりゃ、こんな所で出会すたあ何てツいてやがる! このロンドンってなんりゃどデケえもんで、チキショー、また道に迷っちまったぜ!』そこで我々は皆して仲良く居酒屋まで引き返し——はっ、はっ、はっ! プカプカ、パイプを、ほら? 吹かしたものです。

「奴らは、なるほど、わたしにめっぽう親切でした。あそこに寝泊りしている間どいつかわたしを連れ出して、ロンドンを案内してくれたのも一度や二度ではありません。連中は牢獄を——ニューゲイトを——案内してくれました。ニューゲイトを案内してもらうと、わたしは赤帽達が荷を放る場所でつと足を止めて言います。『おお、何てこったい、ここが奴らの縛り首にされる所で! おお、ここがよ!』『あすこが!』と連中は言います。『何てマヌケな奴だぜ、こいつは! あすこは、じゃねえやな!』そこで、連中はそいつが事実どこか指差し、わたしは『んりゃまた!』と声を上げ、連中は『これで今度会ってもお見逃れだけはしないってな、えっ?』と言います。わたしはああ、多分、もしかマジマジやったらよ、と返します——で、なるほど、こんな具合に外出すると、ロンドン市警の連中に抜け目なく目を光らせたものです。というのもどいつかたまたまわたしに見覚えがあり、声をかけようものなら、何もかもあっという間におジャンになっていたでしょうから。とは言え、幸いそんなことは一度もなく、万事順調に行っていました。仲間の巡査と連絡を取り合う上での難儀はハンパではありませんでしたが。

「卸し商の赤帽によって居酒屋に担ぎ込まれる盗品はいつも決まって裏手の談話室で片をつけられていました。長らくわたしはこの談話室には入ることも、そこで何が行なわれているのか見ることも叶いませんでした。酒場の炉端でよくよく罪のない若造らしくパイプを吹かしながら座っていると、強盗のグルの連中のどいつか出入りしながら亭主に声を潜めてたずねるのを耳にしたものです。『あいつは何者だ? ヤツめここで一体何をしてやがる?』『おうっ』と亭主です。『あいつはただの』——はっ、はっ、はっ!——『あいつはただの肉屋のクチにありつこうってんで田舎から出て来たマヌケな若造さ。奴のことは気にするんじゃない!』という訳で、その内連中はわたしがマヌケなものとそれは心底思い込み、わたしにそれは馴れっこになったものですから、わたしは連中の誰にも劣らないほど自由に談話室に出入りするのを許され、ある晩など、フライデー・ストリートの卸し商から盗まれた七〇ポンド相当のとびきりの上質綿が売り捌かれるのにすら立ち会いました。取り引きに片がつくと、買い付け人はいつも馳走を——熱々の夕飯か、ディナーか、何やかやを——おごってくれ、そんな折にはいつも『こっちへ来な、肉屋! そんなとこでグズグズしてないで、きさま、とっとと入って来るんだぜ!』と声をかけたものです。もちろん、わたしはお言葉に甘えさせて頂き、呑み食いしながら、刑事が知っておいて損はなかろうありとあらゆる手合いのネタを仕込みました。

「といったことが十週間ほど続き、わたしはその間もずっと居酒屋に寝泊りし、肉屋の服をお役御免にすることはありませんでした——床に就く時はさておき。とうとうわたしは盗人の内七人を追い、ネタを上げると——というのは、ほら、サツ仲間での用語で、つまり連中の後をつけ、強盗がどこで行なわれているか等々、連中がらみでそっくり仕込み果すと——ストローとフェンドルと、互いに示し合せ、居酒屋は予め決めてあった刻限に不意討ちを食い、悪人共は逮捕されました。警官のまずもってしたことの一つは、わたしをお縄にすることです――というのもまだ強盗の一味にまさかわたしが肉屋以外の何者かなど思わせてはなりませんでしたから。すると亭主が声を上げます。『ヤツを引っ捕らえるのは止せ』と亭主です。『きさまら何をしようと勝手だが！　ヤツはほんの田舎出の哀れな若造だ。バターだって口の中でトロけやすまい！』しかしながら、警官達は――はっ、はっ、はっ！――わたしを引っ捕らえ、寝室を捜査する風を装いました。どういう訳かそこに紛れ込んでいた亭主の身上のおんぼろバイオリン以外何一つ見つかりませんでしたが。ところが、お蔭で亭主の態度がガラリと変わりました。というのもバイオリンが見つかると声を上げるからです。『オレのバイオリンだ！　肉屋（ブチャー）の奴めよくもヌケヌケと！　ヤツを楽器窃盗罪で逮捕しろ！』

「フライデー・ストリートで商品を盗んでいた男はまだ捕まっていませんでした。男はいつだったか、ここだけの話とばかり、どうやら（市警が一味の一人をお縄にしたせいで）ヤバくなって来たから一時（いっとき）姿を晦ますことにすると言っていました。わたしは奴にたずねました。『どこへズラかる気だい、シェパードソンの兄き？』『ああ、肉屋（ブチャー）』と奴です。『コマーシャル・ロードの「月の入り亭」はなかなか居心地のいい旅籠なもんで、あすこでしばらく暇でもつぶすとするぜ。シンプソンとでも名乗ってよ。どうだ、結構おとなしげな名だろう。たまには、肉屋（ブチャー）、顔を覗かせてくれよな？』『はむ』とわたしは返します。『んりゃどうしたって』――とは、ほら、冗談抜きで。というのも、もちろん、奴を引っ捕らえなければならないもので！　わたしは明くる日、仲間の警官と一緒に『月の入り亭』へ行き、酒場（バー）でシンプソンはいるかとたずねました。連中は上階（うえ）の奴の部屋を指差しました。二人して階段を昇っていると、奴が手摺越しに身を乗り出しながら声を上げます。『おい、肉屋（ブチャー）！　きさまか？』『ああ、オレだ。景気はどうで？』『すこぶるつきだぜ』と奴は返します。『けど一緒のそいつは何者だ？』『ほんの馴染みの若造でよ』とわたしです。『なら、上がって来な』と奴です。『肉屋（ブチャー）の馴染みならどいつだろうと、肉屋（ブチャー）と変わらんようこそってなもんだ！』という訳で、わたしは馴染みをヤツに引き合わせ、我々は二人して奴を引っ捕らえました。

「恐らく思いも寄られないでしょう、御主人、連中が初めてわたしは詰まる所肉屋（ブチャー）ではなかったと知った時の光景と来たら！　わたしは最初の尋問では、差戻し拘留があったせいで、出頭しませんでした。が、二度目には出頭しました。そしてわたしが上から下まで警官の制服に身を固めて証人席に立ち、一味がどんな具合にまんまとハメられたか見て取るや、被告人席の奴らからは事実、恐怖と狼狽の呻き声が上がりました！

「中央刑事裁判所で審理が行なわれると、クラークソン弁護士は被告側についていましたが、こと肉屋に関しては事態がさっぱり呑み込めませんでした。ずっと、そいつは本物の肉屋だと思い込んでいたものですから。訴追側弁護士が『では皆さんの前に、皆さん、警官を』――とはつまりわたしのことですが――『召喚しましょう』と言うと、クラークソン弁護士は言います。『どうして警官だね？　どうしてこれ以上警官だね？　警察に用はない。警察はもうたくさんだ。用があるのは肉屋だ！』しかしながら、御主人、ヤツは一石二鳥で肉屋でもあれば警官でもありました。裁判にかけられた七人の被告の内、五人は有罪を宣告され、中には島流しになった者もいます。ウェスト・エンドの立派な商会は禁錮刑に処せられました。というのが『肉屋の物語』です！」

　かくて物語が締め括られるや、ウスノロ肉屋はまたもやツルリとした御尊顔の巡査部長へと逆戻りした。とは言え、くだんの身を窶せし大蛇たりし時分、連中が御当人にロンドンを案内すべくあちこち連れ回ったことではそれは途轍もなく尻擽くなったものだから、物語のくだんの落ちに立ち返っては、如何せん、肉屋の忍び笑いを洩らしながらそっと繰り返さずにはいられなかった。『おお、んりゃまた！』とわたしです。『ここが奴らの縛り首にされる所で？　おお、何てこったい！』『あすこが！』と連中です。『何てマヌケな奴だぜ、こいつは！』」

　今や日もとっぷりと暮れ、一行は散漫にやりすぎているのではなかろうかという点にかけては実に慎ましやかだったので、そろそろ暇を乞おうかという気配が漂った。するとドーントン巡査部長が、一見兵士風の男が、にこやかな笑みを浮かべて辺りを見回しながら言った。

「お開きにする前に、編集長、ひょっとして絨毯地旅行鞄の冒険譚を耳になさったら面白がって頂けるかもしれません。長くはかかりませんし、多分、お気に召そうかと」

　我々は絨毯地旅行鞄をさながらシェパードソン氏が「月の入り亭」にて偽の肉屋を懇ろに迎えたに劣らず懇ろに迎えた。ドーントン巡査部長はかく切り出した。

「一八四七年のこと、自分はとある、メシェックという名のユダヤ人を追ってチャタムへ派遣されました。ホシは為替手形窃盗のスジで荒稼ぎをするに、値引きの口実の下家柄のいい（主として軍隊の）若者から引受け済み手形を預かり、そいつらごと行方を晦ましていました。

「メシェックは、わたしがチャタムに着いた時には高飛びした後でした。奴がらみで仕込めたのはただ、多分ロンドンに逃げ、肌身離さず——絨毯地旅行鞄（カーペット・バッグ）を——引っ提げているはずだということくらいのものでした。

「わたしはブラックウォールから最終列車で街へ引き返し、ユダヤ人の——絨毯地旅行鞄（カーペット・バッグ）を——引っ提げた乗客がらみでネ掘りハ掘り探りを入れました。

「最終列車ですから、事務所は閉（た）て切られ、赤帽が二、三人しか残っていません。当時一大海軍兵站部への本街道だったブラックウォール鉄道で絨毯地旅行鞄（カーペット・バッグ）を引っ提げたユダヤ人を探すのは、干し草山の中の針を探すよりまだイタダけません。ですが、たまたま赤帽の一人がとあるユダヤ人のために、とある居酒屋まで、とある——絨毯地旅行鞄（カーペット・バッグ）を——担いで行ったとのことでした。

「わたしは居酒屋へ向かいましたが、ユダヤ人は荷物をそこへものの二、三時間預けたきりで、辻の一頭立てで受け取りに来ると、持ち去ってしまっていました。わたしは居酒屋で、そして赤帽に、胡散臭がられない程度に問いを吹っかけ、次のような人相書きを——絨毯地旅行鞄（カーペット・バッグ）の——手に入れました。

「そいつは片側に梳毛糸で、台座に乗った緑のオウムの縫い取りのある鞄でした。台座に乗った緑のオウム、というのが唯一、今のその——絨毯地旅行鞄（カーペット・バッグ）を——突き止める手がかりでした。

「わたしはこの、台座に乗った緑のオウムを手がかりに、メシェックの後をチェルテナムへ、バーミンガムへ、リヴァプールへ、大西洋へと追いました。リヴァプールで、奴はわたしの一枚も二枚も上手に出ました。合衆国へ高飛びしたというなら。わたしはメシェックにはそっくり、ついでに奴の——絨毯地旅行鞄（カーペット・バッグ）にも——サジを投げました。

「何か月も経ってから——ほとんど一年かそこら——アイルランドのさる銀行から七千ポンド盗まれ、盗んだ男の名はドクター・ダンディと言い、男はアメリカに逃げ延びたようでした。というのもあちらから盗まれた紙幣が祖国へ戻って来ていたからです。どうやら男はニュー・ジャージーで農場を購入したようでした。適切に事を処理すれば、今のその地所は犯人が詐取した当事者達のために差し押さえの上、売却することが可能です。わたしはそのため、アメリカへやられました。

「わたしはボストンに上陸し、そこからニューヨークへ向かいました。男は最近ニューヨーク紙幣をニュージャージー紙幣に替え、ニューブランズウィック（ニュージャージー州中部の都市）で現ナマを銀行に預けていました。このドクター・ダンディを捕まえるためにはニューヨーク州へ誘き寄せなければなりません。少なからず手管と労力を要す仕事ではありましたが。ある時、男は約束にまんまと乗せられてくれぬかと思えば、またある時は、わたしの弄した口実の下、わたしとニューヨーク市警の警官と会おうと約束しておきながら、子供達が麻疹にかかってしまったりしました。がとうとう、汽船でやって来たので、わたしは男を逮捕し、『墓穴』という名のニューヨーク市刑務所にぶち込みました。その刑務所のことは、恐らく御存じかと?」

編集主幹は然りと返した。*

「わたしは男の逮捕の翌朝、治安判事の前における尋問に立ち会うために『墓穴』へ行きました。ちょうど治安判事の個室を通り抜けかけていると、一応その場に注意を払っておこうと、我々の誰しもよくやるように、たまたま辺りを見回したその拍子、片隅に据えられた——絨毯地旅行鞄が——目に留まりました。

「ばかりか今のその絨毯地旅行鞄に縫い取られているのは、何と、台座に乗った等身大の緑のオウムではありませんか!

『あの、台座に乗った緑のオウムのあしらわれた絨毯地旅行鞄は』とわたしは言いました。『この世だろうとあの世だろうと、正真正銘、エアロン・メシェックというイギリス国籍のユダヤ人の身上に違いありません!』

「誓って申し上げますが、ニューヨーク市警の巡査は皆、腰を抜かさんばかりにびっくりしました。

『どうしてそんなことまで御存じなのです?』と彼らはたずねました。

『今ではあの緑のオウムのことは嫌というほど存じ上げていようでは』とわたしは返します。『あの鳥には生まれてこの方なかったほど祖国で散々引き回された覚えがあるからには!』」

「して鞄は事実メシェックの鞄だったのでしょうか?」と我々は丁重にたずねた。

「事実、そいつだったのかと、編集長? もちろん、でしたとも! 奴は正しくその同じ刻限に、正しくその同じ『墓穴』に、別の罪状でぶち込まれていました。ばかりか! 奴をその廉で引っ捕らえようと空しく骨を折らされた捏造に纏わる覚書きまでちょうどその時、正しくその同じ——絨毯地旅行鞄の中に——仕舞われていると発覚したとは!」

奇しき偶然の一致とは然なるものにして、常に研ぎ澄まされ、実践によって磨かれる、常に様々な状況に順応し、倒錯した創意工夫の編み出し得るありとあらゆる新たな手管に立ち向かう、当該公務の肝要な社会的部門の特筆すべき格別な伎倆とは然なるものだから！　叡智を極限まで張り詰め、いつ果てるともなく見張りに立ち、これら警官は日々、年々歳々祖国中の無法破りの破落戸の結託した想像力の編み出し得る瞞着と狡猾の新たな手口という手口に強硬に抗い、次から次へと世に出るかようの創意という創意に足並みを揃えねばならぬ。法廷において、我々が今しがた審らかにしたような——事件の状況によってはしばしば摩訶不思議にして伝奇的なそれらにも高められる——幾千もの逸話の素材は無味乾燥にもお定まりの表現に凝縮される。「自分は手に入れた情報の結果、是々を致しました」嫌疑は入念な推理と演繹によって正しい犯人にかけられ、犯人はどこへ姿を晦ましていようと、露見を避けるべく何をしていようと、逮捕されて然るべきであった。して事実、逮捕され、そいつはそら、被告人席にいる。それでたくさんだ。自分、巡査は手に入れた情報から、そう致したまでのことで、こうした事例の習慣に則り、それ以上は申しません。

　これら、生身の駒でもって戦われるチェスのゲームはわずかな観客の前でしか競われず、記録はどこにも留められぬ。ゲームの興味が競い手を支える。その結果さえ得られれば、司法には十分である。大いなることを些細なことと引き比べるに、仮にルベリエかアダムズ*が自ら得た情報から大衆に、自分は新たな惑星を発見したと告げたとしよう。或いはコロンブスが自ら得た情報から当時の大衆に、自分は新たな大陸を発見したと告げたとしよう。然に刑事は大衆に自分は新たな詐欺かお尋ね者の犯人を発見したと告げる。が過程は知られざるままだ。

　かくて、真夜中に我々の興味津々にして風変わりな集いの議事には幕が下りた。がもう一つ他の状況が、我らが刑事訪問客の立ち去った後（のち）、その夕べの掉尾（ちょうび）を飾ることと相成った。連中の内最も抜け目なく、紳士風巾着切り（スウェル・モブ）に最も通じた巡査が、帰宅中、巾着を切られたとは！

第十六章「刑事」秘話三篇

第一篇　手袋

「なかなか奇妙な話なもので、編集長」と刑事警察のウィールド警部補は――ドーントン巡査部長とミス巡査部長共々、とある七月の夕べ、またもや黄昏時に我々を訪うと、切り出した。「或いはお耳に入れておくのも悪くはなかろうかと思いまして。

「事件は数年前、ウォータールー・ロードであったイライザ・グリムウッドという若い女の殺人に係る一件です*。女はすこぶるべっぴんの所へもって、高飛車な立居振舞いをしていたもので、巷では伯爵夫人と呼ばれていました。私自身、哀れ、伯爵夫人が（顔を合わせれば声をかけるほどの仲でしたから）寝室の床の上に、喉を掻っ裂かれて横たわっているのを目にした時は、さすがに次から次へと、気が滅入るような思いが脳裏を過ったものです。

「がそれはさておき。私は殺人の翌朝、屋敷へ出向き、死体を調べ、ざっと、現場の寝室の様子を確認しました。ベッドの枕を片手で引っくり返すと、下に手袋が一足ありました。実に汚い、殿方の礼装用手袋で、裏打ちの内側にはＴＲのイニシャルと十字架の縫い取りがありました。

「はむ、編集長、私は手袋を持ち帰り、一件の審理を担当している、ユニオン・ホールの治安判事に見せました。すると判事の言うには『ウィールド、この手袋は必ずや重要な手がかりになるだろう。是非とも、ウィールド、手袋の持ち主を突き止めてくれ』

「私も、もちろん、同感でしたから、早速本腰を入れにかかりました。手袋を具に調べた所、どうやら磨きに出されたことがあるようでした。汚れを落とした手袋に大なり小なりつきものの、ほら、硫黄とロジンの臭いが染みついていたからです。早速そのスジでメシを食っている、ケニントン*の馴染みの所へ持って行き、単刀直入、たずねます。『さあ、どう思う？　こいつら磨きに出されたことがあると？』『確かに、磨きに出されたことがある』と馴染みです。『誰が磨いたか察しはつくか？』と私です。『いや、全く』と馴染みです。『どいつが磨かなかったかは断言できる。そいつはこのわたしだとな。だが、いいか、ウィールド、ロンドンには今のところズブの手袋磨きはせいぜい八、九人で』――なるほど、当時はせいぜいそれくらいのものだったようです――『連中の住所なら教えてやれそうだ。どいつが磨いたか、その手で調べがつくかもしらん』という訳で、馴染みは住所を渡してくれ、私はここへ行き、あそこへ行き、この男を訪ね、あの男を訪ねました。が連中は皆口々に手袋には磨きに出された跡があると言いましたが、今のその手袋を磨いた男であれ、女であれ、子供であれ、見つけ出すことは叶いませんでした。

「この男は今留守をしているやら、あの男は午後にならないと戻らないやら、何やかやで、聞き込みには三日かかりました。三日目の夕刻、川のサリー側からウォータールー橋をこちらへ渡って帰る途中ふと、ヘトヘトに疲れ切っている所へもって、ずい分がっかりしたりヤキモキしていたものですから、我と我が身にカツを入れてやるのにライシアム劇場（第六章注（兲）参照）で一シリング分の気散じに現を抜かすのも悪くはなかろうと思い当たりました。という訳で半額で平土間に入り、実に物静かで慎ましやかな手合いの若者の隣に腰を下ろしました。私が新参者なのを見て取ると（とはむしろ、願ったり叶ったり）、若者は舞台の上の役者の名を教えてくれ、我々はいつしかあれこれ話に花を咲かせ始めました。幕が下り、一緒に出て来ながら、私は言いました。『ずい分楽しく愉快にやらせてもらった礼に、一杯付き合ってくれんかね？』『おや、それは御親切に』と若者です。『喜んでお供させて頂きましょう』という訳で、我々は劇場の側（そば）の居酒屋へ入り、二階の静かな部屋に腰を下ろすと、それぞれ一パイントのハーフ・アンド・ハーフとパイプを注文しました。

「はむ、編集長、我々はプカプカ、パイプを吹かしては、ハーフ・アンド・ハーフをすすり、実に和気藹々と四方山話に花を咲かせながら座っていました。すると若者が言います。『申し訳ありませんが、あんまりゆっくりお付き合いする訳には行きません』と若者です。『そろそろ帰らなくてはならないもので。徹夜で働かなきゃならないんです』『徹夜で働かなければ？』と私です。『まさかパン屋じゃないだろうが？』『ええ』と若者は声を立てて笑いながら返します。『パン屋ではありません』『まさかな』と私です。『どう見てもパン屋のツラは下げていない』『ええ』と若者です。『実は手袋磨きをやっています』

「今のその文言が若者の唇を突いて出るのを耳にした時ほど生まれてこの方びっくりしたためしはありません。『手袋磨きをしてるだって？』と私はたずねます。『ええ』と若者です。『手袋磨きをやってます』『だったら、ひょっとして』

と私はポケットから手袋を取り出しながら言います。『この手袋を磨いた人間が誰か分かるかもしれんと？　他愛もない話だが』と私です。『先日、ざっくばらんでのん気な――全くもって一緒くたの――大っぴらな仲間と、あっちのラムベスでディナーを食べた時のこと、ある殿方が、そいつが、この手袋を忘れて行ってしまったのさ！　別の殿方と私は、ほら、我々は、私が持ち主を突き止められるかどうかで一ソヴリン賭けた。私はあちこち探し回る上で早、七シリングも身銭を切っているが、君が何か手を貸してくれるというなら、喜んでもう七シリング叩こう。内側に、ほら、ＴＲと十字架の縫い取りがあるだろう』『ええ、確かに』と若者です。『っていうか、この手袋だったら、よく知っています！　同じ持ち主の手袋を何ダースってことなし見て来ているもので』『まさか？』と私です。『いえ、まさかどころか』と若者です。『だったら君はこいつを磨いた人間を知っているというのかね？』と私です。『ではないでしょうか』と若者です。『磨いたのは親父です』

「『親父さんはどこにお住まいだね？』と私はたずねます。『すぐそこの角を曲がった先です』と若者です。『ここの、エクセター・ストリートの側(そば)の。親父なら誰の手袋かすぐに教えて差し上げられるでしょう』『だったら、この足で一緒に来てもらえるかね？』と私です。『もちろん』と若者です。『でも、わざわざぼくとは劇場で知り合ったなんて、ほら、おっしゃるまでもありませんよ。何せ親父の気に入らないかもしれないもので』『よし来た！』我々は若者の家(うち)へ行き、行ってみれば白エプロンの老人が二、三人の娘と、皆して正面の茶の間(パーラー)で山のような手袋をせっせとこすっては磨いていました。『おうっ、父さん！』と若者です。『こちらの殿方が、手袋の持ち主のことで賭けをなさってるんだけど、だったら父さんがそいつにケリをつけられるかもしれないって申し上げたんだ』『今晩は、御主人』と私は御老体に言います。『これが息子さんのおっしゃっている手袋です。ＴＲのイニシャルと、ほら、十字架の縫い取りのある』『おお、如何にも』と老人です。『この手袋には少なからず見覚えがあります。何十足となく磨いて参っておるもので。持ち主はチープサイドの大家具商のトリンクル殿です』『手袋は直接トリンクル殿から受け取られたのでしょうか？』と私です。『立ち入ったことをお尋ねするようですが』『いえ』と老人です。『トリンクル殿はいつも手袋をまずもって、向かいの小間物屋のフィッブズ殿の所へ預け、小間物屋がわたしの所へ持って来ます』『多分、お宅は一杯お付き合い頂くのに異存はあられぬと？』と私です。『もちろん！』と老人です。という訳で私は御老体を連れ出し、一杯グラスを傾けながらもう少々、彼と息子と話しをし、そこですこぶる気さくに別れました。

「これは土曜の晩遅くのことでした。月曜の朝早速、私はチープサイドの大家具商トリンクル商店の向かいの小間物屋へ足を運びました。『フィップズ殿は御在宅でしょうか?』『わたしがフィップズです。』『おお! 確か、お宅がこの手袋を磨きに出されたと?』『ええ、向かいのトリンクル若旦那のために。ほら、若旦那なら店にいらっしゃいます!』『おうっ! 店においでのあちらと? 緑の上着の?』『はい、正しく』『はむ、フィップズ殿、お耳に入れるのも憚られますが、実の所、私は刑事警察のウィールド警部補と申し、この手袋を先日、ウォータールー・ロードで殺害された若い娘の枕の下で発見しました』『こ、これはこれは!』と小間物屋です。『あちらは実に立派な青年で、もしも父上がお耳になさったら、勘当されかねません!』『それは誠にお気の毒ですが』と私です。『あちらを逮捕しなければなりません』『こ、これはこれは!』とフィップズ氏はまたもや声を上げます。『何か打つ手はないのでしょうか?』『何一つ』と私です。『あちらをうちへお呼びしても構わないでしょうか?』と小間物屋です。『父上が現場を御覧にならずに済むように?』『それは構いませんが』と私です。『残念ながら、フィップズ殿、一言たり言葉を交わして頂いては困ります。かようの気配が見えれば、すぐ様割って入らねばなりません。こちらへ手招きして頂けませんかな?』フィップズ氏は戸口へ向かい、手招きしました。若者は直ちに道の向こうからやって来ました。小粋な、活きのいい青年でした。

「『お早うございます』と私です。『お早うござます』と若者は返します。『お尋ねして差し支えなければ』と私です。『グリムウッドという名の方を御存じありませんか?』『グリムウッド! グリムウッド!』と若者です。『いえ!』『ウォータールー・ロードは御存じと?』『おお! もちろんウォータールー・ロードは知っています!』『あそこで若い娘が殺害された噂は耳にしておいでと?』『ええ、新聞で読みました。実に痛ましい限りです』『これはお宅の手袋ですが、私は翌朝、娘の枕の下で発見しました!』

「若者はひどく取り乱しました、編集長、全くもって! 『ウィールド警部補』と若者です。『神かけて、わたしはあちらへは一度も行ったことがありません。娘には生まれてこの方、身に覚えのある限り、一度として会ったことすらありません!』『実に申し訳ありません』と私です。『正直な所、お宅が事実犯人だとは思っていません。が、ユニオン・ホールまで辻の貸馬車で御一緒願わねばなりません。しかしながら、事件が事件ですから、今の所、ともかく治安刑事に内々に事情を聞いて頂くことに致しましょう』

「内々に取り調べが行なわれ、そこで明らかになったことに、この若者は殺されたイライザ・グリムウッドの従兄と知り合いで、殺人のあった一日か二日前にこの従兄に会いに行った際、テーブルの上に手袋を置き忘れたとのことでした。その後ほどなく、誰が入って来るでしょう、イライザ・グリムウッド当人でなくて！　『これはどなたの手袋？』とイライザは手袋を手に取りながらたずねます。『トリンクル君のさ』と従兄は返します。『おうっ！』と彼女です。『とっても汚れてるから、どうせその方には役立たずね。うちの小間使いが暖炉を磨くのに持って帰ってやりましょう』そして手袋をポケットに突っ込みました。小間使いは暖炉を磨くのに手袋を使い、多分、寝室の炉造りの上か、タンスの上か、どこかに置き忘れ、女主人（ミストレス）が部屋はきちんと片づいているか確かめようと辺りを見回した際に手袋に気づき、枕の下に突っ込み、そこを私が発見したという訳です。

「というだけの話ではありますが、編集長」

第二篇　手練れの一触れ

「未だかつてお目にかかったためしのないほど物の見事な手際の一つは、恐らく」とウィールド警部補はくだんの形容辞にさながら津々たる興味というよりむしろ巧妙な手腕か創意工夫の才を期待せよとばかり、力コブを入れながら言った。「ウィッチェム巡査部長のそれだったでしょうな。あれは全くもって素晴らしい思いつきでした！

「ウィッチェムと私はあるダービー競馬日にエプソンまで行き、鉄道駅で紳士風巾着切り（スウェル・モブ）を待ち受けていました。先達て、この種の事例について話をした際にも申し上げた通り、我々は競馬や、農業展覧会や、大学総長宣誓就任式や、ジェニー・リンド*や、ともかくその手の催しのある際には、鉄道駅で待ち受けることにしています。そして紳士風巾着切り（スウェル・モブ）がやって来ると、次の列車でまたもやお引き取り願うという訳です。ところがこの、目下お話ししているダービーの折、紳士風巾着切り（スウェル・モブ）の中にはそれはまんまと我々を出し抜くに、一頭立ての幌付きを借り受け、ロンドンからホワイトチャペル伝（づて）、何マイルも遠回りをして出立し、真反対の方角からエプソンに乗り込み、我々が鉄道駅で待ちぼうけを食っている片や、ちゃっかり、競馬場のあちこちで精を出す奴らもいました。そいつは、しかしながら、これからお話ししようとしている一件の要点ではありません。

「ウィッチェムと私は、ですから、鉄道駅で待ち受けていました。するとそこへ名をタットという、いつぞやは居酒屋でメシを食っていた、当人なりズブの素人探偵の、皆から一目も二目も置かれている御仁がやって来ます。『おや、チャーリー・ウィールド』と御仁です。『こんな所で何をしている？　昔馴染みをどいつか見張っているとでも？』『ああ、昔ながらの手口で、タット殿』『二人共』と御仁です。『こっちへ来て、シェリーでも一杯引っかけんか』『生憎、次の列車が到着するまで』と私です。『この場を離れる訳には参りませんが、その後なら、喜んで』タット氏は待ち、列車が到着し、それからウィッチェムと私は彼と一緒に旅籠へ行きます。タット氏は、その折のために正しく金に糸目をつけずめかし込み、シャツの正面には十五から二〇ポンドはしようかという見事なダイアの飾り物を——全くもって目映いばかりのピンを——留めていました。我々は酒場(バー)でシェリーを呑み、早三、四杯干していたでしょうか、いきなりウィッチェムが叫びます。『気をつけて、ウィールド警部補！　しっかりお立ちを！』と思いきや紳士風巾着切り(スウェル・モブ)が——先ほどから申し上げているやり口でやって来た、四人組のそいつらが——酒場(バー)に駆け込み、あっという間にタット氏のピンがひったくられているでは！　ウィッチェムは、奴は、戸口で彼らに待ったをかけ、私は右へ左へ打ちかかり、タット氏も、さすが負けじとばかり組み打ち、我々はもろとも倒れ込むや、酒場(バー)の床の上で滅多無性に殴り合いました——恐らくかほどに派手な取っ組み合いは御覧になったためしがなかったでしょうな！　しかしながら、我々は連中に飽くまでしがみつき（タット氏は如何なる巡査にも劣らず腕達者でしたから）奴らを皆取り押さえ、署までしょっぴきます。署は競馬場で捕まった連中で一杯で、連中を然るべく監禁しようと思えば並大抵のことではありませんでした。が何とかぶち込み、身体検査をしました。が何一つそれらしきものは見つかりません。しかも連中にはしっかと錠が下ろされているとは。その時までには我々は全くもって汗だくでした！

「私自身、ピンがどこかへ失せたと思えば途方に暮れざるを得ず、連中にそれなり灸を据え果すと、タット氏共々一息吐きながらウィッチェムに言います。『この手ではどのみち、埒は明きそうにないな。というのもクスねたブツはさっぱり見つからず、詰まる所、ほんのブラガドシア*にすぎないもので』『とはどういうことでしょう、ウィールド警部補？』

とウィッチェムは言います。『ほら、ここですよ、ダイアのピンは！』してなるほど、彼の掌にはピンが無事、恙無く、乗っているではありませんか！『ああ、それにしても一体全体』と私とタット氏は唖然としてたずねます。『どうやって手に入れた？』『訳ない話です』とウィッチェムです。『わたしには連中の内どいつがピンを引ったくったか分かっていたので、我々が皆一緒くたになって床の上で殴り合っている時にそっとそいつの手の甲に触れました――とは奴のグルがよくやるように――すると奴はてっきり相方なものと思い込み、ピンをすんなり寄越したという訳です！』とは実にお見事ではありませんかな、実にお－見－事－では！

「そいつですら一件のとびきりの落ちではありません。というのも今のその男はギルドフォード*の四季裁判所で審理されたからです。編集長も四季裁判所が如何様なものかは御存じでしょうが、編集長。はむ、例のノロマな判事共が奴にどんな判決を下してやればいいか確かめようと国会判定法を調べていると、奴め、何と連中の目の前で被告人席からトンヅラすらではありませんか！　奴はその時、その場で被告人席から飛び出し、川を泳いで渡り、水気を切らねばというので木の上に登りました。して晴れて木の上でお縄となり――どこその婆さんが奴が登るのを見ていたもので――ウィッチェムの手練れの一触れで、挙句、島流しの目に会ったという訳です！」

第三篇　ソファー

「若者は時に、自ら身の破滅を招くばかりか、馴染みの心まで張り裂けさせるようなどんな真似をしでかすものか」とドーントン巡査部長は言った。「驚くばかりです！　聖ブランク病院でいつぞやこの種の一件を手がけたことがあります。実に痛ましいケリのついた実に痛ましい一件でしたが！

「聖ブランク病院の秘書と、住み込み外科医と、会計係がスコットランド・ヤードまでやって来て、医学生の持ち物が頻繁に盗まれると訴えました。医学生は病院で大外套を掛ける際、大外套のポケットに何か入れておくと、ほとんど必ずや盗まれるというのです。様々な類の所持品が絶えず盗まれるからには、三人は当然のことながら、気が気ではなく、病院のためにも一刻も早く泥棒ないし一味を逮捕して欲しいとのことでした。一件はわたしに任され、よってわたしは病院へ出向きました。

「『さて、皆さん』とわたしは四人で膝を突き合わせ果すと、言いました。『どうやら医学生の持ち物は決まってとある部屋から盗まれるようです』

「ええ、と彼らは返しました。確かに。

『差し支えなければ』とわたしは言いました。その部屋を見せて頂けないでしょうか』

「そこは階下の、そこそこ大きな剥き出しの部屋で、テーブルと長椅子が二、三脚設えられ、周囲には帽子と外套用の木釘が一並び打ってありました。

『次に、皆さん』とわたしはたずねました。『誰か怪しい人物がいるのでしょうか?』

「ええ、と彼らは答えました。怪しい人物がいます。誠に遺憾ながら、赤帽の一人が怪しいのではないかと思っています。

『ではその男を指差して頂き』とわたしは言いました。『しばらく様子を見させて下さい』

「男は指差され、わたしはしばらく男の素行を追い、それから病院に戻ると言いました。『さて、皆さん、犯人は赤帽ではありません。赤帽は、当人自身にとって生憎、少々酒に目がないようです。が、ただそれだけのことです。わたしの睨む所、盗みを働いているのは医学生の一人ではないでしょうか。もしもあの、木釘のある部屋にソファーを持ち込んで頂けたら――押入れが全くないもので――犯人を突き止められるかもしれません。ソファーに、申し訳ありませんが、チンツかその手の布を被せて下さい。そうすれば犯人に気づかれないまま、その下で腹這いになっていられるでしょう』

「ソファーが仕度され、翌日十一時、わたしは医学生がまだ来ない内に三人の殿方共々そこへ行きました。ソファーの下に潜ってみようというので。それは、蓋を開けてみると例の、底に大梁の渡してある古式床しきソファーの一つでした。お蔭でわたしの背骨はあっという間に折れていたでしょう、たといともかくその下に潜れていたとしても。大梁をそっくり、時間に間に合うよう取り払おうと思えば並大抵のことではありませんでした。が、わたしは捩り鉢巻きでかかり、彼らも捩り鉢巻きでかかり、我々はとうとう大梁を取り外し、わたしが潜り込めるだけの隙間を作りました。わたしはソファーの下に潜り、腹這いになり、ナイフを取り出し、チンツに便利な覗き穴をあけました。そこでわたしと三人との間で、医学生が全員階上の共同病室に上がったら、三人の内一人が入って来て、木釘の一本に大外套を掛けようということになりました。そしてその大外套のポケットの内一つに印をつけた金を入れた札入れを突っ込んでおこうと。

「そこに一時身を潜めていると、医学生が一人ずつ、二人ずつ、三人ずつと部屋に立ち寄り、ソファーの下に誰かいる

など思いも寄らず、他愛ない話に花を咲かせ――それから階上へ上がって行き始めました。とうとう、医学生が一人、入って来ましたが、学生は部屋の中に自分独りきりになるまで残っていました。年の頃二十一、二の、どちらかと言えば背の高い、ハンサムな若者で、薄茶色の頰髭を蓄えていました。若者は格別な帽子釘の所へ向かい、そこに掛かっている立派な帽子を外し、試しに被り、代わりに自分の帽子を掛け、今のその帽子をわたしのほぼ真向かいの別の木釘に掛けました。わたしはその時確信しました。若者こそ犯人で、もうじきまた戻って来るだろうと。

「医学生が全員階上へ上がってしまうと、殿方が大外套を手に入って来ました。わたしは大外套がよく見えるよう、どこに掛けたら好いか指示し、殿方は立ち去り、わたしは二時間かそこら、ソファーの下で腹這いのまま、待ち続けました。

「とうとう、さっきの若者が下りて来ました。若者は口笛を吹きながら部屋を過り――つと足を止めては聞き耳を立て――またもや歩いては口笛を吹き――はたまたつと足を止めては聞き耳を立て――それから木釘をグルリと規則正しく回りながら、外套という外套のポケットに手を突っ込み始めました。例の大外套の所まで来た所で、札入れに手が触れると、若者はそれは必死で、それは急いていたものですから札入れを開ける際に革紐を切ってしまいました。若者がポケットに金を突っ込み始めるにつれ、わたしはソファーの下から這いずり出し、そこで若者の目と目が合いました。

「わたしの顔は、御覧の通り、今は日に焼けていますが、当時はあまり健康が優れなかったものですから蒼白く、馬ほどにも長く見えました。ばかりか、ソファーの下は戸口からやたら隙間風が吹いていたものですから、頭にハンカチを巻いていました。という訳で引っくるめれば、はてさて、どんな風に映ったものやら。若者はわたしが這いずり出すのを目にすると真っ蒼に――文字通り真っ蒼に――なりました。それも当然ではありませんか。

『わたしは刑事警察の巡査で』とわたしは言いました。『君が今朝、初めて入って来た時からずっとここに身を潜めていた。君がそんな真似をするとは、君自身のためにも馴染みのためにも残念だが、この件には疑いの余地がない。手に札入れを持っている上、金も身につけている。君をこの場で逮捕する！』

「若者のために如何なる申し立てをすることも叶わず、審理の際に彼は自ら罪を認めました。どうやって、いつ、そんな手立てを手に入れたかは知りませんが、判決を待つ間に、彼はニューゲイトで服毒自殺しました」

我々はこの巡査に、上述の逸話が締め括られるに及び、たずねた。ソファーの下に、今のその窮屈な姿勢で身を潜めている際、時間は長く、それとも短く、感じられましたか？

「ああ、ほら、編集長」と彼は答えました。「まずもって若者が入って来ていなければ、そしてこのわたしも若者こそ犯人で、必ずや戻って来るだろうと確信していなければ、時間は長く感じられたでしょう。が事情はその逆で、犯人に疑いの余地はありませんでしたから、時間はあっという間に過ぎました」

第十七章　フィールド警部補との夜巡り

今何時だ？　セント・ジャイルズの時計が折しも九時を打っている。空はどんよりとしてジメつき、街灯の長い筋はさながら涙越しに眺めてでもいるかのように茫と霞んでいる。湿気た風が吹き、パイ売りが小さな竈の扉を開けるや、奴の火を掻き出し、火の粉の渦を掻っさらって行く。

セント・ジャイルズの時計が九時を打つ。我々は時間かっきりに来ている。フィールド警部補*はどこだ？　ロンドン警視庁警視監は早、油布外套にすっぽり身を包んで現場に到着し、セント・ジャイルズの尖塔の蔭に立っている。刑事巡査部長も、万国大博覧会で荷を解いている外国人に終日フランス語で話しかけてうんざり来てはいるものの、早、到着している。フィールド警部補はどこだ？

フィールド警部補は今宵、大英博物館の守護天使だ。炯眼をひたと、人気(ひとけ)ない陳列室の隅という隅に凝らし果して初めて、「万事異常なし」と報告する。エルギンマーブルズ*に眉にツバしてかかり、膝頭に手をあてがったネコ面(づら)のエジプトの巨人に一杯食わされるを潔しとせず、フィールド警部補は賢しらに、注意おさおさ怠りなく、カンテラを手に、壁や天井に化け物じみた影法師を投じながら、広々とした部屋から部屋を見て回る。万が一ミイラが埃っぽい外被の微塵において震えようものなら、フィールド警部補はつぶやこう。「とっとと出て来ないか、トム・グリーン。どうせきさまだろう！」たとい都大路一小さな「陶摸(ゴノフ)」が古代浴槽の底で蹲っていようと、フィールド警部補は恐いもの知らずのジャックが奴の厨の銅釜でワナワナ身震いしながら身を潜めていた際の人食い鬼のそいつよりなおよく利く鼻でヤツを嗅ぎ分けよう。が辺りはシンと静まり返り、フィールド警部補は抜け目なく歩き続ける。表向き、格別何に注意を払っている風もなきまま、ほんのイクチオサウルス*には顔馴染みとして会釈し、恐らくは胸中、ノアの大洪水以前の日々には果たして刑事なるもの如何様に身を処していたものやらと首を捻りながら。

フィールド警部補はこの仕事に手間取ろうか？　或いはもう三十分ほどかかるやもしれぬ。彼は巡査伝(づて)よろしくと、道を過ったセント・ジャイルズ警察署で落ち合うのは如何なりやとたずねて来る。結構。セント・ジャイルズ教会の尖塔の蔭より、そこの炉端に立つ方がまだ増しというもの。

　今晩ここにて何か格別なことは？　さして取り立てて言うほどのことは。我々はめっぽう静かだ。実におとなしい、小さな迷子の少年が、炉端にかけている。チビ助を、今や我々は家に連れて帰ってやるよう巡査に委ねる。というのもチビ助が言うには、もしやニューゲイト・ストリートまで連れて行ってくれたら、どこに住んでいるか教えて上げられるだろうから。独房ではへべれけの女が喚き散らしている。金切(かなき)る余り声は嗄れ、両の足と腕にひたぶる助太刀を仰いでなお、自分はイギリス将校の娘で、ええい、コンチキショー、女王陛下に手紙で訴えてやる！　とほざくのが精一杯。が水を一口含むと、しおらしくなる。別の檻には、物乞いのために乳呑み子を抱えた物静かな女――別の檻には、クレソンの籠を提げた、女の野良着の亭主――別の檻には、巾着切り――別の檻には、祝日だというので外出したはいいが「ほんの一滴しか引っかけてないのに院(ハウス)に何か月ってことなし御厄介になってるもんでモロ頭に来ちまった」腑抜けの、中風病みの、老いぼれ貧民――で今の所は全員。ほどなく、警察署の入口がザワつく。フィールド警部補がお見えです、皆さん！

　フィールド警部補は額の汗を拭いながら入って来る。というのも固よりいかつい恰幅の所へもって、セカセカ、大地の深々とした鉱脈の原鉱や金属から、南太平洋諸島のオウムの神々から、熱帯地方の鳥や甲虫から、ギリシアとローマの芸術から、ニネヴェ（古代アッシリア帝国の首都）の彫刻から、これらの影も形もなかったより古代の世界の名残から、駆けつけたばかりだから。ロジャーズ、仕度はいいか？　ロジャーズは、革紐を掛け、大外套を着込み、腰のど真ん中では不様な一つ目巨人(キュクロープス)よろしき目玉をギョロつかせたなり、用意万端整えている。では先へ立ってくれ、ロジャーズ、「ネズミ城亭」*へ！

　果たしてロンドンに如何ほどいるだろう、もしや我々が目隠しをした上から遠回りにこの、警察署からものの五十歩しか離れていず、セント・ジャイルズ教会から呼べば聞こえる位置にある通りへ連れて来ていたならば、そいつが自分達の日々暮らしている街のさして程遠からぬ端くれだと分かる者が？　果たして如何ほどいるだろう、この一緒くたの胸クソの悪くなりそうな臭いと、これら汚濁の山と、これら血が通っていようといまいと、穢(けが)れた中身がぢくぢくと裏道へ溢れ出ているガタピシの家々の直中にて、自分達は当該空気を吸っているのだと信じる気になる者が？　果たして如何ほどいるだろう、今や我々をひたと取り囲んでいる顔また顔を――というのも我々がここへ姿を見せるや、四方八方からどっとばかり、共通の核へと駆け寄って来たから――むっつり不機嫌な額や、土気色の頬や、猛々しい目や、揉みクシャの髪や、菌に崇られ、ウジに集られた襤褸の山を――ざっと見渡してなお、かく言える繁文縟礼（レッド・テープ）（第二十章注（一八九）参照）が？　「こいつのことはずっと惟みて来た。一件をついぞ打ちやった覚えはない。そいつが明々白々と示された際、厄介払いに怒鳴ったためしも、凍てつかせたためしも、きっちり括って脇へ片づけたためしも、滑（すべ）らかにぷーっ、ぷーっ！　と鼻であしらったためしも」

こいつは、しかしながら、ロジャーズの知りたがっていることではない。ロジャーズの知りたがっているのはただ、きさまらここをどく気が、おい、あるのか、ということだけだ。きさまらとっとと立ち退かんようなら、一人残らずぶち込んでやるもので！　何だと！　きさまそこにいると、ボブ・マイルズ？　まだ懲りてないと、えっ？　もう三か月食らいたいと、えっ？　そちらの旦那から離れろ！　一体何のためにそんなところでコソついてやがる？

「なら、あしが何しでかしてるってんで、ロジャーズのだんな？」とボブ・マイルズはカンテラで出来た光線の端に、絵に画いたようなならず者たりて、姿を見せながら言う。

「もしもヅラからんというなら、嫌というほどとっとと教えてやるが。さあ、とっととヅラからんか？」

お追従めいたつぶやきがヤジ馬から洩れる。「ヅラかるんだぜ、ボブ、ロジャーズのだんなとフィールドのだんながおっしゃってるんだ！　何でとっととヅラからん、お二人のお達しだってのに？」

声の内いっとうしつこいそいつがロジャーズのだんなの耳に懐しく留まる。だんなはすかさずクルリと、声の主の方へカンテラをかざす。

「何だと！　きさまもそこか、クリックだんな？　きさまだってとっととヅラからんか――さあ！」

「んりゃまた何で？」とクリックだんなはドギマギ泡を食わぬでもなく、たずねる。

「さあ、とっととヅラかるんだ、えっ！」とロジャーズのだんなは凄味を利かせて言う。

クリックとマイルズは二人仲良くツベコベ言わずに事実「ヅラ」かる、と言おうかありていに言えば、スゴスゴ立ち去る。

「おい、こっちへ寄れ、お前ら！」とフィールド警部補は後からついて来ている当直の巡査二人に声をかける。「一塊になりましょう、皆さん。こちらへ折れます。頭にお気をつけを！」

セント・ジャイルズ教会の鐘が十時半を打つ。我々は腰を屈め、急な階段伝(づて)仄暗い、むっと息詰まるような地下の窖へと降りて行く。炉がゆらゆら燃えている。長い樅テーブルが一台に、ベンチが数脚ある。窖は客で一杯だが、大方は色取り取りの段階なる泥とふしだらさにまみれた若造だ。中には夕飯を食べている者もある。小娘や女は一人もいない。「ネズミ城亭」へ、殿方の皆さん、ようこそ、してこの札つきの盗人(ぬすっと)の一座へ！

「はむ、きさまら！　景気はどうだ、きさまら？　今日は何をしていた？　きさまらを一目見にお客様がお見えだ！　おや、ビーフステーキが一皿あると、おぬし、ゴ立派な若造の晩メシに！　してステーキを食う口もついていると！　あ、この私ならそんな口がついているとはさぞや鼻高々だろうが！　さあ、とっとと腰を上げてそいつを見せんか、おぬし！　帽子を脱ぐんだ。とびきりイカした小さな一座に、これまたゴ立派な若造と来る！　ではないか、えっ？」

フィールド警部補の話しっぷりはセカついている。フィールド警部補の目は腰の座らぬ目で、然に口を利く間(ま)にも窖の隅を食い入るように覗き込む。フィールド警部補の手はここに屯した連中の半ばの襟首をむんずと捕らまえ、連中の兄弟や、姉妹や、親父や、お袋や、男女を問わぬ馴染みを情容赦なくニュー・サウス・ウェールズへとものの一振りで、追いやった手だ。がそれでいて、フィールド警部補は当該巣窟に、その場の君主(サルタン)たりて立つ。ここなる盗人(ぬすっと)は一人残らず、警部補の前では教師の前の生徒よろしく身を縮こめる。誰も彼もが警部補にじっと目を凝らし、話しかけられれば素直に答え、軽口に声を立てて笑い、何とか取り入ろうとする。この地下倉庫一座だけでも――階上(うえ)の通りから入口をグルリと取り囲み、上り段を目玉でギラつかせている野次馬は言うに及ばず――我々を皆殺しに出来るほど多勢(たぜい)にして、その気も満々だ。が一旦フィールド警部補がここなるとある盗人(ぬすっと)を選り出し、奴を引っ捕らえるムラッ気を起こしてみよ、ポケットからかの幽霊じみた警棒を取り出し、持ち前の事務的な物言いで「おい、観念しろ！」と言ってみよ、さらば「ネズミ城亭」は丸ごと見込まれたように総毛立ち、指一本、警部補がガシャリと手錠をかける間(ま)にも、彼宛動かそうとはすまい！

ウォリック伯爵はどこだ？――ここで、フィールド警部補！　ウォリック伯爵ならここで、フィールド警部補！――おお、そこか、伯爵。前へ出ろ。洗い立てのシャツを着られない胸もあるという訳か、えっ？　帽子くらい脱いだらどうだ、伯爵。もしも私がきさまなら――しかも伯爵でありながら――殿方の御前へ着帽のまま罷り入るとは穴があったら入りたいほどだろうに！――ウォリック伯爵は腹を抱え、脱帽する。一座の者は皆腹を抱える。とある巾着切りは、わけてもゲラゲラ、聞こえよがしなまでに腹を抱える。おお、何たる愉快な気散じか、フィールド警部補が降りておいでになり――しかもどいつをお縄にするでもないとあらば！

　だから、きさまもここと、きさま、炉端に立っているのっぽの、白髪まじりの、兵士風情の、しかつべらしげな奴よ？――へえ、だんな。今晩は、フィールド警部補！――はてと。確かきさま、いつぞやは上つ方の御主人にお仕えしていたのではなかったか？――へえ、フィールド警部補。――で、今は何をしている、つい忘れてしまったが？――はむ、フィールド警部補、なるたけあっちこっちで賃仕事をしてます。体調を崩したせいで勤めは辞めましたが。御一家は今でも親切にして下すってます。ピカデリーのウィックスのだんなも、金に困ったら、そりゃ御親切で。ばかりか、オクスフォード・ストリートのニックスのだんなも。お二人からは時折少々恵んで頂き、どうにかこうにか食いつないでます、フィールド警部補。フィールド警部補の目はさも愉快そうにギョロリと回る。というのもこの男は名にし負う物乞い書簡の差出し人だから。――では、お休み、きさまら！――お休みなさい、フィールド警部補、で、ありがとうございました！

おい、そこをどかんか、どいつもこいつも！　とっとと失せんか、ストーカーの上さん――その手は食わんぞ――お前に用はない！　ギラつき目玉のロジャーズよ、さあ、流れ乞食の下宿屋へ案内しろ！

　性ワルげな顔また顔が、夢さながら、戸口までついて来る。さあ、後ろへ下がらんか、きさまらどいつもこいつも！　後方では、刑事巡査部長がせせこましい通路に強かな右腕を渡したなり、坦々と口笛を吹きながら陣取る。ストーカーの上さん、もしも上さんのツラを二度と拝まして頂こうものなら、ええい――チクショー、あっという間にお縄にしてくれるが！

　セント・ジャイルズ教会の鐘が十一時を打ちながら、我々がそいつを開け、中から迸る疫病催いの人いきれに気圧されて後退る間にも、仄暗い納屋のガタピシの扉から我々の手までブンブンと唸り渡る。ロジャーズ、明かりを持って正面へ立て、一つ覗いてみよう！

　十人、二十人、三十人――誰に数えられたろう！　大方は裸の、男や、女や、子供がチーズに集ったウジ虫よろしく床の上でもぐれ合っている！　おい！　あの向こうの仄暗い隅の！　そこにどいつか寝そべっているか？　ええ、あたいで、だんなさん、アイルランド生まれのあたいで、亭主に先立たれて六人の子持ちの。で、そっちにいるのは？　あしで、だんな、アイルランド生まれのあしで、女房と八人のかわいそうなチビを引っ連れた。で、そこの左にいるのは？　オレで、だんな、アイルランド生まれのオレで、馴染みのアイルランド生まれの小僧二人と一緒の。で、そこの右にいるのは？　あっしで、だんな、んでマーフィーんとこの〆て五人のクソ――ありがてえガキだぜ。してこいつは、今や小生の足許で蜷局を巻いているのは、何だ？　また別のアイルランド生まれのおいらで、とんと剃刀に見限られているが、うっかり寝た子を起こしてしまったらしい――してもう一方の足許には女房が横たわり――フィールド警部補の靴の脇には彼らの上の三人の子供が寝そべり――下の三人は折しも、開けっ広げの扉と壁の間にギュウと押し込められている。だが、何故（なにゆえ）むっつりとした炉火の前のあの小さな筵の上には誰もいない？　そりゃオードノヴァンが、女房と娘と一緒に、ルシファー*を売ってるのからまだけえってないもんで！　いっとう間近い片隅の袋地の切れ端の上にも？　ああ、何てツいてねえったらよ！　何せ例のアイルランド一家と来りゃ今晩は通りでいつまでってことなし物乞いしてるからにゃ！

彼らは今や皆――とは言え子供は除き――目を覚まし、大方はジロリと睨め据えるべく起き上がっている。ロジャーズのだんながどこへギラつき目玉を向けようと、どいつか幽霊じみた人影がむっくり襤褸の墓から、経帷子抜きにてお出ましになる。ここの家主はどいつだ？――てめえで、フィールド警部補！　と、壁にもたれた、肋（あばら）と鞣し革の束が、ボリボリ御尊体を掻きながら返す。――この金を、夜が明けたら、依怙贔屓なしに叩（はた）いて、あいつらみんなにコーヒーをおごってやってくれんか？――へえ、だんな、当たりきで！――おお、あちらはそうして下さいまさあ、だんな、依怙贔屓なしに、そうして下さいまさあ。ウソっぱちのこれきりねえお方なもんで！　と亡霊共が声を上げる。して礼と「お休み」もろとも、またもや墓に潜り込む。

かくて、我々は我らがニュー・オクスフォード・ストリートや、我らが他のニュー・ストリートを縫う。我々が追っ払う惨めな連中が一体どこに群がるものか気にも留めねば、たずねもせぬまま。かようの光景が我々の戸口にて繰り広げられ、エジプトの悪疫がそっくり我が家の然に間際の溝（どぶ）の中にてズタズタのクモの巣の成れの果てで括り上げられていてなお、我々は戦々兢々不法妨害法案と衛生局を絵空事に仕立て上げ、「犯罪」と「不浄」なるオオカミを遠ざけるにケチな教区委員にペコペコ選挙運動風に頭を下げ、繁文縟礼（レッドテープ）を雅やかに弄する気でいるとは！

コーヒー代の噂が早広まっている。中庭には人だかりが出来、ギラつき目玉のロジャーズは他の下宿屋も案内してくれとのせっつきにグルリを取り囲まれる。お次はうちを！　オレんとこを！　あたしんとこを！　ロジャーズは、軍人然とし、依怙地で、頑固で、取り付く島もなく、一言たり答えぬまま、案内の先に立つ。どいつもこいつも勢い、後退る外ない。フィールド警部補が後に続く。刑事巡査部長は腕を柵よろしく小さな通路に渡したなり、行列にケリをつける手ぐすね引いて待っている。彼には難なく後ろが見え、かく淡々と声を上げることにて遙か後方のとある男をオロオロ、オタつかす。「そいつは食えんぞ、マイケル！　とっとと諦めろ！」

表通りで額が寄せ合われた結果、我々は他の下宿屋や、居酒屋や、その数あまたに上る塒や窖へ入って行く。どいつもこいつも悪臭芬々として胸クソの悪くなりそうな。どれ一つとしてアイルランド人のいる所ほど穢らわしく、ゴミゴミした所はないが。とある窖にては、エチオピア人の一行がじき戻って来るはずだが――さっき小耳にはさんだ所じゃオクスフォード・ストリートにいたとかで――だんな方がせっかくお越しのからにゃものの十分で呼んで来やしょう。また別の窖にては、石畳にナポレオン・ボナパルトとタイセイヨウサバ二匹を描き、それから芸術作品を山師に貸しに出す、二、三の玄人絵師の内一人が精を出した後でやれやれとばかり、夜食を食っている。また別の窖にては、上がりのいい厄介ものの既得権がとある一族に百年もの長きにわたって受け継がれ、家主は田舎から己が小ぢんまりとした小さな売春宿へとのん気に馬車で乗り込む。そのいずこでも、フィールド警部補は暖かく迎えられる。贋金作りも贋金遣いも警部補の前ではしょんぼり項垂れ、巾着切りはへいへい言いなりになり、嫋やかな性は（ここにてはさして嫋やかならざるも）にっこり微笑みかける。ほろ酔いの鬼婆共は、フィールド警部補に乾杯すべく、ビールのジョッキか、ジンのパイント壺の真最中にて御当人に待ったをかけ、残りを一気に干してくれとせっつく。とある、羊羹色に剥げ上がった喪服の、二目と見られぬ老婆など警部補にそれは御執心なものだから、警部補と握手をすべく通りを端から端まで突っ切り、途中、泥山に転がり込んでなお、正しく姿形にしてからが泥越し見分けがつかなくなっているというに、相変わらず握手をせがみ続けている。法の力を前にしているとあって、より優れた分別の力を前にしているとあって――というのもそこいらの盗人などこうした男の傍ではほんの阿呆にすぎぬから――自分達の気っ風をとことん掌中に収めた手練れの力を前にしているとあって、「ネズミ城亭」と近隣の要塞の駐屯部隊はいざフィールド警部補に閲兵賜る段には、蓋し、コソついたザマしか晒せぬ。

　セント・ジャイルズ教会の鐘が後三十分で真夜中の由告げ、フィールド警部補は急いでバラのオールド・ミント＊へ向かわねばならぬと告げる。辻の一頭立ての御者はしょぼくれ、己が責めを粛々と意識する。さあ、運賃はいくらだ？——おいや、だんなこそ御存じなんじゃ、フィールド警部補、このあっしにおたずねになって何の足しになるってんで！

　さあ、パーカー、革紐と大外套の出立ちにして、セント・ジャイルズの奥深く置き去りにして来た頼もしきロジャーズの後釜に座るべく、仄暗いバラの門口に約束通りお待ちかねのきさまよ、準備はいいか？　はい、フィールド警部補。してこの手首の仕種一つで、わたしのギョロつき目玉を御覧下さい。

　このせせこましい通りが、編集長、如何わしい下宿屋の犇き合う、オールド・ミントの主だった界隈です。旅人用の寝台を触れ回っている帆布ランプと鎧戸からもお分かりでしょうが！　だが、親愛なるフィールド、ここは昔の面影をほとんど留めぬほどガラリと変わり、七年ほど前に最後に立ち寄った時より遙かに静かで落ち着いているでは？　おお、如何にも！　辣腕刑事、ヘイネス警部補が今では本署の勤務で、連中に目に物見せてやってくれているもので！

　はむ、きさまら！　今晩の景気はどうだ！　ここでカードをやっていると、えっ？　どいつが勝ってる——ああ、フィールド警部補、このあし、薄汚れたウナギ皮そっくりの首巻きの端で霞み目をこすっている、湿気たぺしゃんこの巻き毛の揉み上げの不機嫌そうな御仁は、今んとこ負けてるが、どうやら口からパイプを引っこ抜いて、だんなにゃへいこらやんなきゃなんねえと——お元気そうで何より、フィールド警部補？——ああ、お蔭でな。ところで、副官、階上には誰がいる？　済まんが部屋に案内してくれ！

　何故副官か、フィールド警部補には言えぬ。警部補に分かっているのはただ、寝台と間借り人の世話を焼く男は必ずや然に呼ばれるということくらいのものだ。そう慌てるな、おお、靴墨ビンのロウソクをゆらゆら揺らめかせた副官よ、というのもこいつは泥濘った裏庭で、屋敷の外側の木造りの階段はミシミシ軋む所へもって穴だらけなもので。

　またもや、これらクマネズミの穴かウジ虫の巣よろしく掘り起こされた、とは言え芬々たる悪臭のより鼻を突く窮屈な悍しき部屋では、有象無象の輩がそれぞれ穢らわしい車付き寝台の上なる敷物の下にて蜷局を巻いたなり眠っている。おい、きさまら！　さあ！　顔を見せんか！　水先案内人（パイロット）パーカーはベッドからベッドへ移っては連中の寝ぼけ眼の面（つら）を家畜売りが羊の向きをクルリと変える要領で、我々の方へ向ける。中には悪態と啖呵もろとも目を覚ます者もいる。――何だと！　今口を利いたなどいつだ？　おいや！　もしかどこへ行こうとオレを睨め据えるクソ忌々しいギラつき屋の目玉だってなら、手も足も出やしねえ。そら！　そんなに面（つら）が見たけりゃ起き上がってやるぜ。だんながゴ用なあこのオレかい？――いや、きさまじゃない、もう一度横になれ！――してオレは、惨めったらしい唸り声もろとも横になる。

　移ろう光の筋がどこであれ、しばしひたと止まろうものなら、どいつか眠りこけている男がその先に現われ、しげしげやられるがままになり、フッと暗がりへ失せる。

　連中、さぞや奇妙な夢を見ているんだろうな、副官（デピュティ）。いや、あれで結構ぐっすり寝てやすぜ、と副官（デピュティ）は靴墨ビンからロウソクを引っこ抜き、指で芯を摘み、丁字頭をビンの中へ放り、ビンの口にグイとロウソクを栓よろしく捻じ込みながら返す。ってことしかあしには分かんねえが。薄汚れたシーツというシーツに、副官（デピュティ）、デカデカやられているあれは何だ？　リンネルをチョロまかされちゃたまんねえってんでよ。副官（デピュティ）は空っぽのベッドの敷物を折り返す。いざ御覧じろとばかり。泥棒だ！

　夜分、己（おの）がコソついた人生の銘に包（くる）まれて横たわらねばならぬとは――白昼に己（おのれ）を追いかける叫び声を眠りながらにして胸に掻き抱かねばならぬとは――意識が戻るや否や、そいつにグイと睨め据え、己（おのれ）宛喚き立てられねばならぬとは――そいつを元旦の初客として、ヴァレンタインとして、誕生日の寿として、クリスマスの祝詞として、旧年との訣れとして、受け取らねばならぬとは。泥棒だ！

　して、とどの詰まりは、引っ捕らえられねばならぬと分かっているとは。どうせこの男の精力と炯眼には、この規律正しく手堅い体制には、太刀打ちできぬと観念しているとは！ここにて通りを過り、小さな店と中庭伝（づて）入り、これら込み入った通路や、こっそり抜け出せるよう工夫された、奇術師の箱の蓋よろしくパタパタ内へも外へも開く扉を念入りに調べてみた所で、そいつら何の足しになるというのか？　どいつがコクリと、頷くだけで立ち入り、そいつらの密かな絡繰を我々に当てつけてみせるというのか？　フィールド警部補では。

　おんぼろ「ファーム・ハウス」を忘れるなよ、パーカー！パーカーは、よもやそいつを忘れるような男ではない。我々は今やそちらへ向かう。屋敷はこの界隈の旧荘園領主邸宅（マナー・ハウス）

で、いつぞやは田舎に立っていた。当時は、恐らく、我々の折しも過っている――今やキッチリ閉(た)て切られ、ミントの文学と演劇に纏わるビラのベタベタ貼られた、見る間に朽ち果てている――頭上に迫り出した木造りの家々のガタピシの低い正面から見はるかすに、悍しき通りならざる何かがあったに違いない。この細長い石畳の地所はその昔、小馬場(パドック)、と言おうか庭、と言おうか「ファーム・ハウス」の正面の中庭だった。恐らく、中央には鳩小屋があり、ニワトリがあちこち餌を啄んで回り――当時は、今や剥げっちょろの組み煙突と切妻しかない所に美しいニレの木が聳やぎ――当時は、とうに毛色の異なるミヤマガラスに塒を明け渡したミヤマガラスで喧しかったに違いない。さもありなん、とフィールド警部補は惟みる、皆してくだんの地所の中にあり、屋敷からかなり離れた共同の厨に折れて行きながら。

はむ、兄さん姐さん、みんな景気はどうだ！　ブラッキーはどこだ、この二十五年というもの、病気めかして膚をどす黒く塗ったくったなり、ロンドン橋の近くに立ってやがるが？――あしならここで、フィールド警部補！――調子はどうだ？――バッチシで、だな(サア)！――今晩はバイオリンはやらんのか、ブラッキー？――今晩は、だな(サア)！――ここにて厨の智恵者たる、如才ない、にこやかな若造が口をさしはさむ。奴は今晩はそっちの気(け)はないんで、だんな。オレが説教してやってるもので。あの世へ行く時のことを、ほら、話してやってるのさ。こいつら大方はオレが仕込んでやっててよ、だんな。ここのこの若造も（と、日曜新聞を読んでいる、傍のそいつの髪の毛を撫で下ろしてやりながら）オレの弟子だ。こいつには読み書きを教えてやってるんだが。先行き明るい奴だぜ、こいつはよ、だんな。鍛冶屋でメシ食ってて、こいつは、額に汗して食い扶持稼いでるのさ、だんな。ってなオレも同しだが、だんな、こっちの尼っちょはオレの妹で、フィールドのだんな。こいつもトントン拍子に行ってるぜ。こいつらには散々手え焼かされて来たが、だんな、こうしてみんな腕え上げて、いっちょまえになってるとこ拝まして頂けるってなら骨の折り甲斐もあったってもんだ。ってなありがたいことじゃあ、えっ、だんな？――厨の中央には（一座は皆、当該即興の「おひゃらかし(チャフ)」に陶然となっているが）器量好しの子供を膝に乗せた、若い、控え目な、見るからに気立ての優しそうな娘が座っている。一座の仲間らしいが、然に奇しきまでに似ても似つかぬ。然に顔も声も愛らしく、穏やかで、然に子供が褒めそやされるのを耳にすると誇らしげとあって――まさか生まれてまだ九か月とはお思いにならないでしょうが！　あの娘も、外の連中とどっこいどっこい質(たち)

が悪いのでしょうか？　警部補たる経験はアベコベの確信を提起するどころか、すかさず返して曰く。正しくあいつら一つ穴のムジナでして！

　我々が近づいていると、おんぼろ「ファーム・ハウス」ではピアノの音が聞こえる。が、ひたと止まる。女将が姿を見せる。別に殿方をお連れになっても、フィールド警部補、構やしませんが、もっと早目の頃合いにお願いできませんかね。間借り人の皆さん勝手が悪いって不平タラタラなもんで。フィールド警部補は丁重にしてなだめすかしがちである――相手の女とその性（さが）を重々心得ている。副官（デピュティ）が（この折は小娘だが）チリ一つ落ちていない、ずっしりとしただだっ広いおんぼろ階段伝（づて）、仰山な連中の寝ているこれまた小ざっぱりとした部屋から部屋へ案内する。そこにては、今は昔の彩色鏡板が車付き寝台（トラクル・ベッド）をよそよそしく見守っている。水漆喰の眺めと石鹸の匂いは――我々のこの時までには物心ついた時から御無沙汰してでもいるかのような両の代物は――おんぼろ「ファーム・ハウス」を珍現象たらしめ、とうの昔に置き去りにしたはずの愛らしい娘と乳呑み児たる然に奇しくも場違いな一幅の絵を彷彿とさす――のみならず、依然、どことなく鄙びた風情の漂う近所の僻陬を後にしてからもなお。というのもそこにてはいつぞや、今に昔日同様立っている低い木造りの柱廊の下で名にし負うジャック・シェパード（第七章注（六三）参照）が馳走に舌鼓を打ち賜い、そこにては、今なお、幅広の帽子を被ったチョンガー老兄弟が（ミントにてはとうの昔に、万が一どちらか一方が連れ添えば、そいつは共有資産のこちとらの分け前を没収さる可しとの約言が交わされているとは専らの噂だが）相変わらず旅籠をひっそり経営し、夜な夜な神さびたボトルやグラスに紛れて座ったなり、酒場（バー）でプカプカ、我々が目の当たりにするがままに、紫煙をくゆらせているからだ。

　今何時だ？　サザックの聖ジョージが御当人の鐘を十二度撞いて返す。パーカー、お休み、というのもウィリアムズが早、船乗り共の踊って夜を明かす屋敷を案内すべく、あっちのラトクリフ・ハイウェイ辺りでお待ちかねだから。

　小生はふと、フィールド警部補がどこの生まれか知りたくなる。ラトクリフ・ハイウェイ、と自信をもって答える所ではあったろう、もしや警部補が我々のどこへ行こうと等しくくつろいでいるというのでなければ。彼は夜の川がらみで小生ほど頭を悩まさぬ。彼はたといそいつがそこの、我々の右手をこっそり、黒々として黙々と流れ、水門をどっと突っ切り、杭や支柱や鉄の輪っかをピシャピシャ舐め、こちとらの泥の中に奇妙な物体を隠し、自殺体と不慮の溺死体ごと、真夜中の野辺の送りにしてはやたら速やかに駆け去り、その揺籃から墓場まで然に様々な経験を積もうと、てんでお構いなしだ。川は彼にとっては謎めいた所などまるでない。テムズ警察がないとでも！

　かくて、ウィリアムズが先達を務める。我々は少々手間取る。というのも店の中には既に閉めかけているものもあるから。構うものか。手当たり次第見せてくれ。亭主は皆、フィールド警部補とは顔見知りだ。皆、警部補がどこへ行きたがろうと、すんなり、気さくに通す。然にどこからどこまでくだんの屋敷は一軒残らず彼と我らが地元の案内手（あないて）に開け放たれているとあって、なるほど船乗りは連中なりのやり口で憂さを晴らさせてやらねばならぬとは言え——連中の必ずや、してその筋合いのあろう如く——如何でかようの場所が然まで規律正しく統制が取られ得るものかほとんど解（げ）せぬほどだ。かと言って一座がめっぽう選りすぐりだとか、踊りがめっぽう雅やかだというのではなく——そのミナリズ*の傍なる集会を我々の訪うべく立ち寄ったドイツ人製糖業者のそれほどにも雅やかだというのではなく——ただ、どの店でも周到に秩序が守られ、いざとならば即刻の放逐も辞さぬからというので。懶い手合いにせよ活きのいい手合いにせよ、酩酊の直中においてすら、亭主の鋭い監視の目が光り、懐は戸外より遙かに危険に晒されていない。この手の店は、奇しくも、如何ほど事実、船乗りの中には格別訴えてやらねばならぬ絵画的にして伝奇的な所が多分にあるか示して余りある。歌は一曲残らず（拍子も調子もあったものかは——大方、そのためわざわざ引っ提げられているどデカい銅の巻き物より、歌い手目がけて放られ——御当人、時に頭をかすめる側（そば）からひよいと弾丸よろしく躱している——半ペンスの雹霰の直中にて歌われるが）、おセンチな船乗り歌だ。部屋にはどいつもこいつも海洋のネタが所狭しとあしらわれている。難破、会戦、火の手に巻かれた船、岩だらけの岸辺の灯台を過っている船、木端微塵に吹っ飛んでいる船、海底へ沈みかけた船、浅瀬に乗り上げている船、疾風に晒されながらも大檣でズラリと見張りについた男達、色取り取りの危機に瀕した船員と船、といった面々が椿事の挿絵の主だった連中だ。奇抜なやり口にては、ウロコだらけのイルカに乗ったどデカい少年抜きでは何一つ為され得ぬ。

　今何時だ？　一時過ぎだ。ブラックとグリーンが、ウェントワース・ストリートの神秘のヴェールを剥ぐべくホワイトチャペルで待っている。ウィリアムズよ、どんな親しい友とも訣れの刻（とき）は来る。*さらば（アデュー）！

　ブラックとグリーンは約束の場所で待ち受けていないだろ

うか？　おお、待ち受けているとも！　二人はスルリと、我々が立ち止まるや、暗がりから出て来る。ブラックは坦々と辻の貸馬車の扉を開け、グリーンは坦々と頭の中で御者のメモを取る。グリーンとブラックはさらばパッと、ギラつき目玉を共々開け、我らの行かんとする所へ我らが先に立つ（『マクベス』Ⅱ、1）。

　我々のお目当ての下宿屋は迷路まがいの通りや中庭の中に身を潜め、ぴっちり閉て（た）切られている。我々はドアをノックし、屋敷の不様な正面のススまみれのおんぼろ鎧窓のどいつか明かりは見えぬかと、上方を見上げながら黙々と立ち尽くす。さらば別の巡査がやって来る——多分「盗人一味（スクール）」を見たいのだろうと。刑事巡査部長は片や手摺を乗り越え、門を開け、地下勝手口へ飛び下り、その他チャチな邪魔物を一つならず打っちゃると、コンと、窓にノックをくれる。かくて引き返す。亭主がほどなく副官（デピュティ）を送って来よう。

　副官（デピュティ）がベッドから転（まろ）び出るのが聞こえる。副官（デピュティ）は明かりを灯し、閂を一、二本引き、戸口に現われる。副官（デピュティ）はおよそ洗い立てならざる、ワナついたシャツとズボンと、欠伸面（あくびづら）と、内も外もえらくマゴついた揉みクシャ頭のヤツである。会いたい男がいる。ならこの明かりを持って階上（うえ）へ上がって、何ならそっくり引っ捕らえなすっちゃ、と副官（デピュティ）は、御逸品を明け渡し、十本指をごっそり眠たげに髪の毛の中で捩（よじ）くり上げたなり、厨のベンチにへたり込みながら言う。

　おい、きさまら！　さあ、そら！　ツラを見せろ。結構。きさまじゃない。もうゴソつかんでいい！　かくて迷路よろしき、むっと息詰まるような部屋から部屋へ。どいつもこいつも、さながらヤツを手懐け果し、そいつの檻の中へ入って行く猛獣遣いに対す野獣よろしく言いなりになる。なら、めっからなかったってんで？　と副官（デピュティ）は、我々が階下（した）へ降りると言う。夜っぴて、厨の炉の燻った燃え殻の傍の暗がりで怪しげに不夜（ねず）の番をしている女が言う。ここなあほんの流れ乞食と宿無しで。道の向かいのが陶摸（ゴノフ）さ。これまた夜っぴて、暗がりの中で厨を怪しげに歩き回っている男が、ツベコベ言うなと女にクギを差す。我々は表へ出る。副官（デピュティ）は扉に閂を鎖し、ベッドへ取って返す。

　ブラックとグリーン、下宿屋の亭主で盗品の故買屋バークを知ってるな！——おお、もちろん、フィールド警部補。

——お次はバークの所だ。

　バークは玄関扉の際の、奥まった木造りの檻もどきの中で寝ている。戸口の上り段でバークの副官（デピュティ）と話をつけていると、バークがベッドの中で唸り上げる。我々は中へ入る、バークはベッドから飛び出す。バークは腸の煮えくり返った、紅ら顔のならず者で、血の気の多い喉はグイと、御当人の檻の半扉越しにへっぴり腰ながら挑みかからんばかりに突き出してみれば、固より縛り首にして頂くためにこそこさえられてでもいるかのようだ。バークの会話の節々は由々しき手合いにして――大方は形容詞*である。オレの形容詞ネグラに形容詞お巡りと形容詞他処者に押し入られてたまるか！　この形容詞プラス名詞めが！　ええい、オレのズボンを寄越さねえか、形容詞お巡りなんざ一匹残らず形容詞プラス名詞へ落ちるがいい！　さあ、とっとと、とバークの宣ふに、オレの形容詞ズボンを寄越さねえか！　ヤツらのハラワタに形容詞ナイフを押っ立ててやる。ヤツらの形容詞ど頭あぶん殴ってやる。ヤツらの形容詞名詞なんざ掻っ裂いてやる。とっととオレの形容詞ズボンを寄越さねえか！　とバークの宣はく、ヤツらのどてっ腹に呑み口いつけてやる！

　さあ、バーク、いい加減に止さんか？　ここなる我々はブラックとグリーンと、刑事巡査部長と、フィールド警部補だ。ほら、入らせてもらうぞ。――いや、その手は食わねえ、とバーク。どいつかオレの形容詞ズボンを寄越さねえか！　バークのズボンは見つけるに手間取ると思しい。奴は御逸品を棍棒を呼び立てるヘラクレスよろしく呼び立てる。ええい、オレの形容詞ズボンを寄越さねえか！　とバークの宣はく、ヤツらのどてっ腹に呑み口いつけてやる！

　フィールド警部補はバークが皆のお越しを気に入ろうと入るまいと一つ事だと返す。自分、フィールド警部補は刑事警部補にして、刑事巡査部長は事実刑事巡査部長であり、ブラックとグリーンは制服の警官である。馬鹿な真似は止せ、さもなければ、ほら、イタい目に会うぞ。――へんっ、構うものか、とバークは返す。ええい、とっととオレの形容詞ズボンを寄越さねえか！

　午前二時に、我々はバークの低い厨へと下りて行く、バークには後は勝手に階上にて口から泡を吹き、ブラックとグリーンに坦々と奴の面倒を見さすこととし。バークの厨はそこなるカンテラ明かりの下「社交的懇話会」を催している盗人共でギュウギュウ詰めだ。連中、これまでお目にかかったためしのないほど危なっかしい面々揃いだ。階上なるバークの喚き散らしにハッパをかけられてか、連中の面はむっつり塞ぎ込んでいる。が唯一人として口を利く者はない。我々はまたもや階上へ引き返す。バークは晴れてズボンを手に入れ、昇り階段を締め出すとある扉に背をもたせたなり、廊下で気も狂れんばかりに哮り狂っている。我々は、それ以外の点でも、バークの中に猛々しい気っ風を見て取る。リンネルに「泥棒だ！」の代わり、奴は「バークの身上の盗品！」と刷っている。

　さあ、バーク、上がらせてもらうぞ！――いや、冗談じゃねえ！　警察を通さんというのか、バーク？――ああ、ってこったぜ！　ええい、形容詞（d―d）警察だろうと、形容詞名詞（d―d）だろうと、端（はし）から待ったあかけてやる。もしか厨の形容詞（d―d）きさまら男なら、とっとと階上（うえ）へ上がって、こいつらぶっ殺さねえか！　今のそこの扉あ閉めねえか！　とバークは声を上げる。さらばいきなり、我々は廊下に閉じ込められる。さあ、とっとと上がって、こいつらぶっ殺すんだぜ！　とバークは声を上げ、ひたと聞き耳を立てる。厨では物音一つ聞こえぬ！　さあ、とっとと上がってこいつらぶっ殺すんだぜ！とバークはまたもや声を上げ、ひたと聞き耳を立てる。厨では物音一つ聞こえぬ！　我々六人は夜の黙（しじま）に、ロンドンの最悪の界隈の内の内なる奥まりの場末のバークの下宿屋に閉じ込められている――屋敷は名うての強盗や破落戸で鮨詰めだ――というに誰一人、微動だにせぬ。ああ、バーク。奴らは掟の重みというものを心得ていてな、してフィールド警部補「商会」一行も、嫌というほど。

　我々は虚仮威し屋バークには後は勝手にごゆるりと忿怒とズボンよりもろともお出ましになって頂くこととする。して恐らくはほどなく当該ちっぽけな小競り合いを不都合極まりなくも思い起こして頂くことと。ブラックとグリーンはここにても通常の任務を全うし、しかつべらしげな面（つら）を下げている。

　こと、腐り果てたグレイズ・イン・レーンから食い尽くされた中庭を案内しようと、ホウボン・ヒルでお待ちかねのホワイトはと言えば――何せそこにてはまたぞろ下宿屋が犇き合い、とある行き止まりの小径には、くだんの至芸を子供達に仕込むための「盗人の厨兼道場」があるから――夜は今やいずれがいずれか、朝と折り合わず（『マクベス』Ⅲ、4）然に更け渡っているとあって、そいつらはひっそり静まり返り、鎧戸の割れ目越しに一筋の光とて洩れぬ。ここにもいつの日か曖昧模糊たる「死に神」が訪う如く、睡魔が今や訪う。現し世においてすら、邪な者も時に煩わすを止める（『ヨブ』三：一七）。

第十八章　潮と共に下る

蓋し、暗い夜であった。身を切るように冷たい。東風が侘しく吹き、沼や、野や、沢から――或いは大砂漠と古代エジプトから――棘々しい粒子を引っ連れて来る。ロンドンのテムズ川を舞い来る鋒鋭い蒸気の構成要素にはミイラの塵か、エルサレムの寺院からの乾涸びた微塵か、ラクダの足跡か、ワニの孵化場か、とくり鼻のスフィンクスの御尊顔からの面付きの解れた芥子粒か、ターバンを巻いた商人の隊商からのはぐれ者や迷い子か、ジャングルからの植生か、ヒマラヤからの凍てついた雪が紛れているやもしれぬ。おお！　テムズ川の上は蓋し、蓋し暗く、身を切るように、身を切るように冷たかった。

「がそれでいて」と小生の傍らの大きなピー・コートの内なる声が言った。「さぞや川を数知れず見て来ておいででもあると？」

「確かに」と小生は返した。「改めて思い返せば、少なからず。大はナイアガラから、小はイタリアの渓流に至るまで。連中、国民気質そっくりで――めっぽうおとなしい、と言おうかいきなり突っかかって羽目を外したかと思えば、ほんのまたもや身を縮こめるのが落ちではありますが。モーゼル川に、ライン川に、ローヌ川。セーヌ川に、ソーヌ川。セント・ローレンス川に、ミシシッピ川に、オハイオ川。テーベレ川に、ポー川に、アルノ川。それから――」

ピー・コートがコホンと、もうたくさんとばかり咳払いをしたせいで、小生はそれきり口ごもる。もしや酷たらしい気分にあったならば、うんざりするほど延々と名を挙げ列ねられてはいたろうが。

「して詰まる所」と彼は言った。「こいつはそんなに陰気臭いツラを下げていると？」

「実に由々しい」と小生は返した。「わけても夜は。パリのセーヌ川もかようの刻限ともなれば実に陰気で、恐らくは遙かに多くの犯罪とより大いなる邪悪の光景のはずです。がこの川はそれは広々として大きく、それはどんよりとして静まり返っているものだから、それは大都市の命のど真ん中で正しく死の象徴のように映るものだから――」

くだんのピー・コートはまたもやコホンと咳払いをした。どうやら小生がクダクダしく並べ立てるのが堪忍ならぬと思しい。

我々は四本オールのテムズ警察ガレー船に乗り込み、ヴォクソールから潮と共に下り――サリー岸の角の迫持（アーチ）の下（もと）――サザック橋の黒々とした蔭でオールを休めている。我々は、岸に近いとは言え、生半ならずしっかり持ちこたえねばならぬ。というのも水嵩は増し、潮はめっぽう強かに下っているから。我々は折しも人間育ちのさるミズネズミ共を見張っている所で、黒々とした物蔭にネズミよろしくひっそり身を潜めている。明かりを隠し、途切れがちな会話も耳語でやり交わしながら。頭上では迫持（アーチ）の巨大な鉄の大梁（ガーダー）が茫と霞み、足許ではそのずっしりとした影が川底にまで沈むかのようだ。

我々は三十分ほど前からここに身を潜めている。なるほど、風に背を向けたなり。が風は頑として譲らぬ気か、真っ直ぐ我々を突き抜け、断じてわざわざ迂回しようなどとはせぬ。小生としてはいっそ戦闘を開始すべく焼き討ち船にでも乗り組んでいたろうものを。してその旨ヤンワリ、馴染みのピーに当てこする。

「仰せの通りではありますが」とピーは能う限り辛抱強く答える。「岸沿いを行く機略は我々には通用しません。川泥棒は必ずや船外へ打っちゃりさえすれば、あっという間に盗品をお払い箱に出来ます。奴らを身上ごと引っ捕らえるにはこの辺りに身を潜め、不意を衝く外ありません。万が一姿を見られるか声を聞かれれば、盗品は、そら、海の中です」

ピーの叡智には論駁の余地がないだけに、そこにもう三十分ほど腰を下ろし、風に吹きっさらされる外あるまい。ミズネズミ共はくだんの時間が潰えるや、重罪を犯すまでもなく逃げを決め込むに如くはなかろうと心得たと思しい。よって我々は肩透かしを食ったなり、潮と共に漕ぎ出した。

「あいつら陰険に見えませんかな？」とピーは、小生が肩越しに橋の明かりをちらと振り返り、そこで水面（みなも）に映ったそいつらの長く歪な影を見下ろすのに目を留めるや、たずねた。

「実に」と小生は答えた。「勢い、身の毛もよだつことに、自殺者を思い浮かべてしまいます。あの欄干から一思いに飛び込むに何たる晩でしょう！」

「如何にも。ですが、ウォータールーこそ川に穴をあけるにはお気に入りの橋です」とピーは返した。「ところで――櫂漕ぎ休め、お前ら！――一件がらみでウォータールーに話しかけてみられるのは如何です？」

小生の面（つら）が是非ともウォータールー橋と気さくな二言三言を交わしたきびっくり眼の希望を露にし、そこへもって馴染みのピーはまたとないほど親身な奴だったので、我々は針路を変え、川の埒外へ漕ぎ出し、潮と共に猛スピードで下（くだ）る代わり、またもや岸にひたと沿ったなり、潮に抗い始めた。黒以外、全ての色はこの世から消え失せたかのようだった。大気は黒く、水は黒く、艀と廃船は黒く、木杭は黒く、建物は黒く、影は黒い地（じ）に落ちたより黒々とした染みにすぎなかった。ここかしこ、鉄の篝（かがり）の中の炭火が埠頭でメラメラと燃え盛っているが、そいつもつい今しがたまでは黒く、ほどなくまたもや黒くなろうとは先刻御承知。ゴボゴボという喉の音や溺死を仄めかす不快な奔流や、鉄の鎖の不気味なガチャつきや、耳障りな発動機の陰気臭いガタつきが、我々のオールが水に浸っては櫂受けの中でカタつく音の伴奏を成す。かようの物音ですら、小生にとっては黒々とした音色を帯びる――さながらトランペットが盲目の男には赤く響いた如く。

　手練れの乗組員は潮を物ともせず、我々を雄々しくウォータールー橋まで連れ行き、ここにてピーと小生は船から下りると、黒々とした石の拱門の下を潜り、急な石の上り段を昇った。もう二、三フィートで天辺に着こうかという頃、ピーは小生をウォータールーに（と言おうかくだんの橋の成り代わりたる名にし負う通行料取り立て人に）引き合わす。*ウォータールーはぶ厚いショールに目まですっぽり包（くる）まり、どっさり大外套を着込んだ上から毛皮の縁無し帽を引っ被っている。

　ウォータールーは我々を手篤く迎え、夜がらみでこいつあ「ホネミにコタえるぜ」と宣ふ。彼は元を正せばストランド橋と呼ばれていたが、と御当人の垂れ込むに、事業主方の提案に則り目下の名を頂戴した。というのもその折、国会は凱旋*の栄誉を称えて記念碑を建立すべく三〇万ポンドの支出を決議していたからだ。国会はその意を汲み（とウォータールーは気持ち、世捨て人めいた気味の無きにしも有らず、言った）、金を使わずに済ませた。もちろん最初に渡ったのはウエリントン公爵で、もちろん公爵は御当人の一ペニーを払い、もちろんとあるやんごとない閣下が爾来大切に保管している。取り立て小屋の踏み子と指印は（まやかし御法度のためのとびきり巧妙な仕掛けだが）、当時ドゥルアリ・レーン劇場の小道具係たりしレスブリッジ氏によって考案された。

　お宅らがお知りになりてえな身投げと？　とウォータールーはたずねる。はあっ！　はむ、そいつならマジ、嫌ってほどしこたまお目にかかって来たぜ。待ったあかけたのも一人や二人じゃねえ。ああ、ある日のこと、みすぼらしい形（なり）した女が潜り戸（ハッチ）の間からへえって来るなりピシャリと一ペニー置いてったと思やあ、釣りも受け取らずにそのまんま渡ろうとするじゃねえか！　あしゃこいつあクサいってんで、相方に「門の面倒見てやっとくんな」ってってから、女を追ってすっ飛んでった。女は橋脚と橋脚の間の三番目の台座まで来てて、ちょうど欄干越しに身い投げようとしてる所だった。そこおあしが引き止めて、お巡りに引き渡した。明くる朝署で女の言うにゃあ、金に困ってるとけえもって、亭主が手荒なせいでつい、ってな。

「ありそうなこっちゃねえか」とウォータールーはショールの中にクイと顎を引っ込めながら、ピーと小生に宣った。「そこいら金に困ってる奴なら掃いて捨てるほどいるし――手荒な亭主だってごまんとよ！」

　別の折のこったが、若い娘が真っ昼間の十二時にここお潜（くぐ）って突っ切ってって、あしが追っつかねえ内に欄干に飛び乗って、横方（よこざま）身い投げた。こりゃ大変だってんで、船頭が漕ぎ出して、もっけの幸い、助かった。――服のせいでプカプカ浮かんでよ。

「ここだぜ、今のその娘の飛び込んだな」とウォータールーは言った。「もしか橋の径間（わたりま）の欄干のど真ん中から真っ直ぐ前へ飛び込んだら、めったにゃ土左衛門にゃなれねえで、かわいそうに、図体（ずうてえ）ぶっつぶしちまおう。ってなマジで。橋の控え壁にぶち当たってよ。けど、もしか」とウォータールーは小生の大外套のボタン・ホールに人差し指を突っ込みながら御教示賜った。「もしか径間（わたりま）の脇から飛び込みゃ、だんなあ迫持（アーチ）の下の流れに、モロ、もんどり打とう。要はどんな具えに飛び込むかだ。かわいそうに、ダブリン出のトム・スティールって奴がいたが。奴あ飛び込まなかったんだぜ！　それがまた、からきし飛び込まなかったんだぜ！　んりゃベッタリ水ん中え落っこちたもんで、肋骨（あばら）あへし折って、二日も生き存えてやがった！」

　小生はウォータールーに吹っかけた。御当人の橋の内、この恐るべき腹づもりにとってウケのいい側（がわ）はあるのだろうか？　彼はしばし思案に暮れていたと思うと、返した。ああ、どっちかってえとサリー側かよ。

　イカした身形の男三人がある日のこと、しかつべらしげに、物も言わずにここお潜（くぐ）って、一〇ヤードばかし肩あ並べて歩き続けた。するってえと真ん中の奴が、そいつが、いきなりガナり上げた。「ええい、行くぞ、ジャック！」と思やああっという間に飛び越えてた。

　死体は見つかったかって？　はむ。そいつあどうだったか、今イチよ。あいつら植字工だったが、あいつらよ。

　それにしても連中、素早えの何の！　ああ、ある拳闘試合の晩のこと、若い娘え乗っけた辻の一頭立て（キャブ）がやって来た。

娘は、何だか、ちょいと酔っ払ってるみてえだった。おまけにめっぽう器量好しだった――んりゃめっぽうよ。娘は一頭立て（キャブ）を門のとこで停めて、ここで御者にお代を払おうと言った。んでその通り払った。たあ言っても運賃がらみで少々スッタモンダはしたが。何せ初っ端、娘はてめえがそもそもどこまで連れてってもらいてえもんかそっくりたあ呑み込めてねえみたいだったもんで。けどお代を払うと、ついでに通行料も払って、あしの顔をまともに覗き込みながら（こいつあオレのこと知ってんのかいと思ったもんだが、ほら！）言うんだぜ。「ともかくケリをつけてやる！」はむ、一頭立て（キャブ）はガラガラ走り出し、独りきり取り残されたあしゃ少々気が気でなくなった。んでそいつが驀地に突っ走ってるってのに娘は飛び出して、これきり倒れるどころか、ヨロともしねえまんま、橋の石畳を少しばかし、何人か追い越しながら突っ走ったと思うと、二番目の隙間から飛び込んじまった。検屍で証言として申し立てられた話によりゃ、娘は「ワーテルローの英雄亭」でモンチャク起こしてたらしいが、火種はどうやら焼きモチだったみてえだ。（どうやらこれまで見て来た限りじゃ焼きモチだってゴロゴロ、掃いて捨てるほどあるようじゃ。）

「んでキ印もいるかって？」とウォータールーは小生の問いに応えて言った。「はむ、いるにゃあいるな。ああ、これまで一人、二人はいたぜ。多分、瘋癲院（サイラム）から逃げて来たのが。一匹なんざ半ペニーも持ってなかった。んであしがどうしても通そうとしねえもんで、ちょろりと引っけえして、屈み込んで、弾みいつけて、潜り戸に雄ヒツジみたように頭突きいかけた。帽子はぺしゃんこに拉（ひさ）げたが、脳ミソはからきしガタが来てねえみてえだった――どうせ、そのめえにほとほとタガが外れちまってたからにゃ。あいつら半ペニーも持ってねえってなあザラだ。もしかハンパじゃなしヘトヘトにくたびれ果ててスカンピンだってなら、あしらあ半ペニー恵んで通してやる。中にゃあ物を置いてく奴もいる――大方はハンケチだが。あしはこれまでクラヴァットと手袋や、ポケット・ナイフや、爪楊枝や、飾りボタンや、シャツ・ピンや、指輪を（大方あ早目の朝方、お若いだんなから）もらったことがあるが、ハンケチがまざ定番だ」

「常連はいるのかって？」とウォータールーは言った。「ああ、当たりきな！　お得意さんならいらあな。一人、だんながちっと思いも寄んねえほどヨボヨボの、アゴお突き出したじっつあんが、カッキシ夜の十時になると判で捺したようにサリー岸からお越しになる。んで橋い渡って、あしの思うにゃ、ミドルセックス岸のどこぞの如何わしい店へ行く。じっつあんは時計がカッキシ朝の三時を打つとまた判で捺したように引っけえして来る、じっつあんはよ、んでそん時ゃ老いぼれた脚の片割れえ相方の後から引こずってやんねえほどだ。じっつあんはいつだって水辺の階段を下りて、また這へ上がって、そっからウォータールー・ロードを縫ってく。いつだって同しように行っちゃあ引っけえす。しかも一分だって狂いがねえ。毎晩毎晩――日曜の晩だってよ」

小生はウォータールーにカマをかけた。ひょっとしてこの格別な常客がいつか朝の三時に水辺の階段を下りて、二度と這い上がって来なかったら、などと考えたことはないのかね？　そいつあまざじっつあんに限ってねえだろな、と彼は返した。ってえか、あしに言わせりゃ、もしかあのタヌキじじいをお見逸れしてなけりゃあ、じっつあんよっぽどか増しな手口を御存じだろうじゃ。

「もう一人、妙ちきりんなじっつあまがいて」とウォータールーは言った。「暦みたようにきちんきちんとお越しになる――一月六日の十一時と、四月五日の十一時と、七月六日の十一時と、十月十日の十一時にってな。まあ言ってみりゃあガタピシの安楽椅子っぺえ奴をボサボサのちんめえやくざなポニーに曳かせてよ。頭は真っ白で、頬髭も真っ白で、手当たりしでえ色んなショールに包まってやがる。んでその同し昼下がりにまた引っけえして来るんだが、もう三か月ってもなこれきり姿あ拝まして頂けねえ。海軍の艦長で――退役した――めっぽう、めっぽう老いぼれてて――ネルソン提督にお仕えしてたとかってえ話だ。んで四季支払い日のたんびサマセット・ハウス*で時計が十二時を打たねえ内にこちとらの年金を引き出すってことにかけちゃやたらキチキチうるせえ。何でも、もしか十二時めえに金を引き出さなきゃお上の掟に背くとでも思い込んでるとかでよ」

以上の逸話をさりげないやり口で――これぞ、そいつらが如何ほど混じりっ気がないかこの世にまたとないほど当てになるおスミ付きたろうが――審らかにし果すと、我らが馴染みのウォータールーは手持ちのネタもそっくり底を突いた所へもって東風もいい加減しこたま食らったとばかり、またもやショールの中へ深々と沈みかけていた。すると我が他方の馴染みピーが、やにわに奴を表面へ連れ戻すに吹っかけた。時に本務を全うする上で暴行殴打の標的となったことは？　ウォータールーは意気を回復すると、やにわに十八番の新たな部門へと突入した。かくて如何に「ここのこの歯が二本共」――ここにて前歯が二本欠けている箇所を指差しながら――とんでもねえならず者にへし折られたか御教示賜った。曰く、ならず者はある晩方、彼（ウォータールー）に襲いかかり、その間に奴（とはとんでもねえならず者）の手下のグルが金の仕舞ってある通行料取り立てエプロンに突撃をかけた。ウォータールーは歯を（ええい、コン――地獄へ、と暗に宣ったが）くれてやると、とんでもねえ奴には尻に帆かけるがままにさせ、エプロン強盗と取っ組み合い、目出度く金櫃を奪い返し、男も引っ捕らえ、罰金・禁錮に委ねた。のみならず、また別のある晩方、如何に「下種」がちょうど橋の馬門の番に就いていたウォータールーに襲いかかり、まずもって鞭でど頭をパックリ搔っ裂いてから、遠慮会釈もへったくれもなく膝越し打っちゃらかしたかも。ウォータールは「ピンシャン」体勢を立て直すと、ウォータールー・ロードの端まで下種の後を追い、スタンフォード・ストリートを突っ切り、ブラックフライアーズ橋の袂まで追いかけた。が、そこにて下種は居酒屋へ「潜り」込み、ウォータールーも右に倣った。が下種の現場幇助屋が、たまたま酒場でごた混ぜの酒を引っかけていたもので、ウォータールーに待ったをかけ、お蔭で下種はまたもや飛び出し、道を過ってホランド・ストリートだの何だの突っ切るとビール店に駆け込んだ。ウォータールーは待ったをかけていたグルを振りほどくと有象無象のヤジ馬を引っ連れて下種をひた追った。何せ連中、彼がタララタ頭から血を流したなり走っているのを目の当たりに、何かもっととんでもないことが「持ち上がった」ものと思い込み、火事だ！ 人殺しだ！ と、掌中の一件がいずれ又は両者たることを当てにして叫び上げていたからだ。下種は身を潜めるべく駆け込んでいた差し掛け小屋で面目丸つぶれもいい所、取っ捕まり、警察法廷にて連中は当初一件を治安判事裁判所ネタにしたがったが、結局ウォータールーは「証を立てられる」ことを許され、片や下種はウォータールーに医者代を支払い（Wは一週間ほど寝込んだから）、「三と一〇」弁償することにてウォータールーと折り合いをつけた。ことほど左様に、我々は以前から眉にツバしてかかっていたことを、即ち、ダービーの日の素人博徒は、如何に大佐とは言え、「もしや」とボバディル大佐の宣ふ如く「然に鷹揚な気っ風ならば（ベン・ジョンソン『十人十色』IV、7）」――およそ徳義を重んず男にして殿方とは呼べまいということも知った。何せ血の巡りの芳しからざる市民宛小麦粉と腐った卵を賢しらにもバラ蒔くことにて人並み優れたユーモア感覚を満足さすだけでは飽き足らず、「取っ立て料を踏み倒し」、ウォータールーに「襲いかかり」、鞭で「頭をめった打ち」にすることにてさらなる興奮を求め、挙句襲撃の責めを負うべく召喚されるや、ウォータールー宣ふ所の「不足」だった、と言おうか小生の慎ましやかに見なす如く、行方を晦ましていたとあらば。ことほど左様にウォータールーは、我が馴染みピーを介して恭しくも陶然と提起された小生の質問に応え、橋での上がりは通行料が半額になって以来、量においては二層倍以上になっている旨御教示賜った。してくだんの上がりには贋金も含まれているのかと問われるや、川のいっとうの深みよりなお深遠な表情を浮かべて、んなまさかよ！　と返し——かくてそのなりその夜は一先ずショールの中へ引っ籠もった。

それからピーと小生は今一度、四本オールのガレー船に乗り込み、速やかに潮と共に川を下った。して身を切るような東風が鋸目の剃刀よろしく我々をガリガリ刮げては刻み目をつけて下さる片や、馴染みのピーはテムズ警察がらみで耳寄りなネタをバラしてくれた。我々はその間もちょくちょく「当直船」が堤の下の薄暗い物蔭で雑草よろしくグズグズとためらっているのを目に留め——我々自身のは「監視船」だったが——連中は「万事異常なし！」と報告する段にはパッと、隠した光を我々に放ち、我々も連中に我々の光を投げ返した。これら当直船はそれぞれ座り手が一人——警部補が——乗り込み、「ラン‐ダン」で漕がれた。とは即ち、小生がいつぞやキーン懸賞フェリー優賞者たる消防士船頭の下——男は因みに、御指南の間橋の上流下流にかかわらず色取り取りの名立たる居酒屋で何百ガロンにも垂んとす卵割りラムを断じて御逸品に目がないからではなく、医者がそのため格別御推奨賜っていた肝臓の疾患を癒すべく（小生の掛かりで）聞こし召していたが——誇らかにも免許皆伝した如く皆伝するに至っていない方々への御教示とし、説明させて頂けば、それぞれが一本オールを漕ぐ二人と、対の櫂を操る一人より成る三人によって漕がれた。

かくてむっつり、ブラックフライアーズ橋と、サザック橋と、ロンドン橋のしかめっ面に不機嫌な順繰り順繰り、睨め据えられたなり、我らが黒々とした街道をゆらゆら下りながら、小生は馴染みのピーに管轄区域がバタシーからバーキング入江にまで及ぶテムズ警察には九十八名の巡査と、八艘の当直船と、二艘の監視船が所属し——これらがそれは静かに巡回し、それは薄暗い所で待ち伏せし、それはどこにもいないかに見え、というにどこにいないとも限らぬものだから、いつしか犯罪予防警備隊となり、お蔭で川は、陸上の警戒がいよよ厳重になっているせいで表通りでの「窃盗」でメシを食うのが昔より遥かに難しくなっているにもかかわらず、ほとんど如何なる大犯罪をも免れているのだと——垂れ込んで頂いた。してこと色取り取りの手合いの川泥棒に関せば、と馴染みのピー*は言った、テムズ川こそ泥が出没し、連中は夜分、プールの船舶の列にそっと横付けになると、甲板昇降口の風雨除けまで登り、二つの鼾に——第一の鼾は船長の、第二の鼾は航海士のそれに——聞き耳を立てる。航海士と船長なるもの必ずや大鼾をかき、もしや床に就いてぐっすり寝入っているようなら、本腰を入れてそいつに励んでいるものと概ね相場は決まっているから。二連砲を耳にするや、こそ泥（レインジャー）は船長の船室まで下り、床の上の船長のズボンや——御逸品を、くだんの殿方連中は脱ぎ捨てる習いにあるによって——時計や、金や、ズボン吊りや、ブーツや、その他一切合切、手探りで探し、そいつらごと抜き足差し足、トンヅラする。それから港湾労働者（ラムパー）、即ち船荷揚げ人足もいる。連中は裾に、内側に折り返された、広々とした縁取りのある、ゆったりとした帆布ジャケットを着込み、くだんの折り返しが大きな環状のポケットの役をこなし、その中にパントマイムの道化よろしく、途轍もなく大きな包みが隠せる。大量の身上が当該やり口にて汽船から（とピーの垂れ込み賜ふに）盗まれる。第一に、汽船には他の船よりその数あまたに上る小さな包みが積み込まれているから。第二に、汽船は帰航のために大童で荷を下ろさねばならぬから。港湾労働者（ラムパー）は分捕り品をお易い御用で中古船具商に売り払え、唯一阻止する方法があるとすれば、それは中古船具商にも免許状を公布し、かくて居酒屋同様厳重に警察の監視の下に置くことくらいのものであろう。港湾労働者（ラムパー）はまた船の乗組員のためにこっそり商品を陸（おか）へ揚げる。して煙草の密輸入はそれは夥しいものだから、密輸煙草の売り手は一ポンドの煙草を並のポケットに突っ込めるほど小さな包みに圧縮すべく水圧プレスを使うだけのことはあるろう。お次に、と馴染みのピーは言った、呼び売り屋（トラツカー）という、密輸業者よりちゃちな盗人もいて、連中は港湾労働者（ラムパー）が捌ききれないほど大量の荷を陸（おか）へ揚げることを生業とする。連中は時に本業を隠し、胡散臭い目で見られずに乗船出来るよう、乗組員相手に雑貨等々を売る。内少なからざる者には持ち船があり、金を稼ぐ。外にも浚い人足（ドレジャマン）がいて、連中は川底から石炭その他を浚う言い抜けの下（もと）、艀や他の甲板のない小舟の周りをウロつき、機会あらば、手当たり次第の物品を船外へ打っちゃる。舟が立ち去った後（のち）、こっそり浚い上げるべく。時に、連中は手の届く何であれ掻っさらうべく浚い具を物の見事に操る。中にはこいつに恐ろしく長けた者もいて、至芸は不濡の浚い術（ドライ・ドレジング）と呼ばれる。それから、船大工や他の労働者によって雇用主の作業場から常習的にクスねられる銅釘、銅板、堅木等々もあり、これらは中古船具商へと売り払われるが、商人（あきんど）の多くは口汚く毒づいてはやたら実しやかに盗品を所有している辻褄を合わすものだから、めったなことではシッポをつかまれぬ。かてて加えて、得手勝手訴答常習犯もいる——即ち艀は専ら連中のためにこそ「手前勝手に流れ去り」——何せ連中、仰(のっ)けに繋留索を断ち切り、その後で物品をふんだくるのをさておけば一切手を出していないから——ただ生憎くだんの捨て子がテムズ川をフラフラとさ迷っているのを目にしたにすぎぬ、何ら悪気のない無辜の輩が。

　我々は今や幾列(ティア)もの船の間をほとんど音もなく、実に手際好く出ては入っている。内幾多の船体は互いにひたと寄り添っているとあって、黒々とした通りさながら水から迫り上がっている。ここかしこ、スコットランドの、アイルランドの、或いは他国の汽船が、潮の差すにつれて煙を吹き上げ、どデカい煙突とのっぽの横っ面からして、ありきたりの建物に紛れた物静かな工場そっくりの面(つら)を下げている。今や、通りから通りはより開けた空間へと広がるかと思えば、せせこましい小径へと縮こまる。が暗がりの中の幾列(ティア)もの船と来ては然に家屋敷そっくりなものだから、小生はふと、ヴェニスのより窮屈な脇道に紛れたかのような錯覚を覚える。何一つ微動だにせぬ。というのも潮が満ちるまでには丸三時間を要し、ここかしこの犬を措いて目を覚ましているものはないかのようだから。

　かくて我々はテムズ川(ティア・レインジャー)こそ泥を引っ捕らえるでも、港湾労働者(ラムパー)を引っ捕らえるでも、呼び売り屋(トラッカー)を引っ捕らえるでも、浚い人足(ドレジャマン)を引っ捕らえるでもなく、他の性ワルを、と言おうか性ワル共を引っ捕らえるでもなく、ただウォッピングで岸に上がり、そこにて旧テムズ警察署は今やブタ箱にして、船室窓が川に臨む旧法廷は風変わりな問責室にすぎず、大方、ガラス・ケースに収まった剥製ネコと、目にするだにありがたきかな、今や息子が跡を継いでいる元テムズ警察の名巡査、ミスター警視エヴァンズの肖像以上に逆しまなものは何一つ見当たらぬ。我々は実に小まめにつけられている問責帳にざっと目を通し、犯罪がそれは物の見事に防止されているものだから、一年を通し（酔っ払いと治安紊乱を含めても）記載が五百は越えぬのを確認する。それから、物置を覗いてみれば、ツンと槙皮の臭いが鼻を突く所へもって、軍艦ラシャや、縄のもと子や、鉤竿や、櫂とオールや、予備の担架や、舵や、ピストルや、舶刀や、似たり寄ったりの代物の海洋風味まで利いている。それから、木製の壁の遙か上方の、厨の皿掛けよろしき隙間から換気された独房を覗いてみれば、酔っ払いが一人ぶち込まれ、ガチガチ歯を鳴らしては、まだ朝になんねえのかと頻りに毒づいている。それから、まだしも増しな手合いの不寝(ねず)の番小屋を覗いてみれば、そこにてはいつでも熱湯を満タンにし、一見土左衛門のなり担ぎ込まれるやもしれぬお気の毒な奴にあてがってやれるよう、一艦隊分もの石壺が整列していた。最後に、我々は我らが奇特な馴染みピーと握手を交わし、遙かタワー・ヒルまで時折、夜巡りに胡散臭いどころではない目を向けられながら駆け通し駆けた。そこで漸う体もポカポカ温もって来た訳だが。

第十九章　救貧院における散策

数週間前の日曜日、小生はとある大きな首都救貧院の礼拝堂に集うた会衆の端くれとなった。* 牧師と書記と、ほんの一握りの職員を除き、貧民しか列席していなかった。子供は二階回廊に、女は礼拝堂の内陣と、側廊の片側に、男は側廊のもう一方の側(がわ)に座っていた。礼拝は粛々と執り行なわれた。とは言え説教は聴衆の理解と境遇に遙かにしっくり来ていてもよさそうなものではあった。いつもの嘆願が、かようの場所にあっては父のない子や寡婦へ、全ての病める人々や幼子へ、全ての佗しく、虐られし人々へ、心弱き者を慰め労る人々へ、堕ちし者を蘇らす人々へ、危険と、必要と、艱難に喘ぐ人々へ（『祈禱書』連禱）、いつもの意義深さ以上のものをもって捧げられた。会衆の祈りは「様々な病棟の一人ならざる重病人」へ求められ、他の回復しつつある者は天へ感謝を捧げた。

当該会衆の中には見るからに逆しまな女や毛虫眉の男も紛れていたが、さして多くはなかった——恐らく、くだんの手合いの気っ風はどこかへ隔離されているのであろう。概ね、顔は（子供のそれはさておき）鬱々と消沈し、血の気がなかった。十人十色の老人がそこにはいた。モグモグ口を動かす者、霞み目の者、眼鏡をかけた者、痴れ返った者、耳の遠い者、びっこの者。開け放たれた扉越しに、石畳の中庭から時折こっそり射し込む日光の中で空ろにシバシバ瞬(しば)たいている者もあれば、皺だらけの手を翳てた耳や眩しげな目の上にかざしている者もあれば、本に読み耽ったり、空宛(くう)やぶ睨みをしたり、眠りこけたり、片隅で蹲ったなり項垂れたりしている者もあった。内っ側はそっくりガイコツにして外っ側はそっくりボネットと外套なる、不気味な老婆達がひっきりなし、薄汚れた雑巾もどきのハンカチで目を拭っているかと思えば、男女を問わぬ醜い老いぼれ共が目にするだに悍しい凄まじき手合いの得々たる勿体をつけていた。引っくるめれば、そいつはヘトヘトに弱り切った、不能の状態なる竜、「貧窮」にして、歯も抜け、毒牙も抜け、やたらゼエゼエ息を吐(つ)き、ほとんど鎖で縛り上げる要もなかった。

礼拝が済むと、小生はとある慈悲深く、良心的な殿方*と散策を始めた。殿方の務めはくだんの日曜の朝、救貧院の四つ壁に閉じ込められた貧困の小世界にてくだんの散策を行なうことにあった。そこに住まうのはおよそ千五百から二千に垂んとす貧民人口で、生まれたばかりの、と言おうか未だ貧民世界にはお出ましになっていない赤子から、果ては今はの際の老人までいた。

幾多の腰の座らぬ女がのろまな五月の朝(あした)の詮ない日射しの中で体を温(ぬく)めようと躍起になりながら、懶く行きつ戻りつしている、むさ苦しい中庭から通ず部屋にて——真実を枉げるまでもなく「疥癬病棟」にて——ホガースが度々描いて来たような女が、埃まみれの炉の前でそそくさと上っぱりをはおっていた。女はくだんの健やかならざる部門の看護婦、と言おうか女看守で——女自身、締まりのない、頬のこけた、だらしない——やたらお先真っ暗にしてがさつな見てくれの——貧民だった。が、世話を焼いている患者がらみで話しかけられるや、いきなりクルリと、みすぼらしい上っぱりを半ば着ているとも脱いでいるともつかぬまま向き直りざまワッと、泣きの涙に掻き暮れた。見せかけのためでも、グチっぽくでも、涙脆い感傷に耽ってでもなく、ただ心の深き悲嘆と苦悩に駆られて——ボサボサの頭を背け、痛ましくすすり泣き、手を揉みしだき、口を利くのもままならぬほどポロポロ大粒の涙をこぼしながら。一体どうしたのかね？　と小生は疥癬病棟の看護婦にたずねた。おお、「捨て子」が死んじまったんでございます！　おお、通りで見つかって、それからってものあたしがずっと育てて来た子が、ほんの一時間前に死んじまったんでございます。ほら、この布の下で眠ってるとこ見てやって下さいまし！　可愛い、可愛いあの子が！

捨て子は「死に神」が本腰でかかずらうには余りに小さく哀れなヤツに見えた。が「死に神」はそいつを掻っさらっていた。して早、小さな肢体は小ざっぱりと洗い、身形を整え、眠っているかのように箱の上に横たえられていた。小生にはふと、天からの声が告げているのが聞こえたような気がした。汝(な)にとりて、おお、疥癬病棟看護婦よ、どいつかより優しからざる貧民がくだんの務めをいずれ汝(な)の冷たくなった亡骸に施す折、この捨て子のような者達が我が父の面(おもて)に相見ゆ天使ならば何と幸ひなるかな！

別の部屋では、醜い老婆が数名、炉のグルリに魔女よろしく蹲り、猿の要領でペチャクチャおしゃべりしてはコクリコクリ頷いていた。「皆さん達者であられると？　食べる物も十分あると？」一斉にペチャクチャやってはクックと忍び笑いを洩らす。とうとう、とある有志からの返答。「おお、ええ、だんなさん！　お蔭様で、だんなさん！　セント何たら教区に神様の御加護のありますよう！　教区のお蔭で腹ペコのもんも腹ふくらして、だんなさん、喉の乾いたもんも飲み物もらって、ブルブル震えてるもんもあったかくして頂いております、ってことでございます。セント何たら教区にいついつまでもいい御縁のありますよう、んでありがとうございます、だんなさん！」他処では、貧民看護婦の一座がディナーを食べていた。「君達は調子はどうだね？」「おお、つつがなくやっておりますす、だんな様！　一生懸命働いて、一生懸命暮らして――兵隊さんみたように！」

また別の部屋では――ある種煉獄、と言おうか過渡の場では――六人から八人の騒々しい気狂い女が、正気の付き添い一人の監視の下一緒くたにされていた。中に、めっぽう愛らしい装いの、実に人品卑しからざる風情と立居振舞いの、年の頃二十二、三の娘が紛れていた。娘はさる屋敷に（恐らくは誰一人身寄りがないせいで）女中として住み込んでいたが、固より癲癇の気に祟られ、わけても手に負えぬ発作の影響の下こちらへ連れて来られたと思しい。娘はグルリを取り囲んでいる連中とおよそ同じ手合いでも、同じ育ちでも、同じ経歴でも、同じ心持ちでもなく、よって切々と苦情を唱えていた。毎日こんな人達と付き合って、毎晩こんな騒がしいとこにいたんじゃもっとひどくなって、気が狂れてしまいそうよ――とは蓋し、疑うべくもなく。症例は「調査の上矯正」と記されていたが、娘は既にそこには数週間もいるとグチをこぼした。

仮にこの娘は女主の時計を盗んでいたなら、躊躇うことなく言わせて頂くが、遙かに快適な境遇に置かれていたに違いない。当該散策に纏わる目下の手短な描写において、小誌において既にペントンヴィル模範監獄がらみで審らかにされている事実のみならず、付随する沈黙制度の下なる既決囚全般の処遇を念頭に置きつつ、今一度、読者諸兄には我々は然に馬鹿げた、然に危険な、然に言語道断の羽目に陥っているものだから、悪辣な重罪犯はこと清潔さ、秩序正しさ、規定食、設備の点にかけては廉直な貧民より遙かに恵まれ、手篤く面倒を見られている由明々白々と呈示されねばなるまい*。

かと言ってセント是々教区の救貧院に格別な汚名を着せようというのではない。というのもそこにては、どころか、幾多の推奨に値するものを目にしたからだ。トゥーティングにおいて犯されたかの不埒千万にして極悪非道の大罪*を思い起こしてなお――百年後も依然イギリス人の生活の脇道でまざまざと想起されよう、して幾千もの人々の間にチャーチスト運動主導者全員が全生涯においても育み得なかったろうほどの陰鬱な不満と猜疑をもたらすに資する所大であった大罪を思い起こしてなお――当該救貧院の貧しい子供達は見るからに元気で丈夫そうであり、実に手篤い面倒を見られているのを目にするのは望外の悦びであった。幼児学級において——建物の最上階の大きな、明るい、風通しの好い部屋だが——チビ助達は、折しもディナーの席に着き、盛んにポテトを食べながら、見知らぬ訪問客に怖じ気づくどころか、ほら握手とばかり、すこぶる好もしき信頼を寄せて小さな手を突き出して来た。してボサボサに毛の抜けた貧民揺り木馬二頭が片隅で猛々しくも後ろ脚で立ち上がっているの図は痛快極まりなかった。女学校にて、ここでもまたディナーが進行中だったが、何もかも陽気で健やかなツラを下げていた。男子校にて、我々がそこに到着するまでに早、食事は済み、部屋は未だそっくりとは片づけられていなかったが、少年達は他の如何なる小学坊主でもやっていたやもしれぬように気ままにブラブラ、大きな、風通しの好い中庭をブラついていた。中には大きな船を教室の壁に落書きしている生徒もあったが、もしや腕試しにマストを横静索（シュラウド）と支索（ステー）ごと（ミドルセックス懲治監におけるが如く）設えてやっていたなら、遙かにイカした代物になってはいたろう。目下は、たとい檣上に登る技を習得したき激しい衝動に駆られようと、少年はくだんの思いを、恐らく、男や女がよりまっとうな賄い付下宿を求める野望を満たす如く、救貧院の能う限り仰山な窓を叩き割り、晴れて監獄へ昇格されることにて満たすより外あるまい。

とある場所にて——救貧院のニューゲイトにて——小僧と若造の一団が中庭に連中だけで閉じ込められていた。というのも彼らの日中娯楽室はその昔臨時救済貧民（カジュアル・プア）が夜分、敷き藁床にゴロ寝をしていたある種犬小屋にすぎなかったから。内数名はしばらく前からここに御厄介になっていた。「二度とシャバには出して頂けないのでしょうか？」というのがしごく当然の問いであった。「連中の大方は何らかの点で片端で」と看守の男は答えた。「ほとんど何の役にも立ちません」連中はしょぼくれたオオカミかハイエナよろしくコソコソ、ウロつき回り、食い物が支給されると、くだんの四つ脚よろしく飛びついた。外の日溜まりの石畳でズッコリ、ズッコリ足を引こずっている大きな頭の白痴は、どこからどう見てもより好もしき代物であった。

木立なる乳呑み子、木立なる母親と他の病める女、木立なる瘋癲、ディナーを待ち受けている、ジャングルなる階下の石畳の日中娯楽室の男、人生なる暇を、神のみぞ知る、如何でか潰している、より長き、長き木立なる、階上の診療病棟の老人——以上が、二時間の長きにわたって我々の散策した光景であった。これら後者の部屋の中には壁に絵画の貼られ、ある種サイドボードに陶器や白鑞のひけらかされているものもあり、時折植木を一、二本目にするのはもっけの幸いにして、ほとんど全ての病棟にネコがいた。

これら高齢者と病人のロング・ウォーク*にて、寝たきりの、しかも長らく寝たきりの老人もいれば、半裸でベッドの上に座っている老人もいれば、ベッドの中で死にかけている老人もいれば、ベッドから起き上がって、炉端のテーブルの前に座っている老人もいた。かけられる問いへのむっつりとした、或いは生気の失せた無頓着、暖もりと腹の足し以外の万事に対すなまくらな感性、所詮詮なかろうというだけの、不機嫌な苦情の欠如、しぶとい沈黙とをとっとと放っておいてくれとの腹立たしげな願望――が、どうやら概ね見て取れた。これら侘しき老人の眺望の内一つの直中に入って行くと、ほぼ次なるささやかな会話が――看護婦がたまたますぐ側(そば)にいなかったせいで――出来した。

「ここでは皆さん達者と?」

ウンともスンとも返らぬ。外(ほか)の連中に紛れてテーブルの長椅子に腰掛け、ブリキの粥皿から食べているスコッチ・キャップの老人が、一体何者かと、気持ち帽子を押し上げ、またもや掌でペシャンと、額に押っ被せ、モグモグ、食べ続ける。

「ここでは皆さん達者と?」(と繰り返し。)

ウンともスンとも返らぬ。また別の、ベッドの上に座ったなり茹でじゃが芋の皮をピクピク剥いている老人が頭をもたげ、グイと睨め据える。

「食べ物は十分あてがわれていると?」

ウンともスンとも返らぬ。はたまた別の、ベッドの中の老人がクルリと寝返りを打ち、コホンと咳(しはぶ)く。

「今日は御機嫌如何ですかな?」と今のその老人に。

くだんの老人はウンともスンとも返さぬ。が別の老人が、すこぶる人当たりの好い、そつのない物言いののっぽの老人が、どこからともなくしゃしゃり出るや、答えを買って出る。返答はいつも決まって有志から返り、目を凝らされたり話しかけられたりする人物からではない。

「わたくし共はたいそう老いぼれております、御主人」と穏やかな、はっきりした声で。「達者な者はそうそうおりません」

「ここは快適でしょうか?」

「何一つ不服はありません、御主人」と、半ばかぶりを振り、半ば両肩を竦め、ある種申し訳なさげな笑みを浮かべて。

「食べ物は十分あてがわれているのでしょうか?」

「ああ、御主人、わたしはあまり食欲がありません」と先と同じ風情で。「けれど給食にはあっという間に片がついてしまいます」

「ですが」と中に日曜のディナーの装われた粥皿を見せながら。「ここには、ほら、マトンと、じゃが芋が三つも盛られていますね。まさかこれで飢え死にすることはないでしょう？」

「おお、よもや、御主人」と同じ申し訳なさげな風情で。「飢え死にしたりは」

「では何が足らないのでしょう？」

「パンがほとんどありません、御主人。ほんの少ししかあてがわれません」

看護婦が、今や質問者の肘先で揉み手をしているが、口をさしはさむ。「確かにたっぷりではございません、お客様。皆さん日にほんの六オンスしか、ほら、頂けなくて、朝ご飯を食べてしまうと、夜にはほんのちょっとしか残るはずがございません、お客様」

これまで影も形もなかった別の老人が、さながら墓穴からでもあるかのようにベッドの上掛けからむっくり起き上がり、じっと目を凝らす。

「夜は紅茶が出るのでしょうか？」と質問者は相変わらず物言いの上品な老人に話しかける。

「ええ、御主人、夜には紅茶が出ます」

「で紅茶と一緒に食べるために、朝から取っておけるだけのパンは取っておくと？」

「ええ、御主人――もしやいささかなり取っておけるものなら」

「で紅茶と一緒に食べるのにもっとあてがって頂けたらと？」

「ええ、御主人」と実に気づかわしげな面持ちで。

質問者は、さすが根っから親身なだけに、いささか度を失っていると思しく、話題を変える。

「いつも隅のあのベッドに横になっていた老人はどうなさいました？」

看護婦はどの老人のことか思い出せぬ。それはたくさんの老人がいるもので。物言いの上品な老人も覚束無い。ベッドの中にてこの世に舞い戻った幽霊よろしき老人が言う。「ビリー・スティーヴンズ」それまでずっと頭を暖炉に突っ込んでいた別の老人が甲高い声を上げる。

「チャーリー・ウォルターズ」

何やら弱々しげな興味らしきものが喚び覚まされる。恐らく、チャーリー・ウォルターズには話し好きな所があったのであろう。

「あいつなら死にました！」と金切り声の老人は言う。

　別の、片目の捩(よじ)くり上がった老人がすかさず金切り声の老人に取って代わりながら言う。

「いっかにも！　チャーリー・ウォルターズはあのベッドで死んで――んで――」

「いや、ビリー・スティーヴンズじゃ」と幽霊じみた老人がしぶとく食い下がる。

「いや、いや！　んでジョニー・ロジャーズもあのベッドで死んで――んで――あいつら二人共死んで――んで――サムル・ボウヤーは」これぞ老人にとってはめっぽう徒ならぬかのように。「あやつは失せましたぞ！」

　と言ったと思うと、老人は鳴りを潜め、その他の老人も皆（もううんざりとばかり）鳴りを潜め、幽霊じみた老人はまたもや墓に舞い戻り、ビリー・スティーヴンズの御霊も諸共引っ連れて行く。

　我々が部屋を後にすべく向き直ると、また別の、それまで影も形もなかった老人が、フラノのガウンの嗄れっぽい老人が、折しも床(ゆか)を突き抜けてお出ましになりでもしたかのように戸口に立っている。

「申し訳ありませんが、御主人、一言申し上げさせて頂いてよろしいでしょうか？」

「ええ。何でしょう？」

「わたしはずい分回復しましたが、御主人、すっかり持ち直すには」と片手を喉にあてがいながら。「少々新鮮な空気を吸わなければなりません、御主人。これまでもお蔭でずい分体調が好くなったものです、御主人。外出のいつものお許しはそれはめったにしか回って来ないもので、もしや皆様が、次の金曜に、時折――ほんの小一時間かそこら――外出する許しを与えて下さるようなら、御主人！――」

　一体何人(なんぴと)に訝しめよう、くだんのうんざりするような寝台と老衰の眺望を見はるかしてなお、もしや老人は何か外(ほか)の光景に出会し、この世には何か他(た)のものもあると得心出来ればさぞやありがたかろうことを？　一体何人(なんぴと)が訝しまずにいられよう、何故(なにゆえ)老人は目下生き存えているがままに生き存えているのか、如何なる執着を人生に持っているのか、その剝き出しの食卓から如何なる興味ないし営為の欠片を啄み得るのか、チャーリー・ウォルターズはその昔、誰か先行きの老貧民女と付き合いし日々を彼らに語って聞かせたためしがあるのか、それともビリー・スティーヴンズは「我が家」と呼ばる遙か彼方の外つ国の住人たりし時分を審らかにしたためしが！

　別の部屋で、リント布に包(くる)まり、然に辛抱強くベッドに横たわったなり、我々が優しく声をかけると、明るく静かな目でじっと我々を見つめる、火傷を負った小さな小さな少年は、さながら以上、のみならず思いを巡らすに足る傷つき易き事柄全てに纏わる知識が脳裏を過ってでもいるかのような——さながら我々と共に、貧民看護婦には同胞としての共感があり、かくて病院の通常の看護婦全般より預かり物に対して優しいのだろうと惟みてでもいるかのような——さながら同じ部屋で周囲に横たわっている他のより年長の子供達の「未来」に思いを馳せ、恐らく、全てを考慮に入れれば自分はこのまま死ぬに如くはなかろうと惟みてでもいるかのような——さながらあれら、階下の倉庫に山と積まれた仕上がっているのからいないのから、棺のことを、そして箱の蓋の上に布に包まれたなり穏やかに横たわる「捨て子」たる未知の友のことを、怯えを抱くまでもなく、知ってでもいるかのような——表情を浮かべていた。が、それでいて少年の小さな面には、さながら自ら思いを巡らせている苛酷な欠乏と矛盾の直中にあってなお、寄る辺無き、年老いた貧民のために今少しの自由と——今少しのパンを——乞うてでもいるかのような何がなし心悲しくも切実な表情も浮かんでいた。

第二十章　ブル王子。妖精物語

　昔々、そしてもちろん黄金時代に、そして皆さんならそれがいつのことか御存じでしょう、というのもこのわたしはずっと一生懸命突き止めようとして来ましたが、さっぱりお手上げなものですから、お金持ちの、土地のよく肥えた国にブルという名の、泣く子も黙る王子が住んでいました。*王子は若かりし時分、戯言(たわごと)を初め、ありとあらゆる手合いの事(こと)がらみで散々戦を掻い潜りましたが、次第に落ち着いた、穏やかな、気さくで、ほてっ腹の、いささか寝ぼけ眼の王子へと変わって行きました。

　この勢力絶大の王子はその名も麗しの自由(フェア・フリーダム)という愛らしい王女と結婚していました。王女は王子の下(もと)に厖大な持参金をもたらし、数知れぬ子供を生み、子供を紡績や、農耕や、工学や、軍隊や、航海や、医療や、法曹や、教会や、ありとあらゆる種類の職業に就かせました。ブル王子の金櫃は財宝で一杯で、地下倉庫には世界各地から集められた芳醇なワインがぎっしり詰まり、この世にまたとないほど豪華な金銀食器がサイドボードを彩り、息子達は逞しく、娘達は麗しく、詰まる所、もしもこの世に幸運で幸福な王子がいたとしたら、その王子の名は、確かに、一切合切引っくるめれば、ブル王子だと思ってまず差し支えなかったでしょう。

　ところが、外見は、皆さんも御存じの通り、必ずしも当てになるとは限りませんし――どころか――もしも外見だけで皆さんがブル王子に関して今のそんな結論を導いていたとすれば、このわたしもしょっちゅうやっている通り、見当外れもいい所だったでしょう。

　というのもこの立派な王子は枕に二本の鋭い棘が、王冠に二つの堅いコブが、心に二つの重い荷が、眠りに二頭のじゃじゃ馬夢魔が、行く手に二つの岩が、あったからです。一つ、王子は断じて家臣を自分にしっくり馴染ますことが出来ませんでした。二つ、王子には暴君じみた名付け母のお婆さんがいて、その名もテープと言いました。

　お婆さんは魔法使いで、頭の天辺から爪先まで真っ紅でした。*お婆さんはうんざりするほど四角四面で澄まし返り、生まれながらに捩(ねじ)けた形からこっちにもあっちにも髪の毛一本分たり体を曲げられませんでした。けれど逆しまな妖術にかけてはスゴ腕でした。というのもこの世でいっとう速いものに待ったをかけ、いっとう強いものをいっとう弱いものに変え、いっとう便利なものをいっとう不便なものに変えられたからです。このお呪いをするのに、お婆さんはただひんやりとした手をかけ、自分の名「テープ」を唱えさえすれば事足りました。するとそら、そいつは見る間に萎えて行きました。

　ブル王子の版図のブル王子の宮廷には――少なくともわたしは文字通り王子の宮廷には、と言っている訳ではありません。というのも王子はたいそう雅やかな王子で、名付け母がいつも宮廷を王子の世襲貴族や奥方のために取って置くと、すんなり名付け母の言いなりになったからです――くだんの礼儀正しい国の言語では大衆(モブ)と俗物紳士(スノッブ)と呼ばれる有象無象に紛れて、非常に創意工夫に長けた幾多の人々がいて、その人々は王子の臣民の繁栄を促し、王子の権力を増大させるためにいつも何らかの発明に忙しなく取り組んでいました。けれど彼らが王子に承認して頂こうと模型を見せる度、名付け母がしゃしゃり出るなり、手をかけて言いました。「テープ」という訳で、何であれ格別素晴らしい発見が成されると、発見した人物は大方、それを誰か外(ほか)の、お呪いに「テープ」と唱える名付け母のいない海の向こうの王子の所へ持って行くようになりました。これは概して、わたしの理解する限り、ブル王子にとって有利な成り行きではありませんでした。

　中でもいっとうイタダけない成り行きは、ブル王子が幾年も経つ内、この不運な名付け母にそれは頭が上がらないせいで、名付け母の我が物顔をお払い箱にしようと何ら真剣な骨を折ろうとしなくなったことでした。たった今、これがいっとうイタダけない成り行きだったと言いましたが、その点でわたしは間違っているようです。というのもまだ後に、もっと悪い結果が待っていたからです。王子の数知れない子供はテープにそれはほとほと嫌気が差してうんざり来たものですから、本当ならばくだんの邪なお婆さんが陥らせた窮地から王子を救い出して上げなければならなかったろう時に、まるで父親たる王子の身に何か禍が降り懸かれば必ずや自分達にも支し障らずにはおかないということをコロリと忘れでもしたかのように、無気力でぞんざいな物腰で王子からむっつり遠ざかるという剣呑な習いに陥ってしまいました。

　ブル王子の宮廷の事情がちょうどこんな様相を呈していた時のこと、この偉大な王子ははったと、ベア王子と戦争をしなければならないことに思い当たりました*。王子はしばらく前から家臣に大いに眉にツバしてかかっていました。というのも家臣は怠惰で、専ら王子の掛かりで家族の懐を暖かくすることにかまけてばかりいるだけでなく、王子相手に嵩にかかるに、少しでも後ろ指を差されると職を辞めそうになり、何一つ仕事らしい仕事もしていないクセをして厖大な仕事をこなしている風を装い、ついぞ耳にしたためしのないほど無意味な演説を王子の名においてぶち、誰も彼もが全くもって実に能なしのザマを晒していたからです。中には確かに、以前の勤め口からすこぶるつきの人物証明を頂戴している者もあったにもかかわらず。はむ。ブル王子は家臣を呼び集め、彼らに一人残らず言いました。「ベア王子に対し、我が軍隊を派遣せよ。軍服を着せ、武器を持たせ、食糧を供給し、必需品から不慮の品から支給せよ。さらば笛吹きに至るまで報酬を与えよう！　我が勇猛果敢な軍隊に対し本務を全うせよ」と王子は言いました。「しかも存分。さらば費用を捻出すべく財宝を湯水の如く注ぎ込もう。一体何者がこのわたしが然るべく投資された金に文句を言うのを耳にしたためしがある！」と啖呵を切るのも全くもってごもっとも。王子は真に鷹揚で寛大な王子として名高かったものですから。

家臣は王子の言葉を耳にするや、ベア王子に対し軍隊を派遣し、軍服仕立て屋を、軍隊糧食商人を、大小を問わぬ火器製造者を、火薬製造者を、弾丸・砲弾・砲丸製造者を、捩り鉢巻きでかからせ、金に糸目をつけずありとあらゆる店や船を買い占め、それは忙しなく立ち回っているやに見えたものですから、奇特な王子は揉み手をしながら（お気に入りの表現を使わせて頂けば）「結構！」と宣いました。けれど彼らがこんな具合に精魂傾けていると、王子の名付け母が、くだんの家臣の大のお気に入りでしたから、一日中ひっきりなしに彼らを覗き込み、戸口からひょいと頭を突っ込む度たずねました。「ごきげんよう、お前たち？　ここで何をしているんだね？」「公務です、名付け母様」「おほう！」とこの意地悪な魔法使いのお婆さんは言います。「――テープ！」すると公務はそっくり、何であれ、ポシャり、家臣の頭の中はそれはマゴマゴ、こんぐらかったものですから、彼らはてっきり我ながら見事な手柄を挙げているものと思い込みました。

さて、これは意地悪な老いぼれ厄介者の側でのたいそう逆しまな行ないで、たといここで自らに待ったをかけていたとしても、お婆さんは縊り殺されて然るべきだったでしょう。けれどお婆さんは、これからお目にかける通り、ここでは待ったをかけませんでした。というのも王子のその数あまたに上る家臣は、とびきり恐いもの知らずの兵士ぞろいの王子の軍隊が大好きでしたから、皆して集まると、ありとあらゆる手合いの飲み物や食べ物を、読むための本を、着るための服を、吸うための煙草を、燃やすためのロウソクを、調達し、大きな梱に詰めて釘を打ち、今のその、ベア王子と戦っている冷たい厳寒の国にいる勇猛果敢な軍隊の所へ届けるよう、幾々艘もの船に積みました。するとこの意地悪な魔法使いのお婆さんが、ちょうど船が錨を揚げかけているとやって来て、たずねるからです。「ごきげんよう、お前たち？　ここで何をしているんだね？」――「これからこの慰問品と一緒に軍隊の所まで海を渡って行く所です、名付け母様」――「おほう！」とお婆さんは言います。「楽しい航海を、可愛いあんたたち。――テープ！」すると、その時を境に、くだんの呪(まじな)われた船は風と潮に逆らい、訳も謂れもなく、世界中をグルグル、グルグル歴巡り始め、ともかくどこか港に立ち寄る度、すぐさま追いやられたお蔭で、船荷をどこにも届けられませんでした。

　これは、またもや、意地悪な老いぼれ厄介者の側(がわ)でのたいそう逆しまな行ないで、たといそれきりもっと悪いことを何一つしていなかったとしても、お婆さんは縊り殺されて然るべきだったでしょう。けれどお婆さんは、これからお目にかける通り、まだまだ輪をかけて悪いことをしました。というのも公務用の箒の柄に跨ると、「公用(O・H・M・S)」「草々不一(Y・M・O・S)」の二言を呪文さながら唱え、ほどなくブル王子の軍隊がベア王子の軍隊と戦うべく野営を張っている冷たい厳寒の国に舞い下りたからです。今のその国の岸辺で、お婆さんは軍隊が暮らすための数知れない家や、軍隊が生き存えるための夥しい糧食や、軍隊が着るための夥しい服が山と積まれているのを目にしましたが、片や泥の中にへたり込んでそれらにじっと目を凝らしているのは、意地悪なお婆さんその人といい対目にするだに真っ紅な将校の一団でした。そこでお婆さんはその内の一人にたずねました。「お宅はどなたで、ダーリン、ごきげん如何かえ？」――「わたしは主計総監で、名付け母様、お蔭でめっぽう達者にやっています」――それからお婆さんは別の将校にたずねました。「お宅はどなたで、ダーリン、ごきげん如何かえ？」――「わたしは兵站部将校で、名付け母様、お蔭でめっぽう達者にやっています」それからお婆さんはまたぞろ別の将校にたずねました。「お宅はどなたで、ダーリン、ごきげん如何かえ？」――「わたしは軍医部長で、名付け母様、お蔭でめっぽう達者にやっています」するとお婆さんはラヴェンダーの香りのする、外の連中からずい分離れた所にいる何人かの殿方にたずねました。「でお宅らはどなたで、可愛いペットたち、ごきげん如何かえ？」「我々は‐そのお‐参謀‐そのお‐部門で、名付け母様、お蔭でめっぽう達者にやっています」――「みんなに会えて何より、あんたたち」とこの意地悪な魔法使いのお婆さんは言います。「――テープ！」その途端、家も、服も、糧食も、何もかもボロボロに朽ち果て、健康だった兵士は病気になり、病気だった兵士は惨めな死を遂げ、ブル王子のあっぱれな軍隊は壊滅しました。

大いなる敗北の憂はしき報せがもたらされると、王子はさすがに名付け母に眉にツバしてかからずにはいられませんでした。けれど家臣は意地悪な鬼婆と付き合い、彼らこそ鬼婆の言いなりになったに違いないと分かっていました。ですから、くだんの家臣をクビにするホゾを固めました。という訳で話し上手なノロジカを呼びつけて言いました。「奇特なノロジカよ、彼らに職を辞すよう命じてくれ」という訳で奇特なノロジカは御命を伝え、それは人間じみていたものですから、皆さんはてっきり奴のことをズブの人間サマと思い込んでいたかもしれません。という訳で家臣は皆、追い出されました——ただし。予告付きにて。お蔭で暇だけはたっぷりありました。

して今やこの王子の物語の何より尋常ならざる条(くだり)に差しかかります。今のその家臣を晴れて追い出すと、もちろん王子には外の家臣が必要になりました。が王子の何と腰を抜かしそうなほどびっくり仰天したことか、蓋をあけてみれば二千七百万人もの国民のいる全領土の内、引っくるめてものの二十五人の家臣もいないとは！　おまけに連中と来ては一件がらみでそれはお高く止まっているものですから、自らブル王子の家臣として仕えるべきか否か額を寄せ合う代わり、アベコベもいい所、ブル王子を忝くも、自分達の主人として雇ってやるべきか否か侃々諤々やり出すとは！　連中がこの点を互い同士の間でごゆるりと話し合っている片や、小意地の悪い真っ紅な魔法使いのお婆さんはひっきりなしあちこち駆けずり回り、国中でいっとう老いぼれた住人であるからには、〆て齢一千歳になる、二十五名の内いっとう老いぼれた十二名の扉をノックしてはたずねました。「お宅はブル王子を主人として雇うつもりかえ——お宅はブル王子を主人として雇うつもりかえ?」すると、ある者は答えました。「お隣さんが雇おうってなら、雇いますが」また別の者は「お向かいが雇うってなら、真っ平だね」また別の者は「小生はたとい彼、彼女、彼らが雇うやもしれまいと、雇えようと、雇う気があろうと、雇うべきだろうと、雇えませんな」と答えました。そしてこの間(ま)もずっと、ブル王子の御事情は荒みに荒んで行きました。

とうとうブル王子は当惑の絶頂にあって、棚ボタの名案がひらめきでもしたかのように物思わしげなツラを下げました。意地悪な魔法使いのお婆さんはこれを見て取ると、すぐ王子の肘先にいたものですから、たずねます。「ごきげん如何かえ、あたしの王子、で一体何を考えておいでだね？」――「改めて考え直してみれば、名付け母様」と王子は返します。「一度として任務に就いたためしのない二千七百万人の臣民全ての中には、わたしを友と敵双方の間でたいそう有名にしてくれた知性と事務の才に長けた男達がいるはずです」――「ああ、そりゃほんとに？」と魔法使いのお婆さんはたずねます。「ええ、ほんとうに」と王子は返します。――「で、だからどうだっていうのさ？」と魔法使いのお婆さんは言います。――「ああ、ですから」と王子は答えます。「昔ながらのお定まりの手合いの家臣はそれは働きが悪く、それは手に入れ難く、それは高飛車に事を運ぶものですから、ひょっとして今のその連中の内幾人かを律儀な家臣に育てようとするのも悪くないかもしれません」との文言が王子の唇から洩れたか洩れぬか、お婆さんはクックと忍び笑いを洩らしながら返します。「おや、そうお思いかえ？　ほんとに、えっ、あたしの王子？」――テープ！」その途端、王子はコロリと、折しも何を考えていたか忘れ、昔の家臣に悲しげに呼びかけました。「おお、どうかお前達の哀れな元の主人を雇いに戻って来ておくれ！　おお、どうか！　後生だから！」

そしてこれで、目下の所、ブル王子の物語はお仕舞いです。叶うことなら締め括りに、それからというものずっと王子は幸せに暮らしましたとさ、と言えれば好いのですが。けれど疚しくて、到底言えません。というのも、テープが肘先にいる上、疎遠になった子供達は、お先真っ暗もいい所、テープのお蔭で王子に近づけないようはねつけられているとあって、身も蓋もない話、そんな結末が訪れるとはこれきり信じられないからです。

第二十一章　鍍金品（めっきひん）*

スタフォードシャーの最も主立った町の一つに一晩宿を取ってみれば、そいつはおよそ活きのいい町どころではない。と言おうか実の所、何人（なんぴと）であれかほどにお目にかかりたくない町もなかろうほどあの世めいた懶い町である。総人口は町の鉄道駅なる牢にぶち込まれたかと見紛うばかりにして、くだんの駅の軽食堂など懶い本町通りの絶滅旅籠「ドードー亭」に引き比べれば放蕩の渦巻きに外ならぬ。

　何故（なにゆえ）本町通りなりや？　何故（なにゆえ）いじけ通りでも、ぺしゃんこ通りでも、しょぼくれ通りでも、くたびれ通りでもない？　本町通りの住人は一体どこへ行ってしまった？　よもや皆して御当人を連れ戻し、馳走を食わせ、愉快に憂さを晴らしてやろうとの後ろめたきホゾを固めて、（ビラの証を立てている所によらば）シーズンの仰（の）っけの先週、カビ臭い小さな芝屋から逐電したお気の毒などさ回りの座元を見つけ出そうというので、祖国の表（おもて）の一面にあちこち散った訳でもあるまいが？　それとも皆して本町通りに間近い二つの古びた教会墓地に眠る御先祖様の下（もと）へ狩り集められた訳でも？——御両人の縄張りの埒外にとて然にほとんど生気らしきもののなく、町の中で生き埋めになっているのと、町の墓穴の中で死に埋めになっているのと然に微々たる違いしかないとあって、たといくだんの教会墓地へ引っ籠もろうとほんの虚礼としか思えぬが。道の向こうの、「ドード亭」の睨め据え屋のぬっぺらぼんの張り出し窓の向かいには、小さな金物屋と、小さな（「流行」の絵がちっぽけなウィンドーに掲げられ、石畳の上ではワニ足の赤ん坊がそいつ宛マジマジ目を瞠っている）仕立て屋と——時計屋がある。そこなる時計や懐中時計は揃いも揃って止まっているに違いない、何せ町全般に、がわけても「ドードー亭」に、見据えられたなり、チクタク時を刻むなど土台お手上げだろうから。その昔、ロンドンはレスター・スクエアのリンウッド嬢*の木蔭よ、汝（な）はここにては歓迎され、汝（な）の奥処こそしっくり来よう！　小生自身は汝（な）の畢生の大作のくだんの由々しき倉庫の最後の客の一人ではあったが。というのもそこにては世捨て人めいた老夫婦が神妙な驚きの目を瞠って小生の一シリングを受け取り、塵と年季でボロボロに朽ち果て、白昼に黄昏の経帷子を纏った陰鬱な地下納骨堂一杯分もの刺繍まで案内したはいいが、小生をそこにガチガチに凍てつき、胆を消したなり、独り置き去りにして下さったから。して今や、小生はこの締切れし町の盲壁という盲壁の上なる薄気味悪い文字にて汝の映えある名を読み、刺繍用細毛糸に縫い取られた汝の「最後の晩餐」が血沸き肉躍る興奮のタネとして御高覧を乞うているのを見て取る！

当該ささやかなウールの饗宴へ然に声高に誘われている人々は何処に？　連中、何処なりや？　連中、何者ぞ？　よもや仕立屋のウィンドーの「流行」をしげしげ覗き込んでいるワニ足の赤子ではあるまい。よもや町役場が閲兵を受けているレンガとモルタル兵卒よろしく突っ立っている、しゃちこばったスクェアの中の馬具屋の表でノラクラ油を売っている泥まみれの二人の百姓ではあるまい。よもや小生がディナーを注文すると、目の中に歓迎ならぬ厄介の色を露にした、がらんどうの酒場の内なる「ドードー亭」の女将ではあるまい。よもや住民の（我がアメリカの馴染み達ならば宣おう如く）あぶれ者をそっくり閉じ込め果したからには漸う一息吐けそうだとばかり、門口から制服姿で外を見はるかしている町営監獄の看守共ではあるまい。よもや大きな水車が当該忘れ去られた土地の何の変哲もなき朝と晩ででもあるかのようにずっしりグルグル、グルグル回っている、川っ縁の白い粉碾き場の二人の埃っぽい粉屋ではあるまい。ならば連中一体何者ぞ、外に誰一人いないとあらば？　然り。本宣誓供述者は天地神明にかけて誓いを立てよう、今やクロスを広げている「ドードー亭」の給仕を措いて外に誰一人いないと。小生は通りから通りを縫い、家々をグイと睨め据え、「ドードー亭」のぬっぺらぼんの張り出し窓まで引き返した所だ。町の時計はあちこちで七時を告げ、不承不承の谺は「オレ達を起こすな」とグチってでもいるかのようで、ワニ足の赤ん坊はとうに我が家へ寝に戻った。

せめて「ドードー」がただの群居性の鳥ならば――せめてほんの快適な塒を作るという何かこんぐらかった一つ考えに凝り固まっているにすぎぬならば――小生とて餓えた憂鬱に苛まれることもなく目下と就寝時との間の数時間をやりこなせよう。が「ドードー」の習いは悉く狂っている。奴が小生に見繕ってくれるのは、一年三百六十五日の内毎日のための椅子一脚と、毎月のためのテーブル一台と、独りぼっちの陶製花瓶が片隅にてとうの昔に身罷った相方の死を悼み、向かいの隅の燭台とはたとい最後の審判の日まで生き存えようとソリが合いそうになき、荒れ野よろしきサイドボードの設えられた人跡未踏の砂漠まがいの客間である。今ですら、小生には靴磨きが紙に包んだシタビラメを手に戻って来るのが見え、くだんの小生のディナーの端くれでもって靴磨きは、小生がぬっぺらぼんの張り出し窓の窓辺にいるのを見て取るや道を過って来る間にもピシャリと、御逸品、何か別物ででもあるかのような風を装いながら大御脚を引っぱたく。「ドードー」は外気を締め出す。寝室に上がってみると、むっとした空気と毛の臭いが寝ぼけた嗅ぎ煙草よろしく鼻をなまくらに昇って行く。たるんだ絨毯の小さな端切れは踏んづける側からのたうち回り、虫ケラじみた形に捩くれ上がる。鏡の中の馬鹿げた男には、皿被いの中で一、二度出会したのをさておけば見覚えがない――して明くる朝、ヤツの髭なんぞ誰が剃ってやるものか！　「ドードー」はことタオルにかけてはケチ臭く、縁飾りのない熟練石工組合員エプロンで顔を洗わす気と思しい。ばかりか石鹸を所望すると、エルギンマーブルズ（第十七章注（一五五）参照）とどっこいどっこい泡の立たぬ石みたようにつれない真っ白な代物をあてがう。「ドードー」も一頃はいい目を見ていた証拠、裏手に延々たる廐を構えている――黙した、草蓬々の、窓の壊れた、主の御座さぬ。

この憂はしき鳥は、しかしながら、シタビラメは揚げられる、とはまんざらでもない。ステーキにも火が入れられる、とはなお輪をかけてまんざらでもない。果たして奴はこちとらのシェリーをどこで仕入れるものか？　もしや小生の一パイントのワインを誰か名立たる薬剤師の下へ分析して頂くべく送りつけたら、何でこさえられていると判明するものか？　何せ胡椒と、砂糖と、ビターアーモンドと、酢と、温めたナイフと、何か気の抜けた飲み物と、ブランデー少々の味がするから。そいつはともかく祖国を思い起こさすことにてスペイン亡命者の意気地を失せさせようか？　よもや。もしや教会墓地の埒外に事実、町の住人がいるとして、もしや一隊商分のそいつらが当該砂漠なる「ドードー亭」で一人頭一本ワインを聞こし召しながら食事を取ろうものなら、明くる日医者はホクホク顔に違いない！

給仕の生まれはどこだ？　どうしてまたこんな所へやって来た？　ここから立ち去る望みはあるのか？　手紙一通受け取ったためしは、鉄道で旅したためしは、何か「ドードー亭」以外目にしたためしは、あるのか？　恐らく刺繍用細毛糸を目にしたためしはあろう。何やら黙した悲しみの風情が漂うが、或いはそのせいやもしれぬ。給仕はテーブルの上を片づけると、大きな張り出し窓のススけたカーテンを引き――御両人、いっかなぴったり合って下さろうとせぬものだから、挙句ピンで留めねばならぬが――小生をパイント入りデキャンターと、小さな薄い漏斗型グラスと、血の気の失せた――それそのものが絶望を催さす――ビスケットの皿ごと炉端に置き去りにする。

本もなければ、新聞もない！　鉄道客車に『アラビア夜話』を置き忘れ、ブラッドショー全英鉄道時刻表を措いて繙けるものは何もなく、「彼の方に狂気は存す（『リア王』Ⅲ、4）」。囚人や難破船の乗組員が孤独にあって知性を働かすに如何なる手に訴えるものか思い起こし、九々表と、ペンス表と、シリング表を――たまたまそいつらしか知らぬせいで――繰り返す。いっそ何か書いてはどうだ？　「ドードー亭」は鋼ペン以外一本たりペンを置いていない。してそいつらを小生は必ずやブスリと紙に突き刺し、それ以外何の用にも充てられぬ。

では一体どうすれば好い？　たといワニ足の赤ん坊を叩き起こしてここへ連れて来られようと、シェリー以外飲ますものがなく、そいつはチビ助の命取りとなろう。一口すするものなら、二度と頭をもたげられまい。床に就く訳には行かぬ。というのも寝室が死ぬほど疎ましくてならぬから。この地を立ち去る訳にも行かぬ。というのも翌朝まで目的地へ向かう列車は出ないから。ビスケットを火に焼べるのはほんの束の間の愉悦にすぎぬ。がそれでいて一時凌ぎにはなろう。そら、灰にしてやれ！　ついでに皿も割ろうか？　いや、まずもって引っくり返し、どいつが焼いたか見てみよう。コープランド。*

コープランド！　ちょっと待てよ。コープランドの工場を見学し、連中が皿を焼いているのを見たのは昨日だったか？　あちこち旅をしてこんぐらかっているせいで、そいつは昨日やもしれぬし、一月前の昨日やもしれぬ。が多分、昨日だろう。皿にお伺いを立ててみよう。皿はきっぱり返す、ああ、昨日だとも。じっと目を凝らす内、皿はいつしか話し相手に姿を変える。

君は覚えていないのか（と皿は問う）如何に昨日の朝、明るい太陽と東風の中、キラめき渡るトレント川*の谷沿いを汽車で突っ切ったことか？　君は覚えていないのか、何と幾多の、まるで柄からぷっつり切り離し、クルリと引っくり返したどデカい煙草パイプの火皿そっくりの窯をかすめ去ったことか？　して火を――煙を――まるで文明世界の食器という食器は、皿という皿は、わざわざ馬を一頭残らずびっこにしてやろうというのでマカダム舗装されでもしたかのように陶器の欠片でびっしり敷きつめられた道から道を？　もちろん、覚えているとも！

そして君は覚えていないのか（と皿は問う）如何にストーク*で降り――絵のように美しい屋敷や、窯や、煙や、埠頭や、運河や、川が一塊になって（何ともつきづきしいことに）ある種溜め池に沈んでいるあの町で降り――如何に景色を見はるかすべく溜め池の縁伝（づて）攀じ登ってから、またもや歩きっ競よろしき速度で転（まろ）び下り、真っ直ぐ、うちの親父の、コープランドの、工場に辿り着いたことか——そこにて我が一族はどいつもこいつも、高きも低きも、富めるも貧しきも、育児室や学舎から世の中に押っぽり出されたが最後およそ十四エーカーに垂んとす土地に散らばっている訳だが？　して君は覚えていないのか、一体何からぼく達は生まれて来るのか——くだんの粘土の主として採れるデヴォンシャーとドーセットシャーで予め一部不純物を取り除かれて仕度された粘土の塊の山や——そいつ抜きでは涼やかな音色（ねいろ）に欠け、てんで旋律的にはなれまい燧石の丘からやって来ているということを？　して、こと燧石はと言えば、君は覚えていないのか、そいつは仰（のっ）けに窯の中で焼かれ、それからとんでもない地団駄の発作に祟られた悪魔奴（やっこ）の鉄の四本足の下に突っ込まれ、奴（やっこ）はいざ発作に見舞われるや鉄の四本脚で狂ったように地団駄を踏みに踏み、そのなりいっそ息も継がずに、サネット島*の燧石をそっくり粉々に踏み潰してしまおうということを？　して、こと粘土はと言えば、君は覚えていないのか、そいつがどんな具合に粉砕機、と言おうかイジメ屋に突っ込まれ、ネバつきこびりつきながらもいっかな音（ね）を上げぬ果てなきナイフで薄切りにされ、掘り起こされ、突っかかられ——その形（なり）を頂戴している四角い秣桶伝（づて）くだんの機械から押し出され——四角い塊に切り分けられ、大槽に放り込まれ、そこにて水と混ぜられ、外輪によりてドロドロのパルプ状にぶちのめされ——それから白ハネだらけの作業着の粉屋のグラインドフ監督の下（もと）——白ハネだらけのゴツゴツの梁と梯子づくめの掘立て小屋に流し込まれ——そこにてどいつもこいつも白ハネだらけの、濃やかな上昇音階にて並べられた(中にはそれは濃やかなものだから三百本もの絹糸がものの一平方インチの表面で互いに交差しているものもあるが)、どいつもこいつもいつ果てることなく歯をガチャつかせ、いつ果てることなく御尊体をワナワナ戦慄せたなり激しい悪寒に見舞われている、果てしなき機械仕掛けの篩を掻い潜ることか！　して、またもやこと燧石はと言えば、そいつはちょうどボロの製紙工場におけるが如く、挙句如何に繊細な味覚にとて知覚される如何なる「小砂（グリット）」の微塵も含まれぬほど細かいパン粥もどきに成り下がるまで潰してはなだめすかされては嬲られては慰められないだろうか？　して、こと燧石と粘土双方はと言えば、そいつら、とどの詰まりは、燧石一に対し粘土五の割合で混ぜ合わされ——「泥漿（でいしょう）」として知られるその捏ね合わせは余分な水分が蒸発するよう長四角の秣桶へ流し込まれ——挙句、バターよろしく引っぱたかれ、叩きつけられ、ぶちのめされ、撫でられ、捏ねられ、押し込められ、ゲンコを揮われないだろうか、畢竟、いつでも焼物師が使えるよう、美しい灰色の練り粉に為り変わるまで？

今のその、所謂「焼物師」に関し（と皿は言う）、君はまさか轆轤工と呼ばれる職人こそ、その手の下にこの灰色の練り粉が目にも留まらぬ早業でより素朴な家庭用食器の形を帯びる男だということを忘れたなどと言う気ではあるまい？　君はまさかほんの気さくな即興の軽口とし、チョンガー用の完璧な朝食セットを焼いてくれたあいつが、手伝いの女工と共に製陶用轆轤の——二つの小太鼓の上にて奴のお好み次第でゆっくり、或いは素早く回転する、ディナー用の皿ほどの大きさの平円盤の——傍に座っている様を瞼に彷彿とさせられぬなどと言う気ではあるまい？　君は、もちろん覚えているだろう、如何に奴がお入り用なだけ練り粉を手に取り、轆轤に放るや、あっという間に茶碗に仕立て上げ——もっとたっぷり粘土を手に取るや受け皿をこさえ——より大きな塊をクルリと急須にでっち上げ——より小さな塊にウィンクしてみせるや、ぴったり、目尺だけで、急須の蓋に為り変わらせ——中くらいの大きさの塊をものの二、三秒なだめすかしていたと思うと、割った側から、縁の所で引っくり返すやミルク壺をこさえ——カンラカラ腹を抱えた、と思うと茶こぼしをこねくり出し——コホンと咳いた、と思うと砂糖に壺を見繕ってやったのを？　ばかりか君は、多分、忘れてはいまい、色取り取りの食器を、がわけても深鉢を作る、平円盤の代わりに鋳型の回転する新たな工法を？　というのも君は覚えているに違いないから（と皿は言う）、如何に小さな深鉢の鋳型がクルクル、クルクル回るのを目にしたことか、如何に陶工がその上で一握りの練り粉を撫でては押さえつけ、如何に輪郭と呼ばれる（深鉢の台足の輪郭を象った木切れの）道具で、如何なるかようの深鉢の台にもなろう輪っかを手際好く刮げては切り分け、そこで旋盤から練り粉っぽい頭蓋帽よろしき深鉢を乾燥さすべく取り外したか、後ほど（所謂素地の状態にて）第二の旋盤に突っ込み、そこにて鋼の研磨機で仕上げの磨きをかけるべく？　して、こと鋳型に嵌めること全般にかけては（と皿は言う）、改めて思い起こさすまでもないだろうが、装飾的な食器は全て、実の所完全な円形でない食器は全て、鋳型で作られる。というのも君は覚えているだろう、如何に、例えば、野菜皿が鋳型で作られる所を目にしたか。如何に茶碗の把手や、急須の口や、スープの深鉢の足等々が全て小さな別箇の鋳型で作られ、各々、その端くれを成すが定めの法人に「鉱滓」と呼ばれる代物で記憶にすら留められぬほど瞬く間にくっつけられるか。のみならず、同じ見学中に学んだ――ほら、学んだ――はずだ、如何にパリアン*と呼ばれる繊細な新しい素材の美しい彫刻は全て鋳型の中で形作られるか。如何に骨に含まれるリン酸石灰のせいで半透明になるからというので、くだんの素材の中へ動物の骨が砕き込まれるか。如何に何もかも、高熱の中でくだんの割合だけ縮まるからというので、窯に入れられる前に、火から出て来るよう期待される四分の一だけ大きめに象られるか。如何に像が不均等に縮まると、台無したることに、窯より畸型児たりて――どデカい図体で、或いは小さな頭とどデカい図体で、或いはひょろ長い腕と寸詰まりの脚のクワジーモド*か、取り立てて言うほどの脚も腕もなきビフィン嬢*もどきで――お出ましになるか。

して、こと窯はと言えば、そこにて火入れが行なわれ、そこにてより高価な食器の某かは完成へ向けての様々な段階の工程を経て幾度も焼かれる訳だが――こと窯はと言えば（と皿は、思い出の糸を手繰るだに頭に血を上らせながら言う）もしも君があいつらをとびきりの興味を催して覚えていないとしたら、そもそも一体何のためにコープランド工場へ足を運んだのか？　君は例の、アダム以前の煙草パイプの引っくり返った火皿の一つの内側に立ったなり、さながらローマの万神殿（パンテオン）の石畳の中央の下に沈んだ井戸から上を見上げる要領で、遙か上方の開けっ広げの天辺越しに真っ青な空を見上げた際、ちらとでも自分がどこにいるか思い寄ったというのか？　して気がついてみれば、くだんの丸屋根形の洞窟にて、何を支えているというのでもなく、ギュッと、まるでアダム以前の大力無双男（サムソン）が巨大な広間を抱き締め、能う限り小さく押し潰しでもしたかのように互いにひたと寄せ集められた、この世ならざる建築様式の無数の円柱に取り囲まれた際、ちらとでもそいつらが何か思い寄ったというのか？　否（と皿は言う）、もちろん思い寄らなかったとも！　してこれら円柱はそれぞれ巧妙に作られた――さや（サガ）と呼ばれる――粗い粘土の容器の山で、バラすと、どデカい巨人ブランダボー*の食卓用の堅パイそっくりだが、今やそれぞれ器の底が下の器の蓋の役をこなしたなり、窯に入れる順番に並べた色取り取りの陶器で一杯にして、窯全体はこいつらが見る間にびっしり、挙句最後の陶工が壁のギザギザの隙間が閉（た）てられ、火が次第に入れられぬ内に且々這いずり出せるか出せぬか、幾層にも積み重ねられると知った際、君は年がら年中くだんの恐るべき部屋は――人知の限りでは永久（とこしへ）に――白熱に熱せられ――冷却され――詰められ――空にされ――レンガで塞がれ――いざ、こっぽり口を開けられると思えば、唖然として立ち尽くさなかったろうか？　なるほど、立ち尽くしたとも！　してほとんどギュウギュウ詰めのくだんの窯の一つに立ち、自由なカラスが一羽、天辺の隙間をヒューッと過るのを目にし、如何に火は徐々に徐々に熱くされ、同様に四十から六十時間がかりで冷やされようと聞かされるや、人間なる粘土の焼かれていた日々の如何なる記憶も君の気を滅入らさなかったというのか？　然り。だろうとも！　灼熱の靄と短くなる一方の呼吸と、上昇する熱と、喘ぎ喘ぎの祈りの幻想が――君と空との間に（黒づくめの人影のいつもの伝で）割って入り、熱さの余り、金輪際眺めていられなくならぬ内に、啓発的な苦悶に苛まれる異端者を見下ろす黒づくめの人影の幻想が――だから（と皿は言う）何かそんな幻想が、漸う戸外へ這いずり出し、明るい春の日と堕落した時代を恵み賜ふた神に祈りを捧げた際、君にしぶとく取り憑いていなかったろうか！

　その後、改めて思い起こさすまでもなかろうが、この「ビスケット*」を（と、焼かれるや呼ばれる訳だが）茶色の輪っかと青い木で彩り――アフリカへ輸出されたり、祖国の田舎家で使われる、しごくありきたりの陶器に変える――最も単純な工程を目にするだに何と君はほっと胸を撫で下ろしたことか。というのも（と皿は言う）君が如何にくだんの格別な水差しとマグは今一度旋盤にかけて回転させられ、如何に陶工がそいつらのクルクル回っている間に吹き竿から（くだんの状態なる素材と固より強かな似通いを有す）褐色絵の具を吹きつけ、如何に陶工の娘がしごくありふれた刷毛で然るべき所に青い染みを落とし、如何に、染みを逆さに引っくり返すことにて、大雑把な木の図柄に滴らせ、そこにてケリがつくものか記憶に留めていることくらい先刻御承知だから。

　そして君は（と皿は言う）ぼく自身の兄の上にあのびっくり仰天物の青い柳が、筋コブだらけの捻けた幹と、青いダチョウの羽根よろしき葉ごと、植わっているのを目にしなかったろうか、お蔭でぼく達一族は柳模様*の肩書きを頂戴している訳だが？　して君は同時に兄に絵付けされるのに気づかなかったろうか――柳の根っこからニョッキリ顔を出し、何の上にということもなく架かっているあの青い橋が――橋を渡り、見事な青い茂みの刈り込みが屋根から芽吹いている青い社へと入って行く三人の青い中国人が――マストを、より空高き青い巌と、いっとう空高き、互いに嘴を突つき合っている番の青い鳥を頂く、空高くにて宙ぶらりんになった青い荘園の礎に押し込み強盗よろしく突っ込ませた、そいつら一切合切の上をスイスイ間切っている青い船が――濃緑青色帝国の我らが尊き御先祖様に敬意を表し、して既知の遠近画法の法則という法則を物ともせず、大皿の日々以来幾百万となき我らが一族を彩って来たあの愉快な青い景色のその他大勢もろとも？　君はぼくの模様が深く刻まれた銅板を丹念に調べなかったろうか？　くだんの模様の型が大浴槽分もの石鹼水から迸る薄洋紙に円圧印刷機でコバルト色に取られるのを目にしなかったろうか？　紙の型は軽やかな指の（君こそ身に覚えがあるだろう、うっとり来たのを）乙女によって皿の表面に艶やかに広げられ、その裏が吊りもも肉よろしく括り上げられた長くきっちりとしたフラノの巻き物で力まかせにゴシゴシ——とは言え、湿っているにもかかわらず紙をビリともさせずに——こすり上げられなかったろうか？　それから（と皿は言う）、紙は海綿で洗い落とされ、さらば皿の上に正しくこの、君の今しも目にしているラファエル前派の青い膠絵（ディステンパー）の具の逸品がくっきり浮かび上がっていなかったろうか？　蓋し、紛れもなく！　小生は以上全て——のみならずもっとどっさり——目の当たりにしていた。コープランド工場にて、醜い古柳を公衆の寵愛より萎び去らせ、劣らず安価なだけに如何なる約しき所帯にもまっとうで健やかなさりげない芸術を紛れ込ます、一点の非の打ち所もなき透視画法になる美しい意匠の模様を見せてもらっていた。スプラット夫妻が御当人方の妻せ（メナージュ）を不朽にしたくだんの脂身と赤身の等分によりて己（おの）が物質的趣味を満足させ、かくて優美な伝統に則り「大皿をきれいに舐め」果せたならば、彼らは——粘土の近代芸術家のお蔭で——自然の事物の優れた輪郭もて己（おの）が知的趣味を楽しませよう。

などと思いを巡らせた勢い、小生は思わず青い皿からサイドボードの上の、寄る辺無いながら陽気に彩られた花瓶に気をそそられる。してよもや（と皿は言う）忘れてはいまい、如何に目下そこに見えるような花の群れの輪郭が、ちょうどぼくが絵付けされたように絵付けされ、その後（ご）女性や少女によって金属絵の具で濃淡をつけて仕上げを施されるか？　こと、より濃やかな粘土で作られる、我らが階層の貴族はと言えば——磁器有爵士や有爵婦人や——石板や、鏡板や、テーブル上面板や、高台付き大皿や——デザート、朝食、紅茶道具一式なる果てなき貴族・郷士階級や——宝石を鏤めた香水瓶や、緋色と黄金の丸金属盆（サーヴァ）はと言えば、君はそいつらが、ラクダ毛の画筆でもって塗られる金属絵の具で、絵師によって彩色され、その後焼きつけられるのを目にしたはずだ。

して焼きつけ云々に関せば（と皿は言う）、君は柳模様からターナー流の風景に至るまで、画題という画題は、粘土か締焼き陶磁器（ポースレン・ビスケット）に象られ果すと——釉をかけられなければならないのに気づかなかったろうか？　もちろん君は様々なガラス質の素材より成る釉が、全ての磁器にかけられるのを目にし、もちろんそれぞれの磁器がわずかなり触れたり接したりせぬよう互いの間にさしはさまれた先の鋭い陶器製詰め道具（スティルツ）によって厳格に強制された別箇の体系の上なるさや（サガ）にきっちり封じ込められる所にも立ち会ったはずだ。我々はぼくの時代には——して恐らく今も同じだろうが——すこぶる艶の好い、引っ掻傷のつかぬ表面を施すよう釉をかけ、一面均等に「行き渡らす」のに十四時間の火入れを要した。無論、君はとある——プリンティング・ボディと呼ばれる——種類の釉が、より上等な手合いの陶器には絵付けの前に焼きつけられるのにも気づいたはずだ。この上に、君は最も濃やかな鋼彫刻が、その後の釉がけで焼きつけられるべく転写されるのを目にした——のではなかったか？　ああ、もちろん、目にしたとも！

　もちろん、小生は目にした。小生は皿が思い起こさせてくれた一から十までを目にし、愉しんでいた。如何にその忙しなき微塵を乗せたなり、この我らが地球を大いなる体系の中の持ち場に就かせ続ける回転運動が、その工程の終始、不可欠にして、唯一竈の中においてしか割愛され得ぬものか、称賛の念をもって眺めていた。よって、皿の忠言に耳を傾け、そいつらに思いを馳す内、とどの詰まりは夕べを凌ぎ、床に就いた。して一気に眠り飛ばすと——その点にも無論、皿に恩義を蒙っている訳だが——朝方、未だワニ足の赤ん坊の起き出さぬ内に孤独な「ドードー亭」を後にした——奴ととことん折り合いをつけたなり。

第二十二章　我らが映えある馴染み

閣下が当選したとは同慶の至りなり！　我らが映えある馴染みは晴れて次期国会で本務を全うすべく選出された*。閣下はヴァーボシティ*選出の映えある議員である――イングランド中で最高の代議士を輩出している土地の。

我らが映えある馴染みは有権者宛、祝賀の演説を発表したが、演説はくだんの高貴な選挙区民につきづきしくも、実に見事な作文となっている。閣下を選出する上で、と閣下は宣ふ、彼らは自ら栄光に浴し、祖国は己に律儀であった。（基調演説において、閣下は世にも稀なる詩的引用を為す上で、もしや祖国が己に飽くまで誠を尽くせば、我々は断じて悔いまい（『ジョン王』V、7）とぶってはいたが。）

我らが映えある馴染みは同じ文書の中で預言を物している。曰く、さる派閥の脆弱な手先は最早二度と頭（こうべ）をもたげられまい。向後幾星霜、侮蔑の指が阻喪の極みなる彼らを差し示そう。のみならず、我らが国民性の聖なる砦を毀たんとする欲得尽くのお先棒は英国人の名に値せぬ。海に囲まれた我らが島国の四方で大海原が逆巻く限り、我が訓言は「断じて明け渡す可からず」たらん。下卑た主義主張と無学文盲の一人ならざる頑迷な輩は、果たして手先とは何者で、派閥とは何で、欲得尽くのお先棒とはどいつで、聖なる砦とはどいつで、断じて明け渡されてならぬのは何で、然らば何故（なにゆえ）か、知っている者がいるのか否か俎上に上せて来た。が、ヴァーボシティ選出議員たる我らが映えある馴染みは一件がらみではそっくり御存じだ。

我らが映えある馴染みは幾会期も国会議員を務め、幾ブッシェルもの票を投じて来た。こと投票にかけては然に深遠な男故に、閣下が腹の底では何を意味しているものか貴殿にはさっぱり分からぬ。表向き真っ白に票を投じているやに見えようと、実は真っ黒に投じているやもしれぬ。表向き「イエス」と答えようと、或いは――と言おうかまず間違いなく、腹の中では「ノー」と答えている。これぞ、我らが映えある馴染みの政治的手腕にして、この点においてこそ、閣下は単に国会議員ならざる男とは訳が違う。貴殿には閣下があの折何を意味し、今何を意味しているか分からぬやもしれぬが、我らが映えある馴染みにはあの折何を意味し、今何を意味しているか、いずれも分かっているし、仰（のっ）けから分かっていた。してあの折そんなことは意味していなかったと言えば、今はそれを意味していると事実上、言ったことになる。してもしや貴殿が閣下があの折何を意味していたかも、今何を意味しているかもあの折分からなかったし、今も分からないと言おうものなら、閣下は貴殿は我らが国民性の聖なる砦を毀つ覚悟が出来ているものか否か是非ともきっぱりお答え頂きたいと宣おう。

　ヴァーボシティ選出議員たる、我らが映えある馴染みは、かくの如き偉大な属性を具えている。即ち、常に何か腹づもりがあり、そいつは断じて変らぬという。閣下は晴れてくだんの「院」の議員となり、この偉大で幸福な国家の一堂に会せし代議士の端くれとし、この胸に手をかけ、天地神明にかけて、いつ何時であれ如何なる状況の下にせよ、金輪際ベリック・アポン・トゥイード*ほど北へは行かぬ旨厳粛に誓えると己が議員席にて憂はしげにうそぶき、というに翌年、事実ベリック・アポン・トゥイードへと、さらにはその先のエディンバラへと出向いた際にも、唯一無二の、唯一不可分の、腹づもりしかなかった。してよもや（と我らが映えある馴染みの宣はく）小生の腹づもりが解せぬなどと公言して憚らぬ男相手に空しく口論を仕掛けられようか！　「小生は断じて、皆さん」と我らが映えある馴染みはとあるかようの公の折、割れんばかりの拍手喝采を浴びつつ、さも腹立たしげな力コブを入れて言った。「小生は断じて、皆さん、かようの言語を小生相手に弄してなお、彼の地の生まれの者だなどと主張しつつ枕に頭を横たえられるような逆しまな心根の男の感情を嫉ましいとは存じません

　　その進軍の巨浪を越え
　　その我が家の海神なる！*」

（万雷の拍手。男は放逐される。）

　我らが映えある馴染みがとある格別な輝かしき凱旋の折にヴァーボシティの選挙母体に基調演説を行なった際、閣下の仇敵の幾人かによりてはさしもの閣下とて次なる比較的取るに足らぬ状況の巡り合わせによって、困難な立場に追い込まれようと目された。即ち、我らが映えある馴染みが支持する十二名の貴族にして殿方がわざわざとある事を為すべく「入閣」していた。さて、十二名の内四名はとある場で、くだんの一事を為すつもりはなく、ついぞ為すつもりもなかったと断言した。十二名の内別の四名はまた別のとある場で、くだんの一事を為すつもりであり、常々為すつもりであったと断言した。残る四名の内二名は、とある他の二箇所で、くだん

の一事の半ばを為し（とは言えいずれの半ばがらみでかは齟齬を来していたが）、残りの半ばの代わりに色取り取りの名状し難き驚異を為すつもりだと断言した。残る二名の内一名はくだんの一事はそれ自体、綷切れて埋葬されていると主張し、残るもう一名は劣らず屈強にくだんの一事は今なお達者で矍鑠としていると申し立てた。なるほど、我らが映えある馴染みの国会風天稟をもってすればかくの如きちゃちな食い違いなど易々折り合いをつけられていたろう。が難儀を剰え膨れ上がらすに、十二名は各々異なる場で相異なる発言をし、十二名は十二名共、可視にせよ不可視にせよ、神聖にせよ冒瀆的にせよ、万有に誓って、我々は満場一致なる完璧に難攻不落の密集部隊（ファランクス）なりと訴えた。これは、如何せん、我らが映えある馴染みにとって躓きの石となろう。

　難儀は我らが映えある馴染みの前にかように訪れた。閣下は自由にして独立独歩の選挙区民に相見え、（閣下自ら地元の新聞にて彼らに告げた所によらば）区民が彼の手に委ねた信託の——英国人の有す最も誇らしき特権の一つたるかの信託の——英国人の保持する最も誇らしき特権たるかの信託の——説明をすべく、ヴァーボシティへ赴いた。戦いに如何ほど大きな大衆の興味がそそられていたか、証として引き合いに出しても差し支えなかろうが、何人（なんぴと）たり雇った覚えもなければ素姓も知らぬ痴れ者がそっくりバラ蒔くホゾを固めて、金貨にして数千ポンド携えてヴァーボシティへ出向き——事実、バラ蒔いた。のみならず、居酒屋の亭主という亭主はロハで店を開放した。ことほど左様に、一人ならざる拳闘家と剽軽至極にも護身用仕込み杖もて身を固めた押し込み強盗の愛国的一味が身銭を切って決戦場へと（二頭立て四輪（バルーシュ）にてへべれけのなり）乗り込んだ。これら自然児と来ては固より我らが映えある馴染みに御執心とあって、反対派の有権者のド頭を連中ならではの巧まざる物腰にてぶん殴ることにてその証を立てる気満々ではあった。

　我らが映えある馴染みは選挙区民の御前へ罷り入り、我が奇特な馴染みティプキッソンが作業着で——我が奇特な馴染みティプキッソンは性懲りもない馬具屋にして、常日頃から小生に真っ向から異を唱え、小生とて不倶戴天の敵と見なしている訳だが——ここに居合わすのを目にするとは望外の喜びと、慇懃無礼もいい所、持ち上げ果すや、選挙区民にキビキビとした清涼飲料水っぽい演説をぶち、そこにて如何に十二名の貴族にして殿方は（入閣からかっきり十日後にして早）ヨーロッパの財政状況全般に瞠目的恩恵を施すに、この半年間の輸出入の状態を変え、金（きん）の流出を防ぎ、原材料の供給過剰に関して事態を抜本的に立て直し、前任の貴族にして殿方がぶち壊していたありとあらゆる手合いの均衡を取り戻し――しかも以上全てを小麦一クォーターにつきいくらいくらで、金一オンスにつきいくらいくらで、イングランド銀行優良割引手形いくらいくらパーセントで！――やってのけていたか審らかにしてみせた。或いは小生は、と閣下は滔々たる熱弁において宣った、汝の名分は何ぞやと問われるやもしれません。小生の名分は昔も今もつゆ変わりません。小生の名分は獅子と一角獣の面に記され、くだんの雄々しき動物の支えている王家の盾と、くだんの盾の帯びる自由闊達な炎の文言に未来永劫、刻まれています。小生の名分は、ブリタニアとその海賊王三叉槍であります！　小生の名分は商業的繁栄の完璧にして深遠な農業的満足との共存であり、この理念に達さぬ限り小生は決して立ち止まりますまい。小生の名分はこれら――のみならずマストに釘づけにされし己が軍旗、まっとうな場所なる皆の心、大きく見開かれた皆の目、用意万端整いし皆の手、注意おさおさ怠りなき皆の理知。小生の名分は以下の如くであります――一般的に言って――何物かの全般的見直し、並びに何か他の、それ以上殊更取り立てて口にするまでもなきものの蓋然的再調整と相俟った。小生の名分は、要するに、詰まる所、暖炉と聖壇、労働と資本、王冠と王笏、象と櫓、であります。して今や、もしや我が奇特な馴染みティプキッソンが何かさらなる説明を要求するなら自分（我らが映えある馴染み）は逃げも隠れもせず、仰せに従わせて頂こうでは。

　ティプキッソンは、この間も終始腕を組み、我らが映えある馴染みにじっと目を凝らしたなり、聴衆の中でも一際目立っていたが――ティプキッソンは、我らが映えある馴染みの演説の間中、顔の筋一本緩めるでなく、ひたすらそこに、滔々たる熱弁の奔流にもビクともせず、人類にとっての（とは即ち、無論、我らが映えある馴染みの支持者にとっての）侮蔑と冷笑の的たりて立っていたが――ティプキッソンは今や自分は無骨な男でと前置きした後（「ああ、全くもって！」との叫び声）、自分が知りたいのはただこいつだけでと言う。一体我らが映えある馴染みと十二名の貴族にして殿方は何に向かって突っ走っておいでなんで？

　我らが映えある馴染みのすかさず返して曰く。「果てなき眺望に向かって」

　一堂に会した聴衆によりては、この、我らが映えある馴染みの政治的見解の当意即妙の開陳は立ち所にティプキッソンの一件にケリをつけ、奴をとことん顔色なからしめて然るべきだったろうと目された。がくだんのなだめすかし難き御仁の、四方八方から（とは即ち、無論、我らが映えある馴染みの側から）浴びせられる罵詈雑言を物ともせず、相変わらず顔色一つ変えぬまま、しぶとく食い下がって曰く。もしや我らが映えある馴染みが本気でそうおっしゃってるのなら、そいつは詰まる所どういうことなんで？

　正しくこのこよなく不快にして不躾な異議申し立てを拒絶する上でのことである、我らが映えある馴染みがヴァーボシティ代表の自らの最も優れた資格をひけらかしたのは。その場に居合わす閣下の最も熱烈な支持者や、閣下の大軍統率の手腕を誰より熟知した連中ですら、閣下はいよいよ国民性の聖なる砦に依拠するものと思い込んだ。が、お見逸れなきよう。閣下の然に返して曰く。「我が奇特な馴染みティプキッソンは、皆さん、小生に一体何に向かって突っ走っているのかとたずね、小生が果てなき眺望に向かってと率直に答えると、それは詰まる所どういうことかとおたずねになります。我が奇特な馴染みは（もしや誤解でなければ）とはどういうことかたずねておいでと？」「ああ、そうともよ！」とティプキッソンは「この恥知らずめが」だの「くたばっちまえ」だの浴びせられる直中を答える。「では皆さん」と我らが映えある馴染みは宣ふ。「我が奇特な馴染みティプキッソンの御要望通り、小生が何を言わんとし、何を言わんとしていないかお答え致そうではありませんか。（拍手喝采。して「ああ、目にモノ見せてやれ！」との間の手）でしたらあちらに、して当事者全てに申し上げますが、小生の事実言わんとしているのは聖壇と、暖炉と、家庭であり、小生の言わんとしていないのはモスク（イスラム教礼拝堂）とマホメット教であります！」当該止めの一突きの功たるや凄まじかった。ティプキッソンは（バプティストだけに）野次り倒され、小突き出され、爾来、メッカへの早々の巡礼を企んでいるトルコの背教者なものと目されている。ただし、彼独り鼻をあかされた訳ではない。鉾先は彼に向けられている片や、色取り取りの仰山な立て札にてはマホメットの揺るぎなき信者として触れ回られている、我らが映えある馴染みの仇敵にまで転ぜられ、かくてヴァーボシティの住民は我らが映えある馴染みと聖書と、我らが映えある馴染みの仇敵とコーランのいずれか一方を選ぶよう求められた。彼らは我らが映えある馴染みに軍配を挙げ、果てなき眺望の周りに結集した。

　我らが映えある馴染みに対しては、宜なるかな、閣下は初めて聖なる事柄を選挙戦術に濫用した人物だと申し立てられている。いずれにせよ、素晴らしき範は確かに、ヴァーボシティ選挙において初めて垂れられ、我らが映えある馴染みは（若かりし時分バラモン僧の弟子にして、我々が数年前共に旅をする栄誉に浴した際には仏教徒だったにもかかわらず）

必ずや大衆の面前では連合王国中の男や女や子供の神学的・頌栄（しょうえい）的見解に関して上院議員席丸ごとの主教が束になってかかっても敵わぬほどの懸念を表明している。

我々は本稿を始めるに当たりまずもって、我らが映えある馴染みは先般の選挙において再選し、閣下が当選したとは同慶の至りなりと言った如く、本稿を締め括るとしよう。我らが映えある馴染みはヴァーボシティのために如何ほど度々当選しても当選しすぎることはあるまい。これぞ吉兆にして大いなる鑑である。我々がかの、目下イングランド中で然ても顕著な政治への津々たる興味や、公民としての本務の遂行における撥溂たる熱意や、投票場へ駆けつけんとの激しい欲望を負うているのは偏に我らが映えある馴染みのような人物や、閣下が晴れて意気揚々とお出ましになる選挙戦のような選挙戦である。仮に鍔迫り合いが（時に然にある如く）我らが映えある馴染みのような二人の人物の間で行なわれれば、我らが性（さが）の最も濃やかな情動が刺激され、我らが頭と心の能う限り大きな賛嘆の念が掻き立てられよう。

我らが映えある馴染みは次の会期において必ずや持ち場に就いていようと預言したとて大したことではない。問題が何であれ、と言おうかその討議の形式が何であれ――国王への建白であれ、選挙請願であれ、公費支出であれ、庶民の参政権、教育、犯罪の増大であれ――下院全体においてであれ、全下院委員会においてであれ、特別委員会においてであれ――ありとあらゆる主題に関す国会の討議という討議においてであれ、何処においてであれ――ヴァーボシティ選出下院議員閣下は必ずやその姿が見受けられよう。

第二十三章　我らが学舎

　我々はつい先達ての盛夏にそいつを見に行き、鉄道が根から枝からごと切り刻んでいるのを目の当たりにした。*大きな幹線が運動場を呑み込み、教室を刮げ取り、校舎の隅を殺ぎ落とし、かくて我らが学舎は無慙にぶった切られてみれば、化粧漆喰の緑々(あおあお)しき状態にて、さながら真っ直ぐ押っ立てられた、把手の捥げた寄る辺無き火熨斗よろしく、道路の方へ横っ面をひけらかしていた。

　我らが学舎なるもの、どうやら「時流」に弄ばれる運命(さだめ)にあると思しい。我々はとある私立予備通学校(プレパラトリ・デイ・スクール)に纏わる朧な記憶を持っているが、そいつを訪ねようとて詮なかろう。幾々年も前に新たな道路を建設すべく引き倒されているに違いない。我々はそいつは染め物屋の二階だったとの確信、とまでは行かずとも、朧な印象を持っている。確か、そこへは階段を昇って行き、昇って行く上でしょっちゅう膝を擦り剝いていたのを——めっぽう覚束無い小さな靴の片割れから泥を拭い落とそうとする上で大方、大御脚の片方で泥落としを跨いでいたのを——知っている。予備校の女教師は我々の記憶に何ら名残を留めていないが、とある長くせせこましい不朽の入口の内なる、とある不朽のドア・マットの上にて後ろ脚で立ち上がっているのは、我々に個人的なウラミツラミのある、ずんぐりむっくりのパグ犬で、ヤツは「時」相手に凱歌を挙げている。くだんの性ワルのパグの吠え声と、奴がパクリと、我々の無防備の大御脚に噛みつかんとす、何やら光を放たんばかりのやり口と、湿った黒い鼻面(はなづら)と白い歯でやらかす不気味なニタつきと、羊飼いの杖よろしくクルリと巻いた小粋な尻尾のふてぶてしさは、どいつもこいつもピンシャン、まざまざと生き存えている。さなくばとんと説明のつかぬ、奴と弦楽器(フィドル)との連想から、我々は奴はフランス生まれで、その名もフィデール*と言ったものと結論づけている。飼い主は四六時中裏手の茶の間に住まう女性で、女性の人生は専らクンクン鼻を鳴らし、茶色のビーバー帽を被ることにて過ごされていたように思う。飼い主のために、奴はいつもちんちんをして、鼻の上のケーキの釣合いを取っていたものだ。が二十数え果すまではケーキをパクリとやらせてもらえなかった。我々は、自ら信ず限り、いつぞや当該芸当を拝見すべく請じ入れられ、くだんの折、奴はそのよりお手柔らかな刻（とき）においてすら、我々の存在に耐えられず、すかさずケーキごと、我々に突っかかって来た。

何故（なにゆえ）「フロスト嬢」と呼ばれる喪服の代物が今なお我らが私立予備校（プレパラトリ・スクール）と連想されるものか、は神のみぞ知る。我々はフロスト嬢が器量好しだったという——たとい事実、器量好しだったとて——印象も、フロスト嬢が知的に魅力的だったという——たとい事実、嗜み深かったとて——印象も持ち併せていない。がそれでいて彼女の名と黒いドレスは我々の思い出の中で揺るぎない場所を占めている。劣らず非人格的な、その名がいつからともなく「モールズ坊ちゃん」へと微動だにせず凝り固まった少年も、我々の脳裏にこびりついて離れぬ。モールズにこれきり恨みがましい感情を——と言おうか如何なる感情も——抱いていないからには、恐らく、彼も我々もフロスト嬢にクビったけだったはずはない。「死」と「埋葬」に纏わる我々の仰（のっ）けの印象はこの影も形もなき二人組と連想される。我々は三人してとある冬の日、物蔭で由々しく身を寄せ合い、風がビュービュー吹き荒んでいたせいで、フロスト嬢のピナフォアが我々の頭におっ被さるほどだったが、フロスト嬢はヒソヒソ、誰かさんが「ネジ込められて」いる云々囁いた。そいつが唯一、くだんの得体の知れぬ二人組について我々の留めている明瞭な記憶である。とは言えモールズ坊ちゃんの行儀はもっと好くても好さそうなものではあった。概して、子供がともかく他の興味津々のネタというネタそっちのけでこちとらの鼻ばかりにやたらかかずらっているのを目にする度、我々の記憶は瞬く間にモールズ坊ちゃんへと立ち返る、とまでは言っても差し支えなかろう。

だが、鉄道がやって来て、そっくり引っくり返してしまわない内の我らが学舎たりし学舎は、てんで毛色の違う手合いの場所だった。我々はそこへ入った時にはウェルギリウス（ローマの詩人）に無理矢理突っ込まれ、とうの昔に錆のどっさりたまった色取り取りの「磨き」のお蔭で懸賞を頂戴するほどにはデカかった。界隈では一応名の知れた——何故（なにゆえ）かは誰一人与り知らねど——学舎で、我々は最優等生なる晴れがましき地位を確得し保持する栄誉を担った。我々の間では、校長は何一つ知らず、助教師の内一人が何もかも知っていることになっていた。* 今なお前者の想定は完璧に正しかったと思いがちではある。

我々は前者の想定のネタ氏はそれまで皮革商でメシを食っていたものを、我々を——つまり我らが学舎を——途轍もなく学のある別の経営者から買い取ったとの漠たる印象を持っている。当該思い込みに何か真実の根拠があるか否か、今となっては確かめる術（すべ）もない。校長が曲がりなりにも知識を持ち併せていた唯一の教育部門は、罫引きと体罰だった。校長はいつも運算帳に浮腫み性のマホガニー製物差しで罫を引くか、同上の血も涙もなき利器もてズルケの掌をピシャリと引っぱたくか、どデカい手の片割れでさも憎たらしげにパンタルーンをギュッと引き寄せ、もう一方の手で履き手を鞭打つかしていた。当該営為が校長の主たる生き甲斐だったことに何ら疑いの余地はない。

　我らが学舎には金に対す深遠な崇拝の念が漲っていた、のは元を正せば無論、そのお頭のせいである。我々の瞼には大きな頭と底無しの半クラウンを持った、血の巡りの悪いギョロ目の少年が焼きついている。少年はある日突然、特別寄宿生として現われ、何でも、両親が贅沢三昧に暮らしている、どこか地球の謎の国から海を渡って来たとのことだった。いつもお頭には「ミスター」付けで呼ばれ、茶の間で肉汁のたっぷりかかったステーキを食べ、おまけにフサスグリ・ワインを呑んでいるとは専らの噂だった。して少年自身大っぴらに宣って憚らなかった、もしも朝食にロールパンとコーヒーが出なかったら、今のその海を渡ってはるばるお越しの地球の未知の国の我が家へ一筆認め、金のウナるほどある我が家へ呼び戻してもらうのだと。少年はどんな年級にも学級にも入れられず、独りきり、お好み次第ちょっぴり——してずい分ちょっぴりしかお好みでなかった訳だが——勉強し、我々の間ではこいつは「テング」の鼻を拉いでやるには金持ちすぎるからだと思い込まれていた。少年の特別待遇と、我々の側（がわ）での少年と海や、嵐や、サメや、珊瑚礁との連想の為せる業か、わけても突拍子もない口碑が少年の来歴として触れ回られることとなった。無韻詩の悲劇がその主題がらみで——もしや記憶違いでなければ、今しも当該思い出を綴っている手によりて——物され、そこにて少年の父親は海賊として登場し、連綿たる極悪非道の所業のせいで心臓をぶち抜かれた。がまずもって妻君に身上の金銀宝の仕舞われ、一人息子の半クラウンが今や逆り出ている洞窟の秘密をバラしておいてから。ダブルドン（少年の名）は勇猛果敢な父親が非業の死を遂げた時には「未だ産声を上げて」いないことになっていた。してくだんの惨事に際してのダブルドン夫人の絶望と悲嘆こそが特別寄宿生の知性を夥しく損ねたとして感動的に予示される。この悲劇詩は仲間の覚え実に目出度く、食堂の扉を閉（た）て切ったなり、二度にわたって上演された。がいつしか噂が広まり、名誉毀損として没収され、不運な詩人はこっぴどい灸を据えられた。およそ二年後、ある日突然、ダブルドンは姿を消した。一説にはお頭自身が船溜まりまで連れて行き、スパニッシュ・メイン*へと再度船に乗せてやったと言われている。が何一つ、少年の失踪がらみでは爾来、審らかにされていない。今もって、我々は少年をカリフォルニアとそっくり切り離して考えること能はぬのだが。

我らが学舎は不可思議な生徒でいささか名が知れていた。もう一人――どデカい二重蓋の銀の懐中時計と、その柄（え）だけでもこれ一つの絵に画いたような道具箱たる、でっぷり肥え太ったナイフを持った、重量級の若者がいて、若者はある日、お頭の机の傍にひたと寄せられた、御当人の格別な机にどういう訳やら現われ、お頭とやたら馴れ馴れしげな口を利いた。若者も専ら茶の間を塒とし、散歩に出かけ、我々のことなど――最優等生たる我々のことですら――歯牙にもかけなかった。ただ外でバッタリ出会すと、我々にさも小馬鹿にしたように足蹴を食らわすか、陰険極まりなくも帽子を引ったくりざま遠くへ放るのをさておけば――との儀式を、いつも通りすがりに――恩着せがましくもわざわざそのためつと立ち止まろうともせぬまま――執り行なふた。我々の中には当該神童の古典の素養は群を抜いているものの、習字と算術はお粗末極まりなく、そいつらに磨きをかけるべく我らが学舎へやって来たのだと信じている者もあれば、また中には若者は自ら学校を経営する気で、我らが学舎が実際に運営されている所を見学するおスミ付きを頂戴すべくお頭に「即金で」二十五ポンド支払ったと信じている者もあった。より陰気臭い向きは若者は我々を買い取る気らしいとまで言った。よってくだんの不測の事態に備え、皆して寝返りを打ってトンヅラしようとの共謀が着々と進行した。若者は、しかしながら、ついぞそいつはやらかさなかった。ものの四半季在籍していたと思うと――その間（かん）、具に観察されてはいたものの、羽軸でペンをこさえ、秘密の画帳に小文字を綴り、ナイフのいっとう尖った刃の先を机に一面ブスブス押っ立てる外何一つしている様が見受けられなかったが――やはり忽然と姿を晦まし、杳として行方が知れぬ（『詩篇』一〇三：一六）。

また別の、濃やかな顔色と豊かな巻き毛の、色白のおとなしい少年がいた。少年のことを我々は愛らしいお袋さんを見捨てた子爵の息子なりと突き止めた。と言おうか突き止めたものと思い込んだ（如何なる根拠の下（もと）にか、今となっては皆目分からぬし、恐らく当時も分かっていなかったはずだ。がともかくそいつは口から口へと伝えられた）。してもしや正当な利権を申し立てれば、年二万は下らぬ身上を手にすることになろうと諒解されていた。して万が一お袋さんは親父さんとバッタリ出会そうものならその場でズドンと、わざわざそのためいつも銃口まで装塡して肌身離さず持ち歩いている銀のピストルで心臓をぶち抜こうとも。少年はめっぽう示唆に富むネタであった。さる白黒混血児（ミュラトー）の少年もまた然り。というのも少年は（すこぶる愛嬌好しだったにもかかわらず）ポケットかどこかに匕首を隠し持っているといつも信じられていたからだ。が思うに、二人共また別の、二月二十九日に生まれたと、よって五年に一度しか誕生日が巡って来ないのだと申し立てる少年によって概ね顔色なからしめられていた。我々はこいつは絵空事だったに違いないと睨んでいる――が少年は少なくとも我らが学舎にいる間はずっとそいつをダシに生き存えていた。

　我らが学舎の主たる通貨は石板鉛筆だった。石板鉛筆には何か決して確かめられることも、決して法定純分（スタンダード）に還元されることもない、曰く言い難い価値があった。そいつをどっさり持っていれば即ち、如何でか、金持ちということだった。我々は石板鉛筆をいつもお情けで恵んでやり、選りすぐりの友達への格別な賜り物として譲っていたものだ。休暇が近づくと、身内がインドにいるせいで、「居残り組」なる属名の下（もと）訴えかけられる少年のために寄附が募られた――宿なしの状態なる彼らにハッパをかけ、元気をつけてやること受け合いの、然るべき思い出の印が。個人的には、我々はいつもこれら同情の印を石板鉛筆の形（なり）にて賜り、いつも彼らにとっては慰めにして宝物たらんと脂下がっていた。

　我らが学舎はわけても白ネズミに見るべきものがあった。ベニヒワや、ムネアカヒワや、カナリアですら、机や、引き出しや、帽子箱や、その他小鳥にとっては奇異な隠処で飼われていた。が白ネズミがダントツお気に入りのペットだった。少年は先生が生徒を仕込むより遙かに上手に白ネズミを仕込んだ。我々はとある白ネズミを覚えているが、奴はラテン語辞典の表紙の下に住まい、梯子を駆け登り、ローマ戦車を曳き、マスケット銃を担（にな）い、錘（つむ）を回し、舞台の上ではあっぱれ至極にモンタルジスの犬（ピークセイレイクール『モンタルジスの犬』）の役すらこなした。奴はカピトリヌス神殿への凱旋行列で道を間違えるドジを踏まなければもっと偉大なことをやってのけていたやもしれぬ。というのもあの折、底無しのインク壺に落っこちて、真っ黒になって溺れ死んだからだ。ネズミは奴らの塒や演技の小道具を作る上でとびきり巧妙な工学の引き鉄となった。名にし負う奴の飼い主はさる事業主組合で、内幾人（いくたり）かは爾来鉄道や、発動機や、電信装置を作り、組合長はニュージーランドで製粉場や橋を建設している。

　我らが学舎の助教師は、何一つ知らないと思われているお頭とはアベコベに何もかも知っていると思われていたが、痩せぎすの、おっとりした面立ちの、羊羹色に剝げ上がった黒づくめの、一見牧師風の青年だった。助教師はマクスビー姉妹の片方にクビったけで（マクスビーはつい目と鼻の先に住んでいて、通学生だったが）、ばかりかマクスビーを「贔屓に」しているとヒソヒソ、言い触らされていた。して我々の記憶に留めている如く、半ドンの日にはマクスビー姉妹にイタリア語を教えていた。いつぞや姉妹と劇を観に行き、白チョッキとバラでめかし込み――だったらもろに愛を告白しているようなものじゃないかと我々の間では目された。我々はくだんの折、助教師は最後の最後までマクスビーの親父さんが五時のディナーに誘ってくれるのを当てにし、それ故一時半の御当人のディナーをスッポかし、とうとう食いっぱぐれちまったとの見解に与した。我々は如何ほどしこたま助教師が夕飯の時にマクスビーの親父さんのコールド・ミートを食い上げたろうことか想像を逞しゅうし、助教師が帰宅した際には水割りワインで景気が上がっていたものと思い込んだ。が我々は皆助教師が好きだった。というのも少年なるものをよく心得ていて、もしやもっと力があれば、我々の学舎をよっぽどかまっとうなそいつにしていたろうから。彼は習字の先生で、算数の先生で、国語の先生で、勘定書きを作成し、鵞ペンの先を切り直し、ありとあらゆることをやってのけた。小さな少年達をラテン語教師と分かち合い（連中、外に何もすることのない折々初等教科書を通じて密輸入されたから）、紳士的な物腰をしているせいで、いつも病気の生徒の家まで見舞いに行った。音楽気触れで、遙か昔の四季支払い日に中古のトロンボーンを買っていた。が、どこか端くれが欠けているために、時に夕暮れ時など演奏しようとするととんでもなく調子っ外れな音を出した。休日は（勘定書きのせいで）我々の休日よりずっと後になって漸う始まったが、夏休みにはナップサックを一つ背負って、徒で遠出に出かけ、クリスマス時にはチッピング・ノートンの親父さんの下へ帰省した。親父さんは我々の間では（何ら典拠もなきまま）酪農場肥育ブタ肉屋だということになってはいたが。かわいそうに！　マクスビーの姉さんの祝言の日には日がな一日しょぼくれ返っていた。それからというもの、てっきりウラミツラミを晴らすと思われていたものを、以前にも増してマクスビーを「贔屓に」しているかのようだった。亡くなってかれこれ二十年になるだろうか。かわいそうに！

　我らが学舎に纏わる我々の記憶はラテン語教師を松葉杖を突いた、血色の悪い、くの字に腰の曲がった、近眼の男として瞼に彷彿とさす。年がら年中そっけなく、年がら年中タマネギを耳栓代わりに突っ込み、年がら年中ありとあらゆる服の下からフラノの端をチョロリと覗かせ、ほとんど年がら年中クルリと丸めたハンケチ玉を顔のどこぞへグリグリ捩くり当てていた。めっぽう立派な学者で、知性と学ぶ意欲の見て取れる所では労を厭わなかった。が、さなくば、多分、大いに吝かではあったろう。我々の思い出は彼を（ついカッと腸を煮えくり返らさぬ限りは）血の気と同様精力に見限られた――散々イジめ抜かれた挙句、とことん骨折きにされた――人生のいっとういい所を少年碾き臼にて粉々に碾き潰された男として瞼に彷彿とさす。我々は今に思い出しては怖気を奮う、何と彼がとある蒸し暑い昼下がり、密輸入された小さなクラスを前にぐっすり眠りこけ、お頭の足音がミシミシ床に響いてなお目を覚まさなかったことか、何とお頭が辺りのシンと静まり返った直中で彼を揺すぶり起こし、「ブリンキンズ先生、気分でもお悪いのですかな？」とたずね、何と先生が真っ紅に頬を染めながら「は、はい、いささか」と答え、何とお頭が苦虫を嚙みつぶして「ブリンキンズ先生、ここは気分の悪くなるような場所ではありませんぞ」と（正しく、正しく仰せの通り）突っ返し、『ハムレット』の亡霊よろしく粛々と（『ハムレット』I）立ち去り、がとうとうとある腰の座らぬ目と目が合うや、くだんの少年を不注意の廉で杖でひっぱたき、かくて人身御供伝（づて）ラテン語教師への鬱憤を目出度く晴らし果したことか。

いつもギグ馬車でやって来るほてっ腹の小さなダンス教師がいたが、先生は我々の内、より達者な生徒にホーンパイプを（後々社交の場で大いに重宝しよう才芸として）仕込んだ。学舎には外に、如何ほどとびきりの日和だろうと、いつも把手の捥げた雨傘を引っ提げてやって来るフランス語教師もいた。この教師に、お頭はいつもてんで頭が上がらなかった。のは（我々の信ず所によらば）万が一先生の心証を害したら、先生は立ち所にお頭にフランス語で食ってかかり、かくてさっぱり呑み込めも答えられもせぬせいで少年達の前でこれきり面目丸つぶれになっていたろうから。

おまけにフィルという名の下男もいた。我々の回顧の眼差しはフィルを学舎なる離れ小島に流れついた、その数あまたに上る稼業の小器用な仄めかしを実地にやってのける難破大工として瞼に彷彿とさす。奴は壊れたものは何でも直し、お入り用のものは何でもこさえた。就中、何でもござれのガラス屋で、壊れた窓を端から直した――親御には（我々の間で暗澹と噂されていた如く）三と六シリングにつけられる一平方当たり九ペンスなる主要費用（プライム・コスト）にて。我々はフィルの職人としての才能を高く買っていたから、漠とながらお頭は「何かヤツの弱みを握って」いて、背けばスッパ抜くぞと脅して奴（やっこ）の身に貶めているものと思い込んでいた。わけても忘れ難いのは、フィルが学というものをとことん見下していたことだ。お蔭で我々は奴の賢しらさに一目も二目も置くこととなる。何せ、だとしたら、お頭と助教師達の相関的な立場をドンピシャ見て取っていたはずだから。奴は得体の知れぬ男で、時たま食卓で給仕の役を務めたかと思えば、半学年（ハーフ）の間中、葛籠を厳重に監禁していた。お頭にすら不機嫌で、ニコリともしなかった。とは言え休暇前の「お開き」の時だけは別で、「フィル、達者で！　バンザーイッ！」との祝杯に礼を表（ひょう）すに、ゆっくり木製の御尊顔にニタつきの刻み目をつけ、そこにて御逸品は我々が皆行ってしまうまで刻みつけられていたものだ。にもかかわらず、学舎で猩紅熱が流行った時、フィルは自ら進んで病気の少年皆の看病をし、お袋さん顔負けだった。

　さして程遠からぬ所に別の学舎もあり、無論、我らが学舎はくだんの学舎に対しては何も言えた柄ではない。少年のそれにせよ大の男のそれにせよ、学舎とは大方そうしたものだろう。はむ！　鉄道は我らが学舎を呑み込み、機関車が今や廃墟の上を滑（すべ）らかに走っている。

　　かくて色褪せ萎え、霞み、死に絶える
　この世の誇るものは皆（ワーズワース『遠出』）

——してこの世の誇らざるものも皆。この世に我らが学舎を誇る筋合いはほとんどなかったし、爾来、くだんの点では遙かにまっとうにやって来たし、この先もずっとまっとうにやって行こう。

第二十四章　我らが教区総会

我々はもしやお望みとあらば常に苦境に陥っているという輝かしき特権を有す。我々は大英帝国教区合資戯言銀行の株主である。我々には選挙区毎に一つ教区総会があり、委員を選出出来る——し、ひょっとして、高邁にして高貴な野望に衝き動かされれば、委員にすらなれるやもしれぬ。生憎、衝き動かされはせぬが。

我らが教区総会はこよなき威厳と勿体を具えた審議機関である。古代ローマの元老院よろしく（リヴィウス『ローマ史』第五巻）その由々しきしかつべらしさに未開の訪問客はたじたじとなる（と言おうかたじたじとなって然るべきである）。総会は主として土曜日にカピトリヌス神殿にて（とは即ち、そのため建設された格別な豪壮建築（キャピタル・ビルディング）にて）開催され、日曜新聞において、その雷（いかづち）が如き雄弁の谺もて大地を核まで震撼さす。

当該教区総会に委員たる卓越した立場にて入るためには尨大な骨が折られ、ヘラクレス的奮闘が為される。選挙という選挙において如何に血の巡りの悪い輩にも火を見るより明らかたることに、仮に我々はスノズルを拒絶すらば、イッカンの終わりにして、ブランダブーズを最高得票で当選させ損なえば、ブリテン人の最も貴重な権利に値せぬ。選挙区では盲壁という盲壁にけばけばしいプラカードが所狭しと貼られ、居酒屋は垂れ幕を竿ごと突き出し、貸馬車はそれなり今を盛りと咲き誇り、誰も彼もが気を揉む余りピクピク痙攣（ひきつけ）を起こす、と言おうか起こさねばならぬ。

国家の命運のかようの危急存亡の秋、我々は審議において二人の著名な篤志家によりて大いに救われる。内一人は「同教区民」と、他方は「地方税納付者」と署名する。果たして二人が誰なのか、何者なのか、どこに住んでいるのか、誰一人知る者はない。が一方が何を申し立てようと、他方は異を唱える。いずれ劣らず夥しい量の書き手である証拠、ものの一週間でチェスタフィールド卿よりどっさり書簡を物し、昂った感情の大半は傍点を付さずしては表し得ず、寛大な義憤を際立たすべく幾列もに及ぶ、軽気球よろしき感嘆符の助太刀を仰がねばならぬ。して時に壊滅的棘々しさを星印に込める。以下の如く——

ムーニーマウント住民へ

果たして教区に二千七百四十五ポンド六シリング九ペンスの借財を課してなお厳格な倹約家を標榜するは＊＊＊ではないのか否か？

精神的かつ肉体的不可能と証明されているものを事実として述べるは＊＊＊ではないのか否か？

二千七百四十五ポンド六シリング九ペンスを取るに足らぬものと、取るに足らぬものを一廉のものと、称すは＊＊＊ではないのか否か？

果たして＊＊＊を教区総会における皆の成り代わりにさせたいのか否か？

以上の問題を是非とも御検討頂きたく。

同教区民拝

正しくこの重要な公文書に対してであった、我らが第一級の弁士の一人マグ氏（リトル・ウィンキング・ストリート在住）が「貴殿、小生はこの手に匿名の誹謗を握っています」と宣うことにて十一月十四日の一大討論会の火蓋を切り――氏が折しも反対派によりてかけられた待ったが原因でかの、向後長らく立憲的集会によりては興味津々思い起こされよう議事規則遵守の問題に関す忘れ難き討論が持ち上がった際、皆の注意を喚起したのは。くだんの喧々囂々たる討議において、その多くは著名人にして、ウィグズビー氏（チャムブルドン・スクェア在住）を初めとする三十七名に垂んとす殿方が一時（いちどき）に起立する様が見受けられ、正しく同じ大いなる折においてのことである、ドギンソンが――我らが教区総会にては「ズブのジョン・ブル（第二十章注（一九）参照）」と目されている。のは恐らく、常々そいつがらみで一切与り知らぬままネタというネタにホゾを固めて来た賜物ではあろうが――反対派の似たり寄ったりの名分の別の殿方にもしも「生意気な口」を利いた日には、そのクソ忌々しいど頭を足蹴でふっ飛ばしてやると食ってかかったのは。

これは、大いなる折であった。が、我らが教区総会は常々異彩を放っている。例えば、自ら如何ほど傑出しているか申し立てる上で、めっぽう強かだ。ほんのわずかの挑発で、と言おうか何ら挑発を受けまいと、果たして「頭ごなしに命ぜられて」或いは「踏み躙られて」或いは「高飛車に出られて」よいものか否か喧しく喚き立てる。その大いなる標語は「自治」である。即ち、仮に我らが教区総会はチフスごとき如何なる些細な疾患をも奨励する片や、英国政府は生憎、その当局のいずれにせよチフスに異を唱えるが――紛うことなく違憲的異議なれど――本務と心得るような不見識な手に握られているとしよう、さらば我らが教区総会はチフスに関す恐るべき声明ごと割って入り、得心の行くだけしこたまチフスを患う自らの独立独歩の権利を申し立てる。どいつか、一人ならざる突拍子もなき危険人物が、一方、我らが教区総会は己自身の教区の「境界を検分する」ことは可能やもしれぬが、己自身の病気の境界までは検分出来ぬやもしれず、病気は（と連中の曰く）荒廃と、悲惨と、死と、寡婦たる身の上と、孤児人生と、廃墟なる、永遠に留まることを知らぬ波紋の内に英国全土に広まろうと訴えて来た。が、我らが教区総会はかようの連中など手早く片をつける。

　イングランドで猛威を揮った先般の疫病の存在を、疫病が自らの戸口で猛威を揮っていてなお、お気に入りの大義名分に則り否定するという名にし負う立場を取ったのは我らが教区総会であった——さすが今に教区総会の精華たるだけに。ドギンソンはそいつはプラムだと言った。ウィグズビー氏（チャムブルドン・スクェア在住）はそいつは牡蠣だと言った。マグ氏（リトル・ウィンキング・ストリート在住）は、やんややんやと囃し立てられる直中を、そいつは新聞だと言った。くだんの状況の下（もと）、かの非英国的組織「衛生局」に対す我らが教区総会の高貴な憤りはその歴史に最も素晴らしき一齣を刻んでいる。そいつは救助に頑として聞く耳持たなかった。ジョーゼフ・ミラー氏のフランス人よろしく（『ジョー・ミラー笑話集』）たといそいつは溺れようと、誰も助けてはならぬ。焚きつけられし忿怒によりて文法の域を越え、そいつは未知の言語で口を利き、広く遍く認められている現代の神託というよりむしろ古代の神託さながら訳の分からぬ戯言を喚き散らした。稀な窮境は稀な椿事を惹き起こす。我らが教区総会ですら、嘆かわしき時代に新たに孵されれば、未だかつてなかったほどどデカいガチョウたりてお出ましになった。

　がこれは、またもや、格別な折のことである。我らが教区総会は、より通常の折々にはそれ相応の賞賛を要求する。

　我らが教区総会は極めて国会的である。国会ごっこはお気に入りの気散じだ。そいつは委員の幾人（いくたり）かによりては下院にとっての支聖堂と、仰け（のっけ）に掻い潜らねばならぬ学位取得第一次試験と見なされてすらいる。それなり傍聴席も、報道討論もあり（前述の日曜新聞を見よ）、我らが教区委員は議事規則を遵守することもあればせぬこともあり、起立することもあればせぬこともあり、就中、本家本元の顰みに倣い、途轍もなく喧嘩っ早い。

　我らが教区総会が召集されると、マグ氏はウィグスビー氏に御免蒙って一つ、素朴な質問をさせて頂きたいなどとは断じて断らぬ。よもやマグ氏ともあろう御仁が。くだんの、彼らの念頭にてはチャムブルドン・スクェアと所縁のある映えある殿方が委員席に着いているのを目にするや、マグ氏は閣下に単刀直入、ピグラム・ビルディングとして知られる地区の舗装の件に関し閣下自身、並びに見解を等しゅうする人々は如何なる腹づもりをお持ちやとたずねる。ウィグズビー氏は（明日の日曜新聞を念頭に置き）向かいの映えある殿方がただ今提起なされた質問に関し、憚りながら、もしやくだんの映えある殿方がくだんの質問を提起なさる旨予め報せて下さっていたなら、自分（ウィグズビー氏）とて舗装税導入に関す討論の現状においてくだんの質問に返答する妥当性に関し、同僚に相談していたろうものをと答える。が、映えある殿方は誠に遺憾ながらくだんの質問をお尋ねになる由予め報せて下さっていなかったからには（ウィグズビー陣営より割れんばかりの拍手）、小生としては閣下の御期待には副いかねます。マグ氏はやにわに反駁すべく起立するや、ウィグズビー陣営からは「妨害（スポーク）！」の叫び声をもって、下院のマグ派からは拍手喝采をもって、迎えられる。のみならず五名の閣下は演説者の議事規則違反を議長に抗議すべく起立し、内一人は、歯牙にもかけられぬ腹いせに、目下の総会をこの場で停会にする動議を提起することにて皆を石化さす。が、もしや飽くまで固執された場合のその途轍もなき顛末を慮り、くだんの由々しき動議を撤回するよう説きつけられる。マグ氏は申し立てを傾聴されるべく、そこで、何卒議事日程に準ずよう静粛に願いますと提議した上、くだんの発言の機に乗じて宣うに、念頭にはあるものの、より取り立てて名指すことにて自らを貶める所存のなき（おお、おお、して喝采）さる映えある殿方が万が一にも小生は喧しきたかが野次ごときによっておとなしくさせられるような男だと思し召しならば、くだんの映えある殿方は——たとい如何ほど昵懇の仲にある「同教区民」によりて（歓呼、してマグ氏は必ずや「地方税納付者」によりて支持されているだけに、反歓呼）万難を排して後援されようと——心得違いも甚だしかりましょう。と来ればすかさず、我らが教区総会の二十名の委員が次から次へと二名の偉大な閣下が果たして何を言わんとしているかがらみで侃々諤々やり出し、とうとう一時間と二十分後、閣下のいずれも何ら言わんとしていないものと判明する。そこで初めて我らが教区総会は本腰を入れにかかる。

　前述の如く、本家本元の顰みに倣い、国会ごっこをやっている折の我らが教区総会はめっぽう喧嘩っ早い。何よりかより人身攻撃的口論に目がない。恐らくこれまで我々の経験したこの手の最も侮り難き事例は——実にその数あまたに上る事例を経験しているだけにいずれか決めるは至難の業なれど——究極的かつ最後的典礼執行がティディポット氏（ガムション・ハウス在住）とバンガー大佐（ウィルダネス・ウォーク在住）との間でやり交わされたそれであろう。

果たして水は生命に必要不可欠な必需品としての観点より眺められるか否かの問題に係る繰り延べ討論において——一件に関しては大いなる見解の相違と幾多の感情の陰影がある訳だが——ティディポット氏はくだんの仮説に対す熱弁を滔々と揮う上で再三再四にわたり是々然々の噂が「小生の耳に届きました」との表現を用いた。バンガー大佐がその後を受け、沐浴と軽食なる目的のために下層階級の成人には一人頭一日につき一パイントの水が、子供には一人頭半パイントの水が必要だと申し立て、掉尾（ちょうび）を飾るにくだんの噂が映えある殿方の耳に届いたのではなく、むしろ映えある閣下の耳にこそ噂に届いたに違いなかろう、閣下の耳はわけても長いことで名高い*だけにと当てこすった。ティディポット氏は直ちに起立し、映えある雄々しき閣下を真っ向から睨め据え、退室した。

この折しも痛ましいまでに高まっていた興奮は、バンガー大佐が起立し、やはり退室するや絶頂に達した。辺りがシンと、しばし死んだように静まり返っていたと思うと——かの文字通り固唾を呑む忘れ難き瞬間の一つたるに——チブ氏（タケッツ・テラス在住にして総会最古参議員）が起立した。して目下の集会において濃やかな心ならば必ずや遺憾に思わずにいられぬ結果に満ち満ちた文言や眼差しがやり交わされた由告げた。時は迫っている。剣は抜かれ、こうして口を利いている間（ま）にも鞘は投げ捨てられているやもしれぬ。よって退室したくだんの映えある閣下両名が呼び戻され、名誉にかけてこの一件をこれ以上悪化させぬ旨誓いを立てるよう求められる動議を提起した。動議が党派総同盟により満場一致にて承認されるや（というのも誰しも交戦中の議員御両人は姿を晦ましている代わり——それではこれきり味もすっぽもないだけに——そこに御座って欲しかったから）マグ氏がバンガー大佐を連れ戻すべく代表派遣され、チブ氏自身がティディポット氏を探し出すべく派遣された。大佐は教区吏の番小屋のすぐ際の正面扉の天辺の上り段なるいたく人目につく場所より通りすがりの乗合馬車を眺めているのが発覚し、片やティディポット氏は滅多無性に抵抗を試みたが、チブ氏（齢八十二に垂んとす、いたく矍鑠たる御老体）によりて捻（ね）じ伏せられ、無事連れ戻された。

ティディポット氏と大佐は議員席に戻ると、互いにグイと睨め据え合っていたが、議長に殺人狂的腹づもりは悉く捨て、総会に対し事実捨てた旨断言するよう求められた。ティディポット氏はむっつり押し黙ったきりだった。大佐も劣らずむっつり押し黙ったきりだった。とは言え、周囲の者によりてはナポレオン・ボナパルトよろしく腕を組み、息遣いをする度鼻嵐を上げている様が認められた——やたらあからさまに火薬を仄めかすことに。

こよなく激しい情動が今や席捲した。数名の委員が無言の抗議の内に大佐のグルリを取り囲み、数名の委員が無言の抗議の内にティディポット氏のグルリを取り囲んだ。が両者は頑に沈黙を守り通した。チブ氏がそこで万雷の拍手喝采の直中にてしゃしゃり出るや、痛ましき本務より後込みすることなく、自分は今や映えある殿方御両人が速やかに教区吏によりて拘禁され、最寄りの警察署に連行され、そこにて保釈まで監禁されるよう提議せねばならぬと申し立てた。党派総同盟は依然として続いていたによって、動議はウィグズビー氏によりて支持され——通常のありとあらゆる場合においてチブ氏の敵対者なれど——陶然と可決された。が唯一、異を唱える声が上がり、声の主はドギンソンにして、彼は議員席より「二人にゃ拳でとことん張り合わさせてやんな」と申し立てた。がその下卑た発言は然るべく総スカンを食った。

教区吏は今や祭服室の床伝罷り入り、三角帽もて議員両名に手招きした。皆は固唾を呑んで見守った。ピン一本落ちても耳に留まっていたやもしれぬ、と言うはその場の圧倒的興味と沈黙を十全と表したことにはなるまい。いきなり、熱狂的な歓声が総会の四方から沸き起こった。見れば、バンガー大佐が起立していた——実の所、左右から友人に引っぱり上げられた上から、背の友人には小突き上げられて。

大佐は決然とした朗たる声で、自分はくだんの総会に深甚なる敬意を、くだんの議長にも深甚なる敬意を抱いている。のみならずガムション・ハウスの映えある殿方にも然るべく敬意を抱いている。が己が名誉はなお尊んでいると言った。と思いきや着席し、かくて総会は丸ごと、いたく感じ入った。ティディポット氏がすかさず起立し、いずれ劣らぬ激励をもって迎えられ、同様に宣った——ただし当該弁士の卓越した話術は所信に新鮮さと目新しさの風情を添えはしたが——曰く、小生とてくだんの総会に深甚なる敬意を抱き、くだんの議長にも深甚なる敬意を抱いております。して同様にウィルダネス・ウォークの映えある雄々しき殿方にも然るべく敬意を抱いておりますが小生もまた己が名誉をなお尊んでいるにすぎません。「ただし」と名にし負う委員は言い添えた。「仮に映えある雄々しき殿方の名誉が小生によるより甚だしく疑われたり傷つけられたりせぬようならば結構」バンガー大佐はすかさずまたもや起立し、事実、然にある如く映えある殿方の名誉に累を及ぼさずして小生の名誉への十二分な譲歩を伴うくだんの所信の後(あと)で万が一映えある殿方の名誉を傷つけたり、ともかく閣下の映えある感情に対し何か名誉に悖る発言をしたりする意図を即刻、悉く放棄せぬとすらば、小生は寛容さにおけるに劣らず名誉を重んず心にも欠けることになろうかと、と言った。これら所信は割れんばかりの喝采によって再三中断された。ティディポット氏はさらば、小生は映えある雄々しき殿方が如何に誉れ高くも名誉を重んず心に駆り立てられているか重々心得ているつもりでありますし、閣下の誉れとなろうやり口で呈せられた誉れ高き説明を受け入れさせて頂きたいと存じます。が定めて総会には自分（ティディポット氏）の名誉が己(おの)が名誉にとりて取って然るべきと感じられたくだんの痛ましき行動方針を厳然と自らに要求した点はお認め頂けようかと。大佐とティディポット氏はそこで総会越しに幾々度となく互い宛帽子に手を触れ、これら議事は（明くる日曜新聞にては幾コラムにもわたって報道されたが）両者を翌年には教区代表委員として選出さすものと思われている。

　以上全ては厳密に本家本元の顰みに倣ったものであり、我らが教区総会の議事全般もまた然り。討論という討論において、彼らはあっぱれ至極にも本家本元の冗漫にして空虚な議会用語を真似、そこにおけるまだしもまっとうなものは何一つ真似ていない。問題の功罪に一切関わりなく、頑迷な党派敵愾心に駆り立てられ、しごくわずかな業務に瞠目的量の討論をこじつけ、実体より形式に重きを置く――一から十まで本家本元そっくりに！　我らが選挙区では我らが教区総会はともかく用を成しているのか否か疑問の声が上がっている。が我々自身としては、そいつは縮小鏡が画家にとって重宝である如く、選挙区にとって重宝なりとの結論を導くに至っている。お蔭で本家本元の表面の瑕疵という瑕疵が、馬鹿馬鹿しさの小さな焦点に絞って見て取れようから。*

第二十五章　我らが鼻摘み男

申すまでもなかろうが、我々は鼻摘み男を飼っている。誰しも。が我々が格別な馴染みの中に数え上げる慶びと誉れを担っている鼻摘み男は然に属特有の鼻摘み男にして、大いなる鼻摘み男属とそれはその数あまたに上る（と我々には思われるのだが）特性を共有しているものだから、ヤツを目下の小論のネタにする誘惑に抗い難い。願はくはヤツの広く遍く受け入れられんことを！

　我らが鼻摘み男は至る所で気のいい男として通っている。ヤツはたとい五十人からの人間の機嫌を損ねようと、ヤツ自身のそいつを損ねることはない。面に、外の面がヤツが至芸において達した極みによりてムカついている時ですら、胸クソの悪くなりそうなほどビクともせぬ笑みを湛え、断じてとある調性から外れも、とある音高より上ずりもせぬ坦々たる声をしている。ヤツの物腰は穏やかな関心のそれである。ヤツの意見はどれ一つとして瞠目的なものはない。根深い思い込みの就中、ヤツは英国の空気は湿気ていると見なし、我らが活きのいい隣人は——ヤツはいつもフランス人のことを我らが活きのいい隣人と呼ぶので——くだんの一点にかけては我々の上手に出ていると申し立てる、と言っても過言ではなかろう。にもかかわらず、ジョン・ブルが世界中でジョン・ブルたることを、イングランドは、如何ほど落ち度があろうと依然、イングランドたる（ウィリアム・クーパー『労苦』）ことを、忘れられぬ。

　我らが鼻摘み男はあちこち旅をしている。ヤツはそもそもあちこち旅をしていなければズブの鼻摘み男にはなり得ぬ。旅の土産話をするとなると、ほとんど必ずや、くだんの国の言語の端くれを、時にヤツ自身の設計図に則り、紹介し——いつも決まって翻訳する。ヤツにどこであれ、フランスか、イタリアか、ドイツか、スイスの小さな鄙びた町の名を言ってみろ、さらばヤツは必ずやそいつをとことん御存じだ。何せ格別な状況の下、そこに二週間ほど滞在したことがあるもので。してくだんの小さな町はと言えば、君はきっとあの、駅舎を出て、市場の方へ丘を登り、右手の二番目の——いや、三番目の——待てよ——ああ、三番目の角を曲がった小さな中庭の先の古い泉の上の彫像を知っているだろう？　そん、あの彫像に覚えがないだと？　で、あの泉にも？　そいつは驚きだ！　あいつらなるほど普通は旅人の目に留まらんかもしれんが（不思議な話もあったもので、これまで一度としてあいつらを知っているただの一人の旅人にも出会したことがない、とは言えさるドイツ人だけは別で、彼は生まれてこの方出会したためしのないほど頭のキレる男だったが）、てっきり君ならあいつらを見つけていたろうと思っていたよ。かくてヤツは概ね反対側からひっきりなし開けられる扉の蔭にて開陳される、実に半時間の長きにわたる微に入り細にわたった講義にてそいつらを審らかにしてみせ、もしも彼の地を再び訪うようなら今度こそ是非ともあの彫像と泉を見て来てくれたまえ！　と言う。

我らが鼻摘み男は、ことほど左様に、イタリアを訪うた際に恐るべき絵画を発見した。というのも御逸品、爾来文明世界の大多数の恐怖の的となっているからだ。我々は広々とした正餐用テーブル越しに如何ほど活きのいい男共とてお蔭で釘づけになるのを目の当たりにして来た。ヤツはその風土の円やかな感化に浴しながら、君、山の中を漫ろ歩いていた。するとウナ・ピッコラ・チエザ――小さな教会――と言おうか、恐らくより正確にはウナ・ピッコリッシマ・カペーラ――およそ想像し難いほど小さな教会――に突き当たり、中へ入った。中にはお祈りを唱えているキエコ――盲人――と、金箱をカタカタ言わせているヴェッキオ・パードゥル――老托鉢僧――しかいなかった。が、くだんの托鉢僧の頭上にして、君の入って、聖壇のすぐ右手に――聖壇の右手？　いや。君の入って、聖壇の左手に――と言おうか中央辺りに――一幅の（ネタは聖母マリアとキリストの）絵画が掛かっていた。して、その表情においてそれは神々しく、その調子においてそれは穢れなく、がそれでいてそれは暖かく豊かで、その筆致においてそれは新鮮で、その色彩においてそれは派手やかであると同時にその休らいにおいてそれは彫像めいているものだから、我らが鼻摘み男は思わずうっとり声を上げた。「これぞイタリア中で最高の絵画だ！」して事実、最高の絵画なのさ、君。紛れもなく。あの絵がこんなに世に知られていないとは不思議でならんよ。画家だってはっきりしないとは。オレは後で王立美術院のブラムを連れて行ったんだが（ここにて一言断っておけば、我らが鼻摘み男は名所見物に著名人しか連れて行かず、著名人しか我らが鼻摘み男を連れて行かぬ）、生まれてこの方ブラムほど心底感じ入った男を目にしたためしはなかったさ。何せ子供みたいに声を上げてくれるもんで！　してそれから我らが鼻摘み男はクダクダしく蘊蓄を傾けにかかり――というのも以上全てはほんの前置きにすぎぬから――かくて聴き手の息の根を紫色の綴織の襞で止める。

劣らず幸運な星の巡り合わせで、たまたま、我らが鼻摘み男はスイス滞在中にシャモニ*など同じ息の下に口の端にかけること能はぬほど素晴らしい手合いの「渓谷」を発見した。とはこんな具合に、君。騾馬に乗って旅をしていた時のことだ――かれこれ数日間も鞍に跨って――オレは道案内のピエール・ブランコと、ところで奴のことは多分、君も知っていよう?――おや、生憎知らないだと、何せ奴しかその名に値する道案内はいないもので――オレは、だから、ピエールと、黄昏時にラ・クロワ*の小さな村目指し、例の万年雪の直中を降りていると、山道が急に右手に折れているのに気がついた。仰けはともかく事実道なのかどうかもはっきりしなくて、それが証拠、ピエールにたずねたほどだ。「ケスク・セ・ドン、モナミ?――あれは一体何だ、君?」「ウー、ムッシュー?」とピエールだ――「どこの、だんな?」「ラ!――あそこの!」とオレだ。「ムッシュー、ス・ネ・リアーン・ドゥ・トゥ――だんな、ありゃ何でもありやせんぜ」とピエールだ。「アローン!――急ぎやしょう。イル・ヴァ・ネジュ――雪が降り出しやすぜ!」けどオレはそんな具合に片をつけられてはたまらんもので、きっぱり返した。「いや、あっちへ行こう――ジュ・ヴ・ジ・アレ。どうしたってな――ジュ・シ・デテルミネ。アン・アヴァーン!――さあ、行け!」という訳で、オレがホゾを固めに固めているもので、二人して、君、夕べの二時間、して月光の下三時間というもの（月が昇るまで洞穴の中で待ってから）、鳥肌の立ちそうな絶壁に垂直に差し掛かった、とびきりほっそりとした道伝歩き続け、とうとうウネくった下り坂から渓谷に辿り着いた。が、そこには恐らく、と言おうかまず間違いなく、それまで誰一人として他処者が足を踏み入れたためしはなかったろうな。何たる谷間だと来たら！　山また山がそそり立ち、雪崩は松林に塞き止められている。滝や、山小屋や、山間の奔流や、木造りの橋――と、スイスの絶景の思い浮かべられる限りの画趣がそっくり揃ってるじゃないか！　村人が挙って、オレを出迎えに繰り出して来た。百姓の娘達はオレにキスをし、男共はオレの手を握り締め、情け深げな見てくれの婆さんはオレの胸にすがりついてポロポロ涙をこぼし出す。オレは原始の凱旋よろしく、小さな旅籠へ連れて行かれ、そこで明くる朝具合が悪くなったが最後、六週間ってもの床に臥し、にこやかな女将と（ってのは今のその、前の晩オレの胸にすがりついてポロポロ涙をこぼした情け深げな婆さんだが）、チャーミングな娘のファンシェットに手篤く看病された。二人は甲斐甲斐しく世話を焼いてくれた、なんてものじゃない。二人はオレにぞっこんだった。持ち前の素朴なやり口で、オレのことをランジュ・アングレ――英国の天使様――と呼んだ。谷間を去る段には、村に涙に潤まない目は一つこっきりなくて、村人の中には何マイルも見送ってくれる奴らもいた。どうか達ての願いということで、君、是非ともスイスを再び訪れたら（確か君はあそこにはこないだで二十三度ばかし行ったと言っていたろう）あの渓谷を訪れ、スイスの絶景というものを初めて見て来てくれたまえ。で、もしも本当にスイスの牧歌的な村人を知り、彼らのことを理解したいと思うなら、あの渓谷で、オレの名前を出してくれよな！

　我らが鼻摘み男には東洋に壊滅的な弟がいて、弟は如何でかメヘメット・アリ（エジプト大守）と共に紫煙をくゆらすことを許され、直ちに、古きはハルーン・アルラシッド（バグダッド首長）から新しきは目下のイスラム帝国君主に至るまでありとあらゆる東洋事情の権威になった。して当該広範なネタがらみで、がわけても外交政策がらみで、謎めいた所見を我らが鼻摘み男に手紙で伝えて来る習いにあり、我らが鼻摘み男はひっきりなしくだんの手紙の端くれを新聞社に（ついぞ掲載されたためしはないが）送りつけ、他の端くれはいつもポケットに入れて持ち歩いている。巷の噂ではヤツは外務省で送達吏からいとも丁重な扱いを受け、名刺を即刻、社の至聖所まで取り次いでもらっている様が見受けられてすらいる。この東洋の弟によりて社交界にて働かれている狼藉たるや信じ難い。我らが鼻摘み男にはいつも弟なる手持ちがある。我々は我らが鼻摘み男が荒野に一時逗留したことのある才気煥発たる若者に、とある物語の仰けの条で襲いかかったが最後、弟なる一撃の下に若者の自信を悉く打ち砕いたのを知っている。弟はメヘメット・アリとくだんの紫煙をくゆらす上で、外交政策がらみでは全知となった。ヨーロッパにおける権力均衡、イエズス修道士の陰謀、オーストリアの温和な人間化の影響、幸せなフランスによって崇められているかの高貴な魂の英雄の地位と前途、はどいつもこいつも我らが鼻摘み男の弟にとってはお易い御用の読み物にすぎぬ。して我らが鼻摘み男の何と弟がらみで癇に障るほど腰の低いことよ！「このオレ自身は今のそうしたネタに関してはごくありきたりの一般的知識しか持ち併さないが」とヤツは、一人ならざる強かな男の脳ミソを骨抜きにした挙句言う。「さっきのは弟の私見で、奴はあれでなかなか博識で通っていてね」

　この世にまたとないほどありふれた出来事と場所ですら、わざわざ我らが鼻摘み男のためには格別なそいつらに仕立て上げられてでもいるかのようだ。ヤツにロンドンのセント・

ジェイムズ・ストリートを朝方七時と八時の間にたまたま歩いたことがあるか否かたずねてみよ。さらばヤツは答えよう。生まれてこの方一度も、ただある折をさておけば。何せ、その折というのが、世にも不思議な話があったもので、一八三〇年のこと、オレが君のちょうど今口にした通りを、君のちょうど今口にした時刻に――七時半に――いや、八時二十分前に。いや！　きっかり行こうじゃないか！――宮殿の時計でかっきり八時十五分前に――茶色の雨傘を提げた、血色のいい、白髪まじりの、見るからに気さくそうな殿方に出会したんだが、殿方はすれ違いざま、帽子に手をかけて言うじゃないか。「やあ、お早う、お早う！」――でそいつがウィリアム四世だったとは！

　我らが鼻摘み男に果たしてバリー氏*の新しい国会議事堂を見たことがあるか否か問うてみるがいい。さらばヤツはまだ細かい所までは見てやっていないが、そう言えば奇しき星の巡り合わせで、火災の起こる前に最後に旧国会議事堂を目にしたのはこのオレでね、と返そう。というのはこんな具合に。もう死んじまったが、例の名の知れた物書きのジョン・スパインがサウス・ラムベスまで連れて行ってくれていた。奴の最高傑作になること受け合いの小説の――ってオレもその折「ほら、親愛なるジョン、ちょっとでも手を加えてみろ、だったら台無しだからな！」と言い添えながら太鼓判を捺してやったんだが――最後の二、三章を朗読してくれようというので。それからオレはミルバンクとパーラメント・ストリートを縫って倶楽部まで引き返していた。すると足を止めた勢いキャニング*のことが頭に浮かび、国会議事堂を見上げた。さて、君はオレなんかよりずっと「悟性」の哲学に通じているから、何でまたよりによってちょうどその時、火事のことがふと脳裏を過ったのか、オレが君に説明してみせられるよりよっぽどか上手くオレに説明してみせられよう。が、ともかくそいつが頭に浮かんだのさ。マジでな。オレは心の中でつぶやいた、何たる国家的災難なんだろう。もしもこんなにたくさんの連想の纏わる建物が火の手に巻かれたら！　その折、通りにはオレ以外人っ子一人いなかった。グルリはひっそり静まり返って、暗くて、人気（ひとけ）がなかった。議事堂をものの一分――いや、ひょっとして一分三十秒、それ以上ではないが――眺めてから、オレはまた、つい我知らず繰り返すともなく繰り返しながら歩き続けた。何たる国家的災難なんだろう、もしもこんなにたくさんの連想の纏わるこんな建物が――。すると生きた空もなくアタフタこっちへ駆けて来る男がまるで今のそいつの後を引き取るみたいに叫び声を上げた。「火事だ！」クルリと向き直ってみれば、そら、議事堂が丸ごとメラメラ火の手に巻かれているじゃないか。

かくて一事が万事、我らが鼻摘み男は蒸気船でどこへ旅をしようと必ずやくだんの駅にてはついぞ知られたためしのないほど最高か最低の航海をした。船長が両手をひしと握り合わせ、「我々は誰一人助かるまい！」と独りごつのを洩れ聞くか、船長がヤツに大っぴらにこれまでかほどに順風に乗ったためしもなければ二度と乗るまいと広言するかの二つに一つ。我らが鼻摘み男は連中が（乗客には報さぬまま）時速百マイルで走る実験をしている際に、例の鉄道の例の急行列車に乗っていた。我らが鼻摘み男はその折、客車の他の乗客に言ったものだ。「こいつは速すぎる。がじっと座っておくよう！」ヤツは科学が爾来完全には解き明かすに至っていない例の尋常ならざる谺が最初で最後、聞こえた際にノリッヂ音楽祭に行っていた。ヤツと主教は同時に谺を耳にし、互いに目と目が合った。ヤツは聖ピエトロ大聖堂の例の、教皇がバチカン宮殿の御当人の窓からそいつを眺めながら「オウ・キエロ！　クエスタ・コサ・ノン・サラ・ファッタ、マイ・アンコラ、コム・クェスタ――おお、天よ！　よもやかようのものが二度とかように物の見事に為されることはあるまい！」と宣ったと伝えられるイルミネーションにも立ち会った。ヤツは自ら目にしたライオンというライオンを何かとびきり幸先の好い状況の下に目にして来た。そいつは、もちろんオレ独りの思い込みなんかじゃない。何せいつだって見世物師がその時その場でそう宣って、オレにお目出度うと言ったもんで。

人生のさる折、我らが鼻摘み男は病気になった。そいつは社会全般にとって危険な手合いの病気であった。一言、何ら他意なく、貴殿はすこぶる達者だとか、誰か外の奴がすこぶる達者だとか言ってみろ、さらば我らが鼻摘み男は前置きに、人はそいつを失うまで健康のありがたみなんて本当には分からんのさと断っておいてから、くだんの病気を蒸し返し、貴殿をズルズルと、病気の徴候、経過、治療の一から十までに付き合わせよう。一言、何ら他意なく、貴殿は調子が悪いとか、誰か外の奴が調子が悪いとか言ってみろ、さらば同じ不可避の結果が伴おう。貴殿は諄々と説いて聞かされる、如何に我らが鼻摘み男がこの辺りがギュッと、君、これきり説明はつかんのだが、締めつけられるような気がし、そこへもって引っきりなし鈍いナイフでグサリと――いや、むしろズブリと――ああ、そっちの方がぴったりだ――ズブリと、突き刺されているような感じがする。はむ、君！　そいつがしばらく続いていたと思うと、火花がバチバチ目の前で散り、頭の中では水車がグルグル回り、玄翁がガツン、ガツ

ン、ガツンと、背中を上から下まで――脊椎骨の天辺からどん尻まで――引っきりなし叩き出す。オレは、ここまで疼きがひどくなると医師の診断を仰ぐのが己自身に果たさなけりゃならん努めと心得て独りごつ、だったらどいつに診てもらおう？　オレは、当たり前、当時ロンドンでいっとう有名だった医師の一人キャロウを思い出し、キャロウの所へ行く。キャロウは「肝臓です！」と言い、大黄と甘汞と、少食と、適度の運動を処方する。オレはこの治療を続けたが、日に日に悪くなる一方なもんで、とうとうキャロウのことが信じられなくなって、あの頃ロンドンの半ばが逆上せ上がっていたムーンの所へ行った。ムーンは症例に大いに興味を催した。奴のために断っておくが、彼はハンパじゃなし症例に興味を催し、「腎臓です！」と言った。という訳で治療をガラリと変えて、君――強烈な酢を処方し、吸硝子で血を取り、火脹れの目に会わせて下さった。こいつを続けたが、オレはそれでも日に日に悪くなる一方なもんで、とうとうムーンに正面切って言ってやった。もしもクラターの診断を受けさせてもらえれば得心が行くんだが。クラターはオレを一目見た途端、言った。「心臓肥大です！」一緒に呼ばれていたスナグルウッドは、けど見立てが違い、「脳です！」と言った。が奴らは皆オレを仰向けに寝かせ、頭の毛を剃り、ヒルを吸いつかせ、大量の薬を飲ませ、とことん衰弱させなきゃならんということでは一緒だった。ってことでオレはガリガリに痩せこけ、まさかオレだとは分からなかったろうし、誰一人二度と持ち直せようなんて思っちゃいなかった。こんなどん底だった時のこと、オレはジリキンズの噂を小耳に挟んだ――あの時分は患者もほんの一握りしかいなくて、グレイト・ポートランド・ストリートの屋敷の二階に住んでいた。けど、それでも、ほら、知る人ぞ知る、ウケのいい男だった。オレは、それこそ溺れる者はワラをもつかむってもんで、ジルキンズを呼びにやり、ジルキンズはやって来た。オレは奴の目が気に入って言った。「ジルキンズ先生、先生のお蔭で好くなりそうな予感がします」ジルキンズの返答は実に奴らしいそれだった。何せ、「もちろん、そうさせて頂くために参りました」ということだったからだ。それを聞いてオレは目の予感はまんざらでもなかったと得心し、オレ達は一緒に症例を調べ――とことん調べた。ジルキンズはすると、腰を上げ、部屋の向こうまで行き、引き返し、腰を下ろした。で、こう言った。「どうやら一杯食わされておられたようです。これは単なる胃の衰弱から来る消化不良にすぎません。三十分ほどしたらマトンの厚切れを、金銭で贖える限り極上の年代物シェリーと一緒に召し上がって下さい。明日はマトンの厚切れを二枚、極上の年代物シェリー二杯と一緒に召し上がって下さい。翌日、またお伺い致します」一週間もすると、オレはシャンと両脚で踏ん張り、ジルキンズが一躍有名になったのはその時からさ！

我らが鼻摘み男は秘密のネタにめっぽう長けている。外の誰一人知らぬその数あまたに上るネタをたまたま仕込んでいる。概して、内閣のどこに亀裂が入っているか貴殿に垂れ込めようし、女王についてはしこたま仕入れている上、王室の育児室がらみで審らかにするちっぽけな逸話には事欠かぬ。殺人犯スラッジに纏わる判事の個人的見解から、男を審理した際の判事の胸の内から、スッパ抜いてみせられる。ひょんなことから、是々然々の男が是々然々の取り引きで如何ほど儲けたか知っていて、そいつは〆て一万五千五百ポンドにして、男の年酬は一万二千である。のみならず、ヤツは謎めいたネタにもめっぽう長けている。癪なほどさも曰くありげな面持ちでたずねる。確か君、こないだの日曜にパーキンズに会ったろう？——ああ、会った。——何か格別なことを言っていなかったか？——いや、別に。——そりゃ妙だな。——どうして？——いや、別に。ただあいつ、君に何か言いに行ったはずなもんで。——何のことで？——はむ！　何のことでかバラす訳には行かん。けどきっとその内あいつの口から聞かされるだろうし、オレがびっくりしたほどはびっくりせんかもな。けど、ひょっとして君はパーキンズの嫁さんの妹の噂を耳にしていないのか？——いや。——ああ！　と我らが鼻摘み男は言う。道理で、ってことだったのか！

我らが鼻摘み男は論じ合いにもめっぽう長けている。長たらしい無駄話や、下らぬネタがらみでの退屈千万な口論に目がない。お蔭で頭のキレが好くなるものと思い込んでいる。よってやたらしょっちゅう言う。「そいつは腑に落ちん」それとも、とはどういうことか聞かせてもらおうでは。それとも、そいつはどうだかな。それとも、ずっとてんでアベコベだと諒解して来たが。それとも、そいつは解(げ)せんな。それとも、そいつは打ち消させて頂くよ。それとも、まさか本気じゃないだろうが。等々。ヤツはいつぞや我々に忠告した。事後、全く実行不可能にして断じて肯(がえ)んじ得ぬ忠言をした。何故なら忠言はその折永遠に片をつけられた事実を依然未定なものと想定していたからだ。そいつはかれこれ十年ほど前のことだが、今の今に至るまで、我らが鼻摘み男は鷹揚にも穏やかな声音で、事ある事に言う。オレの言ったことをも一度よく考え直してみてくれたか。

我らが鼻摘み男がまた別の鼻摘み男を嗅ぎつけ、そいつと組み打つ第六感たるや瞠目的である。我々はヤツが相手の男を五十人からの男の中からものの二分で選り出すのを目の当たりにして来た。二人はとうの昔に論じ尽くされたネタがらみで遅々たる議論に（至極当然のことながら）すんなり馴染み、互いに異を唱え合い、自らの鼻摘み男としての永久（とこしへ）の瑞々しさはつゆ損なわぬまま、聴き手をほとほとうんざりさせて悦に入る。かくてお互いの諒解はいよよ深まり、やがて気のおけぬ仲となり、お互い同志和気藹々と鼻を摘み合う。我らが鼻摘み男が別の鼻摘み男と扉の蔭にいるのを目にすると必ずや、我々にはヤツがお出ましになるなり、もう一方の鼻摘み男を未だかつてお目にかかったためしのないほど目から鼻に抜けるような男だと褒めちぎろうとピンと来る。かくて我らが鼻摘み男に纏わる一家言を締め括るに及び、読者諸兄には是非ともヤツがくだんの褒め言葉をついぞ我々に賜ったためしのなき旨諒解されたい。

第二十六章　フランス流愚昧の金字塔

西暦一千八百五十年、ロンドン・シティーで開催された市議会において、市議会役員会のとある機知に富む議員によりて、フランス人は木靴を履き、カエルを食す国民なる旨粛然と述べられた。*

我々は当該選りすぐりの傑人が然ても物の見事に片をつけた国家に関し、およそ半世紀前に祖国で流行った戯画と舞台演出は目下の状況を正確に描出している由確かなスジから聞き及んでいる。例えば、我々の理解する所、フランス生まれの男は一人残らず弁髪を垂らし、髪巻き紙で髪を巻いている。男はひどく土気色で、痩せぎすで、馬ヅラで、顎がランタンよろしく突き出ている。大御脚の腓（こむら）は決まって発育不全にして、大御脚そのものは膝の所でガクガク震え、肩は四六時中、耳より怒っている。我々はことほど左様に、男はめったなことでは精進料理風スープと玉ネギ以外の食べ物は口にしないものと――口にする条（くだり）という条（くだり）の最後に必ずや「いっやはや！　あはあっ！　けれどげにそうおっすしゃると、きっでん？」とダメを押すものと――男の民族の真の属名はムンセーアかパーリ・ヴ*なものと――得心している。仮に男はダンス教師か床屋でなければ、料理人に違いない。というのもくだんの三つの職種以外、如何なる職業もフランス国民の趣味にしっくり来ない、と言おうか国家の慣例上、許されていないから。男は無論、奴（やっこ）である。フランス生まれの御婦人は（やはり婢（はしため）だが）年がら年中ベルチャー・ハンカチ（第九章注（八〇）参照）で頭を括り上げ、ゾロンと長いイヤリングを下げ、タンバリンを持ち運び、己（おの）が軛（くびき）の憂さを晴らすに鼻にかかった高音で歌う――大方、手回し風琴伴奏の下（もと）。

概して、当該劣等の国民がらみでは連中、何事に関しても一切私見を持ち併さぬとかいつまめよう。

スミスフィールド*のような大いなる慣例が如何様なものか、連中これきり思いも寄るまい。パリのど真ん中なる家畜市場など固よりあり得べからざる厄介者と見なされよう。都心なる屠殺場もつゆ思い至るまい。これら行き暮れたカエル食らいの端くれは、たとい貴殿がかようの大英帝国流要塞の存在について審らかにしようと、何を言わんとしているものかほとんど解（げ）せまい。

己（おの）が権利の完璧に確立されている折に少々の自己満足に耽

るのは快い上、恐らく、大目に見て頂けよう。今しも、市自治体の目の中の（腐った）リンゴたるかの古き善き市場に最終的な攻撃を加えることにて記憶に払拭し難く留めて頂くべく、以下、我らが国家的愉悦にして誇りたることに、これら屠殺場と家畜市場なる両のネタがらみで、我々と海の向こうの隣国とを引き比べさせて頂きたい。

スミスフィールドの恩恵は余りに広く遍く諒解されているだけに今更取り立てて述べるまでもなかろう。アタフタ（狂牛と、突進して来る牡牛から）尻に帆かけている誰しも読めるやもしれぬ（ジョン・キーブル『キリスト教暦年』（一八二七））。如何なる市日にとて、御逸品、華々しく施されている様が見受けられよう。がひょっとして、我らが屠殺場の真価は未だ然に一般的には十全と認められていないやもしれぬ。

イングランドの大都市の屠殺場は必ずや（一、二の進取の気象の町はさておき）どこより空気の循環の悪い、どこより立て込んだ場所に、就中犇き合っているものと概ね相場は決まっていよう。屠殺場はしょっちゅう地下の、窖もどきの中にあることもあれば、時にはむっと息詰まるような裏庭にあることもあれば、時には（スピタルフィールズにおけるが如く）肉の売られている正しく店の中にあることもある。時たま個人の管理の然るべく行き届いている場合には、換気も好く、清潔だ。が概して換気は悪く、不潔で、血まみれの壁に悪臭芬々たる脂肪やその他不快な動物性の代物がしぶとくこびりついている。ロンドンでわけても忙しない屠殺場はスミスフィールドの近所と、ニューゲイト市場と、ホワイトチャペルと、ニューポート市場と、レドンホール市場と、クレア市場にある。以上の場所はいずれも住人で鮨詰めの、貧しい手合いの家々に取り囲まれている。中にはロンドン中で最悪の埋葬所に間近いものもある。屠殺場が地下にある場合、羊を丸ごと、地下勝手口から突き落とすのが通常のやり口で——そいつはワクワクはするが、酷たらしい所はこれきりない。屠殺場が地表にある場合、間々、めっぽう近づきにくい。さらば、四つ脚共は、晴れてぶち込まれるまで延々とイジメては、刺し棒や鋤叉で突いては、尻尾を捩くり上げられねばならぬ——のはそっくり、連中の生まれながらの依怙地さ故である。屠殺場が近づきにくくはないが、不潔な状態にある場合、奴らは目にし、鼻にするもののせいでいよよ入るのに二の足を踏む——のはまたもや、連中の生まれながらの依怙地さ故ではあるが。連中は事実、とうとう、さしたる難儀も苦痛もなきまま（というのもまずもってロンドン市内へ向かう道中であれ、スミスフィールドにおける前夜の辛抱であれ、人々のごった返しや、馬車や、荷馬車や、大型荷馬車や、乗合馬車や、ギグ馬車や、貸馬車や、フェートンや、キャブや、手押しや、犬や、小僧や、野次や、叫(おら)び声や、一万もの他のどよめきの直中を四苦八苦掻い潜る道程であれ、物の数には入らぬから)、ぶち込まれるや、この世で最も著名な生理学者の一人オーウェン教授(第五章注(四五)参照)によって連中の熱っぽい血がらみで行なわれた顕微鏡検査に準ずれば殺されるに最も相応しからざる状態にある——がそいつは戯言。連中が事実とうとう殺されると、血まみれの死体は不浄な外気に吊るされ、挙句、と同上の教授ならば御教示賜ろうが、栄養価が落ち、より不健全になる——が教授はただ単に凡庸ならざる顧問にすぎず、よって教授のことはお構いのう。ホワイトチャペルからわずか八分の一マイル以内にては、一時(いちどき)に、六百頭に垂んとす殺されたばかりの牡牛と七百頭に垂んとす殺されたばかりの羊が吊るさげられよう——が多ければ多いほど愉快ではないか——これぞ繁栄の証ならば。スノー・ヒルとウォリック・レーンのつい目と鼻の先では、小さな子供達が、生まれた時から残虐の光景には免疫が出来ているとあって、ヨチヨチ小径を、踝までどっぷり血に浸かったなり、恐ろしく忙しない豚の群れに紛れて駆けずり回っている様が見受けられよう——がそれだけ幼気なゴロツキの卵は逞ましく育とうというもの。当該肥大した都市の不完全な下水渠へと、貴殿はこうした習いによりて生じた大量の腐敗を、視界の埒外へとだらしなく投げ込まれる——挙句、貴殿のスヤスヤと寝息を立てている子供達がいとも易々吸い込もう夜分、貴殿の屋敷へと有毒ガスたりて立ち昇り、畢竟、貴殿が飲み水として飲む川へと懶く流れ込むべく。が、フランス人は木靴を履くカエル食らいの国民にして、おお、そいつはイングランドのロースト・ビーフだぜ、きさま、陽気な昔ながらのイングランドのロースト・ビーフだぜ(フィールディング『グラブ・ストリート・オペラ』Ⅲ、3)!

腐敗と健康との間には何らかの自然な敵対関係があると想定するのは全くの間違いに——どこからどこまで奇を衒った発想に——すぎぬ。市議会では誰一人そんな戯けを信じる者はいない。貴殿はその叡智なる「自然の女神」は必ずや、何か危険なものに近づく際、人間に嗅覚を通して警告すると言うやもしれぬ。がそいつは都大路では通用すまい。「自然の女神」は間々何ら腹づもりがない。クイクリー夫人はプルーンは生傷には好くないと宣う(『ヘンリー四世第二部』Ⅱ、1)が、誰であれ腐った動物性物質は生傷にとってにせよ、屈強な壮健にとってにせよ、何物(なにもの)にとってにせよ、何人(なんぴと)にとってにせよ、好くないと言う者は人間性商人(あきんど)にしてペテン師なり。故に、ブリテン人は断じて、断じて、断じて云々(ジェイムズ・トムソン「ブリタニアよ、統治せよ」)。して病院や、教会墓地や、救貧院や、学校や、診療所や、避難所や、住宅や、食料品店や、育児室や、病床や、揺籠から墓場に至る旅程のありとあらゆる宿駅と休憩所の直中なる牛追いに、牛殺しに、骨砕きに、血茹でに、豚足刮げに、臓腑誂えに、瘤胃抜きに、腸線紡ぎに、獣皮拵えに、獣脂溶かしに、その他健やかな手続きに、永久(とは)の栄えあれかし！

くだんの凡庸ならざる顧問達は——貴殿のオーウェン教授や仲間は——これら諸事を文明都市で許容することは即ち、くだんの都市をブルース*がアビッシニアにおいて蔓延しているのを目撃したよりなお悪しき状況へと貶めることなりと主張しよう。何とならば彼の地(かち)にては（と連中の申し立てるに）ジャッカルや野犬が夜分、屑肉を漁るべく出没したが、片や此の地(こち)にてはかようの自然界の清掃動物も、似たり寄ったりの野蛮な習いも皆目ないからだ。のみならず、彼らは証してみせよう、自然界の何一つとして浪費されて然るべきものはなく、かようの悪弊が健康と生命なる事項——如何なる共同体においても主たる富の源たる——においてもたらす浪費はさておき、それらは変化を伴う物質の途轍もなき浪費につながる。というのもくだんの物質は適切な処置と科学的管理の下(もと)ならば土壌をより肥沃さすべく適用されて差し支えなかろうから。かくて（と彼らの理詰めに押すに）「自然の女神」は徹して自らの慈悲深き法則に対す違反行為の意趣を晴らし、人類が己(おの)が祝福を呪詛に捻じ曲げようと意を決すれば決するほど必ずや祝福を呪詛に変え、人類を苛酷に苦しめよう。が、こいつは空念仏。ロンドン市自治体に対しかく宣うのが最悪の手合いの空念仏であるにつゆ劣らず。「何故(なにゆえ)市自治体は市民に対し、大都市のど真ん中に市場(いちば)を構える権利を市自治体の既得の特権の一つとして申し立てるほど明々白々たる不誠実極まりなきはぐらかしの光景をひけらかせるのか、市自治体自ら、最後の市場保有憲章がチャールズ一世王によりて認可された時、スミスフィールドはロンドン郊外にあり、正しくくだんの憲章にてはくだんの六文字にて記述されていると知っていながら？」——とは仰せの通り。が本件とは縁もゆかりもない。

では、イングランドの首都と、かの、名立たる市議会議員の然ても冷笑的に片をつけたカエル食らいにして木靴履きの国の首都との間のこれら文明化の詳細における比較へ移ろう。

パリには、まずもって家畜市場なるものは全くない。市内で牛と仔牛は売られているが、家畜市場は約十三マイル離れた鉄道沿いのプワシと、約五マイル離れたソーにしかない。プワシ市場は毎週木曜日に、ソー市場は毎週金曜日に、開かれる。パリには我々なりの語義における屠殺場は皆無である。ただし郊外とは言え、市壁内に公的な「屠殺施設（アバトゥワール）」が五箇所あり、この五箇所でパリ市のための屠殺は全て行なわれなければならない。施設は肉屋のシンディカ、即ち組合（ギルド）によって管理され、組合（ギルド）は職業に関わる全ての案件に関し内務大臣と協議し、フランス政府のために如何なる新たな規制が企画されようと必ずや相談を受ける。施設は、のみならず、警察の厳重な監視の下（もと）にある。肉屋は皆、官許を受けなければならず、これにより直ちに奴（やっこ）たることが証される。というのも我々はイングランドでは肉屋には官許を与えず——官許が与えられるのはただ薬屋と、事務弁護士と、宿駅長と、居酒屋の亭主と、呼び売り商人と、煙草・嗅ぎ煙草・胡椒・酢の小売り商と——その他取るに足らぬ一、二のちっぽけな商いだけだからだ。屠殺と肉の販売に関わる全ての手筈は厳重な警察規制の問題である。（またもや奴（やっこ）の身の上。なるほどここイングランドにては漠たる類の警察法令は存在するものの。）

　だが、読者諸兄がこれらカエル食らい共が己（おの）が屠殺施設（アバトゥワール）と家畜市場に如何なる愚昧の金字塔を打ち立てるに至ったか理解し、くだんの金字塔と、ここ数年、市議会が我々のために為し、当代の革新的精神に恵まれなければ依然として為すであろう事柄とを引き比べられるよう、以下、手短ながら先達てくだんの場所を訪うた際の見聞録を掲載させて頂きたい。*

　指先に感じたいと願える限り身を切るように冷たい二月の朝（あした）、小生は——昨夜（ゆうべ）ボンボン店から掃き出された色取り取りの紙切れを小さな籠と熊手で掻き集めている屑拾い（シフォニア）に蹴躓きながら——プワシ行き肉屋専用列車に乗り込むべく繰り出した。ひんやりとした仄明かりが然なる変化を、然なる半狂乱の群衆を、然なる暴動と流血を目の当たりにして来たチュイルリー宮殿の聳やかな屋根に今しも触れたばかりにして、連中、すっぽり真っ白な霜に覆われているとあって、正しくピラミッドほどにも穏やかにして神さびて見える。川向こうのノートルダム寺院の塔には未だ光らしい光も射していなかったが、小生は古びた大聖堂の薄暗い石畳に且々灰色の筋が入り始めている様を、その間際なる病院「神の館」のランプがゆらゆらと低く揺らめき、次から次へと消されつつある様を、死体公示所（モルグ）の守衛が、お次の晴れやかな日のための恐るべきロウ人形の手筈に忙しなくも、褪せつつあるカンテラを手にあちこち歩き回っている様を、思い描いた。

　日輪が昇り、陽気に輝いている折しも、肉屋連中と小生は、エンジンの金切り声諸共寝ぼけ眼のパリに別れを告げながらガタゴト家畜市場へと一路、駆け出した。田野を突っ切り、セーヌ川を渡り、いじけた木々の森を抜け――真っ白な霜は蔭深い所ではひんやりと置き、日溜まりではキラキラ輝いているが――さらば、そら、プワシだ！　ヒラリヒラリと、道中ずっとキ印よろしくペチャクチャおしゃべりしていた肉屋連中は飛び下り、ダラダラ（その間も無論、のべつ幕なしペチャクチャやりながら）家畜市場へと向かう――ありとあらゆる形をした帽子や縁無し帽にて、上着や野良着にて、仔牛革や、牛革や、馬革や、毛皮や、ボサボサのマントや、毳立ったコートや、粗麻布や、ベーズや、油布や、ともかく霜深き朝、男にして肉屋を暖かくしてくれよう、貴殿のお好み次第の代物に包まれたなり。

この地とストラスブール（フランス北東部の都市）かマルセーユの間で、ぼくは君の肖像画のモデルになるやもしれぬ幾多のフランスの町を目にして来たさ、愛らしきプワシよ！　君の古教会の詳細をさておけば、ぼくは君のことをよく知っている、お互い今、初めて知り合ったとは言え。例えば、ど真ん中に溝の走り、ランプがゆらゆら渡っている、君のせせこましい、ダラダラ、ウネクネと続く通りから通りを。例えば、ウネクネと、何故、して何処へ上って行くか、は神のみぞ知る、君の絵のように美しい街角を。例えば、今一つでっぷりさ加減の足らぬ君の商人の銘を、小さな店の上にぶら下がっている君の床屋の真鍮の盥を、ウィンドーには饐えたシロップの曇った瓶の、表には交差したビリヤードのキューの絵の飾ってある君のカフェと小料理店を。例えば、この、断じて蹄鉄を打たれるを潔しとせず、通りをカパカパ、片や二十からの金切り声がヤツ宛「山賊」だの、クソ忌々しい「盗人」だの、この世の果てまで地獄に堕ちた「ブタ」だの罵っては唸り上げているのを後目に後ろ脚にて通りを突っ切ることにて紋章の図柄を地で行っている、どこぞのふしだらな女の「ひっつめ」よろしく尻尾をコブに結わえ上げたやたら葦毛の馬を。例えば、君のキラキラとキラめく町の泉も、ぼくのプワシよ、して目にするだに微笑ましきかな、家畜市場に間近いそいつがどっとばかり、天辺にちょんと乗っかった金っ気な男伊達の小さなフランス男の権化の保護の下、然に瑞々しく迸っているのを。フランス全土を通じ、例えばこの、「栄光亭」の独特の豆とコーヒーの匂いの染みついた、薄汚い部屋を。そこにて肉屋連中はまたとないほど小さなタンブラーからまたとないほど水っぽいワインをすすりながら暖炉のグルリを取り囲み、そこにてまたとないほどぶ厚いコーヒー・カップはまたとないほど長ずっこいパンの塊や、またとないほど脆い角砂糖と睦み、そこにてカウンターの女将は入れ替わり立ち替わりする肉屋のどいつもこいつもの臣従の礼に気さくに会釈を返し、そこにてビリヤード台はど真ん中にてどデカい鳥籠よろしくすっぽり覆いをかけられている――が、鳥のヤツ、いずれ囀るやもしれぬ！

　ベルだ！　仔牛市場だ！　肉屋連中の丁重な暇乞い。素人他処者の側（がわ）なるそそくさとした勘定と暇乞い。女将（マダム）は女給（マムゼル）にクマ革に身を包んだ肉屋のお熱がらみであんたあんまり色好すぎるんじゃあと小言を垂れる。「栄光亭」の亭主たるムッシューは片手二杯分のスーを数え上げるが、内一枚とて銘の薄れていないものも、王冠を頂いた頭の拉（ひさ）げていないものもない。

　戸外にはほとんど騒音がなく、辺りは開け、混乱は全くない。市場専用の空地は三つの仕切りに分かれている。仔牛市場に、畜牛市場に、羊市場と。仔牛は八時、畜牛は十時、羊は正午。何もかもめっぽう清潔だ。

　仔牛市場はおよそ三、四フィートの高さの石造りの高台で、四方は開（ひら）け、頭上に広がる高々とした屋根は石の円柱に支えられているとあって、一見、北イタリアのある種ブドウ園を思わせる。ここにて、一際高い石畳の上には一頭残らず後ろ脚と前脚を一緒に括られた数知れぬ仔牛が寝かされ、どいつもこいつもブルブル震えている――恐らく、一つには寒さ故に、一つには恐ろしさ故に、また一つには痛さ故に。というのも小百姓にとっての絶対的迷信と思しきこの括り方は、必ずや大いなる苦痛を伴おうから。ここにて、仔牛は男や、女や、少年や、少女監視の下（もと）、魯鈍な面（つら）と無表情な目をしたなり藁にまみれ、幾列もになって横たわっている。ここにて、我らが馴染み、肉屋連中によってしげしげ調べられては、値切られ、買われる。時間にも、空間にも、上機嫌にも事欠かぬ。「クマ革のムッシュー・フランソワ、御機嫌いかが、あたしのお友達？　パリから列車でお越しと？　新鮮な空気は体にいいってね。もしもこの市（いち）の朝に丸々肥えた仔牛が三、四頭お入りなら、あたしの天使、このあたし、マダム・ドーシュが喜んでお相手させて頂くよ。ほら、この仔牛たちを見ておくれ、ムッシュー・フランソワ！　あんれ、まだ踏んぎりがつかないって！　はむ、だったら、グルリッと一巡りして御覧になって来ちゃ。もしか同し値でもっと丸々肥えたのがめっかりゃどうぞお買いを。じゃないってなら、どうぞあたしのとこへお戻りを！」ムッシュー・フランソワはゆるりとその辺りを回り、家畜に鋭い目を凝らす。他の肉屋は誰一人、ムッシュー・フランソワを小突かず、ムッシュー・フランソワも他の肉屋を誰一人小突かぬ。誰一人として苛ついたり、腹を立てている者はない。誰一人として猛々しい者はない。田舎風の青い野良着と赤いハンカチや、ボサボサの、毛むくじゃらの、毳立った——仔牛革の、牛革の、馬革の、熊革の——肉屋の上着の直中にて聳ぐは、とある三角帽とブルーのマント。これぞ奴の身の上！　というのも我らが警察は大外套を纏い、艶がけ帽を被っているから。

だが、今や売った買ったにケリがつき、仔牛はそっくり売り捌かれる。「おい！　グレゴリ、アントワーヌ、ジャン、ルイ！　荷馬車を引っぱって来な、お前ら！　グズグズするんじゃないぞ、いいか！　おーい！　そら！」

藁のしっかり敷かれた荷馬車は高台の端まできっちり後退り、十人十色の汗だくの若造が仔牛を頭に担ぎ上げ、手際好く放り込み、片や荷馬車の中に立っている外の汗だくの若造が仔牛をきちんと並べ、藁に丹念に包み込む。ここに一頭、先行き明るげな幼い仔牛が売れ残り、マダム・ドーシュは未だ紐を解いてやっていない。申し訳ないが、マダム・ドーシュ、獣の四つ脚をこんな具合に括るのはなるほど厳密に流儀に適っているかもしれぬが、あまり感心せんな。ほら、マダム・ドーシュ、紐がこんなに深く皮に食い込んでいる上、仔牛はまずもってそれはきっちり締め上げられているものだから、マダムが忝くもマダムなりそっと小さく蹴飛ばし、尻尾をベル紐よろしく引っぱってやるまで、自分が事実解かれていると分からない、と言おうか気取りすらしないのではないかね。それから、仔牛はしっかと踏んばれぬものだから、膝までヨタヨタ、ヨタつき、酔っ払いの仔牛よろしく、と言おうか、マダムも見たかもしれないが、マダム・ドーシュ、戦で致命傷を負ったことになっている、フランコニの所の馬みたように、そこいら中蹴躓いているではないか。が、こうしてマダム・ドーシュに頓呼している間にも小生にこすれているこいつは何だ？　そいつはまた別の汗だくの若造で、頭に一頭仔牛を担いでいる。「すまねえが、だんな、どうかそこを通して頂けやせんか？」「ああ、君、もちろん。こっちこそ邪魔をしてすまん」若造は仔牛ごとヨロけるが、猥りがわしき悪態一つ吐かぬ。

今や、荷馬車はどいつもこいつも一杯だ。この天辺の列に撒いてやるのに、アントワーヌ、もっと藁を頼む。そこでいざ、我々はガラガラ、グラグラ、ガタゴト、カタカタ、長蛇の如く、第一の町門を抜け、第二の町門を抜け、空っぽの歩哨小屋を行き過ぎ、誰一人住んでいぬげな、小さな四角い紙箱よろしき衛兵所を打っちゃり、一路パリ目指し、延々たる並木道に真っ直ぐ真っ直ぐ伸びる舗道伝馬車を駆る。我々は道を選ぶことも速度を選ぶことも叶はぬ。というのも全て予め規定されているから。公の便宜を図り、我々の荷馬車は是々然々の道筋を措いて他の如何なる道筋にても（ナポレオンは世界相手にささやかな戦を仕掛けている際にもそいつを見つけ出す暇(いとま)くらいあったから）、パリまで行くこと罷りならぬ。法に従わぬようなら我々に禍あれかし。

牛の群れは畜牛市場にて、御影石の支柱に固定された鉄の横桟に括りつけられたなり、立っている。他の群れは延々たる並木道伝(づて)第二の町門を、第一の町門を、歩哨小屋を、紙箱もどきを、打っちゃりながらゆっくりお越しになり、道々朝(あした)に置いた霜を濛々たる息で溶かす。空間にも、時間にも事欠かぬ。男も獣も、馬車や、荷馬車や、乗合馬車や、ギグ馬車や、貸馬車や、フェートンや、キャブや、手押しや、小僧や、喚き声や、叫(おら)び声や、有象無象のせいで半狂乱になることはない。如何なる尻尾も捻じり上げる要はない。如何なる熊手で突く要もない。ここには固より熊手らしきものはない。畜牛のための市(いち)は仔牛のための市(いち)に劣らず穏やかに開かれる。ほどなく、畜牛はパリへ向かい、牛追いは道も、時間も、追う牛の数も、自ら自然の成り行き上身罷る刻限を選べぬと同様、選べぬ。

次は羊。ここにて羊の囲いは肉屋の便宜を図って設けられたパリ銀行支店の先にして、市場に折しも作りかけられている二つの愛らしい泉の蔭にある。小生の名はブル（第二十章注（一八九）参照）だが、劣らず気の利いた対(つい)の泉に――スミスフィールドにて、とまでは行かずともイングランドの何処であれ――お目にかかりたいものだ。空間にも、時間にも事欠かぬ。ここなる牧羊犬は相変わらず賢しらだが、どことなくフランスっぽい風情が漂い――ドミノ仮面の気味の無きにしも有らず――ある種口髭と顎鬚の趣きを帯び――イングランドの犬ならばきっちり、ぴっちりしている所においてボサボサ、だらしのない、これ見よがしな連中で――我らがイングランドの牛追いの犬ほど生業柄のソロバン勘定に煩わされぬ代わり――何せ後者の奴らと来ては四六時中、こちとらの羊のことばかり気にかけ、一息吐いている間(ま)にも、御尊顔を見れば一目瞭然、頭の中は仕事のことで一杯だから――勇み肌の、キザっぽい、どちらかと言えば信用の置けぬ犬共だ。して機ありと見れば合法的突撃でもないクセをして、小生宛ワンワン吠え立て――しかも機をいささか唐突に見て取らぬとも限らぬ。羊のための市(いち)も他の両者同様坦々と過ぎ去り、連中は連中に割り当てられた道伝(づて)パリへと向かう。小生の道は鉄道なるが故、小生は時速二十マイルにてすっ飛ぶ。今や燦々と日の降り注ぐ光景の直中を突っ切り、定めて初(うぶ)な緑の蕾は、うっかりこんなに早々お出ましにならねばよかったとほどなくホゾを噛もうと胸中つぶやき、どこからどこまで窓と格子細工だらけのこの、それともあの、シャトーには誰が住まい、この身を切るような朝(あした)、一家は朝食に何を食べるのだろうかと首を捻りながら。

市場のお次は屠殺施設(アバトゥワール)。どこの屠殺施設(アバトゥワール)から始めよう？　モンマルトルが最大だ。よって、そこへ行こう。

屠殺施設(アバトゥワール)は全て物品入市税の関係で、パリ市壁の内側にある。が、市内の人込みや雑踏からは程遠い郊外の開けた場所に立っている。施設は警察検閲の下(もと)、肉屋のシンディカ、即ち組合(ギルド)によって管理されている。施設から得られる、より小さな細目の歳入は一部、経費返済のために組合(ギルド)によって保持され、一部、業界に関わる慈善的目的にやはり組合(ギルド)によって充てられる。経費は六十八万ポンドに上り、組合(ギルド)はくだんの出費に対す約六・五パーセントの利息をパリ市に返済する。

ここにて、邪魔者の然るべく撤去された空間に、モンマルトル屠殺施設(アバトゥワール)は立ち、敷地はおよそ九エーカーに及び、のっぽの壁に囲われているとあって、外側からは騎兵営舎そっくりに見える。鉄門で番をしているのは大きな三角帽の小さな職員だ。「ムッシューは屠殺施設(アバトゥワール)を御覧になりたいと？　どうぞ御遠慮なく」威儀なるもの個人的業務には不便な上、ムッシューは早、三角帽に気づいているため、職員は御逸品をほとんどお蔭で一杯になろうかという小さな守衛所の事務机に突っ込み、日常生活の――こと頭に関せば――慎ましやかな出立ちにて小生を案内する。

プワシからやって来た動物の大方はここへ入れられる。群れはそれぞれ到着するや向こうの広々とした囲いまで連れて行かれ、そこにて身銭を切った肉屋はそれぞれ自分の買い物を選り出す。内幾頭かを、我々は今や木と透き瓦ののっぽの差し掛け屋根の、長々しき眺望なる畜舎の中で目にする。屠殺される前にここで休む間(ま)に家畜は餌と水を与えられる要があり、畜舎は常に清潔に保たれねばならぬ。所定の量の秣が階上の藁置場(ロフト)に常備されていなければならず、監視は極めて厳重な手合いのそれである。同じ規制が羊や仔牛にも適用される。羊と仔牛のために、くだんの眺望の一部は頑丈な柵で仕切られ、建物は全て、最も堅牢にして頑丈な手合いのそれである。

くだんの囲い場を抜けてから――そこにては前述の上方の換気設備に加え、脇壁の向かい合った窓と、両端の扉から空気が自由に流れているやもしれぬが――我々は広々とした石畳の中庭を抜け、屠殺小屋へとやって来た。小屋は全てそっくりで、堅牢な建物の棟に八、九部屋ずつが互いに隣接している。仰(のっ)けの小屋に入ってみるとしよう。

小屋は頑丈な造りで、石が敷かれている。照明が利き、換気も申し分なく、真水がふんだんに用意されている。互いに向かい合った扉が二枚あり、第一の扉は小生が中央の中庭から入って来た扉で、向かいの第二の扉は別の、より小さな中庭に面し、そこにて羊や仔羊は作業台の上で殺される。くだんの中庭の石畳は、明らかに、より容易に洗い流せるよう、溝へ向けて下り坂になっている。屠殺小屋は高さ十五フィート、幅十六フィート半、奥行き三十三フィートで、強かな巻揚げ機が設えられ、把手の持ち場に就いた一人の男が牡牛一頭の頭を、そいつを打ち倒すはずの畜殺用斧からの一撃を受けるべく地べたに押しつけられるようになっている。のみならず、死体を引き上げ、市場向けに整えるその後の作業の間中吊るしておく手立てや——仕度が完了した後(のち)、死骸を壁に触れぬよう吊り下げられる鉤が設えられている。この最初の石の部屋の石畳の上には虫の息の牡牛が横たわっている。牡牛の血が石畳の隅の小さな石の井戸へと流れ込むのをさておけば、ここはコンコルド広場に劣らず不快とは縁がない。と言おうかノートル・ダム大聖堂より、ほら、我が馴染みの職員よ、遙かにきれいで清潔ではないかね。はっ、はっ！ ムッシューはまた愉快なことをおっしゃる。けどなるほど、そうおっしゃるのもごもっとも。

小生はこれら屠殺小屋の内のまた別の部屋を覗く。「どうぞお入りを」と血まみれの長靴の殿方が言う。「こいつは今朝殺した仔牛です。少し暇を持て余してたもんで、腹の皮にこのレース模様を空けてやりました。どうです、イカすでしょう。暇つぶしには持って来いでした」——「いや、お見事、ムッシュー潰し屋殿！」男はお褒めに与って何より、と返す。

小生は幾列もの屠殺小屋を覗いて回る。内少なからざる部屋で、そのためわざわざやって来た小売り商が肉の取り引きを行なっている。なるほど、新参者の目を飽き飽きさせるに足るほど屠殺が為され、ディナーにはチキンとサラダを注文するに如くはなかろうと仄めかすに足るほど死骸からは蒸気が立ち昇っている。が至る所、秩序正しい、清潔な、見事に体系化された日課の仕事が進行している。憚りながら、せいぜい恐るべき仕事が。がだからこそ、せいぜい善処さるべきそれだけ大きな謂れがあろうというもの。小生は（確か前述の如く、我が名はブルだから）最下層のパリっ子ですら格別繊細に出来ているものか、或いはヤツの気っ風が蛮性の極微量の注入に見るべきものがあるものか、しかとは知らぬ。が、これだけはしかと知っている、我が大立て者の、しかつべらしき市議会議員紳士方(シニョール)（『オセロ』I、3）よ、ヤツは、いざ仕事に精を出すとならば、徹頭徹尾まっとうな体制に身を委ねねばならず、かくて英国人は心底汝(な)を恥じることとなる。

ここ、同じ屠殺施設(アバトゥワール)の四つ壁の内なる、他の大きな、広々とした建物には、脂肪を獣脂に変え、市場向けに荷造りする場所や――仔牛の頭と羊の足を洗って煮沸する場所や――臓腑を仕度する場所や――肉屋のための廐や馬車納屋があり、不快を能う限り最低限度まで減少させ、清潔と監督を能う限り最高限度まで高めるに与す数知れぬ便宜が図られている。ここより、門から出て行く肉は全て、小ざっぱりとした幌付き荷馬車にて運び出される。してたとい動物の屠殺に関わる全ての職業が法律によって同じ場所で営まれねばならぬと規定されようと、果たして、今や三角帽に復職した（その丁重さにこれら二フランは十分謝意を表(ひょう)せぬが、どうやら鷹揚に報いていると思しき）我が馴染みよ、ここモンマルトル屠殺施設(アバトゥワール)にて遂行されているより優れた規制がこの世にまたとあろうか。さらば(アデュー)、我が馴染みよ、というのも小生はこれからパリの反対側に、グラネール屠殺施設(アバトゥワール)に、行くつもりだから。してそこにて、小生はより小規模ながら、おまけに素晴らしき掘抜き井戸を具えた全く同じ手合いの代物に出会す。ただし案内手はおよそ異なる手合いの。というのもこの方、小ざっぱりとした小さな目と、小ざっぱりとした小さな声の、小ざっぱりとした小さな女性で、めっぽう小ざっぱりとした小さな靴とストッキングにて、若い牡牛の間を持ち前の小ざっぱりとした小さなやり口で、道を拾うようにして歩くから。

以上が、市議会叡智への国家的嫌悪と反感の内にとある外つ国(くに)の民(たみ)の打ち立てしフランス流愚昧の金字塔である。ロンドン・シティーに集うたくだんの叡智は三日に及ぶ討論の末、してほぼ一票に対し七票の票差で、仮に家畜市場がシティーのど真ん中にて開かれねば如何なる首都圏家畜市場とも提携することを断乎否決したがために、我々は自づと、市議会庇護なるかけがえのない利点を失い、こと市場にかけては、惨めな自力に拠る外なくなろう。かくて十中八九、我々は終に当該フランス流金字塔そっくりの愚昧の金字塔を打ち立てよう。仮に然なる事態と相成れば、結果は火を見るより明らか。皮革業は堕落した英国人のための靴を製造すべくアメリカ産木材を輸入することにて廃業に追い込まれ、ロンドン市長は民意によりて、専らカエルで生き存えるよう要求され、これら双方の変化は（如何に、か今の所は必ずしも定かならねど、必ずや如何でか）かの、絶えず息の根を止められつつあるも絶えず生きて――ピンシャンして――いる所の見受けられるくだんの不幸な地主階層の身に降り懸かろう。

街灯点灯夫の物語

「もしも皆の衆がマーフィとフランシス・ムア*を持ち出すなら、皆の衆」と議長席に着いた街灯点灯夫が言った。「わたしとしては二人のいずれとてついぞトム・グリッグほど星とかかずらったためしはなかったと言わせてもらおう」

「で奴が星にどれほどかかずらっていたと?」と副議長役の街灯点灯夫がたずねた。

「これきり」と相手は答えた。「全くもってこれきり」

「ということはつまり、議長はマーフィを信じておられぬと?」と当該話題の口火を切っていた街灯点灯夫がたずねた。

「つまり、わたしとしてはトム・グリッグは信じているということさ」と議長は答えた。「マーフィを信じるかどうかはわたし自身とわたしの良心との間の問題だ。してマーフィが己自身を信じるかどうかは彼と彼の良心との間の問題だ。皆の衆、皆の健康を祝して乾杯」

との音頭を取った街灯点灯夫は、いつの世からともなく街灯点灯夫御贔屓の「溜まり場」となって来たとある居酒屋の炉隅に掛けていた。彼は街灯点灯夫の一座の中央に座り、一族の酋長、と言おうか長であった。

仮に読者諸兄のどなたか、幸運にも街灯点灯夫の葬儀を目にしたためしがあるとすれば、以下の如く聞き及んだとて一向驚かれまい。即ち、街灯点灯夫は不可思議で原始的な連中だと。彼らは仰けの公の灯火が戸外で灯されてこの方、父から息子へと譲られて来た昔ながらの儀式と習慣を飽くまで頑に守り通していると。仲間内で連れ添い、子供同士にも幼くして契りを交わさせると。如何なる策略にも陰謀にも一切荷担しないと。(というのも一体どこのどいつが叛徒よろしき街灯点灯夫などという代物の噂を耳にしたためしがあろう?)連中は祖国の法に触れる罪は断じて犯さぬと。(それが証拠、世に殺人鬼や押し込みめいた街灯点灯夫の事例は皆無である。)連中は詰まる所、一見、上っ調子にして腰が座らぬげに見えながら、実に道徳的かつ思索的な手合いであると。何せ連中同士の間にユダヤ人といい対数知れぬ伝統的な仕来りを有し、一種族として見れば、丘ほどにも神さびて、とまでは行かずともせめて街路ほどには神さびているから。ことほど左様に真の文明の最初の微かな明滅は公費で維持される最初の街灯にて瞬いた、というのが彼らの信条の一箇条である。連中は大衆の崇敬における己が存在と高位を、直系にて、異教神話にまで溯り、プロメテウスその人の物語*ですら、真の主人公はとある街灯点灯夫たる愉快な御伽噺にすぎぬと見なしている。

「皆の衆」と議長席の街灯点灯夫が言った。「皆の健康を祝して乾杯」

「して恐らくは、議長」と副議長がグラスを掲げ、くだんの音頭に謝意と礼を返すつもりで気持ち、席から腰を上げ、またもや腰を下ろしながら言った。「恐らくは、今のそのありがたきお言葉のついでに、我々に一体トム・グリッグとは何者で、如何様に議長の記憶の中で自然科学者のフランシス・ムアと結びつくに至ったものかお教え願えますかな」

「謹聴（ヒヤ）、謹聴（ヒヤ）、謹聴（ヒヤ）!」と皆は一斉に声を上げた。

「トム・グリッグは、皆の衆」と議長は言った。「我々同様、街灯点灯夫でメシを食っていた。がたまたま――我々の同業の公人の身にはさしてしょっちゅう降り懸からぬことに――奴の何たらをカーストしてもらった*」

「頭を?」と副議長が言った。

「いや」と議長は答えた。「頭ではない」

「では、面（つら）を?」と副議長は言った。「いや、面（つら）でもない」

「では脚を?」「いや、脚でもない」況してや腕でも、手でも、足でも、胸でもなかった。どいつもこいつも次から次へとカマをかけられはしたものの。

「ひょっとして、天宮図（ネイティヴィティ）では?」

「おお、それそれ」と議長はハッと、然に水を向けられた勢い、物思わしげな姿勢から我に返って言った。「天宮図（ネイティヴィティ）を。そいつだわい、トムがカーストしてもらったのは、皆の衆」

「漆喰で?」と副議長がたずねた。

「どうやってカーストしてもらったかはっきりしたことは知らんが」と議長は返した。「かもしらんな」

ここにて議長は恰もこれきり言うだけのことは言い果したかのように口ごもった。と来ればすかさずブツブツ、一座の間からつぶやきが洩れ、とうとう皆の意を汲んで、副議長がどうか先を続けるようせっついた。これぞ正しく思う壺。議長はしばし思いを巡らせていたと思うと、かの、俗に「喉を潤す」と呼ばる好もしき儀式を執り行なふや、かく続けた。

「トム・グリッグは、皆の衆、さっきも言うた通り、我々同様、街灯点灯夫でメシを食っていた。ばかりか、我々の誉れにして、油と綿の古き善き時代にしか生み出し得なかったろうそいつだった。トムの一族は、皆の衆、一人残らず街灯点灯夫だった」

「まさか、御婦人方までは?」と副議長が言った。

「御婦人方もその才能には十分恵まれていたし、副議長」と議長は返した。「世間の偏見さえなければ、街灯点灯夫になっていたろう。仮に世の女子（おなご）に然るべく権利が認められていたなら、副議長、トムの一族の御婦人方は一人残らずその道でメシを食っていたろう。がくだんの自由は未だ訪れず、当時も訪れていなかった。よって御婦人方は一家の懐に自ら収まり、食事を作り、衣類を繕い、子供の世話を焼き、夫を労り、家政全般に精を出した。かようの行動領域に閉じ込められるとは、皆の衆、女性にとって辛いことではなかろうか。実に辛いことでは。

「わたしがトムがらみのネタをそっくり仕込んでいるのは、皆の衆、奴の母方の伯父きが格別な馴染みだったからだ。あいつの（とはトムの伯父きの）運命は憂はしいそれだった。ガスが奴の命取りになった。最初にガスの噂が流れた時、あいつは腹を抱えた。腹を立てはしなかったが、世の人間の何と担がれ易いことよと腹を抱えた。『いっそ連中』と奴は言った。『順繰り順繰り光り続けるホタルを敷くうんぬんと言った方がまだましだろうに』してまたもや腹を抱えた。一つには己の叩いた軽口をダシに。また一つには哀れなその他大勢をダシに。

「とこうする内、しかしながら、噂は広まり、物は試しに連中、ペル・メル*に火を灯した。トムの伯父きはそいつを見に行った。何でも、あいつはその晩、意気地が失せ返った勢い、梯子から十四回も落っこちたそうな。ばかりか定めてあの世へ行くまで落っこち続けていたろう。もしや最後に落っこちたのがちょうどあいつの方角へ向かうネコ車で、御親切にもそのなり家（うち）まで届けてくれてでもおらねば。『とうとうこんなことになっちまったってなら』とトムの伯父きは蚊の鳴くような声で、して口を利く間（ま）にも床に就きながら言うた。――『とうとうこんなことになっちまったってなら』との。『あしらの稼業はおしめえだ。もうこれきり持ち場を回って、お天道さんの照ってる間（ま）に芯を摘むこともなけりゃ、気合いのへえってる時にポタリポタリ、旦那の帽子や奥方さんのボネットに油を垂らしてやることもねえ。ガス灯ならどんな下種にだってへっちゃら灯せよう。ってこって何もかもおしめえだ』こんなササクレ立った心持ちで、あいつはお上に訴えて出た――また言葉が出て来んが、皆の衆――そら、例の、お上の奴らが連中ずっと役立たずだった、というに何一つ仕事らしい仕事もしておらんクセをして金だけはしこたま頂戴しておったとうとうバレてしもうた時に我々に支払うそいつを何と言うたかの？」

「賠償金（コンペンセーション）では？」と副議長がそれとなく水を向けた。

「おお、それそれ」と議長は言った。「今のその賠償金（コンペンセーション）を寄越せというので。連中は、ところが、あいつにそいつを払おうとはせなんだ。するとあいつはいきなりコロリと、祖国びいきになり、ガスは生まれ故郷の命取りになってしまおうと、そいつは祖国をとことんダメにして、油と綿の生業をこれきりポシャらせてやろうという急進派の企みに違いないと、クジラの奴らはとんと捕まえてもらえんほんのウラミツラミの腹いせに、こっそり手前で手前の息の根を止めてしまおうと、あちこち触れ回って歩いた。が、とうとうとことん惚けて、タバコ・パイプをガス・パイプと呼び、こちとらの涙をてっきり灯油なものと思い込み、その手のありとあらゆる戯言(たわごと)をほざき出した。がある晩とうとう、セント・マーテインズ・レーンの街灯の鉄棹で首を吊った。あっけない終わりではあったが。

「トムは伯父きをえろう慕うておったが、皆の衆、何とか持ち堪えた。伯父きの墓の上で一粒ポタリと涙をこぼし、へべれけに酔っ払い、その晩、番小屋の中で弔いの口上を一席ぶち、夜が明けるとそいつをぶったからというので五シリング罰金をふんだくられた。といった手合いのことが起こってもビクともせん連中がおる。トムがそうした奴らの端くれだった。奴は正にその昼下がり、新しい持ち場を回った。マシュー神父*その人といい対、頭の中はスッキリしておるわ、二日酔いとはこれきり縁もゆかりもないわで。

「トムの新しい持ち場は、皆の衆——あいつが断じてバラそうとせなんだからには、どこかはっきりとは言えんが、確か風変わりな古めかしい館の立ち並ぶ、町の静かな界隈のはずだ。わたしとしてはいつもイズリントンのキャノンベリー・タワー*に間近いどこぞだったものと決めつけておるが、ではないと言う者もいよう。持ち場がどこであれ、トムは真っ新の梯子を抱えてそいつを回った。白い帽子と、茶色のオランダ布ジャケットとズボンと、青い首巻きの出立ちで、ボタン・ホールには満開の八重咲きニオイアラセイトウの小枝を挿してな。トムはいつだって上品な見てくれをしておったが、いっとうの目利き共に言わせば、何でもあの昼下がり、もしや梯子を家(うち)に置いていたなら、いっぱし領主様で通っていたやもしれんそうな。

「奴はいつも陽気だったし、トムの奴は、すこぶるつきのノドをしておったもので、もしや生まれながらのそいつにハッパがかけられていたなら、歌劇にだって出ておったやもしれん。あいつは、だから、梯子に登って、仰け(のっ)の街灯に火を灯しながら、口であれこれ言うよりは勝手に想像を膨らましてもらうに越したことはないやり口で口遊んでおった。するといきなり、五時の鐘が鳴ったか鳴らぬか、望遠鏡を手にした御老体が窓を引き上げ、こっちをジロジロ、穴のあくほど覗き込んでおるではないか。

「トムには当たり前、この御老体の頭の中をどんな思いが過っているかなど思いも寄らなんだ。がひょっとしてこんな具合に独りごちているのやもしれぬと目星をつけた。『ややっ、あすこに新顔の街灯点灯夫がおる――しかもなかなか男前の若造じゃ――一つ何か引っかけるものでもおごってやろうかの？』ということにならぬとも限るまいと、トムはランプの芯にやたらゴ執心げな風を装いながら、なるたけじっとしたまま、表向きそ知らぬ素振りで、斜（はす）にじっと御老体に目を凝らしていた。

「御老体は、皆の衆、トムが生まれてこの方パチリとお目にかかったためしのないほど風変わりで、突拍子もない見てくれをしておった。何せどこからどこまでふしだらでだらしがないと来たら、ある種寝台調度じみた模様の大振りなガウンと、同し模様の縁無し帽と、ゾロンと長ずっこい古ぼけた垂れ縁付きチョッキの出立ちの所へもって、ズボン吊りはからきし、紐はからきし、ボタンは二つ三つしかなかった――詰まる所、世の中にしっかとタガをかけておるああした手の込んだ留め具というものにほとんど見限られていたからだ。トムはこうしたあれやこれやの印と、爺様がさっぱり剃刀を当てていないのと、身ぎれいすぎてだけはおらんのと、面（つら）に何やら夢ウツツの知恵らしきものが浮かんでいる所からして、さては科学畑の御老体ではなかろうかとピンと来た。奴はよう口癖のように言うておったものじゃ、もしや王立協会をグツグツ一人の男に煮しめられるとすれば、じっつあまの図体こそ今のその『御尊体』だったろうとな。

「御老体はひたと望遠鏡を片目にあてがい、辺りを見回し、ほかにどいつも目に入らぬと見て取るや、またもやトムをグイと睨め据え、腹の底から破れ鐘声を張り上げた。

『おおーい、そこの！』

『おーい、じっつあま』とトムは梯子から返した。『んでも一つおまけに、おーい。もしか、ってことならよ』

『これはまた何と物の見事に』と御老体は言った。『星占いの当たりおったことよ』

『へえ？』とトムは言った。『そいつあ何よりで』

『おぬし』と御老体は言った。『わしのことを知るまい』

『ああ、生憎』とトムは返した。『存じ上げねえな。けど、じっつあまの健康を祝して一杯やらして頂くなあどうってこたねえぜ』

『わしは』と御老体は今のそのせっかくのトムの側（がわ）での丁重な申し出のことなど歯牙にもかけず声を上げた。――『わしはこれからどんなことが起こるか星で占うのじゃ』

「トムは、そいつは御教示忝いと返し、ついでにこの一、二週間の内に星の中でどんな格別なことが起こるか是非とも教えて頂きたいものだと言った。が御老体は御叱正賜るに、自分はこの地上で何が起こるか星で占うのであって、ありとあらゆる天体に通じているのだと返した。

『皆さん達者でいなさりゃいいが、じっつあま』とトムは言った。――『どなたもこなたも』

「『シッ！』と御老体は声を上げた。『わしは「運命の書」をほかの者には到底敵わぬほど物の見事に繙いてみせられての。何せ占星術と天文学という大いなる学問に通暁しておるもので。ここのわしの屋敷には惑星の軌道と動きを観測するためのありとあらゆる類の装置が揃うておる。半年ほど前に、わしはこうしたあれやこれやから、正しくこの夕刻、時計がかっきり五時を打ったら、見知らぬ男が――わしのうら若うて愛らしい姪の先行きの婿が――姿を見せようとの事実を突き止めた。出自は曖昧模糊とした謎に包まれてはいるが、実は映えある高貴な生まれの。断じておぬしのそれはそうではないなどと申すでない』と御老体は、やたらセカセカ口を利いているせいで言葉が出て来るのが追っつかぬほどだったが、言った。『何こっちは百も承知のからには』

「皆の衆、トムは御老体がこんなことを口走るのを耳にすると度胆を抜かれた勢い、梯子の上でしっかと踏んばっているのもままならず、ひしと街灯柱にしがみつかずばおれなくなった。確かに、奴の生まれは謎に包まれていた。お袋自身いつもそいつを認めていた。トムは生まれてこの方親父が誰なものかさっぱりだったし、中にはそいつがらみではお袋さんだって怪しいのではとまで言う者もおった。

「トムが、という訳で、呆気に取られている間に、御老体は窓辺を離れ、玄関口から飛び出し、梯子をガタガタ揺すぶり、トムは、熟れたカボチャよろしく、スルスル御老体の腕の中へと下りて来た。

『どうかおぬしを抱き締めさせてくれ』と御老体はトムの腰に腕を回し、お蔭であわやトムの松明で古ぼけた寝台調度模様のガウンをメラメラ燃え上がらせそうになりながら言った。『これはまたおぬし、やんごとなげな面をしておるではないか。何もかもこうも筋書き通りと来ればわしの観測がどれほどドンピシャ当たっておるかええ証じゃ。おぬし自分でもハラの中で何やら不可思議なお告げめいたものが蠢いておろう』と御老体は言った。『さぞや、おぬし大立て者だというつぶやきが聞こえておるはずじゃ、えっ？』と御老体は畳みかけた。

『そう言や、何やら』とトムは返した――トムは例の、何であれ気に入ったものにはすんなり馴染める手合いの端くれなもので――『しょっちゅう、オレってなみんなが思ってるよなザコじゃねえってな気はしてたが』
『仰せの通りじゃ』と御老体はまたもやギュッとトムを抱き締めながら声を上げた。『さあさ、入らんか。姪がわしらを待っておる』
「『あちらあそこそこのべっぴんさんかよ、じっつぁま?』とトムは若き御婦人がピアノを弾き、フランス語をペラペラしゃべり、ありとあらゆる手合いの才芸に通じている様を思い描くに及び、何やら二の足を踏まぬでもなくたずねた。
「『すこぶるつきのべっぴんじゃて!』と御老体は、それは恐ろしくセカついているものだから、汗だくだったが、声を上げた。『身のこなしは艶やかで、姿形は申し分のうて、声は珠を転がすようで、顔は血色が好うて愛嬌たっぷりで、目と言えば』と御老体は揉み手をしいしい言った。『胆をつぶした小鹿もどきじゃ』
「トムは、とはひょっとして、馴染みの間にては『どんぐり眼』と呼ばれるものではなかろうかと下種の何とやらを働かせ、当該珠にキズを見込んで、カマをかけた。姪御は現ナマをお持ちかよ。
「『五千ポンドは下らぬの』と御老体は声を上げた。『だがそれがどうした? それがどうした? ここだけの話、わしは「賢者の石」を探しておっての。もうじき見つかるはずじゃ——まんだそっくりとは見つけておらんが。そいつは何もかもを金(きん)に変えてくれる。というのがそいつの属性(プロパティ)じゃ』
「トムは、当然のことながら、そいつはしこたま財産(プロパティ)を持っているに違いないと思い、晴れて御逸品を手に入れた暁にはくれぐれも他処者の手へは渡さぬようとクギを差した。
「『当たり前の』と御老体は言った。『言われんでもの。五千ポンドだと! わしらにとって五千ポンドがどうした? 五百万ポンドが?』と御老体は言った。『五十億ポンドが? 金(かね)なんぞ問題ではない。いくらとっとと叩(はた)いても叩(はた)ききれまいて』
「『お互いどれだけとっとと叩(はた)けるかやってみようじゃ』とトムは言った。
「『ああ、如何にもの』と御老体は相づちを打った。『おぬし名は何という?』
「『グリッグ』とトムは言った。
御老体はまたもやギュッとトムを抱き締め、それきりウンともスンとも宣はらぬまま、それはカッカと頭に血を上らせて屋敷に引きずり込むものだから、トムは松明と梯子を引っ提げ、通路に下ろすのが精一杯だった。
「皆の衆、たといトムが口が裂けてもウソっぱちだけはほざかんという訳でもなかったとて、もしや奴がそんなあんなはまるで夢みたようだったと言えば、それでも奴を信じてはいたろうな。自分がまこと眠っているか目を覚ましているか見極めるのに、何か食い物を出してもらうほど打ってつけの手はない。もしや夢を見ているようなら、皆の衆、そいつは今一つプンといい匂いがせぬものと相場は決まっておろう。

「トムは、という訳で、夢か現か分からんと御老体に打ち明け、もしや屋敷にコールド・ミートがあるようなら、すぐ様、物は試しに食わして頂きたいものだと言うた。御老体はシカ肉パイと小型ハムと、年代物のマデイラを一瓶持って上がるよう命じた。仰(のっ)けに一口パイを頬張り、一杯ワインを飲んだ途端、トムは舌鼓を打ち、声を上げた。『オレはバッチシ――バッチシ、目え覚ましてやがるぜ』して念押しがてら、皆の衆、そのなり一気にパイを平らげ、マデイラを飲み干した。

「トムが馳走をすっかり平らげ果すと（あれからというもの、奴は馳走の話をする度、目にジンワリ涙を浮かべたが）、御老体はまたもやギュッと奴を抱き締めると、言うた。「やんごとない生まれの見知らぬ若造よ！　そろそろわしのうら若うて愛らしい姪の所へ行こうではないか』トムは、ワインで少々浮かれておったこともあり、答えた。「やんごとねえお生まれの若造はいつでもお供しやすぜ！』と聞くが早いか、御老体は奴の手を取り、客間へ案内した。扉を開ける間(ま)にも声を上げながら。『惑星の寵児、グリッグ殿のお成りいっ！』

「わたし自身は女子(おなご)が如何様にべっぴんか事細こうに口で言うてみようとは思わぬ、皆の衆、というのも我々誰しも、自分のおメガネにいっとうぴったし適う己自身の雛型を持っておるもので。今のその客間にはお若い娘御が二人いた。してもしやここに居合わす皆の衆がそれぞれ己自身の二つの雛型が持ち場に就いておる所を思い描き、済まんが、そいつらを一点のケチのつけようもないほどとことん磨き上げてもらえば、ならば二人の娘御が如何ほど目映いばかりに美しかったか朧げながら分かってもらえようて。

「今のその二人の娘御のほかに、娘御方の腰元がいて、ほかのどんな状況の下(もと)であれ、トムはこれぞ『美の女神(ヴィーナス)』と思うていたろう。腰元のほかにもまんだ、のっぽの、痩せぎすの、陰気臭い面(つら)の若造がいた。若造は脚と腕がやたら寸詰まりの、ガキじみた上下を着た、男とも小僧ともつかぬそいつで、トムに言わせれば、仕立て屋の戸口の蠟人形の坊主がデカくなって、そのなりトウが立ったげに見えたそうな。さて、この青二才は地団駄踏むと、グイとトムを睨め据え、トムはトムでグイと青二才を睨め据えた――というのも、実の所、トムは御老体と一緒に部屋に入った際、この若造が娘御の内一人にチュッとキスをしておったのに下種の何とやらじゃなし、気がつき、何やらそいつは、ほれ、奴の娘御クサかったからじゃ――とならば面白いはずもなかろう。

「『じっつぁま』とトムは言った。『ともかくこれから何か手え打つその前に、済まねえが、いってえこのクチバシの黄色い「火とかげ（サラマンダー）」は』――トムは、まあそう、ケンカを吹っかけるつもりで、そやつのことを呼んだ訳だが、皆の衆――『いってえこのクチバシの黄色い「火とかげ（サラマンダー）」はどこのどいつで？』

「『あれは、グリッグ殿』と御老体は返した。『わしのせがれでの。洗礼名をガリレオ・アイザック・ニュートン・フラムステッドという。あやつのことは気にするでない。ほんのガキじゃ』

「『おまけにヤツの年にぴったしの』とトムは――まんだ、そら、ケンカ腰だったもんで――言った。『めっぽうゴリっぱなガキじゃあ。んでマジ、ゴりっぱなだけじゃなしカンシンな。おい、景気はどうだい？』との懇ろな恩着せがましい文言もろとも、トムはポンポン、若造の頭を叩き、いつぞや日曜学校でソラで覚えたワット博士（英国の神学者）の讃美歌集から小さな少年に纏わる歌を二行（ふたくだり）ほど当てつけがましゅう引き合いに出した。

「その目が節穴でもない限り、皆の衆、この青二才はしかめっ面をするわ、腰元はポンと頭を放り上げた上からツンと鼻をそっくり返らせるわ、娘御方はクルリと背（せな）を向けたなり、二人してヒソヒソ部屋の反対隅で話し込み出すわで、御老体以外誰一人としてやんごとないお生まれの見知らぬ若造に御執心な奴がいないことくらい易々見て取れていたろう。実の所、トムにははっきり、腰元が御主人様がらみで、自分でブッてらっしゃるほど星を読み解けるどころか、星のアルファベットだって御存じなものやら、っていうかせいぜい一音節単語のその先まで行っておいでなものやらとまで言うておるのが聞こえた。がトムは、こいつにはとんとお構いなしで（何せマデイラの後で景気が上がっていたもので）、愛嬌たっぷりに娘御方の方を見やり、御両人にチュッと投げキッスを送ると、御老体にたずねた。『どっちがどっちで？』

「『こっちが』と御老体はいっとうべっぴんの――とはもしや一方がもう一方よりべっぴんだなどと言えるものなら――娘を引き寄せながら言った。――『こっちが、わしの姪のファニー・バーカー嬢じゃ』

「『もしかやんごとねえお生まれの見知らぬ若造にして惑星の寵児ってこって』とトムは言った。『お許し頂けるもんなら、嬢さん、こっから今のそのヤツらしくやらせて頂こうじゃねえか』と言ったと思うと、奴はチュッと、めっぽうネンゴロなやり口で娘御にキスをし、クルリと御老体の方へ向き直り、ピシャリと背をぶちざまたずねた。『んでそいつあいつのこったい、伊達の爺さん？』

「娘御がそれは真っ紅に紅葉を散らし、それは小刻みに唇を震わすものだから、皆の衆、トムは冗談抜きで、あちらは今にも泣き出すものと観念した。が娘御は気持ちに抑えを利かすと、御老体の方へ向き直ってたずねた。『愛しい伯父様、伯父様はわたくしの契りと命運をそっくり自由になされて、自由になさる上で悪気がちっともないのは存じていますが、それでもこの度のことは何かの手違いだとはお思いになりません？　愛しい伯父様』と娘御はたずねた。『きっと司運星が間違っているんだとは？　ひょっとしてほうき星があの子たちを怒らせてしまったってことありません？』

「『司運星は』と御老体は返した。『たといその気になったとて、ドジは踏めんでの。エマや』と御老体はもう一方の娘御に言った。

「『ええ、パパ』と娘御は言った。

「『従妹がグリッグ夫人になるその同じ日に、お前も天才科学者ムーニィの妻となろう。一言のグチも――一粒の涙も――なく。では、グリッグ殿、これから今のその我が馴染みにして相棒の天才科学者ムーニィが、こうしている今も我々に貴金属をもたらし、我々を全世界の支配者にしてくれようくだんの実験を行なっているかの聖地へと、かの哲学的隠遁所へと、案内させて頂こうでは。さあ、こっちじゃ、グリッグ殿』と御老体は言った。

『ガッテン、じっつあま』とトムは返した。『んでマジ、天才科学者ムーニィがツキに恵まれますよう――ってのはゴ当人のためっていうよかゴ大層なあっしらのために！』との願懸けもろとも、トムはまたもやチュッと娘御方に投げキッスを送り、御老体の後について出て行った。振り返ってみれば、青二才め、いい気味では、娘御方が三人がかりでヤツがやんごとなきお生まれの見知らぬ若造に襲いかかり、ズタズタの八つ裂きにしては大変と、ガリレオ・アイザック・ニュートン・フラムステッドの腕から脚からにしがみついておった。

「皆の衆、トムの未来の舅は奴の手を取り、小さなカンテラに火を灯すと、屋敷の裏手の石畳の中庭伝、だだっ広い、暗うて陰気臭い部屋へと案内した。部屋にはびっしり、ありとあらゆる手合いのビンや、地球儀や、天球儀や、本や、望遠鏡や、クロコダイルや、アリゲーターや、その他色取り取りの科学装置が並んでいた。してど真ん中には炉、と言おうか竈があり、中ではグラグラ、トム曰くの壺が、がわたしに言わせば坩堝が、沸き立っておった。片隅では梯子らしきものが屋根をぶち抜き、この梯子の上の方を指差しながら、御老体は声を潜めて言った。

「『天文台じゃ。ムーニィ殿はこうしている今の今も我々がこの地上の財宝をそっくり手に入れよう正確な刻限を待ち設けておる。あの静かな場所で、あやっとわしとで二人きり、おぬしの運勢をその刻（とき）の来ぬ内に占わねばなるまいて。どうかおぬしの生まれた日時をこの紙切れに書いて、後は全てわしに任せてくれ』

「『けど、まさか』とトムは仰せに従い、御老体に紙切れを返しながら言った。『ここで長いこと待たなきゃなんねえってんじゃねえだろな？　こいつあやたらシケた場所なもんで』

「『シッ！』と御老体は言った。『ここは聖地じゃ。いざ、さらば！』

「『ちょい待っとくんな』とトムは言った。『何てセカついてやがる！　あすこのあのどデケえビンの中身は何だ？』

「『ありゃ頭が三つのガキじゃ』と御老体は言った。『で、ほかの何もかも三つあるの』

「『何でほかしちまわねえ？』とトムはたずねた。『何でまたあんな薄気味悪い奴らあここに置いてやがる？』

「『あやつをほかせじゃと！』と御老体は声を上げた。『あやつを星占いにひっきりなし狩り出しておるというに。あやつは魔除けじゃ』

「『そいつあとんだお見逸れを』とトムは言った。『ぱっと見じゃあ分かんねえもんだ。けどマジ行かなきゃなんねえのかい？』

「御老体はウンともスンとも返さぬまま、これまでよりまんだセカセカ梯子をよじ登って行った。トムは御老体の大御脚を御老体の影も形もなくなるまで見送り、そこでやおら腰を据えて暇をつぶしにかかった。まるで（と奴はしょっちゅう言うておったが）これから秘密結社団員（フリーメーソン）にして頂くお膳立てに、連中、火掻き棒を真っ紅に焼いておるのと変わらんのんきな気分での。

「トムはそれはえろぅ長いこと待たされたもので、皆の衆、そろそろ真夜中近くにはなっていようという気がし始め、生まれてこの方なかったほど憂はしゅうて心細うなった。あの手この手で暇をつぶそうとしてはみたものの、時間の奴これまでついぞそんなにノロノロ進んだためしはないかのようだった。仰（のっ）けに三頭（みつがしら）のガキをもっとしげしげ覗き込み、親父とお袋さんにとっては何たるありがたい子宝だったことよと惟みた。それから窓から突き出た長ずっこい望遠鏡を覗いたが、これと言って何も見えなかった。のも当たり前、反対側に栓が挿さっておった。それからガラス・ケースのガイコツの所までやって来てみれば『殿方のガイコツ――ムーニィ博士製作』と銘打ってあった――お蔭でゾクリと、願はくはムーニィ先生、御当人の諒承抜きで殿方にくだんのやり口にてカタをつける習いにはあられぬようと思わずにいられぬことに。少なくともは百度は下らぬ、奴は連中が『賢者の石』をグラグラ、然るべき硬さに落ち着くまで煮続けている壺を覗き込み、そろそろケリがつきそうか否か首を捻った。『もしかいよいよケリがつこうってなら』とトムは独りごちた。『小イワシを六ペンス分買いにやらせて、仰けの腕だめしってことで金魚に変えてやろうじゃねえか』ばかりか奴は、皆の衆、田舎の邸宅と公園を手に入れ、隅っこにでもガス灯を二列ズイと、一マイルほど押っ立てさせ、毎晩フランス・ワニスで艶がけしたマホガニーの梯子を引っ提げ、二人の仕着せの従僕をお供に、ほんの気散じにそいつら灯しに繰り出してやろうとハラを固めた。

「とうとう、してやっとこ、御老体の大御脚が屋根をぶち抜いた梯子の上にソロリと現われ、御老体がゆっくり下りて来た。天才科学者ムーニィを引っ連れて。このムーニィという男は、皆の衆、一見した所、馴染みよりよっぽどか科学者めいた風情をしておった。してトムのしょっちゅう約言と名誉にかけて誓っていた通り、わたしらがおよそこの、不完全な存在状態にて存じ上げられる限りまたとないほど垢まみれのツラを下げていたそうな。

「皆の衆、今更申すまでもなかろうが、科学者というものは万が一にも上の空でなければてんで用無しじゃ。ムーニィ博士はそれは上の空なものだから、御老体が『どうかグリッグ殿と握手を』と言うと、片脚を突き出した。『おお、これぞ叡智では、グリッグ殿！』と御老体はうっとりかんと声を上げた。『これぞ哲学では！　これぞ瞑想では！　どうか博士の邪魔をせぬよう』と御老体は言った。『というのもこいつはびっくり仰天物なもので！』

「トムは、格別申し上げるネタもなかっただけに、邪魔をしたいとも思わなかった。がこの方、それはやたらびっくり仰天物であられたによって、さしもの御老体もシビレを切らし、正気に返すべく電気ショックを与えるホゾを固めた――『というのも、実は、グリッグ殿』と御老体は言った。『我々はわざわざそのためいつも目一杯充電した電池を用意しておるもので』くだんの荒療治の効験あらたかなるかな、皆の衆、天才科学者ムーニィは大きな雄叫びもろとも息を吹き返し、御当人が我に返るや否や、科学者と御老体は二人してしげしげ、さも御愁傷サマげにトムを見やり、ポロポロ涙をこぼした。

「『我が親愛なる馴染みよ』と御老体は天才殿に言った。『やつをガイコツにする仕度にかかってくれ』

「『おうっとっと』とトムは後退りながら声を上げた。『そいつあ、ほら、なしだぜ。ムーニィ先生に製作とやらあして頂くなあ真っ平だ』

「『おお、哀れ！』と御老体は返した。『おぬしには我々のことが呑み込めておらんのじゃ。馴染みよ、あやつにあやつの運命を教えてやってくれ――わしにはお手上げじゃが』

「天才殿は散々四苦八苦あがいた挙句、声を振り絞り、トムに奴の運勢を慎重に占ってみた所、かっきり二か月後の今日の午前九時三十五分二十七と六分の五秒に身罷ろうことが明らかになった由告げた。

「皆の衆、トムが果たして祝言と底無しの身上を目の前にして、かようの宣告を受けて如何様に度胆を抜かれたか、は察しがつこう。『今のその〆にゃあ』と奴は小刻みに声を震わせながら言った。『どっか手違いがあるに違いねえ。すまねえが、も一度〆え出し直してみとくんな』――『どこにも手違いなんぞないわ』と御老体は返した。『何せ自然科学者のフランシス・ムア先生のおスミつきなもんで。そら、二か月後の明日の星占いじゃ』そう言いながら御老体は問題のページを見せ、さらばなるほど、かように記してあった。『およそこの時分、とある偉人の死が予測される』

「『というのは』と御老体は言った。『間違いのうおぬしのことでは、グリッグ殿』

「『ああ、嫌ってえほどな』とトムは椅子にへたり込み、一方の手を御老体に、もう一方の手を天才殿に預けながら声を上げた。『お天道さんは永久にトーマス・グリッグ宛沈んだぜ！』

「との痛ましき文言を耳に、天才殿はまたもやポロポロ涙をこぼし、後の二人もポロポロ、ある種『ムーニィ商会』黒ビールにおいて――などと言って差し支えなければ――先達の涙に涙を交えた。が御老体は逸早く立ち直ると、ならばそれだけとっとと祝言を挙げねばなるまいてと宣った。トムの映えある一族が後世に伝えられるためにも。して天才殿にどうか束の間席を外している間グリッグ殿を慰めてやってくれと言い残すと、すぐ様姪に心づもりをさすべく引き取った。

「して今や、皆の衆、実に尋常ならざる、特筆すべきことが持ち上がった。というのもトムがしょぼくれ返って椅子に腰かけ、天才殿がしょぼくれ返って別の椅子に腰かけていると、二枚の扉が荒々しく開け放たれたと思いきや、娘御御両人が駆け込みざま、一方はトムの足許に慕わしそうに、もう一方は天才殿の足許に慕わしそうに、跪いたからだ。ここまでは恐らく、皆の衆も――奴のいつも言うておった如く――ことトムに関す限り、何ら奇妙な所はないではないかと言おう。がトムの娘御は天才殿の足許に跪き、天才殿の娘御はトムの足許に跪いていたと呑み込めば、そうも言うてはおれまい。

『『おいや、ちょい待ちな！』とトムは声を上げた。『こいつあ何かの間違いじゃや。あしは、なるほど、こうも踏んだり蹴ったりだってなら、身につまされ易い御婦人に労って頂かなきゃなんねえ。けんどあしらあカンジョウがちっとおかしかろう。相手を取っかえようぜ、ムーニィ』

『『この人デナシ！』とトムの娘御はひしと天才殿にしがみつきながら声を上げた。

『『おいや、嬢さん』とトムは言った。『そいつあねえだろ？』

『『わたくし汝との契りは解消致します！』とトムの娘御は声を上げた。『わたくし汝との婚約は破棄致します。汝の妻には断じてなりませぬ。汝こそ』と娘御は天才殿に向かって言った。「わたくしの狂おしき初恋の相手。汝自身の崇高な幻影に包まれ、汝にはこれまでわたくしの愛が見えていませんでした。が、絶望に駆られ、わたくしは今や女性たる身の上をかなぐり捨て、恋心を打ち明けます。おお、酷き、酷き方よ！』と言ったと思うと、娘御は天才殿の胸にひたと頭をもたせ、皆の衆、またとないほどお熱の物腰で天才殿にすがりついた。

『『そしてわたくしも』ともう一方の娘御が、お蔭でトムのギョッと身を竦めずばおれぬほどうっとりかんと言った――『わたくしも、これにて許婿との契りを絶ちます。よく聞け、悪鬼よ！』――とは天才殿の謂にて――『よく聞け！わたくし汝のことは疎ましくてなりません。この一夜の狂おしき出会いはわたくしの魂を愛で一杯に致しました――ただし汝への愛ではなく。さよう、汝への、汝への愛で、お若い方」と娘御はトムに向かって声を上げた。『ルイス修道士*のいみじくもおっしゃっている通り、トーマス、トーマス、吾は汝のもの、トーマス、トーマス、汝は吾のもの。永久に汝のもの。永久に吾のもの！』と言ったと思いきや、この娘御もめっぽう御執心になられた。

「トムと天才殿は、皆の衆、お察しの通り、やたらギクシャク互いに顔を見合わせ、どっちもどっち、二人の娘御にとってはおよそゴマすりめいてだけはいない思いが脳裏を過っていた。天才殿はと言えば、トムはしょっちゅう言うておったものだが、確かに発作を起こし、しかもハラワタの中でそいつを起こしておった。

『何か言って下さいまし！　おお、何か！』とトムの娘御は天才殿に向かって声を上げた。

『やつがれは誰とも口を利きとうない』と天才殿はとうとう声を絞り出し、娘御を押しのけようとしながら言った。『どうやらあっちへ行った方がよさそうだ。やつがれは――やつがれは胆がつぶれてしまった』と天才殿は辺りをキョロキョロ、まるで何か無くし物でもしたかのように見回しながら言った。

『愛おしそうな眼差し一つ投げて下さらないとは！』と娘御は声を上げた。『どうか誓いを立てる間わたくしの話を聞いて下さいまし――』

『やつがれにはどうやって愛おしそうな眼差しを投げて好いものかさっぱりだ』と天才殿は途方に暮れて言った。『誓いなど立てるな。誰の言うこともこれきり聞きたくない』

『とは仰せの通りじゃ！』と御老体が（どうやら聞き耳を立てていたと思しく）声を上げた。『仰せの通りじゃ！　あやつの言うことなど聞くでない。エマを明日おぬしと、我が馴染みよ、好むと好まざるとにかかわらず、連れ添わせてやろう。してあやつはグリッグ殿と』

「皆の衆、今のその言葉が御老体の口を突いて出たか出ぬか、いきなりガリレオ・アイザック・ニュートン・フラムステッドが（やはり聞き耳を立てていたと思しく）駆け込みざま、クルクル、クルクル、幼気な巨人の独楽よろしく回りながら声を上げた。『いい気味だ。いい気味だ。オレはとうとうカンニン袋の緒が切れた。オレはとうとうヤケっぱちだ。あいつなんかとっとと失せろ。もうこれきりどいつとも連れ添ったりするものか――こんりんざい。連れ添ったってロクなことはない。あいつは浮気性の中でもとびきり浮気性の女だ』と小僧は髪の毛を掻き毟り、ギリギリ歯軋りしながら声を上げた。『オレは死ぬまでチョンガーで通してやる！』

『小童め』と天才殿がしかつべらしげに宣った。『ガキのクセをしてなかなか穿ったことを言うではないか。女子というものを嫌でも眺めさせられて来たが、婚姻の荒波に敢えて揉まれるのは止そう』

『なぬ！』と御老体が声を上げた。『わしの娘とは連れ添わぬと！　えっ、ムーニィ？　たといわしがあやつを説き伏せたとて？　えっ？　えっ？』

『ああ』とムーニィは言った。『断じて。してもしやどいつかこれきり何かやつがれに吹っかけるようなら、逃げ出したが最後、二度と戻って来るものか』

『グリッグ殿』と御老体は言った。『星には従わねばならぬ。よもやおぬしは少々女子(おなご)が愚かしい真似をしたからというて気が変わってはおるまいが——えっ、グリッグ殿?』

「トムは、皆の衆、その間(ま)もずっと辺りを見回し、こいつは何もかも奴の懸想に水を差そうという、腰元の賢しらな悪企みにして謀(はかりごと)なものと得心した。実の所、奴には腰元が二枚の扉の辺りで隠れたり小走りに跳ねたりするのが目に入っていた上、腰元がほんのヒソと耳打ちしただけでコロリと火とかげ(サラマンダー)の腹の虫が収まったのにも目を留めていた。『ってこって』とトムは独りごちた。『こいつはワナと——けんどまんまと嵌められてたまるか』

『えっ、グリッグ殿?』と御老体はたずねた。

『ああ、じっつあま』とトムは坩堝を指差しながら言った。『もしかあのスープがもうじき出来上がるってなら——』

『後もう一時間で我々の苦労は報われよう』と御老体は返した。

『なるほど』とトムは憂はしげな風情で言った。『ほんの二か月のこったが、その間(ま)だけでもこの世で誰よか金持ちになるのも悪かねえ。うるさいことは言いっこなしだ。姪御を頂だいするぜ、じっつあま。姪御を頂だいするぜ』

「御老体は依然トムの気が変わっていないと見て取るや有頂天になり、ちびりちびり娘御を奴の方へ引き寄せ、力まかせに二人の手を結び合わせようとした。とその途端、坩堝がガシャーンと吹っ飛び、皆の衆、誰も彼もが金切り声を上げ、部屋には濛々と煙が立ち籠め、トムは、お次はどんなことになるものやら見当もつかぬまま拳闘のポーズを決め、格別誰に向かってほざいているとも定かならぬまま声を上げた。『さあ、かかって来ねえか、男なら男らしく!』

『十五年に及ぶ汗と涙の結晶が』と御老体はギュッと両手を握り締め、一人黙々と欠片を拾っている天才殿を見下ろしながら言った。『一晩にして水泡に帰すとは!』——して何でも、ところで、皆の衆、この同じ『賢者の石』はもしやいよいよ首尾好く行きそうになったその刹那に坩堝が必ずや破裂するという珠にキズさえなければ、控え目に言うても、百度は下らん発見されておったそうな。

「トムは御老体が当該好もしからざる主旨のことを口走るのを耳にするや血の気を失い、しどろもどろ、もしや当事者皆の意にそっくり適うようなら、どうかドンピシャ何が起こったものか、くだんの一座の先行きに如何なる変化が事実来(きた)したものか、御教示賜りたき旨訴えた。

『我々は当座、一頓挫来した、グリッグ殿』と御老体は額の汗を拭いながら言った。『して実の所この輝かしきヤマに姪の五千ポンドを注ぎ込んでいただけに、なおのこと悔やまれてならん。が気落ちするでない』と御老体は気づかわしげに言った――『もう十五年も経てば、グリッグ殿――』

『おいや！』とトムはハラリと娘御の手を離しながら声を上げた。『星の奴らあこの妻（めあわ）せにそんなにゴ執心だったのかい、じっつあま？』

『いかにも』と御老体は返した。

『んりゃ生憎だったな』とトムは答えた。『ってのもこいつあどでえポシャのからには、じっつあま』

『土台何だと！』と御老体は声を上げた。

『ポシャの、じっつあま』とトムは食ってかからんばかりに言った。『結婚予告にゃ異議アリだぜ』と言ったと思うと――というのが正しく奴の啖呵だったもので――トムは椅子にへたり込み、テーブルに突っ伏しざま、胸中、二か月後の今日にはどんなことになるものやらと悲嘆に暮れながら思いを巡らせた。

「トムはいつも、皆の衆、今のその腰元ほど抜け目のないアバズレには生まれてこの方お目にかかったためしがないと言うておったものだ。ばかりか海の向こうの植民地へ渡る段には、祖国にこう書き記して行った。女と火とかげ（サラマンダー）がわざわざ、して奴の財産をふんだくろうというので、『賢者の石』を吹っ飛ばしたに違いないとの。わたしとしてはトムの仰せの通りという気がせんでもないが、皆の衆、いずれにせよ、腰元はこの期に及び、しゃしゃり出るなり言った。『一言申し上げてよろしいでしょうか、旦那様？』して御老体が『ああ、何なりと』と答えるや、畳みかけた。『星はもちろん、どこからどこまで正しいに違いありませんが、トムはお相手の男性ではありません』との。『旦那様は覚えておいでではないと、旦那様、今日の夕刻、時計が五時を打った際、旦那様はガリレオ坊っちゃまの頭をコンと望遠鏡でお叩きになり、邪魔にならぬ所へ出て行くよう命じられたのを？』『ああ、覚えておるとも』と御老体は言った。『でしたら』と腰元は言った。『坊っちゃまこそそのお相手でらっしゃいます。そして預言は見事に的中致しました』御老体は然に言われるとヨロヨロ、何者かにガツンと胸板に拳固を食らわされでもしたかのようにたじろぎながら声を上げた。『あやつが！何の、あやつはほんのガキではないか！』するとすかさず、皆の衆、火とかげ（サラマンダー）が自分は次のお告げの祝日（レディー・デー）*には二十一になろうと声を上げ、父親は地球がその周りを回っている太陽（サン）に年がら年中かまける余り、御当人の周りをグルグル回っている息子(サン)にはこれきり注意を払ったためしがないと、自分は十四を境についぞ服を新調してもらったためしがないと、てんで窮屈で致し方なくなるまで南京木綿のフロックとズボンからさえお役御免にして頂かなかったと、タラタラ不平をこぼし、その他同上の主旨の仰山な御家庭の事情を並べ立てた。長い話をかいつまめば、皆の衆、奴らは皆して一緒にペチャクチャやってはポロポロ涙を流し合い、御老体にことやんごとなき一族にかけては御老体自身の祖父が、もしや昨年ディナーの席でポックリ行ってでもいなければロンドン市長閣下になっていたのではなかったかと思い起こさせ、ありとあらゆる手合いの御託を並べて、仮に従兄妹同士が連れ添えば、預言はどこからどう見ても的中しようと説きつけた。とうとう、御老体はすっかり言いくるめられ、白旗を掲げるや、二人の手をつなぎ、娘には勝手に好きな相手と連れ添うがよかろうと言い、彼らは皆、雀躍りせぬばかりに有頂天になり、天才殿も負けじとばかり有頂天になった。

「この小さな一家の輪の真っ直中に、皆の衆、トムはこの間(ま)もずっと、とことん惨めったらしく座っていた。が、ほかの何もかもにケリがつくと、御老体の娘が口を利き出した。自分たちの奇妙な振舞いは御老体が白羽の矢を立てていた恋人達に嫌気を来さすために腰元の企んださささやかな謀(はかりごと)であったと。よって腰元を許してやって頂けようか？　もしも許してやって頂けるようなら、腰元にすら亭主を見繕って下さっても好いのでは——と言いながら、娘はやたら曰くありげにトムにひたと目を凝らした。さらば腰元の口を開くに、あんれまあ！　どうかグリッグさん、あたくしめがまさかお宅に連れ添って頂きたがってるなんて思わないで下さいましよ。こう言っちゃ何ですが、こないだの街灯点灯夫さんも突っぱねたばかりでございます。その方今じゃ（何せビラ貼りってこって身を立てておいでのからには）文士稼業に足突っ込んではらっしゃいますが。だし、どうかグリッグさん、まさかあたくしめが棺桶に片足突っ込んでるとも思わないで下さいまし。と申すのもこうしてる今の今もパン屋がクビったけでらっしゃるもんで。だし肉屋はと言えば、ぞっこんもぞっこんもいいところで。して果たして腰元が、皆の衆、如何ほどもっとどっさりまくし立てていたやもしれぬか（というのも、皆も知っての通り、この手の娘というものは一旦しゃべり出すと歯止めが利かぬからには）神のみぞ知る、もしや御老体がいきなり割って入るに、トムに時間を無駄にした上、肩透かしを食わせた詫びに一〇ポンド込みで腰元を娶(めと)るというのはどうじゃ。口止め料もかねて、と持ちかけてでもいなければ。

『どっちだって構やしないぜ、じっつぁま』とトムは言った。『どのみちこの世にゃそう長くはないもんで。八週間も、よりによってこの娘と連れ添うってなら、てめえの星の巡り合わせとも折り合いがつくかもよ。だし』と奴は言った。『おかげで楽にあの世へ行けるかもしんねえ』と言ったと思うと、腰元をやたらシケた面を下げたなり抱き締め、石みたいに——『賢者の石』みたいに——堅い心だってホロリと来ささずばおかんようなやり口で呻き声を洩らした。

『いやはや、いやはや』と御老体は言った。『今のそいつで思い出したが——つい、てんやわんやしたせいでコロリと忘れておったが——一つ数字に間違いがあって、あやつは老いぼれるまでピンシャン——少なくとも八十七までは——生き存えようて！』

『い、いくつまでだと、じっつぁま？』とトムは声を上げた。

『八十七まで！』と御老体は返した。

「それきりウンともスンとも言わぬまま、トムは御老体の首にすがりつき、帽子を放り上げ、ピョンピョン跳ね回り、腰元を突っぱね、どうぞ好きに肉屋と連れ添ってくれと啖呵を切った。

『こいつとは連れ添わぬ気か！』と御老体はカンカンに湯気を立てて言った。

『ああ、んでまんだ長生きするなんざ真っ平だ！』とトムは言った。『いっそ小さな歯の櫛と鏡の人魚と連れ添った方がまだましってもんだ』

『ならばこれぞ身から出たサビというもの』と相手は言った。

「して御老体は——どうか、ここにてよう聞くがええ、皆の衆、後で歯がみせんように——坩堝から床にぶちまけられた液体の某かで人差し指を濡らすと、トムの額に小さな三角形を描いた。すると部屋はいきなり奴の目の前でグルグル回り出し、奴は、ハッと気がついてみれば、番小屋の中だった。

「気がついてみればどこの中だったと？」と副議長が皆に成り代わって声を上げた。

「番小屋の」と議長は返した。「もう夜も更け、奴は気がついてみれば、その朝送り出された正にあの同じ番小屋の中だった」

「それから家に帰ったと？」と副議長はたずねた。

「番小屋の連中が待ったをかけたもんで」と議長は言った。「奴はその晩は番小屋に泊まり、夜が明けてから治安判事の所へ行った。『ああ、またおぬしか、えっ？』と治安判事は、泣きっ面にハチとはこのことか、言った。『もう五シリングほど罰金を課さねばなるまい。もしやともかく金を工面できるようなら』トムは判事に呪い（まじない）をかけられていた由訴えた。が詮なかった。奴は請負い業者にも同上の由訴えた。が連中、これきり信じようとはせなんだ。そいつは、奴自身しょっちゅう言うておったように、奴にとってはそれこそ踏んだり蹴ったりもいいとこだった、皆の衆、というのもわざわざ奴がそんな話をでっち上げようとするとでも？　連中はただかぶりを振り、奴はお祈り以外なら何だってほざこうと言うきりだった――まこと、仰せの通りではあったが。身も蓋もない話。というのが唯一、奴のあっぱれ至極な気っ風についたった一つこっきりのミソかの。わたしの耳にしておる限りは」

日暮れて読まれたし

一人、二人、三人、四人、五人。〆て五人いた。

五人の旅案内(クーリア)がスイスの大サンベルナール峠の頂上の修道院の外側のベンチに腰掛け、遙か、沈み行く日輪によってさながら夥しき量の赤葡萄酒が山頂宛どっと迸らされながらも未だ雪の中までは染み込む暇(いとま)がなかったかのように真っ紅に染まった高みを見はるかしていた。

くだんの直喩はわたしの想ではない。その折の状況を然に準えたのはいっとういかつい、ドイツ生まれの旅案内(クーリア)である。が他の誰一人として何らわたしを気に留めぬに劣らずそいつのことなど気にも留めなかった。わたしはと言えば、修道院の扉の反対側の別のベンチに腰掛け、連中同様、葉巻きを吹かし、これまた連中同様、真っ紅に染まった雪と、すぐ側(そば)の、雪から掘り起こされた、行き暮れし旅人の亡骸がくだんの寒冷地帯にては腐敗の何たるかを一切知らぬままゆっくり萎びる孤独な差し掛け小屋を眺めていた。

山頂の赤葡萄酒は我々が見はるかしている間(ま)にも雪に染み込み、山はまたもや白らみ、空は濃紺に染まり、風は身を切るように冷たくなった。五人の旅案内(クーリア)は一斉に目の粗い外套にボタンを掛けた。かようの手続き全てにおいて旅案内(クーリア)ほど右に倣うに安全な男もいまい。よって、わたしは自分の外套にボタンを掛けた。

山が日没に入ったせいで五人の旅案内(クーリア)の会話は途切れていた。それは、会話が途切れるのも宜なるかな、崇高な眺めであった。山は今や日没を掻い潜ったとあって、五人はまたもや仕切り直した。さりとてわたしは連中がそれまで何をダシに花を咲かせていたか、一言たり耳にしていた訳ではない。というのも実の所、その折は未だ修道院の登山客用談話室(パーラー)なるアメリカ生まれの殿方から逃げを決め込んではいなかったからだ。殿方は、暖炉の方を向いて座ったなり、御丁寧にも小生宛、映えあるアナニヤ・ドジャー*が我らが祖国にて未だかつてせしめられたためしのなきほど厖大な量のドルを着服するに至る連綿たる出来事を微に入り細にわたって審らかにして下さっていた。

「おおっ!」とスイス生まれの旅案内(クーリア)がフランス語で口を利きながら声を上げた――フランス語なるものを、わたしは猥りがわしき文言を当たり障りなくしようと思えばほんのくだんの言語にて綴りさえすれば事足りるほど十全たる言い抜けになるとは(どうやら幾人(いくたり)かの作家の思し召している如く)見なしてはいないが。「もしも幽霊の話だってなら――」

「だが俺は幽霊の話はしていないぞ」とドイツ生まれが言った。

「なら何の話をしてる?」とスイス生まれがたずねた。

「なら何の話をしてるかこの俺に分かれば」とドイツ生まれは突っ返した。「世話はなかろう」

とは上手いことを言うではないかと、小生は胸中膝を打ち、その先が聞きたくなった。よって小生のベンチのかの、連中に最寄りの隅に席を移し、修道院の壁に背をもたせながら、ツンボ桟敷を決め込んだなり、以下、一部始終仕込んだ。

「ええい、コンチクショーめが！」とドイツ生まれはカッカと頭に血を上らせながら言った。「ある男が、ひょっこりきさまに会いに来ている所で、男自身知らん間に、どいつか影も形もない手先を送って、きさまに朝から晩まで奴のことばかし考えさせるとしたら、だったらそいつを何と呼ぶ？　それともきさまがどこか――フランクフルトか、ミラノか、ロンドンか、パリの――ごった返した大通りを歩いていたら、通りすがりの他処者が馴染みのハインリッヒそっくりのような気がして、それからまた別の通りすがりの他処者が馴染みのハインリッヒそっくりのような気がして、ってことでじき馴染みのハインリッヒにバッタリ出会すんじゃないかと妙な胸騒ぎがし始めて――そしたら、そら、てっきり奴はトリエステ*なものと思っていたというのにマジ、鉢合わせになるとしたら――だったらそいつを何と呼ぶ？」

「そいつだって珍しかないな」とスイス生まれと残りの三人はつぶやいた。

「珍しかだと！」とドイツ生まれは声を上げた。「どころかブラック・フォレスト*のサクランボといい対ありふれてようじゃ。ナポリのマカロニといい対ありふれてようじゃ。でナポリで思い出したが！　センツァニーマ老侯爵夫人がキアージャ*のカード・パーティーで金切り声を上げるとしたら――ってのは俺がこの耳で聞いて、この目で見た通り。何せそいつは俺のバイエルン*の一家で持ち上がって、俺はあの晩、召使い共に目を光らせていたもんで――だから、老侯爵夫人が紅の向こうの地まで真っ蒼になってハッと、カード・テーブルから腰を上げたと思うと、『スペインにいる妹が亡くなったんだわ！　背筋がゾクリと寒くなりましたもの！』と言って――で今のその妹が事実ぴったしその同じ時にポックリ行ってるとしたら――だったらそいつを何と呼ぶ？」

「それともサン・ジェナーロ*の血が牧師らのお呼びでグルグル巡り出すってなら――ってのはオレの生まれた町じゃ決まって年に一度、グルグル巡り出すって世界中の奴らが御存じの通り」とナポリ生まれの道案内は一時間を置いていたと思うと、おどけた面を下げて言った。「だったらそいつを何と呼ぶ？」

「そいつを！」とドイツ生まれは声を上げる。「はむ、そいつの名なら知ってようじゃ」

「奇跡とでも？」とナポリ生まれは相変わらず狡っこげな面（つら）を下げて言った。

ドイツ生まれはただ葉巻きをくゆらし、声を立てて笑うきりだった。して連中は皆して葉巻きをくゆらし、声を立てて笑った。

「ばあっ！」とドイツ生まれはほどなく言った。「俺が言ってるのは現に持ち上がるネタだ。妖術遣いにお目にかかりたけりゃ、名うてのそいつに身銭を切って、切った分だけ頂戴すればよかろう。世の中、幽霊を狩り出さなくたって、やたら薄気味悪いことはマジ、起こるんだぜ！　幽霊だと！　ジョヴァンニ・バプティスタ、きさまの、イギリスの花嫁の話を聞かしてやんな。そいつにゃ幽霊はからきし出て来ないが、どっこいどっこい妙ちきりんな奴が出て来るぜ。そいつが何だか、どいつか言ってもらおうじゃ？」

連中が黙りこくったので、わたしはグルリを見渡した。バプティスタと思しき男は折しも新たな葉巻きに火をつけていた。男はほどなく切り出した。察す所、ジェノヴァ生まれのようだった。

「イギリスの花嫁の話？」と男は言った。「へんっ（バスタ）！　あんなちゃちな奴がネタだと。はむ、んまどのみち同しことだ。けどそいつはうそっぱちじゃない。いいか、みんな、そいつはうそっぱちじゃない。見た目にキラキラ光るからったって金（きん）とは限らん。けどこっからバラしてやる奴はズブのそいつだ」

男はくだんの前口上を一再ならず繰り返した。

十年ほど前のことだ、おれはロンドンはボンド・ストリートのロング・ホテルにおいでの英国生まれの殿方のとこまで信用証明書を持ってった。殿方はこっから——一年だか二年だか——旅に出ることになってた。殿方はおれのことだけじゃなし、証書もお気に召した。あちこち問い合わせて下すったが、仕込んだネタは上々だった。という訳で半年極めでおれを雇って、手当はすこぶるつきだった。

殿方は若くて、男前で、めっぽうゴキゲンだった。いいとこ出の英国生まれの器量好しの令嬢と恋仲で、二人は連れ添うばっかりになってた。っていうか早い話が、こっから出かけようってのは新婚旅行だった。「三か月の避暑の間（あいだ）」（ってのもその時は夏の初めだったもんで）「ニースへの途中、君の里のジェノヴァからほど遠からぬリヴィエラの古屋敷を借りてあるんだが、あの屋敷は知っているか？」「へえ」っておれだ。「よおく存じてやす。大きな庭のある古い館で。ちょいと剥き出しで、グルリをぴったし木で取っ囲まれてるもんで、ちょいと暗くて陰気臭いかしんねえが、広々して て、古めかしくて、豪勢で、海もつい目と鼻の先で」「ちょうどその通りのことを聞き及んでいる」ってだんなだ。「お前が屋敷のことを知っているとは何より。少々家具が手薄でガランとしているということで言えば、その手の屋敷は大方そうしたものだ。少々陰気臭いということで言えば、庭が目当てで借り受けているようなものだから、暑い盛りにも妻とゆっくり木蔭で過ごせば好かろう」

「という訳で何もかもトントン拍子と、バプティスタ？」

ってだんなはおっしゃった。

「当たりき、だんな（シニョール）。トントン拍子どころか」

おれ達にはわざわざそれ用にこさえたばっかの、どこからどこまでぶっちぎりの旅行きの軽装四輪（チャリオト）があった。身の回りのものはどいつもこいつもすこぶるつきで、何一つ足りねえものはない。祝言が挙げられて、お二人はゴキゲンで、おれだってそりゃ何もかも明るくて、そんなにもいいクチにありつけたってなら、ゴキゲンだった。おまけに行き先は生まれ故郷のとこへもって、補助席（ランブル）じゃあメイドの、べっぴんのカロリーナにイタリア語を教えてやれるってならよ。あいつは、ところで、若くてバラ色で、いつもコロコロ笑い転げてばかしいたっけが。

あっという間に時が経った。けどその内——いいか、よく聞けよ！（ここにて旅案内（クーリア）は声を落とした）——奥方さんが時にめっぽう妙ちきりんなやり口で塞ぎ込むのに気がついた。ビクビク、オタついたような、しょんぼり落ち込んでるような、やり口で。何だかうっとうしい、得体のしれねえムシに取り憑かれてよ。確かこいつに気がついたのは、丘に差しかかったもんで馬車の傍を歩いて登って、だんなは先に立って行ってた時のことだ。どのみち、ともかく、何やら妙だって気がしたのは南フランスを旅してる夕暮れ時だった。奥方さんはおれにだんなを呼び戻してくれっておっしゃった。だんなは引っけえすと、いつまでってことなし側（そば）をテクって、奥方さんにハッパがてらネンゴロに声をかけてた。開けっ広げの窓に手をかけて、奥方さんのそいつを握ってやってよ。しょっちゅう、そいつは気のせいだってんでひやかし半分、陽気に声を立てて笑ってた。その内、奥方さんもつられて声を立てて笑いなすって、そっからはまた何もかもトントン拍子に行った。

ってのは妙と言や妙だ。おれはべっぴんのカロリーナに、小さなおぼこ娘に、吹っかけた。奥方さんは具合でも悪いのかい？――いえ。――んじゃ機嫌でも？――いえ。――なら凸凹道か追い剥ぎがおっかねえとか？――いえ。んで輪をかけて妙ちきりんだと言や、小さなおぼこ娘は返事をするのにおれの方だけは見ねえで、何が何でも遠くの方ばっか見はるかそうとした。

　けど、ある日のことネタをそっくりバラしてくれた。

「もしかあんたどうしても知りたいってなら」ってカロリーナだ。「あたしうっかり聞いてしまったんだけど、奥様はタタられてるみたい」

「ったあ何に？」

「夢に」

「ったあ何の夢に？」

「顔の夢に。祝言を挙げる前の三晩ってもの、夢の中に顔が出て来たんだって――いつも同じで、たった一つこっきりの」

「おっかねえツラか？」

「いえ。黒づくめの、浅黒い、薄気味悪い顔つきの男の顔だって。髪は真っ黒で、口髭は白髪まじりの――何だか取っつきにくくてコソついてるの抜きにすれば男前の。これまで一度こっきり見たこともなければ、見覚えのあるどんな顔にもこれきり似てない。夢に出て来るっていっても、ただじっと奥様に暗がりから目を凝らしてるだけで」

「夢の奴は戻って来んのか？」

「これきり。ただ瞼に焼きついて離れなくて困ってるんだって」

「んで何でそのせいで困んなきゃなんねえ？」

　カロリーナはかぶりを振った。

「って旦那様もおたずねになったわ。奥様は分かんないって。自分でもどうしてなんだろうって。けどつい昨夜（ゆうべ）のこと、旦那様に言ってらっした。もしかあの顔の絵にこれから行くイタリアのお屋敷で出会したら（って胸騒ぎがしてならないんだけど）どうかなってしまうかもしれないって」

　誓って、おれはこいつを聞かされた後じゃ（とジェノヴァ生まれの旅案内（クーリア）は言った）古いお屋敷（パラッツォ）に行くのがおっかなくなった。ひょっとして何かそんな縁起でもねえ絵がかかってるんじゃねえかってよ。あすこにゃ絵がどっさりかかってるのは知ってた。んで屋敷にズンズン近づくにつれて、いっそ一枚残らずヴェスヴィアス火山の穴ぼこの中えぶち込みたいほどだった。おまけに、ますます幸先いいことに、おれ達がやっとこ日が暮れてからリヴィエラのあっちらへんに辿り着いた時にゃ時化もよいでやたら陰気臭かった。ゴロゴロ雷が鳴ってた。んでおれの里や里のグルリの雷ってな、ゴロゴロ、のっぽの丘のあっちこっちで鳴るもんで、うるせえの何の。トカゲは胆おつぶしたみてえにチョロチョロ庭の崩れた石壁の割れ目え出たり入ったりしてる。カエルはめ一っぱいブクブク、ゲロゲロ鳴きやがる。潮風はヒューヒューむせび泣いてる。ズブ濡れの木からはポタリポタリ雫が垂れてる。稲妻の奴と来りゃ――ええい、コンチキショーめが――何てえはんぱじゃなしピカつきやがる！

　あっちじゃ知らない奴はいねえ、ジェノヴァやその辺りの古めかしい館ってなどんなものか――何て月日と潮風のせいで染みだらけか――何て外壁にゴテゴテやられた襞模様はボロボロ、でっかい漆喰の欠片になって剥がれ落ちてるか――何て下っ側の窓ってえ窓は錆だらけの鉄桟でどんより塞がれてるか――何て中庭には草がぼうぼうにはびこってるか――何て外っ面の建物にはガタが来てるか――何て屋敷は丸ごと後はどうなと放ったらかしにされてるか。おれ達のお屋敷ってのがちょうどそんな具合だった。何か月ってことなしぴっちり閉て切られてよ。何か月？――何年ってことなし！――ってこって墓みたように土臭かった。だだっ広い裏手の段庭のオレンジと、石垣で熟れてるレモンと、壊れた噴水盤のグルリを取っ囲んでる茂みの一緒くたの臭いが、どういう訳やら屋敷の中まで潜り込んだが最後、いっかな追っ立てられようたあしねえ。部屋から部屋にゃあ、きっちり封じ込められてるせいでむっと胸クソの悪くなりそうな古臭いにおいが立ちこめてる。そいつは食器戸棚ってえ食器戸棚で、タンスってえタンスで、ゲンナリ尻座ってやがる。大部屋と大部屋の仕切りの小部屋じゃ、息が詰まりそうだ。絵一枚ひっくり返そうったって――も一度絵の話に戻りゃ――そいつは、そらっ、まんだどこぞのコウモリみたよに額の裏っ側の壁にへばりついてやがる。

　屋敷中、格子細工の鎧戸はぴっちり閉て切られてた。屋敷には二人ほど、面倒見んのに二目と見らんねえような白髪の婆さんがいた。片割れの婆さんは紡錘を片手に、戸口に突っ立ったなり、糸をクルクル巻き取っちゃあ口をモグモグ動かしてた。婆さんひょっとして、外の風を入れるくらいならいっそエンマを入れてやってたんじゃねえのかい。だんなと、奥方さんと、べっぴんのカロリーナと、おれはお屋敷中を見て回った。おれは、名は仕舞いに上げたが、仰けに立って、窓や格子作りの鎧戸を端から開けてった。こちとらにバシャッと、雨水だの、漆喰の欠片だの、時には寝ぼけ眼の蚊だの、どデケえ、でっぷり肥えた、斑だらけの、ジェノヴァ生まれのクモだのを浴びせて回ってよ。

　おれが部屋に夕べの明かりを持ち込み果すと、だんなと、奥方さんと、べっぴんのカロリーナも入って来た。そっから皆して絵を一枚残らず見て回ると、おれはまたぞろ仰(のっ)けにお次の部屋へ入って行った。奥方さんは心ん中じゃあ、あのツラの肖像に出会すんじゃないかってビクビク怖気え奮いなすってた——それえ言うならおれ達やみんな。けどそんなもな一枚こっきりなかった。マドンナとバンビーノ、サン・フランシスコ、サン・セバスティアーノ、ヴィーナス、サンタ・カテリーナ、天使、山賊、修道士、日没の寺院、戦争、白馬、森、十二使徒、総督、どいつもこいつも何度ってことなし蒸し返されてるおれの古馴染みばっかじゃねえか？——ああ。黒づくめの、取っつきにくくてコソついた、真っ黒な髪と白髪まじりの口髭の、暗がりからじっと奥方さんに目を凝らしてる浅黒い男前の奴は？——いや。

とうとうおれ達は部屋をそっくり、絵をそっくり、見て回って、庭へ出た。庭は、庭師が借り受けてるもんで、めっぽう手入れが行き届いてた。ばかしか広々として木蔭がどっさりあった。一つ所に、お天道さんに筒抜けの、鄙びた劇場があって、舞台は緑の坂で、右と左にゃ袖もついてて、入口は三つとも一つ面(つら)で、衝立はプンといい匂いがして、葉っぱだらけと来る。奥方さんはそこでも、まるで例の顔が舞台に現われるんじゃないかってみたいに、明るい目をキョロキョロさせてた。けど何てえこたなかった。

「ほら、クララ」ってだんなは声を潜めて言った。「これで安心したろう？　もう大丈夫だ」

奥方さんはうんとこ持ち直した。その内、今のその陰気臭いお屋敷(パラッツォ)にも馴れっこになって、一日中歌を歌っちゃ、ハープを爪弾いちゃ、古ぼけた絵を真似ちゃ、だんなとブラブラ、こんもり茂った木やブドウの下を散歩なすってたもんだ。奥方さんは器量好しで、だんなはゴキゲンだった。だんなはいつもお天道さんが昇り切らない間(ま)に朝の遠乗りに出かけんのに鞍に跨りながらおっしゃってた。

「何もかもトントン拍子と、バプティスタ！」

「へえ、だんな(シニョール)、ありがてえことに。トントン拍子どころか」

おれ達に客はいなかった。おれはべっぴんの尼っちょを大聖堂(ドゥオーモ)とアナンシアータや、カフェや、オペラや、村祭り(フェスタ)や、広場や、昼間の芝屋や、操り人形(マリオネッティ)に連れてってやった。小さなおぼこ娘は見るもの見るものにうっとり来た。イタリア語もすぐっと呑み込んだ——何てえこったい！　ぶったまげるじゃねえか！　ところで奥方さんはあの夢のこたすっかり忘れなすったのかい？　おれはちょくちょくカロリーナに吹っかけた。ほとんどね——っておぼこ娘だ——そっくりじゃないけど。少しずつ薄らいでってるみたい。

ある日のこと、だんなのとこへ手紙が一通舞い込んで、だんなはおっしゃった。

「バプティスタ!」

「へえ、だんな(シニョール)!」

「ある人物を紹介されて、その方が今日、ここでディナーを召し上がることになった。名前はシニョール・デロムブラ。金に糸目はつけん。とびきりのディナーを仕度してくれ」

そいつは妙な名だった。そんな名は聞いたこともねえ。けどここんとこ政府の回し者じゃないかってんで仰山な貴族や殿方がオーストリアに追い回されてたもんで、* 名前を変えんなよくある話だ。ひょっとしてこいつもそいつに違いねえ。当たりき(アルトロ)! デロムブラだろうと何たらブラだろうと構やしねえ。

シニョール・デロムブラがお越しになると(とジェノヴァ生まれの旅案内(クーリア)は先ほど同様声を潜めて言った)、おれは宴の間(ま)に——ってな古めかしいお屋敷(パラッツオ)の大広間(サーラ)だが——お通しした。だんなはシニョールをネンゴロに迎えて、奥方さんに引き合わせた。奥方さんは腰を上げた途端血の気え失って、大きな叫び声を上げたと思うとバッタリ、大理石の床に倒れた。

ってこってお れはシニョール・デロムブラの方え向き直ってみりゃ、そいつは黒づくめの、取っつきにくくてコソついた風情の、浅黒い、薄気味悪い見てくれの男で、髪は真っ黒なとこへもって口髭は白髪まじりだった。

だんなは奥方さんを両腕で抱え起こして、奥方さんの部屋まで連れてって、おれはべっぴんのカロリーナを真っ直ぐそっちいやらせた。べっぴんのあいつが後で教えてくれたとこによりゃ、奥方さんは生きた空もねえほど怖気え奮い上げて、一晩中うわ言ばっか口走ってたとよ。

だんなはほとほと困りあぐねて、気い揉んで——ほとんど腹を立てなすってたが、それでも気が気じゃないみたいだった。シニョール・デロムブラはいんぎんな殿方で、奥方がそんなにも具合がお悪いとはってえ、めっぽう恭しく、他人事どころじゃねえ親身になっておっしゃった。ここ数日(何でも、宿を取っている『マルタ十字』の連中の話では)アフリカ風が吹き荒れ、体に障ることも間々あるそうです。麗しき令室がほどなく回復なさるよう。本日は一先ず引き取り、また日を改め、令室のお加減が好くなられた折にでも伺わせて頂きましょう。だんなは、そいつは困るって引き留めて、お二人は二人きり食事をしなすった。

客は早々に引き取った。明くる日、奥方の容態をたずねに馬に乗って門のとこまで立ち寄った。ってのをその週は二、三度繰り返したかよ。

おれはこの目で確かめただけじゃなし、べっぴんのカロリーナも垂れ込んでくれたもんで間違えねえこったが、だんなはいよいよ奥方さんの絵空事めいた怖気を懲らしめにかかった。どっからどこまで優しいなあ優しかったが、理詰めでしっかり者だった。ってこって奥方さんに説きつけなすった。そんな気紛れを自分で焚きつけてた日にはその内気が狂れる、とまでは行かないが、塞ぎのムシにやられちまおうってよ。お前らしさを取り戻すのはお前次第だって。もしも一旦、奇妙な思い込みを取っ払って、英国生まれの貴婦人がほかのどんな殿方だろうとお迎えするように首尾好くシニョール・デロムブラをお迎えできたら、そんな思い込みなんてこれきり失せてしまおうってな。これきり一件にケリからカタからつけてやろうってんで、シニョールはまたもやお越しになって、奥方さんはそれほどドギマギもしねえでお迎えして（たあ言ってもまんだどことなくギクシャクして気が気じゃなさそうだっが）、その晩は何てえことなし過ぎてった。だんなはこんな具ええにコロリと変わったもんでそりゃ気い好くして、そりゃそいつにダメを押したくてたまんなくなったせえで、シニョール・デロムブラは常連になった。あちらは絵から、本から、音楽からに通じてるからにゃ、どんな陰気臭いお屋敷（パラッツォ）でだってようこそお越しをってなもんだったろうな。

おれは何度ってことなし、奥方さんがそっくりたあ持ち直してねえのに気がついてた。シニョール・デロムブラの前え出ると目を伏せて項垂れるか、おどおど見込まれたみたいにあちらえちらと目をやってたもんで。まるでシニョールがいると妙なタタリってえか呪い（まじない）にやられちまうみたよに。奥方さんから客の方へ目をやってみりゃ、あちらはいつも木蔭の庭かどテカくて仄暗い大広間（サーラ）で、まあ言ってみりゃ「じっと暗がりから奥方さんに目を凝らして」たもんだ。けど、正直、おれはべっぴんのカロリーナが夢の中に出て来るツラのことで言ってたあいつを覚えてただけかもしんねえ。

客が二度目にお越しになった後で、おれはだんなが言ってるのを小耳に挟んだ。

「さあ、ほら、愛しいクララ、何ともなかったじゃないか！ デロムブラはやって来て帰って行った。で君の心配は鏡みたいに粉々だ」

「あの方は——あの方はまたお見えになりますの？」って奥方さんはたずねた。

「また？　ああ、もちろん、これから何度も何度も！　おや、寒いのかい？」（ってえのも震えなすってたもんで。）

「いえ、あなた——でも——わたしあの方が何だか恐くて。あの方またほんとに、いらっしゃらなきゃなりませんの？」

「そんなこと聞くんだったらなおのことな、クララ！」ってえだんなだ。陽気によ。

　けどだんなは今じゃ奥方さんはすっかり持ち直すもんとてんで高あ括って、日ごとお目出度になってった。奥方さんは何てったって器量好しで、だんなはゴキゲンだった。

「何もかもトントン拍子と、バプティスタ？」ってだんなは、また言ってたもんだ。

「へえ、だんな、ありがてえことに、トントンどころか」

おれ達は皆して（とジェノヴァ生まれの旅案内は敢えて気持ち大きな声で口を利きながら言った）おれ達は皆して、そら、カーニヴァルだってんでローマへ行ってた。おれは一日中、やっぱし旅案内でメシ食ってる、シシリア生まれの馴染みと出歩いてた。奴もイギリス人一家にお供して、そこへ来てたもんで。夜になってから旅籠に引っけえしてると、一人きりじゃ一歩だって家から出ねえはずの小さなカロリーナが、コルソ*を気でも狂れたみたいに駆けて来るじゃねえか。

「カロリーナ！　いってえどうした？」

「おお、バプティスタ！　おお、後生だから！　奥様はいったいどこ？」

「奥サマはいってえだと、カロリーナ？」

「朝からどこかへ行ってしまわれたきり。旦那様が一日がかりで遠出にお出かけになると、あたしに声をかけるなってクギをお差しになって。っていうのも夜中に（あちこち痛くて）寝られなかったもので夕方までベッドで休んでたいからって。そしたらきっとスッキリして起き上がれるだろうって。けどどこにもいらっしゃらないなんて——どこにもいらっしゃらないなんて！　旦那様はお戻りになると、扉を突き破って、そしたら奥様はどこにもいらっしゃらないなんて！　あたしの器量好しの、お優しい、天使みたよな奥様は！」

　小さなおぼこ娘はんりゃ泣きじゃくるわ、気でも狂れたみたいに口走るわ、髪から服から掻きむしるわで、抑えを利かすどころじゃなかったろうな、もしかズドンとお見舞いされたみたよにおれの腕で気を失ってでもいなけりゃ。だんなもやって来なすったが——物腰から、面から、声から、おれがだんなた似ても似つかねえのといい対、おれの存じ上げてるだんなたあ似ても似つかなかった。だんなはおれを馬車に乗せて（おれはその前にちんめえヤツを旅籠のあいつのベッドに寝かせて、部屋係のメイドらに預けておいたが）、人気のないグルリの野っ原(カンパニア)の真っ暗闇ん中を盲滅法飛ばしに飛ばした。夜が明けるか明けねえか、惨めったらしい駅舎で停まったが、馬は一頭残らず、ぴったし十二時間前に貸し出されて四方八方へ散ってた。そら、いいか！　シニョール・デロムブラに貸し出されて。あいつめ、そこお馬車で突っ切ってったってことだった。生きた空もねえ英国生まれの御婦人を片隅に蹲らせたなりよ。

おれはこれきり（とジェノヴァ生まれの道案内(クーリア)は長々と溜め息を吐きながら言った）奥方さんがそっから先どこ行っちまったかは耳にしてねえ。おれに分かってんのはただ、あちらは夢の中に出て来たおっかねえツラあ傍に、黄泉(よみ)の国かどっかえ消えちまったってことだけだ。

「さあ、今のを何と呼ぶ？」とドイツ生まれの旅案内(クーリア)は、鬼の首でも捕ったように言った。「幽霊だと！　今のに幽霊はからきしお出ましにはならん！　でこっから俺が聞かしてやるこいつを何と呼ぶ？　幽霊だと！　こいつにだって幽霊はからきしお出ましにはならんぞ！」

俺はいつだったか（とドイツ生まれの旅案内(クーリア)は続けた）一年(ひととし)食った、チョンガーのイギリス生まれの殿方が俺の生まれた国を、俺の祖国を、旅したいってんで雇われた。旦那は俺の国と取り引きのある商人で、ドイツ語も達者だったが、ガキの時分から——ってな俺の見る所、六十年かそこら——あっちにゃ行ってなかった。

旦那は名をジェイムズと言って、やっぱりチョンガーのジョンっていう名の双子の弟がいた。二人はめっぽう仲のいい兄弟だった。グッドマンズ・フィールズ*で一緒に商売をしてたが、一緒に暮らしてはいなかった。ジェイムズの旦那はロンドンのオクスフォード・ストリートからちょいと折れたポーランド・ストリートに、ジョンの旦那はエッピング・フォレスト（エセックス州の行楽地）に住んでた。

ジェイムズの旦那と俺は一週間かそこらでドイツへ旅立つことになってた。かっきりいつ旅立つかは仕事次第だったが。ジョンの旦那がその一週間、ジェイムズの旦那と一緒に過ごそうってんで（ちょうど俺も御厄介になってる）ポーランド・ストリートまでお越しになった。ところが二日目に兄きに言った。「どうも調子が今一つだ、ジェイムズ。大したことはないだろうが、少々痛風の気があるらしい。一先ず家(うち)へ戻って、わたしのやり口なら百も承知の昔ながらの家政婦に面倒を見てもらうとしよう。すっかり好くなったら、兄さんが旅立つ前にもう一度会いに戻って来よう。もしも調子が思わしくなくて、こんな風に打ちきったせっかくの水入らずを仕切り直せないようなら、兄さんの方で旅立つ前にわたしに会いに来てくれないか」ジェイムズの旦那はもちろん、ああ、そうしようと返し、二人は握手を交わした——いつもの伝で、両手で。ジョンの旦那は古めかしい軽装四輪(チャリオット)を仕度するよう命じると、そのなりガラガラ帰ってった。

それから二晩目のこと——というのは、その週の四晩目に——俺はジェイムズの旦那が火の灯ったロウソクを片手に、フラノのガウンで俺の寝室へ入って来たせいで、ぐっすり寝入ってたのからハッと目が覚めた。旦那はベッドの脇に腰を下ろすと、俺にじっと目を凝らしながらおっしゃった。

「ウィルヘルム、どうやらどこか調子が悪そうだ」

俺には、なるほど、旦那がめっぽう妙な表情を浮かべてるのが見て取れた。

「ウィルヘルム」と旦那はおっしゃった。「わたしはほかの男にならば言うのが憚られるか恥ずかしいようなことでもお前にならば憚られることも恥ずかしいこともない。お前は理に適った国の出だ。というのもお前の祖国では、謎めいた事柄は必ずや探りを入れられ、とうの昔に重さから長さから計られている——と言おうか重さも長さも計るのはお手上げだ——と言おうかいずれにせよ、これきり、ケチのつけようのないほど片がつけられている——とは見なされないもので。たった今、目の前に弟の亡霊が現われてな」

俺は正直（とドイツ生まれの旅案内(クーリア)は言った）そう言われて、少々血がウズいた。

「たった今、目の前に」とジェイムズの旦那はそら、どれくらい正気か見ろとばかり、まともに俺の目を覗き込みながら繰り返した。「弟の亡霊が現われてな。その前から何だか寝苦しくて、ベッドの中で起き上がっていた。すると白づくめの弟の亡霊が、スルリと部屋の中へ入って来て、じっとわたしに目を凝らしながら部屋の隅まで行ったと思うと、書き物机の上の書類をちらと見て、クルリと向き直って、で相変わらずベッドを過る間(ま)にもじっとわたしに目を凝らしながら戸口からフッと出て行った。さて、わたしはこれきり気も狂れていなければ、これきり今のその亡霊が自分以外の何者かだなどと言い張るつもりもない。あいつはどうやら体調が悪いというお告げで、ならば瀉血してもらった方が好さそうだ」

俺はすぐ様ベッドから飛び起きて（とドイツ生まれの旅案内(クーリア)は言った）旦那に心配御無用、これから医者の所まで一っ走り行って来やしょうと言いながら着替えをし始めた。ちょうど仕度が出来たか出来ないか、玄関扉をガンガン叩いて、力まかせに鈴を引くのが聞こえた。俺の部屋は裏手の屋根裏で、ジェイムズの旦那のそいつは表の三階だったもんで、俺と旦那は旦那の部屋まで下りて、窓を引き上げた。一体何事だってんでな。

「ジェイムズの旦那様でしょうか?」と下の男が道の反対側まで後退って、こっちを見上げながら言った。

「ああ」とジェイムズの旦那は返した。「君は弟の下男のロバートではないかね」

「はい、旦那様。申し訳ありませんが、ジョン様が御病気で。たいそうお悪い御様子、旦那様。或いはこのまま息をお引き取りになるやもしれません。ジョン様は旦那様に一目会いたがっておいでです、旦那様。ここに馬車を待たせてあります。どうか弟御の所へお越しを。どうか一刻も早く」

ジェイムズの旦那と俺は互いに顔を見合わせた。「ウィルヘルム」と旦那はおっしゃった。「こいつは妙だ。一緒に来てくれ!」俺は旦那が着替えをするのに旦那の部屋ばかしか馬車の中でも手を貸した。ポーランド・ストリートからフォレストまで馬は蕎地に駆け通し駆け続けた。

さあ、いいか!(とドイツ生まれの旅案内は言った)俺はジェイムズの旦那と弟さんの部屋に入ってってった。でこんなことをこの目で見て、この耳で聞いた。

旦那の弟さんは長ずっこい寝室の上手の隅のベッドに寝てた。家政婦の婆さんもそこにいて、後もう何人かそこにいた。もしか四人でなけりゃ三人だったかよ。昼下がりからずっと旦那に付き添ってるってことだった。旦那は亡霊そっくりに、白づくめだった――というのは当たり前、だろうじゃ。何せ寝間着だったもので。旦那は亡霊そっくりだった――というのは当たり前、だろうじゃ。何せうちの旦那が部屋に入って行くとじっと旦那に目を凝らしなすったもので。

だが、うちの旦那がベットの傍まで行くと、あちらはベッドの中でゆっくり体を起こして、旦那をまともに見据えて、こんな風におっしゃった。

「ジェイムズ、兄さんはついさっきわたしを御覧になったはずだ――で、もちろん、心当たりもおありと」んで死んじまった!

わたしは、ドイツ生まれの旅案内が話し終えると、この奇妙な物語をダシに何かやり交わされるのを待ち受けた。が沈黙は破られなかった。クルリと向き直ってみれば、五人の旅案内はそっくり姿を消していた。音も無く。――或いは薄気味悪い山が連中を万年雪に呑み込んでしまったのやもしれぬ。この時までにはわたしはおよそくだんの由々しき光景に独りきり、身を切るように冷たい風にしめやかに吹きつけられたなり座っていたいどころではなかった——と言おうか、正直な所、何処であれ独りきり座っていたいどころでは。という訳で修道院の談話室（パーラー）に引き返し、さらばアメリカ生まれの殿方が相変わらず映えあるアナニヤ・ドジャーの来歴を審らかにするにおよそ吝かどころではなかったので、そいつに最後までお付き合いさせて頂くことにした。

日曜三題

献　辞

ロンドン主教殿*

拝啓

閣下は数年前、逸早く、社会の下層階級者が不埒千万にも日曜遊山に耽溺する状況を巡り、諄々と教えを垂れ、かくて、広く遍く侮蔑をもって、とまでは行かずとも嘲笑をもって、迎えられているかの、一件に関す極論を折に触れて喚び起こす引き鉄となって来られました。

閣下は、その高位故に、閣下、社会のより約しき階層の者の快楽と愉悦を増進する数限りなき機会を有しておいでです——御自身の巨額の収入の極一部を消費することによって、ではなく、ただ単に御自身の手本の感化でもって彼らの罪なき娯楽と無垢な気晴らしを是認することによって。

閣下がともかく上述の気散じに耽る人々の欠乏と必要に通じてなお、日曜娯楽を然まで甚だしく疎んじていられたろうとは、およそ考えられません。閣下ほどの高位聖職者が、よもやくだんの欠乏の程度やくだんの必要の性質をいささかなり認識しておいでとは、信じられません。

以上の謂れをもって、筆者は敢えて本小論を御高覧賜るべく謹呈至す次第にて。固より筆者の描く輪郭はそれらの明らかにせんとしている感情を十全と描写し得ていようとは存じませんが、唯一の長所——その真実と、誇張の超脱——は、お認め頂けましょう。筆者は目的を全うし得ていないかもしれませんが、勇み足だけは踏んでいないつもりです。筆者にとって他者の側（がわ）における不当と思われるものを指摘する上で、自ら不当を犯すことは周到に差し控えて来ただけに。

敬白

ティモシー・スパークス*

一八三六年六月

SUNDAY

UNDER THREE HEADS.

AS IT IS;

AS SABBATH BILLS WOULD MAKE IT;

AS IT MIGHT BE MADE.

BY TIMOTHY SPARKS.

LONDON:
CHAPMAN AND HALL, 186, STRAND.
1836.

第一題　現状

　世に、とある晴れた夏の日曜日、ロンドンの主立った目抜き通りを漫ろ歩き、そこに群がっている活きのいい仲間の陽気な面を眺めるほど愉快なものはほとんどあるまい。少なくとも小生の目には、彼らのこの唯一の祝日に小ざっぱりとして清潔に見せたいとの社会のより約しき階層の者によって露にされる一般的な願望にはすこぶる好もしく映る所がある。なるほど、さも酸いも甘いも噛み分けた賢しらげな風情でかぶりを振り、貴兄にこの頃では貧乏人が立派な身形をしすぎると、自分が子供の時分には、連中はもっと身の程を弁えていたと、詰まる所、どうせこの調子ではロクなことにはなるまい等々と宣ふ、その数あまたに上るしかつべらしい御老体はいよう。が小生には労働者の女房の小粋なボネットや、労働者の子供のゴテゴテ羽根で飾り立てた帽子には、労働者自身の側における善意の軽々ならざる証と、週給からやり繰り出来るものの二、三シリングを最も近しく愛しき者の身形を整え、かくて彼らをより幸せにしてやることに叩きたいとの情愛溢れる願望が見て取れるような気がする。これは確かに、実に疎ましくも付き付きしからざる虚栄の顕れかもしれず、金はもっとまっとうな用に充てられて然るべきだろう。が同時に金は、より悪しき用にいとも容易く充てられるやもしれぬということもまた事実であり、仮にごく僅かであれ外見を整えることで二、三の面が幸せで、満ち足りて来るとすれば、たとい流行りのガウンやケバケバしいリボンに身銭を切ったとて目的は実に安価に購われたと考えざるを得まい。一般庶民が過度に着飾っているとの夥しき、有らずもがなの空念仏が実しやかに唱えられている。果たして、己自身の身形や女房子供のそれにも無頓着で、一見、この世の何ものにも喜びや誇りを見出し得ぬかのようにむっつりしぶとく働き続ける、不機嫌でだらしない奴より、己自身と周囲の者の装いに相応の度合いの矜恃を抱いている男の方をこそ雇いたいと思わぬ工場主や商人がいようか。

　その人生たるや是一つの猥りがわしき快楽と情欲の満足の連続たる、慊りた貴族にせよ、自らの断じて愉しみ得ぬ愉快な娯楽を疎み、自らの断じて知り得ぬ健やかな感情を嫉み、挙句同胞の精神を己自身のそれに劣らず虚けて歪ますまで前者を封じ込め、後者を抑圧しようとする陰鬱な狂信家にせよ

――両者のいずれにせよ、日曜日が専らその人生の座業や肉体労働に費やされ、終生くだんの一日を唯一、労苦から解放される、無垢な愉悦の日として楽しみに待つ習い性となった連中にとって事実、如何様なものか、おいそれとは思い描けまい。

　とある明るい日曜の朝、ロンドンの静かな街路の上に昇る太陽は、日没まで、陽気で幸せな顔また顔に燦然と照り輝く。ここかしこ、六時には早、晴れ着でめかし込んだ若い男女がいそいそ、誰かその日の愉しみ事に引っくるめられている知り合いの家に足早に向かう様が見受けられるやもしれぬ。そこより、「ちょっとした朝食」を認めるべく立ち寄っていたと思うと、彼らは一人ならざる老人や、仰山なチビ助もろとも、どっさり糧食を詰め込んだ大きな手籠や、ビンの首が天辺から突き出たり、脇からぴっちり包んだリンゴがもっこりはみ出している、束仕立てのベルチャー・ハンカチ（第九章注（10）参照）を引っ提げたなり、繰り出し――いざ、蒸気定期船の波止場へと通ず通りから通りをセカセカ縫い、そこにては早、同じ目的地へと向かう一行があちこちワンサと散っている。連中の上機嫌と愉悦たるや留まる所を知らぬ――というのも頭上にて蒼穹は抜けるように青く、見渡す限り雲一つなく、ロンドン橋を吹き渡る川風ですら、事実彼らの閉じ込められていた如く、この一週間というものずっとむっとした通りと熱っぽい部屋に閉じ込められていた連中にとってはまんざらどころではない代物だから。ありとあらゆる場所へ向かう――グレイヴゼンドや、グリニッヂや、リッチモンドへと――幾十艘もの汽船が浮かび、それはその数あまたに上る人々が犇き合っているものだから、貴殿は一旦腰を下ろしたが最後、二度と再び腰を上げるは土台叶はぬ相談――そこいらを歩き回るは言うに及ばず。何せそいつは全くもって論外だから。連中はいざ、出帆する、軽口を叩いたり腹を抱えたり、呑んだり食ったり、目に入る何もかもにうっとり来たり、耳にする何もかもに浮かれたりしながら。ウィンドミル・ヒル*に登り、ケント州の豊かな小麦畑や美しい果樹園を眺めるべく。それともグリニッヂ公園の見事な古木の間を漫ろ歩き、シューターズ・ヒル*とレディ・ジェイムズ・フォリーの驚異を見はるかすべく。それともトゥイッケナムとリッチモンドの美しい牧場をスルスルと滑り去り、彼らのような連中にしか分からぬ愉悦をもって周囲の清しき眺望の愛らしき何もかもを見渡すべく。以降三時間というもの、ボートまたボートが続き、馬車また馬車が後を追う。がどいつもこいつも一杯にして、しかも同じ手合いの人々をワンサと乗せている――小ざっぱりとして清潔な、陽気で満ち足りた。

彼らは目的地に着き、居酒屋は客でごった返す。が酔っ払ったり喧嘩を吹っかけたりする者は誰一人いない。というのも日曜に遠出をする言語道断の罪を犯す階層の連中は家族同伴であり、これはそれ自体、たとい羽目を外そうという気が――事実さらさらないが――あったとて、連中にとっての歯止めとなろうから。連中の浮かれ騒ぎはなるほど、騒々しいやもしれぬ。何せ連中、新鮮な空気と緑の野原が立て込んだ都会の住人にもたらし得るワクワクするような感懐をそっくり頂戴しているから。が、そいつは無邪気で罪が無い。グラスはグルグル回され、与太はポンポン飛ばされる。が前者は決して度を越さず、後者は決して心証を害さず、上機嫌と浮かれ騒ぎを措いて何一つハバを利かせているものはない。

　数知れぬ職工や貧乏人の住まう、大きな界隈の中央市場を成す、ホゥボーンとトテナム・コート・ロードのような大通りでは朝未だき、開いている店が二、三軒あり、病身の痩せた女房と肩を並べた素寒貧同然の男が小さな籠を手に、乏しいながらもあれこれ身銭を切る余裕のある日用品を買い求めている様が見受けられるやもしれぬ。というのも男が給金を受け取る時刻の関係か、片をつけねばならぬ仕事がしこたまあったせいか、女房が夜の夜中まで雑働きに出ていた関係で、御逸品を前夜は調達出来ずにいたから。会計事務所に雇われている事務員や若造が朝メシにありつける喫茶店も、開いている。この手の連中には、ロンドンのような都大路では間借りをするにしても懐が寂しいせいで寝室以外、部屋が借りられず、よって朝食を喫茶店で取るか、さなくば朝食抜きで済ます外ない、その数あまたに上る連中が含まれる。この手の場所は、しかしながら、すぐ様閉じられ、教会の鐘が鳴り始める時までには人通りの気配はふっつり途絶える。さらば、如何なる背徳の印が目に留まるというのか？　教会には相応に会衆が集い、非国教徒の礼拝堂は息が詰まりそうなほど込み合う。酔っ払いや放蕩者が通りで暴れ回っている片や、空っぽの長椅子（ベンチ）に向かって教えを垂れる、などということはない。

　ここなる上流階級御贔屓の教会にては、たまたま安息日の朝方までオペラ劇場にてグズグズとためらっていたやもしれぬ――少なからぬ――会衆の便宜を図り、遅目の刻限に礼拝が始まる。とは、神（ゴッド）と富の神（マモン）との均衡を保つ見事な仕掛けにして、如何ほどお易い御用で両者に対す人間の義務なるもの、融通から調整から利くものか示して余りある。何と馬車がガラガラと乗りつけ、聳やかな柱廊玄関（ポーチコ）の下にキラびやかに着飾ったお荷物を下ろして行くことよ！　髪粉を振った従僕がスルスルと側廊を伝い、豪華な装幀の祈禱書を家族専用席の机に載せ、バタンと扉を閉て、セカセカ立ち去り、会衆の上流階層の面々には後は勝手に片眼鏡越しに互いをしげしげやっては、自由席の数少ないみすぼらしき連中の目の中にてキラキラ、目映いばかりに照り映えるがままになって頂くこととする。オルガンが厳かに鳴り響き、雇われの聖歌隊が短い讃美歌を歌い始め、会衆は恩着せがましげに腰を上げ、辺りをジロジロ見回し、ヒソヒソ耳打ちし合う。牧師が聖書台に入る――ケンブリッジ大学にては馬と踊り子に纏わる博学で悪名を馳せ、イートン校にては救いようのなき魯鈍で有名たりし、高貴な生まれと優美な立居振舞いの若者たる。礼拝が始まる。牧師が聖書を読み上げる柔らかな声と、彼のブリリアンカットのダイヤの指輪のズラリと嵌まった色白の手を香水を振った髪にあてがう印象的な物腰に御留意あれかし。して何と艶やかな力点を置いて王と、皇族と、高位貴顕全てに祈禱を捧げ、何とさりげなく礼拝のより不快な部分を、例えば第七番目の戒律を、会衆の趣味と感情に周到に敬意を表すに、そそくさと読み飛ばすことか。仮にこれに比肩し得るものがあるとすらば、それはただ、後釜に座った滑らかな聖職者のさりげなさくらいのものだったろう。というのも後者は後者で就中心地好き教義をかっきり二十分もの長きにわたり飽食にて抑えの利かされた声でブツブツ唱え、そこで漸う切に待ち望まれていた「いざ、神へ」に辿り着くから。と来れば会衆の晴れてお役御免と相成る合図。オルガンがまたもや高らかに響き渡り、ずっと居眠りをしていた連中はハッと目を覚まし、ずっと目を覚ましていた連中はにこやかに微笑み、見るからにほっと一息吐く。お辞儀と祝辞が交わされ、仕着せの召使いはアタフタ駆けずり回り、バタンと踏み段は片づけられ、ヒラリと従僕は飛び乗り、ガラガラ馬車は駆け出し、車中の人々は会衆の出立ちをダシに花を咲かせ、一般大衆に、がわけても日曜遊山組に、とびきりの範を垂れ果したことでは胸中、悦に入る。

然まで正統的ならざる教会へ入り、如何に似て非なるものか見てみるが好い。水漆喰の壁と、簡素な樅の家族席と説教壇の、小さな、むっと息詰まるような礼拝堂にはつい今しがた後にした会衆とは物腰において似ても似つかぬに劣らず装いにおいても相異なる会衆が鮨詰めになっている。讃美歌は雇われ聖歌隊によってではなく、会衆全員によって腹の底からガナり上げられる。如何なる楽器の伴奏もなく、歌詞が一度に二行ずつ教会書記によって読み上げられながら。嗄れっぽい声の震えがちな反響と、男達のげっそり痩せこけた面と、女達の気難しげな神妙さには何がなし、ここが偏狭な熱狂と無知の狂信の砦たること示して余りあるものがある。牧師が説教壇に登る。厳めしい見てくれの、がさつな、刺々しい面構えの男だ。羊羹色に剥げ上がった黒の上下に身を包み、小さな飾りっ気のない聖書を手にし、讃美歌が締め括られつつある片や、そこより原句とし、幾行(いくくだり)か選ぶ。会衆は跪き、牧師が即興の祈禱を唱えるやシンと、水を打ったように静まり返る。牧師はキリスト教の聖なる「始祖」に牧界に祝福を垂れ賜えと、審らかにするに忍びぬ悍しくも不遜なまでに馴れ馴れしき文言にて訴える。牧師はまだるっこい物言いで説法を始め、信者は黙々として注意深く耳を傾ける。牧師は主題を説き進むにつれて熱を帯び、身振り手振りは相応に激しくなる。拳を固め、目の前の机に聖書を打ち下ろし、両腕を頭上で狂おしく振る。会衆は口々にブツブツ、牧師の教義への黙諾をつぶやき、短い呻吟が時折、師の熱弁の感動的な質(たち)への証を立てる。こうした是認の徴候に意を強くし、今にも気が狂れようかというほど次第に狂乱状態にまで達すと、牧師は安息日違反者を蔑されし「天」のことなく殺伐たる怨念もて弾劾する。説教壇から半ば身を乗り出し、狂おしき仕種で両腕を突き出し、「天帝」に、あろうことか――牧師自身によりて――解釈され説教される文言に背かんとす者達に永遠の苦悶を課すよう不敬極まりなくも訴える。低い呻吟が洩れ、女達は体を前後に揺すっては手を揉みしだく。説教師の熱狂はいよよ高まり、邪悪な者を来世にて待ち受けている数々の恐怖の身の毛もよだつような凄まじき図を描くにつれ、額には玉のような汗が吹き出し、顔は紅潮し、固めた拳はピクピク、引き攣る。聴衆の間には大いなる興奮が沸き起こり、金切り声が上がったと思いきや、誰か若い娘がバッタリ床の上に気を失って倒れる。束の間、カサコソと衣摺れの音がするが、正しく束の間にすぎぬ――全ての目はまたもや説教師の方へ向けられている。説教師は一呼吸置き、ハンカチで額の汗を拭い、得々と辺りを見回す。彼の声は、自らその労苦において成功し、とある罪人(つみびと)を悪の道より救うことを許されたことへさも慎ましやかにまやかしの感謝を捧げる間(ま)にも、自然の調子を取り戻す。かくてぐったり、狂おしき説教の猛々しさで疲れ切り、椅子にへたり込む。気を失った娘は連れ出され、讃美歌が歌われ、くだんの善人によりて綴られた、安息日をより然るべく遵守するための措置を求める請願が読み上げられ、師の熱烈な崇拝者は押し合い圧し合い、我勝ちに署名しようとする。

　とは言え、朝の礼拝(らいはい)にケリがつけば、通りはまたもや人々でごった返す。ゾロゾロと、ほてっ腹の教区吏と痩せこけた校長先達の下(もと)、小ざっぱりとした出立ちの慈善学校生の長たらしい行列が折しも歓迎ディナーへと引き返す所だ。屋敷か

BREAD
STREET
MC'DOUGH

ら屋敷へビールの盆ごと駆けずり回っている男の数からして、生半ならぬ割合の人々がいよいよ早目のディナーを認めようとしていること一目瞭然。わけてもより約しき郊外のパン屋は各人各様に日曜のディナーを今か今かと首を長くして待っている男や女や子供で溢れ返っている。そら、つい今しがた街角のパン屋からちんちくりんのマトンの塊がちりちり、こんがり焼けたどデカいポテトの山の上で茹だっている、湯烟の立った皿を携えてお出ましになったばかりのあの労働者のグルリを取り囲んでいる一連みの子供達を見よ。何とワンパク坊主共が、もうじき馳走にありつけるのが嬉しいばっかりに、パチパチ手を叩いてはピョンピョン父親の周りで飛び跳ね、何と気づかわしげにチビ助の内でもいっとう幼気な丸ぽちゃのそいつが一目、皿の中身を覗き込まんものと、いつまでもグズグズ、父親の傍らで爪先立ちしてためらっていることか。皆して通りをこちらへやって来ると、丸ぽちゃ面のチビ助が、玄関先で赤ちゃんを抱っこして立っている「母さん」にディナーのお越しを一足お先に告げるべくチョコチョコ、小さな大御脚の能う限り足早に駆け出す。「母さん」は子供達自身にも劣らずその場の光景に有頂天の模様。さらば「赤ちゃん」は、進行中の一件の由々しさをしかとは解しかねているものの、ともかく何かめっぽう活きのいい代物たることは明らかに見て取っているだけに、グイグイ足を蹴っては、キャッキャと喜びの声を上げる。子供達皆と両親の得も言はれず陶然となることに。してディナーは、サー・アンドルー・アグニュー*のさぞや胆をつぶされよう如く、小さな歓声が高らかに上がり、丸々と肥え太った大御脚がピョンピョン跳ね回る直中を、屋敷の中へと運び込まれる。のも宜なるかな、准男爵方は、概して、一週間の仰けから仕舞いまですこぶる豪勢なディナーを認め、故によもや七日毎にわずか一日しか肉のディナーにありつけぬ貧乏人の気持ちまでは察せられまいから。

　焼き立てのパンがそっくり各々の持ち主に然るべく委ねられ、ビールの給仕が持ち場を回り果し、教会の鐘が午後の礼拝のために撞かれ、店がまたもや閉て切られると、表通りはこれまで以上に人々でごった返す。朝方教会に行きそびれたせいで、今頃になって出かけようかという者もあれば、礼拝には早行ったので、散歩に出かけようかという者もあれば、また中には――なるほど、情状酌量の余地なかろうが――これきり教会には行かなかったクセをして散歩に出かけようかという者もある。どうやらこの十分ほど中庭の隅でブラブラしている、雑働きの小粋な召使いは後者の手合いの端くれと思しい。娘は明らかに誰かさんをお待ちかねだが、たといお相手といつか来（きた）る朝（あした）教会へ行くホゾを固めていたにせよ、この格別な昼下がりに限って御両人、かようの腹づもりはさっぱりなさそうだ。そら、男友達がとうとうやって来た。白いズボンと、青い上着と、黄色いチョッキと——わけても帽子の折り返ったくだんの鍔は——血の通わぬ代物の能う限り確実に、教区教会ではなくチョーク・ファーム*こそが二人の目的地たること明々白々とスッパ抜く。娘はぽっと頬を染め、やたらぎごちなく無頓着な風を装って片手を差し出す。若者は娘の手をギュッと握り締め、二人はいざ、腕に腕を組んで歩き出す。娘はほんのちらと、態っと勿体らしげに「お屋敷」の方を振り返り、コクリと、そのためわざわざ「メアリーのいい人」を丸ごと拝ませて頂くべく三階の窓まで駆け登っているお友達の小間使いに頷いてみせるきりだ。がウィリアムは、その旨伝えられると、お友達の小間使いにさっと帽子を脱いで会釈する。との手続きは当事者皆にこよなき満足をもたらし、かくてお友達の小間使いは如何せん夕べの内にエミリー嬢様にここだけの話とばかり、垂れ込まずばおれぬ。「メアリーの付き合ってる方ってなちょっとやそっとじゃお目にかかれないほどイカした若者でございます」

　つい今しがた道路を過り果し、折しもこの幸せな恋人同士の後から通りを遠ざかっている若い二人連れは、また別の手合いの日曜遊山客の恰好の事例だ。若者にはめっぽう寂しい懐具合と四苦八苦折り合いをつけて来た小粋な伊達気取りが漂い、一目で、どこぞの商人か弁護士の下っ端事務員に違いなかろうと目星がつく。娘は固よりお見逸れすべくもない。いつ何時であれ、大きな仕立て屋で使われている若い娘は、全体の身繕いに漂う、ある種、安価な装飾品の小粋さと、流行への慎ましやかな追従によって見分けがつく。が不幸にも、誤解の余地なき他の印もある——消耗熱っぽい紅みの差した蒼ざめた面（おもて）、如何なる装いの技もそっくりとは隠し果せぬ肢体のわずかな歪み、不健康な俯き加減、短い咳——嫋やかな姿形に及ぼされる重労働と座業への精励の影響——といった。二人は野原の方へと折れる。娘の表情はパッと晴れやかになり、面（おもて）には常ならざる火照りが浮かぶ。二人はこれからハムステッド（ロンドン北西部丘陵地）かハイゲイト（ハムステッド・ヒース北東）へ向かう所だ。どこか、空や、牧場（まきば）や、木立の見え、一、二時間かそこら、めったなことでは哀れ、娘の肢体の上で戯れることも、娘の意気を高めることもなき澄んだ大気の吸える場所で休日の午後を過ごすべく。

　神よ、かようの人々から唯一の愉しみを奪わんとす冷酷な男にせめてかの、日々、月々、続く間断なき労苦に——可惜しばしば夜の黙（しじま）まで続き、朝の最初の蠢きと共に仕切り直されるかの労苦に――伴う心と魂の消沈が、心身共の疲労困憊が、目下の体力と先行きの希望の全き消耗が、感じられるものなら。さらば何と物の見事に他者の魂に対す狂おしき渇望は短い猶予の後鳴りを潜め、何と安息日なる仕来りの真の目的と意義に纏わる見解の蒙を啓かれ、鷹揚にならざるを得ぬことか!

午後も酣となれば――公園や公の馬車道は込み合う。四輪馬車や、ギグ馬車や、一頭立て四輪や、幌なし軽二輪や、ありとあらゆる手合いの乗物がスルスルと行き交う。遊歩道は徒のノラクラ者で溢れ、車道は騎馬のノラクラ者でごった返す。ありとあらゆる階層の人々が、ここにてはギュッと、大きな一塊になって集う。日曜以外如何なる日にも娯楽に耽れぬ庶民が、年がら年中そいつに耽っている貴族と肩を小突き合う。放埒や背徳の如何なる表立った印を探そうとて詮なかろう。眼前には外気と運動の必要不可欠にして理性的な愉悦に浸っている数知れぬ人々しか、立て込んだ大都市の住民しか、見えぬ。

辺りは薄暗くなる。あちこちの郊外の行楽地から通ず街道は帰途に着いた人々で溢れ返り、陽気な声のさんざらめきが次第に暗まりつつある野原に響き渡る。夕べはむっと暑苦しい。金持ちは広々とした食堂の上げ下げ窓を開け放ち、氷で冷やしたワインをしこたま流し込む。貧乏人は一週間ぶっ通しで家族もろとも押し込められていた息詰まるような部屋しか食事を取る部屋がからきしないとあって、どこぞの名立たる居酒屋の茶店園に腰を下ろし、心行くまでのんき気にビールを引っかける。野原や街道は次第に人気がなくなり、人込みは今一度通りへ雪崩れ込み、各々、我が家へと散る。真夜中までには辺りはシンと死んだように静まり返る。ただ、一二、三人のはぐれ者がどいつか大立て者の屋敷の窓の下にてグズグズと、中から聞こえる楽の音に耳を傾けるべくためらったり、伯爵の正餐会の客を連れ帰るためにお待ちかねの豪勢な馬車を打ち眺めるべく足を止めたりするのをさておけば。

当該縮図には、より暗澹たる側面があり、そいつを隠すは小生の腹づもりの如何なる端くれからも程遠いだけに、殊更力点を置かせて頂きたい。ロンドンの一つならざる界隈において、してイングランドの工業都市の幾多において、その最も忌まわしき形なる酩酊と放蕩は日曜の天下の公道にて言語道断の浅ましき光景をひけらかす。もののセント・ジャイルズかドゥルアリー・レーンまで足を伸ばせば、極めて悍しき質の見物や光景にお目にかかれよう。しごくありきたりの嗜みの要求する衣類をほとんど纏わず、体は病気で浮腫み、顔は常習的な飲酒で醜く歪んだ女――ヨロヨロと千鳥足でヨロけている男——襤褸と汚濁にまみれた子供——住人が表通りをブラついては喧嘩を売ったり、金切り声を上げたり、毒づいたりしている、むさ苦しく惨めたらしい見てくれの通りから通り——といった連中は、上述のかのロンドンの界隈にてひけらかされるしごくありきたりの代物にして、くだんの界隈のお馴染みの特徴にすぎぬ。

して何故（なにゆえ）かようの見物（みもの）によって心優しき人々は皆衝撃を受け、公的風紀は蹂躙されねばならぬ？

くだんの連中は貧乏人だ——とは周知の如く。なるほど、彼らは本来ならば必需品を購入して然るべき金を酒に叩（はた）いているやもしれぬし、その事実は否めぬ。が、たとい彼らは稼いだ金の最後のビタ一文まで能う限りまっとうなやり口で使ったとて、それでもまだめっぽう、めっぽう、貧しかろう。連中の塒は必然的に不快であり、生半ならず不健全である。清潔さは大いにモノを言うやもしれぬが、塒は互いに込み合いすぎ、通りは狭すぎ、部屋は小さすぎる余り、そもそも望ましき住居たり得べくもない。彼らは一週間ぶっ通しでアクセク働く。誰しも知っている通り、延々たる苛酷な労働は、休息の時が事実訪れるや倦怠感をもたらし、そいつを克服しようと思えば何らかの刺激物に頼らねばならぬ。如何なる刺激物が連中には許されていよう？　日曜が訪れると、それと共に労働の休止も訪れる。如何様に彼らはその日を使えば好い、と言おうか健康を回復する上でその日を使う如何なる誘因がある？　彼らは物見遊山の小さな一行が通りから通りを縫うのを目にする。が、先立つものがないだけに、手本に倣う訳には行かぬ。確かに、散歩くらいしても好さそうなものだ。が連中に欠けているのは正しく散歩をする誘因である。こうした連中の誰しもものの二、三マイル歩けば、愉快なクリケットの試合か何か運動競技の仲間に加われると分かっていれば、どいつか家にじっとしていたがる者がいようか。

貴殿は、しかしながら、如何なる誘因も提供せず、倦怠からの救済の手も差し延べず、精神を愉しますネタも何一つ与えず、体を動かす如何なる手立ても見繕わぬ。顔も洗わず、ヒゲも剃らぬまま、奴はぐったり、疲れ果てたなり、そこいらをむっつりウロつき回る。自然から得られるやもしれぬ健やかな刺激の代わり、貴殿は奴を人為から得られる有毒な興奮へと狩り立てる。奴は唯一の憂さ晴らしとし、ジン・ショップへと飛んで行く。して挙句、森羅万象の等級の最下層の獣よりなお悪しき身の上にまで貶められ、奴が溝（どぶ）でのたうち回りながら寝そべるに及び、貴殿の聖（ひじり）めいた立法者達は両手を天に突き上げ、休息と愉悦のために定められた日を普遍の陰鬱と、偏狭と、迫害のそれへと変える掟を声高に求める。

第二題　安息日遵守法案可決の下(もと)では

サー・アンドルー・アグニューによりて下院に提起され、本年五月十八日、第二読会にかける動議に基づきくだんの院によりて三十二の票差をもって否決された法案の条項は、映えある准男爵が卓越した主導者たる狂信者共がどこまで度を過ごしかねぬか計る試金石と見なして差し支えなかろう。或いは、かほどに公平な試金石もないやもしれぬ。何故なら片やこの条令案は熟慮と長考が示唆していたやもしれぬかの改善を余す所なく呈示していると思しい一方、仮に法案がそれに先立ち、同様の運命を辿って来たそれらにつゆ劣らずその条項において厳格にして、その実施において徹頭徹尾偏っているとすらば、映えある准男爵と馴染み方の患っている疾病は完璧に絶望的にして回復の望みは一縷もないと踏んでまず差し支えなかろうから。

法案の発議された条項はかいつまめば以下の如し。――主(しゅ)日(じつ)における労働は、再犯の都度、厳しくなる重罰の下(もと)、一切これを禁ず。曰く、店を営業することに対す処罰――酩酊に対す処罰――旅籠・居酒屋等を開店することに対す処罰――如何なる公的会合であれ集会であれ、参加することに対す処罰――馬車を貸すことに対す、して馬車を借りることに対す処罰――汽船で旅をすることに対す、して乗客を受け入れることに対す処罰――日曜に航海を始める船舶に対す処罰――主(しゅ)日(じつ)に家畜を追わす所有主に対す処罰――本務を全うすることを拒む巡査に対す、して巡査が本務を全うしてなお彼らに抗うことに対す処罰。こうした些細な点にかてて加えて、巡査には任意の、忌まわしき、極めて広範な権限が委ねられ、しかも以上一切合切はまずもって「御自らの聖なる意志に鑑みて神を真実敬虔に崇め奉るほど御心に適うものはなく、全社会階層が主(しゅ)日(じつ)に他の如何なる階層であれ、その便宜と、愉悦と、想定上の利点のために自らの快適、健康、宗教的特権、良心を犠牲にするよう求められるを禁ずことにより、主(しゅ)日(じつ)遵守を促進するは国会の本務である」と偽善的にして実しやかな声明と共に始まる法案に規定されているとは！　とある男を巡査の公務を介して真に道徳的な人間に、して処罰の感化の下(もと)心から敬虔な人間に、仕立てようとの考えは、さすが当該法案の構成されている如き夥しくも途轍もなき不条理を考案し得る精神にこそ付き付きしい。

下院は確かに条令案を否決し、否決することにて国会の印刷物の中にかように言語道断の立法的愚行の実例を紛れ込ます屈辱を——贖える限りにおいて——贖った。事実出来した論争には、しかしながら、国会討議においては異例であるに劣らず不要にして無用と見なさざるを得ぬほどの気兼ねと忍耐が認められた。仮にサー・アンドルー・アグニューがかようの条令案を祖国にまんまとつかませようと試みたのがこれが初めてならば、我々としても当人の想定上の低能と痴愚に寄せられて然るべき濃やかにして憐み深き感情を理解し、相応に評価していたやもしれぬ。というのもさらば准男爵の発議はその本性を暴かれることもなく、この下院議員閣下は准男爵の卓越した動機に証を立て、あの上院議員閣下は自ら——懸命に試みたにもかかわらず——法案の如何なる端くれなり採択し得なかった旨悔いていたろうから。が、くだんの試みは再三再四にわたり繰り返されているとすらば——サー・アンドルー・アグニューはそれらを会期ごとに再開し、下院全体に今や

　　全ての審理における准男爵の証拠の不遜は、如何なる丁重な否定も認めず、如何なる明白な否定も意に介さぬ

こと火を見るより明らかとすらば——蓋し、閣下と閣下の制定法については、かの、通常の場合ならば結構千万ながら、国民全体の自由と快楽が関わる場合にはむしろ不適切な丁重さの粉飾を施すことなく、それ相応に俎上に上す潮時ではなかろうか。

　まず第一に、これが馬鹿げた粗忽の法案であるという点はおよそこの法案の最悪の特質どころではない。法案は最初から最後まで是一つの周到な残酷と狡猾な不当の具現に外ならぬ。もしや金持ちばかりでこの国の総人口が構成されているなら、わずか一人の男のわずか一つの快楽も影響は蒙るまい。当該法案は専ら、して唯一の例外もなく、貧乏人の娯楽と気晴らしに鉾先を向けている。これぞ、准男爵閣下によりて、固より貧者の苦悩や苦闘を解せぬとあって貧者と分かち合うさして強い共感を有しているとは思われぬ多数の男に放られた餌であった。これぞ、もしやそれを阻止すべく公共の注意が喚起され、公共の感情が掻き立てられねば、いずれ大手を振って罷り通ろう餌である。

　正しく第一箇条を、如何なる者も日曜日に働くこと罷りならぬという条項を、例に取ってみよう——「何人も、主日に、その者の通常の職業の如何なる類の労働も仕事も為してはならぬし、何人を為すよう借りても雇ってもならぬ」これ

は、如何なる階層の人間に差し障るか？　金持ちか？　否。男女を問わぬ奉公人は法案の施行から格別免除されている。「奉公人」は貧乏人の内に数えられる。法案は彼らに何ら配慮をしていない。准男爵のディナーは日曜に調理されねばならぬし、主教の馬は手入れをされねばならぬし、貴族の馬車は駆られねばならぬ。よって奉公人は恩寵の全き埒外に置かれている——もしや、実の所、主人の神聖を介して天国へ行こうというのでなければ。して恐らく彼らはそれとてむしろあやふやな旅券（パスポート）と見なすやもしれぬ。

旅籠や居酒屋を開店すれば罰金が課せられる。さて、仮に法案が通過し、がそれでいて半ダースからの進取の気象の酒類販売免許所有者が、一件がらみでの民意の興奮とそれ故の罪の自覚の困難さを頼みとし（などということは決して雲をつかむような絵空事ではなかろうから）、法を向こうに回して日曜の午後の間中、店と茶店園を開けておこうとホゾを固めていたとしよう。雇用や労働の全ての行為は、売買や配達や、ともかく売買のきっかけとなる全ての行為は、わけても別箇の犯罪と見なされる——結果に御留意あれかし。男と妻子の一行が茶店園に入って来る。垂れ込み屋は隣の仕切り席に腰を下ろし、そこならば出来（しゅったい）する一から十まで目にも耳にも入る。「給仕！」と父親が言う。「はい、お客様」「極上のエールを一パイント！」「はい、お客様」さらば給仕は酒場（バー）へ駆け出し、亭主からエールを受け取る。さらばお出ましになるは、垂れ込み屋のメモ帳——主日（しゅじつ）に父親には雇用の、給仕には配達の、亭主には販売の廉で、罰金。だが事はそれだけでは済まぬ。給仕はエールを運び、如何様な罰金がお待ちかねかなど知らぬが仏で駆け去る。「おーい」と父親が呼び立てる。「給仕！」「はい、お客様」「この坊主にビスケットを一枚頼む」「はい、お客様」またもや給仕は駆け出し、またもう一件、雇用と、配達と、販売の事例が書き記され、かくて一件は際限なく続き、その骨子は要するに、日曜日に男か女が「給仕！」と声をかける度、男か女は四〇シリング以上、一〇〇シリング以下の罰金を課せられ、給仕が「はい、お客様」と答える度、給仕と亭主は同額だけ罰金を課されよう、というもの。——亭主には新たな手合いの窓税（『翻刻掌篇集』第二章注（一）参照）が加えられることに。即ち、最初の一時間以降は、本来ならば安息日に鎧戸を閉（た）てていなければならなかった一時間毎、一時間につき二〇シリングの税金たる。

唯一の例外を除き、恐らく法案全体の中で日曜に旅をすることに纏わる条項ほど如実にその偏った施行と立案者の意図を示すものはあるまい。一〇、二〇、三〇ポンドの罰金が安息日に乗合馬車を走らせす乗合馬車所有主に、一、二、一〇ポンドの罰金が主日に馬と馬車を借りたり貸し出したりする者に、仮借なく課せられる。が彼ら自身の馬車と馬を有すからには何ら借りる必要のない者に関してはただの一音節も、仕着せの御者や従僕への罰金についてはただの一語も、ない。神々しい毒気はそっくり、より貧しき階層の男をものの二、三時間、その直中に一週間ぶっ通しで閉じ込められている煙と埃から逃れさせてくれる貸しの一頭立て幌付き二輪や、慎ましやかな貸し馬車や、ガタゴトの二頭立て四輪馬車に向けられ、片や盾形飾り座金の嵌め込まれた馬車や、小粋な一頭立ては巡査も、垂れ込み屋も、罰金も物ともせず、裕福な所有主を日曜の宴や個人の聖譚曲へと掻っさらうやもしれぬ。ことほど左様に、日曜に足を運べば犯罪と見なされる公の行楽地の記述の中に、めっぽうハイカラな散歩道に纏わる文言は皆目見当たらぬ。公の討議や、公の討論や、公の講義・演説は周到に禁じられている。というのも正しくこうした手立てにより、人々は偏執や迷信の最後の奮闘を少なくともせせら笑えるほどには蒙を啓かれるから。新聞売場で一時間過ごす貧乏人を罰すにこっぴどい条項はあるが、金持ちが動物園でノラクラ一日暇をつぶすことを禁ず記述は一条とてない。

ものの四語で、主日に「如何なる動物であれ」これと旅をすることを禁ず風を装う擬いの但書きがある。これは、しかしながら、金持ちに差し障るというので次項によって無効にされている。我々にはそれから、主日に、万が一順風ならば航海に出よう如何なる船舶であれその管制に関わるか、指揮権を有す如何なる者に対してであれ課せられる、五〇ポンド以上一〇〇ポンド以下の罰金もある。この法案が次に提起される際には（まず間違いなく次の国会会期の早い段階で）*、恐らく当該箇条を修正するに、法案通過以降、風がともかく安息日に吹こうものなら違法と見なされるに如くはなかろう。さらば船舶の所有主や船長がそもそも沖に出たい誘惑に駆られずとも済もうから。

読者は今や、唯一の例外を除き、「魚、又は他の野生動物」を殺害、或いは捕獲することを禁ず、サー・アンドルー・アグニューの法案の主たる制定条項と、飽くまで形式上、全ての国会制定法に挿入されている通常の条項を把握している。読者諸兄には以下、免除の条項に御留意頂きたい。

条項は数にして二項ある。第一の条項により、奉公人は如何なる休息からも、貧乏人は全て如何なる娯楽からも、免除され、午前九時以降の牛乳屋は不法と見なされ、食堂は午後の二時間しか開店を許されぬ。医者は日曜に持ち馬車を使用することは可能だが、牧師は自家用の馬車を使っても、貸し馬車を雇っても構わぬ。

第二の条項は巧妙にして狡猾にして策略的たることに、金持ちがうっかり罠に陥れられる可能性を未然に防ぎ、同時に、共同体全体の利害に濃やかにして細心の敬意を払っている風を装う。即ち、「当法案の如何なる条項も、敬虔と、慈善と、必需の営為にまでは及ばぬ」旨標榜する。

当該箇条において「必需」なる文言によって意味されているのは一体何か？　単にこれだけではないか——即ち、金持ちは一週間の如何なる曜日にとて、身の回りに集めた豪勢な贅沢品という贅沢品を自由に使っても差し支えぬ。何となれば習慣と慣例により、それらは当人の安楽な生活にとって「必需」となっているから。が己自身と家族に何かささやかな愉悦をもたらすべく長き合間合間に金を溜める貧乏人はそれを享受することは許されまい。愉悦は貧乏人にとって「必需」ではないから——神も御存じの通り、貧乏人は愉悦なしでもそこそこ長らくやって行ける。というのが、条項の箇にして要を得た英語である。二頭立て馬車と、御者と、従僕と、助っ人と、馬丁は週日同様、日曜にも主教や貴族には「必需」である。が、二頭立て四輪馬車（ハクニー・コーチ）や、辻のギグ馬車や、免税荷馬車が日曜に労働者にとって「必需」のはずがない。というのも外（ほか）の折にはその恩恵に浴していないから。豪勢なディナーと豊潤なワインは自らの豪邸なる大立て者にとっては「必需」だが、一パイントのビールと一皿の肉は食堂における国家的品位を貶める。

以上が、その聖なる御意に応じて神を真実敬虔に崇め奉ることを促し、社会の全階層がその健康と快楽を安息日に犠牲にせずとも済むよう配慮する法案の主意である。その施行が不条理であるに劣らず不当であろう事例は枚挙に遑がない。が読者諸兄には主要な条項を呈示すれば事足りよう。そうする上で、小生は可能な場合を想定する想像力に訴えることを意図的に差し控えて来た。小生が言及した条項は下院の命（めい）によって印刷されたまま逐語、法案に記されている。よって否認することもはぐらかすことも能うまい。

では、仮にかようの法案が事実、立法府の両院で可決され、国王の裁可を得、施行されることになったとしよう。ロンドンのような大都市におけるその結果を想像してみよ。

日曜が訪れ、同時に、広く遍き陰鬱と厳粛の日が訪れる。一週間アクセク身を粉にして働き続けていた男は安息日を労働からの休息と健やかな娯楽の日としてではなく、嘆かわしき暴政と苛酷な圧迫のそれとして待ち受ける。造物主が祝福として意図し賜ふた日を、人間は呪詛へと変えた。気散じの日として男に歓呼して迎えられる代わり、男はその日をただ自分から快楽と愉悦を奪う日として銘記する。男には子供がたくさんいるが、皆、食い扶持を稼ぐために幼くして働きに出された。一人は終日倉庫に詰め、休憩の合間が短いために我が家へは戻れぬ。二人目は船溜まりの作業場へと四、五マイル歩いて通う。三人目は遣い走りか、事務所の用達小僧として週に二、三シリング稼ぎ、男自身、我が家からかなり離れた職場で朝から晩まで汗水垂らす。日曜日しか全員が顔を合わせ、和気藹々と約しき食事に舌鼓を打てる日はない。して今や彼らは冷たく陰気臭いディナーの席に着く。何とならば男の救済の敬虔な後援者達は、男の魂の福利を慮る余り、パン屋を閉て切ってしまったからだ。炎は高々とこれら飽食の偽善者の煙突を燃え上がり、美味なディナーの豊かな蒸気が辺り一面芳しく漂う。たといこの階層の男達には調理する場所もなければ——たといあったとて、出費に耐える資力もないと告げられようと、連中、一体何を気にかけるというのか？

貴殿の教会に立ち寄ってみるが好い——めっきり減った会衆と乏しい参列を。人々はむっつりとして頑になり、自分達を七日毎にかようの日に運命づける信仰に嫌気が差し始めている。して固より人々を国会制定法によって信心深くすることも、巡査によって強制的に教会へ向かわすことも叶わぬとあって、彼らは教会から遠ざかることにてせめて本音を露にする。

表通りへ繰り出し、周囲の何もかもに垂れ込めている厳めしい陰鬱に目を留めよ。道路は人気なく、野原は打ち捨てられ、居酒屋は閉て切られている。薄汚れた、見るからに不平タラタラの男達が街角でノラクラ油を売っているか、日向でゴロ寝をしている。があちこち行き交う、より貧しき階層の、身嗜みの好い人々の姿は見当たらぬ。連中、一体どこへ歩いて行けば好い？　野原に出るには、少なくとも一時間はかかろうし、野原に着いたら着いたで、一齧りしようものなら、一啜りしようものなら、必ずや垂れ込まれ、罰金を課せられる。時折、馬車がガラガラ滑らかに駆け去ったり、仕着せのお供を従えた、駿馬に跨った殿方が馬なり駆け足で行き過ぎる。がこうした例外をさておけば何もかも憂はしく、ひっそり静まり返っている。さながらシティーはそっくり疫病に祟られてしまったかのように。

せせこましく、ゴミゴミと立て込んだ通りを縫い、戸口でブラつくか、窓からぐったり身を乗り出している男や女の土気色の面を見るが好い。この手の犇き合った部屋の何とむっと息詰まるようなことか、排水渠や溝から立ち昇る臭気の何と胸クソの悪くなりそうなことか、しかと目を留め、それから、人々をかようのごった煮の中でダラダラと人生を過ごす

MARINE STORE

よう運命づけ、新鮮な外気か、澄み渡った空の下で呑み食いすれば罪と見なす、宗教と道徳の凱歌を称えよ。ここかしこ、半開きの窓から酔っ払った浮かれ騒ぎの大きな叫び声が耳に留まり、呪いや喧嘩の騒音が――むっと息詰まる、熱した雰囲気の為せる業か――四方八方で聞こえる。何と男共が皆、通りを練り歩く人込みに加わろうと突っ切っていることか、何と野次馬の悪態が連中の近づくにつれて喧しくなることか、見てみるが好い。連中はどこぞの惨めったらしいステッキの呼び売り商人の、不埒千万にも日曜にひけらかされていた在庫を取り抑えた小さな一連みのお巡りのグルリを取り囲んでいるが、商人は後からついて来ながらも、なけなしの身上を返せと喚き散らしている。悶着はいよよ猛々しくも熱を帯び、とうとう野次馬の中でもとびきり荒くれた連中の幾人かが、売り種を持ち主に返してやろうと前へ駆け出す。さらば辺りは騒然となり、巡査の棍棒が滅多無性に揮われ、新たな助っ人にお呼びがかかり、荒くれ共の内五、六人が踠いたり、タラタラ血を流したり、悪態を吐いたりしながらブタ箱へとしょっぴかれる。一件は翌朝警察署へと移され、双方の側における夥しき量の偽誓の末、男共は巡査に抵抗した廉で牢へぶち込まれ、家族は飢え死にしては大変と、救貧院へ送り込まれる。して先方にいずれもその後一か月というもの、キリスト教的安息日の聖なる強要の映えある戦利品たりて、御厄介になる。かようの光景にかてて加えて、月曜日には、前日の抑圧の償いとし、何人にも予見し得ぬほど放蕩と、怠慢と、酩酊と、悪徳が犯されよう。がこれとて、仮にこの日曜制定法が人々に強要され得ると仮定した際の、ほんのその宗教的効果の朧にして手緩い図にすぎぬ。

だが狂信なる大義名分の唱道者には是が非とも自らの努力の蓋然的な結果を熟慮して頂きたい。なるほど彼らは不屈の忍耐により、国会相手には首尾好く行くやもしれぬ。が人民相手に首尾好く行く蓋然性に思いを致して頂きたい。貴殿は一時政治的問題の譲歩を否定するやもしれず、国家はそれには辛抱強く耐えよう。が全ての人々の炉端の快楽の急所を突いてみよ――全ての人々の自由と自主性を弄んでみよ――さらば、ものの一月で、一週間で、国王ならば鎮めるべく喜んで王冠を明け渡し、高位貴顕ならばなだめすかすべく宝冠を譲り渡そう感情が掻き立てられよう。

かようの措置を提唱する人々の動機への崇敬や、彼らの駆られている感情への敬意を装うのが習いである。が連中はそれに値せぬ。仮に彼らが無知故にくだんの法を布くとすらば、彼らは罪深く、正直に悖る。仮に彼らが目を開けたままくだんの法を布くとすらば、彼らは故意の不正を犯している。いずれにせよ、宗教を辱めていることに変わりはない。が彼らは断じて無知故にくだんの法を布(し)いてはいない。公的出版物も公人も、再三再四にわたり、彼らの手続きの結果を指摘して来た。仮に彼らがしぶとく我を張ろうとするなら、くだんの顚末の責めを自ら負うが好い。飽くまで自らの功罪に拠って立つが好い。

　では果たして同胞の快楽にさまで敬意を払わず、彼らの欠乏や必要にさまで配慮を示さず、自らの造物主の恩恵に纏わるさまで歪んだ概念しか持ち併さぬ男を駆り立て得るのは如何なる動機かと問われるやもしれぬ。小生としてはこう答えよう――運命の女神がその者より下位に置き賜ふた人々が陽気で幸せであるのを目にすることへの嫉ましく、冷たく、ツムジの曲がった嫌悪――神の御前にての自らの有徳(うとく)への偏狭な自信と、片や他者の不徳(ふとく)に対す思い上がった印象――地上におけるその始祖の手本に相反すに劣らず、キリスト教精神それ自体と齟齬を来す倨傲、独善的な倨傲、に外ならぬと。

　こうした連中にはまた別の手合いの人間が加えられるやもしれぬ――地球を地獄に、宗教を拷問に変えようとする、険悪にして陰鬱な狂信者が。青春時代を放蕩と堕落の内に費やし、人生の盛りを過ぎるか過ぎぬかで早、気がつけばどっぷり悪徳に染まり、忌まわしき疫病さながら皆から避けられている者達が。世間から見捨てられ、依拠するものも何一つ、可惜潰えた時間と、浪費された精力を措いて思い起こすものも何一つなきまま、彼らは己(おの)が想念ではなく目を天に向け、自ら分かち合えぬ心の軽さや、ついぞ享受したためしのなき理性的な愉悦を弾劾する上で、それまでの人生の罪を償い――恰もより粗野な時代の僧院の創始者や教会の設立者の如く――自らの造物主に確乎たるまっとうな権利を樹立する以上のことを為しているとの不敬な信念に凝り固まっている。

第三題　望ましき姿

安息日遵守法案支持者や、わけても過激派の国教反対者は、そもそも廉直の道から逸脱したきっかけは安息日を遵守しなかったことにあるとの、咎人によりて折々独房、もしくは死刑台から表明される告白に大いなる力点を置き、こうした告白こそ自分達の支持する安息日の厳正にして厳格な遵守からの逸脱を待ち受ける悪しき結末の論駁の余地なき証として指摘する。この論理には一件に纏わる他のほとんど全ての点におけると同様、かなりの程度の空念仏と、実に夥しき量の意図的盲目があるように思われてならぬ。仮に男が生まれながらにして邪な気っ風ならば――してほとんど例外なく、何らかのやり口で幾年もの間自堕落で放埒な生活を送って来なかった何人たり執行吏の手にかかって命を落としたりはすまいが――仮に男が生まれながらにして邪な気っ風ならば、男は必ずや日曜日を悪しき用に充て、己自身に劣らず逆しまな他の悪人共と放蕩に耽るべく休日に乗じ、かくて初めて屈した誘惑を、恐らくは初めて犯した罪を、安息日の侵害に跡づけよう。がこれは、如何なる祝日に対しても言えることであろう。仮に男の休日が日曜ではなく水曜で、男がその日を同じ不埒な用に充てていたなら、やはり同じ結果がもたらされていたろう。国民全体の性質を社会の最も悪しき端くれ共の告白によって判断するのは酷というもの。それ自体罪のない事柄を、生まれついての悪人がそれらを逆しまな用に充てるからというので謗るのは公平でない。一体どこのどいつが、どこぞの問屋の赤帽が捏造の罪を犯したからというので貧乏人に読み書きを教えることに異を唱えようなどと思いつこう？　或いは、一体どこのどいつの脳裏を、巾着を切る誘惑を与えるとの理由をもって教会に人々が大挙集うのに待ったをかけようなどという考えが過ろう？

日曜日に晩禱の後イングランドの小作人が気散じに戸外で何らかのゲームに興ずることを促す「娯楽規制」*がチャールズ一世によって公布された際、イギリス国民は言うまでもなく、比較的粗野で非文明的であった。がそれでいて、教育と洗練の感化によって人心が陶冶されても、情念が緩和されてもいないくだんの時代に、かくて何とほとんど放埒な行為が発生しなかったかは特筆に値する。確かに、僻陬の地では一件ならざる乱行が発生し、それ故くだんの地方では以降、娯楽が禁じられたということは否めぬ。が概して、それ故犯罪が増加したり、人々の気質が堕落したりする傾向が認められたという事例は何ら記録に留められていない。

　当時の清教徒も当今の清教徒に劣らぬほど罪のない娯楽や健やかな愉しみ事に異を唱え、実に興味深くも、それぞれの世代の清教徒が全く同じ議論を唱導している。大英博物館には以下の如く銘打たれた、チャールズ一世王の御世のアグニュー共によって起草された奇妙な小論説がある。「近年演じられた聖なる悲劇、或いは全ての人々に、が就中くだんの罪を犯している人々もしくはその甚だしき後援者に熟知され、考察されて然るべき、『娯楽規制』が発布されて以来わずか二年間の内にイギリス王国内にて出来した、安息日違犯者、並びに他の同様の不法な娯楽の耽溺者に下されて来た天罰の一つならざる忘れ難き事例集」当該愉快な文書には、教会墓地に落ち、娯楽に興じていた者達を動顛させた火の玉や、喧嘩を始めて互い同士を動顛させた娯楽者等々に纏わるおよそ五十から六十に垂んとす真正の逸話が記され、中に一篇、いささか趣きを異にする事例が含まれているので以下、かようの論点のはぐらかしは目新しさという取り柄すら持ち併さぬという事実を明々白々と証すものとして引用させて頂きたい。

「ノーサムプトン近くのある女性は『娯楽規制』が読み上げられるのを耳にした正に当日、直ちに出かけ、財布に三ペンス入っていたので、男を雇い、吟遊楽人を連れて来るよう隣町へやらせた。吟遊楽人が到着すると、女は仲間と踊り始め、踊りは夜通し続いた。その折、女は身籠もり、いずれ赤子を生み落とすと共に殺害し、罪が発覚し、逮捕され、法廷へ召喚され、自白し、同時にその原因を語るに、『規制』の公布と同時に安息日に戯れに耽ったことにあると認めた。かくてこの三重の罪――安息日の畏れ多き冒瀆、それ故の不義と殺害――を犯すことになったと。女は神と人双方の掟に準じ、死刑に処せられた。安息日の違犯には必ずや軽々ならざる罪と悲惨が付き纏う」

　言うまでもなく、仮にノーサムプトン近郊の娘が日曜以外の如何なる日にかように危険極まりなき手合いの「戯れに耽って」いたとて、最初の結果は恐らく同断だったろう。未だかつて日曜が他の曜日より人類の繁殖に好都合たる由明白に示されたためしのないからには。第二の結果――嬰児殺し――はおよそ娘の生まれながらの気立ての優しさを雄弁に物語るどころではあるまい。一件は全て、たといともかく信憑性が認められようと、その責めを「娯楽規制（ブック・オブ・スポーツ）」に負わすくらいなら、いっそ「列王紀略（ブック・オブ・キングズ）」に負わす方がまだ増しというもの。かようの「娯楽」はこれまでも非国教派会堂にて出来して来たが、宗教がその結果、咎められたためしも、それ故会堂を閉て切ろうという話が出たためしもない。

　さらば当然の如く、次なる質問が提起されよう。果たして日曜日に戸外でのゲームを許せば、或いはくだんの日により約しき階層の者に娯楽の手立てを与えてすら、人々の気質と道徳に悪影響を及ぼすと想定する根拠はあるのか？

　小生は昨年か一昨年の夏、イングランド西部を旅し、景色の美しさと鄙びた佇いに魅せられ、ロンドンから約七〇マイル離れた小さな村で宿を取ることにした。翌朝は日曜で、教会へ向けて散歩に出た。人々が三々五々――どうやら小村にあっては総人口と思しき――同じ方角へ足早に向かっていた。隣人同士が互いに追いついては一緒に連んで歩き続けるにつれ、四方八方から気さくで陽気な挨拶が聞こえて来た。小生は時折、老夫婦の脇を行き過ぎたが、彼らの嫁いだ娘と夫は老夫婦の覚束無い足取りに歩調を合わせながら傍らを漫ろ歩き、片や子供達の小さな塊が一行の前を小走りに駆けていた。小ざっぱりとした、裾の平らな野良着のいかつい若造人足と、健やかでにこやかな笑顔のふくよかな娘がここかしこ二人連れでふんだんに散り、その場の光景は総じて抗い難いほど魅惑的な静かで長閑な満足のそれであった。朝は明るく清しく、生垣は緑々として華やぎ、小径の両側で咲き乱れている野花からは数知れぬ馥郁たる香りが風に乗って揺蕩っていた。小さな教会は例の、祖国の田舎ではお馴染みの神さびた素朴な建物の一つで、苔と蔦に半ば覆われ、もしや一面、緑の塚が散っていなければ、愛らしき牧場で通っていたやもしれぬ小さな地所のど真ん中に立っていた。小生はふと、今しも会衆をガランガラン呼び立てている古びた鐘は、神に召された御魂の弔いの鐘を撞く際にもついぞ思いも寄らなかったほど由々しからざる音を響かせようと――その音は自然界で最も長閑で穏やかな光景の直中における単なる静謐と休息への歓迎をしか語るまいという気がした。

　小生は皆の後について教会へ入った――小さな迫持造りの窓の、天井の低い建物で、窓からは日光が向かいの壁の簡素な銘板に燦々と降り注ぎ、銘板にはその昔、幾人かの名が刻まれていたのであろうが、今やその下なる骨がボロボロに朽ち果てた成れの果ての塵と見分けがつかぬに劣らず、擦り切れた表で判別不能となっていた。英国国教会の感銘深き礼拝が白髪まじりの司祭によって――単に読み上げられるのではなく――語りかけられ、応唱が会衆によって返されるが、冷淡や無関心と程遠いに劣らず衒いや外連とも程遠い誠実な信心の風情が漂っていた。讃美歌には、扉の上方の、堂内を巡る小さな回廊のより低い隅に据えられた二、三人の楽器演奏者の伴奏がつき、歌声を主導するのは教会書記で、礼拝の当該端くれより生半ならぬ誇りと満足を得ていること一目瞭然。説話は素朴で、さりげなく、会衆の理解度に実にしっくり来た。礼拝が締め括られると、村人は通りすがりに挨拶すべく牧師を教会墓地で待ち受け、二、三人は、小生の見る所、何か些細な難儀を打ち明け、忠言を求めているかのように脇へ寄った。忠言を、約しきお辞儀や他の無骨な感謝の表現から推し量るに、牧師は快く賜る。牧師はどうやら全教区民の事情に生半ならず通じている証拠、小生には彼がとある男の末っ子の、また別の男の女房等々の、安否を気づかっているのが聞こえる。のみならず我ながらの軽口が気に入っていること、めっぽう愛らしいはにかみがちな少女の腕を腕に取った、血色の好いいかつい若造に「例の結婚予告はいつ掲げるつもりかね?」と吹っかけているのが洩れ聞こえる所からして火を見るより明らか。――さらば若造はいよよ血色が好くなり、少女はいよよはにかみがちになり、かくて奇しきかな、グルリに立っているその数あまたに上る外の娘達まで一斉に頬を染め、どこであれ、ただしお相手の男友達の顔だけはさておき、目をやることとなる。

この同じ場所にもう三十分かそこらで日が暮れようかという頃、近づくにつれ、小生はブンブンと唸るような人声が聞こえ、そこへもって時折教会墓地の向こうの牧場から陽気なさんざらめきが紛れるのを耳に、びっくりした。陽気な歓声は、どうやら踏み越し段に辿り着いてみれば、村の少年や男衆のかかずらっているめっぽう活きのいいクリケットの試合のせいで上がっているものと察しがつく。片や女性や老人はあちこちに散り、中には芝草の上に座ってゲームの進行を見守っている者もあれば、二、三人連れ立って辺りをブラつきながら野バラや生垣の花で小さな花束を作っている者もある。小生はわけてもとある、明るい目をした孫娘を脇に従えた老人に目を留めずにはいられなかった。というのも老人は日に焼けた若造に何やらゲームの指示を与え、さらばそいつを若造はさも心底恭しげに拝聴してはいるものの、時折ちらりほらり娘の方へ目をやっている所からして、御老体の経験の賜物に纏わる御託には天から気も漫ろなのではあるまいかと下種の何とやらを働かさざるを得ぬから。若造が三柱門に立つ番になった時もやはり、ちょくちょく老人と娘の方へ視線が向けられ、そいつを祖父様は格別な安打の見極めへの訴えなものと御満悦の態で受け止めているが、娘の面に差した紅みと、伏せられた明るい目から判ずるに、お目当ては御老体以外のどなたかにして――おまけに、くだんのどなたかには重々諒解されているものと踏んでまず差し支えなかろう。さなくばお見立て違いも甚だしいというもの。

当該光景を眺める内、小生は正しく愉悦の絶頂に達していた。するとその時、老牧師が我々の方へやって来るのが目に入った。小生はてっきりクリケットにお冠の待ったがかかるものと総毛立ち、今にも村人達に牧師がお越しの由大声を上げかけた。牧師が、しかしながら、それは間際まで来ていたものだから、ただじっと立ち尽くし、いよいよ落ちかけんとしているカミナリを待ち受ける外なかった。が何と小生の、御老体がポケットにズッポリ両手を突っ込んだなり、踏み越し段の所に立つや、ズイとその場の光景全体をさも満足げに見はるかしているのを目の当たりにまんざらどころではなく、胆をつぶしたことか！　して何と我ながら血の巡りの悪いにもほどがあったろう、我が馴染みの祖父様に（ところで御当人曰く、若い時分にはクリケットの名手で鳴らしたそうだが）一件の手筈をそっくり整えたのは牧師その人にして、皆がゲームに打ち興じているのは牧師の野原にして、柱から、バットから、ボールから何から一式購入したのは牧師に外ならぬ由、垂れ込んで頂くまでピンと来なかったとは！

正しくかようの光景である、小生が日曜の夕べにロンドン近郊で目にしたいと願っているのは。正しくかようの男である、ものの一年で、一世紀もに及ぶ立法全てをもってしても叶はぬほど、人々を然るべく信心深く、陽気で、満ち足りさすに多くを尽くせるのは。

大都市において、田舎の人口にならば実にしっくり来るやもしれぬ娯楽や運動を成功さすのは土台叶はぬ相談なりとの声が聞こえよう――これまでも実にしょっちゅう聞こえて来た如く。ここにて、またもや、我々はさながらそれらが疑いの余地なき確乎たる事実ででもあるかのように、信念と意見の問題に関す単なる主張に屈すよう求められている。両者の場合に大いなる相違があるとは論を俟たぬ。相違は軽々ならず、故に同じ原則を双方に適用すること能はぬと如何なる理性的な男も、恐らく、主張する気にはなるまい。目下日曜に遊山に出かける人々の大半は勤勉で、秩序正しく、嗜み深い連中だ。彼らは自分達に提供された娯楽を自らに提供する娯楽を濫用する気がないと同様濫用する気はなかろうと想定してまず差し支えあるまい。して仮に何者か、まだしも為すにまっとうな暇つぶしに事欠くばっかりに、当今目にされる如く安息日に犯罪的行為に訴えるとすれば、連中に自らを愉しませ、他の何人をも傷つけまい何事かを為す機会を与えるほど、悪行に対すより善き処方は思い当たらぬ。

日曜日に大英博物館を人品卑しからざる人々に公開する正

HKB

当性がこの所、議論の対象となっている。然に聡明な提案に反対する正当な理由を掲げようと思えば、如何に厳格な日曜遵守法案制定者といえども戸惑うのではあるまいか。大英博物館には「自然の女神」のありとあらゆる巨大な博物館と宝庫からの豊饒な標本や、太古の巨大な芸術作品の稀少にして興味深い断片が所蔵され、その全ては熟考と探求を喚起し、人々の啓発と向上を促すよう意図されている。が係員が必要であり、数名は安息日に雇われよう。確かに。が如何ほど？ああ、たとい大英博物館と、国立美術館と、実践科学博物館と、その他知識の授けられ、見聞の広められる、ロンドンの他の全ての展覧会が日曜の午後に開館されたとて、全体を統括するに五十名は要すまい。が、仮に日曜法案を如何なる人口稠密な三教区であれ強制すれば、その三倍の人員は要しよう。

　小生は是非とも、ロンドンの全ての郊外のどこか広々とした草原か空き地で毎日曜の夕刻、かの小さな田舎の牧場なる光景がより大きな規模で繰り広げられている所をこの目で拝ませて頂きたいものだ。一人の人間の宗教的務めへの列席が、ついぞ脅迫や抑圧によって如何なる男の胸にも強制されたためしのなき、かの、大方の人間が多かれ少なかれ具えている宗教的感情に委ねられるやもしれぬ刻が訪れる所をこの目で拝ませて頂きたいものだ。日曜日がくつろぎと愉悦のおスミ付きの日として待ち望まれ、誰しも、目下はほとんどの人が感じていないことを、即ち、宗教は理性的な楽しみと肝要な気晴らしと相容れぬ訳ではないということを感じるやもしれぬ刻をこの目で拝ませて頂きたいものだ。

　さらば何たる異なる絵を街路や公共の場の呈すことか！博物館や、科学的で有益な発明品の展示場は皆知識を汲々と求め、皆他の折には知識を得られぬ独創的な職工や勤勉な職人で溢れ返ろう。広々とした展覧会場には、身形は約しいながらも恐らく、時代の最も偉大な発明家や哲学者になるよう運命づけられた実践的な男達が詰めかけよう。今はただノラクラとだらしなくも酒浸りでその日を過ごす労働者もいそいそ陽気な面と小ざっぱりとした出立ちで、居酒屋のむっと息詰まるような煙っぽい雰囲気へと、ではなく清しく爽やかな野原へと、道を急ぐ様が見受けられよう。人々の群れがどっと、ロンドンの小径や横丁から、首都からいささか離れた色取り取りの行楽地へと、その日の爽快な気晴らしや運動に加わるべく、繰り出し——子供達はワンサと、芝草の上で跳ね回り、母親は傍で見守り、自分達はただ指図しているだけのような小さなゲームを堪能し、他の一行はブラブラ、どこか心地好い散歩道をブラついたり、厳かな大木の蔭でゆったりくつろぎ、また他の一行はそれぞれの気散じに余念がない。四方八方、地べたにボールをスルスルと転がす鋭いバットの音や、カンと鉄棒に当たる輪（コイト）の澄んだ音（ね）や、広く遍くワンワンと、つられて野原中に響き渡るほど谺を呼び起こそう幾多の声の騒々しいつぶやきや、歓喜と愉悦の大きな叫びを措いて何一つ、聞こえない。その日は夜の帳が下りようと何ら痛ましき自省を喚び覚ますまい一連の愉悦の内に過ぎ去ろう。というのもそれらは固より健康と満足しかもたらさぬから。若者はその信仰告白者達の気難しい厳めしさが若々しい胸にやたらしょっちゅう植えつけるかの宗教への怯えを失い、老人はかくて以前より難なく、彼らに宗教上の慣例を説きつけられよう。酔っ払いや放蕩者は最早、悪行の言い抜けをそっくり奪われているとあって、憐憫ではなく、嫌悪しか掻き立てまい。わけても、目下は人生の辛酸の幾多を嘗め、快楽はほとんど味わっていない、より無知にして約しき階層の者達は、彼らの身の上につきものの幾多の困苦を尊重しているだけに、その難儀を軽減しようと努め、その苛酷を和らげようと努力したかの道徳律に、宣なるかな、愛着と崇敬を抱こう。

　以上が、日曜日の望ましき姿であり、かようの姿に日曜日は不敬とも冒瀆とも無縁のまま達すやもしれぬ。人類を地上に有らしめ賜ふた聡明にして慈悲深き造物主は、人類が自ら運命づけられたかの身の上の務めを全うするよう求められたからには、よもや人がくだんの務めを果たそうと努めれば努めるほど、幸福や愉悦を禁じられるよう意図されてはいまい。一週間の内六日間を世の全ての快楽のために有す者には、もしやそれらを嘆き悲しみたいというなら、彼ら自身の罪のためであれ、他者の罪のためであれ、七日目を断食と陰鬱に充てさすがよかろう。が自らの六日間をより相応しきやり口で使う者には彼らの七日目を異なる目的に捧げさすがよかろう。聖職者には真の道徳の範を垂れ、それを午前中に会衆に説き、午後には彼らを真の休息を享受すべく解き放ち、彼らにはその原句として選ばせ、日曜遵守法案制定者にはその訓戒として受け取らせよ、その教訓を自ら誤解し、その訓言を自ら曲解している主（しゅ）なるキリストの唇より垂れられし文言を――「安息日は人のために造られたのであり、人は安息日に仕えるために造られたのではない」

袋のネズミ

第一章

我々の大半は人生において一件ならざる伝奇的椿事に遭遇する。生命保険会社の総支配人としての立場上、私はこの三十年間で恐らく、如何ほどくだんの機会の一見、乏しそうに見えようと、通常の人間より幾多の伝奇的椿事に遭遇して来たのではあるまいか。

私は今や第一線を退き、悠々自適の生活を送っているだけに、これまで目の当たりにした光景にゆっくり思いを巡らす——かつては欠けていた——手立てに恵まれている。この身に降り懸かったことは、かくて顧みれば、現に進行していた時より際立った様相を帯びる。言うなれば、今しも「芝居」から帰宅したばかりで、幕の降りた「演劇（ドラマ）」の様々な場面を劇場のギラつきや困惑や喧噪抜きで、思い起こすことが出来る。

では、実生活のこの種のとある伝奇的椿事の記憶の糸を手繰るとしよう。

世に、物腰との関連で考慮に入れられる人相ほど正しいものはない。「永遠の叡智」が人間誰しもに各々の個性を記したなり自らの頁を呈示するよう課し賜ふているくだんの書（しょ）を繙く術（すべ）は恐らく、困難なそれにして、未だほとんど研究されていない。或いは、某か生来の適性を要すやもしれぬし、定めて（万事がそうであるように）忍耐と労苦をも要すに違いない。まずもって、よほどの物好きでもない限り、くだんの術（すべ）を辛抱強く、辛い思いをしてまで会得しようとはすまいし——幾多の者はほんの二、三のお定まりの至極ありきたりの顔の表情を個性の総一覧として受け入れ、就中正しい、微妙な区別立てを求めも知りもせず——貴殿にしてからが、例えば、あろうことか楽譜や、ギリシア語や、ラテン語や、フランス語や、イタリア語や、ヘブライ語を読み解くことに多大の時間と注意を費やしこそすれ、よもやその手ほどきをすべく肩越しに覗き込んでいる男性もしくは女性教師の顔を自ら読み解いて然るべきとは思うまい。ひょっとしてささやかな己惚れがその根柢には潜んでいるやもしれぬ。即ち、顔の表情なるもの貴殿からいささかの研究も要求すまい——生来そいつがらみではそこそこ仕込んでいようから、よもや一杯食わされる心配だけはあるまいとの。

私自身としては、正直認めざるを得ぬことに、これまで事、実、幾度となく一杯食わされて来た。知人に一杯食わされたこともあれば、友人にも（無論）一杯食わされたことがある。と言おうか、他の如何なる類の人間によるより遙かにしょっちゅう友人にも。何故私はこうも誑かされ易いのか？　連中の顔を悉く読み損なって来たというのか？

否。誓って、顔と物腰のみに基づく、くだんの連中に纏わる第一印象が間違っていたためしは唯の一度もない。私の過ちは専ら連中に勝手に近づかせ、自らの立場を実しやかに釈明さすことにある。

第二章

シティーの私専用の事務室と我々皆の表の事務所とはぶ厚い磨き板ガラスによって仕切られていた。磨き板ガラス越しに、私には一言も聞こえぬまま、表の事務所で何が出来しているか見て取れた。そこに幾年となく——屋敷が建てられて以来——据えられていた壁の代わりに磨き板ガラスを据えたのは私である。果たしてくだんの手を入れたのは商用で我々の下を訪れる見知らぬ人間の第一印象を彼らの口にする文言によって何ら左右されることなく刻みたかったからか否か、は今や問題ではない。ただ、私は磨き板ガラスをくだんの目的に利用したと、生命保険会社なるもの、いつ何時であれ、この世にまたとないほど狡猾で残忍な連中に易々付け込まれぬとも限らぬとだけ言えば事足りよう。

私が初めて、その逸話をこれから審らかにしようとしている殿方を目にしたのは、正しくこの磨き板ガラスの仕切り越しにであった。

殿方は私の気づかぬ内に中へ入り、広々としたカウンターの上に帽子と雨傘を乗せ、ちょうどカウンター越しに事務員の一人から書類を受け取ろうとしている所であった。年の頃四十で、浅黒く、黒の上下に——折しも喪に服していたから——一分の隙もなく身を包み、丁重な風情で伸ばした手にはわけてもぴっちり馴染んだ仔山羊革の黒手袋を嵌めていた。丹念に油を塗った上からブラシで梳いた髪は真っ直ぐ中央で分けられ、殿方はこの分け目を事務員にさもきっぱり（と私には思われたのだが）かく言わぬばかりに突きつけた。「さあ、君、どうかわたしを御覧の通りのまま、受け入れてくれたまえ。ここを真っ直ぐやって来て、そのまま砂利道を進んで、芝生には足を踏み入れぬよう。断じて不法侵入は許さん」

　私はかくて男を目にした途端、生半ならず嫌悪を覚えた。

　男は我々の所定の書式を某か求め、事務員は書式を男に手渡し、説明している所であった。男の面（おもて）にはありがたそうな、好もしい笑みが浮かび、男の目は陽気な眼差しで事務員の目と合っていた。（私は常々悪人は相手の顔をまともに見ないということでは戯言（たわごと）が罷り通っているのを知っている。何卒くだんの因襲的な概念を信じられぬよう。「不正直」は、もしやお蔭で何か旨い汁が吸えるというなら、一週間の何曜であれ、「正直」を居たたまらなくなるまでひたと睨め据えよう。）

　私は男の睫の隅で、男が私の視線に気づいたものと見て取った。すかさず男はくだんの分け目をかく、にこやかな笑みを浮かべて私宛口にしてでもいるかのようにガラスの仕切りの方へ向けた。「どうかこちらを真っ直ぐ。断じて芝生には足を踏み入れられぬよう！」

　ほどなく男は帽子を被り、雨傘を手に取ると、姿を消した。

　私は事務員をこちらへ手真似で呼び入れ、たずねた。「今のは何者だ？」

　事務員は殿方の名刺を手にしていた。「ミドル・テンプル*のジュリアス・スリンクトン殿です」

「では法廷弁護士（バリスター）かね、アダムズ君？」

「いえ、ではないようです」

「ここに牧師（Rev）とないのでなければ、てっきり司祭かと思う所だったろうが」と私は言った。

「どうやら、外見からすると」とアダムズ君は返した。「聖職叙任のための勉強をしておいでのようです」

　ここにて断っておけば、男は小ざっぱりとした白いクラヴアットと、総じて小ざっぱりとしたリンネルを身に纏っていた。

「要件は何だ、アダムズ君?」

「ただ申込み用紙と、総支配人、身元保証人用紙が欲しいとのことでした」

「ここへは誰かに推められて来たのかね? 何かそれらしきことは言っていたと?」

「はい、ここへは総支配人のさる御友人に推められて来たそうです。総支配人に気づいておいででしたが、生憎面識がないので、お邪魔する訳にも行くまいと」

「私の名前は知っていたのか?」

「おお、もちろん! 『ああ、あちらがサンプソン総支配人ですね!』とおっしゃっていましたから」

「どうやら、嗜みのある物言いの殿方と?」

「実に嗜みのある」

「どうやら、阿りがちな物腰の?」

「実の所、少なからず」

「はあっ!」と私は言った。「今の所、結構、アダムズ君」

それから二週間と経たぬ内に、私はさる馴染みの商人と——絵画や書籍の蒐集を趣味にしている粋人(すいじん)だが——ディナーを共にすべく出かけ、一座の中で最初に目にしたのがジュリアス・スリンクトン氏だった。彼は、そら、暖炉の前で、大きな目に穏やかな笑みを湛え、如何にも気さくげな面持ちで立っていた。がそれでいて誰も彼もに(と私には思われたのだが)、他の如何なる道でもなく、自ら呈す、お誂え向きの道伝(づて)近づくよう請うていた。

私は彼が馴染みにサンプソン殿に紹介して欲しいと頼んでいるのに気づき、馴染みは仰せに従った。スリンクトン氏は、お目にかかれて実に光栄ですと言った。がやたら光栄という訳でもなく。というのもおよそ一件がらみで度を越すどころか、ただ徹頭徹尾育ちの好い、完璧に外交辞令めいた物腰で、光栄だったにすぎぬからだ。

「てっきりもう顔を合わせているものと思っていたが」と我々の持て成し役は宣った。

「いえ」とスリンクトン氏は言った。「確かに貴兄の御推薦でサンプソン殿の事務所に立ち寄りはしましたが、実の所、たかが並の事務員の日課の要件如きで、外ならぬサンプソン殿のお手を煩わす訳には行くまいという気が致しまして」

私は馴染みの紹介とあらば遠慮は無用だったろうにと返した。

「もちろん」と彼は言った。「とは忝くも。また改めて、恐らく、お言葉に甘えさせて頂きましょう。ただし、とは申せ、差し迫った要件があればの話ですが。というのも小生とて、サンプソン殿、如何ほど執務時間が貴重か、というに何とこの世には不躾な人間が数知れずいるものか心得ているもので」

私は、お心遣い忝いとかすかに会釈した。「確かあの折は」と私は言った。「御自身、生命保険に入ろうとなさっていたのではないかと」

「おお、いえ！　小生は、せっかくですが、買い被って下さっているほど慎重な人間ではありません、サンプソン殿。あの折はただ友人のために問い合わせをしていたにすぎません。ですが、ことその手の要件にかけては友人がどんなものかはよく御存じでしょう。所詮、水の泡かもしれません。固より友人のための照会で実務家のお手を煩わすのは如何せん憚られます。友人というものは万に一つも今のその照会に則り身を処すまいと百も承知しているだけに。人間は皆、実に気紛れで、実に独り善がりで、実に思いやりがありません。とは、お仕事柄、日々お感じになりませんか、サンプソン殿？」

私は今にも但書き付きの返答をしかけた。がその矢先、相手はグイと、「さあ、どうかここを真っ直ぐ」とでも言わぬばかりに滑(すべ)らかな白い分け目を私宛突きつけ、勢い返すこととなった。「如何にも」

「何でも、サンプソン殿」と彼はほどなく仕切り直した。というのも我々の馴染みは新しい調理人を抱えたばかりで、ディナーはいつもほど定刻通りではなかったから。「貴殿の業界はつい最近大きな痛手を蒙られたとか」

「金銭上での？」と私は言った。

彼は私が痛手をすかさず金銭と結びつけたというので声を立てて笑いながら返した。「いえ、才能と精力における」

彼が何を言わんとしているか俄には判じかね、私はしばし思案に暮れた。「業界は事実その手の痛手を蒙りましたかな？」と私は言った。「とは存じませんでしたが」

「つまり、サンプソン殿。貴殿はよもやまだ引退してはいらっしゃらないはず。ですから、そこまで遺憾という訳ではありません。がメルサム殿は――」

「おお、なるほど！」と私は言った。「如何にも！『イネスティマブル社』の若き計理士、メルサム殿はと」

「正しく」と彼はお悔みめいた物腰で返した。

「彼を失ったのは大きな痛手です。生命保険業界広しといえどもかほどに洞察力が鋭い、と同時に独創的かつ精力的な青年には未だかつて出会ったためしがありません」

私は力コブを入れて言った。というのもメルサムには心から敬意と称賛を抱いていた上、我が殿方は漠とながら、彼のことをせせら笑いたがっているやに思われたからだ。相手はまたもや、かく、疎ましくもクギを差すかのようにくだんの頭上の小ざっぱりとした小径を突きつけた。「どうか、芝生の上ではなく——砂利道を」

「メルサム殿のことは御存じだったのですかな、スリンクトン殿」

「ただ評判だけは。彼のことを知人もしくは馴染みとして存じ上げていたなら、さぞや晴れがましかったには違いありません。とはもしやあのまま第一線で活躍なさっていれば。とは申せ小生、固より遙かに名も無い人間であるからには土台叶はぬ相談ではあったでしょう。まだせいぜい三十かそこらだったのでは？」

「おおよそ三十でした」

「ああ！」と彼は先と同様お悔みめいた物腰で溜息を吐いた。「人間分からないものです！　かように若くして、サンプソン殿、悲嘆に暮れ、仕事も手につかなくなるとは！——憂はしい事実に何か思い当たるような謂れは？」

（「はむふ！」と私は相手にじっと目を凝らしながらも胸中、惟みた。「だが断じて小径を行ってなるものか。何としても芝生の上を歩かせて頂こうでは」）

「御自身、如何様なそれらしき謂れを耳にしておいでなのでしょうか、スリンクトン殿？」と私は単刀直入たずねた。

「恐らく事実無根のそれではありましょう。『噂』が如何様なものかは御存じのはず、サンプソン殿。小生は単に耳にしただけのことは決して繰り返しません。これぞ唯一『噂』の爪を抓み、頭を剃ってやる手立てなもので。けれど総支配人自ら一体メルサム殿が第一線を退いた如何なるそれらしき謂れを耳にしているのかおたずねになるとあらば、話は別です。だとすれば、徒に根も葉もない噂話を焚きつけることにはなりませんので。聞く所によると、サンプソン殿、メルサム殿が天職も前途も何もかも放棄なされたのは、実の所、傷心の余りだったとか。つまり失恋のせいで——かほどに人並み優れ、かほどに人の気を逸らさぬ人物にしてはいささか妙ではありますが」

「如何ほど魅力や誉れを具えていようと死を向こうに回しては歯が立ちません」と私は言った。

「おお、相手の女性は亡くなられたと？　これは失敬。寡聞にして存じませんでした。それは、全くもって、実に実にお労しい限りです。メルサム殿もお気の毒に！　相手の女性は亡くなられたと？　ああ、これはこれは！　何とお悔み申したものか、何とお悔み申したものか！」

私は依然、男の憐憫はとことん混じりっ気がない訳でもなく、言葉の端々に曰く言い難い嘲りが潜んでいるような気がしてならなかった。がやがて、ディナーの仕度が告げられたせいで、我々も外のおしゃべりの輪同様離れ離れになるに及び、彼は言った。

「サンプソン殿、どうやら小生が見ず知らずの方のためにかほどに身につまされているのを目にしてびっくりしておいでの御様子。小生は、こう見えてもさまで冷淡な人間ではありません。小生自身、近しい人間に、しかもごく最近、先立たれたばかりです。いつも話相手になってくれていた二人の愛らしい姪の内一人を亡くしたもので。姪は若き身空で――二十三になるかならぬかで――亡くなり、後に残された妹もおよそ体が丈夫とは言えません。この世はこれ一つの墓場では！」

男はこう、実にしんみり言い、私は我ながらの冷ややかな物腰に気が咎めた。冷淡と不信は、内心忸怩たることに、悪しき習い性となったにすぎず、生来のものではなかった。しばしば惟みたものである、人生、信じ易さを失うことで何と幾多のものを失い、厳重な警戒を得ることで何と得るもののほとんどなかったことか。といったような心持ちに常に苛まれていただけに、上述の会話はより重大事よりなお私の心を煩わせた。私はディナーの席での男の会話に耳を傾け、如何ほどすんなり他の客が男の話に反応し、如何なる優美な直感を働かせて男が自らの話題を話し相手の知識と習慣に適応させることか目に留めた。さながら私との会話においてまずもって、恐らくは私が最も好く理解し、最も関心を寄せていると思われるネタを実にさりげなく持ち出していた如く、然に、他の客との会話においても、この同じ原理に則り身を処していた。一座は色取り取りの客より成っていたが、目に映る限り、男は如何なる客に対してもぎごちない所がなかった。各人の職業をその点に関し相手にとって自らを好もしく感じさせるほどにはそこそこ心得、その主題が切り出されると控えめに情報を求めるのが彼にあってはしごく当然なほどそこそこにしか心得ていなかった。

男は話に花を咲かせば咲かすほど――とは言え実の所、ほどほどに。というのもむしろ外(ほか)の連中こそ男に会話を強いているかのようだったから――私は自分自身に全くもって腹が立って来た。かくて胸中、男の顔を時計よろしくバラバラに分解し、具に吟味した。箇々の目鼻立ちのいずれに対してもさして異は唱えられず、況してやいざ元通り組み立ててみれば、遙かに異の唱えようがなかった。「ならば理不尽というものでは」と私は自問した。「たまたま髪を頭の中央で真っ直ぐ分けているからというだけでつい男に眉にツバしてかかり、のみならず毛嫌いまでするとは？」

（ここで一言断っておけば、これは何ら私自身、格別敏感に出来ていることの証ではない。同胞を常々具に観察する者はもしやとある見知らぬ男の何か一見取るに足らぬ些細な点に絶えず嫌悪を催すとあらば、くだんの些細な点に重々心してかかって然るべきだろう。くだんの一点が謎全体の手がかりとなるやもしれぬ。ものの毛一、二本で、どこにライオンが潜んでいるか突き止められよう。めっぽう小さな鍵がめっぽう重い扉を開けてくれることもある。）

私はしばらくして男との会話に加わり、我々はすこぶる和気藹々とやって行った。客間で、私は持て成し役にスリンクトン氏との付き合いは長いのかとたずねた。いや、何か月にもならぬ、とのことだった。目下も同席しているさる著名な画家の屋敷で出会った。画家は彼が姪達と二人の療養のためにイタリアを旅している際に知り合っていた訳だが。何でも姪の内一人が亡くなったために生き甲斐を見失い、目下は形式上大学に戻り、学位を取得し、いずれは聖職に就くつもりで勉強しているらしい。私は勢い、これで哀れ、メルサムに親身にならざるを得ぬまっとうな説明がつこうというもの、あの罪無き頭を胡散臭がるとはお前も存外つれないではないかと我と我が身に理詰めで押さざるを得なかった。

第三章

正しく明後日（みょうごにち）、私は先達てと同様、ガラスの仕切りのこちら側に腰を下ろしていた。するとスリンクトン氏が先達てと同様、表の事務所に入って来た。またもや一言も耳にせぬまま姿を目にした途端、私はついぞなかったほど彼を疎ましく感じた。

くだんの機会を得たのはほんの束の間のことだった。というのも私が目をやった途端、彼はぴっちり嵌まった黒手袋を振り、真っ直ぐこちらへ入って来たからだ。

「サンプソン殿、御機嫌麗しゅう！　早速ながら、ほら、お言葉に甘えさせて頂きました。大した用もないのにお邪魔するような不躾な真似はとの約言は守りませんでしたが。というのもこちらでの要件は――などとその語を濫りに使って差し支えなければ――極めて取るに足らぬ手合いのものですから」

私はたずねた。要件とは、何か私でもお役に立てることでしょうか？
「せっかくですが、いえ。ただ表の事務所で我が物臭な友人はこの度だけは実践的かつ理性的な手に出るほど己自身に不実だったか否かたずねに立ち寄ったまでのことです。が、無論、何ら手を打ってはいないはずです。小生は手づから貴社の書類を渡し、友人自身、腹づもりにおいては気合いが入っていました。が無論、何ら手を打ってはいないはずです。人は誰しも為されて然るべき何であれ為すのに大いに吝かであるのはさておくとしても、どうやら自分の命に保険をかけることには何か格別な蟠りがあるようです。ちょうど遺書を作成するのにも似て。連中、それは迷信深いものですから、遺書を作成するとほどなく、当然の如く、身罷るものと思い込んでいるようではありませんか」

「何卒こちらを、真っ直ぐこちらを、サンプソン殿。右へも左へも逸れずに」私にはほとんど相手がかく、くだんのイケ好かぬ分け目を私の鼻梁の真正面に突きつけたなり、笑みを浮かべて腰を下ろすに及び、つぶやくのが聞こえそうなほどだった。

「なるほど、時にはそんな気持ちが働くこともあるかもしれませんが」と私は答えた。「必ずしも、とは限らないのでは」

「はむ」と男は肩を竦め、笑みを浮かべて言った。「いずれにせよ、心優しき守護天使でも現われて、友人を然るべき方角へ導いてくれぬものか。小生は向こう見ずにもノーフォーク州の母上と妹御に必ずや一件に片がつくよう取り計らおうと約束し、友人も必ずや片をつけようと約束してくれました。とは申せあいつのことです。金輪際約言は守らないでしょう」

男はさらにもう一、二分、四方山話に花を咲かせてから立ち去った。

翌朝、私が書き物テーブルの引き出しの錠を外したか外さぬか、スリンクトン氏はまたもや姿を見せた。彼はこの度は、私の目を留めざるを得ぬことに、表の事務所で片時たり足を止めぬまま、ガラスの仕切りの扉まで真っ直ぐやって来た。

「一、二分お時間をよろしいでしょうか、親愛なるサンプソン殿？」

「もちろん喜んで」

「それは忝い」と、帽子と雨傘をテーブルの上に置きながら。「お邪魔をしてはと、早々にお伺いしました。実は、友人がとうとう申し込みをしたというので面食らっている所です」

「御友人が申し込みをなされたと？」と私はたずねた。

「え、ええ」と彼は徐に私を見据えながら答えた。それからいきなりはったと、何か思い当たる節でもあるかのように――「それともただ申し込みを済ませたと口先だけで言っているのかもしれません。ひょっとして今度はその手で一件をはぐらかしてやろうというので。いやはや、思いも寄りませんでしたが！」

アダムズ君が折しも表の事務所で朝方の郵便物を開封していた。「御友人のお名前は、スリンクトン殿？」と私はたずねた。

「ベックウィズ」

私は扉から顔を覗かせ、アダムズ君にもしもくだんの名の申し込みがあるようなら持って来て欲しいと声をかけた。彼は既に封書を手からカウンターの上へ移していたので、外の書類から易々選り分けられ、かくて私に手渡した。アルフレッド・ベックウィズ。当社への二千ポンドの生命保険加入の申し込み。日付は昨日。

「住所はミドル・テンプルのようですな、スリンクトン殿」

「ええ。小生と同じ階に住んでいます。しかも向かいの部屋に。ですが、よもや小生を身元保証人にするとは思ってもみませんでした」

「しごくごもっともでは」

「全くもって、サンプソン殿。ですがついぞ思いも寄りませんでした。はてと」彼はポケットから所定の用紙を取り出した。「ここにある質問全てに何と回答したものか？」

「もちろん、真実に則り」と私は返した。

「おお、もちろん、もちろん！」と彼は書類からにこやかに面を上げながら答えた。「つまり、質問項目がこう多くてはということです。が手堅くお行きになるに越したことはありません。手堅くお行きになるのもいたくごもっとも。ペンとインクを貸して頂けましょうか？」

「どうぞ」

「で机も？」

「どうぞ」

客は帽子と雨傘を手に、果たしてどこで書類に記入したものやらとオロオロためらっていた。が今や私の吸取り紙とインク壺を前に、私の椅子に腰を下ろした。私が炉を背にして立っている片や、目の前にズイと、頭の天辺の長い散歩道を一分のズレもなき透視画法にて突きつけたなり。

各項目に答える前に客はざっと声に出して読み上げては思案した。アルフレッド・ベックウィズ氏とは知り合って如何ほどになるか？　さらば年数を指折り数えねばならなかった。貴殿の習性は？　それについては悩むまでもない。極めて穏健。強いて言えば、いささか運動しすぎる嫌いはあるが。回答は全て得心の行くものであった。回答を全て終えると、客はざっと目を通し、最後に実に見事な筆跡で署名した。これで全て滞りなく片がついたのでしょうか？　ええ、恐らくこれでもうお手を煩わすこともなかろうかと。書類はここに置いて行ってよろしいのでしょうか？　差し支えなければ。忝い。では御機嫌麗しゅう。

　私には実はスリンクトン氏の前にもう一人、別の客があった。事務所ではなく、自宅で。くだんの客は未だ辺りが白まぬ内に、私の寝台の傍らまでやって来ていた。よって私の律儀な腹心の召使い以外、誰にも姿を見られていなかった。

　他方の身元保証人用紙も（というのも我が社は必ずや二通要求したので）、ノーフォーク州へ送られ、然るべく返信された。こちらもまた、全項目において得心の行く回答がなされていた。書類は全て整い、我々は申し込みを受け入れ、一年分の掛け金が支払われた。

第四章

六、七か月、私はそれきりスリンクトン氏には会わなかった。一度自宅に訪ねて来たが、生憎、留守だった。また別の折にはテンプルで食事をしないかと誘われたが、先約があった。彼の友人が生命保険に入ったのは三月だった。九月の終わりか十月の初めに、私は一時（いっとき）潮風にでも当たろうとスカーバラ＊に転地に出かけ、そこの海辺でばったり彼に出会った。暑い夕べのことで、彼は帽子を手に、私の方へ近づいて来た。して鼻梁の真正面にはまたもや、そら、然ても進むに大いに二の足を踏んで来た散歩道が一分のブレもなく伸びていた。

　彼は独りではなく、お若い御婦人に腕を貸していた。

　御婦人は喪服で、私は少なからず興味を催して御婦人を打ち眺めた。見るからに華奢で、顔は著しく蒼ざめ、憂はしかった。が非常に愛らしかった。彼は御婦人を姪のナイナー嬢として紹介した。

「これはまた漫ろ散歩をしておいでと、サンプソン殿？まさか総支配人が暇を持て余しておいでとは？」

ですが事実、暇を持て余し、事実漫ろ散歩をしている所です。

「一つ如何です、一緒にこの辺りをブラついては？」

「是非とも」

若き御婦人は我々の間を歩き、我々はひんやりとした砂浜をファイリー*の方向へ歩いた。

「ここに車輪の跡がある」とスリンクトン氏は言った。「しかも、改めてよく見れば、手押し車の車輪では！　マーガレット、ほら、きっと君の『影法師』に違いない！」

「ナイナー嬢の『影法師』？」と私は浜辺に映った彼女の影を見下ろしながらオウム返しに声を上げた。

「いや、そいつじゃなくて」とスリンクトン氏は声を立てて笑いながら返した。「マーガレット、ほら、サンプソン殿に話してお上げ」

「とは言っても」と若き御婦人は私の方へ向き直りながら言った。「申し上げることはほとんど何もありませんのよ——ただ、いつ、どこへ行こうと、必ず同じ病身の御老人にお会いしますの。で、そのことを叔父に申したら、その方のことわたくしの『影法師』ですって」

「御老人はスカーバラにお住まいなのでしょうか？」と私はたずねた。

「ここには滞在してらっしゃるだけです」

「令嬢はスカーバラにお住まいなのでしょうか？」

「いえ、わたくしもここには滞在しているだけです。叔父が療養のために、ここのある御一家の下で暮らすよう手配してくれたもので」

「で令嬢の『影法師』は？」と私は笑みを浮かべてたずねた。

「わたくしの『影法師』は」と彼女も笑みを浮かべて答えた。「どうも——わたくし同様——あまり御丈夫ではらっしゃらないみたいです。と申すのも時折『影法師』を見失うもので。ちょうど『影法師』も時折わたくしを見失うように。二人共家に引き籠もりがちなようです。来る日も来る日も『影法師』を見かけないことだってあります。でもほんとに不思議だったら、時折、どこへ、続けて何日も出かけようと、御老人もお見えになりますの。この岸辺でもどこより人気のない物蔭で出会ったりして」

「で、あちらがその方と？」と私は前方を指差しながらたずねた。

車輪は渚まで下り、引き返す上で砂の上に大きな弧を描いていた。弧を我々の方へ描き直し、こちらへ近づく側から紡ぎ出しているのは、とある男によって押された車椅子であった。

「ええ」とナイナー嬢は言った。「ほんとにわたくしの『影法師』ですわ、叔父様」

手押し車が我々の方へ近づき、我々が手押し車に近づくにつれ、私には中に老人が掛けているのが見て取れた。老人はガックリ項垂れ、色取り取りのマフラーやショールに包まれていた。押しているのは鉄灰色の髪の、実に物静かながら実に眼光の鋭い男で、いささかびっこだった。擦れ違いざま、手押し車はいきなり停まり、中の御老体が腕を突き出しながら私を名指しで呼んだ。私は引き返し、五分かそこらスリンクトン氏と姪の側を離れた。

再び彼らの許へ戻ると、スリンクトン氏が最初に口を利いた。実の所、彼は私が追いつかぬとうの先から上ずった声で話しかけて来た。

「そこそこに切り上げて頂いて何より。さもなければ姪は『影法師』が誰なのか知りたくてシビレを切らしていたでしょう、サンプソン殿」

「東インド会社の元取締役です」と私は言った。「屋敷で初めてあなたにお目にかかったあの我々共通の馴染みの親友の。バンクス少佐とおっしゃる。噂を耳になさったことは?」

「一度も」

「大金持ちですが、ナイナー嬢、たいそう老齢で、たいそう足腰のお悪い。実に温厚な、弁えのある方で――令嬢に生半ならぬ興味を寄せておいでです。つい今しがたも叔父上との間には何と強い絆が結ばれていることか常々目に留めているのだと頻りにおっしゃっていました」

スリンクトン氏はまたもや帽子を手にしていたが、ツルリと、彼自ら私の後についてそいつ伝長閑に歩いてでもいるかのように一直線の小径を撫でつけた。

「サンプソン殿」と彼は姪の腕を自分の腕に優しく引き寄せながら言った。「我々の間にはいつも強い絆が結ばれていました。身内と言っても数えるほどしかいないもので。今ではもっと少なくなってしまいましたが。わたし達には、ほら、互いに心を通わさざるを得ない、この世ならざる連想もあることだ、マーガレット」

「おお、愛しい叔父様!」と若き御婦人はつぶやき、涙を隠すべく顔を背けた。

「姪と小生との間にはそれは数知れぬ共通の思い出や後悔があるものですから、サンプソン殿」と彼はしんみり続けた。「仮に我々の関係が冷ややかだったりすげなかったりすれば、それこそ妙というものでしょう。確かいつぞやも申し上げたので、何のことを言っているかはお察し頂けるはずですが。さあ、元気をお出し、愛しいマーガレット。そんなにしょげる奴があるか、そんなに。マーガレット！　お前がしょんぼりしていると、こっちまで悲しくなってしまうじゃないか！」

　哀れ、若き御婦人は大いに悲嘆に暮れていたが、自らに抑えを利かせた。叔父の悲しみも実に痛ましかった。要するに、彼は生半ならず気付けを必要としたものだから、ほどなく海水に一潜りすべく立ち去り、令嬢と私には後は勝手に岩の突端の傍に腰を下ろし、恐らく腹づもりでは――とは言えそれくらいの贅沢なら許されようから――姪には心行くまで御当人を褒めそやさすがままにした。

　姪は、哀れ、心行くまで叔父を褒めそやした。人を疑うことを知らぬ心の趣くがまま、何と叔父が今は亡き姉を気遣い、何と臨終にあっては倦むことを知らず尽くしてくれたことか審らかにした。姉はいつしかたいそうゆっくり弱って行き、最期は狂おしくも恐るべき妄想に取り憑かれたが、叔父はついぞ焦れったがったためしも途方に暮れたためしもなく、常に優しく、注意深く、落ち着いていた。姉にとっての叔父も、自分にとってと同様、この世にまたとないほど立派な、心優しき人であったが、それでいて素晴らしく意志の固い人だけに、自分達の憐れな生命の存える限り脆き性(さが)を支えてくれる正しく「砦（『詩篇』六一：三）」のような存在だったと。

「もうじきそんな叔父の許(もと)を、サンプソン様、わたくし離れなくてはなりません」と若き御婦人は言った。「自分でも死期が近づいているのが分かりますもの。わたくしが神に召されたら、きっと叔父は結婚して幸せになってくれることでしょう。だってこんなにも長らく独り身でいるのはわたくしと、かわいそうな、かわいそうな姉のためだったんですもの」

　小さな手押し車は湿気た砂の上にもう一つ大きな弧を描き果し、今しも長さ半マイルに垂んとすほっそりとした8の字を次第に紡ぎ出しながらまたもや引き返して来る所であった。

「令嬢」と私は辺りを見回し、腕にそっと手をかけ、声を潜めて口を利きながら言った。「グズグズしている暇(いとま)はありません。あの海の優しい囁きはお聞こえになると？」

　彼女はかく返しながらも、実に訝しげな怯え竦んだ面持ちで私を見つめた。

「ええ！」

「して嵐が迫っている際にはどんな声が紛れるかも御存じと?」

「ええ!」

「何と我々の眼前で大海原は一見、穏やかで長閑そうに揺蕩っていようと、正しく今宵、何たる仮借なく由々しき脅威の光景となるやもしれぬことか御存じと!」

「ええ!」

「ですがもしやついぞ大海原を耳にしたためしも目にしたためしもなければ、或いは酷たらしい折には如何様に荒れ狂うものか噂を耳にしたためしがなければ、よもやそいつがそれなりのやり口で血の通わぬ物体という物体を無慚にも粉々に打ち砕き、生命を情容赦なく破壊しようなど思いも寄られまいと?」

「何と次から次へ恐ろしいことをおたずねになりますの!」

「あなたの命をお救いするために、令嬢、あなたの命をお救いするために! 後生ですから、気をしっかりお持ち下さい、心をお鎮め下さい! 御自身、たといここに独りきり佇み、頭上五〇フィートの高潮に取り囲まれていようと、目下差し迫っている危険ほど大いなる危機に瀕してはいらっしゃらないでしょう」

砂の上の数字は紡ぎ出され果すや、ダラダラと歪んだ小さな一捻りへとはぐれ、かくて我々の間際の絶壁でケリがついた。

『『天』と全人類の『裁き手』の御名にかけて、令嬢の友とし、令嬢の今は亡き姉上の友とし、何としても、ナイナー嬢、一刻の猶予もなく、私と一緒にこの殿方の所へいらして下さい!」

仮に小さな手押し車が然まで近くに来ていなかったら、彼女を連れ去れていたか否かは今に疑わしい。が手押し車はすぐ間際まで来ていたので、我々は彼女が岩から急き立てられる慌ただしさから気を取り直す間もなくそこまで来ていた。私自身はそこに彼女と二分は留まっていなかったろう。いずれにせよ、五分と経たぬ内に、彼女がキビキビとした男の人影によって半ば抱き抱えられるようにして絶壁に刻まれたゴツゴツの上り段を連れて上がられるのを――我々の先刻まで座り、早独りきり引き返していた岩の突端から――見守るに及び、得も言はれず得心していた。くだんの人影が傍らについている限り、彼女はどこにいようと安全に違いなかろうと。

私はスリンクトン氏が戻って来るのを待ちながら、岩の上に独りきり座っていた。夕闇が迫り、黒々とした蔭がずっしり垂れ籠めかけた頃、彼はダラリと、帽子をボタンホールに引っかけたなり、濡れた髪を片手で撫でつけ、例の小径をもう一方の手と携帯用の櫛でくっきり際立たせながら突端の向こうから引き返して来た。

「姪の姿が見えませんが、サンプソン殿？」と彼はキョロキョロ辺りを見回しながら言った。

「ナイナー嬢は日が沈んでからは潮風がひんやり身に染みるというので、先にお戻りになりました」

彼はさも、姪は常日頃から自分抜きでは何もしない、と言おうか然に取るに足らぬ手続きですら自ら踏もうとはしないとでも言わぬばかりに目を丸くした。

「私が説きつけたもので」と私は説明した。

「ああ！」と彼は言った。「姪は訳なく説きつけられる娘です——我が身のためとあらば。忝い、サンプソン殿。屋内に戻るに越したことはないでしょう。実の所、海水浴場は存外、遠くにありました」

「ナイナー嬢はずい分華奢に出来ておいでのようです」と私は敢えて言った。

彼はかぶりを振り、深々と溜め息を吐いた。「実に、実に、実に。小生自身そう言ったのを覚えておいででしょうが。あれからというもの一向好くなる風にありません。かくもうら若くして姉の身に降り懸かった憂はしい蔭はどうやら、小生の気づかわしい目には、姪の上にいよよ、いよよ黒々と垂れ籠めているように映ってなりません。愛しいマーガレット、愛しいマーガレット！　が、諦めは禁物です」

手押し車は我々の目の前を病人用の車椅子にしてはやたら嗜みのない速度でクルクル駆け去り、砂の上にとびきり不規則な弧を描いていた。スリンクトン氏はしばしハンカチを目頭に当てていたと思うと、くだんの光景に目を留めて言った。

「あれでは、貴殿の御友人は引っくり返ってしまわれるのでは、サンプソン殿」

「なるほど、かもしれませんな」と私は言った。

「召使いは酒に酔っているに違いありません」

「御老体の召使いというものは得てして酔っ払うものです」と私は言った。

「少佐は押して進ぜるにさぞや軽いと、サンプソン殿」

「少佐は押して進ぜるにげに軽かろうかと」と私は言った。

この時までには手押し車は、私の少なからず胸を撫で下ろしたことに、暗闇の中に姿を消していた。我々は一時(いっとき)黙々と砂の上を肩を並べて歩いたが、ほどなく彼は先刻、姪の健康状態を口にした際に取り乱していたままに声を詰まらせて言った。

「当地には長らく滞在なさる御予定でしょうか、サンプソン殿？」

「おお、いえ。今晩発つ予定です」

「それはまた急な？　ですが仕事で絶えず忙しくしておいでと。サンプソン殿ほど引く手あまたの方は、おちおち羽根を伸ばして遊山にウツツを抜かす訳にも行きませんな」

「それはどうかは分かりませんが」と私は言った。「ともかく今晩戻ります」

「ロンドンへ？」

「ロンドンへ」

「小生もほどなくあちらへ戻る予定です」

ということくらい私は本人に劣らず重々心得ていた。がそう口に出しては言わなかった。よもや、男の傍らを歩きながらもポケットの中では如何なる護身用の武器にこの右手がかかっているか言わぬと同様。よもや、何故夜の帳が下りつつあるというに、男の海辺側だけは断じて歩かぬか言わぬと同様。

　我々は渚を後にし、別々の方角へ向かった。お休みの挨拶を交わし、事実、互いに背を向けていた。と思いきや、彼は踵を回らせながら言った。

「ところでサンプソン殿、一つおたずねしてもよろしいでしょうか？　例の、気の毒なメルサムは——もう亡くなったのでしょうか？」

「最後に噂を耳にした時にはまだ。ですがあれほど打ち拉がれていたのではそう長くは生きられないでしょうし、ましてや元の職業に就くなど土台叶はぬ相談かと」

「いやはや、いやはや！」と彼は感極まって声を上げた。「何と労しい、労しい、労しいことか！　この世はこれ一つの墓場では！」かくて家路に着いた。

　たといこの世がこれ一つの墓場でなかろうと、彼のせいではなかった。が私は敢えてくだんの所見を彼の背に向けて声高に宣はろうとは思わなかった。恰もつい今しがた並べ立てたくだんのあれやこれやを口にしようとはつゆ思わなかったに劣らず。彼は彼の家路に着き、私は大至急、私の家路に着いた。これは、上述の如く、九月の終わりか十月の初めの出来事である。次に、して最後に、彼に会ったのは十一月も終わりになってからのことだった。

第五章

私にはテンプルで朝餉を共にする極めて格別な要件があった。それは身を切るように冷たい北東風の吹く朝(あした)で、通りには数インチもずっしり、霙と半解けの雪が積もっていた。生憎馬車が拾えず、ほどなく膝までずぶ濡れになった。が、たといこの同じ泥濘(ぬかるみ)の中を首まで浸かって踏み越えねばならなかったとしても、飽くまでくだんの約束を守り通していたろう。

約束の場所はテンプルの貸間だった。部屋はテムズ川を一眸の下(もと)に収める心寂しい角屋敷の最上階にあった。表戸に銘打たれている名はアルフレッド・ベックウィズ氏。同じ踊り場の向かいにはジュリアス・スリンクトン氏なる銘。続きの間(ま)の扉はいずれも、片方の続きの間(ま)で声高に口にされる何であれ他方で聞き取れるよう大きく開け放たれていた。

私はそれまで一度としてくだんの続きの間(ま)に足を踏み入れたためしはなかった。陰気臭く、むっと息詰まるようで、不健全極まりなく、鬱陶しかった。家具は本来は高級で、未だ古びてはいなかったが、色褪せ、埃まみれだった――部屋は乱雑を極め――阿片と、ブランデーと、煙草の臭いが芬々と立ち籠め、火格子と炉辺道具には不様な錆の染みが跳ね散り――朝餉の仕度された部屋では炉端のソファーに持て成し役のベックウィズ氏が寝そべっていた。どこからどう見てもいっとう質(たち)の悪い酔いどれで、ズルズルと身を持ち崩した挙句、棺桶に片足を突っ込んでいること一目瞭然。

「スリンクトンの奴、遅いな」とこの男は私が入って行くとヨロヨロ起き上がりながら言った。「呼んでやろう。――おーい！　ジュリアス・シーザー！　こっちへ来て一杯引っかけんか！」男はかく、嗄れっぽく声を張り上げながら滅多無性に火掻き棒と火挟みを打ち合わせた。これぞ、相方を呼び立てるお定まりのやり口ででもあるかのように。

スリンクトン氏の声が階段の向かい側からガチャガチャと喧しい音を突いて聞こえ、御当人が入って来た。彼はよもや私にお目にかかれるなど夢にも思っていなかった。私はこれまで一人ならざる抜け目ない男が立ち往生する所を目にして来たが、彼の目が私の目と合った際のスリンクトン氏ほど度胆を抜かれた男にお目にかかったためしはなかった。

「ジュリアス・シーザー」とベックウィズはヨロヨロと

我々の間に割って入りながら声を上げた。「こちらサンプソンどのだ！　サンプソンどの、こちらジュリアス・シーザー！　ジュリアスは、サンプソンどの、我が大親友で、朝から晩まで、やつがれを酒浸りにしてくれまして。これぞ真の恩人というものでは。ジュリアスはやつがれがいつも紅茶やコーヒーを嗜んでいた時分、窓からそいつらをぶちまけていたものです。ジュリアスは今でも水差しという水差しの中身を空にして、火酒をなみなみ注いでくれます。やつがれのネジを巻き、チクタク進ませてくれようというので。――さあ、ブランデーをグラグラに沸かさんか、ジュリアス！」

燃え殻の中には――御逸品、何週間分も堆く積もっているようではあったが――錆だらけで湯垢まみれのソースパンが埋もれ、ベックウィズは今にも炉火の中に真っ逆様に突っ込みかねぬ勢いで我々の間をヨタヨタ、フラフラ進みながらソースパンを取り出し、無理矢理スリンクトンの手に突っ込んだ。

「ブランデーをグラグラに沸かさんか、ジュリアス・シーザー！　さあ！　きさまのいつものお鉢だ。とっととブランデーを沸かさんか！」

彼はそれは猛々しくソースパンを振りかざしにかかったものだから、あわや御逸品もてパックリ、スリンクトンの頭を叩き割るのではあるまいかと気が気でなくなった。よって私は待ったをかけるべく手を突き出した。彼はヨロヨロとソファーまで後退り、そこにて襤褸同然の化粧着姿で目を真っ紅に血走らせたなり、ゼエゼエ喘いではワナワナ震えながら腰を下ろすや、我々二人をグイと睨め据えた。そこで初めて気がついたことに、テーブルにはブランデー以外一滴たり飲み物はなく、塩漬けニシンと、熱々の、胸クソの悪くなりそうな、コショウのふんだんに利いたシチュー以外一口たり食べ物はなかった。

「ともかく、サンプソン殿」とスリンクトンはこれが最後、滑らかな砂利道を私宛、突きつけながら言った。「小生とこの荒っぽい不幸な男の間に割って入って頂いて何より。ここへ如何なる次第で、サンプソン殿、或いは如何なる腹づもりの下、お見えになったにせよ、少なくともその点にかけてはお礼申さねば」

「とっととブランデーを沸かさんか」とベックウィズはブツブツ言った。

如何なる次第でここへやって来たか突き止めんとの相手の御所望を満たす代わり、私は坦々とたずねた。「姪御は御機嫌麗しゅう、スリンクトン殿？」

彼はグイと私を睨め据え、私はグイと彼を睨め据えた。

「誠に遺憾がなら、サンプソン殿、姪は彼女の最高の友人に対し恩知らずにも裏切りを働きました。小生の下を一言の予告も説明もなく立ち去るとは。恐らく、どこぞの腹黒いならず者に誑かされたに違いありません。総支配人もその噂なら耳になされているのでは」

「なるほど事実、姪御が然る腹黒いならず者に誑かされているという噂は耳にしました。と申すか、その証拠も握っています」

「まさか?」と彼は言った。

「いえ、確かに」

「さあ、とっととブランデーを沸かさんか」とベックウィズはブツブツ言った。「朝メシに客だ、ジュリアス・シーザー。いつものお鉢だ——いつもの朝メシと、ディナーと、お八つと、晩メシを仕度せんか。さあ、とっととブランデーを沸かさんか!」

スリンクトンは友人から私へと目を移し、しばし思いを巡らせていたと思うと言った。

「サンプソン殿、総支配人は世故長けた方で、小生も我ながら、世故長けた男です。率直にやらせて頂こうではありませんか」

「おお、いや、お宅に限って」と私はかぶりを振りながら言った。

「いえ、くどいようですが、率直にやらせて頂こうでは」

「してくどいようですが、よもやお宅に限って」と私は言った。「お宅のことなら一から十まで存じ上げているもので。お宅に限って誰を相手にするにせよ率直にですと? 何とタワけたことを、何とタワけたことを!」

「率直に申して、サンプソン殿」と彼は落ち着き払って、と言っても過言ではなかろう物腰で続けた。「貴殿の腹づもりなら心得ています。可惜資金を費やさずして、能う限り負債は免れたいと。とは保険業に携わる殿方の昔ながらの手口ではありますが。けれど今度限りはそうは問屋が。まんまと思う壺という訳には。こと渡り合う相手が小生とならば、およそ渡り合うに組みし易い敵を相手にしてはおられませんので。我々は果たして何時、如何様に、ベックウィズ氏が目下の習いに陥ったか、追って然るべく、探りを入れねばなりません。と申し上げた所で、総支配人、この哀れな男と支離滅裂な戯言はさておき、一先ずお引き取り願うと致しましょうかな。で、次はまだしもまっとうな加入者に恵まれんことを」

彼がかく、うそぶいている間にもベックウィズは半パイント入りのグラスにブランデーをなみなみ注いでいた。この期

に及び、彼はブランデーをスリンクトンの顔にぶちまけ、その後からグラスを投げつけた。スリンクトンは火酒で半ば目が眩み、グラスで額に傷を負ったなり両手を突き上げた。グラスが壊れる音を聞きつけ、第四の人物が部屋の中に飛び込みざま扉を締め、戸口に立ちはだかった。鉄灰色の髪の、実に物静かながら実に眼光の鋭い、いささかびっこの男が。

　スリンクトンはハンカチを取り出し、ヒリつく目の疼きを抑え、額の血を拭った。が、やたらそいつに手間取り、私にはハンカチを弄ぶ上で、彼にベックウィズにおける変化によって惹き起こされた途轍もなき変化が来しているのが見て取れた――というのもベックウィズは今やゼエゼエ喘いではワナワナ震える代わり、すっくと背筋を伸ばして座り直すや、片時たり彼から目を逸らさなかったからだ。私は終生、とある面（おもて）にその折のベックウィズの面（おもて）におけるほどまざまざと憎悪と決意が浮かんでいるのを目にしたためしはない。

「わたしをよく見ろ、この悪党め」とベックウィズは言った。「で、わたしの本当の姿をその目で確かめるがいい。わたしがこの部屋を借りたのは、きさまを陥れるためだった。呑んだくれとしてこの部屋に引っ越して来たのは、きさまに罠を仕掛けるためだった。きさまはまんまと罠に嵌まり、金輪際生きては逃れられまい。きさまが最後にサンプソン殿の事務所へ出向いた朝、わたしはその前にお目通り願っていた。きさまの手の内なら終始我々二人には読めていた。きさまは終始我々二人に裏をかかれていた訳だ。何だと？　まんまと口車に乗せられて例の二千ポンドの旨い汁を吸われた挙句、わたしはブランデーで息の根を止められねばならなかったというのか。ブランデーでは時間がかかりすぎるというので、もっと手っ取り早い何かで？　わたしが見ていなかったとでも、こっちの正気が失せたと見るや、きさまが小瓶からわたしのグラスにそいつを注いでいる所を？　ああ、この人殺しの贋造者め、真夜中にここにきさまと二人きり、事実、しょっちゅうやっていた通り、閉じ籠もっている折、わたしはピストルの引き鉄に二十度となく手をかけて来た、きさまの脳ミソを吹っ飛ばしてやらんものと！」

　然に突然、てっきり痴れ返った贅とばかり思い込んでいた男が自らを窮地に追い詰め、命を奪わんとのホゾを頭の天辺から爪先に至るまで仮借なく漲らせた決然たる男に豹変するとは、最初に意表を衝かれた勢い、さすがの悪党も度を失った。かくて文字通り、男はその衝撃の下（もと）、ヨロヨロとたじろいだ。が固より狡猾な罪人がその犯罪の如何なる様相においてであれ飽くまで己自身に律儀にして、生まれながらの性（さが）ととことん辻褄の合う真似をすまいと想定するほど甚だしき誤謬もあるまい。かようの男は殺人を犯し、殺人は男の針路の当然の帰結である。かようの男は殺人を顔色なからしめねばならず、よって殺人を大胆不敵にして不埒千万にやってのけよう。如何なる名うての罪人であれかようの罪の意識に良心を苛まれてなお、然にそいつを物ともせずにいられるものだと驚きを露にするは、ある種流儀なり。仮にともかく良心の呵責に苛まれる、と言おうか苛まれるべき良心を持ち併せていたなら、そもそも罪を犯していたろうか？

飽くまで己自身に齟齬を来すことなく——とはありとあらゆるかようの人非人の御多分に洩れず——このスリンクトンという男は平静を取り戻すと、そこそこ冷ややかにして淡々たる挑戦の色をあからさまにした。なるほど血の気は失せ、げっそりやつれ、打って変わってはいた。が、それはただ、大きな博奕を打ったはいいが出し抜かれ、まんまと鼻をあかされたペテン師として。

「よく聞け、このならず者」とベックウィズは言った。「で、わたしの口にする一言一句洩らさずその邪な胸にグサリグサリと刻むがいい。わたしは我が身をきさまの行く手に投じ、この外見と、仮初の気っ風と習いがきさま如き極道に思いつかすはずの策略に狩り立ててやろうというのでこの部屋を借りた際、どうしてそこまで見越していたのか？　それはきさまがわたしにとって見ず知らずの人間ではなかったからだ。わたしはきさまのことはよく知っていた。大金のためなら自分を心底信じてくれているというに、とある無垢な娘を平気で殺し、もう一方の娘の息の根をも少しずつ止めて憚らぬ残忍なならず者だということも」

スリンクトンは嗅ぎ煙草入れを取り出し、一摘み嗅ぎ、声を立てて笑った。

「だが、いいか」とベックウィズは断じて目を逸らしも、声を上ずらせも、口許を綻ばせも、固めた拳を緩めもせぬまま言った。「きさまの、とどの詰まりは、何と間抜けなオオカミだったことか！　あの、きさまがしつこく押しつけた酒の五〇分の一も呑まずにここや、あそこや、どこへもかしこへも——ほとんどきさまの目の前でこぼして回っていたへべれけの酔いどれは——きさまが奴を見張ってせっせと酒を呑ますよう仕掛けた男を役所（やくどころ）に収まって三日と経たぬ内にきさまの手当より上を行くソデの下を使って寝返りを打たせたあいつは——きさまはこれきり怪しいとは勘づいていなかったものの、一旦この世からきさまのような野獣を葬るホゾを固めたからには、たといきさまがまたとないほど慎重に事に当たっていたとて鼻をあかしてやっていたろうが——だから今のその、きさまがこの部屋の床に幾度となく置き去りにして行った、きさまが足で引っくり返した時ですらヌケヌケと知らぬが仏で部屋から出て行かせていた酔いどれは――ほとんどその度、その同じ夜に、一時間と、いや二、三分と、経たぬ内にきさまを見張り、きさまが寝入るや枕に手をかけ、きさまの書類をめくり、薬瓶と粉末の包みから中身を抜き取り、そいつをすり替え、きさまの人生の秘密という秘密を洗い出していたとはな！」

スリンクトンは手にもう一摘み嗅ぎ煙草を摘んでいた。が次第にそいつをパラパラと指の間から床へ落とし、そこにて今やじっと見下ろす間（ま）にも足で揉み消した。

「今のその酔いどれは」とベックウィズは言った。「きさまが行く手に仕掛けた度の強い酒を呑み、それだけとっととあの世へ行くようといつ何時であれきさまの部屋に出入りできたあの酔いどれは、トラと折り合いをつける気がさらさらないに劣らずきさまと折り合いをつける気などさらさらないからには、きさまの錠という錠に合う親鍵も、きさまの毒という毒に対す試薬も、きさまの符号文を読み解く手がかりも全て掌中に収めていた。奴はきさまに、きさまが奴に言ってのけられるにつゆ劣らずきっぱり、くだんの犯罪を成し遂げるのに如何ほどの時間を要すか、如何なる間（ま）を置き、如何ほど服用させねばならぬか、心身における如何なる漸次的衰弱が認められ、如何なる病的妄想が、如何なる顕著な変化が、如何なる肉体的苦痛が、もたらされるか言ってのけられよう。奴はきさまに、きさまが奴に言ってのけられるにつゆ劣らずきっぱり、以上全ては日々、今後の参考のために克明に記録に留められていたと言ってのけられよう。奴はきさまに、きさまが奴に言ってのけられぬほどきっぱり、今この瞬間にくだんの日誌がどこにあるか言ってのけられよう」

スリンクトンは足の動作を止め、ひたとベックウィズを見据えた。

「いや」と後者はさながら相手からの問いに答えてでもいるかのように言った。「撥条（ばね）仕掛けの書き物机の引き出しの中ではない。目下そこにはないし、二度と再びそこにはなかろう」

「ならばきさま盗人（ぬすびと）だ！」とスリンクトンは言った。

確乎たる意志において何ら変化を来すことなく――さらば私にとってすら目にするだに凄まじく、私自身常々、然に一旦ホゾを固められてはおよそこのならず者に逃れる術（すべ）はなかろうと確信していた通り――ベックウィズは返した。

「ばかりか、わたしこそきさまの姪の『影法師』だ」

悪態もろとも、スリンクトンは頭に片手をあてがいざま髪を掻き毟り、床に投げつけた。それが滑（すべ）らかな散歩道の最後であった。彼はくだんの仕種において小径を跡形もなく崩し、ほどなくお目にかけよう如く、これぞ年貢の納め時であった。

ベックウィズは続けた。「きさまがここを留守にすると必ずや、わたしもここを留守にした。きさまが、下手に勘繰られぬよう、まんまと贄を仕留める上で間を置くのが肝要と心得ているのは分かっていた。がそれでもなおわたしはきさまが哀れな、疑うことを知らぬ娘と一緒にいる所を具に見張り続けた。晴れて日誌を手に入れ、逐語読み解き果すや――とは辛うじてきさまが最後にスカーバラに出かける前の晩のことだが――きさまあの晩のことは覚えていよう？　あの、手首に平らな小型瓶を括って寝ていた――しばらく姿を消していたサンプソン殿の所へ遣いをやった。戸口に立っているのは、そら、サンプソン殿の腹心の下男だ。我々は、三人がかりできさまの姪を救い出した」

スリンクトンは我々三人をひたと見据え、それまで立っていた場所から覚束無い足取りで一、二歩後退り、またもや引き返すと、実に奇しきやり口で辺りを見回した――さながらヘビかトカゲが身を隠す穴を探してでもいるかのように。私は同時に、男の姿に奇妙な変化が出来するのにも目を留めた――恰も肢体が衣服の中にて頽れ、衣服が故に不様にダブつくかのような。

「冥途の土産に教えてやろう」とベックウィズは言った。「知ればそれだけきさまもホゾを噛み、怖気を奮い上げようから――きさま何故ただ一人の男によってつけ狙われ、何故きさまを追い詰める上でサンプソン殿の成り代わっておいでの業界全体が如何なる金とて費やそう時に、唯一の人間の掛かりで今はの際まで追い詰められたか。きさま何でも、時にメルサムという名を口にしていたそうだな？」

私にはくだんの他の変化に加え、男がはっと息を呑むのが見て取れた。

「きさまがあの、自ら手にかけた愛らしい娘を墓場へと葬り去る仕業にまずもって手をつけようというので、海の向こうへ連れて行く前にメルサムの事務所へ行かせた時（如何ほど実しやかな状況と蓋然性の下に行かせたかはきさま自身が誰よりよく知っていようが）、奇しき縁か、メルサムは娘に会い、娘と口を利いた。とは言え、奴は娘の命を救う縁にはなかった。あいつのことだ、娘の命を救えるものなら自らの命さえ喜んで賭していたろうが。あいつは娘に惚れた――いや、娘を心底愛していた、と言う所ではあったろう。もしやきさまにその語の意味が解せるものなら。娘がきさまの手にかけられた時、奴はきさまの仕業だと確信した。娘を喪った今や、奴にはこの世に唯一の目的しかなくなり、それは娘の仇を討ち、きさまを破滅へと導くことだった」

私には殺人鬼の鼻孔がピクピク引き攣るのが見て取れた。が口は堅く引き結ばれたままだった。

「今のそのメルサムという男は」とベックウィズは坦々と続けた。「もしも飽くまで律儀に、ひたすらきさまを破滅へと追い込むことに身を捧げれば、もしも聖なる務めを人生の他の如何なる務めとも分かち合わねば、きさまをこの世において捕り逃がすことはあるまいと心底確信していた。ちょうど本務を全うする上で自分は神慮の掌中の約しき道具にすぎぬと、きさまを生者の間から叩き出せば『天』の御心に叶おうと確信していたように。わたしこそその男だ。して神よ、ありがたきかな、とうとう意を遂げた！」

たといスリンクトンが足の速い蛮民共から命がけで逃れようと延々十二マイルにわたり走りに走っていたとて、今や然ても仮借なく自らを追い詰め果した追っ手に相対すに及んで露にしたほど胸を締めつけられた上から息も絶え絶えになれはしなかったろう。

「きさまはこれまで一度としてわたしに本名の下で相見えたためしはなかった。が今や本名の下で相見えている。して今一度、死罪を申し渡される際に、生身のわたしに相見えよう。して今一度、縊り縄が首に巻かれ、群衆がきさまに向かって呪いの声を上げる際に、霊魂たるわたしに相見えよう！」

メルサムがくだんの文言を口にし終えると、極道はいきなり顔を背け、パンと、掌で口を打ったかのようだった。と思いきや、部屋一杯に新たな、強烈な臭気が立ち籠め、ほとんど同時に男はいきなり体を捩くらせ、飛び上がり、ギョッと身を竦め――くだんの痙攣をもって表す言葉を知らぬが――ずっしりとした古めかしい扉や窓がつられて枠の中でガタつかずばおかぬほどどうど、倒れ込んだ。

とは男にあって実に付き付しき最期ではあった。

我々は男が縡切れているのを確かめると、部屋を後にした。メルサムは私に片手を差し延べながら、倦んだ物腰で言った。

「もうこの世に思い残すことは何もありません。彼女にはあの世で再び会えるでしょう」

如何ほど彼を励まそうとしたとて詮なかった。この手で彼女を、と彼は言った、救えていたかもしれません。が救ってやれませんでした。いくら悔やんでも悔やみ切れません。彼女を喪って以来、この胸は張り裂けてしまいました。

「今日まで心の支えだった意趣は晴らされ、サンプソン殿、最早わたしをこの世に繋ぎ留めるものは何もありません。今や弱り果て、意気地もすっかり失せました。希望も目的もありません。万事休しました」

実の所、私には目下私に口を利いている男がよもや己が腹づもりの眼前にある際には然ても強烈にして然ても異なる印象を与えていた男だとは信じられなかったろう。私は能う限り慰めようとした。がメルサムは依然、して必ずや、辛抱強くも控え目な物腰で言うばかりであった――何一つ詮なかろうかと――この胸は張り裂けてしまいました。

メルサムは明くる早春に亡くなった。彼は然に濃やかにも不幸な悔悛に苛まれていた哀れ、若き御婦人の傍らに眠っている。遺産を全て彼女の妹に譲った上で。妹はその後幸せな妻にして母となった。嫁いだ相手は私の妹の息子で、甥はメルサムの跡を継いだ。彼女は今なお健やかで、子供達は私が彼女に会いに行くと、私のステッキを木馬代わりに、庭中を駆け回る。

ホリデー・ロマンス

第一部　空想物語（ロマンス）序

ウィリアム・ティンクリング殿執筆†

　この初っ端の奴は、ほら、誰の頭からこねくり出されたものでもない。これは本当の話だ。この初っ端をまずもって後から来るほかのどいつより鵜呑みにしてもらわなくてはならない。さもなければそいつらがそもそもどうして書かれることになったか呑み込めないだろうから。そいつらも、もちろんそっくり信じてもらわなくてはならないが、どうかこいつを、いっとう鵜呑みにして頂きたい。ぼくがこの物語の編集長だ。ボブ・レッドフォースが（というのはぼくのいとこで、今もわざっとガタガタ、テーブルを揺すぶっているが）編集長になりたがった。けど、ぼくはきさまなんかになれっこないから止しとけと言った。あいつに編集長ってのがどんなものか分かってたまるか。

† 齢（よはい）八歳。

　ネッティー・アッシュフォードはぼくの花嫁だ。ぼくたちは初めて出会ったダンス教室の隅っこの右手の押入れで祝言を挙げた。オモチャ屋のウィルキングウォーターさんちで指輪（緑色の）を買って来て。ぼくが小遣いを叩いて、カッチンってことで買った。天にも昇るような結婚式が済むと、ぼくたち四人は小径の先まで行ってズドンと、ぼくたちの祝言を触れ回ってやろうというので（ボブ・レッドフォースのチョッキのポケットの中に火薬を詰めて持って来ていた）大砲をぶっ放した。そいつはズドンとやると真っ直ぐ上がって、そのなりでんぐり返った。明くる日、ロビン・レッドフォース中佐は似たり寄ったりのド派手なやり口でアリス・レインバードと連れ添った。今度は大砲は耳をつんざきそうなほどぶっ飛んで、おかげで仔犬がキャインと鳴いた。
　ぼくのとびきりべっぴんの花嫁は目下ぼくたちのかかずらっているあの頃、グリマー嬢女学校で囚われの身となっていた。ドラウヴィとグリマーは二人で女学校をやっていて、ぼくたちの間では今でもどっちがいっとう血も涙もない人デナシかってことでは意見が真っ二つに分かれている。中佐の愛らしい花嫁も今のその女学校の土牢に閉じ込められていた。中佐とぼくとの間では、次の水曜日、皆して二列縦隊で散歩をしている時に二人を掻っさらおうという聖なる誓いが立て

られた。

一件の破れかぶれの状況の下、中佐のフツフツと滾った脳ミソは奴の無法破りの稼業とグルになって（奴は目下、海賊だから）、花火での襲撃を持ちかけた。こいつは、けれど、人道の動機からあんまり値が張りすぎるというのでボツになった。

ジャケットの下にペーパー・ナイフを喉元までぴっちりボタンで留めたきりの軽装備にして、ステッキの先っちょに泣く子も黙る黒旗を翻しながら、中佐は由々しき約束の日の午後二時かっきりにぼくの指揮を執った。中佐は襲撃の計画を細々と紙切れに書き記し、輪回し棒に巻きつけていた。作戦図を見せてもらうと、ぼくの持ち場と等身大の似顔絵は（けどぼくのほんとの耳は水平に突き出てやしない）角っこの街灯柱のかげにあって、そこにドラウヴィ先生がぶっ倒れるのが見えるまでじっとしておけとの命令が綴ってあった。ぶっ倒れることになっているドラウヴィという先生はメガネの先生で、どデカいラヴェンダー色のボネットの先生じゃない。ぶっ倒れるのを合図に、ぼくは飛び出し、花嫁を掻っさらい、小径まで死にもの狂いで駆けてくことになっていた。そこにてぼくと中佐は晴れて落ち合うと、ぼくたちの花嫁を背の、ぼくたち自身と柵の間に回し、いざ凱歌を挙げん、さなくば死を、ということになっていた。

敵は姿を見せ——ズンズンこっちへやって来た。黒旗を翻しながら、中佐は襲撃を仕掛けた。辺りは騒然となった。ハラハラ、ドキドキしながら、ぼくはぼくの合図を待った。が、ぼくの合図はからきしお越しにならなかった。ぶっ倒れるどころか、メガネの忌々しきドラウヴィ先生はぼくにはどうやら中佐の頭をヤツの無頼の旗に包み込み、日傘で滅多無性に殴りかかっているみたいに見えた。ラヴェンダー色のボネットの先生も負けじとばかり雄々しき手に出るに、両のゲンコで中佐の背にガンガン殴りかかった。当座、万事休すと見て取ると、ぼくはヤケのヤン八、小径まで白兵戦にて逃げ延びた。裏道を伝ったおかげで、運好く誰にも会わずにすみ、そこに待った一つかからないまま辿り着いた。

待てど暮らせど中佐はやって来なかった。が、何でもあちこち繕ってもらうのに賃仕事の仕立て屋の所へ行っていたらしい。中佐の言うには、ぼくたちが負けたのはクソ忌々しいドラウヴィがいっかなぶっ倒れようとしなかったからだ。先生、あんまりしぶといものだから、ヤツは面と向かって言ってやった。「死ね、この卑怯者!」けど、ことその点にかけては、もう一方といい対、てんで理に服そうとしなかった。

ぼくの花も恥じらう花嫁は明くる日、ダンス教室へ中佐の花嫁と一緒にやって来た。何だって？　ぼくから顔を背けるなんて？　はあっ？　けど、マジ。ツンと、せせら笑わぬばかりにそっくり返ったなり、花嫁はぼくの手の中に紙切れを突っ込むと、別のパートナーを選んだ。紙切れには鉛筆で殴り書きしてあった。「何てことでしょ！　ちゃんと綴れるかしら？　わたしのだんな様が蝸牛(カウ)だなんてことあって？」

　仰(の)けにクラクラ頭に血の上った勢い、ぼくは一体どんなアラ探し屋がぼくの御先祖様のルーツを上述の下等動物にまで溯ったものか突き止めようとした。が所詮、水の泡。今のそのダンスの仕舞いに、ぼくは中佐に外套置き場(クローク・ルーム)に来るよう耳打ちし、走り書きのメモを見せた。

「一音節欠けてるな」と中佐は陰険に眉を顰めて言った。

「はあっ！　何ていう？」というのがぼくの吹っかけた問いだった。

「ほらあの子、聞いてるだろ、ちゃんと綴れるかしらって？　で、いや。やっぱ、ほら、綴れてやしない」と中佐は最後の一行(ひとくだり)を指差しながら言った。

「で、正しい綴りってのは？」とぼくはたずねた。

「カウ――カウ――卑怯者(カウアド)さ」と海賊‐中佐はぼくの耳元でチッと舌打ちしたと思うと紙切れを突っ返した。

　この地上をいつ果てるともなく烙印を捺されし小僧――じゃなくて男――たりて歩み続けるか、さなくば汚名を雪がねばならぬとホゾを固め、ぼくは軍法会議にかけて欲しいと申し出た。中佐はぼくの正義を裁いてやろうと諾(うけが)った。会議を召集するのは、しかしながら、フランス皇帝の伯母さんがヤツを外出させてくれないせいで少々手こずった。何せヤツが議長を務めることになっていたから。けど代理を指命しない内に、ヤツは裏壁越しにまんまとヅラかり、自由の身の独裁君主たりて、ぼくたちの直中に立った。

　軍法会議は池の傍の芝生の上で開かれた。裁判官の内のある提督は、蓋を開けてみれば、ぼくの不倶戴天の敵だった。ココナッツが火種の、聞くに耐えないような悪口雑言が飛び交っていた。が飽くまで我が身の潔白たること信じて疑わず、おまけに（ヤツの隣に座っている）アメリカ合衆国大統領にナイフの貸しがあるのを知らぬでなし、ぼくは敢然と試煉に立ち向かった。

　実に厳粛な眺めだった、今のその法廷は。ピナフォアを裏返した二人の死刑執行吏がぼくを入廷させた。雨傘のかげの下(もと)、ぼくにはぼくの花嫁が海賊‐中佐の花嫁に付き添われているのが目に入った。議長は、歩兵少尉たる小さな女の子が、生死を決す一件がらみでクスクス忍び笑いを洩らしているというので厳しく叱責しておいてから、ぼくに答弁するよ

う求めた。「卑怯者か卑怯者にあらずか？　身に覚えがあるかなきか？」ぼくはきっぱり答弁した。「卑怯者にあらず。身に覚えなし」（歩兵少尉の小さな女の子はまたもや不作法の廉で議長に叱責を食らうや、叛旗を翻し、退廷し、飛礫を打った。）

　仮借なき宿敵、提督が、ぼくに不利な訴訟事実を並べ立てた。まずもって中佐の花嫁が、ぼくは会戦の間中、街角の街灯柱のかげに潜んでいた旨証言するよう呼び立てられた。ぼくとしては、ぼく自身の花嫁まで同上の点に証を立てさせられる苦悶は容赦されてもよかったろうに。が提督はどこでぼくをグサリとやればいいか百も承知だった。が騒ぐでない、我が魂よ、構うものか。中佐がそこで、証拠と共に呼び立てられた。

　ぼくがそれまでずっと、これぞぼくの申し立ての伸るか反るかの分かれ目と、虎視眈々機をうかがっていたのは正しくこの折のためだった。護衛の腕から身を振りほどくや――あいつら、間抜けめ、ぼくが有罪を申し渡されない限り、ぼくを拘束する筋合いなんてさらさらないクセをして――ぼくは中佐に兵士の第一義の本務は何だと思うかとたずねた。中佐が一言も返さない内に、アメリカ合衆国大統領が起立し、法廷宛、我が仇敵たる提督が「勇猛」と仄めかしていたが、くだんの台詞付けは公平でなき旨告げた。裁判長は直ちに提督の口を葉っぱで塞いだ上、紐で括るよう命じた。ぼくの目の当たりにして溜飲を下げたことに、今のその命は議事がそれ以上進行しない内に実行に移された。

　ぼくはそこで、ズボンのポケットから紙切れを取り出して、たずねた。「兵士の第一義の本務は、レッドフォース中佐、何だとお思いになりますか？　例えば、それは忠順でしょうか？」

「いかにも」と中佐は答えた。

「あの紙は――どうか御覧を――お手に取って頂いていると？」

「いかにも」と中佐は答えた。

「それは作戦図でしょうか？」

「いかにも」と中佐は答えた。

「さる会戦の？」

「全くもって」と中佐は答えた。

「ごく最近の会戦の？」

「ごく最近の会戦の」

「どうか内容を御説明頂き、それから作戦図を裁判長にお渡し下さい」

　くだんの凱旋の刻を境に、ぼくの苦悩と危険には終止符が打たれた。法廷は、ぼくが徹頭徹尾命令に従ったと見て取るや、一斉に起立し、飛び上がった。ぼくの仇敵たる提督は、猿轡を噛ませられてはいたものの、相変わらず恨みがましいことこの上もないものだから、ぼくは兵士の風上にも置けないことに、戦場から尻尾を巻いて逃げ去ったと申し立てようとした。が中佐は中佐自身、同じ手に出ていただけに、海賊としての名誉と約言にかけて、万事休せばたとい戦場から敗走しようと面目はつぶれまいとの私見を明らかにした。という訳で、ぼくは今にも「卑怯者にあらず。して無罪」の宣告を受け、花も恥じらう花嫁も行列の直中なるぼくの腕の中にまたもや大っぴらに迎え入れられんとしていた。がその矢先、不測の事態が出来したせいで、皆の浮かれ騒ぎにはとんだ水が差された。とは、外ならぬフランス皇帝の伯母さんがヤツの髪の毛をむんずと捕らまえたとの。議事にはいきなり幕が下り、法廷はてんやわんやの内にお開きと相成った。

　翌々夕、未だ月の女神(ルーナ)の銀色の光線が大地に触れないながらも、夜の帳の下りつつある折しも、四つの人影がゆっくり、今や一昨日の苦悶と凱歌の打ち捨てられし舞台たる、池のほとりのシダレヤナギの方へ向かうのが見て取れたかもしれない。いよよ近づくにつれ、して慧眼には、四つの人影は誰あろう、花嫁同伴の海賊‐中佐と、こちらも花嫁同伴の一昨日の男伊達の囚人(めしうど)のそれたること一目瞭然だったかもしれない。

　乙女(ニンフ)の麗しの面(おもて)には消沈が鎮座坐していた。四人は四人ともが、しばし黙りこくったなりシダレヤナギの下にぐったり寄っかかっていた。が、とうとう中佐の花嫁が口をとがらせて宣った。「もうこれきり『ごっこ』したって何にもなりゃしない。とっとと止してしまいましょうよ」

「はあっ！」と海賊は声を上げた。「『ごっこ』だって？」

「まあ、いい加減止してちょうだいな。うんざりだったら」と花嫁は突っ返した。

　ティンクリングの愛らしき花嫁も言語道断の剣突を繰り返した。兵(つはもの)二人は互いにグイと睨め据え合った。

「もしも」と海賊‐中佐の花嫁は言った。「大人たちがどうしてもやらなきゃならないことをやろうとしなくて、どうしてもわたしたちのカンにさわろうっていうなら、『ごっこ』して何になるっていうの？」

「困った羽目になるだけじゃないの」とティンクリングの花嫁は畳みかけた。

「自分だってよく知ってるクセして」と中佐の花嫁は続けた。「ドラウヴィ先生がぶっ倒れっこないだろうって。いつもブツブツ言ってたじゃない。だし、ほら、何て軍法会議がみっともない終わり方したことか。それに、あたしたちの結婚っていうことで言えば、うちのパパやママがウンと言ってくれるとでも?」

「それともわたしんちのパパやママが?」とティンクリングの花嫁は言った。

またもや兵二人は互いにグイと睨め据え合った。

「もしもあなた、あっちへ行けって言われてもまだドアをガンガンやって、花嫁を寄越せだなんて言ったら」と中佐の花嫁は言った。「どうせ髪の毛か、耳か、それとも鼻を引っぱられるのが落ちでしょうよ」

「もしかあなただってしつこく鈴を引いて、花嫁を寄越せだなんて言ったら」とティンクリングの花嫁はくだんの殿方に言った。「把手の上の窓から色んなもの頭の上に落っことされるか、それとも庭の消防ポンプで水をぶっかけられてしまうから」

「だし自分んちでだって」と中佐の花嫁は仕切り直した。「どっちもどっちひどい目に会うに決まってる。とっととベッドか押入れか、どこかみっともないとこに追い立てられて。ってことで、そうでもした日にはどうやってあたしたちを助けてくれるつもり?」

海賊-中佐は雄々しき声音で返した。「略奪あるのみ!」けど花嫁は突っ返した。「もしかその手は食わないってなったら?」「だったら」と中佐は言った。「あいつらには血で罪をあがなわせてやる」——「でももしも言うこと聞かなくて」と花嫁は突っ返した。「血だろうと何でだろうと罪をあがなおうとしないとしたら?」

憂はしき沈黙が流れた。

「だったら君はもうボクのこと愛してないっていうのかい、アリス?」と中佐はたずねた。

「レッドフォース! あたしはいついつまでもあなたのものよ」とヤツの花嫁は返した。

「だったら君はもうぼくのこと愛してないっていうのかい、ネッティー?」と目下の筆者はたずねた。

「ティンクリング! わたしはいついつまでもあなたのものよ」とぼくの花嫁は返した。

そこでぼくたち四人はギュッと抱き締め合った。が、どうか誤解のなきよう、軽はずみな方々。中佐はヤツの花嫁をギュッと抱き締め、ぼくはぼくの花嫁をギュッと抱き締めたまでのことだ。が二掛け二は四だろう。

「ネッティーとあたしは」とアリスはしょんぼり言った。「このところずっとあたしたちの立場のこと考えてるの。大人たちは手ごわすぎて、何だかあたしたちバカみたいじゃなくって。だけじゃなし世の中までガラリと変わってしまったわ。ウィリアム・ティンクリングの弟の赤ちゃんは昨日洗礼を受けたんでしょ。で、どんな具合だった？　王様は誰かいた？　さあ、答えて頂だいな、ウィリアム」

ぼくはいや、と返した。もしかそいつ、チョッパー大伯父さんの化けの皮を被ってでもいなけりゃ。

「誰かお后様は？」

ぼくの知る限り、うちにはお后様なんててんでいやしなかった。ひょっとして台所にはいたかもしれないけど、まさかな。だってもしかだってなら、召使たちが黙っとかなかっただろうから。

「妖精たちは？」

いや。影も形もないってんでなけりゃ。

「確かあたしたち、四人して」とアリスはしょぼくれた笑みを浮かべて言った。「グリマー先生が意地悪な魔法使いのおばあさんだってことになって、松葉杖を突きながら洗礼式に乗り込んで来て、赤ちゃんにおっかないプレゼントをするだろうってことにしてやしなかったかしら。ってみたいなこと、起こらなかった？　さあ、答えて頂だいな、ウィリアム」

ぼくは言った。ママは後で（これはマジ）チョッパー大伯父さんのプレゼントはいじけたそいつだってブツクサこいてた。けど、おっかないそいつだとは言わなかった。いじけて、メッキもんで、セコハンで、お金持ちの割にはケチくさいとは言ってたけど。

「今のそんなあんなをそっくり変えてしまったのは大人たちに決まってる」とアリスは言った。「あたしたちだったら、もしかそんな気があったとしても変えられっこなかったでしょうし、そもそもそんな気にはならなかったはずよ。それともひょっとしてグリマー先生は、何のかの言ってもほんとに意地悪な魔法使いのおばあさんで、けど大人たちがそんな真似しちゃならないっていうものだから、ちゃんと魔法使いの役をこなそうとしないのかもしれないわ。どっちにしても、あたしたち何を当てにしてたかバラしてたら、とんだ笑いものになってたでしょうよ」

「あの暴君らめ！」と海賊‐中佐はブツブツ言った。

「いえ、あたしのレッドフォース」とアリスはたしなめた。「そんなこと言っちゃならないわ。かげぐち叩かないで頂だい、あたしのレッドフォース。だってさもなきゃまるでパパのことみたいですもの」

「へんっ、そんなのへっちゃらさ」と中佐は言った。「構うものか。パパが何だってのさ？」

ティンクリングがここにて無法破りの馴染みを諫めるというのっぴきならない役所（やくどころ）を引き受けた。さらば馴染みはおとなしく上述のツムジのヒネた啖呵を取り下げた。

「この先、あたしたちに何ができて?」とアリスは持ち前の穏やかで賢しらな物言いで続けた。「あたしたち、教育しなきゃならないわ。これまでとは違った風に『ごっこ』して、じっと辛抱強く待つのよ」

中佐はギリギリ歯を食いしばった――前歯が四本と、おまけにもう一本の欠片も抜けていたけれど。これまで二度ばかし暴君-歯医者の戸口まで引こずられてはいたが、二度とも奴の護衛の手から逃れていた。「けどどうやって教育するのさ? どうやって今までとは別クチのやつで『ごっこ』するのさ? どうやってじっと辛抱強く待つのさ?」

「大人たちを教育してやるのよ」とアリスは答えた。「あたしたち、今晩別れましょう。ええ、レッドフォース」――というのも中佐は両の袖口をたくし上げたから――「今晩別れましょう! これから始まろうとしている次のお休み（ホリデー）に、知恵を絞って、何か大人たちに物事はどんなでなきゃならないかそれとなく教えてあげる、何かためになるものを考え出しましょうよ。あたしたちの言いたいことを空想物語（ロマンス）のヴェールに包（くる）んで。あなたと、あたしと、ネッティーとで。ウィリアム・ティンクリングにはあたしたちの中で誰より字がきれいで、速く書けるから、清書させてあげるってことにして。っていうのはどう?」

中佐はむっつり返した。「ボクならかまやしないぜ」してそれから吹っかけた。「けど『ごっこ』するってのはどうなんのさ?」

「あたしたち」とアリスは言った。「子供だって振りしましょうよ。今のその、ほんとだったらあたしたちを救い出さなきゃならない、ってのにちっとも手を貸そうとしなくて、あたしたちのことこれきり分かってくれない大人たちだっていう振りじゃなくて」

中佐は相変わらず不平タラタラ、唸り上げた。「で、じっと辛抱強く待つってのは?」

「あたしたち」と小さなアリスはネッティーの手をギュッと握り締め、夜空を見上げながら答えた。「あたしたち――ずっといちずに、辛抱強く――世の中がガラリと変わって、何もかもがあたしたちに救いの手を差しのべてくれて、おかげであたしたちこれきりバカみたいなまねしなくてすんで、で妖精たちもみんな戻って来てくれるまで待つのよ。あたしたち――ずっといちずに、辛抱強く――みんな八〇や、九〇や、一〇〇になるまで、待つのよ。そしたら妖精たちはあたいしたちの所へ子供を送り届けてくれて、そしたらあたしたちはかわいそうなおチビさんたちを救い出してあげるの。もしもあの子たちそりゃどっさり『ごっこ』するってなら」

「ええ、そうしてあげましょうよ」とネッティー・アッシュフォードはお友達の腰に両腕をギュッと回し、キスをしながら言った。「で、もしもわたしのだんなさまがみんなにサクランボ買って来て下さるっていうなら、わたしお金持ってるけど」

とびきり気さくなやり口で、ぼくは中佐に一緒について来てくれと言った。けど中佐はとんでもなくツムジを曲げていたものだから、せっかく声をかけてやったのに、ただ足を後ろへ蹴り上げたと思うと、芝生の上で腹ばいになり、草をむしってクチャクチャかむきりだった。ぼくが帰ってみると、けど、アリスはコロリと、ヤツの腹のムシを、さっきまで苛ついていたのもどこへやら、ぼくたちどれほどあっという間にみなして九〇になることとか言って聞かせて手なずけてやっていた。

ぼくたちはシダレヤナギの木の下に腰を下ろし、サクランボを（アリスがきちんと分けてくれたから、四分の一ずつ）食べながら、九〇「ごっこ」をした。ネッティーは老いぼれた背の骨がウヅいて、びっこでしか歩けないとグチをこぼした。アリスはお婆さんのやり口で歌を歌ったけれど、やけに可愛くて、ぼくたちはみな陽気だった。っていうか、陽気というのがドンピシャどんなものかぼくには今だって分からないけど、四人とも何だかホンワカした気分になった。

サクランボは食べきれないほどどっさりあった。アリスはいつも色んなものを詰めている小ぢんまりとした小さな袋、だか箱、だか入れ物だかを提げていた。その中に、その晩はちっこいワイングラスが一つ入っていた。ってことでアリスとネッティーはお別れを記念して、ぼくたちの愛に乾杯するのにサクランボ・ワインを作ろうと言った。

ぼくたちはそれぞれ一杯ずつ飲み、ワインはけっこうイケた。みんなそれぞれ乾杯した。「別れにあたってボクたちの愛に」中佐はしまいにワインを飲み干したけど、ぼくの頭にいきなりふと、ワインはヤツの頭にいきなり来ちまったんじゃないかってひらめいた。どっちにしても、ヤツの目は、グラスをポンと真っ逆様に引っくり返した途端、ギョロリと回り、中佐はぼくを脇へ引っ立てると、嗄れっぽい声を潜めて言った。「やっぱあいつら掻っさらおうぜ」

「ってどういうことさ?」とぼくは無法破りの馴染みにたずねた。

「ボクたちの花嫁を掻っさらって」と中佐は言った。「そっから曲がり角なんてこれきり曲がらずにズドンと、スパニッシュ・メイン*まで突っ切るのさ！」

ぼくたちはいっそその手に出ていたかもしれない、これきり上手く行くとは思えなかったけれど。ただクルリと向き直ってみれば、シダレヤナギの木の下には月明かりしかなくて、ぼくたちの可愛い、可愛い花嫁の影も形もなくなっていたというのでなければ。ぼくたちはワッと泣き出した。中佐はワッと来るのには後れを取ったけど、のっけにシャンと持ち直した。けどワッと来ようはハンパじゃなかった。

ぼくたちは真っ紅に目を泣きはらしているのが照れくさくて、ほとぼりを冷ますのに三十分ほどそこいらをブラついた。だけじゃなし、目の縁に白墨でグルリとやった。ぼくが中佐のを、中佐がぼくのを。けど後で寝室の鏡で見たら、タダレてるばかしか、ちっともらしくなかった。ぼくたちは九〇になるってのをダシにペチャクチャやった。中佐はブーツの底と踵を張りかえなきゃならないんだけど、そんなにあっという間に九〇になるんだったら、おやじに言うまでもないような気がして来たと言った。だってそうでもした日にはクツの方が便利だろうから。中佐は、ばかりか、腰に片手をあてがったなり、何だかもう老いぼれて来て、リューマチの気（け）があるみたいだとも言った。ぼくも負けじとばかりそう言った。で、うちで晩ご飯の時に（みんなしていつだって何かかんかでイヤ味を言うもんで）背（せな）が丸いって小言を食らった時には、さすがゴキゲンだった！

以上で序は幕を閉じる。けど、まずもってこいつをほかのどいつよりいっとう鵜呑みにして頂きたい。

第二部　空想物語（ロマンス）
アリス・レインバード嬢†執筆

　昔々王様がいて、王様にはお后様がいました。王様はこの世にまたとないほど男らしい王様で、お后様はこの世にまたとないほど愛らしいお后様でした。王様は、御自分の仕事としては、お役所に勤めていました。お后様の父親は郊外でずっとお医者さんをしていました。

　お二人には子供が十九人いましたが、いつもまだまだどっさり増えていました。この子たちの内十七人は下の赤ちゃんの世話を焼き、長女のアリシアがほかのみんなの世話を焼いていました。みんなの歳は七か月から七歳まででした。

　ではわたしたちの物語をいよいよ始めることにしましょう。

　ある日のこと王様はお役所へ向かう途中で魚屋さんに立ち寄り、サーモンのあんまり尻尾に近すぎない所を一ポンド半買い求めました。というのも（たいそう几帳面な主婦である）お后様に家（うち）へ届けてもらうよう頼まれていたからです。魚屋のピクルスさんは言いました。「かしこまりました。ほかにお入り用のものは？　では御機嫌好う」

　王様はしょんぼり、お役所へ向かいました。というのも四季支払い日はまだまだ先で、というのに愛しい子供たちの中にはもうお洋服がキチキチになっている子が一人だけじゃなし、いたからです。あまり遠くまで行かない内に、ピクルスさんの遣い走りの小僧さんが追いかけて来ながら言いました。「お客様、もしや手前共の店におばあさんがいらしたのにお気づきにならなかったのでは？」

「おばあさん？」と王様はたずねました。「誰も目に入らなかったが」

　さて、王様にはおばあさんの姿はこれきり目に入っていませんでした。というのもこのおばあさんはピクルスさんの小僧さんには見えても、王様には見えていなかったからです。小僧さんはそれはとんでもなくおイタで、水をバシャバシャはねちらかして、ドスンドスン、それはめったむしょうに靴底を踏みつけるものですから、もしもおばあさんの姿が目に入っていなければ、さぞかしおばあさんの服をドロはねだら

---

† 齢（よはい）七歳。

けにしていたでしょうから。

ちょうどその時、おばあさんがちょこちょこ小走りに追いかけて来ました。おばあさんはプンと、干したラヴェンダーのいい香りのする、とびきり上等の玉虫色の絹のドレスに身を包んでいました。

「もしや、ワトキンズ一世王では？」とおばあさんはたずねました。

「いかにも」と王様は答えました。「ワトキンズと申します」

「で、勘違いでなければ、お美しいアリシア姫の父上の？」とおばあさんはたずねました。

「してもう十八人の愛し子の」と王様は答えました。

「よくお聞きなさいまし。ちょうど今、役所へ向かっておいでの所と」とおばあさんは言いました。

いきなり王様の頭にパッとひらめきました。さてはこのおばあさんは魔法使いに違いない、さもなければどうしてそんなことまで知ってるってことがあるだろう？

「その通り」とおばあさんは王様の胸の内までお見通しでしたから、答えました。「わたしは親切な魔法使いのおばあさんのグランドマリーナです。よくお聞きなさい！　今晩ディナーに戻ったら、ちょうど今買い求めたばかりのサーモンを召し上がるよう、アリシア姫に恭しく申し上げなさい」

「ですがもしかしてサーモンは娘のお腹には合わないかもしれません」と王様は言いました。

おばあさんがこの馬鹿げた考えにそれはとんでもなく腹を立てたものですから、王様はすっかり胆をつぶしてしまい、慎ましやかに許しを乞いました。

「耳にタコが出来るほど聞かされて来ました。これはお腹に合わないとか、あれはお腹に合わないとか」とおばあさんはさも見下げ果てたように言いました。「そんなに欲の皮を張るものではありません。あなたは自分がそっくり平らげたいのでしょう」

こんな風に叱られると、王様はガックリ項垂れ、もう二度とあれやこれやがお腹に合わないなどとは言いませんと答えました。

「だったらくれぐれも言いつけを守って」と魔法使いのグランドマリーナは言いました。「二度とそんな真似をしないよう。器量好しのアリシア姫はサーモンを召し上がって下さるようなら——きっと召し上がるに決まっていますが——お皿の上にホネを一本お残しになるはずです。そうしたら、姫にホネを干して、キュッキュとこすって、真珠母みたいにピッカピカになるまで磨いて、それをわたしからのプレゼントということで大切に仕舞っておくようお言いなさい」

「というだけでよろしいのでしょうか?」と王様はたずねました。

「早まってはなりません」と魔法使いのグランドマリーナはこっぴどく王様を叱りながら突っ返しました。「まだ人が口を利き終わっていないというのに横からクチバシを突っ込むものではありません。あなた方はいつも横ヤリばかり入れていますが。あなた方大人のよくやることです」

王様はまたもやガックリ項垂れ、もう二度とそんな真似は致しませんと言いました。

「だったらくれぐれも言いつけを守って」と魔法使いのグランドマリーナは言いました。「二度とそんな真似をしないよう! アリシア姫に、わたしからの愛を込めて、魚のホネは一度だけしか使えない魔法のプレゼントだと教えてお上げなさい。ですがお姫様の願いを何であれその一度(ひとたび)に限り、叶えてくれるだろうと。もしも願い事をちょうどぴったりの頃合に唱えれば。というのがわたしからの言伝です。くれぐれも忘れないよう」

王様は今にもたずねかけました。「それはまたどういう理由で?」するといきなり魔法使いのおばあさんはカンカンに頭から湯気を立てて怒りました。

「どうか決してそんな真似を二度としないよう」とおばあさんは地団駄踏みながら声を上げました。「全くもって、これの理由は、あれの理由は! あなた方大人はいつだって理由ばかりネ掘りハ掘りやるではありませんか。理由などありません。そら! あんれまあ! あなた方大人たちの理由、理由にはもううんざりです」

王様はおばあさんがそんなにいきなりカンシャク玉を破裂させたからというので生きた空もなく胆を消し、お気に障ったとしたら申し訳ありません、二度と理由をネ掘りハ掘りやったりしませんのでと言いました。

「だったらくれぐれも言いつけを守って」とおばあさんは言いました。「二度とそんな真似をしないよう!」

と言ったと思うと、グランドマリーナはドロンと姿を消し、王様はトボトボ、トボトボ、トボトボ、歩き続け、とうとうお役所までやって来ました。そこで王様はつらつら、つらつら、つらつら、ペンを走らせ、とうとうまたしても家(うち)に帰る刻限になりました。それから王様はアリシア姫に魔法使いのおばあさんの言いつけ通り、サーモンを召し上がるよう恭しく言いました。そしてお姫様がたいそうおいしそうにサーモンを食べ終えると、お皿の上に、魔法使いのおばあさんの言っていた通り、魚のホネが残っていたものですから、魔法使いのおばあさんの言伝を繰り返しました。するとアリシア姫は丁寧にホネを干し、キュッキュとこすり、真珠母みたいにピッカピカになるまで磨き上げました。

　という訳で、明くる朝、お后様はベッドから起き上がろうとすると言いました。「おお、どうしましょう、どうしましょう。頭が、頭が！」そしてバッタリ気を失ってしまいました。

　アリシア姫は、たまたま朝食のことで聞きたいことがあったものですから、寝室の戸口から中を覗き込んでみれば、お后様のママがこんな具合にぐったり倒れているのを目の当たりに、たいそうびっくりしました。そこでペギーを、というのが式部官の名でしたから、呼ぼうと鈴(りん)を引きました。けれど気付けビンがどこにあるか思い出し、椅子によじ登ってビンを下ろし、それから寝台の脇の別の椅子によじ登って気付けビンをお后様の鼻にあてがい、それからピョンと飛び下りるとお水を持って来て、それからまたもやピョンと飛び乗ると、お后様の額を湿らせ、つまる所、式部官が入って来ると、今のその昔ながらの召使いは小さなお姫様に言いました。「まあ、何て手際のいい嬢ちゃまだこと！　あたくしめだってこんなにテキパキとはやってのけられていなかったでしょうよ！」

　ですが心優しいお后様の病気はそれがどん底ではありませんでした。おお、いえ。お后様はそれは長い間、たいそう重い病気にかかっておいででした。アリシア姫は十七人の幼い王子と王女をずっとおとなしくさせておき、赤ちゃんをあやしたり、服を着せたり脱がせたりしました。ばかりかやかんのお湯を沸かし、スープを温め、炉を掃き、飲み薬を注ぎ、お后様を看病し、出来る限りのことをし、アクセク、アクセク、アクセク働ける限り、アクセク働きました。というのも今のそのお城には次の三つの理由で召使いがあんまりたくさんいなかったからです。一つ、王様はお金に困っていました。二つ、お役所ではなかなかお給料を上げてもらえそうにありませんでした。三つ、四季支払い日はそれはそれは遙か彼方なものですからまるでお星様みたいに小さくて、遙か彼方のようでした。

　けれどお后様が気を失った朝、魔法の魚のホネは一体どこにあったのでしょう？　ああ、ホネは、ほら、アリシア姫のポケットの中にありました。お姫様はお后様をもう一度正気づかすのに今にもホネを取り出しそうになりました。がすんでに戻し、気付けビンを探しました。

　あの朝、お后様が気絶から目を覚まし、うとうと、うたた寝をしている隙に、アリシア姫はセカセカ階段を駆け昇り、とびきり格別仲のいいお友達に——というのは公爵夫人でしたが——とびきり格別な秘密を打ち明けました。みんなは、ところで、公爵夫人のことをただのお人形だと思っていましたが、お人形はほんとは公爵夫人でした。そのことを知っているのはお姫様しかいませんでしたが。

このとびきり格別な秘密とは魔法のホネにまつわる秘密で、その逸話を公爵夫人は一から十まで呑み込んでいました。なぜならお姫様は公爵夫人には何もかも包み隠さず話したからです。お姫様は公爵夫人がキラびやかに着飾り、目をパッチリ開けて横たわっているベッドの傍に跪き、今のその秘密をヒソヒソ打ち明けました。公爵夫人はにっこり微笑み、コクリと頷きました。みんなは公爵夫人は決してにっこり微笑み、コクリと頷いたりしないと思っていたかもしれませんが、公爵夫人はよくそうしました。そのことを知っているのはお姫様しかいませんでしたが。

それからアリシア姫はお后様の部屋で看病するために、もう一度セカセカ階段を駆け下りました。お姫様はしょっちゅうお后様の部屋で独りきり看病しましたが、病気が続いている間は毎晩、そこで王様と一緒に看病しながら座っていました。そして毎晩、王様は一体どうしてお姫様が魔法の魚のホネを取り出さないのか不思議に思いながら、むっつり不機嫌そうな顔をしてお姫様の方を見やりながら座っていました。お姫様はこのことに気づく度、セカセカ階段を駆け昇り、またもや公爵夫人に秘密をヒソヒソ打ち明け、公爵夫人におまけに言いました。「みんなわたしたち子供っていうのは何にもワケもツモリもないと思い込んでいるんだから!」すると公爵夫人は、この世にまたとないほどおシャレな公爵夫人でしたが、パチリとウィンクしました。

「アリシアや」と、ある晩王様はお姫様がお休みなさいと言うと言いました。

「なあに、パパ」

「魔法の魚のホネは一体どうしたんだね?」

「ポケットの中よ、パパ!」

「おや、てっきりなくしてしまったものと思ったが?」

「おお、いえ、パパ!」

「それともコロリと忘れてしまったか?」

「いえ、まさか、パパ」

という訳で、また別の折、お隣の恐ろしい小さな噛みつき屋のパグ犬が幼い王子様の内一人が学校から帰って戸口の上り段の上に立っているといきなり突っかかって来て、王子様はおっかなびっくりした勢い、窓ガラスに手を突っ込み、タラタラ、タラタラ、タラタラ血を流しました。残りの十七人の幼い王子様と王女様は、今のその王子様がタラタラ、タラタラ、タラタラ血を流しているのを目にするると、自分たちまで気も狂れそうなほどびっくり仰天し、十七つの顔が一斉に黒ずむまで金切り声を上げました。けれどアリシア姫は十七つの口に次から次へと手をあてがい、病気のお母様のことを思いやってどうか静かにして頂だいなとたしなめました。それからケガをした王子様の手を冷たい真水を張ったたらいに浸け、一方、王子様と王女様たちは十七掛け二は四と三上がって三十四のお目めでマジマジ見つめ、それからお姫様はガラスの欠片が突き刺さっていないか手を覗き込みましたが、幸い、ガラスの欠片はちっとも突き刺さっていませんでした。それからお姫様は小さいながらもしっかり者の二人の丸ぽちゃのあんよの王子様に言いました。「王家の端切れ袋を持って来て頂だいな。チョキチョキ摘んで、チクチク縫って、あれこれやりくりしなくてはならないから」という訳で、今のその二人の幼い王子様は王家の端切れ袋をグイグイ引っぱり、ズルズル引こずり込み、アリシア姫は床にぺたんと座り、大きなハサミと針と糸でチョキチョキ摘んで、チクチク縫って、あれこれやりくりし、とうとう包帯をこさえ、王子様の手に巻き、包帯はゴキゲンにぴったり来ました。という訳で、何もかもに片がつくと、お姫様は王様のパパが戸口でじっと見守っているのに気がつきました。

「アリシアや」

「なあに、パパ」

「ずっと何をしていたんだね？」

「チョキチョキ摘んで、チクチク縫って、あれこれやりくりしてたの、パパ」

「魔法の魚のホネは一体どこにあるんだね？」

「ポケットの中よ、パパ」

「おや、てっきりなくしてしまったものと思ったが？」

「おお、いいえ、パパ」

「それともコロリと忘れてしまったか？」

「いえ、まさか、パパ」

と言ったと思うと、お姫様は公爵夫人の所まで階段を駆け昇り、何が持ち上がったか話して聞かせ、秘密をまたもやそっくり打ち明け、公爵夫人は亜麻色の巻き毛を揺すり、バラ色の唇でコロコロ、声を立てて笑いました。

はむ！　という訳で、また別の折、今度は赤ちゃんが火格子の下に落っこちてしまいました。十七人の幼い王子様と王女様はこれには慣れっこでした。というのもみんなほとんどいつも火格子の下に落っこちるか階段を転げ落ちるかしていたからです。けれど赤ちゃんはこれにはまだ慣れっこでなかったものですから、おかげで顔が腫れ上がり、目の周りにアザができました。どうしてかわいそうな小さな赤ちゃんが転がり落ちたかというと、それは赤ちゃんがちょうどアリシア姫が台所の暖炉の前に腰を下ろし、目の粗い大きなエプロンですっぽり揉み消されそうになったなり、ディナーの澄ましスープのためのカブラの皮をむき始めた所で、お姫様の膝から落っこちてしまったからです。どうしてまたお姫様はそんなことをする羽目になったかというと、それは王様のくりや女がその朝お熱の恋人と、というのはたいそうのっぽのクセをしてたいそう足もとのフラついた兵隊さんでしたが、駆け落ちしてしまったからです。すると十七人の幼い王子様と王女様は、何が起こってもすぐ泣き出しましたから、ワンワン声を上げて泣きわめきました。けれどアリシア姫は（やはりちょっとは泣かずにいられませんでしたが）、二階で寝ているお后様がせっかく見る間に持ち直しているというのにぶり返しては大変と、みんなに静かにするよう、そっとたしなめながら言いました。「さあさみんな、どうかおとなしくして頂だいな、このおイタな小ザルさんたちってば、その間にあたし、赤ちゃんの具合を見てみるから！」そこでお姫様は赤ちゃんを調べ、ホネは一本も折れていないのを確かめると、かわいそうな小さなお目めに冷えた火のしをあてがい、かわいそうな小さなお顔をさすり、すると赤ちゃんはやがてぐっすりお姫様の腕の中で寝入りました。そこでお姫様は十七人の王子様と王女様に言いました。「赤ちゃんが目を覚まして、痛がってはいけないから、まだしばらくは抱っこしておいてあげなきゃならないわ。どうかみんないい子にしてて頂だいな、だったらコックさんにしてあげる」と言われた途端、みんなは大喜びではね上がり、古新聞でコックさんの帽子を作り始めました。という訳で、お姫様は一人に塩入れを、一人にオオムギを、一人にハーブを、一人にカブラを、一人にニンジンを、一人にタマネギを、一人にスパイス入れを、みんながみんなコックさんになるまで渡し、するとみんなはやれ切れ、やれ振れと駆けずり回り、お姫様はその真ん中で目の粗い大きなエプロンですっぽり揉み消されそうになったなり、赤ちゃんをあやしながら座っていました。やがて澄ましスープは出来上がり、赤ちゃんはにっこり、天使みたように微笑みながら目を覚まし、いっとう落ち着いた王女様に抱っこするよう預けられ、片やほかの王子様と王女様はアリシア姫がソースパン一杯の澄ましスープをどっと壺に空けるのを見守っておくよう、遠くの隅っこにギュッと押し込められました。万が一にもスープがはね飛んで（みんないつだって何か困った羽目になるものですから）ヤケドをしてはいけない

からというので。いよいよ澄ましスープがどっと、ゴキゲンに湯気を立て、おいしい花束みたようないい香りを立てながら迸り出ると、みんなはパチパチ手を叩きました。すると赤ちゃんまでつられてパチパチ手を叩き、すると赤ちゃんがパチパチやりながら、まるでおどけた歯イタにかかっているみたいな顔をしているものですから、王子様や王女様はみんなコロコロ笑い転げました。という訳で、アリシア姫は言いました。「さあさみんな、楽しく笑って、いい子にしてましょ。ディナーが済んだら赤ちゃんに隅っこの床の上に巣を作ってあげて、そしたら赤ちゃん、巣の中に座ったまんま、十八人のコックさんのダンスを見てられるわ」とは何てイカしてるんだと、幼い王子様と王女様は大喜びし、澄ましスープをそっくり平らげ、食器やお皿をそっくり洗って片づけ、テーブルを片隅に押し込め、それからみんなはコックさんの帽子を被ったなり、そしてアリシア姫はその朝、お熱のたいそうのっぽのクセをしてたいそう足もとのフラついた兵隊さんと駆け落ちしてしまったくりや女のものだった、目の粗い大きなエプロンにすっぽり揉み消されそうになったなり、天使みたような赤ちゃんの前で十八人のコックさんの踊りを踊りました。おかげで赤ちゃんは顔が腫れているのも目のグルリにアザができているのもどこへやら、大はしゃぎでキャッキャと声を上げました。

という訳で、するとまたもやアリシア姫は父上の、ワトキンズ一世王が戸口に佇み、じっとこちらを見守っているのに気がつきました。王様はたずねました。「ずっと何をしていたんだね、アリシア？」

「スープをこさえて、あれこれやりくりしてたの、パパ」

「だが、ほかに何をしていたんだね、アリシア？」

「みんなをゴキゲンにしてあげてたの、パパ」

「魔法の魚のホネは一体どこにあるんだね、アリシア？」

「ポケットの中よ、パパ」

「おや、てっきりなくしてしまったものと思ったが？」

「おお、いえ、パパ！」

「それともコロリと忘れてしまったか？」

「いえ、まさか、パパ」

王様がそれからそれは深々と溜め息を吐き、それは見るからにしょんぼり項垂れ、それは惨めったらしく腰を下ろし、頭を片手にもたせたなり、片隅に押し込めていた台所のテーブルに肘を突いたものですから、十七人の王子様と王女様はそっと忍び足で台所から出て行き、王様はアリシア姫と天使みたような赤ちゃんと三人きり取り残されました。

「一体どうしたの、パパ？」

「それが、父さんとっても貧乏してるのさ、お前」

「ちっともお金がないの、パパ？」

「ああ、ちっともな、お前」

「お金を手に入れる手立てもちっともないの、パパ？」

「ああ、ちっともな」と王様は言いました。「パパは一生懸命頑張って、あの手この手でやってみたんだが」

という最後の言葉を耳にすると、アリシア姫はスルリと、魔法の魚のホネの仕舞ってあるポケットに手を突っ込み始めました。

「パパ」とお姫様は言いました。「わたしたち、一生懸命頑張って、あの手この手でやってみたってことは、ほんとにほんとにやるだけのことはやったってことよね？」

「ああ、もちろん、アリシア」

「わたしたち、ほんとにほんとにやるだけのことをやって、それでもまだたらないいってなら、その時こそほかの人たちの助けを借りなきゃならないってことだわ」これぞ、お姫様が親切な魔法使いのグランドマリーナの言葉からお姫様自身で見つけ出した、そしてあんなにも度々キラびやかでおシャレなお友達の公爵夫人にヒソヒソ耳打ちしていた秘密でした。

という訳で、お姫様はポケットから、干して、こすって、真珠母みたいにピッカピカになるまで磨いてあった魔法の魚のホネを取り出し、チュッと、小さなキスをすると、どうか今日が四季支払い日でありますように、とお呪い（まじない）を唱えました。するといきなり、ほんとに今日は四季支払い日になり、王様の四半季のお給料がジャラジャラ煙突から落っこちて来て、床のど真ん中へと飛び込みました。

けれどまだまだ序の口——と言おうか、序の口のそのまた序の口。というのもすぐさま親切な魔法使いのグランドマリーナが四頭（クジャク）立ての馬車で乗り込んで来たからです。馬車の後ろには何と、ピクルスさんの小僧さんが立っていましたが、小僧さんは金と銀の仕着せに身を包み、髪粉を振った頭に三角帽を被り、ピンクの絹のストッキングを履き、宝石のちりばめられた杖と花束を手にしていました。ヒラリと、ピクルスさんの小僧さんは、三角帽を手にしたなり飛び下り、ステキに（今やコロリと魔法で変わっていたものですから）礼儀正しく、グランドマリーナが馬車から下りて来るのに手を貸しました。そしてそこに、おばあさんはプンと、干したラヴェンダーのいい香りのする、豪勢な玉虫色の絹のドレスに身を包み、パタパタ、キラびやかな扇を煽ぎながら立っていました。

「アリシアや」とこのチャーミングな魔法使いのおばあさんは言いました。「御機嫌よう？　とっても元気そうで何より。さあ、キスして頂だいな」

　アリシア姫はギュッとおばあさんを抱き締めました。それからグランドマリーナはクルリと王様の方へ向き直ると、何だか突っけんどんに言いました。「お宅はいい子にしてらして？」

　王様は、だと思いますが、と答えました。

「これでようやくお分かりでしょう、どうしてわたしの名付け子が」とまたもやチュッとお姫様にキスをしながら。「もっととっくに魚のホネを使わなかったか？」とおばあさんはたずねました。

　王様は恥ずかしそうに頭を下げました。

「ああ！　けれどあの時はまだ分からなかったと？」とおばあさんはたずねました。

　王様はもっと恥ずかしそうに頭を下げました。

「もうこれきり理由をネ掘りハ掘りやらないと？」とおばあさんはたずねました。

　王様は答えました。はい、これきり。申し訳ありませんでした。

「だったらくれぐれも言いつけを守って」とおばあさんは言いました。「これからはずっと幸せにお暮らしなさいな」

　それからグランドマリーナはさっと扇を振り、するとお后様が目もくらまんばかりにキラびやかなドレスに身を包んだなり、入って来ました。そして十七人の王子様と王女様も、もうキチキチの服ではなく、頭の天辺から爪先までおニューの服に身を包み、何もかもに下ろせる限りの揚げ（タック）を取ったなり、入って来ました。それから、おばあさんはコンとアリシア姫を扇で叩くと、すっぽり揉み消されそうなほど大きな目の粗いエプロンはどこかへ飛んで行き、お姫様は小さな花嫁そっくりに素晴らしく着飾り、オレンジの花の花冠と絹のヴェールまであしらっていました。それから、台所の食器戸棚は独りでに、美しい材木と金と鏡でできた洋服ダンスにコロリと変わり、タンスにはぎっしり、一枚残らずお姫様の、一枚残らずお姫様にぴったりの、ありとあらゆる種類のドレスが仕舞われていました。それから、天使みたいな赤ちゃんが、独りでヨチヨチ駆け込んで来ました。赤ちゃんの顔と目はちっとも悪くなっているどころか、ずっとずっと好くなっていました。そこでグランドマリーナはどうか公爵夫人に紹介して頂けませんことと言い、公爵夫人が連れて下りられると、二人の間ではどっさり慇ろな挨拶が交わされました。

　ちょっとした内緒話がヒソヒソ、魔法使いのおばあさんと公爵夫人との間で交わされ、それからおばあさんは声に出して言いました。「ええ、あの子はきっと公爵夫人には話しているだろうと思っていましたとも」グランドマリーナはそこでクルリと王様とお后様の方へ向き直ると、言いました。「わたくしたちはこれからダレソレーニオ王子を探しに参ります。どうかかっきり三十分後に教会へお越しなさいましな」という訳で、おばあさんとアリシア姫は馬車に乗り込み、ピクルスさんの小僧さんは公爵夫人をひょいと突っ込み、公爵夫人は向かいの席に独りきり座りました。そこでピクルスさんの小僧さんは踏み段を引き上げると、後ろの持ち場に就き、クジャクは尻尾を後ろに、飛び去りました。

　ダレソレーニオ王子は独りぼっち、大麦糖をムシャムシャ食べ、九〇になるのを待ち侘びながら座っていました。が馬車を曳いたクジャクが窓から飛び込んで来た途端、すぐさま、何か変わったことが起きるに違いないとピンと来ました。

「王子様」とグランドマリーナは言いました。「あなたの花嫁を連れて来て上げました」

　と魔法使いのおばあさんが言ったか言わないか、ダレソレーニオ王子の顔はベタベタだったのを止め、ジャケットとコーデュロイは鮮やかな桃色のヴェルヴェットに変わり、髪はクルリと巻き毛になり、羽根付きの縁無し帽が鳥みたように舞い込み、ちょんと頭の上に乗っかりました。王子様はおばあさんの手招きで馬車に乗り込み、乗り込んでみれば、いつだったか見かけたことのある懐かしの公爵夫人が座っていました。

　教会には王子様の親戚と友人や、アリシア姫の親戚と友人や、十七人の王子様と王女様や、赤ちゃんや、大勢の隣近所の人たちが集まっていました。結婚式の美しさと来たら、言葉では言い尽くせません。公爵夫人は花嫁付添い人を務め、聖書台のクッションで突っ支いをあてがわれている説教壇から式を見守っていました。

　グランドマリーナは式の後で、豪勢な結婚披露宴を催し、そこには食べきれないほどの御馳走と、飲み切れないほどのジュースやシャンパンがありました。ウェディング・ケーキには真っ白な絹のリボンと、艶消し銀と、白いユリの花がこまやかにあしらわれ、グルリは四十二ヤードもありました。

　グランドマリーナが新郎新婦に愛を込めて、と乾杯の音頭を取り、ダレソレーニオ王子がお礼のスピーチを返し、皆してヒップ、ヒップ、ヒップ、フレーと万歳を三唱すると、グランドマリーナは王様とお后様にこれからは一年に八回、うるう年には十回、支払い日が訪れるだろうと告げました。グランドマリーナはそれからクルリと、ダレソレーニオ王子とアリシアの方へ向き直って言いました。「あなた方二人は三十五人の子供を授かり、みんなお行儀のいい、美しいお子たちばかりでしょう。その内十七人は男の子で、十八人は女の子でしょう。子供たちはみんな生まれながらのきれいな巻き毛で、麻疹には決してかからず、百日咳は生まれる前に卒業してしまっているでしょう」

　というありがたいお告げを聞くと、みんなはまたもや万歳を三唱しました。「ヒップ、ヒップ、ヒップ、フレー」

「後はただ」とグランドマリーナは締め括りに言いました。「魚のホネにケリをつけるまでのことです」

　という訳で、おばあさんはホネをアリシア姫の手からつまみ上げ、するとホネはすぐ様お隣のおっかない小さな嚙（か）みつき屋のパグ犬の喉に飛び込み、おかげでパグ犬は息を詰まらせ、ピクピク引きつけを起こしながら死んでしまいました。

第三部　空想物語（ロマンス）

ロビン・レッドフォース中佐†執筆

我々の目下の冒険譚の主人公は比較的幼少時に海賊稼業に身を捧げたものと思われるやもしれぬ。我らが主人公が砲口までびっしり装塡した百砲門の豪華縦帆式帆船（スクーナー）を指揮するようになったのは、未だ十歳の誕生日を祝して宴を張らぬ内のことであった。

　どうやら我らが主人公はラテン語文法教師に虚仮にされているものと心得、徳義を重んず男がまた別の徳義を重んず男に対して受けて立って然るべき果たし合いを申し入れた。が果たし合いは受けて立たれず、主人公は高邁な精神がかくの如き下卑た仲間と交わるを潔しとせず、中古の小型ピストルを買い求め、紙袋にサンドイッチを捻じ込み、ビンにスペイン甘草水（かんぞうすい）を詰め、いざ、武勇の人生へと乗り出した。

† 齢（よはい）九歳。

恐いもの知らず（ボールドハート）の（というのが我らが主人公の名だったから）下積み人生の足跡を辿るのは退屈千万。よって我々としては、彼は恐いもの知らず（ボールドハート）船長の肩書きを担い、折しもシナ海にて己（おの）が縦帆式帆船（スクーナー）「佳人号」の船尾甲板に広げた真紅の炉敷絨毯の上に正装のなり寝そべっているとだけ言えば事足りよう。素晴らしい日和の夕べであり、乗組員が船長を取り巻くようにして横たわっていたものだから、船長は皆に以下のような調べを振舞った。

おうっ、陸人（おかにん）の愚かなるかな！
おうっ、海賊（かいぞく）の愉快なるかな！
おうっ、元気をお出し、かわいい子ちゃん、
　　　そら。
コーラス――よいと引け、よいと巻け。

といった活きのいい歌声が、平の水兵が恐いもの知らず（ボールドハート）船長の朗々たる声音に唱和すべくだみ声を一斉に張り上げている片や、何と和やかに大海原を漂い去ったことか、は万言を尽くすより想像を逞しゅうされたい。

かようの状況の下（もと）、マストの先端の見張りが警告を発した。「クジラです！」

皆は今や一斉に血を滾らせた。

「どの辺りに？」と恐いもの知らず（ボールドハート）船長はむっくり起き上がりざま声を上げた。

「左舷船首に、船長」とマストの先端の見張りは帽子に手をかけながら返した。というのも「佳人号」の軍律たるや然なるものだから、くだんの高みにても奴は飽くまでそいつを守らねばならなかったから。さなくば頭をズドンとぶち抜かれていたろう。

「この一騎打ちはオレに任せろ」と恐いもの知らず（ボールドハート）船長は言った。「おい、銛（もり）を寄越せ。誰にもついて来さすんじゃない」してヒラリと、独りきりボートに飛び移ると、船長は怪物目指し、見事な腕前でオールを操った。

皆は今や一斉に頭に血を上らせた。

「クジラに近づいたぞ！」と一年食った（ひととし）船乗りが、船長を小型望遠鏡で追いながら言った。

「銛（もり）で突いたぞ！」と別の船乗りが、ほんの青二才だったが、やはり小型望遠鏡を目にあてがったなり言った。

「クジラをこっちへ曳いて来るぞ！」とまた別の船乗りが、男盛りの奴だったが、やはり小型望遠鏡を目にあてがったなり言った。

事実、船長が巨塊を引っ連れたなりこっちへやって来るの

が見て取れた。果たして、船長がヒラリと船尾甲板に飛び移りながら獲物を部下に見せた際、如何なる「恐いもの知らず(ボールドハート)船長！　恐いもの知らず(ボールドハート)船長！」との耳を聾さぬばかりの歓声が上がったか、は不問に付そう。彼らは後ほどクジラで二千四百十七ポンド一〇シリング六ペンス手に入れた。

帆をピンと張るよう命じるや、船長は今や西北西へ針路を取った。「佳人号」は紺碧の大海原の上を漂うというよりむしろ掠め去った。二週間というもの、さしたる椿事も出来しなかった。ただ生半ならぬ流血の末、いずれもどっさり荷を積んだスペインの大型帆船(ガリオン)四艘と南アメリカからの小帆船(スノー)一艘を襲撃しはしたが。手持ち無沙汰の挙句、船乗り達の意気は萎え始めた。恐いもの知らず(ボールドハート)船長は全乗組員を船尾に集めて言った。「さあ、お前ら、何でも、きさまらの中に不服のある人間がいるらしい。不服のある奴はどいつであれ、前へ出ろ」

一時(いっとき)ブツブツ「ああ、ああ、船長！」「英国国旗」「待て」「取り舵」「面舵」「遣り出し」等々、似たり寄ったりの、声を潜めながらも抗いがちなつぶやきが聞こえていたと思うと、前檣楼(ぜんしょうろう)の班長ビル・ブージィが外の連中から一歩前に出た。班長の図体は巨人のそれであったが、奴は船長にグイと睨め据えられると、さすがにたじたじとなった。

「何が不服か言ってみろ」と船長は言った。

「ああ、お分かりでやしょうか、恐いもの知らず(ボールドハート)船長」と見上げぬばかりにのっぽの船乗りは答えた。「あしはガキの時分から、何年ってことなし、沖に出てるが、仲間の紅茶に配給される牛乳がこの船のそいつほど饐(す)えてたってのを知りやせん」

と言ったか言わぬか、「人が落ちたぞおっ！」との身の毛もよだつような叫び声が上がり、胆をつぶした乗組員達はブージィが、船長の（ほんの物思いに耽る余り）ベルトに挿していた律儀な小型ピストルに手をかけた弾みに後退る上で体勢を崩し、逆巻く潮(うしお)と組み打っているのを目の当たりにした。

乗組員は今や皆、言葉を失った。が恐いもの知らず(ボールドハート)船長は電光石火の如く、ごってりあしらわれたキラびやかな色取り取りの勲章を物ともせず、軍服の上着をかなぐり捨てるや、溺れかけた大男の後を追って海中に飛び込んだ。ボートが下ろされた際の興奮たるや気も狂れんばかりにして、船長が溺れかけた男を歯でくわえて引き上げている様が見受けられた際の歓喜たるや留まる所を知らず、二人がもろとも「佳人号」の主甲板に引き上げられた際の喝采たるや耳を聾さぬばかりであった。して、ぐしょ濡れの服を乾いた服に着替えたその刹那から、恐いもの知らず(ボールドハート)船長にはウィリアム・ブージィほど約しいながらも一途な馴染みはいなかった。

恐いもの知らず(ボールドハート)船長は今や水平線を指差し、乗組員皆の注意を砦の大砲の下の港に小ぢんまりと碇泊している船の先細りの円材へと向けた。

「あいつは夜明けと共に我々のものだ」と船長は言った。「グロッグをいつもの二倍振舞え。火ぶたを切る景気づけにな」

乗組員は今や一斉に仕度を整えた。

まんじりともせぬ夜が白々と明け初めるや、見知らぬ船が港から姿を見せ、戦を仕掛けるべく帆を張りに張っている様が見受けられた。二艘が互いに接近するにつれ、見知らぬ船は発砲し、ローマ国旗を掲げた。恐いもの知らず(ボールドハート)船長はそこで敵船がラテン語文法教師の帆船(バーク)たること見て取った。蓋し、敵船はそいつであった。して船長が初めて流離いの旅に出てからというもの、船長を空しくも引っ捕らえんものと世界中を間切りながら進んでいたとは。

恐いもの知らず(ボールドハート)船長は今や部下に向かって、万が一にも我らが面目がさなくば立たぬというなら、連中を吹っ飛ばしてくれようと誓い、ただしラテン語文法教師は生け捕りにするよう命じた。船長はそこで部下を各部署に就かせ、戦は「佳人号」からの舷側砲一斉射撃もて幕を開けた。「佳人号」はそれから針路を変え、またもや一斉射撃をお見舞いした。「蠍号(さそり)」は(というのがラテン語教師の帆船(バーク)のつきづきしき名だったから)負けじとばかり反撃し、恐るべき砲撃戦が繰り広げられ、そこにて「佳人号」の大砲の猛攻たるや留まる所を知らなかった。

ラテン語文法教師は煙と炎の真っ直中にて船尾楼甲板に立ったなり部下に檄を飛ばしている様が見受けられた。何卒お見逸れなきよう。奴は決して臆病者ではなかった。なるほど白い帽子と、灰色の短ズボンと、踵まで届こうかという長い嗅煙草色のフロックコートは(奴が恐いもの知らず(ボールドハート)船長を虚仮にした際に着ていたのとそっくり同じそいつは)後者の目も綾な軍服に比べればお粗末極まりなかったにもかかわらず。事ここに至りて、恐いもの知らず(ボールドハート)船長は矛(ほこ)をむんずとつかむや、部下の先頭に陣取り、敵船へ乗船するよう命じた。

決死の闘いがハンモックの網細工の直中にて――と言おうかくだんの方角辺りのどこぞにて――繰り広げられた。がとうとうラテン語文法教師は、マストを一本残らず倒され、船体を索具ごとぶち抜かれ、恐いもの知らず(ボールドハート)船長が右へ左へ辺りを伐り払って自分の方へ向かって来るのを目の当たりに旗

を手づからたぐり下ろし、剣を恐いもの知らず（ボールドハート）船長に明け渡すや、容赦を乞うた。奴が船長のボートに乗り込まされるが早いか、「蠍（さそり）号」はブクブク、全乗組員もろとも沈んだ。

恐いもの知らず（ボールドハート）船長が今や部下を集めるや、とある状況が出来した。船長は舶刀のものの一振りで調理人の息の根を止めねばならぬと心得た。というのも調理人はつい今しがたの合戦で弟を喪い、腸を煮えくり返らせた勢い、肉切り包丁もてラテン語文法教師をグサリと一思いにやってやらんものと打ちかかっていたからだ。

恐いもの知らず（ボールドハート）船長はそこでラテン語文法教師の方へ向き直ると、奴の背信を厳しく追及し、乗組員に少年を虚仮にする教師は如何なる罰を受けて然るべきと思うか問うた。

彼らは一斉に答えた。「死罪」

「かもしれぬ」と船長は言った。「が恐いもの知らず（ボールドハート）ともあろう者が凱歌の誉れを敵の血で穢（けが）したなどと言われてはならぬ。雑役艇（カッター）を用意しろ」

雑役艇（カッター）がすかさず用意された。

「命だけは許してやるが」と船長は言った。「きさまに金輪際ほかの少年を虚仮にさせてたまるか。せいぜいこの小舟で流離うがよい。ボートにはオールが二本と、羅針盤と、ラムの酒瓶と、水の小樽と、豚肉一切れと、ビスケット一袋と、オレのラテン語文法書が積んである。さあ行け！　せいぜい土人共を虚仮にするがよい、もしや奴らにお目にかかれるようならな」

とは何と毒々しき皮肉よと身に染みぬでもなく、不幸ならず者は雑役艇（カッター）に乗り込まされ、ほどなく遙か後方へ打っちやられた。奴は一向漕ぐ骨を折ろうとするどころか、最後に船の望遠鏡で確認された際には両脚を空（くう）に突き上げたなり、仰向けに寝そべっている様が見受けられた。

激しい潮風が今や吹き始めたので、恐いもの知らず（ボールドハート）船長は船の針路を南南西へと取り、夜間は一、二ポイントほど西微西へ逸らすか、もしくはひどく軋むようなら西微南西へすら逸らすことにて船首を風上へ向けてやるよう命じた。船長はそこでその夜は一先ず引き取った。実の所、大いに休息を要していたもので。耐え忍んでいた疲労に加え、この雄々しき士官は、口にこそ出さなかったが、会戦で十六箇所も傷を負うていた。

夜明けと共に、真っ白な疾風（スコール）がやって来たと思うと、次から次へと色取り取りの疾風（スコール）に見舞われた。六週間というもの雷が鳴っては稲妻が走った。ハリケーンが、それから、二か月間吹き荒れ、その後（ご）、竜巻（トルネード）と大暴風雨が猛威を奮った。船に乗っているいっとう老いぼれた船乗りですら――奴は、蓋し、めっぽう老いぼれた奴だったが——かようの荒天には生まれてこの方お目にかかったためしがなかった。「佳人号」は一体己がどこにいるものかさっぱり見当が立たず、大工は船倉に水が六フィート二インチ溜まっている由報告した。誰も彼もが毎日、水揚げ器の所でバッタリ気を失った。

糧食は今や底を突きかけた。我らが主人公は乗組員に少ない糧食を課したが、己自身には船上の誰より少ないそれを課した。が意気だけは決して衰えなかった。事ここに至りて、前檣楼（ぜんしょうろう）の班長ブージィの——とは、読者諸兄の内御記憶の方も多かろうが——感謝の念たるや、実にあっぱれ至極であった。身の上は卑しいながらも恩に篤いウィリアムは何度も何度も自分を殺し、どうか船長の食卓のために塩漬けなり何なりにしてくれと拝み入った。

事態はこの期に及びガラリと急変する。

ある日のこと、夕陽の未だ沈まず、荒天もいつしか鳴りを潜めた頃、マストの先端の見張りが——今や、衰弱の余り帽子に手をかけようにも、そいつが吹き飛ばされているのはさておき、叶はなかったが——声を上げた。

「蛮族です！」

乗組員は今や一斉に固唾を呑んで待ち受けた。

ほどなく、各々二十名の蛮人が櫂を操る千五百艘のカヌーが鮮やかな色合いでズンズン近づいて来る様が見受けられた。彼らは薄緑色で（蛮人共は、蓋し）腹の底から次なる調べをガナリ上げていた。

クチャ　クチャ　クチャ　ガリッ。
モグ　モグ。ウマウマ！
クチャ　クチャ　クチャ　ガリッ。
モグ　モグ。ウマウマ！

夜の帳が、この時までには下りつつあったので、どうやら上述の文言は当該素朴な民族思う所の晩禱を具現しているようであった。が可惜ほどなく明らかになったことに、歌は「我らが授けられんとしているものへ」等々の翻訳に外ならなかった。

酋長は、ケバケバしい色彩の羽根で厳めしくもゴテゴテ着飾り、何がなしケンカ好きのオウムよろしき物々しい様相を呈していた。が、船は恐いもの知らず（ボールドハート）船長率いる「佳人号」だと（英語がそっくり呑み込めたから）呑み込むや、甲板に額づいたが最後、船長が体を抱え起こし、手荒な真似をする気はないからと告げるまでいっかな腰を上げようとはしなかった。蛮族のほかの連中も皆、やはり見るからに戦々兢々額づき、やはり一人ずつ抱え起こしてやらねばならなかった。然まで偉大なる恐いもの知らず（ボールドハート）船長の令名は、これら「自然児」の間においてすら、船長自らに魁けていたものだから。

ウミガメとカキが今や数えきれないほどどっさり供され、そこへもってヤマイモで皆は腹を一杯に膨らせた。晩メシの後（のち）、酋長は恐いもの知らず（ボールドハート）船長に村にはもっとどっさり馳走があるので、是非とも乗組員共々お越し頂きたいと申し入れた。或いは寝返りを打たれるやもしれぬと、恐いもの知らず（ボールドハート）船長は船の乗組員に完全武装して自分について来るよう命じた。して他の指揮官にとっても好かったろうものを、もしや石橋を叩いて——が先走りは禁物。

カヌーが岸に着いた時には、夜闇は巨大な篝火の明かりで煌々と照らされていた。船の乗組員に（無筆ながらも不敵なウィリアムを筆頭に）ひたと寄り添い、おさおさ警戒を怠るなと命（めい）を下しながら、恐いもの知らず（ボールドハート）船長は酋長と腕に腕を組んで雄々しく歩き続けた。

が何と船長の腰を抜かさぬばかりに仰天したことか、蛮民共の輪っかが、上述の「我らが授けられんとしているものへ」等々のくだんの蛮民風翻訳をコーラスでガナり上げながら、ラテン語文法教師のグルリで手に手を取って踊っているのを目の当たりに！　教師は、頭を剃り上げられた上から足枷をかけられ、片や二人の蛮人が贄を丸焼きにしてくれようというので火に焼べるお膳立てにヤツに粉をまぶしていた。

恐いもの知らず（ボールドハート）船長は今や果たして如何なる措置を講じたものか部下と額を寄せ合った。その間（ま）もひっきりなし哀れ、囚人（めしうど）は容赦を乞うては枷を解いてくれるよう訴えていた。心おおらかな恐いもの知らず（ボールドハート）船長の提案に則り、とうとう囚人（めしうど）は火には焼べられず、次なる二つの条件の下（もと）、生身のまま生かしてやろうということになった。

一つ。金輪際、如何なる状況の下（もと）にても、如何なる少年にも如何なるネタであれ断じて教え込もうなどという了見を起こさぬこと。

二つ。祖国へ連れ戻された暁には、あの世へ行くまで旅を続け、自分の宿題をしてもらいたがっている少年を見つけ出し、くだんの少年のためにロハで、練習問題を解いてやり、ただしそいつに関しては一言たり口外せぬこと。

鞘から剣（つるぎ）を抜くや、恐いもの知らず（ボールドハート）船長は奴に剣（つるぎ）のギラつく刃（やいば）にかけて、くだんの二つの条件に誓いを立てさせた。囚人（めしうど）は夥しく涙をこぼし、どうやらそれまでの人生の過誤をいたく悔いているかのようであった。

船長はそこで船の乗組員に一斉射撃の準備をし、発砲後には直ちに再充填するよう命じた。「して二、三十人からのきさまらトンボ返りを打つがいい」とウィリアム・ブージィはつぶやいた。「何せこっちは抜かりなく狙いを定めているもので」と言ったと思いきや、仮借ないながらも愚弄的なウィリアムはしっかと照準を合わせた。

「撃て！」

恐いもの知らず（ボールドハート）船長の朗たる命（めい）は銃声と蛮民共の叫喚に揉み消された。一斉射撃また一斉射撃が数知れぬ谺を呼び起こした。蛮民の内、幾百人もが死に、幾百人もが傷を負い、幾千人もが森の中へと吠え哮りながら逃げ込んだ。ラテン語文法教師は予備のナイト・キャップと燕尾服を貸してもらったが、そいつを後ろ前に着た。かくてお気の毒ながら実に馬鹿げたザマを晒すことと相成ったことに。がイイ気味だ。

今や恐いもの知らず（ボールドハート）船長は命拾いをしたくだんのならず者を引っ連れたなり、他の島々へと針路を取った。とある島にて、とは言え人食い土人のそれではなく、豚肉と野菜の島だが、船長は王様の娘と（ほんの船長の側（がわ）にては戯れに）結婚した。してここにしばらく滞在し、土人共から大量の宝石や、砂金や、象牙や、白檀を贈られ、大金持ちになった。ほとんど毎日のように目が飛び出るほど高価な贈り物を部下に与えてやったにもかかわらず。

船がとうとう積み込み得る限りのありとあらゆる類の高価な代物を積み込み果すや、恐いもの知らず（ボールドハート）船長は錨を引き揚げ、「佳人号」の舳先を祖国へ向けるよう命じた。くだんの命（めい）は万歳三唱をもって従われ、日が沈まぬとうの先から幾度となきホーンパイプのステップが機敏ながらも無骨なウィルアムによりて踏みに踏まれた。

次いで我らが恐いもの知らず（ボールドハート）船長はマデイラのおよそ三リーグ沖にて小型望遠鏡越しに如何わしき見てくれの得体の知れぬ船がこちらへ向けて帆を揚げて来るのを認めた。船長がズドンと、相手の船を碇泊さすべくその前方へ向けて発砲すると、船はスルスルと旗を掲げ、旗は、船長のすぐ様見て取ったことに、我が家の裏庭のマストで翻っていた旗であった。

と来れば、さては父親が長らく行方知れずの息子を探し出すべく船旅に出たかと目星をつけ、船長は果たして事実そうか否か、してもしやそうならば父親の腹づもりは厳正にあっぱれ至極なそいつか否か確かめるべく相手の船に彼自身のボートを乗船させた。ボートは青物と新鮮な肉の贈り物ごと取って返し、得体の知れぬ船は、船長の父親のみならず、母親ばかりか大方の伯父伯母や従兄弟全員を乗せた千二百トン級の「家族号」たる由報じた。のみならず、これら親戚縁者は皆然るべき所信を表明し、船長をギュッと抱き締め、彼が自分達にもらした大いなる栄誉に対し直々謝意を表したがっているとも伝えた。恐いもの知らず（ボールドハート）船長は直ちに明くる朝、「佳人号」の船上にて催される朝食に彼らを招待し、終日（ひねもす）続こう素晴らしき舞踏会の仕度を命じた。

日もとっぷりと暮れてから、船長は如何ほどラテン語文法教師の性根がとことん腐っているか思い知らされた。くだんの恩知らずの裏切り者と来ては、あろうことか、二艘の船が互いに接近して碇泊すると、「家族号」に合図を送り、恐いもの知らず（ボールドハート）船長の身柄を引き渡そうと企んだ。奴は夜が明けると共に、恐いもの知らず（ボールドハート）船長によりて虚仮威し屋なるものとどの詰まりはどうなるか重々胆に銘じられた上、桁端（けたはし）にて縛り首に処せられた。

船長と両親は泣きの涙で再会を果たし、伯父伯母も彼らの再会に臨む所ではあったろう。が、さすがの船長もそこまでは耐えられそうになかった。従兄弟たちは船のどデカさや、部下の軍律に少なからず目を瞠り、船長の軍服の見事さに大いに感極まった。船長は心優しくも彼らに船を案内し、目ぼしいものを端（はし）から見せて回った。船長はまた百門の大砲を発砲させ、彼らは、愉快なるかな、生半ならず胆をつぶした。

宴は、かほどに華々しき光景が船上で繰り広げられたためしはなかったろうが、朝の十時から翌朝七時まで続いた。揉め事らしきものはわずか一件しか出来しなかった。恐いもの知らず（ボールドハート）船長は従弟のトムに、不敬な真似をした廉で已むなく鉄枷をかけねばならなかった。少年がしかしながら、今後は行ないを改めると誓ったので、二、三時間監禁した後（のち）、慈悲深くも、釈放してやった。

恐いもの知らず（ボールドハート）船長は今や母親を貴賓船室へと連れて下り、自ら想いを懸けている、とは知らぬ者のなき、若き御婦人の安否をたずねた。母親は懸想の相手は目下（折しも九月だったから）海水浴の恩恵に浴せるようマーゲイト*の学校に通っているが、若き御婦人の馴染み方は依然、若い恋人同士の結婚には難色を示しているらしいと答えた。恐いもの知らず（ボールドハート）船長は直ちに、いざとならば、マーゲイトを砲撃せんものとホゾを固めた。

当該腹づもりの下（もと）、船の指揮を自ら執り、くだんの船にはしっかり後について来るよう命じた上、戦闘員以外は全乗組員を「家族号」に乗船させるや、恐いもの知らず（ボールドハート）船長はほどなくマーゲイト碇泊地に錨を下ろした。してここにて重装備のなり、船の乗組員を（猛々しいながらも律儀なウィリアムを筆頭に）付き従えて上陸し、町長に面会を求め、さらば町長は執務室よりお出ましになった。

「あそこに見える船の名は御存じと、町長?」と恐いもの（ボールド）

知らず(ハート)船長はたずねた。

「いえ」町長は目をこすりながら答えた。というのも立派な船舶が碇泊しているのを目にしてなお、御両人に眉にツバしてかかっていたからだ。

「あの船の名は『佳人号』」と船長は言った。

「はあっ！」と町長はギョッと身を竦めざま素っ頓狂な声を上げた。「で、でしたら、貴殿は恐いもの知らず(ボールドハート)船長であられると?」

「如何にも」

しばし沈黙が流れ、町長はワナワナ身を震わせた。

「さて、町長」と船長は言った。「二つに一つ！　オレを花嫁に引合わす片棒を担ぐか、さもなければこの町を爆破してやる」

町長は若き御婦人の消息をたずねるべく二時間の猶予を乞うた。恐いもの知らず(ボールドハート)船長は一時間の猶予しか与えず、その一時間の間(あいだ)ウィリアム・ブージィを抜き身の剣もて町長の見張りに立たせ、奴に市長の行く所はどこへなり付き添い、グサリと、もしや寝返りを打つ素振りを見せようものなら止めを刺すよう命じた。

一時間の後(のち)町長は、およそ死んだ空もなきブージィにひたと付き従われたなり、およそ生きた空もなきまま再び姿を見せた。

「船長」と町長は言った。「若き御婦人はこれから海水浴に出かける予定の旨突き止めました。目下ですら移動更衣小屋の順番をお待ちです。潮は差しかけていますが、まだ干潮です。わたくしは、我々の町のボートの内一艘に乗れば、怪しまれることもなかりましょう。御婦人が更衣車の幌の蔭から浅い水の中へと水着でお出ましになったら、わたくしの船が割って入り、岸へ引き返すのに待ったをかけましょう。後は御自身でなさって下さい」

「町長」と恐いもの知らず(ボールドハート)船長は返した。「汝は汝の町を救い果した」

船長はそこでボートに自分を乗せて沖へ漕ぎ出すよう合図を送り、自ら舵を操ると、乗組員には海水浴場へ向けて漕ぎ、そこにてオールを休めるよう命じた。万事、筋書き通り運んだ。愛らしい花嫁は小屋からお出ましになり、町長はスルリと後ろから近寄り、花嫁は戸惑い、勢い、足の届かない所まで押し流された所で、いざ、船長は櫂に巧みに触れ、船の乗組員はグイとオールを漕いだ。と思いきや、ぞっこんの船長は花嫁を力強き腕(かいな)にひしと抱き締め、そこにて花嫁の恐怖の叫びは歓喜のそれへと変わった。

「佳人号」の出帆する間もなく、町中の旗という旗が掲げられ、鐘という鐘が撞かれ、勲の恐いもの知らず船長に、恐れるべきものの何一つなき旨告げた。船長はそれ故、その時その場で祝言を挙げるホゾを固め、牧師と書記を招く信号を送り、さらば二人はすかさずその名も「ヒバリ号」なる帆船で駆けつけた。そこでまたもや、「佳人号」の船上にては大いなる宴が張られた。がその真っ最中、町長はとある遣いの者によりて呼び立てられた。町長は取って返すや、政府が遣いの者を寄越し、恐いもの知らず船長は海賊たることにより て祖国に果たして来た大いなる貢献に謝意を表し、中佐に昇格されることに異存のあるやなきや問うて来ているとの朗報をもたらした。己自身としては、船長はくだんの一文の値もなき恩恵をはねつける所ではあったろう。が花嫁が昇格を望み、よって船長は諾った。

　後は唯一、良船「家族号」が晴れて乗船している者皆へどっさり贈り物を賜られたなり、お役御免と相成らぬ内に椿事が出来した。記すも誠に遺憾ながら（従弟の幾人かにあっては人間の性たるや然なるものだから）恐いもの知らず船長の不作法者の従弟トムは「小癪にして悪ふざけをした」廉で縄鞭の刑を三十六度食らうべく事実括り上げられた。が恐いもの知らず船長の奥方が奴のために執り成し、無罪放免と相成った。「佳人号」はそこで再装備するや、船長と花嫁は永久に安逸に過ごすべく、インド洋へ向けて旅立った。

第四部　空想物語（ロマンス）

ネッティー・アッシュフォード嬢†執筆

この世には、筆者が晴れて地図に潜り込めたら御案内致しますが、子供が何もかも思い通りにできる国があります。大人は子供に従わなければならず、誕生日以外は決して夜食まで起きていてはなりません。子供は大人にジャムとゼリーとマーマレードや、タルトとパイとプディングや、ありとあらゆる種類の焼き菓子を作るよう命じます。もしもイヤだと言ったら、大人はお言いつけ通りにするまで部屋の隅に立たされます。大人も時にはお菓子を食べさせてもらえますが、たとえお許しが出ても、たいがいいつもその後で粉薬を飲まされます。

この国の住人の一人、オレンジ夫人という名の誠に愛らしいおチビさんは生憎、数えきれないほどたくさんの家族が頭痛のタネでした。オレンジ夫人には散々面倒を見なければならない両親がいる上、両親にはひっきりなしイタヅラばかりしている親戚や仲間がいました。という訳で、オレンジ夫人はポツリと独り言をつぶやきました。「わたしもうこんな苦しみには耐えられないわ。あの子たちをみんな学校にやってしまいましょう」

オレンジ夫人はピナフォアを脱ぐと、たいそう小ざっぱりと身繕いを整え、赤ちゃんを抱き上げ、レモン夫人という名の私立予備校を経営しているまた別の御婦人の所へ出かけて行きました。オレンジ夫人はそのため泥落としの上に立つと、鈴（りん）を引きました。ちりん、ちりん、ちりん。

レモン夫人の小ざっぱりとした小さな小間使いが、廊下をセカセカやって来る間（ま）にもソックスを引き上げながら、ちりん、ちりん、ちりんという鈴（りん）の音に応えました。

「お早うございます」とオレンジ夫人は言いました。「好いお日和ですこと。御機嫌いかがでらっして？　レモン夫人は御在宅でしょうか？」

「ええ、奥様」

「オレンジ夫人が赤ちゃんと一緒に参ったと伝えて頂けませんこと？」

「はい、奥様。どうぞこちらへ」

† 齢（よはい）六歳半。

　オレンジ夫人の赤ちゃんはたいそう器量好しの赤ちゃんで、頭の天辺から爪先まで本物の蠟でできていました。レモン夫人の赤ちゃんは革と籾殻でできていました。けれど、レモン夫人が赤ちゃんを両腕に抱いて客間に入って来ると、オレンジ夫人はていねいに言いました。「お早うございます。いいお日和ですこと。御機嫌いかがでらっして？　トゥートゥルアムブーツちゃんの御機嫌もうるわしゅう？」

「それが、あんまり好くありませんの。今、歯が生えかけているものですから、奥様」とレモン夫人は言いました。

「おお、それはそれは、奥様！」とオレンジ夫人は言いました。「引きつけは起こしてらっしゃらないんでしょ？」

「ええ、奥様」

「今、何本生えてらっして、奥様？」

「五本でしてよ、奥様」

「うちのエミリアは、奥様、八本ですの」とオレンジ夫人は言いました。「わたくしたちがおしゃべりしてる間（あいだ）二人を炉造りの上に並べて寝かしておきませんこと？」

「ぜひとも、奥様」とレモン夫人は言いました。「あへむ！」

「まずもっておたずねさせて下さいましな、奥様」とオレンジ夫人は言いました。「わたくしとこんな風におしゃべりしても退屈じゃらっしゃいません？」

「ちっとも、奥様」とレモン夫人は言いました。「ほんとに、退屈どころか」

「でしたらお宅の生徒さんには」とオレンジ夫人はたずねました――「お宅の生徒さんには空きがございまして？」

「ええ、ございましてよ、奥様。何人ほどお入り（い）ですの？」

「ああ、実は、奥様」とオレンジ夫人は言いました。「とうとうわたくし、うちの子供たちには」――おうっ、つい言いそびれていましたが、あの国ではみんな大人のことを子供と呼んでいました！――「もううんざりっていう気がして来ましたの。はてっと。両親が二人に、両親の親友が二人に、教父が一人に、教母が二人に、叔母が一人。お宅には空きが八人ほどありまして？」

「あら、ちょうど八人ございますわ、奥様」とレモン夫人は言いました。

「おお、それはよかった！　もちろん条件はほどほどでらっしゃいましょうけど？」

「それはたいそう、奥様」

「で、さぞかしお食事はおいしいと？」

「とびきり、奥様」

「量に制限は？」

「もちろん、ございません」

「それは願ってもないお話！　体罰は差し控えて頂けるのでしょうか?」

「ああ、わたくし共では確かに時折揺すぶったりは致しますし」とレモン夫人は言いました。「これまでピシャピシャぶったこともあります。が、それはただ手がつけられない場合に限ってのことでございます」

「これからちょっと、奥様」とオレンジ夫人は言いました——「これからちょっと学舎を拝見させて頂けませんこと?」

「喜んで、奥様」とレモン夫人は言いました。

レモン夫人はオレンジ夫人を教室に案内しましたが、教室には生徒がどっさりいました。「皆さん、起立」とレモン夫人は言い、生徒は一人残らず起立しました。

オレンジ夫人はレモン夫人に耳打ちしました。「あそこに、ほら、見せしめにされている、赤い頬髭の、顔色の悪い禿頭の子がいますが、あの子は一体何を致しましたの?」

「こっちへ来て、ホワイト君」とレモン夫人は言いました。「こちらの御婦人にこれまでずっと何をして来たか申し上げなさい」

「馬にお金を賭けていました」とホワイト少年はむっつり答えました。

「で、今ではしまったと思っているのかしら、このおイタさん?」とレモン夫人は言いました。

「いいえ」とホワイト少年は答えました。「負けたらしまったと思いますが、勝ったらしまったとは思わないでしょう」

「これはまた何と性根の曲がった子だこと」とレモン夫人は言いました。「さあ、あっちへお行きなさいな。この子はブラウンと申します、奥様。おお、何て性コリもないったら！　足るということを知りません。ガツガツ貪り食ってばかりで。痛風の具合はいかがです、ブラウン君?」

「なかなか好くなりません」とブラウン少年は答えました。

「それもそのはずではありませんか?」とレモン夫人は言いました。「あなたの胃袋は普通の人の二倍あります。さあ、あっちへ行って運動してらっしゃいな。ブラック夫人、こちらへおいでなさいまし。さて、この子は、オレンジの奥様、いつも遊んでばかりいますの。続けて一日だってお家にじっとしてられなくて。いつもあちこち歩き回ってはお洋服を台無しにしてしまいます。朝から晩まで、でまた朝まで、遊んで、遊んで、遊んで、遊んでばかりです。これではどうやっていい子になれるっていうのでしょう?」

「いい子になんてなれっこありません」とブラック夫人は

ふくれっ面して答えました。「いい子になんてなりたくもありません」

「これでこの子がどんな子かよくお分かりでしょう、奥様」とレモン夫人は言いました。「この子がほかの何もかもそっちのけであちこち暴れ回ってる所をごらんになったら、せめてゴキゲンな子だとは思って頂けるでしょう。でも、おうっ！　奥様、この子ってば生まれてこの方お目にかかったためしのないほどこらえ性のない、こまっしゃくれたお転婆ですのよ！」

「あの子たちにはさぞかし手をお焼きに違いありませんわね、奥様」とオレンジ夫人は言いました。

「ああ、ほんとに何てどっさり、奥様！」とレモン夫人は言いました。「皆してカンシャク玉を破裂さすやら、ケンカを始めるやら、何が身のためかこれきり分かってないやら、いつもカサにかかりたがってばかりいるやらで、どうかこの、聞き分けのない子たちから救い出して下さいましな！」

「はむ、ではそろそろ御機嫌うるわしゅう、奥様」とオレンジ夫人は言いました。

「はむ、ではそろそろ御機嫌うるわしゅう、奥様」とレモン夫人は言いました。

という訳で、オレンジ夫人は赤ちゃんを抱き上げ、家に戻り、大きな頭痛のタネの子供たちに、これからみんな学校に行くことになっているのだと告げました。みんなは学校なんて行きたくないと言いましたが、オレンジ夫人は梱に荷を詰め、とっととみんなを学校へ送り出してしまいました。

「おお、何とまあ、何とまあ！　ともかく、ありがたや、ゆっくり一息つくとしましょう！」とオレンジ夫人は小さな肘掛け椅子に背を預けながら言いました。「ああ、あの厄介なおイタたちがいなくなって、何とせいせいしたことか！」

と思いきや、アリカムペインという名のまた別の御婦人が表戸の所までやって来ると、鈴を引きました。ちりん、ちりん、ちりん。

「ようこそ、アリカムペインの奥様」とオレンジ夫人は言いました。「御機嫌いかがでらっして？　どうかディナーまでいらっして下さいましな。ほんの飾りっ気のないお菓子の塊と、それから、ただのパンと糖蜜しかお出し致せませんけど。それでもありのままのわたくし共にお付き合い頂けたら、どんなにありがたいことか！」

「まあ、そんな水臭いこと」とアリカムペイン夫人は言いました。「喜んでお付き合いさせて頂きますとも。けれど一体何の用でお邪魔したとお思いでらっして、奥様？　当ててごらんなさいましな、奥様」

「さあ、一体何でらっしゃいましょう、奥様」とオレンジ夫人は言いました。

「ああ、それが、わたくし共では今晩ささやかな少年少女の集いを催したいと思っていますの」とアリカムペイン夫人は言いました。「もしも旦那さまと赤ちゃんと一緒に来て頂けたら、顔触れがすっかり揃いますわ」

「まあ、何てほんとにステキだったら！」とオレンジ夫人は言いました。

「こちらこそ、何とお礼申したものやら！」とアリカムペイン夫人は言いました。「けれど子供たちにうんざりなさいませんかしら！」

「あらま！　ちっとも！」とオレンジ夫人は言いました。「わたくし子供たちにメがありませんの」

オレンジ氏がここにてシティーから戻って来ました。そしてオレンジ氏もやはり鈴（りん）を引きました。ちりん、ちりん、ちりん。

「あら、ジェイムズ」とオレンジ夫人は言いました。「ずい分疲れてらっしゃるみたい。今日はシティーではどんな御様子でしたの？」

「玉飛ばし（トラップ）とバットとボールで、お前」とオレンジ氏は言いました。「こっちはへとへとさ」

「おお、シティーの何て恐ろしく気づかわしいったら、奥様」とオレンジ夫人はアリカムペイン夫人に言いました。「それはうんざりじゃありません、ほら？」

「おお、それはそれはシャクだったら！」とアリカムペイン夫人は言いました。「ジョンはこの所、木製ごまの輪っかにヤマを張っていますの。でもわたくし夜になるとしょっちゅう言いますのよ。『ジョン、ほんとにそんなにクサクサ、クッタクタになるだけのことがあって？』」

この時までにはディナーの仕度が整いました。そこで皆はディナーの席に着き、オレンジ氏はお菓子の塊を切り分けながら言いました。「愉しまざる心こそ貧しきかな。ジェイン、地下倉庫まで下りて、いっとう泡立ちのいい清涼飲料（ジンジャービヤ）を一ビン取って来ておくれ」

お八つ時（どき）にオレンジ夫妻と、赤ちゃんと、アリカムペイン夫人はアリカムペイン夫人のお家へと出かけて行きました。まだ子供たちは来ていませんでしたが、舞踏室の仕度はすっかり整い、紙でこさえた花がステキにあしらわれていました。

「何ていい香りだこと！」とオレンジ夫人は言いました。「可愛いあの子たち！　きっととっても喜んでくれるでしょうよ！」

「わたし自身はあんまり子供は好かんがね」とオレンジ氏は欠伸をしながら言いました。

「女の子もですの?」とアリカムペイン夫人は言いました。

「さあ！　女の子はお好きなはずですわ?」

オレンジ氏はかぶりを振り、またしても欠伸をしました。

「女の子はみな気まぐれで見栄っぱりですな、奥様」

「ねえねえ、ジェイムズ」とオレンジ夫人は、キョロキョロ辺りを見回していたと思うと、声を上げました。「ほら、ここを見てごらんなさいまし。可愛いあの子たちのための夕飯がもう、折り畳み戸の後ろのお部屋に仕度してありますわ。何とまあ、あの子たちの小さな酢漬けのサーモンでしてよ！　だし、ほら、あの子たちの小さなサラダに、小さなローストト・ビーフと炙りドリに、小さな焼き菓子に、あの子たちのちっさな、ちっさな、ちっさなシャンパンまで！」

「ええ、子供たちは子供たち同士で、奥様」とアリカムペイン夫人は言いました。「晩ご飯を食べた方がいいだろうと思いましたの。わたくしたちのテーブルはここの隅にあって、ここなら殿方の皆様がニーガス・ワインを飲んだり、卵サンドを召し上がったり、静かにトランプの『スカンピン』をやったり、見たりなされますでしょ。わたくしたちはと申せば、奥様、皆様のお世話でそれどころではないでしょうけれど」

「おお、ほんとにおっしゃる通りですわ！　きっとそれどころでは、奥様」とオレンジ夫人は言いました。

お客様が続々到着し始めました。最初のお客様は真っ白な帽子飾りとメガネのがっしりとした少年です。小間使いが少年を連れて入ると、たずねました。「皆様によろしく。で何時に連れに来ればよろしいでしょう?」アリカムペイン夫人は言いました。「どんなに遅くとも十時には。御機嫌いかがでらっして?　どうかあちらへ行っておかけ下さいましな」それからどっさり、ほかの子供たちがやって来ました。男の子同士の子もいれば、女の子同士の子もいれば、男の子と女の子が一緒の子もいます。けれどみんなお行儀の悪いことったら。中には柄付き片メガネでほかのお客様を覗き込みながら「あいつら何者だ?　見たことないが」などという子もいれば、やはり柄付き片メガネ越しにほかのお客様を覗き込みながら「やあ、お初に！」と言う子もいました。また中にはほかのお客様に紅茶かコーヒーのカップを手渡されると「ありがと。マジで！」と言う子もいました。数えきれないほどたくさんの男の子があちこち突っ立っては、シャツの襟を触っていました。太っちょの男の子が四人、うんざりだったら、どうしても戸口に突っ立ったなり、新聞のことでペチャ

クチャおしゃべりしたがるものですから、とうとうアリカムペイン夫人はたまりかねて側（そば）へ寄って言いました。「あなたたち、ほんとにそんな所に立って皆さんが入って来るのに邪魔をしてもらっては困ります。こんなこと致したくありませんけど、どうしてもみんなの邪魔にならなきゃ気がすまないというなら、お家へ帰してしまいますよ」とある、顎鬚を生やした、大きな白いチョッキの少年は、上着の燕尾を暖めながら炉敷物の上に大きく股を広げて立っているものですから、事実お家へ追い返されてしまいました。「無作法にも程があります」とアリカムペイン夫人は少年を部屋から追い立てながら言いました。「もう堪忍なりません」

　子供たちの楽隊もあり――ハープと、コルネットと、ピアノの――アリカムペイン夫人とオレンジ夫人は子供たちの間をセカセカ歩き回っては、パートナーを見つけて踊るよう言って聞かせました。けれど子供たちの何と片意地だったら！　いつまで経ってもみんなちっともパートナーを見つけて踊り出そうとはしません。ほとんどの少年は言いました。「ありがと。マジ！　けど今はケッコー」そのほかのほとんどの少年は言いました。「ありがと。マジ！　けどヤダね」

「おお、この子たちの何てうんざりだったら！」とアリカムペイン夫人はオレンジ夫人に言いました。

「可愛いあの子たち！　わたくしあの子たちにメがありませんの。でもほんとシャクだったら」とオレンジ夫人はアリカムペイン夫人に言いました。

　とうとう子供たちは音楽に合わせてゆっくり、憂はしい物腰でスルスル、あちこち動き出し始めました。とは言えその時になってもまだどうしてもお言いつけ通りにしようとせず、このパートナーがいい、あのパートナーはイヤだと言い、ずい分不機嫌な真似をしました。おまけにちっとも笑顔を見せようとしません――いえ、どんなことがあっても。そして音楽が鳴り止むと、まるでほかの誰も彼もが死んでしまったみたいに、しょんぼりペアを組んで、グルグル、グルグル部屋中を歩き回りました。

「この厄介な子供たちってば、何てなかなか愉快にやってくれないんでしょ！」とアリカムペイン夫人はオレンジ夫人に言いました。

「わたくし可愛いあの子たちにメがありませんの。でもほんと手こずらすったら」とオレンジ夫人はアリカムペイン夫人に言いました。

　子供たちはほんとに手の焼ける子供たちでした、これはかけ値なく。まず第一に、歌うよう説きつけられた時に限って、決して歌おうとせず、誰も彼もがてっきりこれきり歌わないだろうと思い込んだ時に限って、歌おうとしました。「もしもこれ以上わたしたちを困らすようなら、あなた」とアリカムペイン夫人はレースの縁取りのしてある藤色の絹のドレスに身を包み、色白の背中をたっぷりひけらかしたのっぽの少女に言いました。「残念ですが、即刻ベッドに追い立てるほかありません」

少女たちはおまけに、それは妙ちきりんなドレスを着ているものですから、夜食の前にはズタズタになっていました。少年たちが一体どうして少女たちの裳裾を踏んづけずにいられたでしょう？ がそれでいて、裳裾が踏んづけられたら、少女たちはまたもやツムジを曲げ、むっつり口を尖らせました、ほんとに！ とは言え、みんなアリカムペイン夫人が「さあさ、みなさん、夜食の仕度が整いましたよ！」と声をかけると、ゴキゲンそうになり、どっとばかり、押し合い圧し合い雪崩れ込みました。まるでディナーには素焼きのパンしか食べさせてもらっていなかったみたいに。

「子供たちはどんな具合だね？」とオレンジ氏はオレンジ夫人が赤ちゃんの様子を見にやって来ると、たずねました。オレンジ夫人は御主人が「スカンピン」をやっている間赤ちゃんを御主人の近くの棚の上に寝かせ、時々赤ちゃんの様子を見てあげて下さいましと言ってあったものですから。

「とってもゴキゲンにやってましてよ、あなた！」とオレンジ夫人は言いました。「あの子たちがイチャイチャしたり、お互い焼きモチ焼くのを見てたら何ておかしいったら！ さあ、あなたもこっちへ来てごらんなさいましな！」

「せっかくだが、お前」とオレンジ氏は言いました。「わたしは子供はどうだって構やせんのさ」

という訳で、オレンジ夫人は赤ちゃんが無事なのを確かめると、オレンジ氏を放ったらかしにしたまま、子供たちが夜食を食べている部屋へと引き返しました。

「みんな今度は何をしていますの？」とオレンジ夫人はアリカムペイン夫人にたずねました。

「みんなスピーチをぶって、議員さんごっこをしてますの」とアリカムペイン夫人はオレンジ夫人に言いました。

と聞くが早いか、オレンジ夫人はすぐ様またもやオレンジ氏の所へ取って返して言いました。「ジェイムズ、さあ、今度こそ来て頂だいな。あの子たち議員さんごっこをしてるんですって」

「せっかくだが、お前」とオレンジ氏は言いました。「わたしは議員の先生方はどうだって構やせんのさ」

という訳で、オレンジ夫人はまたしてもオレンジ氏を放ったらかしにしたまま、みんなが議員さんごっこをしている様子を見ようと、子供たちが夜食を食べている部屋へ取って返しました。すると、少年たちの中には「謹聴、謹聴、謹聴!」と言う子もいれば、「いや、いや!」と言う子もいれば、「本題に返れ!」とか「妨害!」とか、これまで耳にしたこともないようなありとあらゆる種類のタワ言を叫ぶ子もいました。それから戸口を塞いでいたあの、うんざりな太っちょの少年たちの内一人が、これから一席ぶたせて頂くために両脚で立っていますと(まるでみんなにはその子が逆立ちしたりほかの何やかやしていないのが見えていないみたいに)言いました。そして、もしや我が映えある馴染みの、などと呼んで差し支えなければ(するとまた別のうんざりな少年が深々とお辞儀をしましたが)、御免蒙って一席ぶたせて頂きましょうとも。それからその少年は長々とお経みたような演説を(何のつもりだったにせよ)ぶちにかかり、このうんざりな太っちょの少年は、ただ今、手にグラスを持っていますと、今夜、こちらのお宅へは言わば公務を果たしにやって参りましたと、目下の折、自分は片手を(とはもう一方の手を)胸にあてがい、映えある馴染みの皆様方に御参同頂くべく扉を開けようとしている所だと申し上げさせて頂きますとも。そこでいざ扉を開けるに「我々の女主に乾杯!」と音頭を取り、ほかのみんなも「我々の女主に乾杯!」と声を合わせ、それから皆して万歳を三唱しました。それからまた別のうんざりな少年がお経みたような演説をぶちにかかり、それから五、六人の騒々しい馬鹿げた少年たちが一斉にぶちにかかりました。けれど、とうとうアリカムペイン夫人が言いました。「もうこの騒々しい馬鹿騒ぎはたくさんです。さあさ、あなたたち、なるほどとってもお上手に議員さんごっこをしたけれど、議員さんごっこはちょっとやったらすぐに飽き飽きしてしまいます。いい加減お止しなさいな。だってもうじきお迎えが来ますもの」

またしてもダンスを踊ってから(夜食の前よりもっとズタズタに裳裾を踏んづけながら)、みんなは一人また一人とお家に連れて帰られ始めました。そしてどうか御安心を、両脚で踏んばっていたうんざりな太っちょの少年はスタスタ、これきり杓子定規な風もなく、歩いて帰って行きました。子供たちが一人残らず帰ってしまうと、お気の毒なアリカムペイン夫人はソファーにへたり込みながら、オレンジ夫人に言いました。「あの子たち、きっとわたくしの命取りになってしまいますわ。――ええ、きっときっと!」

「わたくしあの子たちにメがありませんの、奥様」とオレンジ夫人は言いました。「でもほんとどの子もぬっぺらぼんですわね」

オレンジ氏は帽子を被り、オレンジ夫人はボネットを被った上から赤ちゃんを抱き、二人してテクテク歩いて帰りました。けれど途中、レモン夫人の私立予備校の前を通らなければなりませんでした。

「もう大切なあの子たちは、愛しいジェイムズ」とオレンジ夫人は窓を見上げながら、言いました。「ぐっすり眠っているかしら！」

「わたしとしてはあの子たちがぐっすり眠っていようといまいと、さして構やせんがね」とオレンジ氏は返しました。

「あら、ジェイムズったら！」

「君は、ほら、あの子たちにはメがない」とオレンジ氏は言いました。「と来れば別問題さ」

「ええ、おっしゃる通り」とオレンジ夫人はうっとりかんと言いました。「おお、わたくしほんとメがありませんでよ！」

「わたしは、じゃないがね」とオレンジ氏は言いました。

「でもひょっとして、ジェイムズ」とオレンジ夫人は御主人の腕をギュッと引き寄せながら言いました。「わたくしたちの愛しい、御親切な、優しいレモンの奥様はあの子たちがお休み（ホリデー）まで一緒にいるのは望まれないんじゃありませんかしら」

「もしもその分だけ金を払ってもらえるってなら、多分、一緒にいて欲しいんじゃないかね」とオレンジ氏は言いました。

「わたしくしあの子たちにはほんとメがありませんけど、ジェイムズ」とオレンジ夫人は言いました。「だったら、わたくしたちがお代を払うっていうのは！」

こんなとびきりの名案がひらめいたおかげで、今のその国はそれはそれはケチのつけようのないほど素晴らしい国になり、皆して暮らすのにそれはそれはゴキゲンな土地になりました。大人たちは（というのはほかの国では）オレンジ夫妻が試しにお代を払ってから間もなくお休み（ホリデー）をこれきりもらえなくなり、子供たちは（というのはほかの国では）大人たちをあの世へ行くまで学校に閉じ込めてしまい、何でもかんでもお言いつけ通りにさせましたとさ。

ジョージ・シルヴァマンの釈明

第一章

事はかくて持ち上がった——

だが、ペンを手に、さりとてその後をどう続けたものか皆目見当もつかぬまま上述の文言を再読すると、何がなし出し抜けな取っかかりのような気がした。このままにしておけば、しかしながら、どれほど自分が釈明を審らかにするのに手こずったか分かって頂けるかもしれぬ。なるほど、ぎごちない言い回しではあるものの、これ以上気の利いた言い回しは思いつきそうにない。

第二章

事はかくて持ち上がった——

だが、上述の文言に目をやり、先の取っかかりと比べてみれば、全く同じ言葉を繰り返しているだけではないか。これが我ながら妙なのは、同じ文言を全く新たな脈絡で使っているからだ。それが証拠、自分としては実の所、当初念頭にあった出だしにサジを投げ、全く異なる手合いの別の前口上にすげ替え、かくて釈明を遙かそれ以前から始めるつもりでいた。では以下、三度目の正直で、この二度目の失敗を掻き消さぬまま、ペンを執るとしよう。自分自身の落ち度を、知恵が足らぬにせよ意気地がないにせよ、一切隠す気のない証とし。

第三章

今の所はまだ一件がどのように出来したかいきなり審らかにするのではなく、本題には徐々に入るとしよう。詰まる所、その方が自然なやり口だろう。というのも神様も御存じの通り、そんな具合に、この身に降り懸かったからには。

私の両親の暮らしはどん底で、物心ついた頃には、プレストン*の地下倉庫が我が家だった。忘れもしない、父親が上の通りの石畳をコツコツと、ランカシャー木靴で歩く音は幼い耳に外（ほか）のどんな木靴とも違って聞こえ、母親が地下倉庫の階段を降りて来る際にはいつもビクビク、足は――膝は――腰は――ムシの居所の好さそうな、それとも悪そうな、面（つら）を下げているか、当て推量を働かせたものだ――とうとう顔がお出ましになり、一件にこれきりケリからカタからつけて下さるまで。と言えば、私は小心者で、地下倉庫の階段は急で、入口はめっぽう低かったということはお分かり頂けよう。

母親は顔から、姿形から、中でも声はいっとう、素寒貧にむんずと、ガッチリ、引っつかまれているかのようだった。刺々しく甲高い剣突はギュッと、筋張った指が革袋を握り締める要領で図体から絞り出された。カミナリを落とす段にはやたらギョロギョロ目を剥いて窖中を睨め回すクセがあり、如何にも薄気味悪くひもじげだった。父親は背（せな）を丸め、黙りこくったなり、三脚床几に腰を下ろしてはがらんどうの火格子を眺めていたものだ。挙句シビレを切らした母親が尻の下から床几を引っこ抜き、とっとと食い扶持を稼いどいでと噛みつき出すまで。と来れば父親はむっつり階段を昇り、私はズタズタのシャツとズボンを片手で（とは、なけなしのズボン吊りたる）掻き寄せながら、母親が髪の毛をワシづかみにしてくれようというので追いかけ回すのからヒラリハラリ身を躱したものだ。

この狡っ辛い極道のガキが、と母親はいつも私のことを呼んでいた。私がグルリは真っ暗だからというので、寒いからというので、腹ペコだからというのでベソをかこうと、曲がりなりにも火があると暖かい片隅に潜り込もうと、腹の足しにありつけるとなるとガツガツ貪るように食らいつこうと、母親はいつも言っていた。「おお、この狡っ辛い極道のガキが！」そう罵られてズキリと来たのは、我ながら狡っ辛い極道のガキだと百も承知していたからだ。こと夜露を凌いで暖まるということにかけては狡っ辛い、タラフク腹を膨らせたいということにかけては狡っ辛い、めったなことではありつけないながらたまさか馳走にありつけるとなると、自分の取り分と、父親と母親のそれとを胸中、汲々と引き比べるということにかけては狡っ辛い。

時に両親は二人共仕事を探しに出かけることがあり、そんな時、私はぶっ通しで一日かそこら地下倉庫に閉じ込められた。そんな時、私は常にも増して狡っ辛くなった。独りきり放ったらかされると、何であれ(惨めったらしいのだけはさておき)しこたま頂戴したいものだと、母方の祖父がとっととあの世へ行けばいいのにとばかり考えていた。というのも祖父は、バーミンガムで機械造りをしていたが、母親の話では、ポックリ行ってくれたら、その途端、横丁中の屋敷という屋敷を「もしか頂くだけのものを頂けるってなら」譲り受けることになっていたからだ。*さすが、狡っ辛い極道のガキだけあって、私は手持ち無沙汰に飽かせて、悴んだ裸足を湿気た地下倉庫の床のヒビの入ったレンガや割れ目に突っ込み——言うなれば祖父の骸(むくろ)を踏み躙り、横丁中の屋敷という屋敷にヅカヅカ押し入り、一軒残らず腹の足しや寒さ凌ぎの服と引き替えに売り払っていたものだ。

とうとう地下倉庫にも様変わりが這いずり降りて来た。この世の誰一人避け得ぬ様変わりが、そんな地下の窖にまで——さながら人間なるものの登り詰められる限り遙か高みにとて這いずり登る如く——這いずり降りるや、外(ほか)の様変わりまで引っ連れて来た。

私達にはどこより暗い片隅に如何なる穢らわしき敷きワラで出来ているものか今に得体の知れぬ、「寝床」と呼び習わす山があった。三日三晩、母親はその上に伸びたきり臥せていたと思うと、時々声を立てて笑い始めた。たといそれまで母親が声を立てて笑うのを聞いたためしがあったとしても、めったなことではないせいで、そんな妙な声を耳に私は怖気を奮い上げた。父親も怖気を奮い上げたが、私達は代わる代わる母親に水を飲ませた。それから母親は頭を左右に振っては歌い始めた。とこうする内、母親はこれきり持ち直さなかったが、父親まで声を立てて笑っては歌を歌い出した。そうなると両親に水を飲ますのは私しかいなくなり、二人とも死んでしまった。

第四章

私は男に二人がかりで地下倉庫から担ぎ出されると——内一人がまずもって独りで覗き込みに降り、すぐ様アタフタ駆け出し、もう一方を連れて来たようだったが——ほとんど表通りの明かりに耐えられなかった。かくて車道にしゃがみ込んだなり、くだんの明かり宛、グルリを取り囲んだ人々の輪っか宛、シバシバ瞬いていた。連中の誰一人として私に近寄ろうとする者はなかったが。いきなり、さすが狡っ辛い極道のガキだけあって、私は辺りの静けさを破るに声を上げた。

「おいら腹ペコで喉がカラッカラだよ！」

「こいつは両親が死んじまったのを知っているのか?」と一人が別の男にたずねた。

「お前は親父もお袋も瘧で死んじまったってのを知ってるのか?」と三人目が突っけんどんに吹っかけた。

「死んじまったってどういうことさ。コップがガチガチ歯に当たって、水がチョロチョロこぼれた時、そいつが死ぬってことかって気はしたけど。おいら腹ペコで喉がカラッカラだよ」としか、私には一件がらみでは何も言えなかった。

私がグルリを見回すと、人々の輪っかは内側から外側へと広がり、ツンと、酢と、今なら分かるがショウノウが、私のしゃがみ込んでいる所へ向けて放り込まれる臭いがした。ほどなく、誰かが大きな、湯烟の立った酢の盥を私の側の地べたに置き、それから皆は私がそのため持って来られた腹の足しを飲み食いするのをビクビク、押し黙ったなり、眺めていた。そこで漸う私にも連中が私に恐れをなしているのがピンと来たが、どうしようもなかった。

私は相変わらずガツガツ飲み食いしていた。お次は私をどうしたものか皆でブツブツ話し合い始めた。すると輪っかのどこかで甲高い嗄れ声がこんな風に言っているのが聞こえた。「わたしはウェスト・ブロムウィッチ*のホークヤード——ヴェリティ・ホークヤード*という者だ」それから輪っかが一所で崩れたと思うと、土気色の顔と、尖り鼻の、ゲートルまで鉄灰色づくめの殿方が巡査ともう一人、何かの役人と一緒に人込みを掻き分けて来た。殿方は湯烟を立てている酢の盥まで近寄ると、酢をパラパラ、御尊体には丹念に、私にはどっさり、振りかけた。

「この小僧にはバーミンガムに祖父がいた、この小僧には。

祖父もつい先達て死んだばかりだ」とホークヤード氏は言った。

私は話し手の方へ目を上げると、ガツガツ食らいつくような物腰でたずねた。「じいさんの屋敷の奴らはどこさ?」

「はあっ! 棺桶に片足を突っ込んでおりながら、凄まじく狡っ辛いことをほざくではないか」とホークヤード氏はパラパラ、極道のムシを追い払おうとでもいうかのようにいよよしこたま私に酢を振りかけながら言った。「わたしはこの少年のためにささやかな——実にささやかな——務めを引き受けた。全く任意の務めを。たとい単なる感傷でなかろうと、単なる名誉の問題の。がそれでいて一旦引き受けたからには飽くまで(おお、如何にも、飽くまで!)務めを全うしようではないか」

グルリの野次馬は私などより遙かにこの殿方のことを高く買っているようだった。

「小僧に学をつけてやらねばなるまい」とホークヤード氏は言った。「(おお、如何にも、学をつけてやらねば!)だが差し当たりどうしてやったものか? ひょっとして感染していないとも限るまい。菌を撒き散らさぬとも限るまい」グルリの輪っかはグンと広がった。「小僧を差し当たりどうしてやったものか?」

ホークヤード氏は二人の役人と額を寄せ合った。私には「百姓家」という言葉以外何一つ聞き分けられなかった。もう一言、何度も繰り返される言葉があったが、当時の私にはチンプンカンプンだった。後になって「ホートン・タワーズ」*だと分かったが。

「如何にも」とホークヤード氏は言った。「なかなか幸先好さそうだ。なかなか先行き明るげだ。だから、小僧を一晩か二晩、独りきりブタ箱にぶち込んでおいてはどうかと、えっ?」

そう持ちかけたのはどうやら巡査のようだった。というのも「はい!」と答えたのは巡査だったからだ。結局私の腕を引っ捕らえ、通りから通りを後ろから追い立て、剥き出しの建物の水漆喰の部屋へ閉じ込めたのも、巡査だった。そこには腰を下ろす椅子もあれば、席に着くテーブルもあれば、横になる鉄の寝台と立派な筵もあれば、引っ被る敷物と毛布もあった。食べ物もどっさりあり、私は食べ物の入っていたブリキの粥皿をどんな具合に鏡顔負けにピッカピカに磨けば好いかも教わった。ばかりか風呂に入れられ、新しい服も持って来てもらった。古いボロは焼べて、私はショウノウや酢を振りかけられ、あれこれ消毒された。

といったことにそっくり片がつくと——何日がかりで、か何日もかけずに、かはこの際不問に付そう——ホークヤード氏が戸口から入って来るなり、ひたと扉に寄り添ったまま言った。「そら、あっちの壁にへばりついて立つんだ、ジョージ・シルヴァマン。なるたけ遠退いてな。そう、そう、それでいい。調子はどうだ?」

私は寒くも、ひもじくも、喉が干上がってもいないと答えた。その三つしか、私の知る限り、人間は感じないものだと思っていたから。ぶたれると痛い、というのをさておけば。

「はむ」とホークヤード氏は言った。「お前はこれから、ジョージ、健やかな百姓家にお世話になって、毒を消すことになっている。なるたけ外に出ていることだ。あっちでは迎えが来るまで、せいぜい外のいい空気を吸って過ごすがいい。両親がどうして死んだかはあまり口にしないに——実の所、何も口にしないよう気をつけるに——越したことはなかろう。さもなければ連中、お前を引き受けたがらぬやもしれぬ。せいぜい行儀好くしておくことだ。そうしたら学校に入れてやろう。おお、如何にも! 学校に入れてやろう。そんな筋合いはさらさらないが。わたしは主の僕でな、ジョージ。ばかりかこの三十五年というもの、げに、主に律義な僕として仕えて来た。主もわたしのことは律儀な僕と思し召しだ。主御自身知っての通り」

果たしてこの男、何が言いたいものと当時思ったか、今に思い描けぬ。果たしていつこの男が何か如何わしい宗派、と言おうか会衆の中心的な人物で、信徒は皆気が向き次第仲間相手に長広舌を揮い、連中の間で男はホークヤード同志と呼ばれていると呑み込み始めたか、今にほとんど分からぬと同様。私にはただ、ブタ箱におけるその日、農夫の荷馬車が街角まで迎えに来ていると分かっているだけで十分だった。私はいそいそ、荷馬車に乗り込んだ。というのも生まれてこの方、乗り物らしきものに乗ったためしがなかったからだ。

荷馬車にガラガラ揺られる内、私は眠たくなり、とうとうぐっすり眠りこけた。初っ端はプレストンの通りを通りの続く限り、マジマジやっていた。道中、或いは心の中で、一体私達の地下倉庫はどの辺りにあるんだろうと首を傾げていたかもしれぬ。が怪しいものだ。根っから狡っ辛い極道のガキだけに、一体誰が父親と母親を埋めてくれるのか、どこに、いつ、両親は埋めてもらうのか、これきり考えもしなかった。百姓家ではブタ箱といい対、昼間はたらふく腹を膨らせ、夜はヌクヌク布団にくるまれるんだろうかということで頭の中は一杯だった。

荷馬車がガタゴト、締まりのない石ころだらけの道に差しかかったせいでハッと目が覚めた。気がついてみれば急な坂を登っている所で、道は野原を抜ける轍だらけの脇道だった。そんな具合に、古めかしい段庭の成れの果てや、いつぞやは砦風に固められていた頑丈な離れ家の脇を過り、崩れかけた門口の下を潜り、とうとうホートン・タワーズの古びた方庭の外側のぶ厚い石壁の中の古びた百姓家までやって来た。百姓家を私は固より神さびた風情を解(かい)さぬとあって、何ら格別とも思わぬまま、ただ間の抜けた野育ちのガキよろしく眺めていたにすぎぬ。どうせ百姓家というのはどいつもこいつも似たり寄ったりなものと。確かにボロボロに崩れかけてはいるが、身に覚えのあるガタピシの奴の何もかものいっとうの火種の——素寒貧の——せいだろうと決めつけて。頭の上を飛び回っているハトや、厩舎のウシや、池のアヒルや、中庭であちこち啄んでいるニワトリをグイと睨め据えるにしても、そこに御厄介になっている間(ま)にどっさり晩メシ用にツブして下されればいいがと餓(かつ)えた胸算用を弾きながら。日向に干してあるゴシゴシに磨き上げられた乳絞りの器は、親方が食い物をたらふく平らげ、平らげ果すと自分がブタ箱で仕込まれたみたいにピッカピカに磨き上げる大振りな粥皿の役もこなすんだろうかと首を捻りながら。まさか、その明るい春の日にくだんの遙かな高みを過る影法師はしかめっ面と似たり寄ったりの奴じゃないだろうがとビクビク竦み上がりながら——むさ苦しい、これきりうっとり来るどころか、おっかながってばかりいる——身の毛のよだつような人デナシのチビじゃや。

その時まで私は孝心とはどんなものか、かすかな印象すらついぞ刻まれたためしがなかった。この世には何か愛らしいものがあるなど夢にも思わなかった。たまにこっそり地下倉庫の階段を昇って通りへ這いずり出しては店のウィンドーを覗き込んだが、お蔭で恐らく、疥癬病みの仔犬か狼の子ほどにも浮かれてはいなかったはずだ。これもまた偽らざる真実だが、私は自分自身とまんざら独り善がりでもなく言葉を交わしていたという意味では独りきりだったためしはなかったし、やたらしょっちゅう孤独ではあったものの、下手にチョッカイを出されるよりよっぽどか増しだった。

といった態で、私はその日、古びた百姓家の厨で夕食の席に着いた。といった態で、私はその晩、古びた百姓家の自分の寝台に横たわった。冷え冷えとした月明かりの射し込むせせこましい中方立(マリオン)て造りの窓の向かいに、チスイコウモリよろしく、長々と身を横たえて。

第五章

ホートン・タワーズに関し、私に今、何が分かっているか？　皆無に等しい。というのも、ありがたくも、これまで第一印象を掻き乱すに大いに二の足を踏んで来たからだ。プレストンとブラックバーンの間の街道から一マイルほど逸れた高台にそそり立つ、幾世紀も前の館。というのもその辺りにジェイムズ一世英国王が准男爵を作ることにて金を稼ごうと躍起になった勢い、多分、今のその上がりの好い上つ方を一人ならずでっち上げたとのことだから。ボロボロに朽ち果てるがままに打ち捨てられた、幾世紀も前の館。森や庭園はとうの昔に草地になっているか鋤き返され、リブル川とダーウェン川がその下をキラめき渡り、辺り一面茫と靄が立ち籠めているとあって、いくら初代スチュアート*が人間離れした先見の明を働かそうとて今や両の彼方で捩り鉢巻きでかかっている蒸気力を仄めかす「強硬な抗議(カウンタ・ブラースト*)」の先までは見越せなかったろう。

ホートン・タワーズに関し、私に当時、何が分かっていたろう？　私は初めて人気(ひとけ)のない方庭の門から中を覗き込み、ギョッと、守護亡霊よろしく仄見えて来たカビだらけの彫像から後退った際——こっそり、百姓家の裏手を回り、古めかしい部屋から部屋に紛れ込んでみれば、その大方では床や天井が崩れかけ、梁や垂木が危なっかしげに垂れ下がり、漆喰がボロボロ、足を踏み締める側(そば)から砕け、オークの羽目板が剥げ落ち、窓が半ば板を打ちつけられ半ば壊れていた際——古びた厨を見はるかす回廊を見つけ、欄干越しにビクビク、ひょっとしてこの世ともあの世ともつかぬ連中が入って来て、腰を下ろし、とんでもなくおっかない目で、と言おうか目無しで、私の方を見上げる所に出会しはせぬかと、大きな古めかしいテーブルと長椅子を見下ろした際——屋敷のどこでもかしこでも隙間や割れ目に——何せ空はしょんぼり私を睨め据え、鳥は飛び交い、ツタはカサコソ葉擦れの音を立て、冬の荒天のせいで腐った床は染みだらけとあって——ブルブル怖気を奮い上げた際——踏み段のズンとのめずり込んだ仄暗い落とし穴もどきの階段のどん底では緑葉(あおば)が戦ぎ、蝶が舞い、蜂がブンブン、壊れた戸口を出たり入ったりしていた際——廃墟丸ごとのグルリを取り囲んでいるのは生まれてこの方夢にも思ったためしのない甘い香りと、瑞々しく緑々(あおあお)

とした生育と、永久に蘇る生命だった際――だから、私の暗黒の魂がせいぜいこうしたあれやこれやを朧げながらにせよ呑み込みかけた際――ホートン・タワーズに関し、私に当時、何が分かっていたろう？

　私は空がしょんぼり私を睨め据えていたと綴った。そう綴った時点で問いの答えは早、出ていたようなものだ。私にはこうしたあれやこれやが皆しょんぼり私を眺めているのは分かっていた。そいつら、私に憐れを催さぬでもなく、溜め息を吐いたりつぶやいたりしているかのようだったのは。「ああ！　哀れな狡っ辛い極道のガキめ！」

　私がひょろりと首を伸ばして中を覗き込んだ際、小さめの落とし穴じみたガタピシの階段の端くれのどん底にネズミが二、三匹いた。ネズミはそこにいる何か餌食をガサゴソ漁り合っていた。がギョッと身を竦め、暗がりにひたと寄り添うようにして隠れた際、私はふと昔の地下倉庫の暮らしを（そいつはもう昔になっていたから）思い浮かべた。

　どうすればこんな狡っ辛い極道のガキにならずに済むのか？　どうすればネズミを毛嫌いせずにいられないように自分で自分を毛嫌いせずに済むのか？　私は私自身に怖気を奮い、泣きながら（生まれてこの方、ただどこか痛むという謂れをさておき泣くのはそれが初めてだったが）なるたけ小さめの部屋の一室の片隅に引き籠もると、一件がらみで知恵を絞りにかかった。折しも、農家の鋤馬車の一台が目に入り、そいつは何がなし、二頭の馬と一緒にそれはのんびり、黙々と畑を行きつ戻りつする間にも、私に救いの手を差し述べてくれているかのようだった。

　百姓家の一家にはおおよそ私と同じ年頃の少女がいた。少女は食事時になるとせせこましいテーブルの私の向かいに座った。初めて一緒に食事を取った時、ふと、私の瘧が感染るかもしれないと思った。かと言ってその時はさして気にも留めず、ただ少女がいきなり床に臥せたらどんな風に見えるんだろうか、死んじまうってことはあるんだろうかと想像するくらいのものだった。が今やふと、なるたけ少女から遠退いておけば、瘧を感染さずに済むかもしれぬと思い当たった。ならばみんなとはぐれて食い物を掻っ込みさえすれば事足りよう。そうすればきっと、それだけ狡っ辛くなくて、極道めいてもいないということになるはずだ。

　その時を境に、私は夜が明けるか明けぬか、崩れかけた屋敷の人目につかない物蔭に潜ったが最後、少女が床に就くまでそこにじっと隠れていた。初めの内は、食事の仕度が整うと、みんなが私の名を呼ぶのが聞こえ、勢い、固めたホゾはグラついた。がそいつをもう一度固め直してやろうというので屋敷のずっと奥まで引っ込み、声が聞こえないようにした。私はしょっちゅうくすんだ窓辺で少女を見張り、少女が溌溂としてバラ色なのを目にすると、ずい分幸せな気分になったものだ。

　こんな具合に、自分自身をまだしも人間らしく仕込んでやろうと、少女のことをひっきりなし慮る内、多分、私の中でガキじみた恋心が芽生えたに違いない。私は少女の身を守ってやる誇りで――少女のために身を捧げる誇りで――何がなし箔がついたような気がして来た。そんな目新しい思いで膨らむにつれ、私の心はいつしか母親と父親に対してもお手柔らかになった。それまではガチガチに凍てついていたものを、今や雪解けし始めたようだった。古めかしい廃墟とそいつに取り憑いた愛らしい何もかもは、私独りに憐れを催すのみならず、母親と父親にも憐れを催した。という訳で私はまたもや涙をこぼした。それも、しょっちゅう。

　百姓家の一家は私のことを根っから気難しい人間だと思い込み、ずい分突っけんどんに当たった。不規則な時間にありつけるような残飯がらみで出し惜しみされたことは一度もなかったが。ある晩のこと、いつもの時間に厨の掛け金を外すと、シルヴィアが（というのが少女の愛らしい名だったから）つい今しがた部屋から出て行ったばかりだった。少女が向かいの階段を昇るのが目に入ったせいで、私は依然、戸口に立っていた。少女は掛け金の音を聞きつけ、クルリと向き直った。

「ジョージ」とシルヴィアはほがらかな声で言った。「明日はわたしの誕生日なの。バイオリン弾きを呼んで、男の子や女の子もたくさん荷馬車でやって来て、ダンスを踊ることになってるの。あなたもいかが。どうかせめて明日だけはみんなと仲良くして頂だいな、ジョージ」

「申し訳ありませんが、嬢さん（ミス）」と私は答えた。「おいら――おいら、やっぱ止（よ）しときます」

「まあ、なんてイケ好かなくて、ツムジ曲がりの小僧だったら。あんたなんかに声かけるんじゃなかったわ。もう二度と口利かないから」

　少女が姿を消してからも、私は炉火にじっと目を凝らして突っ立っていた。すると、親父さんが私に苦ムシを噛みつぶしているのが分かった。

「おい、この小僧め！」と親父さんは言った。「シルヴィーの言う通りだ。おめえみたいにむっつり、ねっちり、塞ぎ込んだ奴は見たこともねえ」

　私は悪気はこれきりなかったと言おうとしたが、親父さんはただ冷ややかに言うきりだった。「ああ、かもしんねえ、かもしんねえ！　そら、とっとと晩メシを食わねえか、とっとと晩メシを。んで二度と目いっぺえむっつりスネんじゃねえからな」

　ああ！　せめて私が明くる日、廃墟の中で陽気な幼い客をどっさり載せた荷馬車がやって来るのをじっと見守っている所を目にしていたなら——せめて私が夜分、幽霊じみた彫像の蔭からスルリと這い出し、楽の音やダンスのステップを踏む足の音に耳を傾け、廃墟がどこからどこまで暗い片や、方庭から赤々と明かりの灯った百姓家の窓を見守っている所を目にしていたなら——せめて私が「みんなおいらのキンにはタタられずにすむだろう」と思って自らを慰めながら裏手の道から寝床まで這い上がる際の私の胸の内まで見通せていたなら——だったら皆は私のことを然まで根っから気難しい、と言おうか人付き合いの悪いヤツだとは思わなかったろう。

　こんな具合に、私は内気な気っ風の筋金を入れられ、誤解されてばかりいる内におずおずとした口数の少ない人間になり、ひょっとして浅ましい、と言おうか狡っ辛い真似をしてはいまいかと口では言えないくらい、恐らく、病的なまでに、怯え始めた。こんな具合に、私の性根はかようの鋳型に合わせて焼きを入れられた。貧しい一学徒としての勤勉で引き籠もった生活のまっとうな感化を受けさえしない間に。

第六章

ホークヤード同志は（あの男は私にそう呼ばすと言って聞かなかったから）私を学校へやり、骨身を惜しまず励むよう命じた。「大船に乗ったような気でいたまえ、ジョージ」とあの男は言った。「わたしはこの三十五年というもの主がお抱えになった最も優れた僕として仕えて来た（おお、わたしは！）。して主はわたしほどの僕が如何ほどかけがえがないか重々御存じだ。（おお、重々！）して主は君の学校教育にもわたしへの報いの端くれとして恵みを垂れ賜おう。主のことだ、必ずや、ジョージ。さよう、わたしのためにこそ垂れ賜おう」

　最初から私はこの、ホークヤード同志の側における、崇高な、人間の叡智を越えた全知全能の神のやり口ならばとうにお見通しといった不遜な態度が気に入らなかった。私は少しずつ賢く、なお少しずつ賢くなるにつれ、そんな態度がますます、ますます、気に入らなくなった。括弧つきで我と我が身に太鼓判を捺す――まるで我と我が身を知らぬでなし、己自身の文言に眉にツバしてかかってでもいるかのような――やり口も、疎ましかった。こんな具合に毛嫌いしたせいで私自身どれほど悩んだか、口では言えない。というのも自分が狡っ辛いからではないかという気がしたからだ。

　時が経つにつれ、私は立派な財団の給費生になり、一切ホークヤード同志の世話にならずに済んだ。そこまで骨身を惜しまず勉学に励んでもなお懸命に励んだのは、最終的には大学への推薦と奨学金を受けたかったからだ。健康はついぞ優れず（プレストンの地下倉庫の逆しまな蒸気が今に体にこびりついているのではないかという気がするが）、四六時中、机に向かっている所へもって固より体が弱いせいもあって、私はまたもや――つまり、学生仲間の間で――人付き合いが悪いと思われるようになった。

　給費生として過ごしている間中、私はホークヤード同志の会衆から二、三マイルと離れていない所に住み、日曜毎に所謂、賜暇生になる度、彼の求めに応じてそこへ足を運んだ。否も応もなく、これら男性同志（ブラザー）や女性同志（シスター）は一旦集会の場外へ出ると同胞のその他大勢と似たり寄ったりどころか、概して、控え目に表して（ひょう）も、自分達の店で枡目をゴマかしたり、真実を語らない点では大方の連中に劣らず逆しまだと気づかされない内は――だから、否も応もなく、そうした事実に気づかされない内は、連中のクダクダしい説教や、無節操な衒いや、横柄な無知や、天地の至高の統治者に彼ら自身の惨めな卑小と偏狭を帰す姿勢に、大いに戸惑った。がそれでいて、彼らが神の恩寵の高尚な状態にあるのを見て取れぬ心境を表す（ひょう）連中の文言は「狡っ辛い」状態だったので、私はしばらくの間は事実、私自身の生まれながらの狡っ辛い極道根性が識別力の欠如の根柢にこっそり潜んでいるのではなかろうかと自問しては苦悩した。

　ホークヤード同志はこの集会のウケのいい講釈師で、日曜の昼下がりは概ね最初に演壇に登った（説教壇の代わりに、テーブルの据えられた小さな演壇があったから）。彼は生業は乾物商だった。ギムレット同志も――棘々しい面構えと、犬の耳折れよろしき大きなシャツ・カラーの初老の男で、水玉模様の青い首巻きは後頭部の天辺まで届いていたが――やはり乾物商で、講釈師だった。ギムレット同志は表向きホークヤード同志を手離しで褒めちぎっていたが（私の一再ならず感じたことに）彼に嫉妬深い反感を抱いていた。

　当該条（くだり）を通読するかもしれぬ方はどなたであれ、どうかくだんの会衆の言語と習慣に関して綴っていることを、私は実物と真実から周到かつ文字通り、正確に写し取っているとの厳粛な誓いにここにて再度、目を通して頂きたい。

　私がかくも長らく追い求めていたものを勝ち取り、晴れて大学に進学することが決まった最初の日曜日に、ホークヤード同志は長々とした説教をこんな具合に締め括った。

「はむ、我が馴染みにして罪人仲間よ、さて、わたしは講話を始める際、これから皆の衆に何を言うつもりか一言たり分からないと言った（して然り、わたしは一言たり分からなかった！）がわたしにとっては一つことだった。何故なら神がわたしの望む言葉を口にさせ賜おうと分かっていたからだ」

（「如何にも！」とギムレット同志より。）

「して神は事実わたしの望む言葉を口にさせ賜うた」

（「正しく」とギムレット同志より。）

「して何故に？」

（「ああ、そこを聞かせて頂こうでは！」とギムレット同志より。）

「何とならば、わたしは三十五年の長きにわたり神に律儀な僕として仕え、神はそれを御存じだからだ。実に三十五年の長きにわたり！　して、よろしいかな、神はそのことを御存じだ！　わたしは自らの報い故にくだんの自ら望む文言を授かった。くだんの文言を、我が罪人仲間よ、わたしは神から授かった。即金で！　わたしは言った。『払われて然るべき報いが山とある。故に、幾許か即金にて賜らんことを』してわたしは幾許か即金にて受け取り、それを皆の衆に譲り渡そう。皆の衆はただし、それをナプキンに包むでも、タオルに包むでも、ハンカチに包むでもなく、高利にて貸し出すが好かろう。結構。さて、我が男性同志にして女性同志にして罪人仲間よ、これからとある質問を提起することにて締め括らせて頂くが、よもや悪魔が皆の衆の頭の中で混乱させぬほどには（三十五年もの長きにわたり仕えたとあらば、願はくは主の介添えの下！）明々白々としてみせようでは――まんまと悪魔の術数に嵌まらぬよう」

（「如何にもあやつのしそうなことだ。抜け目ない老いぼれ下郎めが！」とギムレット同志より。）

「してその質問とはこれだ。即ち、天使には学識があるか？」

（「否。いささかなり！」とギムレット同志より。自信満々。）

「否。して主の御手より既製にて遣わされた証拠は何処なりや？　ああ、目下、我々の中には一人、およそ詰め込み得る限りの学識を余す所なく具えた人物がいる。このわたしこそその人物に詰め込み得る限りの学識を与えた人間だが。その人物の祖父は」（私自身、それまでついぞ耳にしたためしはなかったが）「我々の同志だった。祖父はパークソップ同志と言った。如何にも。パークソップ。パークソップ同志。祖父の俗名はパークソップと言い、祖父はこの同志仲間の一人だった。ならばその者はパークソップ同志ではなかったろうか？」

（「同志に違いない。否も応もなく！」とギムレット同志より。）

「はむ、祖父は目下この場に同席しているくだんの人物を自らの罪人同志の世話に委ね（してくだんの罪人同志は、よろしいかな、当時皆の衆の誰より大きな器の罪人であった。神よ、ありがたきかな！）同志はその名もホークヤードと言った。即ち、わたしの世話に。わたしはくだんの人物に一切謝礼も報酬も受け取らぬまま——蜜蜂の巣は固より、ほんのわずかな没薬（『ヨハネ』一九：三九）も、乳香も、琥珀も受け取らぬまま——詰め込み得る限りの学識を余す所なく授けた。お蔭でその人物は魂の上で、我らが聖堂に罷り入るに至っているか？否。片や我々の間には丸いOと捻れたSの区別のつかぬ無学の男性同志や女性同志が紛れていないだろうか？　少なからず。ならば天使に学識はない。ならば天使は連中のアルファベットすら知らぬ。して今や、我が馴染みにして罪人仲間よ、かくの如き結論に達したからには恐らく、誰か臨席の同志が——恐らく君が、ギムレット同志——我々のためにささやかな祈りを捧げてくれるのではなかろうか？」

ギムレット同志は袖で口を拭うと、聖なる務めを引き受け、つぶやいた。「はむ！　やつがれにも果たして皆の衆の内何者かの急所を突けるか否かは覚束ない」彼はそう、暗澹たる笑みを浮かべ、そこでやおら大声でまくし立て始めた。我々の格別慎むべきは、彼の懇請によらば、孤児からの略奪、並びに父親もしくは（例えば）祖父の側における遺志の隠蔽、並びに我々が当然の権利を差し控えている虐げられし者に慈悲深く施す風を装う一方での、くだんの孤児の不動産の着服、並びにその手の諸々の罪であった。彼は「我らに平穏を与え賜え！」との請願で締め括ったが、心の平穏こそはこと私自身に関せば、二十分に及ぶ彼の長口舌の後では正しく求めて已まぬ代物ではあった。

たとい彼が汗だくで、跪いていた姿勢から腰を上げる段にちらとホークヤード同志の方を見やるのを目にしていなかったとて——たとい彼が何と熱弁を揮ったことか褒め称えるホークヤード同志の口調を耳にしていなかったとて——私は目下のこの祈りに込められた陰険な当てこすりを気取ってはいたろう。似たり寄ったりの主旨の曖昧模糊たる疑念がより幼かりし学生時代、時に胸中過ることがあり、いつもずい分辛い思いをしたものだ。というのもそんな疑念はその本質において狡っ辛く、敢えてシルヴィアから身を引いた精神からは遠く、遠く懸け離れていたからだ。そんな疑念は証拠の微塵もない浅ましきそれであった。なるほど、不健全な地下倉庫に端を発すだけのことはあったろう。そんな疑念は証拠に欠けるばかりか、証拠に反していた。というのも私は私自身、ホークヤード同志の施してくれたことの生身の証ではなかったろうか？　そもそも彼がいなければ、どうやってホートン・タワーズで空がしょんぼり、あの惨めったらしい小僧を見下ろしているのを目にし得ていたろう？

　成人に近づき、以前より独力で身を処せるようになるにつれ、野蛮な利己の段階への逆行への怯えは薄らいで行ったものの、それでいて私は決してかようの逆行への如何なる傾向への警戒も怠らなかった。こうした疑念を足下に踏み躙り果してなお、私はホークヤード同志の物腰や彼の奉じている宗教が好きになれずに苦しんでいた。よって、その同じ日曜の夕刻、独り歩いて引き返しながらふと、もしも大学に進む前に、どれほどお世話になったことをありがたく感じているか心からの恩義の言葉を認め、彼の手に委ねたら、自分自身の悩ましい疑念が不承不承ながら加えている如何なる侮辱であれ、そのせめてもの罪滅ぼしになるかもしれぬと思い当たった。そうすれば暗に、敵愾心を燃やしている同志にして講釈師からの、と言おうか如何なる向きからのであれ、陰険な当てこすりの汚名を雪ぐ一助となるかもしれぬ。

　よって、私は丹念に、ばかりか大いに感極まって、と言い添えても差し支えなかろうが、文書を綴った。というのも書き進むにつれて胸に迫るものがあったからだ。財団擁立学校を卒業し、ケンブリッジに入学する短い合間、これと言ってこなさねばならない課題もなかったので、彼の営業所まで歩いて行き、手紙を直接手渡すことにした。

　それはとある冬の昼下がりのことで、私はコンと、長く天井の低い店の向こうの隅の小さな会計事務所の扉をノックした。ノックをしたのは樽や梱が担ぎ込まれ、「会計事務所への私道」と銘打たれた裏庭伝に入ってからのことだったが、店員が勘定台から、主人は取り込み中だと声をかけた。

「ギムレット同志が」（と店員は、やはり同志仲間の端くれだったから、言った。）「お見えなもので」

　私は、ならばむしろ願ったり叶ったりという気がし、思いきってもう一度ノックした。二人は声を潜めて話し込み、金がやり取りされていた。というのも金の数え上げられる音が聞こえたからだ。

「誰だ?」とホークヤード同志は突っけんどんにたずねた。

「ジョージ・シルヴァマンです」と私は扉を半開きにしたままたずねた。「入ってもよろしいでしょうか?」

同志は二人共私を目にそれは胆をつぶしたように見えたものだから、私は常にも増してドギマギ居たたまらなくなった。が二人は早目のガス灯の下(もと)、死人さながら蒼ざめ、恐らく、くだんの偶然が重なってますます度胆を抜かれたように映ったに違いない。

「一体何事だ?」とホークヤード同志はたずねた。

「ああ! 一体何事だ?」とギムレット同志もたずねた。

「別に何でもありません」と私はおずおず文書を取り出しながら言った。「ただ自分で綴った手紙を届けに来ただけです」

「君自身の綴っただと、ジョージ?」とホークヤード同志は声を上げた。

「しかも同志御自身に宛てて」と私は答えた。

「しかもわたし自身に宛てて、ジョージ?」

彼はいよよ血の気を失い、そそくさと封を切った。がざっと目を通し、大方どんなことが書いてあるか呑み込むと、さまでアタフタした風もなくなり、血の気を取り戻しながら言った「神のありがたきかな!」

「如何にも!」とギムレット同志は声を上げた。「よくぞおっしゃった! アーメン」

ホークヤード同志はそこで、まだしも快活な口調で言った。「実は、ジョージ、ギムレット同志とわたしは近々店を一つにすることにした。共同で出資することに。その打ち合わせをちょうど今している所だ。ギムレット同志は儲けの丸々半分手にすることになっている。(おお、如何にも! 丸々半分。最後のビタ一文に至るまで、丸々半分)」

「神の御心に適えば(ディーオウ・ヴォレンティ)!」とギムレット同志は右脚の上でギョッと右の拳を固めたなり言った。

「この手紙を声に出して読んでも」とホークヤード同志は続けた。「構わんかね、ジョージ?」

とは、昨日の祈りの後では願ってもないことだったので、私は是非ともと返した。彼は手紙を声に出して読み、ギムレット同志は刺々しい笑みを浮かべて耳を傾けた。

「ここへ足を運んだとはもっけの幸い」と彼は目を皺クチャに窄め上げながら言った。「ばかりか、つい昨日のこと悪人共の怖気を奮い上げてやろうというのでホークヤード同志の気っ風とは似ても似つかぬ気っ風をまざまざと描いてみせずにはいられなくなったのももっけの幸い。だが事を為し賜うたのは主(しゅ)だ。やつがれはげに汗をかいている間(ま)にも主(しゅ)が事に当たり賜うているものと心得ていた」

その後、彼ら二人によって最後に出立する前に必ずもう一度集会に列席するよう説きつけられた。内気で引っ込み思案な自分のこと、わざわざ当てつけがましく法を説かれたり、祈りを捧げられたりしたらどれほど居たたまらなくなろうか予め察しはついていた。がどうせこれが最後だし、それだけ自分の手紙の真憑性も増すかもしれぬと思い直した。男性同志（ブラザー）と女性同志（シスター）の間で、彼らの楽園に私の居場所は固よりないとは周知の事実だった。が、もしも悪名高くも私自身の罪深き性癖にもかかわらず、ホークヤード同志に対す敬意のこの最後の印を示せば、彼は終始私に親切であり、私も彼に心から感謝しているとの申し立てはささやかながら、それだけ信じてもらえるかもしれぬ。よって、ただどうかわざわざ私を宗旨替えさせようというので如何なる骨も折らないで欲しいとクギを差すに留め——というのもそうでもした日には一人ならざる男性同志（ブラザー）と女性同志（シスター）が床の上をゴロゴロ、くだんの悍しき秘教がらみで目の当たりにして来た光景から嫌というほど存じ上げている通り、是々常衡ポンドの重さの罪がそっくり左脇に固まっているのが感じられると喚きながら転げ回るものと概ね相場は決まっていたので——承諾した。

私の手紙が読み上げられてからというもの、ギムレット同志は何かと言えば水玉模様の青い首巻きの端で片目を拭ってはニタニタほくそ笑んでいた。講釈を垂れている時ですら、しかしながら、醜いやり口でニタつくのはくだんの同志の癖だった。思い起こせば、彼がいつも演壇から邪悪な人間（とは即ち、同志仲間以外の全人類の謂だが）の身に降り懸かろう苦悶を逐一審らかにしながら洩らす嬉々たる唸り声は、実に身の毛もよだつようではあった。

私は二人には後は勝手に共同出資の条項を取り決めながら金（かね）を数えて頂くがまま暇を乞い、以降、次の日曜日をさておけば、二度と二人には会わなかった。ホークヤード同志は二、三年と経たぬ内に亡くなり、全財産を（聞く所によれば）正しくその同じ日の日付のある遺書に則りギムレット同志に譲った。

さて、日曜日が巡り来ると、私は自らの不信の念を克服し果し、ばかりか競争相手の僻目（ひがめ）に映ったホークヤード同志の過った姿も本来の姿に戻したものと得心していただけに、己自身にずい分心安らかになっていたものだから、くだんの下卑た礼拝堂にすら、いつもよりまだしも過敏ならざる状態で足を運んだ。一体どうして、いざ触れられると、と言おうか近づかれるだに、怯え竦み上がるこの胸の繊細な、恐らくは病んだ、片隅が集会の一貫した主題として弄ばれようなど思いも寄ったろう？

　この折、祈りを捧げるのはホークヤード同志の、法を説くのはギムレット同志の、役割だった。祈禱で儀式の幕は開き、説話がその次に来ることになっていた。ホークヤード同志もギムレット同志も演壇に登っていた。ホークヤード同志は今にも耳障りな祈りを捧げんばかりにして、テーブルに跪き、ギムレット同志は今にも法を説く手ぐすね引いてニタつきながら、壁を背にして座っていた。

「ではこれより祈禱の贄を捧げようでは、我が男性同志（ブラザー）にして女性同志（シスター）にして罪人（つみびと）仲間よ」如何にも。だが贄とは外ならぬ私だった。そのため一心不乱に祈られねばならぬのは目下同席している、我らが哀れ、罪深く、狡っ辛い心根の同志であった。この我らが未だ蒙を啓かれぬ同志の新たに開けつつある前途には所謂「英国国教会」の牧師になる道が伸びているやもしれぬ。というのが今のその同志の目論見である。「英国国教会」の。礼拝堂のではなく、主（しゅ）よ。教会の。礼拝堂には主任司祭も、助任司祭も、大助祭も、主教も、大主教もいない、が、おお主（しゅ）よ！　「英国国教会」には幾多のそれらがいる。我らが罪深き同志を富の追求から守り給え。我らが未だ蒙の啓かれぬ同志の胸から狡っ辛い心根たる罪を雪ぎ給え。祈りは文言においては遙かにより多くを語っていたが、ともかく明瞭な主旨においてはそれだけしか語っていなかった。

　それからギムレット同志がしゃしゃり出ると、例の原句を（案の定）引用した。「我が王国は現世（うつしよ）のそれならず（『ヨハネ』一八：三六）」ああ！　だが何者の王国が現世のそれなるか？　一体何者の？　ああ、目下ここに列席している我らが同志のそれこそは。その者の念頭にある唯一の王国は現世（うつしよ）のそれなり。（「如何にも！」と一名ならざる信徒より。）果たして女は硬貨を失うと如何様にしよう（『ルカ』一五：八）？　硬貨を探しに行こう。我らが同志は道に迷うと如何様にすべきか？　（「道を探しに行かねばなりません」とある女性同志（シスター）より。）如何にも、道を探しに行かねばならぬ。が、その者は正しい方角に、或いは誤った方角に、道を探さねばならぬか？　（「正しい方角に」とある男性同志（ブラザー）より。）そこにて預言者達は宣った！　その者は正しい方角に道を求めねばならぬ、さなくば道は求められまい。が、その者は正しい方角へ背を向けていた、故に道は見つけられまい。さて、我が罪人（つみびと）仲間よ、皆に世智辛き心根と世智辛からざる心根との――現世（うつしよ）のそれならざる王国と現世（うつしよ）のそれたる王国との――相違を示すために、ここにホークヤード同志へ宛てて我らが世智辛き心根の同志によりてすら綴られた書簡を持参した。書簡が読み上げられるのを聞いた後、果たしてホークヤード同志こそはつい先達て正しくこの同じ場所にて皆に不実の僕の絵を描いてみせられた際、主が念頭に置かれていた誠実な僕でなかったか否か見極めよ。というのもくだんの絵を描き賜うたのは主であってやつがれではなかったからには。よもや其を疑うこと勿れ！

　ギムレット同志はそこで唸り声を上げては破れ鐘声を張り上げながら私の綴った手紙を読み上げ、その後延々一時間もの長きにわたりまくし立てた。礼拝は讃美歌で締め括られ、男性同志は私宛、満場一致で吠え哮り、女性同志は私宛、満場一致で金切り声を上げた。曰く、私は狡っ辛い利得の手管に誑かされ、彼らは甘美な慈愛の波に揺らる。私は暗がりにて財貨と組み打ち、彼らは片や第二の方舟にて漂う。

　私はこうした成り行き全てから心を疼かせ、意気阻喪して表へ出た。これら偏狭な連中を聖なる「尊厳」にして「叡智」の解説者と見なすほど意気地がなかったからというのではなく、ただ自らの内なるほんの狡っ辛さがいささかなり頭をもたげるのを抑えようと常にも増して懸命に努め、懸命に努めたお蔭で首尾好く抑え果したと常にも増して感じた時に限って誤って伝えられ、誤って解されるのが己が苛酷な運命のように感じるほどには意気地がなかったから。

第七章

　根っから臆病な所へもって引っ込み思案なせいで、私は大学でも引き籠もった日々を送り、ほとんど人目につかなかった。身内一人いないだけに、身内一人訪ねて来る縁もなかった。親しい友人一人いないだけに、親しい友人一人勉強を邪魔しにひょっこり立ち寄る縁もなかった。奨学金で生計を立て、貪るように本を読んだ。大学生活はその点をさておけばホートン・タワーズでの生活と大差なかった。

　我ながら社会生活のより騒々しい賑わいには向いていないと知っていた上、仮に英国国教会で何かささやかな職に就ければ、ひたむきながらも控え目なやり口で本務を全うするだけの資質は具えていると信じていたので、いずれは牧師になりたいと勉学に励んだ。とこうする内、聖職に就き、司祭に任命され、どこか然るべき教会はないかと探し始めた。ここで一言断っておけば、既にかなりの学位を取得し、かなりの給費を受けることにも成功していたので、引き籠もった生活を送るには何一つ不自由しなかった。この時までには数名の若者の勉強も見ていたから、個人指導は極めて興味深いばかりか、収入も増えた。ある時たまたま我々の最も偉大な学監がこんな風に言っているのを耳にし、天にも昇るほど嬉しかった。「シルヴァマン君だが、何でも物静かな説明の才と、辛抱強さと、温厚な人柄と、良心的な物腰を具えているとあって、最も優れた師範だそうではないか」願はくは「物静かな説明の才」がこの目下の釈明において、思いの外、時宜を得て強かに助太刀に乗り出してくれんことを！

　何がなしこの時分の己自身を顧みるに、いつも長閑な日蔭にいたような気がするのは幾許か、大学の（日射しもあまり強くない片隅にある）自分の部屋の状況にもよるだろうが、遙かに私自身の心境に負う所が大きいはずだ。外の学友が日射しを浴びているのは見える。我々のボート部員や運動部の若者がキラキラとキラめく水面に浮かんでいるのや、日向の葉の移ろう光をチラチラと受けているのは見える。が私自身はいつも木蔭で見守っているきりだ。よそよそしく、ではなく――よもや！――ただ、ちょうど崩れかけた館の物蔭からシルヴィアを眺めていたままに、或いはあの夜、方庭で廃墟がどこからどこまで闇に包まれている片や、真っ紅な輝きが百姓家の窓から迸り出るのを見守り、ダンスのステップを踏む足音に耳を傾けていたままに、独りきり。

　では以下、上述の称賛を引用した謂れを審らかにするとしよう。かようの謂れがなければ、先の称賛を繰り返そうとて単なる自慢に終わっていたろう。

　私が勉強を見ている若者の中にフェアウェイと言う、准男爵サー・ギャストン・フェアウェイの寡婦、レディー・フェアウェイの次男がいた。この若き殿方の能力は人並み優れていたが、資産家の出自の関係か、怠惰で贅沢だった。私の許に来た時は既に遅く、その後も不規則にしか来なかったので、私としてはさして役に立てなかった。結局、およそ合格しそうにない試験を受けるのを思い留まらすのが本務と心得、かくて若者は学位を取得せぬまま大学を去った。彼が立ち去った後、フェアウェイ准男爵夫人からほとんど息子の役に立てなかったからには謝礼を半額返済するようとの手紙が来た。私の知る限り、他の如何なる事例においても同様の申し立ての為されたためしはなかったし、今に率直に認めざるを得ぬことに、申し立ての正当性はその旨指摘されるまで思い浮かばなかった。が直ちになるほどという気がしたので、仰せの通り、金を返した。

　フェアウェイ青年が去って二年以上経ち、私も彼のことを忘れかけていたとある日、本を読んでいると彼がいきなり部屋の中に入って来た。

一通りの挨拶が済むと彼は言った。「シルヴァマン先生、実は母がこの町のホテルに来ていて、是非とも先生を紹介して欲しいそうです」

私は初対面の人は苦手だったし、恐らくいささか緊張している、と言おうか気が進まない素振りをうっかり見せたに違いない。「というのも」と彼は私が一言も口を利かぬ内に言った。「母に会って頂ければ出世の道が開けるかもしれないもので」

我ながら狡っ辛い謂れで心を動かされるとはと思うだに赤面したが、私はすかさず腰を上げた。

肩を並べて歩きながら、フェアウェイ青年は言った。「先生は事務処理はお得意ですか？」

「いや」と私は返した。

するとフェアウェイ青年は言った。「うちの母はなかなかのものです」

「ほう？」と私は返した。

「ええ。母は俗に言うやり手です。例えば、いくら海の向こうの兄きが金遣いが荒いからったってバカだけは見ません。早い話が、だから、やり手ってことです。ここだけの話」

彼はそれまでついぞ私に胸襟を開いたためしがなかったので、ここだけの話と言われていささかびっくりした。がもちろん、私などに打ち明けてくれてありがとうと返し、くだんの微妙なネタに関してはそれきり何も言わなかった。ホテルはつい目と鼻の先だったので、私はほどなく彼の母親の御前に通され、彼は私を紹介すると、ギュッと手を握り、後は勝手に二人で要件に（と彼の言うに）片をつけるがよかろうと出て行った。

フェアウェイ准男爵夫人はどちらかと言うと大柄な、凛とした、若振りな女性で、大きな丸い黒々とした目でじっと見据えられると、私は居たたまらなくなった。

准男爵夫人は言った。「息子の話では、シルヴァマン先生、先生はどこか教会の職に就きたいと思っておいでとか」

私は准男爵夫人に如何にもと答えた。

「御存じでらっしゃいますかしら？」と准男爵夫人は続けた。「わたくし共には聖職禄推挙権がありますの。わ、た、く、し、共、と申すか、実の所、わ、た、く、し、に、は」

私はそれは存じませんでしたと答えた。

准男爵夫人は言った。ですが、そうなんですの。実の所わたくしには推挙権が二つございます——一つは年二〇〇ポンドの。もう一つは六〇〇ポンドの。いずれの聖職禄もわたくし共の州にございます――恐らく御存じの通り――北デヴォンシャー州に。目下、最初の方の職が空位になっております。お気に召しましょうかしら？」

准男爵夫人の目にひたと見据えられるやら、この推挙の申し出が余りに唐突なやらで、私は大いに戸惑った。

「六〇〇の方でなくて申し訳ありませんが」と准男爵夫人は少なからず冷ややかに言った。「まさか先生に限ってそんな風にお思いではらっしゃいませんわね。と申すのも、だとしたらずい分欲得尽くでらっして――先生は、もちろん、欲得尽くではらっしゃいませんもの」

私は心から懸命に答えた。「ありがとうございます、准男爵夫人、ありがとうございます、ありがとうございます！もしも欲得尽くだなどと思われたら全くもって心外でしょう」

「ごもっとも」と准男爵夫人は相づちを打った。「如何様な場合であれ疎ましくはありますが、わけても聖職者にあっては。まだ今のその禄がお気に召したかどうかおっしゃってませんわね？」

うっかり答えそびれて、と言おうかはっきり答えず、失礼致しましたと詫びを入れがてら、私は心から喜んでありがたくお引き受けしたいと返した。どうか、鷹揚なお取り計らいに如何ほど感謝申し上げているか、流暢な物言い如何で判断なさらないで頂きたい、というのもくだんの点においては不意を衝かれたり心を動かされたりするとおよそ達者どころではないのでと言い添えながら。

「ではこれでお話はついたと」と准男爵夫人は言った。「これでお話は。お務めはたいそう容易いはずですわ、シルヴァマン先生。素敵なお家に、素敵な小さな庭や、果樹園や何やかやついていて。弟子だってお取りになって結構。ところで！　いえ。そのお話はまた後ほど。たった今、何を申し上げかけていたのでしたかしら、つい取り留めがなくなってしまいましたが」

准男爵夫人はまるで私にそんなことが分かりでもするかのようにじっと目を凝らした。私には無論、分かろうはずもなく、よってまたもやドギマギ戸惑うこととなった。

准男爵夫人はしばし思いを巡らせていたと思うと言った。「おお、もちろん、何と間の抜けていることかしら、わたくしと致したことが！　この間まで聖職に就いていた牧師は――ついぞ目にしたためしのないほど欲得とは縁のない方でしたが――務めがそんなにも容易く、屋敷がそんなにも住み心地が好い礼に、もしも手紙や勘定書きやその手の細々とした――それそのものは何でもないながら、令夫人が手がけるとなると煩わしいような――あれやこれやでお役に立たせて頂けないようなら片時も心が安まらないと申していました。シルヴァマン先生もそういった――？　それともわたくし――？」

　私はそそくさと、自分でよければいつでも喜んでお手伝いさせて頂きたいと返した。

「わたくしほんとに果報者ですこと」と准男爵夫人はつと天を仰ぎ（かくて束の間私から目を逸らし）ながら言った。「ちらとでも欲得尽くな」（――と口にするだに身震いし――）「真似をしようなど思いも寄らない殿方ばかりに囲まれて！　で、いよいよ、例のお弟子のことですが」

「例の――？」私はすっかり途方に暮れた。

「シルヴァマン先生、あの子がどんな娘かちょっと思いも寄られないでしょうよ。あの子は」と准男爵夫人はそっと私の上着の袖に手をかけながら言った。「わたくし心底信じていますが、この世にまたとないほど利発な娘です。既にレディ・ジェイン・グレイ*よりギリシア語とラテン語に通じています。しかも独学で！　未だ、よろしいでしょうかしら、シルヴァマン先生の古典の造詣の恩恵に片時たり浴していないというのに。目下熱心に研鑽を積んでいる、そしてシルヴァマン先生の御評判の当然のことながら極めてお高い（と息子からも外(ほか)の方からも聞き及んでいる）数学は言うに及ばず！」

　准男爵夫人にひたと見据えられ、恐らく手がかりを見失っていたに違いない。がそれでいて一体どこで失ったものか見当もつかなかった。

「アデリーナは」と准男爵夫人は言った。「わたくしの一人娘です。もしもわたくし、母親の欲目に惑わされている訳ではないと確信してでもいなければ――もしもあの子を御存じになれば、シルヴァマン先生、先生だってきっと娘の教育を手がけるのは願ってもなく晴れがましい特権だと思って下さろうと心から信じてでもいなければ――このお話に欲得尽くの了見を持ち込み、一体如何様な条件で――」

　私は准男爵夫人にどうかその先は何もおっしゃらぬようと言った。准男爵夫人は私が度を失っているのを見て取ると、快く肯(うけが)い賜うた。

第八章

彼女の兄が、その気になりさえすれば、なっていたやもしれぬ知的素養における全て、にして彼女以外何人(なんぴと)たりなり得まい、ありとあらゆる優美な魅力と類稀な資質における全て——これがアデリーナであった。

彼女が如何ほど美しいか、についてはクダクダしく述べまい。彼女が如何ほど聡明か、悟りが速いか、記憶力が優れているか、如何ほど最初の瞬間から、素晴らしい天稟に仕えるノロマな個人教師(チューター)を優しく思いやってくれたか、についてはクダクダしく述べまい。私は当時三十で、今は六十だが、彼女はこうしている今もって、当時とつゆ違(たが)わず、明るく、美しく、若々しく——賢く、気紛れで、心優しいままだ。

一体いつ自分が彼女を愛していると気づいたか、どうして言えよう？　最初の日か？　最初の週か？　最初の月か？　思い出の糸を手繰るのは至難の業だ。仮に私自身に（事実お手上げの如く）人生のこれまでの如何なる時期であれ彼女の魅力とそっくりとは切り離して呈せられぬとすれば、どうしてこの格別な一つ詳細にだけ責めが負えよう？

たといいつそのことに気づいたにせよ、お蔭でこの胸は重く塞(ふた)がれたものだ。がそれでいて、その後(ご)この身に負うことになる遙かに重い荷と比べれば、今の私にはさして負い難い荷でもなかったように思われる。事実彼女を愛していると、命ある限り彼女を愛し続けようと、この秘密はひたすら私自身の胸の奥深く隠さねばなるまいと、断じて彼女に気取られてはなるまいと分かっていればこそ、苦悩にはある種、心の支えとなるような喜び、と言おうか誇り、と言おうか慰めが入り混じっていた。

が後に——そう、一年ほど経っていたろうか——別のあることに気づくと、私は心底悩み、苦しんだ。その別のこととは——

目下綴っている文言は、たとい日の目を見ようと、私の心が塵に帰すまでは日の目を見まい。彼女の明るい魂が現し世に閉じ込められている際にも蓋し、某か朧げながら徒ならぬ記憶を留めていたに違いなき天空へと晴れて戻り果すまでは。我々の周囲で絶えず打っていた脈という脈がとうの昔に鼓動を打つのを止めるまでは。我々のちっぽけな胸の内にて成し遂げられたささやかな勝利や敗北全ての生り物が悉く萎び果すまでは。つまり彼女もまた私を愛しているという。彼女は私の知識を買い被り、それ故私を愛していたのかもしれぬ。私の彼女に対す義務の遂行を過大に評価し、それ故私を愛していたのかもしれぬ。世間の龕灯提灯の明かりに照らして自ら呼ぶ所の私の知恵の欠如に時に示していたいたずらっぽい同情に磨きをかけ、それ故私を愛していたのかもしれぬ。私がただ学び取ったものの間接光と、その本来の混じりっ気のない光線における明るさを混同していたのかもしれぬ――と言おうか混同していたに違いない。がいずれにせよ、彼女は当時、私を愛し、私にもそれが手に取るように分かっていた。

家系の誇りと、資産の誇りが相俟って、私は准男爵夫人の目にはさながら何か別の手合いの家畜ほどにも娘とは懸け離れて映っていた。が、自らの長所と彼女のそれとを引き比べるに及び、手づから己自身に映し出してみせたほど懸け離れてはいなかったろう。のみならず。空想の中で彼女の人を疑うことを知らぬ気高い心に付け込み、彼女が彼女名義で有していると違いないと私自身知っている財産を手に入れ、彼女には後は勝手にその美貌と天稟の絶頂にあって、哀れ、この、時代遅れで無骨な私から終生逃れられぬと気づくがままにさすに及び、手づから己自身を貶めたその半ばも彼女の下方、なお幾百万尋深くも、自らを貶められはしなかったろう。

否。狡っ辛さがここにて断じて顔を出してはなるまい。仮にこれまでずっと狡っ辛さを他の領域から締め出そうと努めて来たとすれば、如何ほど遙かに懸命に、それをこの聖なる地より締め出そうと努めねばならぬことか！

とは言え、彼女の大らかな屈託のない気立てにはどこかしらかくも微妙な危機に瀕してなお微妙にして辛抱強く訴えかけられることを要求する大胆な所があった。幾々夜も苦き夜を過ごした後（おお、よもや人生のこの期に及び、純粋に肉体的ならざる謂れ故に涙をこぼせるとは！）、私はとある手に出た。

准男爵夫人は我々の最初の話し合いの際、ついうっかり、私の愛らしい館の設いを誇張していた。館には弟子を一人置く余裕しかなかった。彼は近々成人する若き殿方で、血筋は極めて好かったが、所謂貧しき縁者だった。両親は既に亡くなり、生計と私への謝礼は伯父が負担していた。彼と私は三年間、いずれ出世する資格を身につけられるよう共に全力を尽くすことになっていた。当時、彼は私と共に暮らし始めて二年目に入っていた。なかなか凛々しく、賢い、精力的かつ大胆な若者で、その最善の意味において生粋の若きアングロ・サクソンだった。

　私はこの二人を一緒にさせることにした。

第九章

　とある晩、私は自分の気持ちに抑えを利かすと、言った。

「グランヴィル君」――グランヴィル・ホートンと若者は言ったから――「君はこれまでほとんどフェアウェイ嬢と顔を合わせてすらいないのではないかね」

「はむ、先生」と彼は声を立てて笑いながら返した。「先生御自身が四六時中あの方と顔を合わせていらっしゃるもので、外の誰一人顔を合わす機会がほとんどないだけのことですよ」

「私は、ほら、彼女の個人教師（チューター）だ」と私は言った。

　その話題は当座、それきり打ち切られた。が私はその後ほどなく二人が顔を合わすよう取り計らった。それまではずっと、二人を離れ離れにしておくよう心を砕いていた。というのも彼女を愛している間（ま）は――つまり、自らの犠牲にホゾを固めぬ内は――グランヴィル青年に対す密かな嫉妬がこの卑小な胸の内に巣食っていたからだ。

フェアウェイ庭園で至ってさりげなく顔を合わせたにすぎなかったが、二人は一時気さくに言葉を交わした。同気相求む。二人には多くの共通点があった。グランヴィル青年はその夜共に夕食の席に着くと、私に言った。「フェアウェイ嬢はとびきり美しく、先生、とびきりチャーミングな方です。そうお思いになりませんか?」「もちろん、そう思うとも」と私は返した。してこっそり彼の方へ目をやってみれば、彼は頰を紅らめ、物思わしげだった。そのことを極めて鮮明に記憶しているのは、くだんの些細な状況のもたらした神妙な愉悦と鋭い苦痛の綯い交ぜの感情は、その下に私の髪がゆっくり白くなって行った長き、長き連綿たる複雑な印象の初めてのそれだったからだ。

これ以上さして控え目な風を装う要はなかったが、ありとあらゆる点で実際より老けている振りをし(神のみぞ知る! この心は片や、可惜若々しかりしものを)、事実化すに至っていたよりなお隠者にして愛書家の風を装い、次第にアデリーナに対しいよよ父親めいた態度で接し始めた。ことほど左様に、私の指導に以前ほど空想の気味を加えず、私自身を詩人や哲学者と切り離し、先人は彼ら自身の光輝において、先人の約しき僕たる私は私自身の暗がりにおいて、呈示するよう入念に努めた。のみならず、こと服装にかけても劣らず腐心した。さりとてことそちら向きついぞ小粋だったからというのではなく、ただ今やぞんざいになったからというので。

一方で自らの影を薄くしていた如く、然に他方で私はグランヴィル青年を持ち上げようと努め、彼女の興味を最も惹くとは百も承知の主題に彼の注意を向け、私の孤独なとある強かな様相において私自身により似通わすよう(などと言っても、どうか嘲笑したり誤解したりなさらぬよう、この告白の書の見知らぬ読者諸兄よ、というのも私なり苦しんで来たのだから!)彼を陶冶しようと努めた。して次第次第に彼がこれら私から放られる囮にいよよ、いよよ馴染むのを目にするにつれ、私にはいよよ、いよよまざまざと、愛が彼を狩り立て、彼女を私から遠ざけるのが見て取れた。

かくてもう一年以上経ち――一年の来る日も来る日もその数だけの神妙な愉悦と鋭い苦痛の綯い交ぜの印象を刻みつつ――やがて二人は成年に達し、法的に独り立ちすると、手に手を取って私の前へやって来て(私の髪は今やすっかり白くなっていたが)、婚礼の儀を執り行なって欲しいと言った。「で、ほんとに、愛しい先生」とアデリーナは言った。「わたし達のためにそうして下さるというのは御自身としてもほんの辻褄の合うことではありませんかしら。だってわたし達、もしも先生がいらっしゃらなければあの初めての折、決して口を利いてはいなかったでしょうし、先生がいらっしゃらなければあれからだって決してあんなにしょっちゅう顔を合わすこともなかったでしょうから」とは一から十まで文字通り正しかった。というのも私は准男爵夫人に幾度となく仕事の要件で伺候したり相談したりする機に乗じ、グランヴィル青年を屋敷へ連れて行き、表の部屋でアデリーナと二人きりにさせていたからだ。

　准男爵夫人が娘にとってのかようの縁組には、と言おうか娘と引き替えに土地や動産や金銭の保証されていないような如何なる縁組にも、異を唱えるだろうとは目に見えていた。だが二人を眺め、二人が共に紛うことなく若く美しいのを目の当たりに――若さと美しさよりなお生き存えよう趣味と素養において似通っていると得心し――アデリーナには今や彼女自身の管理する財産がある点を惟み、なおかつグランヴィル青年も、目下の所は貧しくとも、ついぞプレストンの地下倉庫で暮らしたためしのない立派な家柄の出だという点を惟み、いずれも相手に見出すべき如何なる大きな隔たりもないからには愛はいつまでも続こうと信じ――私は二人にこの、アデリーナが親愛なる個人教師(チューター)に頼んでいる任を引き受け、黄金の門が二人を待ち受けている輝かしき世界へ、夫と妻として、送り出そうと請け合った。

　私が自ら手がけた仕事に然なる結末にて掉尾(ちょうび)を飾るために心を鎮めるべく夜が明けぬ内に床を抜けたのはとある夏の朝(あした)で、住まいが海に近かったこともあり、厳かに昇る日輪を拝みたいと、岸辺の岩まで歩いて下りた。

　海神(わたつみ)にも蒼穹(そうきゅう)にも静謐が漲り、星辰は一つまた一つと消え、来る(きた)日は長閑に萌し、空も水も一面、バラ色に染まり、さらばいきなり得も言はれず厳かな光輝が迸り、この胸は、夜分はギクシャクと耳障りに軋んでいたものを、またもや穏やかな調和を取り戻した。何がなし、目にする全てが、海や大気で耳にする全てが、語りかけて来るようだった。「何を煩うことがある、死すべき定めの者よ、汝の命は然ても儚い。その後(ご)に訪れるはずのもののための我らが仕度はこれまで幾星霜存え、未来永劫存えるであろう」

　私は二人を連れ添わせた。確かに二人のひしと握り合わされた手にかけた際、私の手は冷たかったが、その仕種と共に口にせねばならぬ文言はためろうことなく言え、心は安らかだった。

　二人が我々の約しき宴の後(のち)に私の館からも屋敷からも遙か遠ざかると、私はいざ、二人に為そうと誓っていた事を為しにかかった――一部始終を准男爵夫人に打ち明けるという。

　屋敷に伺候してみると令夫人はいつもの執務室にいた。その日はたまたま私に委ねるわけても夥しい量の書簡その他があり、令夫人は私が一言も口を利けぬ内にどっさり両手に書類を突っ込んでいた。

「令夫人」と私はそこで、令夫人のテーブルの傍に立ちながら言った。

「まあ、一体何事ですの？」と令夫人は面を上げながらすかさず言った。

「恐らく、大したことではありません、心の準備をして、少々考えて頂ければ」

「心の準備をして、少々考えて頂ければですって！　先生御自身はともかく、あまり首尾好く心の準備をしてらっしゃらないようではありませんの、シルヴァマン先生」とはせせら笑わぬばかりに。というのもいつもながら令夫人にひたと見据えられ、戸惑いを隠せなかったからだ。

私は、今度ばかりは、我ながら情状酌量の余地ありと、言った。「フェアウェイ准男爵夫人、私自身は申し開きに、ただ飽くまで本務を全うしようと努めたまでのことだと申し上げれば事足りましょう」

「御自身は申し開きに？」と令夫人はオウム返しに繰り返した。「でしたら外の人間も関わっているということですのね。とは誰が？」

私は返答しかけた。がその矢先、令夫人は矢のように鈴に駆け寄りざま声を上げた。「ああ、アデリーナはどこ？」

「お気を鎮めて！　どうか落ち着いて下さい、令夫人。今朝方、令嬢とグランヴィル・ホートン君の婚礼を執り行なわせて頂きました」

夫人は唇を引き結び、いよよひたと私を見据えた。と思いきや、右手を振り上げ、私の頬を強かにぶった。

「その書類をお返し下さいまし！　その書類をお返し下さいまし！」令夫人は私の両手から書類を引ったくると、テーブルの上へ放り出し、それから挑みかからんばかりに大きな椅子に腰を下ろすと腕を組み、思いも寄らぬ譴責で私の胸をグサリと衝いた。「この狡っ辛いならず者め！」

「狡っ辛い？」と私は声を上げた。「狡っ辛い？」

「これが、あろうことか」――と令夫人はさも見下げ果てたかのように、して何者かその場に居合わせてでもいるかのように、私を指差しながら畳みかけた――「これが、あろうことか、自分の書物以外には何ら企みを持たぬ無私の学者とは！　これがあろうことか、何者であれ取り引きにおいて易々出し抜けようお人好しとは！　これが、あろうことか、シルヴァマン先生とは！　俗世を離れた――もちろん！　俗世の手練手管を弄すには余りにお人好しの。俗世の二枚舌と渡り合うには余りに一途な。ですから、見返りに、あの男から如何ほど受け取られたのです？」

「見返りに？　あの男から？」

「如何ほど」と令夫人は大きな椅子の中で身を乗り出し、さも小馬鹿にしたように左の掌を右手の指で叩きながらたずねた——「如何ほど、グランヴィル・ホートンはアデリーナの資産をせしめる見返りに、先生にお払いしたのです？　アデリーナの財産の一体如何ほどが先生の取り分です？　一体如何様な条件で先生、婚姻許可資格を有すジョージ・シルヴァマン牧師は、今のその青二才に今のその生娘を娶らせてやろうと請け合った際、折り合いをつけられたのです？　如何様な条件にせよ、さぞや御自身に有利な条件で話をおつけになったに違いありません。先生の狡猾さを前にしてはあんな若造、物の数ではありませんもの」

かくも酷き曲解の下、戸惑い、怯え、呆然とする余り、私は一言も口が利けなかった。が固より身に覚えがないとあって、疾しそうにだけは映らなかったはずだ。

「よくお聞き下さいまし、この抜け目ない偽善者」と令夫人は怒りをぶちまけるほどに怒り心頭に発して、言った。「お聞き逃しのないよう、この狡猾な策士。というのもそれはまんまと化けの皮を被って事を運んでらっしゃったもので、このわたくしですらまさか誑かされているなど思いも寄りませんでしたもの。わたくし娘には思いをかけていました。家柄の良い、資産家のお相手をと。先生はその裏をかいて、わたくしを出し抜いておしまいになりましたのね。けれどわたくし裏をかかれて出し抜かれておきながら泣き寝入りをするような人間ではございません。もう一月であれ禄を受け取るおつもりでらっしゃって？」

「かほどに身に覚えのない言葉を浴びせられてなおもう一時間でも禄を保持できるとお思いでしょうか、フェアウェイ准男爵夫人？」

「でしたら手離されると？」

「気持ちの上では、令夫人、既にしばらく前に手離していました」

「はぐらかさないで下さいまし。ですから事実手離されると？」

「無条件に、して悉く。この禄にはついぞ、ついぞ、近づかなければ好かったものを！」

「今のそのお気持ちには、わたくしからの真心込めた返答を、シルヴァマン先生！　けれど熨斗をつけてお返しして差し上げなくては。たとい先生が禄を手離してらっしゃらなくても、わたくしの方から取り上げていたでしょう。ばかりか御自身から手離されたとは言え、高を括ってらっしゃるほど難なくわたくしを厄介払いになされるとでも。どこまでもこのお話を触れ回ってみせましてよ。この、御自身の不埒千万な金目当ての企み事を。お蔭で金は手になさったかもしれませんが、同時に敵もお作りになりましたのね。せいぜい金が逃げてしまわないようお気をつけ遊ばせ。わたくしは敵が逃げてしまわぬようくれぐれも気をつけますので」

そこで私はこれが最後、言った。「フェアウェイ准男爵夫人、今にも胸が張り裂けそうです。つい今しがたこの部屋に入るまで、令夫人が私に着せられたようなさもしく逆しまな下心など思いも寄りませんでした。令夫人の疑念は――」

「疑念ですって！　ぱあっ！」と令夫人は腹立たしげに口をさしはさんだ。「確信です」

「令夫人おっしゃる所の、令夫人、確信は――私呼ぶ所の疑念は――酷く、不当にして、事実無根です。という以上何も申し上げられません。ただ、私は私自身の儲けや喜びのために身を処した覚えはありません。この一件に関し我が身を慮った覚えはありません。くどいようですが、この胸は今にも張り裂けそうです。仮につい我知らず、廉潔な動機で邪な真似をしたとすれば、それこそが受けねばならぬ報いではありましょうが」

令夫人はもって返すにまたもや、していよよ腹立たしげに「ぱあっ！」と言うきりだった。私はかくて自分の声は悍しく響き、自分は悍しい代物やもしれぬと勘繰らぬでもなく、漸う部屋を後にした（と言おうか、目は確かに開いていたものの、両手で手探りしていたような気がする）。

大きな騒動が持ち上がり、主教に上訴がなされ、私は厳しい懲戒を受け、辛うじて停職を免れた。幾年もの間、私には暗雲が垂れ籠め、汚名が着せられていた。が私の心は張り裂けなかった。張り裂けたが最後、死す運命とすらば。というのも何とか生き存えたからだ。

彼らは――アデリーナと夫は――終始私の肩を持ってくれた。大学時代に私を知っていた連中も、大学時代、評判でしか私を知らなかった連中の大半ですら、私の肩を持ってくれた。徐々に、私は着せられたような罪を犯せるはずがないとの確信が皆の間で広まった。とうとう私はとある僻陬の地で大学給付聖職禄への推薦を受け、そこにて目下、この釈明のペンを執っている。私は私自身の釈明のペンを開け放った窓辺で執り、目の前の教会墓地には健やかな心や、傷ついた心や、張り裂けた心皆に等しき終の栖が広がっている。私は私自身の釈明のペンを執っている。果たしてわずか一人の読者の目に触れるか否かも定かならぬまま。

訳注

翻刻掌篇集

第一章

（一）**ブルース**　ジェイムズ・ブルース（一七三〇―九四）はスコットランド生まれの旅行家。北アフリカとエチオピアで十数年間過ごし、青ナイルの水源を突き止めた。

（〃）**フランクリン**　サー・ジョン・フランクリン（一七八六―一八四七）は英国の北極探検家。

（〃）**マンゴ・パーク**　スコットランド生まれのアフリカ探険家（一七七一―一八〇六）。

（〃）**国会青書**　政府発行の詳細な報告書。

（二）**とある囚人が主人公で…脱走する**　以下は一八三八年に報告された、バンディーメンズランド（現タスマニア）のマコーリ・ハーバーの囚人、アレキサンダー・パースに纏わる実話。

（〃）**ブライ船長**　ウィリアム・ブライ（一七五四―一八一七）は英国の海軍士官。反乱事件（一七八九）で有名な「バウンティ号」の船長。

（〃）**ピトケアン島沖で一時止められた英国軍艦「ブリテン号」にヒラリと飛び移り**　ピトケアン島は南太平洋ツアモツ諸島南東方にある英領の小島。「バウンティ号」の反乱者が住み着いた。クリスチャンの息子の逸話はディケンズの主たる典拠と思われるT・B・マリ『ピトケアン：島、島民、牧師』（一八五三）によると一八一四年の出来事。ただし、以下の「祈り」と「犬」に関してはヒュー・マリ『南洋における英国水夫の冒険』（一八二六）の内容とディケンズの記憶には若干の齟齬がある。

（三）**外航東インド交易船「ホールスウェル号」が…突っかかっている！**　ターナーの「東インド交易船の坐礁」の画題としても有名な「ホールスウェル号」が強風のためパーベック島（イングランド、ドーセット州半島）沖で難破したのは一七八六年一月六日。

（〃）**幼い少年時代以来、馴染みのある難破の描写は…声に出して読まれてでもいるかのようだ**　以下の記述はサー・ジョン・ダリエル『難破及び海難事故』（一八一二）第三巻より。

（七）**帰航東インド交易船「グロヴナ号」はカフラリア海岸で擱坐する**　ディケンズの主な典拠はジョージ・カーター『グロヴナ号難破物語』（一七九一）。「グロヴナ号」が擱坐したのは一七八二年八月四日。カフラリアは南アフリカ共和国喜望峰州の海岸地帯。

第二章

（一）**窓税**　窓の数に応じて課した税金。不評に終わった炉税に変わるものとして一六九五年導入、一八五一年廃止。

（〃）**ノーフォーク島**　一七七四年、クック船長によって発見された西太平洋の島。四人流刑地。

（〃）**この十四年間というもの**　即ち、一八三六年『ピクウィック・ペーパーズ』月間分冊刊行と共に時代の寵児となって以来。

（一四）**もしやロバを一頭…引き取りに伺わせて頂きたく！**　実際にこの奇妙な願いを申し出たのはディケンズの少年時代の学友ダニエル・トビン。トビンは最も執拗な無心者の一人で、「鼻持ちならない厄介者」とディケンズを嘆かせていた。

（〃）**小生の馴染みは…文士として名乗りを上げて来た**　以下のエピソードは一八四〇年代、ディケンズにしつこく付き纏ったジョン・ウォーカーという男に纏わる実話。

（〃）**サウスコット夫人**　その「預言」で幾千人もの信者を集めた狂信家（一七五〇―一八一四）。

（一五）**「紳士録」**　元は拝謁を受けた紳士淑女名を載せたが、今では一般に上層・富裕階層者の名を掲載する。

（〃）**シドニー・スミスがいみじくも「不正直の危険な贅」と呼びし**　S・スミスは英国国教会の聖職者・神学者（一七七一―一八四五）。『エディンバラ・レヴュー』の創刊者の一人。著書に『機知と叡智』があるが、ここでの出典は不詳。

（一七）**ドゥルーエ氏**　一八四九年一月十二日までにコレラのため一二六名の死者を出したロウアー・トゥーティング貧民小学校経営者。第十九章注（一六三）参照。

第三章

（一九）**幼子には姉がいて**　一八四八年夏、若くして死んだディケンズの姉ファニーの姿が投映されている。

第四章

（二三）**我々がその律儀な行楽客たる古式床しき海水浴場**　ディケンズは一八三七年以来（四四、四六年を除き）毎年、ケント州東海岸のブロードステアーズで、家族と共に夏休暇を過ごした。わけても当該章の執筆された五一年には絶壁の頂上にそそり立つ「要塞館（フォート・ハウス）」（後に「荒涼館（ブリーク・ハウス）」）と呼ばれる館を借り受ける。

（二四）**今に上流社交「場」と呼ばれる侘しき大広間があり**　この社交室と後出の付属図書室の跡地には現在、彼の愛顧に敬意を表し、チャールズ・ディケンズ・インが立っている。

（〃）**プール**　数人で各々色の異なる玉を持って行なう一種の賭け玉突き。

（二五）**ミネルヴァ文庫**　十八世紀末ロンドンにあったミネルヴァ印刷所出版の極端に感傷的な小説類。

（〃）**ジュリア・ミルズ嬢**　『デイヴィッド・コパフィールド』（一八五〇）に登場する、主人公の恋人ドーラ・スペンロウの文学かぶれの親友。

（二六）**「ウロつき回って」**　C・E・ホーンのコミック・ソング「年がら年中オレはウロつき回って来たさ」より。

（二九）**警備隊の海軍士官**　英国海軍大尉エドワード・クラーク。

（三〇）**我らが首席牧師**　「石化したどデカい干し草山よろしき」教会、即ち聖ペテロ教区教会支聖堂である聖三位一体教会の首席牧師は、聖ペテロ教会の助任司祭ジョン・ホジソン師。

（〃）**友愛的親和の御時世**　一八五一年、ロンドンの水晶宮で開かれた万国博覧会を揶揄して。

（〃）**面に意趣を晴らさるべく鼻を「断つ」**　即ち、「腹立ちまぎれに（意地悪をしたりして）自分の損になることをする」の意の常套句。俗に「短気は損気」。

（三一）**詩人の文言が時にその由々しき唇に上せられる**　以下は、テニスン「砕けよ、砕けよ、砕けよ」より。

第五章

（三三）**我々はここ二、三シーズンにわたり、とあるフランスの海水浴場と喋々喃々戯れている**　ディケンズは家族と共に一八五三、四、六年の三度にわたり、ブローニュの元切れ地商・前町会議員フェゥディナン・ボークー・ムチュエル（本篇では以下、ムッシュー・ルワイエル・ドウヴァッスー）の別荘で過ごす。恰幅の好いムチュエルの「とびきり人好きのする表情」の面影は一八六二年、「誰かさんの手荷物」（『クリスマス・ストーリーズ』所収）において「愛嬌好しの老いぼれたクルミの殻もどきの御尊顔」の持ち主ムッシュー・ムチュエルにおいて再現される。

（四三）**「アルファナルフ」**　「ハーフアンドハーフ」、即ちエールとポーターを半々に混ぜた混合ビールのフランス訛りか。

（四四）**ムッシュー・フェイロース**　モデルはムッシュー・ソウヴァージュ。名前の原義はいずれも「獰猛な」「野蛮な」。

（四五）**オーウェン教授**　サー・リチャード・オーウェン（一八〇四―九二）は万国博覧会で恐竜の模型等を考案した著名な生物学者・解剖学者。

（四六）**「ミングル」**　正しくは「皺伸し機」の意の「マングル」。

（〃）**「ノウケムドン」**　即ち「ノック・ヒム・ダウン」、拳闘のことか。

第六章

（四八）**ムッシュー・ジュリアン**　カミーユ・ジュリアン（一八一〇―六〇）は派手派手しい巻き毛を特徴とするフランス生まれの見世物師・指揮者。一八四〇年代にロイヤル・サリー・ガーデンズで興業した一連のモンスター・コンサートにおいて、南ロンドンの貧者のためにオーケストラを指揮したこともある。

（〃）**マダム・タッソー**　マリー・タッソー（一七六〇―一八五〇）はスイス生まれの女性蠟細工師。一八三三年にはロンドンに蠟人形館を創設した。

（〃）**ホロウェイ教授**　トーマス・ホロウェイ（一八〇〇―一八

三）はデヴォンシャー生まれの特許医薬品販売者の慈善家。一八三七年、自らの名を冠す軟膏を世界中に広め、その後、火薬も販売。「広告の天才」として名を馳せ、巨万の富を築き、収益で慈善施設を創設した。

（〃）**キャバーン**　以下はディケンズ自身の長篇、例えば『デイヴィッド・コパフィールド』等の月刊分冊で定期的に広告を出していた商店主の名。

（四九）**鬘のために永久（とこしえ）に採寸されるかの頭**　ディケンズの小説に華を添えた広告の中でも最も頻度の高かったF・ブラウン社の鬘の宣伝文句。

（〃）**「レヴァレンタ・アラビカ」**　強壮効果の高い調合剤として広く触れ回られたが、効能は一般のレンズ豆のそれと変わらなかった。レヴァレンタはレンズ豆の植物学的名称アーヴァム・レンズに由来する。『デイヴィッド』の月刊分冊でこれを宣伝していたのはデュ・バリー商会。

（五一）**ロンドンで暴動が起こった時**　一七八〇年六月に起こった反カトリック派のゴードン暴動を指す。

（五三）**中で茶でも飲もうか**　当時の流行り唄「四阿で茶でも飲みにやって来な」より。

（〃）**トーマス・フッドの奇抜な空想**　トーマス・フッド（一七九九―一八四五）はディケンズとも親交の深かった詩人・ユーモリスト。ただし、ここでの出典は不詳。

（〃）**イライザ・グリムウッド**　第十六章注（一四）参照。

（〃）**デマイ判**　英国の印刷用紙の標準寸法の一つ。二二・五×一七・五インチ（五七一・五×四四四・五ミリ）。

（五五）**リフォーム・クラブハウス**　現在なおイギリスで一、二を争う格式の高い倶楽部（建築家チャールズ・バリー設計、一八四一年に完成）。十九世紀には歴代の自由党系政治家が会員として名を列ねた。

（五六）**ライシアム劇場**　元は展示会場だったが、一八〇九年、火事で焼失したドゥルアリー・レーン劇場に代わって劇を上演。その後三〇年に全焼するが、三四年、ロイヤル・ライシアム・アンド・イングリッシュ・オペラ・ハウスとして復活。

（〃）**ビラ貼り条項**　一八三九年に施行された首都警察法令の条項によると「所有主或いは居住者の同意なくして如何なる建物、壁、柵、垣であれ、ビラその他の紙を貼る者」には罰金が課せられた。

（〃）**ヴェストリス**　マダム・ヴェストリス（一七九七―一八五六）はロンドン、ウェスト・エンドのオリンピック（又の名をヴェストリス）劇場の経営も手がけた、その全盛時代の女優。

第七章

（六〇）**ミーク**　「ミーク」の原義は「温和」「腑抜け」。

（六三）**「万国」のブラシ**　開幕間近（五一年五月一日）の万国博

覧会への剽軽な言及か。

（〃）ジャック・シェパード　押し込み強盗にして街道追い剥ぎ。ニューゲイト監獄から二度脱獄した唯一の囚人。一七二四年、二十二歳で絞首刑。

第八章

（六六）ジョージ三世　英国王（一七六〇—一八二〇）。治世中に米国が独立。晩年発狂した。

（〃）ベンジャミン・フランクリンの論考　『自伝を含む、軽妙にして道徳的かつ文学的随想より成るベンジャミン・フランクリンの著作』（一八三七）。

（六七）ナイアガラの滝をさておけば　ナイアガラは後述のカナダ滝（高さ四九メートル、幅七九二メートル）とアメリカ滝（高さ五一メートル、幅三〇五メートル）から成る。以下は一八四二年に訪れたアメリカの旅の思い出。

（六八）大サンベルナール峠を登っている！　ディケンズが友人とこの峠を登ったのは一八四六年九月初頭。以下、その死を悼んでいる二人の友人とは親友リチャード・ワトソンと彼の妻ラヴィニア。

（六九）つい先達ての季節の気球乗り　言及されているのは一八五二年八、九月、ロンドンのあちこちの遊園地で興業されたサーカス。

（〃）マニング　マリー・マニング（一八二一—四九）は一八四九年十一月十三日、夫と共謀して愛人を殺害した廉で絞首刑に処せられたスイス生まれの家政婦。『荒涼館』でタルキングホーン弁護士を殺害する激情的なフランス生まれの侍女マドモワゼル・ホーテンスのモデル。

（七一）クレモーン　テムズ川沿岸、チェルシーとフラムの間に一八四六年、開園した遊園地。模擬馬上試合、仔馬レース、道化、気球乗り等で賑わった。

（七三）百発百中の…てんでお先真っ暗だ　キャプテン・マリアット『アメリカ日誌』（一八三九）で述べられている逸話を踏まえて。

（〃）この所の残虐極まりなき襲撃　恐らく、十月下旬に『タイムズ』紙で報道された数件の犯罪を指す。

（七三）夜半（よは）の散策　不眠に苦しんでいたディケンズの常の習い。『逍遥の旅人』第十三章「夜半（よは）の散策」参照。

第九章

（七五）ウェイクフィールドの牧師　ゴールドスミスの同名の小説（一七六六）の様々なシーンはわけても一八四〇年代、王立美術院展覧絵画のテーマとしてもてはやされた。以下は同様に当時の主立った（そして陳腐な）画題。タマ・シャーンタはバーンズ作同名の詩の主人公の農夫。

（七六）スペクテイター　アディソンとスティール編集の『スペクテイター』誌は表向き「スペクテイター氏」が執筆する

体裁を取った。サー・ロジャー・ド・カヴァリは典型的地主階層紳士を象徴する、随筆中の仮想人物。

（八〇）**ベルチャー・ハンカチ**　初めて用いたとされる英国のボクサー、ジェームズ・ベルチャー（一七八一―一八一一）に因む、紺地に大きな白い斑点のあるネッカチーフ。

（〃）**ドイツ流儀**　イギリス芸術史上、一八四〇年代は同時代のドイツ芸術が最も広範に模倣された。中でも宗教芸術の特性を回復しようとした所謂ナザレ派画家は長髪、口髭、緩やかな擬中世風外衣を特徴とした。

（八一）**マックリース**　ダニエル・マックリース（一八〇六?―七〇）はディケンズの肖像も手がけた彼の親友の画家。

第十章

（八三）**最後の男**　トマス・キャンベルの詩「最後の男」、もしくはメアリ・シェリーの同名の小説を捩って。

（〃）**パヴィリオンストン**　ディケンズは家族と共に七月中旬から十月中旬までフォウクストン（イングランド南東部ケント州、ドーヴァー海峡に臨む海港）に滞在した。パヴィリオンストンはその名と、当地一の旅籠パヴィリオンとの折衷。

（八四）**テルモピレー**　ギリシア北東部からテッサリアに通ず海辺の隘路。スパルタの王レオニダス率いる一〇〇〇人がペルシャ大軍を迎え、全滅した場所。

（八六）**さらば亭主は貴殿の馴染みたらん**　ディケンズ自身、体調を崩した際、世話になったＪ・Ｇ・ブリーチ。本稿の校正刷りを送られると、ブリーチは有頂天の余り、掲載号を五百部求めたという。ディケンズが「ささやかな贈り物」として謹呈したのは言うまでもない。

（〃）**乗合馬車や駅伝馬車で…あっぱれ至極な場所だ**　元の寄稿文ではこの後「して小生は当欄にてもほどなく、御免蒙って、かようの宿がらみでの体験を慎ましやかに審らかにさせて頂きたい」の一文が続き、次文の「が、如何なるかようの旅籠も」は「が、内一軒とて」となっていた。

（八七）**第二の戒律**　即ち、モーセの十戒の第二戒律「あなたは自分のために、上は天にあるもの、下は地にあるもの、また地の下の水の中にあるものに似せたいかなる彫刻像や形も造ってはならない」。

（〃）**高潮港**　満潮時にのみ船が出入り出来る港。

第十一章

（九〇）**たまたま、去る侘しき春時、小生は…三日間、独りきりグズグズとためらいながら**　ディケンズは家族と共にパリに滞在した後、ロンドンへの帰途、四月二十九日から五月二日までの三日間、独りドーヴァーのシップ・ホテルに宿泊した。恐らく『リトル・ドリット』月刊第八分冊執筆のためと思われるが、結局筆は進まなかった。

（九二）**くだんの一日（ひとひ）…おお、碇泊している**　ジョン・デイヴィ作オペラ『スペイン・ドル』（一八〇五）中の歌「ビスケイ湾よ、おお！」を捩（もじ）って。

（〃）**ムアの歴書も賢者ラファエルも**　前者は当時大人気を博し、現在なお出版されている、天文学者フランシス・ムアによる一七〇一年版預言集（「街灯点灯夫の物語」注（四九）参照。）後者はミルトン『失楽園』においてアダムを教導する大天使。

（九三）**ベンボウ提督**　ジョン・ベンボウ（一六五三―一七〇二）は英国の海将。

（九四）**エオリアン・ハープ**　羊の腸腺を反響箱に張った楽器。風が吹くにつれてその圧力で鳴り出すことからウィンド・ハープともいう。

（〃）**我が映えある不運の友マダム・ローラーンと…ソンテ・ペラジの監獄からやって来ていた**　マリ・ジャン・ローラーン（一七五四―一七九三）は仏革命で処刑された女流作家。ディケンズが買い求めたのは彼女の『回想録』並びに『公平無私なる後世への哀訴』（一七九五）。

（九六）**「ネズミ捕り屋の娘」**　当時、大流行したコミック・ソング。

（九七）**フォースタス博士が依然…地獄へと堕ちていた**　クリストファー・マーロウの悲劇『フォースタス博士』（一五九四）の呼び売り本（チャップブック）版を揶揄して。

（〃）**『リトル・ウォーブラー』**　「ウォーブラー」はウグイス科啼鳥の総称。転じて、十九世紀に歌謡集の題として頻繁に用いられた。

（〃）**ウィル・ウォッチ、恐いもの知らずの密輸業者**　ジョン・デイヴィ作の船乗り歌。副題は「ある密輸業者の死」。

（〃）**オーダーズ・グレイの修道士**　トマス・パーシィ編『古英詩遺文集』（一七六五）より。

第十二章

（一〇三）**特許法はベラボウ間違ってる**　一八五二年、特許法修正法令が通過するまで、特許を得るには多額の経費と時間を要した。

（〃）**ウェスト・ブロムウィッチ**　ウェスト・ミッドランド州、バーミンガム西方の工業都市。

（一〇四）**押印・登記課（ハナパー）**　勅許状その他の書類の押印・登記手数料の支払われる、大法官庁の一部門。

（〃）**封蠟準備係（チャフ・ワックス）**　証書に封印を施すための蠟を準備する大法官付役人。

第十三章

（一〇六）**「気高き未開人」**　モンテーニュに始まり、特にルソーからロマンティシズム時代初期にかけてヨーロッパ文学で称えられた、文明に穢されない素朴な原始人の理想的典型。

（〃）**ラム酒のことを「ファイア・ウォーター」と、小生のことを「ペイル・フェイス」と呼ぶなら**　直訳すればそれぞれ「火酒」、「白人（蒼顔）」。アメリカインディアンが軽蔑的に用いたと言われる呼称。

（一〇七）**数年前、キャトリン氏は氏のオジブウェイ族を引っ連れて来た**　一八四三―四年におけるロンドンでの事例を指す。ジョージ・キャトリンは以下、「写実的にして熱烈な書物」と揶揄されている『北アメリカインディアン…に纏わる書簡』（一八四二）の著者。オジブウェイ族はスペリオル湖地方に住むアメリカインディアンの大種族。

（〃）**ビュフォンは未開人の何たるかを看破し…明らかにしてみせた**　ジョルジュ・ルイ・ビュフォン（一七〇七―八八）はフランスの博物学者。言及されているのは『ビュフォンの博物学』（一七九七）第四巻。

（〃）**奴の「忠犬」**　ポープ『人間考』（一七三三―四）より。

（〃）**ブッシュマン族**　アフリカ南部カラハリ砂漠やその付近に住む、背の低い狩猟民族。

（一〇八）**ズールー・カフィール族**　アフリカ南部バンツー系種族に俗する黒人。

（一一一）**コルク**　アイルランド共和国南部マンスター地方の州（又は同州の首都で海港。）

第十四章

（一一三）**茹だるように暑い朝八時かっきり…座っている**　ここでディケンズは初めて南東鉄道特急列車でパリに旅をした一八五〇年六月二十二日夜（パリ着二十三日午前八時四十五分）の記憶の糸を手繰っていると思われる。

（〃）**アルジェリン・ラッパー**　ショール用の柔らかい横縞の毛織物。

（〃）**アブデル・カダー**　アルジェリア共和国を建国した軍事・宗教的指導者（一八〇八―八三）。一八四〇―六年にはフランス統治に対す国民の抵抗の指揮を採った。

（〃）**ヴァンダイク鬚**　サー・アントニー・ヴァンダイク（一五九九―一六四一）は英国王チャールズ一世に招かれ、晩年を英国で過ごしたフランドルの肖像画家。先を細く尖らせた顎鬚で名高い。

（一一四）**ザミエル**　狩猟の悪魔。

（一一六）**タンブリッヂ**　一七―八世紀に鉱泉場として栄えたケント州の都市。

（一一七）**アッシュフォード**　ストゥア川に臨む、ケント州アッシュフォード自治区の町。

（〃）**ペルシア人の要領で呪う**　ジェイムズ・モーリエ『イングランドにおけるイスパハーンのハージ・バーバの冒険』（一八二四）より。

（一一八）**スピトヘッド**　ポーツマスとワイト島間の投錨所。

（一二九）ブラン　アフリカ西岸シェラレオネ川沿いの町。

（一三〇）アブヴィル　フランス北部ソム川に臨む町。

（一三一）アミアン　ソム川をアブヴィルのさらに南東に下った町。

（〃）クレイル　北フランス、オワーズ県のコミューン。

（一三三）バリエール・ドゥ・レトワール　原義は「エトワール広場税関門」。一七八七年、パリ入市税徴収のため徴税請負人壁建設に伴い、建てられた。

第十五章

（一三四）我々はおよそ旧ロンドン中央警察の敬虔な信者どころではない　元の寄稿文ではこの前に次の一節がある。

　我々は先の「近代的窃盗犯逮捕術」（七月十三日付ウィルズ筆）に関す論考の末尾で言及された意図に則り、読者諸兄に如何に刑事警察が尋常ならざるほど手際好く、辛抱強く、創意工夫に富んでいるかいささかなり知って頂くべく今や微力を尽くしにかかりたい。我々の描写が能う限り写実的にして、徹して真憑性を帯びるよう、以下、小論を力の及ぶ限り嘘偽りのなき真実の一篇とすべく努める。とならばまずもって、如何にこれから審らかにしようとしている逸話が我々の知る所となったか読者諸兄にお伝えせねばなるまい。

（〃）スコットランド・ヤード　旧所在地の名に因む、ロンドン警視庁。

（一三五）我々はここにて言及される名の…請け合うを潔しとせぬ　ディケンズが見え透いた架空の名（括弧内）を与えている刑事の職務と実名は以下の通り。ロバート・ウォーカー（ストーカー）は実際は警部補ではなく、スコットランド・ヤード執行部の役人。三人の巡査部長、ソーントン（ドーントン）、ウィッチャー（ウィッチェム）、ショー（ストロー）は創設時（一八四二年）からヤードに勤務しているが、スミス（ミス）とケンドル（フェンドル）はその後入隊。チャールズ・フレデリック・フィールド（ウィールド）は『荒涼館』のバケット警部補のモデルにもなっている、ディケンズの敬愛して已まなかった警部補。

（一三六）その他　元の寄稿文にはこの後に「我らが読者諸兄には既にお馴染みの」の一節が続く。

（一三八）タリーホウ　原義は「（鹿狩りなどで）猟犬をけしかける声」。

（一三五）妙に素朴な風情の…お呼びがかかった　元の寄稿文ではこの後「だが我々は『肉屋（ブチャー）の物語』は締め括りの一篇とし、それなり劣らず興味津々たる物語と共に取って置かねばなるまい」が続き、一旦「刑事警察隊（一）」は幕を閉じ、新たに二週間後「刑事警察隊（二）」が幕を開ける。

（一四二）編集主幹は然りと返した　ディケンズは一八四二年にニューヨーク市刑務所（「墓穴（トゥーム）」）を訪れ、『アメリカ覚え書き』の中で「メロドラマの妖術師の宮殿よろしき、庶出エジプト人の、図体ばかり大きな陰気臭い正面の建物」と酷評している。

（一四三）**ルベリエかアダムズ**　U・J・J・ルベリエ（一八一一—七七）はフランスの天文学者。海王星の位置を算出し、その存在を預言した。J・C・アダムズ（一八一九—九二）は英国の天文学者。

第十六章

（一四四）**事件は数年前…若い女の殺人に係る一件です**　言及されているのは一八三八年五月、実際に起こった娼婦の殺人事件。

（〃）**ケニントン**　ロンドン南東部ラムベス自治区の一部。

（一四八）**ジェニー・リンド**　本名ジョアンナ・マライア（一八二〇—八七）。スペインのナイチンゲールとも呼ばれたソプラノ歌手。

（一四九）**ブラガドシア**　札付き窃盗犯としての三か月の禁錮刑。

（一五〇）**ギルドフォード**　イングランド南東部サリー州中部の都市。

第十七章

（一五五）**フィールド警部補**　第十五・六章ではウィールド警部補として登場する実在の刑事（注（一二六）参照）。一八二九年、新警察に入署。三三年に警部補。四六年にはロンドン警視庁刑事部長。五二年退職。

（〃）**エルギンマーブルズ**　大英博物館所蔵の古代ギリシア大理石彫刻。アテネのアクロポリスにあったものを十九世紀初頭、第七代エルギン伯爵が買い取ったことに因む。

（〃）**イクチオサウルス**　イクチオサウルス属の魚竜の総称。ジュラ紀中期に全盛を極めた。

（一五六）**「ネズミ城亭」**　ダイオット・ストリートの悪名高い居酒屋。

（一六〇）**ルシファー**　初期の黄燐マッチの一種。

（一六三）**バラのオールド・ミント**　バラはテムズ川南岸、サザックを中心に広がる不特定地区。オールド・ミントはバラ・ハイ・ストリート西側の、犯罪人や逃亡者の巣窟だったスラム街。

（一六六）**ミナリズ**　オールドゲイトからロンドン塔へ通ず東ロンドンの通り。

（〃）**どんな親しい友とも訣れの刻は来る**　古い俗謡「街には居酒屋がある」より。

（一六八）**形容詞**　即ち、「クソ忌々しい」の意の"damned"。

第十八章

（一七三）**ピーは小生をウォータールーに…引き合わす**　ウォーター
ルー橋、特にその夜間通行料取り立てに興味を持ったディケンズは一八五二年十月末、取り立て人の内数名を、さらに十一月六日にはテムズ警察警視を『ハウスホールド・ワーズ』事務所に招き、本稿執筆のための情報を得る。ただし、彼が実際に深夜の巡視に加わった記録は残っていない。

（〃）**凱旋の栄誉**　ウォータールー、即ちワーテルローの戦いを指す。次に出て来るウェリントン公爵は名言「ワーテルローの戦いの勝利はイートン校の運動場で得られた」を残したことで知られる。

（一七五）**サマセット・ハウス**　戸籍本署、遺言検認登記本所、内国税収入局等の収容された官庁用建物。

（一七七）**プール**　ロンドン橋のすぐ下手の水域。

第十九章

（一八一）**数週間前の日曜日…会衆の端くれとなった**　ディケンズがメリルボウン救貧院を訪ねたのは一八五〇年五月五日、日曜日。

（〃）**とある慈悲深く、良心的な殿方**　ディケンズの道連れは薬剤師協会設立者である薬剤師・慈善活動家のジェイコブ・ベル。彼はほどなくセント・オールバンズ選出国会議員となる。

（一八三）**当該散策に纏わる…由明々白々と呈示されねばなるまい**　この一文の内、最終版は中ほどの「我々は然に…手篤く面倒を見られている」の部分のみ。

（〃）**トゥーティングにおいて犯された…極悪非道の大罪**　ロンドン中心部から約八マイル南西に当たるトゥーティングの幼児救貧院で一八四八年末コレラが発生し、翌年一月十二日までに千三百名の内一二六名の子供が死亡した。

（一八五）**ロング・ウォーク**　ウィンザー大公園を真っ直ぐ三マイル、ウィンザー城からジョージ三世騎馬像まで突き抜ける散歩道。

第二十章

（一八九）**ブルという名の、泣く子も黙る王子が住んでいました**　ブルは典型的英国人を表す「ジョン・ブル」。具体的には時の首相H・J・T・パーマストン（一七八四―一八六五）を指す。ディケンズは一八五四年十一月二十五日付寄稿文「ブル氏の夢遊病者」においても当時の首相アバディーン伯爵の外交政策に痛烈な批判を加えている。

（〃）**お婆さんは魔法使いで、頭の天辺から爪先まで真っ紅でした**　テープという名の真っ紅な魔法使いは「レッド・テープ」即ち、公文書を結ぶのに用いた「赤い紐」から「お役所主義」「繁文縟礼」の謂。

（一九〇）**ベア王子と戦争をしなければならないことに思い当たりました**　具体的にはクリミア戦争（一八五三―六）を指す。

第二十一章

（一九五）**鍍金品（めっき）**　原題“A Plated Article”は内容に即せば、筆者自身ではなく「皿（プレイト）」に終始語らせる「鍍金論考（アーティクル）」とも読み替えられる。

(〃)**レスター・スクェアのリンウッド嬢**　メアリ・リンウッド（一七五五―一八四五）は梳毛・毛糸刺繍を専門とするお針子。レスター・スクェアの刺繍展示室は当時ロンドン名所の一つに数えられた。

(一九八)**コープランド**　ストーク（次々項参照）の製陶会社。W・T・コープランドはT・ギャレットと共に著名製陶会社ジョサイア・スポード（一七五四―一八二七）社を継ぎ、一八四七年、ギャレットの引退と共にコープランド商会を設立する。

(〃)**トレント川**　イングランド中部スタフォードシャーに発し、北流してハムバー川に注ぐ川。

(〃)**ストーク**　スタフォードシャー州陶磁器産地五町村の内一つ。

(一九九)**サネット島**　ケント州北東部の一地区。ストゥア川の二本の支流によって本土から分離されている島。

(二〇一)**パリアン**　無釉の締焼磁器の一種。主として装飾品として用いられ、色調や光沢がエーゲ海パロス島白色大理石に似ていることに因む。

(〃)**クワジーモド**　ヴィクトル・ユゴー『ノートルダムのせむし男』（一八三一）の主人公。姿形がサーフィンのボード上の前屈みの姿勢（クワジーモド）に似ていることから。

(〃)**ビフィン嬢**　セアラ・ビフィン（一七八四―一八五〇）は生まれつき手脚がなく、身長三十七インチに満たなかったが、口を使って絵を画く才能を発揮し、各地で見世物として歓迎された。

(〃)**巨人ブランダボー**　『ジャックと豆の木』に登場するコーンウォールの巨人。

(二〇三)**「ビスケット」**　締焼き（即ち、焼成されているが釉のかかっていない）陶磁器。

(〃)**柳模様**　（中国陶器に見る、主に白地に藍色の）柳模様。一七八〇年、英国人トーマス・ターナーが英国陶磁器に用いた。

第二十二章

(二〇五)**我らが映えある馴染みは晴れて次期国会で本務を全うすべく選出された**　「我らが映えある馴染み」の原語“our honourable friend”は英国下院議員の議場における他の議員に対する呼称。一八五二年二月、ジョン・ラッセル内閣は総辞職し、ダービー伯爵がディズレーリを大法官とし、保守党政権を築いた。七月に総選挙が行なわれ、保守党は一〇〇議席以上を獲得するが、依然少数派政権に留まった。

(〃)**ヴァーボシティ**　原義は「冗舌」、「冗漫」。

(二〇六)**ベリック・アポン・トゥイード**　イングランド北部ノーサンバーランド州の港市。スコットランドとの国境に近いトゥイード河口にあり、北海に臨む。

（〃）その進軍の…海神なる　トーマス・キャンベル『汝、イングランドの船乗り達よ』（一八二八）より。

第二十三章

（三二一）鉄道が根から枝からごと切り刻んでいるのを目の当たりにした　ディケンズが一八二四年から二年間通ったのはハムステッド・ロードのウィリアム・ジョーンズ経営ウェリントン・ハウス・アカデミー。学校はユーストン・スクェアから北へ向かうロンドン－ノース・ウェスタン鉄道の切り通し建設に伴い「刮げ取られ」た。

（〃）フィデール　フランス語で「律儀な」の意。

（三二二）校長は何一つ知らず…知っていることになっていた　『デイヴィッド・コパフィールド』において、無学で凶暴な校長ジョーンズはクリークル博士に、柔和な助教師はメル先生に、投影されている。

（三二三）スパニッシュ・メイン　南米北東のカリブ海沿岸地方。スペイン商船の航路に当たり、海賊が頻繁に出没した。

第二十四章

（三三三）閣下の耳はわけても長いことで名高い　「耳が長い」は「ロバのような」即ち「魯鈍な」の意。

（三三五）お蔭で本家本元の…見て取れようから　元の寄稿文ではこの後に以下の条（くだり）が続く。

国会ごっこを続ける上で、故に、我らが教区総会の末永く生き存えんことを。近い将来、もしや「ごっこ」にすこぶる恰好のネタを仕込んだら、我々とて当座、そいつの律儀な国会議事録（ハンサード）になるやもしれぬ。

第二十五章

（三三八）シャモニ　モンブランの北方に当たる、フランス東部の山峡。

（〃）ラ・クロワ　フランス南東部の小村。

（三四〇）バリー氏　サー・チャールズ・バリー（一七九五―一八六〇）は英国の建築家。国会議事堂の設計者。

（〃）キャニング　チャールズ・ジョン・キャニング（一八一二―六二）は英国の政治家。インド総督としてインドの近代化に尽くし、初代副王に任ぜられた。

第二十六章

（三五五）西暦一千八百五十年…粛然と述べられた　ディケンズが憤慨しているのは『タイムズ』紙（七月十二日付）に掲載されたヘンリー・テイラー市議の発言。

（〃）ムンセーアかパーリ・ヴ　“mounseer”は「ムッシュー（“monsieur”）」の古語。“parley-voo”はフランス語で「（フランス語を）話せますか（“do you speak (French)?”）」の意。転じて戯言で「フランス人」。

（〃）**スミスフィールド**　セント・ポール大聖堂の北西に当たる一〇エーカーに及ぶロンドン最大の肉市場。ディケンズは肉市場の都心から郊外への移転計画の強い支持者だった。

（二三八）**ブルース**　ジェイムズ・ブルース（一八一一―六三）は英国の政治家・外交官。アロー戦争時に特派使節として清朝との間に天津条約、北京条約を締結。

（二三九）**以下、手短ながら先達てくだんの…させて頂きたい**　ディケンズは本稿執筆のため二月十日から十五日までパリに滞在し、プワシ市場等を視察した。

街灯点灯夫の物語

（二四九）**マーフィとフランシス・ムア**　パトリック・マーフィ（一七八二―一八四七）は特定の日の天候を予言した『天候暦書』の著者。フランシス・ムア（一六五七―一七一五）は翌年の出来事を占った『オールド・ムア暦書』（一七〇〇）で名高い自然科学者・天文学者。

（〃）**プロメテウスその人の物語**　ギリシア神話で、プロメテウスは天上から火を盗み、土人形に生命を与えることで人類を創造し、そのためゼウスの怒りに触れた。

（二五〇）**奴の何たらをカーストしてもらった**　原文は "he had his what-you-may-call-it cast"。"cast" に「(人の運勢を) 占う」のほか、「鋳型に嵌める」の意があることから、本文以下、「何たら」の候補として体の部位が挙がっている。

（二五一）**ペル・メル**　倶楽部で名高いロンドンの通り。一八一七年、初めてガス灯の灯った通りの一本。

（二五二）**マシュー神父**　シーボールド・マシュー（一七九〇―一八五六）は一八四〇年代にアメリカ合衆国で数々の禁酒運動を行なったアイルランド生まれのローマカトリック教会牧師。

（〃）**キャノンベリー・タワー**　ローマ支配以前に建てられた、現存するイズリントン地区の歴史的建造物。美しい塔で名高く、フランシス・ベイコン、オリバー・ゴールドスミス等が居住した。

（二六二）**ルイス修道士**　本名マシュー・グレゴリー・ルイス（一七七五―一八一八）。英国の小説家・劇作家。引用されているのは著書『修道士』（一七九六）第二巻第一章。

（二六六）**お告げの祝日**（レディー・デー）　即ち、三月二十五日。英国では四季支払い日の一つ。

日暮れて読まれたし

（二七三）**映えあるアナニヤ・ドジャー**　聖書で、アナニヤは妻サッピラと共に献金の一部を隠匿し、神を詐（いつわ）った罰を受けて息絶える（『使徒行伝』五：一―六）。転じて「嘘つき」の代名詞。ドジャーの原義は「ペテン師」。

（二七四）**トリエステ**　アドリア海北端トリエステ湾に臨む海港。

（〃）**ブラック・フォレスト**　西ドイツ南西部の森林地帯（ド

イツ語名シュワルツワルト)。

(〃)**キアージャ**　ナポリの高級住宅街。

(〃)**バイエルン**　西ドイツ南部の州、旧王国。

(〃)**サン・ジェナーロ**　聖ジェナーロ(またはヤヌアリウス)はイタリア、ベネヴェント生まれの聖人。三〇五年、ディオクレティアヌ帝の迫害により殉教。

(二八〇)**ここんとこ政府の…オーストリアに追い回されてたもんで**　北イタリアは当時オーストリアの支配下にあり、オーストリア－ハンガリー帝国は政治上の要注意人物を突き止める秘密情報機関を設置していた。

(二八二)**コルソ**　原義は「並木道」。ジェノヴァを初め、イタリア諸都市の目抜き通りにしばしば用いられた名。

(二八三)**グッドマンズ・フィールズ**　ロンドンのイースト・エンド、ホワイトチャペルの一地区。

日曜三題

(二八九)**ロンドン主教**　セント・ポール大聖堂に主教座を有し、ロンドンを管轄する主教。ここでは「日曜日遵守」制定法の熱烈な唱導者、チャールズ・ブロムフィールド(一七八六―一八五七)を指す。

(〃)**ティモシー・スパークス**　ディケンズのペンネーム。

(二九二)**ウィンドミル・ヒル**　イングランド南海岸ハンプシャー州東部の白亜質丘陵地帯。

(〃)**シューターズ・ヒル**　ロンドン南東部に広がる、展望の利く丘陵を含む一帯。元、麓の十字路の側(そば)には絞首台、頂上には死骸の曝し台があった。

(二九七)**サー・アンドルー・アグニュー**　スコットランド、ウィグトンシャー州選出国会議員(准男爵)。過激な日曜遵守主義者。本文で後ほど触れられる通り、一八三六年五月に三度目の日曜遵守法案を国会に提起するが、わずか三十二票差で敗れる。

(二九八)**チョーク・ファーム**　現在はカムデン自治区に併合されている北郊地区。ここにティー・ガーデンなども備えたチョーク・ファーム・ハウスという旅籠があり、十九世紀半ばには中層階級の人々にとっての行楽地となった。

(三〇四)**この法案が次に提起される際には(まず間違いなく次の国会会期の早い段階で)**　ディケンズによる反対論にもかかわらず、アグニューは一八三七年、法案を再提出し、第二読会を通過するが、ウィリアム四世崩御に伴う国会解散のため無効となる。

(三一〇)**「娯楽規制」**　正式名称は「娯楽宣言」。日曜娯楽を巡り、わけてもランカシャー州において清教徒と、大半がローマ・カトリック教徒である郷士階級の間で繰り広げられていた争いを調停するため、ジェイムズ一世によって発布された。王は日曜の熊・牛いじめを禁止する一方、勤行を疎かにしない限りにおいての踊りやアーチェリーを許可し、この声明を一六一八年、全国の牧師に説教壇から読み上げるよう命じたが、清教徒による反発が強く、撤回する。

袋のネズミ

(三二三) ミドル・テンプル　ロンドンの四法学院の一つ。

(三三一) スカーバラ　ノース・ヨークシャー州中部東海岸の港市・保養地。

(三三二) ファイリー　スカーバラ（前項参照）から南に約十三キロ下（くだ）った海浜保養地。

ホリデー・ロマンス

(三六二) スパニッシュ・メイン　『翻刻掌篇集』第二十三章注（三二三）参照。

(三八六) マーゲイト　イングランド、ケント州東部の海岸保養地。

ジョージ・シルヴァマンの釈明

(四〇四) プレストン　イングランド北西部ランカシャー州の織物工業の盛んな海港・州庁所在地。

(四〇五) 横丁中の屋敷という屋敷を…ことになっていたからだ　祖父は恐らく法外な地代取立人（ラック・レンター）だったと思われる。

(四〇六) ウェスト・ブロムウィッチ　『翻刻掌篇集』第十二章注（一〇二）参照。

(〃) ヴェリティ・ホークヤード　「正直」「真実」の意の"Verity"には彼の「虚偽」への皮肉が、"Hawk（呼び売り商人）＋yard"には「貪婪」が暗示されている。

(四〇七) ホートン・タワーズ　本文第五章で記述される通り、プレストンとブラックバーンの間の街道沿いの旧邸宅。

(四一〇) 初代スチュアート　即ち、ジェイムズ一世。スコットランド王ジェイムズ六世はエリザベス一世の死後、イングランド王も兼ね、スチュアート王朝を創始した。一六一一年、准男爵昇叙料からアルスター（アイルランド島北東部旧地方）譲渡費用を捻出するためイングランドにこの爵位を設けた。

(〃) 両の彼方で振り鉢巻きでかかっている…「強硬な抗議（カウンタ・ブラースト）」　「強硬な抗議（カウンタ・ブラースト）」はジェイムズ一世王の禁煙小冊子「煙草への強硬な抗議（カウンタ・ブラースト）」（一六〇四）を揶揄して。「両の彼方」はそれぞれホートン・タワーズから西方と東方に見える工業都市プレストンとブラックバーンから立ち昇る、別の類（たぐい）の「煙」への言及。

(四二五) レディ・ジェイン・グレイ　英国王ヘンリー七世の曾孫（そうそん）。一五五三年、十六歳の時、義父の策謀により女王にされたが、九日間で退位。翌年、王位簒奪者として処刑される。勉学に優れ、わけても言語が堪能なことで名高かった。

作品解題

田辺　洋子

『翻刻掌篇集』（*Reprinted Pieces*）

一八五八年、チャプマン＆ホール社とブラドベリ＆エヴァンズ社は現行の二段組廉価版よりなお販路の広い新たなディケンズ全集——図書館版——の共同出版に乗り出した。『骨董屋』は二巻分には相当しなかったため、第二巻には（恐らくディケンズ個人によって選択された『ハウスホールド・ワーズ』〔一八五〇年創刊のディケンズ経営・編集になる週刊誌〕からの匿名記事を加えることになった。ディケンズはクリスマス特集号からの掌篇五作（「クリスマス・ツリー」「貧しき縁者の物語」「幼子の物語」「寄宿学校生の物語」「名も無き男の物語」）を含む三十一篇の素描・物語・随想を選び、作品集に『翻刻掌篇集』といういささか功利主義的表題をつけた。残る二十六篇の内大半は『ハウスホールド』への初期の投稿であり（五四年以降はわずか四篇）、ディケンズは『ハウスホールド』における様々なタイプの論考の象徴的混淆を呈示しようとしたと思われる。だからこそ、自らは単独で執筆していない「工程」ジャンルの作品とし、敢えてウィルズ〔ディケンズの腹心副編集長〕との共同執筆「鍍金品（めっき）」——製陶業に纏わる、他とは趣を異にする随筆——を盛り込んだのではないだろうか。

二十六篇の内、わけても自伝的要素が強いのは（「寄宿学校生の物語」の原型とも見なせる）「我らが学舎」である。ここではディケンズの短い学生生活の一端が鮮明に描かれ、学舎そのものは実に粗末なそれであったにせよ、靴墨工場に通う苦悶から解放されたばかりのディケンズ少年の瑞々しい生気が色濃く留められている。「我らが祖国の海水浴場」において、読者はディケンズが三七年から五一年にかけて毎年のように避暑に出かけたブロードステアーズの愉快な光景を目の当たりにすると共に、その図書室においては旧友――『デイヴィッド・コパフィールド』のジュリア・ミルズ嬢――に再会するという思わぬ恩恵に浴すことにもなる。自伝的・実体験的随想に加え、本掌篇集では極めて感傷的な「とある星に纏わる幼子の夢」（「幼子の物語」の姉妹篇）から痛烈な社会諷刺・批判の極致「フランス流愚昧の金字塔」に至るまで、広範な主題が扱われている。

語りの手法――就中、劇的独白形式――において注目に値するのは「芸術の亡霊」「特許を巡る貧しき男の物語」「出産。ミーク夫人、男児」「ビラ貼り」である。語り手が悩ましき芸術愛好家の青年であろうと、不遇にも平静を失わぬ恬澹たる職人であろうと、ディケンズは我々読者に個人的な音声を堪能させ、当時の光景の何らかの様相の奇妙ながら啓示的眺望を開示する。これらの独白はまたこのジャンルにおいてディケンズが『クリスマス・ストーリーズ』――リリパー夫人と「誰かさんの手荷物」の給仕クリストファー――において到達する極致の先駆とも見なせる。さらに「フィールド警部補との夜巡り」のような作品の巨匠筆致において、我々はディケンズがいずれ『荒涼館』において壮大に用いることになる自由間接話法のテクニックに精通する様を目の当たりにする。

以下は掌篇の雑誌掲載順の一覧である。括弧内はディケンズ自身が図書館版のために付した内容説明欄外表題（ディスクリプティブ・ヘッドライン）である。

一八五〇年四月六日「とある星に纏わる幼子の夢」（成就）
一八五〇年五月十八日「無心書簡の差出し人」（奴は自活するに七と六ペンス足らぬ／奴は治安判事に

シャッポを脱がす／奴は単なる盗人にすぎぬ）
一八五〇年五月二十五日「救貧院における散策」（収容者／老人棟）
一八五〇年七月二十日「芸術の亡霊」（モデル／ドイツ趣味）
一八五〇年七月二十七日「刑事警察隊（一）（続篇と併せ、「刑事警察」と改題）」（ウェリントン・ストリートなるささやかな集い／ウィッチェム巡査部長とタリ＝ホゥ・トムソン／手紙を張り込む／裏をかかれたファイキー氏）
一八五〇年八月十日「刑事警察隊（二）」（田舎出の若造）
一八五〇年九月十四日「刑事秘話三篇」（手袋磨き屋／手練れの一触れ／ソファーの下にて）
一八五〇年十月十九日「特許を巡る貧しき男の物語」（自伝的／値の張る巡礼）
一八五一年二月二十二日「出産。ミーク夫人、男児」（プロドギット夫人とマライヤ・ジェーンのママ）
一八五一年三月八日「フランス流愚昧の金字塔」（古き楽しきイングランドのロースト・ビーフ／プワシと仔牛市場／モンマルトルの屠殺施設（アバトゥワール））
一八五一年三月二十二日「ビラ貼り」（ビラ貼りの道徳哲学／ビラ貼り屋の王／陛下の巻き物／玉座からの勅語）
一八五一年六月十四日「フィールド警部補との夜巡り」（ねずみ城亭／オールド・ミント／ラトクリフ・ハイウェイ／虚仮威し屋バークの塒にて）
一八五一年八月二日「我らが海水浴場（我らが祖国の海水浴場と改題）」（その図書室／一大ガス論争）
一八五一年八月三十日「一っ飛び」（旅の道連れ／何らお急ぎになる要は／駆け足の回顧）
一八五一年十月十一日「我らが学舎」（我々は最優等生／人気者の助教師）

一八五二年四月二十四日「鍍金品(めっき)」(ドードー亭/皿を調べる/皿は語る/皿は続ける/皿の忠言に思う)
一八五二年七月三十一日「我らが映えある馴染み」(ヴァーボシティ選出議員/我らが映えある馴染みは説明する)
一八五二年八月二十八日「我らが教区総会」(二人の名立たる篤志家/ティディポット氏)
一八五二年十月九日「我らが鼻摘み男」(ヤツは旅をしたことがある/ヤツには恐るべき弟がいる/ヤツの謎と第六感)
一八五二年十月三十日「まんじりともせず」(ベンジャミン・フランクリンはポシャる/取り留めもなき夜の想念/起き出さざるを得ず)
一八五三年二月五日「潮と共に下る(くだ)」(ウォータールー橋の伝奇/道銭取立て人の体験/岸に沿って)
一八五三年六月十一日「気高き未開人」(キャトリン氏と氏の馴染み/生粋のアムタルガルティ)
一八五三年十二月三十一日「長き航海」(インド交易船の坐礁/聖なる預かり物)
一八五四年十一月四日「我らがフランスの海水浴場」(イギリス海峡を渡る/その市場(いちば)/ムッシュー・ルワイエル・ドゥヴァッスー/その娯楽)
一八五五年二月十七日「ブル王子。妖精物語」(暴政を括るに赤テープ/ブル王子の軍隊/王子の屈辱)
一八五五年九月二十九日「首都(みやこ)外れ」(パヴィリオンストン/娯楽と教導)
一八五六年六月二十八日「季節(きせつ)外れ」(風吹き荒ぶ/人気(ひとけ)なし)

「街灯点灯夫の物語」（"The Lamplighter's Story"）

ディケンズは一八三八年、友人であり、当代きっての名優ウィリアム・マクレディのために「街灯点灯夫」と題す笑劇を書き下ろすが、マクレディが筋立てや興業能力に疑問を呈したため上演には至らなかった。三年後、ディケンズは脚本を短篇小説（「街灯点灯夫の物語」）として書き改め、『ピクーニク・ペーパーズ』に収録するが、生前、全集には加えられなかった。内容は、陽気な街灯点灯夫トム・グリッグが奇嬌な老天文学者の星占いによって不可思議な婚約騒動に巻き込まれるという他愛のないもの。ディケンズはわけても街路、家庭、仕事における英国庶民の資質に着目し、彼らから虚構の核心を抽出した作家だが、彼はここで前途（特に遺産相続の見込み）の急変に伴い、人格はどのように変わるものか如実に描いてみせる。その意味でこの笑劇には二十年後、『大いなる遺産』のピップを創造するに至った際の彼の最も広大な視野の一つの萌芽が認められる。

「日暮れて読まれたし」（"To be Read at Dusk"）

上流社交界向け年刊誌『キープセイク』一八五二年号に掲載され、同年、小冊子として出版された掌篇。筆者が大サンベルナール峠の旅人宿に滞在している間（かん）、ジェノヴァ人とドイツ人の旅案内（クーリア）によって語られる設定の二篇の超自然的逸話より成る。第一篇は（ディケンズ自身一八四四—五年にジェノヴァで悪霊に憑かれたマダム・ドゥ・ラ・リュに催眠術を施した体験に基づくが）、悪夢の「顔」に祟られたイギリス人花嫁が新婚旅行先のジェノヴァの館で事実、「顔」の男の訪問を受け、やがて謎の失踪を遂げる物語。第二篇は死の前兆が結局は、それを体験した人物ではなく、双子の弟において現実となる不可知的物語。不可視的なもの——霊界——を可視的（ないし半可視的）にすることで読者の興味を掻き立てる怪奇性はディケンズの演劇的、感傷通俗劇的、啓示的なものに対する感性に強く訴えていた。彼は飽くまで余興として背筋に寒気を覚えることから来るはずの愉悦を熟知していた。表題そのものも黄昏時の覚束無さ、不安、曖昧さに付け入り、なおかつそれを弄ぼうという意図の顕れのように思われる。

『日曜三題』（*Sunday under Three Heads*）

一八三六年、「ティモシー・スパークス」の筆名でディケンズによって執筆（チャプマン・&・ホール社から出版）された小冊子（パンフレット）。日曜日の労働、商売、娯楽を全て禁じようとするアンドルー・アグニュー卿が議会に提出した安息日遵守法案に対する痛烈な諷刺三部より成る。ディケンズが特に力点を置いたのは、法案によれば富裕貴族階層はほとんど不利益を蒙らない一方、庶民の娯楽の多くが禁じられる不平等、並びに美術館や博物館のような啓発的公共施設の開館の必要性。ディケンズはこの主題を虚構の世界——例えば『クリスマス・キャロル』におけるスクルージへの現在のクリスマスの亡霊の批判や、『リトル・ドリット』におけるアーサー・クレナムの日曜の夕べの陰鬱な瞑想風独白——においても繰り返し取り上げることになる。

「袋のネズミ」（“Hunted Down”）

一八五九年『ニューヨーク・レジャー』誌（八月二十日、二十七日、九月三日号）に、一八六〇年『オール・ザ・イヤー・ラウンド』誌（四月四日、十一日号）に連載された扇情的短篇。保険金目当てに姪を毒殺する奇人ジュリアス・スリンクトンのモデルは『マーティン・チャズルウィット』のジョウナスの原型でもある悪名高い贋造犯・毒殺鬼トーマス・ウェインライト。（ディケンズは三〇年代末、ニューゲイト監獄で本人に面会している。）スリンクトンは最終的には恋人の復讐を誓う保険経理士メルサムに罪を暴かれ、服毒自殺を遂げる。作品を通じ、領域と空間の問題が微妙に表面化し、不可侵のはずながら危機に瀕しても認識されない境界へ絶えず意識が喚起される。スリンクトンの犠牲者は彼の親切に疑いをさしはさまぬまま、生命を自由に操られる。が逆にスリンクトン自身も殺害するためにこそ接近を許した謎の男（姪の恋人）に仇を討たれる。保険会社の事務室に設えられたぶ厚いガラスの仕切りや、相手に逸脱を許さぬかのような殺人犯の頭の中央の分け目など、ディケンズは様々なイメージを通し、如何に空間の決定が人間関係を組織し、制御し得るか具象的に描いてみせる。（本篇訳出、解題に際しては小池滋訳　ディケンズ『エドウィン・ドルードの謎ほか6篇』講談社、一九七七）所収「追いつめられて」（二六一―八六頁）並びに解説（四二〇―二一頁）を参照。）

「ホリデー・ロマンス」（"Holiday Romance"）

アメリカの子供向け雑誌『アワ・ヤング・フォークス』に一八六八年一、三、四、五月、『オール・ザ・イヤー・ラウンド』誌に同年一月から四月まで連載された四部構成の短篇。六歳から九歳までの男児二人、女児二人がそれぞれ「休日（ホリデー）」を用い、大人を「教育」するために自分達の本音、不満、願望――大人に対する事実上の「優位」――を証す物語（ロマンス）を創造する。第一部で編集長ウィリアムは「共同執筆」に至る経緯を、第二部でアリスは父親に反省を促す「魔法の魚のホネ」に纏わる御伽噺を、第三部でロビンは大嫌いなラテン語文法教師を懲らしめる海賊物語を、第四部でネッティーは口うるさい大人が皆、寄宿学校に預けられ、子供にとっては毎日が休日(ホリデー)の幸せな国に住む夢物語を綴る。全体としての「ホリデー・ロマンス」は小さな少女に対する少年の熱烈な恋や、子供と大人の真っ向からの対決といった、伝統的にはむしろタブー視されていたテーマを子供独自の視点に立ち、年令不相応に大人びた文体を駆使して追究することで、従来の児童文学の基準を覆す画期的作品に仕上がっている。(杉山洋子他訳　ディケンズ『ホリデイ・ロマンス』(編集工房ノア、二〇〇〇)参照。)

「ジョージ・シルヴァマンの釈明」("George Silverman's Explanation")

アメリカの『アトランティック・マンスリー』誌に一八六八年一月から三月まで、『オール・ザ・イヤー・ラウンド』誌に同年二月一、十五、二十九日に連載された心理小説。人里離れた田舎の教区に独りひっそりと暮らすシルヴァマンはプレストンの貧民街の地下室での誕生から現在に至るまでの自伝を執筆する。その動機は母親や後見人を初めとする周囲の人々から絶えず受けて来た謂れなき「世智辛さ」の批判によってもたらされた罪悪感を払拭することにあった。たとい自らに対する恐怖は完全には拭い去れまいと、終生「超俗」に徹した彼は最終的には自己犠牲故に結ばれることを断念した教え子アデリーナとその夫や、大学時代の知人の信頼を勝ち得たことを確信して安らかに筆を擱く。生い立ちの重荷(じゅうか)を克服するシルヴァマンにおいて、ディケンズは今一度、『オリヴァー・トゥイスト』を特徴づけると同時に自らの創造的霊感の核心とも呼べる穢れなき善性の不変への信念を浮き彫りにする。

訳者あとがき

母の目とわたしのディケンズ。

と悔やんだものである。「清書」担当の母の片目が失明寸前だったと診断されて以来。何となく引き替えにしていたような気がして。いつから、どのくらい悪くなっていたのか。心にもう少し余裕があれば、もっと早く病院に行かせていたろう。だったらあんなに無理はさせなかったし、まだしも読み易い字で書いていたはずだ。今となっては償いようのない罪の意識に苛まれた。

だが、いつまで悔やんでいても始まらない。早速「解雇」通知を出して、極力専業の「母親」に戻ってもらうことにした。（これが、放っておいたら今に何時間でもパソコンに向かいそうな勢いなので恐ろしい!?）無論、一抹の寂しさがない訳ではないが、思いの外気が楽になった。ところが、清書係を「解雇」することは即ち、超乱筆翻訳者を「解雇」することでもあった。わたしこそ母に対して純然たる「娘」に戻らなければならない。清書を任せている内は仕事の誇りと喜びを分かち合っている自負があった。が「娘」としてのわたしは母に優しい言葉一つ、とまでは行かないが、かける習いにはない。逆に健常な母にそんな真似をしていたら、薄気味悪がられていたろう。

では「失格」の娘に一体何が出来るのか。取り敢えず、独りでしていた散歩に付き合うことにした。すると、近所の先々に「お友達」がいるのにびっくりした。「こま子ちゃん」と、うちの猫の名を呼ぶので見回せば、角の家の石の招き猫だった。次は「ターボ君」と言いながら大型犬の犬小屋を平気で覗き込んでいる。急にシャキッと歩き出すので何事かと思えば向こうから若い男性が近づいて来た。なあんだ、だったらいつもそんなにヨロヨロ寄っかからないでよ。小学坊主には（胡散臭がられようと何のその）端（はし）から挨拶する。「今の子カッコよかったね」と言えば、「あたしハンサム・ボーイにしか声をかけないの」ま、いい男の見分けもつかなくなったらお仕舞いなので、善しとするか。生まれて初めて母の手を引いて歩いてみると意外な発見も多い。

この二十年間わたしの目の代わりをしてくれていた母の目の代わりをするのは、今度はわたしの番だ。翻訳者と清書係の関係は崩れたが、これからは新たな二人三脚で母の手を引こう。この旅が一日でも長く続くよう願いつつ。

この度も渓水社社長木村逸司氏に快く出版をお引き受け頂いた。母が「歯軋り」しながらも「舌」を巻く（これは難しい!!）オペレーターを初め、皆様で支えて下さる。心より篤く御礼申し上げたい。

田辺　洋子

二〇一三年初秋

訳者略歴

田辺洋子（たなべ・ようこ）

1955 年　広島に生まれる
1999 年　広島大学より博士（文学）号授与
現　在　広島経済大学教授
著　書『「大いなる遺産」研究』（広島経済大学研究双書第 12 冊，1994 年）
　　　『ディケンズ後期四作品研究』（こびあん書房，1999 年）
訳　書『互いの友』上・下（こびあん書房，1996 年）
　　　『ドンビー父子』上・下（こびあん書房，2000 年）
　　　『ニコラス・ニクルビー』上・下（こびあん書房，2001 年）
　　　『ピクウィック・ペーパーズ』上・下（あぽろん社，2002 年）
　　　『バーナビ・ラッジ』（あぽろん社，2003 年）
　　　『リトル・ドリット』上・下（あぽろん社，2004 年）
　　　『マーティン・チャズルウィット』上・下（あぽろん社，2005 年）
　　　『デイヴィッド・コパフィールド』上・下（あぽろん社，2006 年）
　　　『荒涼館』上・下（あぽろん社，2007 年）
　　　『ボズの素描集』（あぽろん社，2008 年）
　　　『骨董屋』（あぽろん社，2008 年）
　　　『ハード・タイムズ』（あぽろん社，2009 年）
　　　『オリヴァー・トゥイスト』（あぽろん社，2009 年）
　　　『二都物語』（あぽろん社，2010 年）
　　　『エドウィン・ドゥルードの謎』（溪水社，2010 年）
　　　『大いなる遺産』（溪水社，2011 年）
　　　『クリスマス・ストーリーズ』（溪水社，2011 年）
　　　『クリスマス・ブックス』（溪水社，2012 年）
　　　『逍遥の旅人』（溪水社，2013 年）

（訳書は全てディケンズの作品）

翻刻掌篇集　ホリデー・ロマンス他

二〇一四年三月二十五日　第一刷発行

著　者　チャールズ・ディケンズ
訳　者　田辺洋子
発行者　木村逸司
印刷所　平河工業社
発行所　株式会社　溪水社
〒730-0041　広島市中区小町一－四
電　話（〇八二）二四六－七九〇九
FAX（〇八二）二四六－七八七六
メール　info@keisui.co.jp

ISBN978-4-86327-259-0 C3097